W0191324

Fantasy

Herausgegeben von Friedel Wahren

Von **Michael A. Stackpole** erschienen in der Reihe
HEYNE SCIENCE FICTION & FANTASY:

BATTLETECH

Band 5   *En Garde* · 06/4687
Band 6   *Riposte* · 06/4688
Band 7   *Coupé* · 06/4689
Band 10   *Tödliches Erbe* · 06/4870
Band 11   *Blutiges Vermächtnis* · 06/4871
Band 12   *Dunkles Schicksal* · 06/4872
Band 17   *Natürliche Auslese* · 06/5078
Band 21   *Kalkuliertes Risiko* · 06/5148
Band 25   *Die Kriegerkaste* · 06/5195
Band 30   *Abgefeimte Pläne* · 06/5391
Band 39   *Heimatwelten* · 06/6239 (in Vorb.)
Band 43   *Der Kriegerprinz* · 06/6243 (in Vorb.)

Silberaugen · 06/5629 (in Vorb.)
Es war einmal ein Held · 06/5956

MICHAEL A. STACKPOLE

Es war einmal ein Held

Roman

Deutsche Erstausgabe

WILHELM HEYNE VERLAG
MÜNCHEN

HEYNE SCIENCE FICTION & FANTASY
Band 06/5956

Besuchen Sie uns im Internet:
http://www.heyne.de

Titel der Originalausgabe
ONCE A HERO
Übersetzung aus dem amerikanischen Englisch
von Mina H. L. Buts
Das Umschlagbild malte Stephen Hickman

Umwelthinweis:
Dieses Buch wurde auf chlor- und
säurefreiem Papier gedruckt.

Redaktion: F. Stanya
Copyright © 1994 by Michael A. Stackpole
Erstausgabe als *A Bantam Spectra Book*/Bantam Books,
a division of Bantam Doubleday Dell Publishing Group, Inc., New
York
Copyright © 1998 der deutschen Ausgabe und der Übersetzung
by Wilhelm Heyne Verlag GmbH & Co. KG, München
Printed in Germany 1998
Umschlaggestaltung: Atelier Ingrid Schütz, München
Technische Betreuung: M. Spinola
Satz: Schaber Datentechnik, Wels
Druck und Bindung: Presse-Druck, Augsburg

ISBN 3-453-13351-X

INHALT

Gewidmet ist dieses Buch

Jim Fitzpatrick

als einem Künstler, dessen Gemälde
mehr als tausend Worte aussagen,
und als einem Autoren,
an dessen Vorstellungen von Helden und Heldentum
vorliegendes Buch in vielem anknüpft.

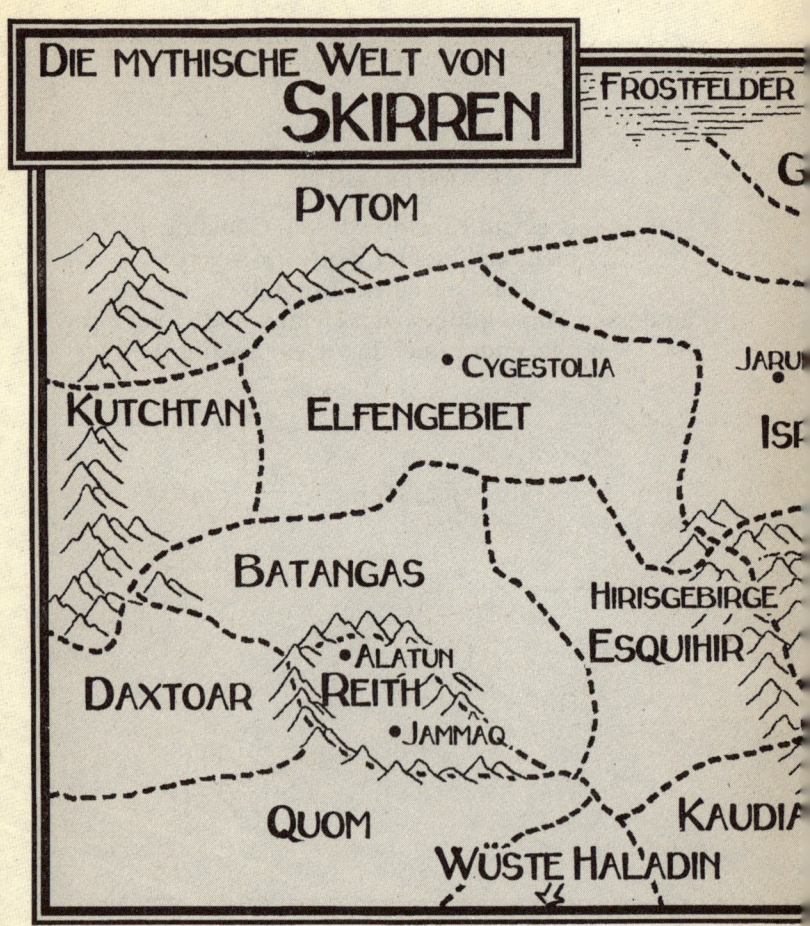

DIE MYTHISCHE WELT VON
SKIRREN

FROSTFELDER

PYTOM

CYGESTOLIA

KUTCHTAN

ELFENGEBIET

JARU

ISI

BATANGAS

HIRISGEBIRGE

DAXTOAR

ALATUN
REITH
JAMMAQ

ESQUIHIR

QUOM

KAUDIA

WÜSTE HAL'ADIN

Das Abenteuer einer Nacht in Jammaq

Ein Hochsommerabend
Vor fünf Jahrhunderten
Mein zweiundzwanzigster Geburtstag

Die Hochgebirgswinde peitschten durch die dunklen Gassen der Totenstadt im Lande Reith und begrüßten mich mit kalten Rasierklingenküssen auf die Augen. Die frostigen Böen dünner Luft pfiffen und heulten, wenn sie um die Ecken mit den unzähligen Wasserspeiern hinwegfegten, die Jammaq schmückten. Nicht zum ersten Mal fragte ich mich, warum ich eigentlich so weit gereist war – hierher in das Herz dieser heiligen Stadt jenes Volkes, das geschworen hatte, mich meiner Rasse wegen umzubringen.

Wie jedesmal gelangte ich auch jetzt zu der immer gleichen Antwort auf meine eigene Frage: Mich lockte das Schwert. Und diese Antwort erfüllte mich mit Befriedigung. Obwohl ich es nur einmal gesehen und bei dieser Gelegenheit seine stählerne Liebkosung einige Male zu spüren bekommen hatte, wußte ich, daß es für mich bestimmt war. Und wenn es eine Jagd bis zu den Toren des Reiches der Kalten Göttin oder noch darüber hinaus erfordern sollte, um in seinen Besitz zu gelangen, war ich bereit, auch so weit zu gehen.

Ich zitterte in meinen gestohlenen Kleidern, der Wind zerstob die Atemwolke meines Seufzers. Torheiten werden in der Besessenheit ausgebrütet wie Moskitos in brackigem Wasser – kein Zweifel, daß man unsere Anstrengungen als Torheit bezeichnen würde, wenn mein

11

Elfengefährte und ich bei unserer Suche je versagten. Und doch hatte bisher noch niemand sonst das vollbracht, was wir beide, Aarundel und ich, bis jetzt schon geschafft hatten. Ich zog daraus doch eine gewisse Genugtuung, auch wenn er vielleicht anders darüber denken mochte.

Ich zwinkerte Aarundel zu: »Sieh es nicht als Grabräuberei, Aarundel, sieh es als ... die Ausgrabung eines Erzes, das die Barden zu goldenen Gesängen schmieden werden.«

»Ich hatte es mir nie als Schicksal gewünscht, vor Besoffenen in einem Lied gepriesen zu werden, das den Titel trägt ›Vom wahren Tod des Falben Wolfs‹.« Aarundel zog sich den roten Schal vom Mund und krümmte die Schultern. Das machte ihn um einige Zentimeter kleiner, kleiner als mich. Die locker sitzende schwarze *Natari*-Soutane, die jeder von uns trug, verlieh seiner schmalen Gestalt genug Umfang, daß man ihn für einen Reith hätte halten können. Dennoch waren wir beide zu groß, um jemanden mit auch nur *einem* aufmerksamen Auge und etwas wachem Verstand blenden oder aber über Aarundels spitze Ohren, die aus seinem schwarzen Haarschopf ragten, hinwegtäuschen zu können.

Allerdings hielt wohl auch jedermann mit soviel Verstand weiten Abstand von diesem Ort hier.

Die dunklen Augen des Elfen glitzerten im fahlen Licht des Mondes. »Eine Hirnhälfte sagt mir, daß ich besser von hier verschwinden sollte.«

»Wenn du auch nur eine Hirnhälfte hättest, wärst du gar nicht erst hierher gekommen.«

Der Elf schüttelte wehmütig den Kopf: »Meine Fähigkeiten sind eindeutig verkümmert durch die fünf Jahre in deiner Gesellschaft.«

»Ich denke, es ist unser Tod, der dich benebelt.«

»O ja, tot zu sein in einer Stadt der Toten – der *Gedanke* daran war amüsant, doch konnte die Wirklichkeit meine Erwartungen bisher noch nicht befriedigen.« Er spuckte in das nächstgelegene Gebäude hinein. »Dies ist ein übler Ort.«

»Übel ist er, und wir werden ihn sicher schnell verlassen, sobald wir hier fertig sind.«

Ich blickte in die von der Dunkelheit verschleierten Straßen und hielt *übel* für eine eher milde Wertung, hauste in Jammaq doch nur der Tod. Der Wind sorgte für Kälte, sogar im Hochsommer, was mich jedoch nicht störte, da ich in den Roclaws aufgewachsen und in einem unzeitigen Schneesturm geboren worden war; ich hatte mehr Zeit in Schnee und Eis verbracht als im Frühlingsgrün irgendwelcher Wiesen.

Außer uns ging in jener Nacht kein lebendes Wesen über das Kopfsteinpflaster der Totenstadt von Reith. Der wirbelnde Wind führte den Verwesungsgestank zerfallenden Fleisches mit sich, ein Umstand, der jeden weiteren Schritt in Richtung des Zentrums zu einer Qual machte. Ich zog mir den *Natari*-Schal wieder über die Nase, um den Gestank des Todes durch den Geruch der nassen Wolle zu überdecken.

Ich hatte keine Ahnung, welchen Eingebungen das Volk von Reith bei der Gründung Jammaqs gefolgt sein mochte, doch konnte ich sehen, was über die Jahrhunderte hinweg daraus geworden war. Straßen verliefen nach zufälligem Muster durch die Stadt wie Risse im Eis – ohne Sinn und Verstand. Die außenliegenden Häuser, keines höher als ein Stockwerk, spreizten ihre Winkel und Ecken wie Vögel ihr Gefieder. Seltsame Klötze ragten daraus hervor, übersäten die Wände so dicht mit Steindornen, daß selbst eine Ratte ihre Not damit hätte, einen Platz in irgendeinem Schlagschatten zu finden, der groß genug für ein Versteck war. Diese Tatsache hatte bei meinem Freund und mir die Besorgnis nicht gerade mindern können, bis uns schließlich aufgegangen war, daß die Gebäude, von wenigen Ausnahmen abgesehen, leer standen; jene Ausnahmen konnte man an der lauten Musik und den dünnen Lichtstreifen, die an den Kanten der fest geschlossenen Fensterläden und Türen schimmerten, erkennen.

Als hätte es noch nicht genügt, daß alle diese Gebäude schwarz gestrichen waren, hatte man ein jedes in schrecklichster Art und Weise verziert. Große und kleine Scheusale, alte und frisch geschnitzte, saßen als Wasserspeier auf den Fensterstürzen und hingen von den Dachtraufen. Wie Warzen wuchsen sie aus den Gebäuden hervor und fletschten die gräßlichen Fangzähne. Ich konnte es geradezu spüren, wie uns ihre tausend Augen bei unserem nächtlichen Gang anstarrten, von denen jedoch wohl kaum eines mit einem Hirn, das denken, oder einem Mund, der Lärm schlagen konnte, verbunden war.

Die bewohnten Häuser Jammaqs unterschieden sich nicht allzusehr von ihren stillen, dunklen Nachbarn. Durch die Musik, die wahrscheinlich das geisterhafte Heulen des Windes fernhalten sollte, waren diese Häuser schon deutlich auszumachen, bevor wir ihr Licht sehen konnten. Wir strichen selbst wie Geister an ihnen vorbei; indessen blieb das Risiko, daß wir entdeckt würden, gering. Die Möglichkeit bestand zwar, daß jemand herausschaute, wenn wir versehentlich Lärm machten, doch hatten wir Vorsorge auch gegen eine Entdeckung in einem solchen Falle getroffen.

Unsere dunklen Hosen und Gewänder, die farbigen Schals und Schärpen und die mit Perlen bestickten ledernen *Quitawi*, die an unseren rechten Handgelenken baumelten, wiesen uns als Mitglieder der *Natari* aus. Diesen streitbaren Hütern der religiösen Tradition Reiths eilte der Ruf brutaler, nackter Grausamkeit bei der Ausübung ihres Amtes voraus, und sie waren in Reith vielleicht noch mehr gefürchtet als die Geister, die verloren durch das Straßenlabyrinth der Stadt irrten. Die *Natari* waren unantastbar, und niemand konnte sich ihrem Urteilsspruch entziehen, weshalb ihnen auch jedermann aus dem Weg ging. Ihre Arroganz und das

Vertrauen auf ihre wichtige Rolle waren so groß, daß die beiden, denen wir aufgelauert hatten, um uns die Verkleidung zu beschaffen, über die Vermessenheit unseres Angriffs zutiefst entsetzt waren.

Wir kamen an eine Querstraße, und ich schlug mit der geflochtenen Peitsche in meine rechte Handfläche, um Orientierung bemüht. In südwestlicher Richtung konnte ich den Turmkomplex erkennen, der unser Ziel war. Türme von unterschiedlicher Höhe und jedem möglichen Umfang stachen dort in die Luft wie eine vielgliedrige Kralle, die nach den Sternen im Nachthimmel griff. Der flackernde orangefarbene Schein in der Mitte dieses Rondells strahlte genug Licht aus, um den Türmen diese gierige Silhouette zu verleihen.

»Glaubst du nicht auch, daß die *Natari* hier deswegen keine Wegweiser haben, weil sie die Geister verwirren wollen? Oder kassieren sie Geld dafür, daß sie die Familien zu ihren Trauerquartieren und wieder hinaus führen, was meinst du?«

»Ich kann mir eher letzteres vorstellen, doch da wir bisher noch keinen Geist zu Gesicht bekommen haben, scheinen ihre Anstrengungen auch in dieser Hinsicht wenigstens teilweise erfolgreich zu sein.« Aarundel hockte sich nieder, die Kriegsaxt über beide Knie gelegt, und griff mit seiner langgliedrigen Hand nach ein paar Steinen im Kopfsteinpflaster. »Keiner sitzt locker, Neal.«

Ich zögerte. Die Totenstadt besaß wirklich keine Wegweiser und bot außer den Turmsilhouetten kaum einen Anhalt für die Orientierung. Indem wir von dem Gedanken ausgingen, daß die Wasserspeier dazu gedacht sein könnten, die aus dem Turm kommenden Geister wieder dorthin zurückzujagen, hatten wir bis jetzt darauf geachtet, ihre Steingesichter immer im Rücken zu haben. Nun jedoch glotzten uns die Scheusale aus der einen Gasse heraus an, wobei sie gleichzeitig aber auch in zwei andere Straßen hineinschielten. Die breitere dieser beiden Straßen verlief in einer Kurve, während die schmalere genau nach Westen weiterführte. Lockere Steine im Pflaster hätten darauf hinweisen können, welchen Weg andere vor uns genommen hatten, doch Aarundels Feststellung machte diese Hoffnung zunichte.

Ich ging neben ihm in die Hocke. »Die Reith und die Elfen sind ja nun alle beide von alter Rasse, Aarundel, wie würdest du als Elf also die Gewichtung zeremonieller Gesichtspunkte im Verhältnis zu praktischen Aspekten bei den Reith bewerten?«

Aarundels Kopf hob sich, und Verachtung schwang in seinem rauhen Flüsterton mit: »Sie sind eine vulgäre und prahlerische Rasse, die sich in frivolem Pomp suhlt.«

»Und der vermutlich auch nicht sehr daran liegt, hier allzuviel Zeit bei diesem gräßlichen Treiben zu verbringen, oder?« Ich warf einen Blick auf die Spuren der Verwitterung an den Wasserspeiern sowohl in der breiten Straße als auch in der schmalen Gasse. »Wir werden diesen Weg hier nehmen, mein Freund. Es gibt genug Hinweise, die erkennen lassen, daß die breite Straße neu angelegt wurde, also nicht die ist, die wir suchen.«

Der Elf nickte und ging voraus in die enge Gasse. Ich blieb ihm dicht auf den Fersen. Wir hatten beide keinerlei Ahnung vom Wesen der Reith, auch wenn Aarundel ihre barsch klingende Sprache beherrschte; allerdings wußten wir gerade so viel über ihre religiösen Fetische, daß ich es mir zugetraut hatte, meinen Plan auszuhecken, und daß Aarundel sich mit den Erfolgschancen dieses Plans zufriedengeben konnte. Was zunächst gedacht war als ein ›Könnten-wir-vielleicht‹, fügte sich bald zu ein paar ›Wir-sollten-einfach‹, und noch ehe die Vernunft ihr unparteiisches Haupt erheben und uns davon abbringen konnte, ritten wir schon in die Berge und drangen in Jammaq ein – auf der Suche nach einem Schwert.

Die Reith pflegen einige seltsame Riten, was den Umgang mit ihren Toten angeht, da sie der Göttin der Unterwelt ergeben sind – Reithra von all jenen genannt, die nicht den Wunsch verspüren, ihren wahren Namen zu kennen. Sie gleichen in jeder Hinsicht den Menschen – sieht man einmal ab von ihrer Lebensdauer, von den Mächten, über die sie verfügen, und von ihrem Haß gegen Andersgeartete. Und: Sie bringen alle ihre Toten nach Jammaq. Diese Toten bestatten sie im Turm, das gemeine Volk in den höheren Geschossen und damit weiter entfernt von ihrer Gottheit, die Reichen und Mächtigen im Schoß der Erde selbst.

Nach etwa einem Jahr oder auch später, wenn das Wetter mitspielt und die Wegelagerer ausreichend bestochen sind, kehren die Verwandten der Hingeschiedenen zurück, um das Grab zu öffnen. Sie reinigen die Knochen und legen sie in eine Kiste, um sie nach Alatun oder in irgendeine andere Stadt im Lande Reith zu bringen, wo man sie dann in Familienschreinen aufzubewahren pflegt. Schließlich werden im Zuge der Bestattungsfeierlichkeiten die Besitztümer des Toten, die man ihm für jenes erste Jahr mit ins Grab gegeben hat, demjenigen übereignet, der mit den besten Gründen seinen Anspruch rechtfertigen kann, warum gerade er das betreffende Besitzstück erben soll.

»Und es gibt keinen, der mein Schwert mit einem besseren Grund als ich beanspruchen könnte«, murmelte ich vor mich hin, als wir durch die schlangenartig gewundene Gasse gingen.

Obwohl meine Worte von meinem dicken Schal gedämpft wurden, nahm Aarundels scharfes Gehör die Bemerkung auf. »Dein Schwert? *Khlephnaft* war nie dein Schwert, mein Freund.«

»*Khlephnaft* ist ein vom Schicksal vorbestimmtes Schwert, Aarundel, das hast du selbst gesagt. Es *muß* meines werden.«

»Da muß ich wohl den Namen Neal Roclawzi in den zahlreichen Prophezeiungen, die das Schwert betrafen, überlesen haben.«

»Er steht so geschrieben, es sei denn, jemand wie Finndali hat die Schriften überarbeitet. Du weißt, daß es die Wahrheit ist.« Ich wandte mich nach links in eine breite Prachtstraße, die weiter auf die Türme zuführte. »Außerdem kennst du Tashayuls Willen, dem zufolge ich es haben soll. Der *Seelentöter* gehört mir; er hat das in seiner Rede erklärt, mit der er Jarudin der Reithra weihte.«

Aarundels dunkle Augen blitzen über seinem Schal auf. »Das wäre eine sehr freie Auslegung des Satzes: ›Neal ist der letzte auf der Welt, der das Schwert haben soll!‹ Nicht wahr?«

»Es verliert etwas in der Übersetzung«, feixte ich zurück wie ein kleiner Teufel. »Im Original, möchte ich wetten, hat er die Umstände, wie ich das Schwert bekommen soll, etwas weitschweifiger beschrieben.«

»Das glaube ich allerdings.«

Für Tashayul gab es wahrhaftig keinen Grund, mir etwas anderes als seine unsterbliche Feindschaft angedeihen zu lassen. Das Volk von Reith war einst im Besitz eines ausgedehnten Reiches gewesen, das vom Meer bis zu den Wüsten und wieder zurück gereicht hatte. Im Laufe der Jahrhunderte schrumpfte es immer mehr, als sich die Nationen der Menschen abzuspalten begannen und ihre Unabhängigkeit erklärten. Die Reith gaben sich für eine Weile mit einem Staatenbund zufrieden und ließen es dann zu, daß sich an ihren Grenzen ein von Menschen beherrschtes Reich abnabelte. Vor fünfhundert Jahren mußten sie sogar seitens der Elfen Einmischungen in Angelegenheiten hinnehmen, die einst allein Sache der Reith gewesen waren. Die ruhmvollen Tage Reiths schienen ein für alle Male vergangen zu sein.

Wenigstens waren alle dieser Ansicht außer die Reith selbst. Mit einer langen Lebensdauer ausgestattet – sowohl aufgrund ihrer natürlichen Anlagen als auch aufgrund einer chaotischen elementaren Magie, über die sie verfügten –, nahmen sie eine fast schon elfische Sichtweise an und hielten die Menschen für eine Art von Eintagsfliegen. Zu dieser Sichtweise kam noch etwas, das ihnen das Warten und Erdulden möglich machte. Gleich einem Dolch, den man im Stiefel versteckt, trugen sie eine Prophezeiung mit sich herum, und diese Prophezeiung verhieß ihnen die Wiedergeburt ihres Reiches.

Tashayul und sein Bruder Takrakor – listig der eine, magisch begabt der andere – kamen zu dem Schluß, daß sie diejenigen waren, die das Schicksal dazu bestimmt hatte, unter ihrer Führung das alte Reich wieder zu vereinen. Sie entfesselten einen Kreuzzug, im Laufe dessen ihre Truppen Greueltaten begingen, die die Grausamkeiten der *Eldsaga* beinahe in den Schatten stellten. Die Brüder ließen bekannt werden, daß sie vorhatten, alle Menschen abzuschlachten oder zu versklaven, die sich in den Grenzen des einstigen Reiches befanden. Die Menschheit, politisch zersplittert und ohne Führung, hatte ihnen nichts entgegenzusetzen.

Was die Menschen brauchten, war ein Held. Nachdem ich von meiner Geburt an von allerlei Wahrsagern zum Helden erklärt worden war, sah ich den Krieg von Reith als meine Feuerprobe an. Wir vom Geschlecht der Roclawzi pflegen schon seit urdenklicher Zeit den Stolz auf unsere Kriegertradition, und auch die Reith hatten uns noch nie im Kampfe schlagen können. Da ich nun an einem Hochsommerabend inmitten eines Schneesturms und unter einem Dreieck von Vollmonden geboren wurde, erwartete man Großes von mir. Der Sturm, das Vollmonddreieck, ja sogar der Umstand, daß jenes eine Ereignis, der Sturm nämlich, das andere verbarg, all das waren Vorzeichen, an denen man sowohl Gutes als auch Schlechtes ablesen konnte und die mich daran glauben ließen, ich sei geboren als genau jene Sorte von Held, die die Reith aufhalten könnte. Ich folgte dem Ruf meiner Pflicht, schmiedete mir ein Schwert, bestieg ein

Pferd und machte mich auf und hinab aus den Bergen, um Anspruch auf meine eigene Legende anzumelden oder friedlich in einem unbekannten Grabe zu enden.

Es war eine Zeit des Chaos, in der die ganze Welt mit so vielen Schrecken erfüllt war wie die Totenstadt Jammaq selbst. Für die Reith stellten die Menschen wirklich nicht viel mehr dar als Halbochsen, die gerade noch dazu imstande waren, ihre größeren Brüder im Pflug zu lenken. Zwar waren wir damit in der Rangfolge der Dinge etwas höher eingestuft als etwa aus dem Blickwinkel eines durchschnittlichen Elfen; viele Leben wurden dadurch jedoch nicht geschont. Als ich westwärts ritt, hörte ich von Flüchtlingen zahlreiche Erzählungen über niedergebrannte Dörfer, über Säuglinge, die wie Katzen in den Flüssen ersäuft wurden, und darüber, daß jeder Widerstand zermalmt wurde, wo sich auch nur ein Verteidiger regte.

Man brauchte keinen Alchimisten, um eines aus den Vorstößen der Reith herausdeuten zu können: sie agierten in weitem Umfang und jenseits ihrer Hauptkampflinie in Ispar. Das einzig Gute daran, in einem Kriegervolk als Heldengeburt ausersehen zu werden, liegt darin, daß die entsprechende Heldenausbildung gewichtige Anteile militärischer Strategie und Taktik beinhaltet. Um bei der Wahrheit zu bleiben: Bei meinem Volk zählt ein furchterregender Kriegsschrei mehr als Strategie und Taktik, doch genoß ich auch das Studium jener Materie, und man brachte mir davon bei, soviel ich wollte.

Es fiel mir auf, daß sich die Reith ungewöhnlich lange in den Bergen von Esquihir herumtrieben, während doch der Kampf um Ispar tobte. Ich hatte einiges über die Geschichte und Taktik der Reith gelesen, da ich mich nicht völlig unwissend in die Welt aufmachen wollte. Aus dem Gelesenen rief ich mir einen früheren, peinlich gescheiterten Feldzug eines alten Reith-Generals in Erinnerung, der in jenen Bergen sein Ende gefunden hatte. Sein Versuch war nicht sonderlich bemerkenswert gewesen – er scheiterte, weil ihm die Innenpolitik in Reith die Unterstützung abgrub –, doch hielt sich später das Gerücht, daß er ein magisches Schwert bei sich gehabt hätte, von dem es hieß, es verleihe seinem Krieger Unsterblichkeit und garantiere ihm den Gewinn eines Reiches.

Tashayul suchte eindeutig nach diesem Schwert.

Woraus folgte, daß auch ich es haben wollte.

Khlephnaft war für die Allgemeinheit verloren, doch Tashayuls Folterknechte förderten einige Anhaltspunkte zutage, um das Schwert ausfindig machen zu können. Im unschuldigen Eifer der Jugend richtete ich einige Pferde mit einem verrückten Sturmritt über das Grasmeer von Barkol zugrunde und brachte einige Reith in Ispars südlichen Gefilden um. Furchtsame Menschen gaben mir Obdach und versorgten mich auf meinem Streifzug. Wenn ich sie wissen ließ, daß ich aus den Bergen kam mit einem Schwert, mittels dessen ich vorhatte, Tashayul zu töten, lösten sich ihre Zungen, und der Weg wurde mir freimütig gewiesen.

In der verzweifelten Hoffnung, daß der tumbe Tor aus den Roclaws erreichen könnte, was kein anderer Mensch bisher geschafft hatte – die Geburt unter dem Vollmonddreieck förderte diese Hoffnung –, wiesen mich die Leute zu einem kleinen jistanischen Nonnenkloster in den Bergen von Esquihir. Sie behaupteten, daß der *Seelentöter* von den Nonnen aufbewahrt würde und einem Recken zur Waffe bestimmt sei, der sich Jistan verschworen habe, um damit dessen Feinde zu töten. Ich war nie besonders fromm – Götter sind verdorben und lieben es, den Menschen mit gräßlichen Verwicklungen zu foltern –, doch wollte ich Jistan bereitwillig meinen Eid leisten, wenn er mir dafür nur das Schwert überließ.

Natürlich stand ich nicht allein mit meinem Wunsch, das Schwert in die Hände zu bekommen. Was mir die

Leute freiwillig sagten und die Reith aus den Menschen mit Folter herauszupressen hatten, war bei den Elfen schon fast in Vergessenheit geraten. Sie wollten das Schwert, das bei ihnen *Divisator* hieß, aus ihren eigenen Gründen. Aarundel erklärte mir einmal, der Name bedeute *Entzweier*, doch war dies lange nach unserem ersten Zusammentreffen. Während also Tashayul und ich im Wettlauf von Westen und Osten her auf das Schwert zujagten, kamen die Elfen aus dem Norden heran.

Ich war der erste, der den Ort erreichte, und die Nonnen hießen mich willkommen, als sei ich tatsächlich der Recke, den sie erwartet hatten. Ich wollte den *Seelentöter* sofort an mich nehmen, doch die Oberin eröffnete mir, daß Jistan eine Anzahl von Ritualen festgesetzt habe, bevor man mir das Schwert in Gewahrsam geben könne.

Ich ließ in diesem Punkt nicht nach. »Ich denke, gute Schwester Constanze, daß der Allerhöchste Jistan die Dringlichkeit der Lage verstehen würde.«

»Wäre das wahr, Neal Roclawzi, hätte er uns ein Zeichen gegeben.« Dabei verschloß sich ihr Gesicht just zu einem Zeichen, an dem ich leicht erkennen konnte, daß ich tatsächlich zum Warten verdammt war.

Tashayul und seine Schädelreiter kamen, als ich nach einem langen Ausritt und schweren Mahl im Schlummer lag. Vor die Wahl gestellt, entweder das Schwert und mich auszuliefern oder zu sterben, kam den Nonnen eine göttliche Eingebung: Sie erklärten mich zum Ketzer. Das taten sie, während ich schlief. Ich erwachte aus einem Traum, in dem ich gerade mit einer Schlange gerungen hatte, und fand mich wach an Händen und Füßen gebunden.

Neben der Oberin stehend, sah ich von einem Balkon aus zu, wie ein Trio von Nonnen den *Seelentöter* zu Tashayul trug. »Keine Rituale, Schwester?«

»Wir haben unser Zeichen erhalten, Neal Schlangenzunge.« Die Nonne blickte mich streng an. »Wenn du wahrhaftig Jistans Recke bist, wird Er in Seiner göttlichen Weisheit einen Weg finden, dich mit dem Schwert zu vereinen.«

Als ich Tashayul zusah, wie er im Hofe Hiebe übte, hatte ich das Gefühl, daß auch *er* einen Weg wußte, mich mit dem Schwert zu vereinen, was mich zu der Frage brachte, ob das, was ich bisher ausnahmslos als gutes Vorzeichen gewertet hatte, am Ende vielleicht doch nicht so gut war. Das rosige Licht der Morgendämmerung blitzte auf der rasiermesserscharf geschliffenen Schneide der langen gebogenen Klinge, das Schwert pfiff, als es die Luft durchschnitt, und aus meiner Frage wurde Gewißheit: Ich wußte, daß ich meine letzte Morgenröte gesehen hatte.

Zwei von Tashayuls Leuten lösten die Nonnen als meine Bewacher ab und brachten mich in den Klosterhof hinab. Ich überragte meine beiden Wärter, doch das war zu erwarten gewesen, da die Reith gewöhnlich etwas kleiner sind als ein Durchschnittsmensch. Dennoch ließ ihr stämmiger Körperbau meine schlaksigen Glieder lächerlich erscheinen. In den wenigen Zweikämpfen, die ich mit ihrer Art ausgetragen hatte, konnte ich durch Schnelligkeit und Reichweite ausgleichen, was ich ihnen an Kraft nachstand. Doch nun, da mir die Beine mit einem kurzen Seilstück gefesselt und die Arme auf den Rücken gebunden waren, nahmen diese Vorteile denselben Weg wie mein Glaube an Jistan.

Als ich in den Hof kam, änderte sich mit dem Blickwinkel auch Tashayul und meine Einschätzung seiner Person. Anders als es bei seinen Gefolgsleuten der Fall war, konnten wir uns auf gleicher Höhe in die Augen blicken, was ihn doch zu einer bemerkenswerten Gestalt unter den Reith machte. Nackt bis zur Hüfte, bewegte sich Tashayul schnell und geschmeidig, und starke Muskeln spielten unter seiner schweißglänzenden Haut, die von der vielen Sonne dunkel war. Das schwarze Haar trug er zu einem Pferdeschwanz gebunden, der ihm über den Rücken hinabhing. Gelungene

Hiebe auf imaginäre Feinde brachten ihm ein Lachen aufs Gesicht, dessen geschürzte Lippen ein volles Gebiß smaragdener Zähne entblößten.

Ein Stiefeltritt in meine Kniekehlen zwang mich vor Tashayul zu Boden. Der Reith ließ das Schwert um Haaresbreite an meiner Nase vorübersausen, dann führte er den *Seelentöter* in einer fließenden, geübten Bewegung in die Scheide zurück. Er nahm von einem seiner menschlichen Sklaven mein gerades, auf beiden Seiten zugeschliffenes Schwert entgegen, zog es blank und ließ es vor- und zurückschnellen. Dann prüfte er mit der Schwerthand sein Gewicht und besah sich der Länge nach die Schneiden. Schließlich stützte er sich auf das Schwert, als sei es ein Spazierstöckchen und er ein kaudinischer Dandy bei der Strandpromenade.

»Du hattest vor, mich damit zu töten?« Seine Stimme war so hart wie sein starrer, finsterer Blick, doch spürte ich in beidem etwas Theatralisches, das dafür berechnet war, mir gewaltig Angst einzujagen.

»Ihr solltet nicht so etwas denken, gnädiger Herr. Es ist eine Gebirglersitte, daß man auf die Klinge den Namen des Mannes eingraviert, dem man sie verehren will.« Ich versuchte, zu ihm hochzulächeln, doch einer der Wächter versetzte mir mit dem Handrücken einen Schlag über das rechte Ohr. Tashayul schaute den Krieger mißbilligend an und schüttelte den Kopf. »Ich nehme an, das Märchenerzählen ist auch eine Tradition bei euch, Roclawzi? Oder bist du nicht dieser Neal, von dem mir meine Spione berichtet haben?« Er breitete die Arme aus, reckte dabei mein Schwert gen Himmel und schien mit seiner Geste das ganze alte Kloster zu umfassen: »Ist nicht das der Ort, von dem du sagtest, du wolltest mich hier töten?«

»Ich habe nichts Derartiges gesagt, gnädiger Herr.« Damit log ich nicht, denn ich hatte nie einen genauen Ort benannt, wo wir uns treffen sollten. Ich war zu versessen darauf gewesen, den Aufbewahrungsort des *See-*

lentöters ausfindig zu machen, als daß ich für derartige Prahlereien Zeit gefunden hätte. Ich ging immer davon aus, daß mir dazu genug Zeit blieb, wenn ich erst einmal das Schwert gefunden hatte.

Tashayul lachte laut auf, und ich sah, wie die Reith, die im Klosterhof herumlümmelten, feixten. »Dummer kleiner Neal, du hast diesen armen, niedergeschlagenen Leuten eine Hoffnung gegeben. Sie haben dir verraten, wo du *Khlephnaft* finden würdest, weil sie sich innig wünschten, daß du mich damit vernichtest. Und dann erzählten sie meinen Spionen, wo ich dich finde würde, um das Ganze zu beschleunigen. Davor habe ich gar nicht gewußt, wo ich dieses wunderbare Schwert suchen sollte. Ich stehe in deiner Schuld.«

Ich erwiderte sein gnädiges Nicken. »Alsdann, gut getroffen. Da Ihr nun meine Dienste nicht weiter benötigt, können wir ein andermal über eine Vergütung sprechen.« Ich wollte mich aufrichten, doch drückten mich rauhe Pranken gleich wieder zurück auf die Knie.

»Möglicherweise benötige ich deine Dienste noch, Neal.« Tashayul übergab mein Schwert einem Sklaven. »Wie alt bist du, Junge?«

Ich blinzelte dem Horizont entgegen und suchte den Himmel nach Sternbildern ab, bevor sie vom rosigen Morgenrot verzehrt würden, während ich mir sorgfältig die Worte für meine nächste Lüge zurechtlegte. »Da wir im Hochsommer stehen und uns etwas südlich von meiner Heimat befinden, würde ich sagen zwanzig Lenze.« Auf meinen Ritten war mir von einer Prophezeiung zu Ohren gekommen, daß diesem Reith ein Feind in eben jenem Alter den Tod bringen sollte; also beschloß ich, ihm damit etwas Furcht einzujagen.

Der reithische Heerführer schüttelte den Kopf und kniff mir in die unbehaarte, bleiche Haut oberhalb des Herzens. »Wenn ich das glauben sollte, müßte ich auch glauben, daß in dir Elfenblut fließt, so langsam wie du dann gereift wärst.«

Eine verärgerte Stimme hinter meinem Rücken schnitt dem General das Wort ab. »Paßt auf, wen Ihr mit Euren Spekulationen in den Dreck zieht, Tashayul.«

Ich zerrte mich von dem Reith frei und wandte mich um, so daß ich die Gruppe von Menschen sehen konnte, die jetzt im Eingang zum Klosterhof stand. Wenigstens hielt ich sie zunächst für menschlich, weil sie aus meinem Blickwinkel nicht bemerkenswert großgewachsen zu sein schienen. Die aufgehende Sonne hinter ihnen tauchte sie in ein gelbflammendes Feuer, so daß ich nur ihre Silhouetten erkennen konnte. Erst als sich einer von ihnen bewegte und ich die merkwürdige Krümmung seines Bogens wahrnahm, ein anderer die Jägerkappe abnahm und seine spitz zulaufenden Ohren sehen ließ, wurde mir klar, daß die Eindringlinge Elfen waren, keine Menschen.

Aus der Esse direkt auf den Amboß, stöhnte ich lautlos. Bei den Reith hatte ich wenigstens eine Chance, versklavt zu werden. Bei den Elfen jedoch, nun, da bot mir die *Eldsaga* eine riesige Auswahl an Schicksalen, die ich durch die Elfen erleiden konnte. Doch bei alledem waren die Elfen und die Reith auch noch nie dafür bekannt gewesen, daß sie miteinander einen herzlichen Umgang pflegten.

Tashayul verschränkte die Arme vor dem breiten Brustkasten. »Imperator Finndali, welchem Umstand verdanke ich diese zweifelhafte Ehre? Hat dieser Mensch etwa auch Euch gedroht, Euer Leben zu beenden?«

Der Elfenführer tat mich mit einem kurzen Kopfnicken ab. »Wäre er der Beachtung wert, das heißt, hätte Eure Spekulation über sein Blut etwas für sich, würde ich sein Leben auslöschen. Die Consilliarii haben ein Interesse an *Khlephnaft* gefunden. Ich wurde ausgesandt, das Schwert für sie in Besitz zu nehmen.«

Tashayuls Augen verengten sich. »Ich verstehe. Auch ich brauche es dringend. Wollt Ihr es jetzt gleich haben?« Als der Reith diese Frage stellte, wurden seine Soldaten wachsamer. Sie verschoben sich, um Deckung gegen die Pfeile der Elfen gewinnen und die Waffe leichter in die Hand bekommen zu können.

Der Elf schüttelte den Kopf mit einer Bewegung, bei der seine grünlederne Jagdkappe verrutschte und sein feines schwarzes Haar zeigte. »Wie lange braucht Ihr es?« Der Reith zuckte mit den Schultern: »Fünfzig Jahre, denke ich. Dann wird unsere Herrschaft wieder hergestellt sein.«

»Ein ehrgeiziger Plan.«

Tashayul blickte auf mich hinab. »Wenn wir erst einmal ihre Brutstätte zerstört haben, wird ihr Widerstand zerbröckeln. Das haben wir in der Tat von Euch gelernt.«

Finndali lächelte auf eine Art und Weise, die mir eine kalte Natter durch die Eingeweide kriechen ließ. »Alsdann, fünfzig Jahre. Dann werde ich es von Euch bekommen.«

Ich zwang mich zu einem Gelächter. »Ihr unterstellt natürlich, daß der gute General das Schwert zu dieser Zeit noch hat. In fünfzig Jahre werden viele Schlachten geschlagen.«

»Schlachten gegen deinesgleichen, Menschling.«

Ich nickte hinüber zu dem Sklaven, der mein breites Schwert hielt. »Diese Klinge hat manchem Reith die Adern mühelos geöffnet. Wenn Ihr nicht gerade einen Weg findet, Eure Überheblichkeit als Panzerung einzusetzen, würde ich wetten, daß ihm keine fünfzig Jahre mehr bleiben.« Ich überschlug geschwind ein paar Zahlen im Kopf. »Ich denke, er wird in weniger als vier Jahren mit dem Tod an einem Tisch sitzen.«

Tashayul gluckste, schüttelte den Kopf und heuchelte Überraschung: »Nur vier Jahre? Wie bist du auf diese Zahl gekommen?«

Ich beschloß, ihm nicht zu sagen, daß ich genau diese Zeit zur Vorbereitung benötigen würde, wenn die Prophezeiung über seinen Tod wahr wäre. Statt dessen log ich: »Je ein Jahr für die Eroberung von Ispar, Barkol und Irtysch, was dich in vier Jahren bis zu den Roclaws bringen wird.«

»Die Roclaws? Glaubst du wirklich, dein Gebirgsstamm könnte mich schlagen?«

Ich zuckte die Achseln. »Meint Ihr nicht, sie hätten mehr als nur mich geschickt, um Euch zu töten, wenn sie Euch als ernsthafte Bedrohung ansehen würden?«

Ich hörte, wie ein paar Elfen über meine Frage lachten, wenn sie auch ein strenger Blick ihres Führers sofort wieder zum Schweigen brachte. Nun blickte ich zu Finndali hinüber. »Wenn ich an Eurer Stelle wäre, gnädiger Herr, würde ich mir das Schwert jetzt nehmen. Es würde Euch teuer zu stehen kommen, wenn Ihr den *Seelentöter* aus der Hand eines Roclawzi fordern müßtet.«

Der Elf mißachtete mich. »Die Jungfüchse sind mir schon im allgemeinen ziemlich lästig, doch dieser hier ist ein besonderer Plagegeist. Zu schwachsinnig, um richtig Angst zu haben.«

»Erhebend.« Tashayul zog *Khlephnaft* blank und bot ihn Finndali mit dem Heft voran dar. »Ich hatte eigentlich vor, das Schwert auf Herz und Nieren zu prüfen, indem ich ihn damit selbst erschlage, doch nun soll Euch diese Ehre gebühren.«

»Euer Angebot mag ehrenvoll und mit Versuchung gewürzt sein, doch ist es *Euer* Schwert.«

»Und Ihr entehrt es.« Ich spuckte vor beiden aus. »Verwandelt dieses feine Stück kriegerischen Stahls in ein Schlachtermesser! Schwerter sind das Ergebnis dessen, was sie erfahren, und Ihr könnt ihnen kein Kriegshandwerk beibringen durch eine Hinrichtung.«

»Kinderglaube«, spottete der Elf.

Tashayul nickte zustimmend: »Dummer Aberglaube von Gebirglern.«

»Mag schon sein, doch hat mein Schwert sehr wohl

gelernt, Reithblut zu saufen.« Indem ich mich zu einer verächtlichen, finsteren Miene zwang, blickte ich vom Elfen zum Reith, dann hob ich das Kinn und bot meine Kehle dar. »Tötet mich! Ich finde nichts mehr an der Gesellschaft von Feiglingen, die sich nicht trauen, mich mit einer Aufgabe zu prüfen, die mein Schwert schon mehr als einmal meistern konnte.«

Der Eroberer aus Reith warf den Kopf in den Nacken und lachte lautlos. »Ist es das, was du willst, Neal, du Narr? Du suchst deine Chance in einem Kampf gegen mich?«

»Ich hatte eigentlich daran gedacht, Euch zu töten, doch werde ich mich mit letzterem begnügen.« Ich hob die Schultern. »Natürlich bin ich nicht so feucht hinter den Ohren, daß ich einen ritterlichen Kampf erwarte.«

Das brachte den General wieder zu sich, es schien sogar ein Funke von Interesse in seinen Augen zu glimmen. »Der Kampf hat noch nicht einmal begonnen, und schon bezichtigst du mich der Verräterei?«

»Ich wäre nachsichtiger, trüge ich nicht diese Fesseln. Schließlich werde ich einem kampferprobten alten Hasen mit einem besonderen Schwert gegenüberstehen.«

»Ach, vorher hast du doch noch geprahlt, du hättest einige meiner Gefolgsleute hingeschlachtet.«

Ich glotzte finster. »Richtig. Doch hier kommen das Schwert *und* diese feine Gesellschaft zusammen, die Ihr um Euch versammelt habt.«

Der Reith sah mich eindringlich an: »Du hast einen Vorschlag zur Güte?«

»Da ich nur mit Euch kämpfen und Euch nicht töten will, halte ich es für angemessen, daß mir mein Leben und ein Tagesritt Vorsprung garantiert werden, wenn ich Euch mit meiner Klinge verletze.«

»Sonst müßtest du mich und meine Krieger töten?«

Ich überhörte Tashayuls sarkastischen Ton: »Ich könnte zwar Gnade walten lassen und sie nur verwunden, doch glaube ich eher, daß genau jenes das Ergebnis wäre, gnädiger Herr.«

Der große Reith beäugte mich von oben bis unten und nickte dann bedächtig. »Benetze deine Klinge mit meinem Blut, und ich gebe dir vier Jahre. Vier Jahre Zeit, um die Roclaws auf meinen Zorn vorzubereiten.«

Ich schluckte schwer und nickte: »Abgemacht.«

»Gut.«

»Noch etwas.«

Ein gequälter Ausdruck huschte über Tashayuls Gesicht. »Was?«

»Wenn Ihr an einer Wunde durch mich sterbt, gehört *Khlephnaft* mir. Ich will es aus seinem Munde hören.« Ich nickte hinüber zum Führer der Elfen.

Tashayul zuckte die Achseln: »Um des Kampfes willen, Imperator?«

Der Elf nickte. »Aarundel, die Fesseln!«

Ein anderer Elf trat aus ihren Reihen auf mich zu. In der rechten Hand einen Bogen mit aufgelegtem Pfeil haltend, in der linken einen blanken Dolch, ließ er sich neben mir auf ein Knie nieder. Die Dolchschneide machte kurzen Prozeß mit den Stricken. Ich gab ihm einen Klaps auf die Schulter, was ein Schaudern durch seinen Führer jagte; das fand bei Aarundel kein Echo. »Meinen Dank.«

Aarundel nickte: »Viel Erfolg bei deiner blutigen Pflicht.«

»Genug, Aarundel, zurück auf deinen Platz!« Finndali breitete entschuldigend die Arme gegen Tashayul aus: »Jugend und ihre Vorstellung von der Welt …«

»Macht nichts.« Tashayul streckte den rechten Arm aus, und zwei Sklaven streiften einen gepanzerten Zweikampfstulpen darüber. Dieser schützte seinen Arm vom Handrücken bis zur Schulter sowie Brust und Schulterblatt der rechten Seite; er wurde mit einem Lederriemen, der über dem Brustkasten und unter der linken Achselhöhle hindurch verlief, festgezurrt. Der Reith bewegte den kettenklirrenden Arm, um zu prüfen, inwieweit seine Bewegungsfreiheit eingeschränkt wurde. Wenn überhaupt, so war sie noch lange nicht genug eingeschränkt, um mich beruhigen zu können.

Ich hielt den Arm ausgestreckt für einen ähnlichen Schutz, doch ein Sklave schob mir nur das Heft meines Schwertes in die rechte Hand. »Nicht einmal einen Handschuh?«

Der Reith schüttelte den Kopf: »Du zögerst das Unvermeidliche nur hinaus.«

»Hier, Neal, du Narr.« Aarundel zog einen grünen Handschuh aus seinem Gürtel und warf ihn mir zu: »Damit Tashayul, der Herr, dich nicht gleich im ersten Gang entwaffnet. Eine schnell gelernte Lektion vergißt man auch schnell.«

Ich fing den Handschuh mit der linken Hand und streifte ihn über. Das geschmeidige Leder schien meine Hand anfangs einzuengen, doch gab sich das. Auch waren die Fingerlinge des Handschuhs zunächst zu lang für meine Finger; als ich jedoch mein Schwert wieder in die Hand nahm, schmiegte sich der Handschuh fest an Hand und Griff.

Ich entbot dem Elfen meinen Gruß und nahm dann Aufstellung *en garde* vor dem Krieger von Reith. Wenn ich ihn in meiner Reichweite hätte, wären es nur ein paar Zentimeter, dachte ich bei mir. In einem Zweikampf bis zum ersten Blut ist der Armrücken ein vorrangiges Ziel. Ein schneller Hieb, ein Konter, ein Streich, und ein Stahlkuß sorgte für Blut. Bei seinem gepanzerten Stulpen würde es etwas Härteres als einen zärtlichen Klaps erfordern, um diesen Kampf zu gewinnen; also versuchte ich mir eine Taktik zurechtzulegen.

Der Reith gab mir keine Gelegenheit zu planen. Er drang hart auf mich ein, zunächst einhändig, dann verlagerte er sein Gewicht, um das Schwert mit beiden Händen zu fassen. Sein erster Streich kam von rechts nach links, spiegelbildlich zu jenem, den er mir vorgeführt hatte, als ich vor ihm kniete. Ich sprang zurück; doch spürte ich die scharfe Liebkosung des Schwerts auf der rechten Schulter.

Nur eine Fleischwunde – ein Hautlappen flatterte wie eine Epaulette an meiner Schulter. Blut troff vom Ellbogen den Arm hinab, und der Aufschrei, den dies bei seinen Männern hervorrief, hallte durch den Hof. Ich spürte den Schmerz und verglich ihn mit dem Stich einer Biene, dann verdrängte ich ihn, denn Tashayul hatte einmal gestochen und würde wieder und wieder stechen, bis ich tot vor ihm läge.

Ein anderer Zweikämpfer, dem seine Leute zujubelten, hätte abgelassen und den Beifall entgegengenommen, nicht so Tashayul. Er setzte nach und schwang *Khlephnaft* in einem großen Bogen auf meinen Kopf hinab. Ich hob mein Schwert, blockte seinen Hieb ab, dann sprang ich zurück und zerrte daran, um es freizubekommen. Es kam mit einer Sekunde Verzögerung frei, eine Verzögerung, die den Rest unseres Kampfes bestimmen sollte.

Khlephnaft hatte meine Klinge eingekerbt. Die Schwertschmiede der *Roclawzi* kannten ihresgleichen nicht auf Skirren – was ich getrost behaupten kann, da die Zwerge unter der Erde hausen –, doch *Khlephnaft* schnitt in meine Klinge wie ein gut geschliffenes Küchenmesser in ein Stück Käse. Wir kamen beide zu derselben Feststellung, und ich erkannte am Widerschein seiner Augen, was das für Tashayul bedeutete. Er würde zuerst mein Schwert zerspanen, dann mich selbst schälen und in kleine Stückchen hacken.

Mit dieser zweiten sicheren Aussicht, den Tag nicht zu überleben, wurde die Zahl der Optionen für den Rest meines Lebens beträchtlich eingeschränkt: Ich konnte schnell sterben, oder ich konnte langsam sterben. Letzeres schien die wahrscheinlichere Möglichkeit zu sein, doch mit ihr war Schmerz verbunden, was sie mir wieder fragwürdig erscheinen ließ. Natürlich konnte ich etwas von dem Schmerz mit Tashayul teilen und ihm so seinen Sieg trüben. Mit sechzehn Jahren schien ich nun wohl doch nicht jener Auserwählte zu sein, der dazu bestimmt war, ihn zu töten; doch kannte ich auch keine Prophezeiung, die mir verhieß, ich müsse durch ihn leiden.

Ich griff an. Nach vorne springend, zielte ich einen tiefen Hieb gegen sein vorderes Bein und erwischte ihn tatsächlich am Knöchel. Die Klinge zernarbte zwar das Leder seiner Stiefel, drang aber nicht bis aufs Fleisch durch. Indem ich im Handgelenk abkippte, löste ich mich aus seiner Abwehrparade und legte an zu einem kreisförmigen Schlag, der auf seinen Unterleib zielte. Er wich einen Schritt zurück und schlug dann mit seinem gepanzerten Arm mein Schwert beiseite.

Mit einer Drehung aus dem Handgelenk zog er sein Schwert zu einem Aufwärtshieb hoch, der zwar ohne Kraft war, aber dennoch drohte, mich vom Nabel bis zur Nase aufzuschlitzen. Ich nahm die linke Schulter zurück und rollte mich ab, was mich fast ganz an seine Flanke brachte. Bis ich wieder auf den Beinen war und einen Schlag aus der Rückhand gegen seine Beine führen konnte, hatte er sich schon herumgeworfen und parierte hart. Das nagte wieder an meinem Schwert und gab ihm die Führung in unserem Zweikampf zurück.

Den Rücken den Elfen zugewandt, brachte er mich in schwere Bedrängnis. Zweimal kam er rechts hoch und zwang mich dadurch, seine Hiebe frontal mit der Klinge anzunehmen. Die Schwerthiebe ließen Splitter von meinem Schwert wegspritzen wie die Axthiebe eines Holzfällers von einem alten Baum. Als er das dritte Mal ansetzte, machte ich einen Ausfall mit einem Stoß, den er jedoch vorhergesehen hatte. Er rückte auf und brachte *Khlephnaft* in einem wischenden Schlag nach unten, womit er meine Schwertspitze um fünf Zentimeter kürzte.

Ich erinnere mich daran, wie ich das Stahlstück auf

dem Boden des Hofes aufschlagen hörte, es klang wie eine Glocke. Als ich mich erholt hatte, wechselte ich mein Schwert in die linke Hand, täuschte durch ein Aufstampfen mit dem rechten Fuß an, sprang dann mit dem linken vor und stieß nach seinen Leisten. Der Stoß kam langsam und schwerfällig, ein letzter Akt der Verzweiflung.

Tashayuls Parade kam hart und schnell. Er drückte meine Klinge auf den Steinboden des Hofes, dann zerbrach ein abschließender Stoß mit geballter Muskelkraft das Blatt meines geschundenen Schwertes. Die Wucht des Stoßes riß mir das Heft aus der Hand und schleuderte es auf den Steinboden. Es sprang auf und schlitterte weg, an dem Reith vorbei auf die wartenden Elfen zu.

Wie ich schon von dem Augenblick an, als ich den Griff wechselte, vorgehabt hatte, drehte ich mich auf dem linken Fuß ein und brachte den rechten Fuß hoch zu einem Kreistritt mit dem Fußballen gegen Tashayuls rechte Schläfe. Der Tritt schleuderte seinen Kopf herum und ließ ihn nach hinten schwanken. Er versuchte das Gleichgewicht wiederzugewinnen, sank aber nach nur wenigen Schritten auf die Knie.

Ein harter Schlag auf mein Kreuz warf mich mit allen vieren zu Boden. Ich schaute hoch und hörte einen Pfeil knapp an meinem Ohr vorbeisirren. Er bohrte sich in irgend etwas hinter mir, das seufzte und gurgelte und dann mit einem dumpfen Schlag zusammensackte. Tashayul schüttelte den Kopf, erhob sich und wandte sich nach den Elfen um. Finndali tadelte Aarundel zwar, doch der unerschrockene Elf legte mit fachmännischer Gelassenheit einen neuen Pfeil ein.

Die Finger meiner rechten Hand schlossen sich um ein flaches Stück Metall von etwa fünf Quadratzentimetern Größe. Ich drückte den Zeigefinger in eine Kerbe zwischen einem scharfen Grat und der ehemaligen Schneide meines Schwertes und hielt das Bruchstück in der Hand, als ob ich es wie einen flachen Stein übers Wasser hüpfen lassen wollte. Ich holte aus und schleuderte es nach vorne, wobei es mir gleich war, ob ich einen Reith oder einen Elfen traf, doch hoffte ich das beste.

Mein Wurfgeschoß traf Tashayul am Rückgrat. So klein der Splitter auch war, wirkte er doch wie ein ganzes Schwert, denn die untere Körperhälfte des Reith erstarb so schnell, wie trockenes Holz im Feuer verbrennt. Er griff nach hinten zur Wunde, geriet aus dem Gleichgewicht und fiel auf den Rücken. Dabei ließ er *Khlephnaft* fallen. Dann blieb er reglos liegen. Seine starren Beine standen im Gegensatz zu der Wut in seinem Gesicht und dem Ärger, mit dem er die Fäuste schwang.

»Nehmt euch zusammen, oder ich nehme euch das Leben«, befahl Aarundel den Reith in meinem Rücken. Ich sah, wie drei weitere Elfen ihre Bögen auf volle Spannung gebracht hatten, ohne auf Finndalis Anordnungen zu hören.

»Betrug! Gemeiner Verrat!« schrie Tashayul vom Boden aus. »Er hat mich verhext! Ich fordere euch auf, macht ihn nieder!«

Noch immer auf den Knien, wandte ich mich um und nahm mir einen Krummsäbel von der hinter mir liegenden Leiche des Reith. »Ich glaube, wenn es hier einen Verrat gab, so hat er eher mich als dich getroffen, Tashayul.« Ich schaute hoch zu Finndali: »Merkt wohl, daß es mein Schwert war, welches ihn blutig schlug. Es war zwar nur ein kleines Stück davon, doch es war mein Schwert und sein Blut. Der Kampf ist beendet.«

Wie wenig Finndali mich auch geschätzt haben mochte, so konnte ich doch feststellen, daß er auch keinerlei Verpflichtung gegenüber dem am Boden liegenden Reithführer fühlte. Er hätte mich wohl erschlagen lassen können, doch durch meine Verneigung vor ihm und dadurch, daß ich ihn als Schiedsrichter anrief, wuchs er mit der Verantwortung dieser ihm so zugewiesenen übergeordneten Stellung. Ich erwartete demütig seinen Spruch.

»Das Recht dieses Mannes ist über jeden Zweifel erhaben.« Finndali schüttelte den Kopf, als er zu Tashayul hinabsah. »In Eurer Großzügigkeit habt Ihr ihm vier Jahre gewährt. Er soll sie denn haben.«

Ich ging zu Tashayul hinüber und stieß *Khlephnaft* mit dem Fuß in seine Reichweite. »Paß gut auf das Schwert auf, Herr der Reith, weil ich es an mich nehmen werde, sobald ich dich getötet habe. In vier Jahren. Wenn ich meinen zwanzigsten Sommer gesehen habe.«

Ich machte mich auf zu den Ställen des Klosters, doch Finndali hielt mich zurück. »Roclawzi, wie kommst du dazu, in deinem Alter so dreist zu sein?«

Ich blickte den Elfen finster an, als meine angestaute Angst sich als Ärger entlud: »Ich denke, gnädiger Herr, dies ist eine Frage, die nur von einem gestellt werden kann, der das Leben eine lange Zeit *gesehen* hat. Ich *lebe* mein Leben, ich *bin*, und dieses Leben fordert Dreistigkeit. Im Morgengrauen hatte ich noch vier Minuten zu leben, jetzt sind es schon vier Jahre; ich sehe also keinen Grund, meine Dreistigkeit zu mildern.«

Der Elf lachte in sich hinein, offensichtlich belustigt durch etwas, das ich gesagt hatte. »Hrothdel, komm her und heile diesen Jüngling, daß ihm nicht noch mehr von seiner Kühnheit ausläuft.«

Ein Elfenzauberer löste sich aus der Truppe, um mir zu helfen, doch ich schüttelte den Kopf. »Danke, aber ich werde fragen, ob eine der Nonnen eine Schneiderin ist, und mir von dieser eine oder zwei Nähte in meine Wunden setzen lassen.«

»Aber du wirst Narben davontragen. Dafür gibt es keinen Grund.«

»Oh doch, es gibt einen – ohne eine Narbe könnte ich dies hier vergessen. Da ich nicht so gerne Verwundungen erleide, will ich diese lieber im Gedächtnis behalten.« Ich warf dem Elfenführer einen Gruß zu. »Kommt in fünfzig Jahren – ich denke, Ihr werdet dann den Geschichten lauschen müssen, wie ich diese und alle anderen Narben empfangen habe als Preis dafür, daß Ihr den *Seelentöter* aus meinen Händen entgegennehmt.«

»Wenn du so lange lebst, Neal, könnte dieser Vortrag wohl unterhaltsam werden.« Der Herr der Elfen hob die rechte Hand auf Schulterhöhe und winkte einen aus seiner Mannschaft nach vorne: »Aarundel, du wirst mit diesem Neal reisen. Tashayul hat ihm vier Jahre gegeben, und ich meine, er soll sie auch haben.«

»Ich will keinen Elfen haben, der mir hinterherschnüffelt.« Ich zog Aarundels Handschuhe aus und warf sie ihm zu. »Vielen Dank, *Virsylvani*, für deine Handschuhe.«

Aarundel pflückte sie gewandt aus der Luft. »Ich will nicht der Hund auf deiner Hasenfährte sein, doch wenn du es wünschst, kann ich dir noch einiges von der sylvanischen Sprache beibringen und die Reith daran erinnern, welchen Eid ihr Führer geleistet hat.«

Es war eher das Grinsen Aarundels als der Ausdruck von Abscheu in Finndalis Gesicht, was mich dazu brachte, ihn als Begleitung zu akzeptieren.

Um die Wahrheit zu sagen (was nur zu selten vorkommt): Die Nächte auf der Landstraße waren einsam gewesen, und es mochte schon ein eigenes Abenteuer werden, einen Elfen als munteren Weggenossen bei sich zu haben. Auch entnahm ich dem Geflüster und den Blicken der anderen Elfen, daß die Mehrzahl von ihnen diese Aufgabe eher verabscheut als begrüßt hätte.

»Als Gegenleistung kann ich dir beibringen, wie eure Schwerter und Bogen etwas lernen können, nicht wahr?« Ich grinste zurück und bot ihm die Hand: »Neal Roclawzi, fühle mich geehrt, dich kennenzulernen.«

»Und ich bin Aarundel.«

Viel Staub hat sich seit jenem Tage auf unsere Spuren gelagert, wobei unser Weg uns von Esquihir nach Ispar und Barkol, weiter bis in die Roclaws hinein und schließlich wieder die ganze Strecke zurück nach Jammaq geführt hatte, und das alles innerhalb weniger Jahre. Aarundel half mir dabei mehr als nur einmal aus der Gefahr, und ich habe dasselbe für ihn getan. Noch viel wichtiger als das jedoch war, daß wir eine feste Freundschaft schlossen. Wenn man ihr Fundament, das in den ersten fünf Jahren gelegt wurde, als ein Anzeichen auch für die künftige Dauerhaftigkeit dieser Freundschaft werten durfte, so müßten sich schon alle Götter zusammenschließen, um uns zwei aus der Welt zu reißen, denn eine schwächere Macht könnte dies wohl kaum schaffen.

Als wir jetzt um eine Ecke bogen, die von einem gemeißelten Unhold gestützt wurde, sahen wir den Turm. Für ein Mausoleum, das mußte ich zugeben, war es schon ein eindrucksvoller Bau, auch mit einem etwas zu grausigen Prunk für meinen Geschmack. Die Baumeister der Reith hatten ihrer Leidenschaft für Säulen und Bögen freien Lauf gelassen, doch sahen alle diese Säulen wie Knochen aus, und in jedem Bogen saß ein Totenschädel als Schlußstein. Die Turmwände waren ansonsten so gestaltet, daß man den Eindruck bekam, sie bestünden aus Rippenknochen. Jede freie Stelle war mit Knochen, merkwürdig geformten Schulterblättern und augenlosen Schädeln vollgestopft. Daß die gemeißelten Scheusale hier überall so entsetzt in die Gegend schauten, erstaunte mich angesichts dieser morbiden und todesbrünstigen Gestaltung des Gebäudes wahrhaftig nicht sonderlich.

Aarundel richtete sich zu seiner vollen Größe auf und zog sich den Schal vom Mund. »Wenn ich dieses *Mortuarium* hier sehe, beneide ich keinen Reith um seinen Heimgang und seine Bestattung.«

»Ich glaube, dieser Ort hier gehört nicht zu denen, wo ich einmal liegen wollte, nicht einmal nur für ein Jahr«, stimmte ich ihm zu und zog mir den Schal ebenfalls vom Mund.

Der Elf wies auf eine verschlungene Schriftzeile, die in den Türsturz über dem massiven Tor eingehauen war. »Wenn du auch meine Übersetzung von Tashayuls damals wohl gesprochenen Worten anzweifeln magst, sagt das hier doch, daß nur die Toten und die Gläubigen diesen Ort bei Nacht betreten dürfen.«

»Dann ist es ja praktisch, daß wir schon tot sind, denke ich, denn mein Wahnsinn ist noch nicht so weit fortgeschritten, daß ich die Kalte Göttin gläubig um irgendeinen Gefallen bitten würde.« Ich schlug ihm auf die Schulter und marschierte stracks auf den Durchgang zum Turm zu. »Komm schon, hier steht doch eindeutig, daß wir willkommen sind.«

»Ob wir nun leben oder tot sind: die Reith hätten keinen Anlaß, uns hier willkommen zu heißen.«

Damit hatte Aarundel recht. Nach Tashayuls Tod in den Roclaws konzentrierten sich die Reith darauf, Jarudin, die Hauptstadt ihres Imperiums, fertigzustellen, das Reich selbst dehnten sie nicht weiter aus. Statt uns jedoch dafür dankbar zu sein, daß sie nun ihre bisherigen Eroberungen sicherstellen und ausbauen konnten, hatten sie Tashayuls Schädelreitern den Auftrag gegeben, mich zu erschlagen. Da die Reith ihre ungetrübten Beziehungen zu den Elfen aufrechterhalten wollten, tauchte Aarundels Name auf keiner Todesliste auf, doch neigten die Schädelreiter nicht zu Methoden, die ihn eine Schonung erwarten ließen, während sie mich hinmetzelten.

Da uns klar wurde, daß wir sie im Diesseits nicht loswürden – Anbeter einer Todesgottheit sind eher fanatisch in ihren Ansichten –, lockten wir eine ganze Meute von ihnen in die Roclaws. Die Schädelreiter dicht auf den Fersen, stellten wir ihnen inmitten des Gebirgswinters und eines heulenden Schneesturms eine Falle. Eine Lawine, ein zu dieser Jahreszeit in den Roclaws ganz gewöhnliches Vorkommnis, löschte die meisten von ihnen aus.

Es wurde angenommen, daß auch wir beide dabei umgekommen waren. Den Reith war es nicht in den Sinn gekommen, daß die Leute in den Roclaws schon vor Urzeiten gelernt hatten, wie man Lawinen auslösen konnte und dabei vermied, selbst von ihnen begraben zu werden. Mit der Hilfe adliger Roclawzi, die sich meinen Status als Held für eigene Zwecke zunutze machen wollten, konnten Aarundel und ich dem eisigen Tod entkommen und die Roclaws ohne feindliche Verfolger wieder verlassen.

Als solchermaßen frisch Gestorbene hatten wir auch die normalen und vernünftigen Zweifel vollends hinter uns gelassen und waren dann zu unserer Pilgerfahrt in die Stadt der Toten aufgebrochen.

Indem ich mich mit einem Bein gegen ein steingemeißeltes Schienbein stemmte, konnte ich durch ein gebogenes Fenster in das Totenhaus hineinspähen. Als ich dort keine Bewegung wahrnahm, schob ich ein Bein über das Fensterbrett, zwängte meine Ferse hinter einen Schädel oder auch zwei, dann reckte ich mich hoch und benutzte den geöffneten Kiefer eines Totenkopfes als Griff für die Hand. Nachdem ich mich in den Turm hineingezogen hatte und innen auf festem Steinboden gelandet war, half ich Aarundel herein.

Das Innere des Turms bildete einen bemerkenswerten Gegensatz zum Äußeren, was die Gestaltung anging – auf ansprechende Weise. Der Innenraum wirkte wie ein steinerner Wald, der von einer ansehnlichen Zahl an Säulen und gewölbten Deckenbögen gebildet wurde. Wir waren auf einen Gang gekommen, der an drei Wänden der Kammer entlanglief. Von der Mitte der unserer Wand gegenüberliegenden Seite verliefen Treppenstufen zum abgesenkten Boden der Kammer hinab. Wenn wir diese weiter hinaufstiegen, würden wir zweifellos in den Hauptkorridor des Turms gelangen. An der Ostseite der Kammer sah ich eine kleinere Tür, zu der eine Rampe hinaufführte. Diese stand offen und gab den Weg frei in den Kernbereich des Komplexes. Das Feuer dort warf durch die Tür sein flackerndes Licht herein, so daß wir in der Totenkammer genug erkennen konnten. Auch Stimmen waren zu hören, doch konnte ich nichts davon verstehen, und Aarundel hielt wohl auch nichts davon für übersetzenswert.

Die Kammer, in der wir uns befanden, enthielt einen Fries, der ausgewählte Szenen aus der Geschichte der Reith darstellte. Er zeigte die Schöpfung der Reith durch die Götter und ihre siegreiche Erhebung gegen ebendiese: In einem langen Krieg verdrängten die Kinder ihre Erzeuger. Darstellungen zahlreicher anderer Ereignisse, die für die Reith eine Bedeutung hatten, folgten diesen ersten. Den Abschluß des Frieses bildete eine frischgemeißelte Szene über die Länge fast einer ganzen Rute.

»Schau dir den Fries an.«

Der Elf blickte hinüber. »Grobe Blasphemien. Schau dir nur mal an, wie dieser – *Künstler* die Reith in seiner Schöpfungsgeschichte über die Elfen stellt.«

»Nicht das, mein Freund, schau dir das letzte Teilstück an.« Ich wies auf die neu hinzugefügte Szene. »Das Banner dort, das unter den Füßen der massigen Figur liegt. Das ist das Banner der grünen Viper des Fürsten Harsian von Irtysch.«

Der Elf grinste. »Tashayuls letzter Sieg. Das Stück scheint sich auch leicht wieder entfernen zu lassen.«

»Sie mieten diese Räume nur, sie gehören ihnen nicht auf Dauer.« Ich bewegte mich weiter nach rechts, wobei ich mich zwischen den Pfeilern durchschlängelte. In der Mitte des Raumes stand ein riesiger Steinthron mit dem Rücken zu uns. Er war diesem neuesten Teilstück des Frieses zugewandt. »Ich glaube fast, daß wir entweder direkt an den richtigen Ort gestolpert sind …«

»… oder es liegt ein anderer General hier, der auch in

den Roclaws umgekommen ist.« Aarundel folgte mir nach und hatte, obwohl er ein Elf war, weniger Schwierigkeiten, einen Weg durch das Halbdunkel zu finden, und er bewegte sich wesentlich leiser als ich.

Ich trat vor den Thron. »Nein, das hier ist Tashayul.«

Ich erschauderte, als das Licht von draußen plötzlich aufflackerte und mir einen guten Blick auf das ermöglichte, was aus meinem alten Feind geworden war. Von dem Sitz im Steinthron her starrte uns ein Skelett mit leeren Augenhöhlen an. Büschel seines schwarzen Haares hingen über die entblößten Schulterknochen und die Rippen des Brustkastens, doch war kaum noch ein Fleischfetzen an ihm, und von seinen Muskeln war nichts mehr zu sehen. Der Unterkiefer war vom Schädel abgesprungen und lag nun im Schoß. Zwischen den Oberschenkelknochen lagen einige herausgebrochene Smaragdzähne und schmückten den nackten Stein.

Ich schaute Aarundel an. »Das ist also die Erklärung.«

»Bemerkenswert.«

Kunsthandwerker der Reith hatten die Knochen des Skeletts mit Bronze armiert. Dadurch war ein Metallrahmen aus langen und kurzen, geraden und gebogenen Stücken entstanden. Jedes einzelne Bronzestück war durch Verbindungsstücke an Metallringen befestigt, die man um die jeweiligen Knochen geschmiedet hatte. Die Schenkelknochen wiesen je vier solcher Befestigungspunkte auf, die Schienbeine und Armknochen je drei und jeder Rückenwirbel einen. Die einzelnen Bronzeknochen waren untereinander durch ausgearbeitete Gelenke verbunden, wodurch sie jede Bewegung der natürlichen Knochen nachvollziehen konnten. Das Ganze endete im Nacken. Die letzten fünf Halswirbel hatte man, soviel ich sehen konnte, ganz durch metallene Wirbel ersetzt.

»Das Metall lag überall eng auf seinem Fleisch auf, nur dort nicht, wo es das Fleisch sogar durchbohrte.«

Aarundel zeigte auf Tashayuls Unterarmknochen. »Ich kann mir nicht vorstellen, daß das nicht wehgetan hat.«

Ich nickte. »Das muß dauernd geschmerzt haben, darauf möchte ich wetten.«

»Dauernd, das möchte ich auch hoffen.«

»In der Tat.« Ich grinste. »Das erklärt wirklich vieles.«

»Das tut es, ja.«

Nach meinem Entkommen aus dem Kloster waren die Eroberungszüge der Reith eine Zeitlang abgeflaut. Wir beide, Aarundel und ich, hatten gedacht, daß Tashayuls Rückgratverletzung ihm auch den Kampfgeist genommen hätte, aber dann war er plötzlich wieder aufgetaucht. Das Gerücht ging, er sei größer und stärker geworden. Wir konnten beide seine Truppen während einer Schlacht in Barkol ausspähen, fast zwei Jahre bevor er die Berge erreicht hatte, und dann noch einmal in Irtysch. Beide Male wirkte er viel massiver als früher. Daß Tashayul sich wieder bewegen und sogar kämpfen konnte, war eigentlich kaum möglich, das wußten wir beide. Doch galten die Reith als Meister unreiner Magie, die sogar seinen toten Gliedern neues Leben einhauchen mochte; wir konnten uns also damals keinen Reim darauf machen, was ihn geheilt haben mochte.

Aarundel ging in die Hocke und schaute durch den Rippenkäfig nach oben. »Du wirst es nicht sehen, Neal, aber ein Stück deiner Klinge steckt immer noch in seinem Rückgrat. Ein Schwertstreich, der schon vor vier Jahren geführt wurde, hat schleichend sein Ende bewirkt, während du noch einige Sommer erlebt hast.«

»Für mich wäre es besser, wenn man glauben würde, ich hätte ihn im Duell getötet, als daß der wirkliche Hergang herauskäme!«

Der Elf schüttelte den Kopf: »Roclawzische Eitelkeit! Du hast ihn doch getötet!«

»Ja, schon. Aber alles andere als heldenhaft.«

»Heldentum bleibt dem Urteil der Jahrhunderte überlassen.«

»Dann erinnere dich bitte wohlwollend an mich, mein Freund.«

Aarundel nickte und erstarrte plötzlich, den Blick auf den Durchgang gerichtet: »Wenn ich mich nicht verhört habe, dann hat dein Auftritt hier schon jetzt die gewünschte Wirkung.«

Mit gespannten Gesichtern gingen wir die Rampe weiter nach oben. Unbemerkt gelangten wir in einen größeren Raum. Was seine Größe anging, war das Wort ›Raum‹ nicht ganz korrekt, denn er ging in den Innenhof des ganzen Turmbaus über. In der Mitte war er bis zum Himmel offen. Fünf Stockwerke hoch bildeten konzentrische Ringe, von denen der jeweils untere immer kleiner war als der darüberliegende, Terrassen, von denen aus man den ganzen Hof überblicken konnte.

In der Mitte des Hofes faßte ein riesiger Ring aus Steinen einen ›Feuerbrunnen‹ ein, wie ich ihn nennen will. Unter hohem Druck hereinströmendes Gas brannte in einem fauchenden Feuerstrahl ab und tauchte die ganze Umgebung des Brunnens in die Gluthitze einer Esse. Die geisterhafte Architektur des ganzen Bauwerks rief an dieser Stelle den Eindruck eines kompakten Skeletts hervor: Die Terrassen wirkten wie die Rippen eines Brustkorbs, die gestauchten Proportionen ließen an Schädel denken, die auf Kniegelenken ruhen, an Arme, die Fuß- und Beinknochen an die Brust drücken.

Uns gegenüber, vor einer Zuhörerschaft von vielleicht fünfzig Reith, stand ein Hoherpriester der Dunklen Göttin, gewandet in eine leuchtendgoldene Robe, deren schillernder Faltenwurf vortäuschte, sie sei aus Flammen gewoben. Das leuchtende Glühen hinter ihm milderte ein wenig sein unförmiges Aussehen. Zweifellos wurden auch wir von diesem Leuchten erfaßt, aber entweder bemerkte er uns nicht, oder unsere Anwesenheit ließ ihn gleichgültig.

Mit beiden Händen hielt er ein in der Scheide steckendes Schwert in die Höhe. Den Wortlaut seiner Rede verstand ich nicht, aber seine Gesten waren deutlich die eines Auktionators, der etwas anpries und Gebote einholte. Nach immerhin fünf Jahren und aus zwanzig Metern Abstand sah das Schwert in meinen Augen etwas anders aus, als ich es in Erinnerung hatte, aber ich *wußte*, um welche Klinge es sich handelte und daß sie mein sein würde, noch ehe die Nacht vorbei war.

Aarundel beugte sich zu mir herüber und flüsterte mir zu: »Er sagt, das sei *Khlephnaft*, und er preist es gegen Höchstgebot an.«

In der Menge erhob sich ein Reith. Er drehte sich um und nickte den anderen Anwesenden zu. So konnte ich sein Profil gut erkennen. Er war schlanker als sein Landsmann, aber er hatte denselben hungrigen Blick in seinen Augen. Aus meinem Blickwinkel wirkte sein Lächeln wie eine funkensprühende schwarzklaffende Schnittwunde im unteren Teil seines Gesichts; aber das war natürlich nur deswegen so, weil er Diamanten als Zähne hatte. Er zeigte auf das Schwert und begann zu sprechen.

Ich trat einen Schritt nach vorn, noch bevor mich Aarundel bremsen und mir den Mund zuhalten konnte: »Entschuldigen Sie bitte. Würde es Ihnen etwas ausmachen, in der Menschensprache zu reden? Mein Reithisch ist nicht gut genug, und ich habe vor, gegen Sie zu bieten.«

Nichts als das Fauchen des Feuers war als Antwort auf meine Frage zu hören. Die Reith, Männer wie Frauen, drehten sich um. Sie starrten mich schockiert an, und ihre Juwelenzähne blitzten nicht ganz so freundlich, wie wenn sie lächelten. Auf einen Schlag brach es aus ihnen heraus, ein Durcheinander von zornigen, guttural-kantigen Worten.

Aarundel trat neben mich und brüllte den Hohenpriester in derselben unfreundlichen Tonart an. Die Reith gestikulierten wütend vor uns herum, aber der Priester schien über Aarundels Worte nachzudenken. Dann blickte er auf die Menge herab, ein einziges Wort brachte sie zum Schweigen. Als der Priester den Kopf wieder erhob, richtete er den Blick direkt auf mich.

»Der Elf hat gesagt, daß du auf *wirt kalma* Anspruch erhebst.«

Ich nickte. »Ich war der Meinung, daß die Vereinbarungen für den Erbfall eine neue Ausgangslage schaffen. Sonst wäre ich nicht so verrückt, hier zu sein.«

»Im Prinzip schon. Aber nur für jene, deren Anwesenheit hier vorgesehen ist.«

Der Priester starrte ausdruckslos auf einen Mann in der ersten Reihe, der immer noch vor sich hin grummelte, und sprach: »Wenn dein Verlangen nach diesem Schwert letztendlich von Erfolg gekrönt sein sollte, dann werden wir auch wissen, daß deine Anwesenheit hier vorgesehen war, und dann wird dir *wirt kalma* gewährt werden.«

Die mörderischen Blicke der anderen in diesem Raum Versammelten machten mir klar, was mit mir geschehen würde, sollte ich das Schwert *nicht* erhalten. »Gut«, sagte ich, »ich habe verstanden«.

»In Ordnung. Takrakor, du hast vorhin die Gründe aufgeführt, warum das Schwert in deinen Besitz übergehen sollte.«

Der reithische Zauberer nickte bedächtig. »Mein Bruder war nicht der einzige, der unser Reich wiedererrichten wollte. Diesen Traum haben wir gemeinsam geträumt, und gemeinsam haben wir ihn auch verwirklicht. In der ganzen Zeit, die ich darauf verwandte, den Plan zu schmieden und umzusetzen, der meinen Bruder wieder ins Spiel brachte, waren wir nicht nur in unseren Träumen ein Herz und eine Seele, sondern auch in unserer Arbeit. Sein Wunsch war, daß das Schwert, dieser Katalysator unseres Traums, nach seinem Tod mir zufallen sollte. Darauf gründe ich meinen Anspruch.«

Jetzt blickte der Priester mich an. »Menschling, nun trage du deine Sache vor!«

Ich versuchte, locker zu lächeln, um zu verbergen, daß ich mich so fühlte, als würde sich eine Schlange in meinem Bauch ringeln. »Eigentlich habe *ich* das Schwert für Tashayul gefunden, denn ohne meine Nachforschungen hätte er es nie und nimmer ausfindig gemacht. *Ich* habe auch schon gegen das Schwert gekämpft, und es hat *mein* Blut getrunken. *Ich* habe Tashayul niedergekämpft, und als ihm das Schwert aus der Hand fiel, habe *ich* es ihm zurückgegeben. Vor einem Jahr habe ich Tashayul getötet, und ich hätte auch das Schwert an mich genommen, so wie es dem Kriegsbrauch entspricht, aber seine Schädelreiter – mögen ihre erfrorenen Leiber eines Tages hier vermodern! – brachten ihn und mein Schwert nach Jammaq.«

Ich zeigte auf das Schwert. »Mit anderen Worten: Das Schwert sollte meines sein, *ist* meines, und ich werde es mir jetzt nehmen.«

Takrakor schüttelte den Kopf. »Mein Bruder hat nicht gewollt, daß *Khlephnaft* jemals in deinen Besitz übergeht. Das ist ganz klar und zweifelsfrei.«

»Er muß gewußt haben, daß es mir bestimmt war!« Ich blinzelte Aarundel zu, und der Elf nickte bestätigend: »Er wußte es, du weißt es, ich weiß es, und die Klinge selber kann es beweisen.«

Takrakor drehte die Handfläche nach oben. »Noch mehr Verräterei aus den Bergen?«

»Wir wollen der Sache auf den Grund gehen.« Ich sah den Priester auffordernd an. »Zieh die Klinge aus der Scheide!« Ich ließ die Hand auf das Heft des Krummschwerts herunterrutschen, das ich mir von dem *natari*, den ich erschlagen hatte, ›geborgt‹ hatte. Daß Aarundel seine Streitaxt nicht mehr in die richtige Position bringen konnte, war alles andere als beruhigend. »Hoffentlich kommen wir damit durch, Aarundel.«

»Es wird klappen. Der Priester weiß auch schon, daß es klappt.«

Der Älteste der Reith zog an der Scheide und entblößte ganz langsam die Klinge. Als auch die Spitze freigelegt und die Lederscheide schlaff in sich zusammen gefallen war, war es eindeutig: Die Klinge, die ich sah, war eine ganz andere als die, die ich erwartete. Während der *Entzweier* ursprünglich nur eine, sozusagen serpentinenhaft verlaufende Schliffkante aufwies – so wie die oberste Kaste der Reith das bevorzugte –, war diese Klinge zum Breitschwert geglättet. Gegen das Licht des Feuers sah ich einen orangefarbenen Schimmer um zwei rasiermesserscharfe Schliffkanten spielen, nicht nur um eine. Auch das Heft war verändert worden. Obwohl es von der ursprünglichen Form weit entfernt war, wußte ich doch, daß es viel besser in der Hand liegen mußte als das Breitschwert, das ich bei den erschlagenen *Nataris* und unseren Pferden zurückgelassen hatte.

Ich wußte nicht, wie das Schwert verändert worden war, aber die Umwandlung tat dem Dünkel der versammelten Reith keinen Abbruch. »Seht ihr's: Als es für eine reithische Hand bestimmt war, nahm es auch eine reithische Form an. Aber jetzt ist es für die Hand eines Menschlings bestimmt!« Ich ging die paar Stufen hinunter und den Gang entlang bis zu dem Podium, auf dem der Hohepriester stand. Die dem Feuerbrunnen entströmende Hitze konnte mich nicht zurückhalten und mich nicht scheitern lassen: »Mein Schwert, wenn ich bitten darf!«

Sein Gesicht hatte eine aschgraue Färbung angenommen, als er mir das Schwert übergab. Ich drehte mich um, um zu gehen. Über die ganze Länge des Schwerts hinweg fiel mein Blick auf Takrakors bleichen Mund. »Was das *wirt kalma* angeht, Takrakor …«

»Eines Tages, Bürschchen, werde ich dir das Schwert aus der Hand nehmen, und dann wird die Menschheit vor Schmerzen schreien.«

»Das meinst du bloß.« Ich zwinkerte ihm zu und tippte das Schwert kurz gen Himmel. »In fünfundvierzig Jahren werde ich dieses Schwert einem Elfen übergeben. Du mußt dich also beeilen, es zu kriegen, solange es noch meines ist.«

Ich ging um ihn herum und stellte mich wieder neben Aarundel. »Noch etwas, bevor ich gehe: Ich beanspruche auch dein Reich. Gib es, wem du willst, aber denke daran, daß es nur ein Lehen ist. Eines Tages werde ich es mir holen!«

Aarundel und ich gingen wieder zurück durch den ganzen Turmkomplex und verließen ihn durch zwei kalte massive Bronzetüren. Hinter uns schwoll das wütende Gemurmel wieder an und verschmolz mit dem Fauchen der Feuerglut im Innern der Türme.

»Bei all ihren Zauberkünsten lassen sich ihre zwischenmenschlichen Beziehungen doch am besten mit ›chaotisch‹ und ›primitiv‹ charakterisieren. Welche Freude sie auch daran hätten, dich auszulöschen, schwelgen sie doch vor allem in Kämpfen untereinander. Gerade jetzt wird Takrakor wieder darlegen, welches Recht er auf deine Vernichtung hat.«

»Mit ein bißchen Glück wird diese Auseinandersetzung für ein oder zwei Jahrzehnte reichen.« Ich hob des *Entzweiers* blanke Klinge zum Gruß und fühlte den kalten Stahl auf der Stirn. Ich ließ die Klinge langsam wieder sinken, sobald Aarundel meinen Gruß mit einem Nicken erwidert hatte. »Sag mir, mein Freund, warum will Finndali eigentlich dieses Schwert?«

»Die Consilliarii haben ihm den Auftrag dazu erteilt.«

»Und warum wollen die Herren des Hohen Rats von Cygestolia dieses Schwert?«

In seinen dunklen Augen konnte ich den Widerstreit zwischen Herz und Verstand verfolgen. Einerseits hatte er schon eine gewisse Loyalität mir gegenüber, aber sie war jüngeren Datums und konnte sich als unverläßlich erweisen. Andererseits hatte er seine Befehle von den Consilliarii und von Finndali, ihrem Vertreter. In der ganzen Zeit, die wir schon zusammen waren, war er niemals nach Hause zurückgekehrt und hatte also auch keine neuen Weisungen empfangen. Ob er meine Frage beantworten konnte oder wollte, hing ganz davon ab, wie er mich und vielleicht auch die Bedrohung beurteilte, die ich für ihn und das Elfentum darstellen konnte.

Ein kurzes Nicken ging seiner Antwort voraus. »Der *Entzweier* ist ein Schwert des Schicksals. Viele Prophezeiungen haben damit zu tun. Es bekam seinen Namen wegen eines dunklen Ereignisses in unserer Geschichte, das auch die Wahrheit einer der Prophezeiungen bestätigte. Das ist der Grund dafür, warum wir daran ein Interesse haben, was mit dem Schwert geschieht, für den Fall, daß auch die anderen Prophezeiungen sich erfüllen.«

»Wie zum Beispiel?«

Seine dunklen Augen verengten sich. »Das Schwert wird ein Reich erobern. Aber der Mann, der es schwingt, wird tragisch enden.«

»Bei Tashayul hat sich das bewahrheitet.« Ich umfaßte die Klinge mit der Hand.

»Die Prophezeiung war nicht ausdrücklich auf Tashayul gemünzt.« Der Elf richtete den Blick zurück auf die reithischen Türme. »Sie könnte vielmehr auf dich zutreffen, Neal. Die Wahrsager der Reith gingen von derselben Prophezeiung aus, aber ihre Deutung kann ganz anders gewesen sein als unsere.«

»Das verstehe ich nicht.«

Aarundel zuckte mit den Schultern. »Wörter können wie Chamäleons sein, und Übersetzer wie Zauberer. ›Reich‹ zum Beispiel könnte auch als ›Unsterblichkeit‹ gedeutet werden oder als ein Begriff, der beides bezeichnet.«

»Gar nicht so schlecht.« Ich strich erneut über die Klinge. »Ein Reich oder Unsterblichkeit oder gar beides! Wenn das nicht die richtige Fahrkarte zum Heldentum ist!«

»Ja, und höchstwahrscheinlich deine ganz besondere Lesart, anders als die aller Reith. Für die ist das Wort ›Mensch‹ ein Synonym für ›Individuum‹. Für uns bedeutet es die Rasse ›Mensch‹.«

Das ernüchterte mich für einen Moment. »Die Consilliarii wollen das Schwert also, um den Sieg eines Reichs der Menschen zu verhindern?«

»Wir haben die Schande der *Eldsaga* noch nicht überwunden.« Der Elf öffnete langsam die Hände. »Einen Krieg mit der Menschheit, ausgelöst vom Wunsch nach Rache, das möchten wir uns nicht vorstellen.«

Ich schaute ihn an. »Aber Finndali gab den Reith fünfzig Jahre, um uns zu vernichten.«

»Ach, Finndali wußte, daß Tashayul hinsichtlich des Schwerts falsch lag. Immerhin hat er dir einen Leibwächter beigegeben, um dich bis zu deinem zwanzigsten Geburtstag am Leben zu halten, oder etwa nicht?«

Aarundel hatte recht, und allmählich hielt ich Finndali für viel schlauer als zuvor. »Kann man auch das Wort ›tragisch‹, das in dieser Prophezeiung eine Rolle spielt, anders deuten?«

Aarundel schüttelte den Kopf.

Ich schüttelte das kalte Grausen ab, das mir den Rücken hochkroch. »Dann werde ich es als ›tragisch‹ bezeichnen, wenn es mir nicht gelingen sollte, Finndali mit den endlosen Geschichten über meine Narben zu Tode zu langweilen, die ich in zwei mal fünf Jahren erworben haben werde.«

»Das wäre in der Tat tragisch, mein Freund.«

Ich zwinkerte ihm zu. »Und diese ›Unsterblichkeit‹, könnte sie sich nicht mehr auf Lieder und Sagen beziehen als auf den rein physischen Sinn?«

»Warum nicht!«

»Dann, glaube ich, werde ich gewinnen.« Ich bog gerade um die Ecke der Gasse, in der wir unsere Pferde festgebunden und in der wir die *natari* erschlagen hatten. »Denkst du, daß wir aus Reith rauskommen, bevor sie mit ihrem Gezänk fertig sind?«

»Sogar wenn wir unsere Pferde von hier forttragen müßten und nicht umgekehrt.«

»Tote Menschen tragen doch keine Pferde.«

»Auch tote Elfen nicht.«

Ich lachte und schwang mich auf mein Pferd. »Da das geklärt ist, wollen wir uns von diesem Ort entfernen. Es wird Zeit, daß wir von den Toten auferstehen und daß wir den Barden genügend Stoff liefern, um niemals wieder zu sterben.«

Eine Begegnung auf dem Weg nach Aurdon

Frühlingsbeginn
A.R. 499
Die Gegenwart

Die Banditen schwärmten um den auseinandergerissenen Treck wie Hyänen um einen aufgerissenen Kadaver. Ihr Triumphgeheul klang durch das weite Tal und verwandelte die friedliche Dämmerung in eine Nachtmär. Glänzende Klingen blitzten rot auf – mehr vom Schein der untergehenden Sonne als vom Blut, das sie vergossen. Leblose Körper lagen über die ganze Straße verstreut. Vor dem Hintergrund der brennenden Wohnwagen, nur als schwarze Silhouetten sichtbar, trieben die Banditen mit ihren Pferden schreiende Frauen und zu Tode erschreckte Kinder auf einer Wiese unterhalb der Straße nach Aurdon zusammen.

Von ihrem Sieg und dem Chaos berauscht, das sie angerichtet hatten, bemerkten die Banditen die beiden Reiter gar nicht, die sie von einer Hügelkuppe oberhalb des Tatorts beobachteten. Und wenn sie die beiden doch bemerkt hätten, so argwöhnte Genevera, hätten die Banditen von ihr und ihrem Begleiter gar keine Notiz genommen. Niemand, der seine fünf Sinne beisammen hatte, würde mehr unternehmen als seinem Pferd die Sporen zu geben und sich schnell davonzumachen. Es gab andere Arten, Selbstmord zu begehen, und die meisten versprachen einen schnelleren Tod als ausgerechnet eine weit überlegene Horde von Banditen anzugreifen.

Sie schaute ihren Begleiter an. Durriken lächelte ihr

zu. »Nur ein Dutzend, Liebling.« Um die Hände frei zu bekommen, klemmte er die Zügel zwischen die Zähne. Dann nahm er die beiden Blitzdrachen aus der Ledertasche am Bauch. In jeder Hand einen, spannte er mit den Daumen den Hahn. Dann nickte er ihr zu und schüttelte das braune Haar nach hinten. Er drückte dem Pferd die Absätze in die Rippen und wendete es, hinunter ins Tal.

Genevera streckte noch die Hand aus, um ihren Geliebten zum Abschied an der Schulter zu berühren, aber ihre schlanken Finger konnten ihn nicht mehr fassen. *Hättest du gewartet, wenn es zwei Dutzend gewesen wären, Rik?* In den drei Jahren, die sie schon zusammen waren, hatte sie gelernt, daß sie ihn hätte bitten können, bei ihr zu bleiben, aber sie wußte auch, daß sie das niemals über sich gebracht hätte. Sie nahm das hin, genauso wie den Unterschied der Rasse zwischen ihnen, und sie genoß es sogar, diese aufregende Angst, die sie aufwühlte.

Sie ritt ihm so schnell wie möglich nach. Ihr Pferd, ein scheckiger Wallach – sie hatte ihm den Namen ›Geist‹ gegeben – kam in der Dämmerung nicht so schnell wie Riks Bergpony den steilen Abhang hinunter. Aber sobald der Wallach das flache Grasland zwischen dem Abhang und der Straße erreicht hatte, holte er auf. Aber immer noch erreichte Durriken die Banditen als erster, und sie hatte noch Zeit, ihren Zauber vorzubereiten.

Durriken riß die rechte Hand nach vorn, so als wäre sein Blitzdrachen eine Lanze. Sie sah einen Funken, als der Hahn vorschnappte, und hörte einen ohrenbetäubenden Krach, als die Handkanone einen Feuerstrahl ausspie, der fast halbwegs bis zum erstbesten Banditen reichte. Jetzt riß Durriken den Kopf in die andere Richtung und drehte das Pony mit sich herum. Seine Hand richtete sich auf einen anderen Banditen und zog den Abzug des zweiten Feuerdrachens durch.

Wie sie das schon früher erlebt hatte, waren die Feuerdrachen genausogut wie ein Zauber geeignet, das

Schlachtenglück zu wenden. Der erste Bandit, den Rik erschossen hatte, rutschte aus dem Sattel und fiel in den Staub. Der Knall dieses ersten Schusses hatte bewirkt, daß etwa jedes zweite Pferd der Banditen scheute, sich auf der Hinterhand aufbäumte oder durchging. Riks zweites Opfer saß rittlings auf einem bockenden Tier. Als die Bleikugel des Feuerdrachens ihn traf, flog er regelrecht durch die Luft. Noch im Tod machte sein schlaffer Körper einen Purzelbaum und landete dann mit einem dumpfen Plumps auf dem zerfurchten Fahrweg.

Rik ließ seine Blitzdrachen fallen und zog den Säbel aus der Sattelscheide. Er schwang den Säbel mit einer Bravour, als wolle er damit ganz allein die übrigen Banditen niedermetzeln. Aber dann lenkte er sein Pony in die andere Richtung, um die Verfolger auf sich zu ziehen. Er ritt schräg über die Grasfläche, weg von der Straße in Richtung der brennenden Wagen. Ein Schwarm Banditen jagte hinter ihm her. Jetzt waren sie gerade an dem Wagen angelangt.

Genevera lächelte und hielt einen Augenblick bewegungslos inne. Sie reckte die linke Faust in Richtung des Wagens, bog die Hand zurück und öffnete sie in Richtung auf das Ziel. Sie spürte ein leichtes Kribbeln, als der bläuliche Funke sich von ihrem Körper löste. Dann schoß der gut sichtbare feurige Nadelstich durch die Luft bis zu seinem Ziel. *Ja, der wird treffen.*

Der Wagen explodierte geradezu, als alles, was nur irgendwie brennbar war, auf einmal entflammte. Ein Feuerball erfaßte auch die vier Banditen und verwandelte das Fleisch ihrer Leiber in Asche. Ihre Schreie gingen unter im goldenen Schein der Explosion. Im Vergleich zum donnernden Knall dieser Explosion wirkte das Krachen der Feuerdrachen wie das Piepsen von Zwergen. Die Druckwelle heißer Luft ließ ihr langes goldenes Haar flattern wie zerrissene Segel in einem wütenden Sturm.

Zwei weitere Banditen fielen aus dem Sattel, als ihre Pferde vor Schreck scheuten. Geneveras Augen paßten sich schnell der Helligkeit des Feuerballs an, und sie konnte die schemenhaften Schatten von Menschen sehen, die langsam wieder zu den Wagen herunterkamen. Ein übriggebliebener Bandit wagte den Schwertkampf mit Durriken, während die letzten drei in die Nacht davongaloppierten, jeder in eine andere Richtung.

Durrikens Pony verhielt und drehte sich um, als der kleingewachsene Räuber, der sich zum Kampf gestellt hatte, in die Zügel griff. Als sein Gegner, ein Rechtshänder, ihn angriff, wechselte Rik den Säbel in die linke Hand über, riß sein Pony wieder herum, parierte den Schlag des Banditen und stach ihm in die Brust.

Er zog den Säbel wieder heraus, naß vom schaumigen Blut seines Feindes. Der verwundete Bandit gab seinem Pferd die Sporen und jagte in die Nacht hinaus. Durriken beobachtete den Fliehenden, aber er verzichtete darauf, ihn zu verfolgen. Er lächelte, als er sein Pferd zur Straße trotten ließ. »Lungenstich. Das Blut müßte dringend gestillt werden. Wenn ein Wunder geschieht, wird er überleben.«

Genevera nickte wie zur Bestätigung und stieg ab. Mit langsamen Bewegungen warf sie das Tragegeschirr mit der Feldflasche über die Schulter und suchte in ihren Satteltaschen nach ihrem Verbandkasten. »Bist du verletzt, Rik?«

Rik schwang das rechte Bein über den Kopf des Ponys und setzte den Fuß aus dem linken Steigeisen auf den Weg. »Nein, meine Liebe, ich habe nicht einmal einen Kratzer abbekommen.« Er tätschelte liebevoll den Hals seines Ponys. »Nur Benissons Schwanz wurde ein bißchen gegrillt.« Durriken beugte sich vor und brachte ein Ohr ganz nah an das Maul des Pferdes. »Wenn die Elfenprinzessin seinem Herrn einen Kuß gibt, sagt er, dann wird er ihr nichts weiter übelnehmen.«

»Soll ich wirklich?« Sie strich eine goldene Haarsträhne hinter ihr linkes spitz zulaufendes Ohr. »Wäre sein Herr ein besserer Reiter, dann wäre er nicht so nah ans Feuer gekommen.«

»Hör nicht auf sie, Benisson, sie ist eine Zauberhexe.« Lässig führte er sein Pferd an den Straßenrand und ließ die Zügel lose. »Gena will dich verzaubern, genauso wie sie's mit mir schon gemacht hat.«

Gena sah Riks Lächeln und erwiderte es. Sie drehte den Kopf in Richtung der huschenden Schatten, die man an der ihnen zugewandten Seite des Hügels erkennen konnte. Ihre violetten Augen durchdrangen die Dunkelheit, als wäre sie nur ein leichter Nebel. Obwohl Rik, wie sie wußte, für einen Menschen sehr gut sehen konnte, wußte sie doch auch, daß er nicht mehr erkennen würde als flüchtige Umrisse. Sie beneidete ihn darum, daß er das blanke Entsetzen in den Augen der Flüchtlinge nicht sehen konnte und auch nicht die Erschöpfung in ihren gezeichneten, todesblassen Gesichtern.

Rik sah an ihr vorbei in die gleiche Richtung, und sein Grinsen wurde breiter. Er steckte den Säbel in die Erde und winkte dann mit der Rechten gleichsam einen Willkommensgruß: »Ihr seid jetzt in Sicherheit, Leute. Steht auf, kommt her. Niemand mehr hier, der euch etwas antun könnte. Die Banditen sind abgehauen. Die laufen bis ans Ende der Welt.« Er unterstrich seine Worte mit einem lauten Lachen, das auch Gena trotz des grausigen Bildes, das *sie* sehen konnte, wieder zum Lächeln brachte.

Um die buntscheckige Ansammlung von Gefährten zu beschreiben, die entlang der Straße verstreut war, wäre das Wort ›Wohnwagen‹ schon zu hochtrabend gewesen. Nur vier Wagen waren mehr oder weniger intakt. Einer lag umgekippt neben der Straße, während die anderen wild durcheinander auf der Fahrbahn standen. Die Ochsen, die sie gezogen hatten, lagen tot neben den Gespannen, gefällt von den Lanzen der Banditen.

Die Wagen selber waren ganz unterschiedlich und

von primitiver Machart. Zwei waren zweirädrige Karren mit einem kleinen Aufbau aus krummen Ästen und dazwischen eingeflochtenen Zweigen, die das Ganze zusammenhielten, und einem Stück Planenstoff über der aufgetürmten Ladung.

Der dritte – ähnlich jenem, den Genas Zauber in Rauch verwandelt hatte – sah aus wie eine Kiste, die man auf vier Räder montiert hatte. Er hatte hölzerne Seitenwände und ein flaches Dach, das vorgezogen war, um den Kutscher vor Sonne und Regen zu schützen. Obendrauf hielten Spannseile eine klumpig geformte und von einem Tuch bedeckte Ladung, und ein Wasserfaß an der Seite verlor Flüssigkeit durch eine angeknackte Spante.

Der letzte Wagen war der beste von allen. Er lief auf vier eisenbeschlagenen Rädern. Seine lange Ladefläche war über und über voll von prallen Getreidesäcken. Über allem schwangen an einem Gerüst einfach gebaute Holzkäfige voller Hühner und Gänse hin und her – wie Verbrecher am Galgen.

Rings um die Wagen oder über und neben den toten Ochsen sah Gena die leblosen Leiber der Männer, die ihre Wagen verteidigt hatten und dafür gestorben waren. Die Mistgabeln und Sensen, mit denen sie gekämpft hatten, lagen daneben.

»Bauern, die nach Aurdon unterwegs waren. Dieses Getreide war als Saatgut bestimmt und nicht zum Verkauf auf dem Markt.«

Rik beugte sich zu dem Leichnam des Banditen, den er als ersten erschossen hatte, hinunter. »Und diese Männer sollen in der Wüste verdorren.«

»Sind es Haladina?«

Rik nickte und zog die Oberlippe des Toten zurück. Gena sah die zurechtgefeilten Schneidezähne und die dunklen Sprenkel auf den Eckzähnen. »Es sind Haladina. Nur sie bohren die Zähne an und arbeiten Edelsteine ein.«

»Haladina schwärmen auf ihren Raubzügen bis nach Centisia? Vielleicht ist das die Antwort auf die Frage, warum Graf Berengar Fischer uns kommen läßt.« Gena wandte den Blick ab, als Rik den Umhang des toten Banditen wegzog und den Dolch von seinem Gürtel nahm, um zu messen, wie tief das Loch war, das sein Blitzdrachen in die Brust des Mannes gerissen hatte. Sie konnte verstehen, daß Durriken von seinen Zwergenwaffen und ihrer Wirkung fasziniert war. Sie hielt auch für richtig, wie entschlossen und methodisch er mit ihnen experimentierte. Aber seine Neigung, in Leichen herumzustochern oder sie sogar zu zerschneiden, machte sie betroffen.

Es ist schon ein seltsamer Mann, den du liebst, Gena. Sie lächelte unbewußt, als sie an zärtliche Augenblicke ihres bisherigen Zusammenseins dachte, und blickte dann auf, als der erste der Flüchtlinge die Straße erreichte. Sie hockte sich hin und richtete ihr Lächeln auf ein kleines Mädchen, das die Mutter fest an der Hand hielt. Die Elfe breitete die Arme aus und nickte dem Kind aufmunternd zu.

Das kleine Mädchen lief ein paar Schritte auf sie zu, ihre nackten Füße klatschten auf den Boden, dann blieb es stehen und blickte zurück zur Mutter. Die Mutter hatte aber keinen Blick für das Kind. Vielmehr starrte sie unentwegt auf den Rauch, der aus der Asche und der schwelenden Glut aufstieg. Vielleicht hoffte sie, daß der Wagen, den Genas Zauber vernichtet hatte, gleichfalls durch Zauberkraft plötzlich wieder dastehen würde. Das dunkelhaarige Mädchen lief weiter auf Gena zu und blieb schüchtern stehen, bevor sie in Reichweite von Genas Armen kam.

»Hallo«, flüsterte Gena sanft. »Ich bin Gena, und wie heißt du?«

Die Kleine verschränkte die Arme und blickte zu Boden. Sie lächelte, aber sie war zu schüchtern, um aufzublicken oder zu sprechen. Erst nach einer Weile hob sie den Kopf. Der Blick ihrer braunen Augen huschte prüfend über Genas Gesicht. Dann hielt sie die Hände vor den Mund und murmelte etwas hinein, das Gena entschlüsselte.

»Andra? Heißt du Andra?«

Das Mädchen blinzelte zwischen den gespreizten Fingern durch und nickte lautlos.

»Ich freue mich, dich kennenzulernen, Andra.« Gena streckte die linke Hand aus, und das Mädchen ergriff sie. Die Elfe nahm die Kleine vorsichtig in die Arme und setzte sie auf ihrer linken Hüfte ab. Das Kind kicherte. Es war der erste glückliche Laut, der – wie Gena meinte – in diesem Tal während dieser ganzen Zeit zu hören war.

Als immer mehr Flüchtlinge herankamen, fiel Gena auf, wie sie sich selbst in Gruppen aufteilten. Die Jungen, von denen der älteste zwar so groß wie Durriken, aber doch offensichtlich erst gerade der Pubertät entwachsen war und der jüngste nicht viel älter als Andra sein konnte, gingen hinüber zu Durriken. Sie kamen vorsichtig näher, offenbar gespannt darauf, wie er sich verhalten würde, und auch ein bißchen ängstlich wegen seiner Blitzdrachen. Als sie ihn umringt hatten, schaute er auf und lächelte und nickte jedem einzelnen von ihnen zu.

»Hallo Jungs.« Er warf den ausgeborgten Dolch zu Boden, die Klinge verschwand handbreit in der Erde, direkt neben dem Kopf des Banditen. Die Jungen erschraken und machten einen Schritt zurück. Dann starrten sie den Dolch an und den Mann, der so lässig damit umgehen konnte. »Ist einer von euch verletzt?«

Die meisten reagierten nicht, aber der älteste nickte. Er drehte sich um, und Durriken hob die Arme und nahm den Kopf des Jungen in beide Hände. Über dem linken Ohr schob er einen Büschel blutverschmierter blonder Haare zur Seite. »Ein böser Riß, aber er schließt sich schon langsam wieder.« Rik schaute Gena an und schüttelte verneinend den Kopf. Er ließ den Jungen los, teilte mit den Händen sein eigenes Haar und zeigte eine kurze, halbmondförmige Narbe. »Siehst du, ich habe auch so eine, aber meine stammt nicht von einem Überfall der Haladin.«

Andras Mutter kam von den glühenden Resten ihres Wagens herüber und vollführte vor Genevera einen Knicks. »Das ist meine Tochter, meine verehrte sylvanische Dame. Ich nehme sie jetzt wieder, dann werden sie nicht weiter belästigt.«

Gena schüttelte den Kopf und kitzelte das Kind zärtlich unterhalb des dreckverschmierten Kinns. »Ihre Tochter ist reizend und könnte mich gar nicht belästigen. Ich danke Ihnen vielmehr, daß ich sie in den Arm nehmen durfte.«

Gena wählte ihre Worte sorgfältig und bemühte sich um einen beiläufigen Tonfall. Sie merkte, daß die Frau voller Furcht war, und die bedachtsame Anrede in der Elfensprache, die die Frau verwendete, ließ erkennen, daß alles, was sie über Elfen wußte, aus *alten* Erzählungen stammte. Gena war daran gewöhnt, in den größeren Städten als exotisch zu gelten, aber die ängstliche Ehrfurcht, mit der ihr auch die Menschen vom Land begegneten, ließ sie frösteln.

»Gute Frau, sind Sie verletzt?« Gena reichte ihr Andra, und die Frau drückte ihr Kind schnell an sich.

Die Frau verneinte mit einem Kopfschütteln, und plötzlich war ihr Gesicht naß von Tränen. »Nein, gnädige Frau, an Fleisch und Blut bin ich nicht verletzt, aber …« Ihr Blick wanderte dahin, wo einmal ihr Wagen gestanden hatte. »Unser Wagen ist weg, mit allem was wir hatten. Und mein Mann ist tot …«

Gena stützte die Frau, bevor sie ohnmächtig zusammenbrach. Sie ließ sie vorsichtig zu Boden und machte Andra aus ihren Armen los. »Hier, nehmen Sie einen Schluck Wasser. Ich bin Gena, mein Freund heißt Durriken.« Sie nahm den Verschluß von der Feldflasche, und die Frau trank in langen, gierigen Zügen. »Was wollten Sie eigentlich hier? Woher kommen Sie?«

Die Frau setzte die Feldflasche ab. Ein Tropfen Wasser hing noch an ihrer Lippe. »Wir sind alle aus Buchental. Es ist ... es war ein kleines Dorf in den Bergen, gleich an der Grenze zu Kaudia. Sie mögen vielleicht noch nie davon gehört haben, aber es war für uns der schönste Fleck auf der Erde. Jedenfalls so lange, bis immer mehr Leute durchzogen, die auf der Flucht waren vor räuberischen Banden, haladinischen Banden. So haben wir beschlossen, alles hinter uns zu lassen und nordwärts nach Aurdon zu ziehen. Wir wollten in Sicherheit leben.«

Gena ging in die Hocke und sagte: »Durriken und ich, wir sind nach Aurdon unterwegs. Es ist nicht mehr weit, höchstens ein Tagesritt.«

Die Frau schüttelte den Kopf. »Wir schaffen das nicht. Wir haben nichts mehr. Unsere Ochsen sind tot. Und schlimmer: Unsere Männer sind tot ...« Ihre Unterlippe zuckte, und der Wassertropfen zeichnete auf ihrem staubigen Kinn eine klare Bahn nach unten. Sie zog die Knie an die Brust und vergrub den Kopf darin. Ihre Schultern zuckten, und sie weinte lautlos vor sich hin.

Gena ließ sie allein. Sie stand auf und ging zu den anderen Leuten, die bei den übrigen Wagen standen. Sie untersuchte die am Boden liegenden Männer und Jungen, ob sie noch irgendein Lebenszeichen von sich gaben. Aber sie konnte keines entdecken. Sie hatte gehört, daß die Haladina schon bei der Geburt jedem männlichen Säugling einen Dolch in die Hand legten. Die Männer wuchsen mit dem Dolch auf und waren das Produkt einer lebenslangen Erziehung zum Töten. Töten war ihr ganzer Lebensinhalt. Und wenn man die toten Männer und Jungen hier als Beweis für ihr Können nahm, dann waren die Haladina Meister ihres Fachs.

Als sie zu der Überzeugung kam, daß sie für die

Männer nichts mehr tun konnte, wandte Gena ihre Aufmerksamkeit den Frauen und Kindern zu. Davon abgesehen, daß sie erschöpft und immer noch voller Angst waren, wirkten die Kinder gesund und fast schon ein bißchen zu erwachsen für ihre Größe. Die Frauen versuchten so gut es ging, sich ihre Trauer und Furcht nicht anmerken zu lassen. Sie trauerten um ihre gefallenen Männer, Väter und Söhne. Aber sie schienen zu wissen, daß alles noch schlimmer werden würde, wenn sie die Selbstbeherrschung verlören.

Gena hörte die Frauen an. Einige von ihnen meinten, man habe sie am Leben gelassen, weil die Haladina planten, sie mitzuschleppen und in die Harems der Wüstenstämme zu verkaufen. Gena hatte gelinde Zweifel daran, weil nur zwei der Frauen, Mädchen eigentlich, lieblich und hübsch genug für dieses Schicksal waren. Die anderen machten einen abgearbeiteten und verhärmten Eindruck. Selbst wenn sie ihre kulturelle Voreingenommenheit berücksichtigte, war Gena doch sicher, daß die Frauen nur über hatten, weil sie den Angreifern so gut wie keinen Widerstand leisteten.

Obwohl sie so bald wie möglich in Aurdon ankommen sollten, kamen Gena und Durriken in einer geflüsterten Beratung doch überein, die vom Schicksal geschlagenen Bauern nicht allein zu lassen. Eine Bande der Haladina war zwar vernichtet und verjagt, aber eine andere konnte in der Nähe sein, die nur darauf wartete, die blutige Arbeit an dem Bauerntreck zu vollenden. Und überdies wußten sie beide, daß Leute, die in der abgeschiedenen Welt eines Bauerndorfs groß geworden waren, in einer ganz anderen Welt wie dieser Straße ins Kernland Centisias völlig verloren waren.

»Als erstes müssen wir Ordnung in diesen Zug bringen.« Rik lächelte und gab Gena einen flüchtigen Kuß. »Die ersten Schritte dazu können wir jetzt gleich in Angriff nehmen.«

Durriken pfiff, und sofort trabte sein Pony zu ihm her.

Er hob den ältesten Jungen in den Sattel und machte mit ausgestrecktem Arm eine Kreisbewegung. »Reite mit Benisson dorthin und dann im großen Kreis herum. So wirst du die einzeln herumlaufenden verirrten Pferde der Banditen finden. Nähert euch ganz langsam, dann werden sie zu euch trotten. Laß Benisson die Arbeit machen, er weiß wie's geht.«

Als das Pony mit dem Jungen lostrabte, deutete Durriken auf die anderen Jungen. »Beeilt euch, sammelt soviel Feuerholz wie möglich. Errichtet einen riesigen Holzhaufen, hier an dieser Stelle.« Er ging ein paar Schritte und ritzte mit dem Absatz ein Kreuz auf den Boden. »Genau hier. Diejenigen, die am meisten bringen, dürfen mir später beim Laden der Blitzdrachen helfen.«

Durriken bückte sich und hob die Waffen da auf, wo er sie nach dem Abfeuern fallengelassen hatte. Er pustete den Staub weg und steckte sie wieder in ihre Halteriemen. Dann ging er hinüber, wo sich Gena inzwischen wieder neben Andras Mutter auf den Boden gesetzt hatte. Er kniete bei der weinenden Frau nieder und nahm ihre Hände in die seinen. »Haben Sie keine Angst mehr, gute Frau, wir werden Sie nach Aurdon bringen.« Er stand auf, als er sah, wie die anderen Flüchtlinge näher kamen – zu ihm und zur Wärme des verbrannten Wagens. »Alles was wir brauchen, ist ein guter Plan, aber dafür bin ich ja da.«

Gena schaute Durriken zu, wie er – anscheinend in tiefen Gedanken – auf und ab schritt. Sie kannte ihn gut genug, um zu bemerken, daß er eine Schau abzog, daß er eine Rolle spielte, Wichtigkeit und Führertum darstellend – eine Rolle, die er haßte, wenn er sie bei anderen bemerkte. Es war schon eigenartig, wie er, wenn es ihm nützlich erschien, in Rollen schlüpfte, die er verachtete. Er wurde, was er werden mußte, um das zu tun, was getan werden mußte.

»Also, wir haben schon *einen* mutigen Jungen. Er sitzt

gerade auf meinem Pony. Ist er *Ihr* Sohn?« Durriken lächelte einer plumpen Bauersfrau zu, die dem Jungen auf dem Pony mit einem stolzen Blick nachschaute. »Ein feiner Junge. Er wird die Pferde der Banditen einsammeln und zu uns bringen. Das macht schon mal vier.«

Eine andere Frau, die auf beiden Hüften ihre Zwillingsmädchen hielt, schüttelte den Kopf. »Vier Pferde reichen nicht aus, um unsere Wagen bis nach Aurdon zu ziehen.«

»Nein, da haben Sie recht, gute Frau.« Durriken machte ein paar Schritte bis zu der Leiche des Banditen, die er vorhin untersucht hatte. Als er sich wieder zu den Frauen umdrehte, wies er mit der erhobenen linken Hand hinter sie in die Nacht. »Ist das nicht ein Licht? Kommen die Grenzer von Aurdon bei ihren Streifen so weit heraus?«

Als sich alle umgedreht hatten, um das angebliche Licht in der Nacht zu entdecken, zertrat er mit einem schnellen, kräftigen Tritt mit dem Absatz den Mund des Toten. Er hockte sich schnell vor das verstümmelte Gesicht, um den Frauen, die sich wieder umgedreht hatten, den Anblick zu ersparen.

Er griff mit der rechten Hand in den zertrümmerten Mund und lockerte einen Eckzahn vollends. »Für den Fall, daß – wie Ihr meint – vier Pferde nicht ausreichen, um Eure Wagen nach Aurdon zu bringen, dann schaut her. Wie gut für Euch, daß sich die Haladina gerne mit Edelsteinen schmücken!« Er stand auf und hielt den Eckzahn, in den ein Saphir eingearbeitet war, in die Höhe. »Wenn Ochsenfleisch in Aurdon nicht gerade einen astronomischen Marktwert hat, dann könnt Ihr Euch für das glitzernde Lächeln eines einzigen Banditen eine ganze Herde Ochsen kaufen.«

Stillschweigend teilten Genevera und Durriken die Arbeit, die noch getan werden mußte, unter sich auf. Durriken nahm sich im gnädigen Dunkel die Leichen der Banditen vor und erntete die Reichtümer, die dort zu holen waren. Gena brachte die Mütter soweit, ihre Töchter etwas Eßbares kochen zu lassen, und sich selbst daran zu machen, ihre Toten für die Beerdigung vorzubereiten, sie zu waschen und anzukleiden. Sie wurden nebeneinander am Straßenrand ins Gras gelegt, und jede Familie hatte für sich genügend Zeit, mit Gebeten und Tränen von ihren Lieben Abschied zu nehmen.

Durriken hatte einen geborgten Spaten geschultert und musterte die acht nebeneinander liegenden Leichen. »Ich bin so glücklich über die drei Jahre, die ich bisher mit dir verbracht habe, Gena, und so dankbar für jeden Zauber, den ich von dir gelernt habe, vor allem was den Kampf und die Heilkunst betrifft. Ich habe schon viel Nutzen davon gehabt, aber es gibt Augenblicke, da ich mir wünsche, daß du auch noch andere Zauberkünste beherrschtest.«

Gena schüttelte den Kopf. »Wenn ich auch den Erdzauber beherrschen würde, dann würde ich für dich jetzt eine Grube aufreißen.«

Rik streichelte zärtlich ihren rechten Arm. »Das meine ich nicht, Liebling. Ich dachte weiter im Sinne der Schwarzen Kunst. Es wäre nur gerecht, wenn man die Haladina noch die Gräber für ihre Opfer ausheben lassen könnte.«

»Das wäre es.« Sie blickte an Durriken vorbei in Richtung des Holzstoßes auf der Straße und der Leute, die darumstanden. Sie bemerkte die Silhouette eines einzelnen, abseits stehenden Menschen. »Der Junge, der dein Pony geritten hat ...«

»Keif.«

»Ja, Keif. Er schaut zu uns her. Wenn du ihn bittest, wird er dir helfen, die Gräber auszuheben.«

Durriken nickte. »Ich weiß. Er ist ein tapferer Junge. Ich werde ihn mit nach Aurdon nehmen, aber ich werde ihn nicht graben lassen.« Er bedachte Gena mit dem verlegenen Lächeln, das sie schon von ihm kannte, wenn er innerlich bewegt war. »Kein Junge sollte das

Grab seines eigenen Vaters graben müssen. Das erspare ich ihm.«

Sie streckte den Arm aus und klopfte ihm auf die Schulter. »Das ist Arbeit für eine ganze Nacht. Ich denke nicht, daß viele von ihnen schlafen werden, aber vielleicht wäre es doch besser …«

Riks Lächeln wurde breiter. »Ja, meine Liebe, ich werde zwischendurch immer wieder mal zum Feuer kommen, damit sie merken, daß ich noch da bin.« Er nickte ihr aufmunternd zu. »Du solltest ihnen eine unserer Geschichten erzählen, eine, die ihnen die Angst nimmt. Letzte Nacht hast du mir doch von dieser Schlacht gegen die Haladina erzählt, die dieser Held …«

»Neal.« Die feinen Härchen auf ihrem Arm richteten sich auf, als sie an diese Geschichte dachte, und ihr Lächeln ging in ein glückliches Strahlen über, als sie in Gedanken noch einmal erlebte, wie sie diese Nacht noch miteinander verbracht hatten, nachdem die Geschichte zu Ende war. »Neal Custos Silvanii.«

»Ja, der Falbe Wolf.« Er bewegte den Kopf in Richtung der Flüchtlinge. »Ich bezweifle, daß sie viel über ihn wissen. Ehe ich dich traf, habe auch ich ihn nur für eine Heldenfigur aus einem Totenlied gehalten. Aber so wie du es erzählst, ist er der Richtige, um die Angst vor der Nacht zu besiegen.«

Gena küßte ihn leicht auf die Lippen. »Danke, Rik, für alles, was du getan hast.«

»Ich habe die leichteren Aufgaben. Töten und Begraben verlangen nicht zuviel von einem. Die Toten weinen wenigstens nicht.« Er lächelte ihr zu und ging ein paar Schritte weg vom Feuer. »Du hast die Lebenden zu heilen. Und die können sich glücklich preisen. Denn du kannst das sehr gut.«

Gena ging näher an die Flammen und nahm dankbar die Wärme in sich auf. Sie lehnte höflich eine dampfende Schüssel Haferschleim ab, die man ihr anbot. Sie beobachtete, wie Keif einen dicken Ast aus dem aufgeschichteten Holzvorrat heraussuchte und ihn in der Hand wog. Auch die kleineren Jungen wollten es ihm nachtun.

Sie lachte ihm zu. »Das ist ein gutes Stück, Keif. Es wird gut brennen.«

Der Junge schüttelte den Kopf. »Nein, gnädige Frau, ich brauche es für den Fall, daß sie zurückkommen.«

»Die Haladina?« Sie lachte so laut, daß jeder aufhorchte. »Die werden nicht zurückkommen.«

Eine Frau hob den Kopf. »Wie wollen Sie das wissen?«

Gena setzte sich mit gekreuzten Beinen hin. »Die Haladina sind genauso fürchterliche wie furchtsame Leute. Ihr müßt wissen, daß sie seit vielen Jahren nicht mehr so weit im Norden auf Raub ausgingen, genaugenommen seit Jahrhunderten nicht mehr. Und wißt ihr warum?«

Keif schüttelte den Kopf, genau wie die anderen in der Runde.

Gena nickte und erhob die Stimme so laut, daß sie das Geräusch eines Spatens, der Erde umgrub, übertönte. »Vor fünfhundert Jahren, als der Rote Tiger für die Freiheit Centisias gegen die Armeen der Reith und ihre haladinischen Söldner kämpfte, hatte er einen Helden, der eine Kompanie Legionäre führte. Dieser Held war Neal Elfwart, der Falbe Wolf.« Sie zeigte mit der Hand auf die dunklen Hügel. »Hier ganz in der Nähe hat Neal eine reithische Armee vernichtend geschlagen. Er gewann den Sieg durch einen Hinterhalt und rettete so sogar Aurdon selbst vor der Zerstörung. Das ist eine Geschichte für eine Nacht wie diese. Und wenn sie erzählt wird, wird kein Haladina wagen, uns etwas anzutun ...«

Eine Begegnung auf dem Weg nach Aurium

Spätsommer
Vor fünf Jahrhunderten
Im Jahr 1 der Regierungszeit des Roten Tigers
Mein fünfunddreißigstes Jahr

In einem Hinterhalt aus dem Sattel geworfen zu werden, ist wirklich nicht so angenehm. Dieser alberne Gedanke kam mir jetzt gerade, während ich durch die Luft flog. Das war genauso geistreich wie mein vorheriger Gedanke, nämlich der, daß die haladinischen Steppenbewohner für die dicht bewaldeten Hügel Centisias gar keine Verwendung hätten. Offenkundig hatten sie die doch, und sei es nur, um leicht benebelte Krieger, die wie vom Teufel gejagt durch die Nacht ritten, in einen Hinterhalt zu locken.

Weil ich etwas mehr wog als ein Vogel, weil ich nicht gefiedert war und auch keine Flügel hatte, endete mein nächtlicher Flug mit einem gewaltigen Krach. Der harte Boden tat sein Bestes, um mein Rückgrat mit dem Brustbein durcheinanderzubringen, aber ich hörte wenigstens nichts reißen und nur ein paar Dinge knarren. Die Götter mit ihrem abartigen Vergnügen, das Leben der Sterblichen zu erschweren, ließen mich mit den Schmerzen und dem Schrecken leben, statt mich gleich umzubringen. Weil ich immer schon voll des Lobes für die Fürsorge der Götter war, lenkten sie diesmal den Salto, den ich gerade vollführte, in einen bedauernswerten Baum, den ich mit meiner gepanzerten Brust für alles bestrafte, was er den Göttern je zugefügt haben mochte.

Mein Harnisch verlor keine Ringe im Kampf mit dem Baum, aber netterweise gab er die ganze Wucht des Aufpralls durch mein gepolstertes Wams hindurch an mich weiter. Ich knurrte einen Fluch als Antwort auf das scharfe Stechen in meinen Rippen, dann winkelte ich die Beine an, rollte rückwärts in die Hocke und stand wieder auf. Ich war überrascht, daß ich dazu in der Lage war. Aber gerade deswegen jagte ich dem Haladina einen gehörigen Schrecken ein, der gerade aus dem Baum kam und mich mit einem kleinen Handmesser vollends erledigen wollte. Der Umstand, daß ich nicht am Boden lag, sondern ihn schon wieder überragte, ließ ihn seine Meinung ändern und einen Schritt rückwärts machen.

Ich nutzte die Zeit, die er brauchte, sein Krummschwert zu ziehen, um schnell durch die Finger zu pfeifen. Ich war als Vorhut geritten, war allerdings zu müde und zu nachtblind gewesen, und deswegen fühlte ich mich verpflichtet, meine Freunde vor dem Hinterhalt zu warnen. Ich konnte damit leben, daß meine Dummheit meinen eigenen Tod hätte bedeuten können. Aber wenn schon, dann wollte ich in der Hölle der Tölpel landen, und nicht in der ewigen Verdammnis für Falsche Freunde.

Der haladinische Krieger griff mich mit der furchtlosen Selbstvergessenheit an, die ich an seinem Volk im Krieg gegen ihre Herren, die Reith, schon oft beobachtet hatte. Als er mich mit dem Krummschwert in Hüfthöhe traf, erwartete er offensichtlich, mich schnell in Stücke zu hauen und sich dann eilends zu seinen Spießgesellen zu begeben und denen dabei zu helfen, meine Kameraden umzubringen.

Seine Klinge kam gut auf und hätte wohl meinen Harnisch glatt durchschlagen, wenn ich nicht eine Leibbinde aus gehämmertem Erz getragen hätte, die der ganze Stolz der roclawzischen Handwerker war, die sie gefertigt hatten. Das Krummschwert glitt deswegen über meinen Leib und kreischte dabei wie eine Feile, mit einem leichten Klirren, so als ob sich eine Schlange über einen Haufen Goldmünzen schlängeln würde. Natürlich spürte ich den harten Schlag des Schwerts, und ich gab auch einen gequälten Laut von mir, weil er den stechenden Schmerz in meinen Rippen noch verstärkte. Aber ich sah keine Notwendigkeit, deswegen zu sterben oder auch nur in die Knie zu gehen.

Das siegesgewisse Lächeln des Haladina verschwand, als ich einen Ausfallschritt nach vorn machte. Er versuchte noch einen Schlag aus der Rückhand, aber ich war ihm schon zu nahe. Ich fing seinen rechten Vorderarm mit der Schulter ab, und schon krachte meine rechte Handkante auf seinen Hals. Er gurgelte, Speichelbläschen traten auf seine Lippen, während sich sein Gesicht verfärbte. Und schließlich stürzte er nach hinten.

Als er fiel, rammte ich ihm das linke Knie in den Kopf. Durch den Knieschutz fühlte ich davon wenig, er jedoch um so mehr. Sein Eisenhelm rollte ins Dunkel. Ohne einen Laut sackte er zusammen, sein Körper wurde schlaff. Ich ließ ihn los, machte einen Schritt zur Seite und trat mit dem Stiefel auf sein Handgelenk, damit er das Schwert endlich losließ und damit ich sehen konnte, ob er wirklich bewußtlos war oder ob er nur simulierte.

Er war eindeutig weggetreten, dessen war ich ganz sicher, denn sein zertretenes Handgelenk hätte ihm viel mehr Schmerzen bereitet als mir die geprellten Rippen. Ich nahm sein Krummschwert auf und lief zurück, den Hügel hinauf. Sehen konnte ich nicht viel in der Dunkelheit, aber der Kampflärm wies mir den Weg in die Richtung, die ich einschlagen mußte.

Der Stolperdraht, mit dem die Haladina mein Pferd zu Fall gebracht hatten, war an einem hügelabwärts laufenden Weg gespannt. Wären wir alle dicht beieinander gewesen, dann hätten sie uns alle – zu einem Knäuel verschlungen – gehabt. Ihre Männer im Hinterhalt hätten den Draht gekappt, und dann wären ihre Reiter über uns hergefallen und wir hätten ihnen wenig oder nichts entgegenzusetzen gehabt. Das Gemetzel hätte keine Vorlage für eine Heldenballade abgegeben. Niemand hätte uns besungen.

Weil ich als Vorhut meiner Schwadron immer etwa fünfzig Meter voraus war, gab ihnen mein Pfeifsignal genügend Zeit, um anzuhalten und nicht in dieselbe Falle zu tappen. Die Haladina, die das Stechen mit dem Messer schon früher lernen als das Stechen ihrer Zähne, hatten trotzdem beschlossen, in Richtung meiner Leute zu laufen, um zu sehen, was los war.

Was sie zu sehen bekamen war Blut, eine Menge Blut. Ich arbeitete mich zu Fuß den Hügel hoch, den ich schon im Flug heruntergekommen war, und faßte das haladinische Krummschwert fester. Es war nicht so gut wie mein eigenes Schwert, aber es war ein ganz brauchbares Kriegsgerät. Ich hatte zu viele Männer und Jungen gesehen, die einen Schwertstreich der Haladina nicht überlebt hatten, um das Krummschwert geringzuschätzen. Der große Radius des Krummschwerts ließ keine Attacke per Ausfallschritt zu, aber die hohe Kunst des Schwertkampfs spielte bei der Begegnung zwischen Fußtruppen und Kavallerie sowieso keine große Rolle.

Haladinische Reiter waren über meine Männer hergefallen wie ein Schwarm Maden über ein Stück Fleisch. Ich war mit einer kleinen handverlesenen Schar gereist, zu der auch einige meiner Offiziere gehörten. Jeder einzelne von ihnen hatte eine Menge Kriegserfahrung, aber trotzdem: Wenn man in einen Hinterhalt geriet, verlangte das mehr als alltägliches Können. Das Dunkel der Nacht und die Erschöpfung der Leute waren für das Bild mitverantwortlich, das sich mir vom Gipfel des Hügels bot.

Der Hinterhalt, ohnehin für jeden militärischen Führer ein Alptraum, erfüllte die Stille der Nacht mit dem Klirren von Stahl auf Stahl und den Schreien und Rufen wütender, verzweifelter und sterbender Männer. Pferde wieherten schrill, und Hufe trommelten auf den Boden, so daß ich die Erschütterungen unter den Fußsohlen spüren konnte. Das wogende Chaos machte es mir unmöglich zu erkennen, welche der beiden Seiten gerade die Oberhand hatte.

Bei meinem Pfeifsignal hatte Aarundel sofort das Kommando über unseren Haufen übernommen. Viele Leute würden – in Erinnerung an die *Eldsaga* – einem Elfen nicht trauen. Bei meinen Männern war das anders. So wie ich jetzt hatten sie Aarundel zu oft seine von Zwergen geschmiedete Streitaxt schwingen und so eine haladinafreie Zone schaffen sehen. Diejenigen von uns, die ihn so erlebt hatten, zweifelten nicht mehr an den grausigen Berichten der *Eldsaga* und waren heilfroh, daß er mit uns und nicht gegen uns kämpfte.

Meine eigene Dummheit, den Haladina in die Falle gegangen zu sein, hatte mich so wütend gemacht, daß ich meinen Zorn jetzt an den Haladina abkühlen wollte. Ich schrie meinen Kampfruf aus mir heraus und umfaßte den Griff des Krummschwerts mit beiden Händen. Bei meinem tierischen Schrei drehte sich ein Haladina um und ritt auf mich zu. Er hatte mit dem Schwert ausgeholt und überlegte wohl schon, an welcher Stelle er meinen Haarbüschel in seinen Skalpmantel weben würde.

Ich tauchte unter seinem Hieb weg. Sein Kampfruf klang gerade aus, so daß ich noch Aarundels Warnung hören konnte. »Achtung, Neal!« Ich blickte auf und sah einen weiteren Haladina auf mich zukommen. Er hatte seine Lanze auf meine Brust gerichtet. Wäre ich aus dem Gleichgewicht geraten, hätte ich den Stoß wohl kaum parieren können. Und mein Wams, das wußte ich, würde dem Lanzenstoß eines Reiters nicht gewachsen sein.

Zu meiner Rechten brach – wie ein Schatten, dem ein böser Gott aus einem Alptraum Leben eingehaucht hatte – der Driel aus dem Wald. Wie ein Blitz brach er über den Reiter herein. Wie ein fleischgewordener Berg aus Muskeln und Wut schlug Shijef mit einer seiner Riesenpranken den Wallach des Angreifers in die Schulter, mit der anderen in die Keule. Der Angriff des Driels hieb das Pferd von den Hufen und schleuderte Reiter und Pferd in eine dicke Kiefer auf der anderen Straßenseite.

Knochen brachen, und Metall klirrte. Ein schneller Hieb mit den Krallen der linken Pranke riß dem Pferd den Hals auf, so daß seine schrillen Schreie auf einen Schlag verstummten und der Kopf halb herunterhing. Der Reiter schrie ebenfalls, mehr vor Todesangst als vor Schmerz, und zog damit die Aufmerksamkeit des Driels auf sich. Das Ungeheuer hob die Pranke und schloß die Krallen um den Kopf des Reiters. Ich wandte mich ab, bevor es soweit war. Aber der Driel hatte seinen Spaß daran, dem Haladin den Kopf abzureißen.

Der Rest der Bande wurde von meinen Männern aufgerieben und düngte den Wald mit Blut, Fleisch und Knochen. Auch wir hatten zwei Männer verloren. Es stellte sich heraus, daß es sich weniger um ein Gefecht als um ein Gemetzel gehandelt hatte. Unseren Männern war zugute gekommen, daß der Überfall aus dem Hinterhalt nicht mehr so überraschend gekommen war und daß der dichte Wald die Fähigkeit der Haladina, sehr schnell wechselnde Angriffe zu reiten, zunichte machte. Mit unserer stärkeren Panzerung und unseren schwereren Waffen waren wir im Nahkampf den Haladina überlegen, und sie waren näher, als ihnen lieb sein konnte, bei der Todesgöttin, die die Reith verehrten.

Als sie vernichtet waren und das halbe Dutzend Überlebender verschwunden war, stellte sich heraus, daß diese Haladina seit der großen Niederlage ihres Volkes in der Zentralen Ebene im angrenzenden Hügelland untergetaucht gewesen waren. Aarundel und Senan fanden ihr Lager und konnten uns berichten, daß sie dort keinerlei Vorräte antrafen. Mir leuchtete die Auffassung Aarundels ein, daß sie uns wahrscheinlich wegen unserer Vorräte angegriffen hatten und daß sie einfach zu spät bemerkten, daß diese Frucht eine zu harte Schale und zu scharfe Stacheln hatte.

Ein weiterer langer und lauter Pfiff brachte mir mein Pferd wieder. Schwarzstern hatte seinen Namen von einem schwarzen Mal auf seiner weißen Stirn. Abgesehen von der Stirn und von den Fesseln ist dieses ungeheuerliche Tier so schwarz wie die Nacht, und seine Laune ist meistens nicht viel freundlicher. Er schaute mich verachtungsvoll an, weil ich ihn in den Fallstrick geritten hatte, aber er schien immerhin nicht verletzt zu sein. Als er ein leichtes Knurren des Driels hörte, fühlte er sich daran erinnert, daß es auch noch schlimmere Schicksale gibt, und er ließ mich aufsteigen.

Für ein Schlachtroß wog Schwarzstern nicht viel, jedenfalls nicht so viel wie die Pferde meiner Kameraden. Aber was ihm an Statur fehlte, machte er durch Stärke und Schlauheit wett. Die Tatsache, daß er von Elfen zugeritten und abgerichtet worden war, machte ihn mir gegenüber etwas mißmutig, aber wir hatten in den zwei Jahren, die er mir schon gehörte, unser Auskommen gefunden. Wenn er mir weiterhin gefiele, dann würde ich auch den Driel von ihm abhalten.

Senan führte unsere Schwadron in das verlassene Lager der Haladina, in dem es gutes Wasser und eine Weide für unsere Pferde gab. Während die Männer ihr Lager herrichteten und aus Trockenfleisch, Hirse und wilden Zwiebeln etwas Eßbares kochten, inspizierten Aarundel und ich die Hinterlassenschaften der Haladina.

Ich stocherte mit einem Stock in einigen vor Schmutz und Läusen starrenden Lumpen. »Sie müssen sehr lange hier gewesen sein, das steht fest. Sie müssen Deserteure gewesen sein. Ich weiß, daß die Haladina Feiglinge verachten, aber vor der großen Schlacht in der

Zentralen Ebene hätten sie jeden wiederaufgenommen.«

»Du magst recht haben. Aber ich frage mich doch, ob sie nicht nur ganz gewöhnliche Strauchdiebe waren.« Der Elf zog die dunklen Augenbrauen hoch und dachte einen Augenblick nach. »Mir ist so, als könnte ich mich an ein Gerücht über eine Reiterkompanie erinnern, die mit dem gesamten Sold für die anderen Kämpfer abgehauen ist. Das hätten sie sein können.«

Ich legte die Stirn in Falten, als ich versuchte, mich an Einzelheiten dieses Vorgangs zu erinnern. »War das nicht Didschals Einheit? Es kann uns ja gleich sein. Aber wenn sie es waren, dann hatten sie eine harte Zeit vor sich.«

»Verräter sind selten irgendwo willkommen, und die Haladina sehen für Verräter das Todesurteil vor. Es wird durch Achtteilung vollstreckt.«

»Genauso ist es«, nickte ich. »In Didschals Fall hätte ich nichts dagegen, wenn man ihn mit den eigenen Därmen an seinem Sattelknauf festbinden würde, aber das ist wirklich der einzige Fall, bei dem mir Achtteilung nicht etwas übertrieben vorkommt. Auch deine Bemerkung über Verräter ist richtig. Denn die Reith würden sie nicht mehr willkommen heißen, und keine der Menschen-Städte, die wir befreit haben, würde sie aufnehmen.«

Aarundel schüttelte den Kopf. »Sicher könnte für sie allenfalls Aurium sein. Handelsplätze haben immer Verwendung für Gold und Juwelen.«

»Ich denke, daß wir das herausfinden werden, meinst du nicht?«

Der ganze Krieg der Menschen gegen die Reith war von eigenartigen Allianzen gekennzeichnet gewesen, von vielen Heldenliedern und von einer brillanten Strategie von Seiten des Roten Tigers. Einige Jahre nach Tashayuls Tod organisierte er eine Sklavenrevolte in Südcentisia und führte seine Männer in die Kaudinischen

Berge, wo sie mit Überfällen die südlichen Handelswege verwüsteten. Das erste Mal hörte ich von ihm, als ein Barde einem Lied auf mich einen Vers über ihn anhängte, in dem er behauptete, ich sei angetreten, um die Laufbahn des Roten Tigers zu beenden.

Das war aber nicht so. Allein schon deswegen nicht, weil ich damals meine Zeit mit Aarundel, Drogo und einigen anderen, die die Keimzelle des Eisernen Haufens bildeten, damit zubrachte, durch die Grenzprovinzen von Tashayuls Reich zu reiten und den Reith soviel Ärger wie möglich zu machen. In Irtysch las ich den Driel auf und erregte den Unwillen von Herzog Sture, Harsians Sohn und Nachfolger. In dieser Zeit hörte ich davon, daß der Rote Tiger in seinem Krieg mit den Reith immer kühner wurde, aber ich hielt mich heraus, weil schon Sture seine Legion der Verbannten aufstellte und aufbrach, um dem Roten Tiger zu helfen.

Natürlich hielt ich es – wenn Sture seine eigene Einheit hatte – für nötig, es ihm gleichzutun. Der Eiserne Haufen wurde an meinem siebenundzwanzigsten Geburtstag ins Leben gerufen. Ein Jahr später schickte der Rote Tiger einen Boten zu mir und forderte uns auf, uns seinem Befreiungskrieg anzuschließen. Ich ließ meine Männer abstimmen. Und daraufhin kämpften wir für den Roten Tiger, jetzt schon seit sieben Jahren.

Der Rote Tiger ließ beim Entwurf seines Kriegsplans einen scharfen strategischen Verstand erkennen. Sture, der sich beharrlich für die Befreiung Irtyschs einsetzte, begriff nicht, daß Centisia und Ispar der Schlüssel zur Vernichtung des Reiches der Reith waren. Der Rote Tiger hingegen machte das zur Grundlage seiner Strategie und wirkte unentwegt darauf hin, die Reith ihrer beiden reichsten Provinzen zu berauben. Einerseits schwächte er damit die Reith, und andererseits bekam er so die Ressourcen, die er brauchte, um sie zu besiegen.

Dieses Jahr wurden wir endlich stark genug, um alle

Angriffe auf das Gebiet, das wir befreit hatten, abzuwehren, und wir wandten uns jetzt Centisia zu. Unsere Strategie war, Centisia in zwei Hälften zu teilen und den südlichen Teil abzutrennen. Dorthin schickten wir Stures Legion, die hinunter bis nach Polston durchstoßen sollte, um dann nördlich bis zum Aur einzudrehen, während der Rote Tiger und ich mit der Masse unserer Truppen geradeaus nach Osten vorstießen, über das Zentrale Bergland hinweg.

Polston erhob sich gegen die Reith, und diese reagierten mit der Entsendung haladinischer Einheiten, um die Stadt zu belagern. Ihre berittenen Verbände kamen schnell bis an das Ostufer des Flusses, ohne auf Stures Legion zu treffen. Reithische und haladinische Verstärkungen hingegen, die mit ihren Trossen und dem schweren Belagerungsgerät nur langsam marschieren konnten, trafen frontal auf Stures Armee und kamen nicht weiter. Dann brachen wir von Westen über sie herein und vernichteten sie. Nachdem der Rote Tiger die Verstärkungen für die südcentisischen Besatzungstruppen zerschlagen hatte, setzte er drei Viertel seiner Armee unter dem Befehl von Sture nach Süden in Marsch, um den Belagerungsring der Haladina um Polston zu sprengen. Sture übernahm dieses Kommando, obwohl sich seine Truppen damit weiter von Irtysch entfernten, als er wollte. So sehr er Patriot war, neigte Sture doch auch dazu, die Annehmlichkeiten der Städte zu genießen. Und Polston hatte für einen Mann wie den guten Sture eine Menge Ablenkungen zu bieten.

Den Eisernen Haufen hatte man nordwärts, entlang des Aur, auf die kleine Stadt Aurium angesetzt. Für die Reith wäre es nämlich leicht gewesen, Kaiserliche Truppen per Schiff von Ispar aus nach Süden zu verlegen, um in den Kampf um Polston einzugreifen. Für diesen Fall wollte uns der Rote Tiger in Aurium haben, um den Fluß zu sperren. Zur Sicherheit, falls wir unseren Auftrag in Aurium nicht hätten erfüllen können, dirigierte er, was ihm an Truppen noch verblieben war, in unsere Richtung, um durchgebrochene Reith dann an anderer Stelle des Flusses aufzuhalten.

Die ganze Zeit über befürchteten wir, daß die Haladina Teile ihrer in der Zentralen Ebene operierenden Kräfte nach Norden gezogen und damit Aurium besetzt hätten. Und diese Befürchtung hatten wir immer noch. In diesem Fall wäre unser Auftrag wesentlich schwerer zu erfüllen. Das war der Grund dafür, daß wir eine bewegliche Einheit des Eisernen Haufens als Aufklärer weit vorausgeschickt hatten, um Aufschlüsse über die Bewegungen der Haladina zu gewinnen. Bis zwei Tagesritte vor Aurium war der Hinterhalt, in den wir geraten waren, das einzige Anzeichen für feindliche Präsenz.

Ich bewegte den linken Arm mühsam und verzog wegen des Schmerzes in den Rippen das Gesicht. In den Schatten gelümmelt und mit offenem Maul beobachtete mich zähnefletschend Shijef, der Driel. Offensichtlich freute er sich darüber, daß ich Schmerzen hatte. Aber vermutlich empfand er im Innersten auch Genugtuung darüber, daß der Mann, der ihn bezwungen und sich zu seinem Herrn gemacht hatte, gar nicht so einfach umzubringen war. Ich grinste ihm verständnisvoll zu, was ihn wieder ärgerte, und endlich verzog er sich in die Dunkelheit.

»Aarundel, wenn die Haladina Aurium als erste erreichen, denkst du, daß sie die Stadt plündern werden?«

»Was sie tun, wird von mehreren Faktoren abhängen. Ich halte für das wahrscheinlichste, daß ihr Verhalten davon bestimmt wird, ob sie wissen, daß du nach ihnen kommst oder nicht.«

»Wo liegt da der Unterschied?«

Der Elf lächelte. »Wenn die Haladina nicht unter Zeitdruck stünden, dann würden sie die Stadt nach der Plünderung dem Erdboden gleichmachen.«

»Dem Erdboden gleichmachen?« Ich runzelte die

Stirn. »Aurium ist eine Handelsstadt. Warum sollte man sie vernichten, wenn man sie wieder und immer wieder plündern kann? Die Haladina sind schlau, sie werden ihren Vorteil erkennen.«

»Sie sind recht intelligent, Neal, das steht außer Frage. Und trotzdem werden sie – wenn du ihnen nicht auf den Fersen bist – die Stadt vernichten, und sei es nur, um den Roten Tiger und dich zu provozieren.«

»Und wenn sie wissen, daß wir kommen?«

»Wie du schon sagtest: Aurium ist eine Handelsstadt.« Aarundel zog leichthin die Schulter hoch und kramte einen Wetzstein aus seiner Gürteltasche, um die Schneide seiner Streitaxt zu schärfen. »Die Haladina werden die Stadt unversehrt lassen. Dann haben sie etwas, worüber sie mit dir verhandeln können.«

KAPITEL 3

Empfangen von den Herren Aurdons

Frühlingsbeginn
A.R. 499
Die Gegenwart

Gena sauste quer durch das ganze Lager, als sie den Schrei des kleinen Mädchens hörte. Sie rannte um die Menschentrauben herum, die sich familienweise zur Zeit des Mittagessens gebildet hatten, und konnte endlich Andra sehen, die am Wegesrand mitten im Gras stand. Die Blumen, die sie gepflückt hatte, lagen um das schreiende Kind verstreut am Boden. Blut tropfte aus zwei Einstichen am Handgelenk.

Gena nahm das Kind auf den Arm und sah noch, wie ein schwarzer Schatten durch das hohe Gras huschte. Sie hatte kaum einen Blick auf die Schlange erhascht, aber er reichte aus, sie als giftig zu identifizieren. Die schon einsetzende Schwellung um die Wunden herum bestätigte das. Gena trug Andra zur Straße und legte sie flach auf den Boden, als auch schon die Mutter angerannt kam.

»Mein Kind, mein Kind ...«

Die Frau war kurz davor, den Verstand zu verlieren, und Gena wußte, daß sie das nicht zulassen durfte. Eine jammernde Mutter, die ihr in den Ohren lag, würde sie an der uneingeschränkten Konzentration hindern, die sie für den Zauber brauchte, der das Mädchen retten konnte. Sie wußte, daß alles rasch gehen mußte. Also gab sie der Frau mit schneidender Stimme einen Befehl: »Holen Sie mir sofort Binden, sauberes Verbandsmaterial, und zwar schnell!«

81

Der Befehl ließ Andras Mutter auf dem Fuß kehrtmachen und davoneilen. So konnte Gena ihre ganze Aufmerksamkeit ihrer Patientin zuwenden. Das Kind strampelte am Boden und schrie immer noch. Gena war dadurch genauso abgelenkt wie vorher durch die Mutter. Sie wußte, daß sie von dem Kind so und so keine vernünftige Auskunft bekommen konnte. Sie strich mit den Fingern über Andras feuchtkalte Stirn und zauberte das Mädchen in einen kurzen Schlaf.

Dann nahm sie Andras Arm und setzte einen diagnostischen Zauber an. Schnell fand sie bestätigt, daß das Gift bereits die Muskeln lähmte, beginnend an der Bißstelle. Jetzt mußte sie rasch handeln, um den Schaden zu begrenzen.

Statt Energie auf einen weiteren Zauber zu verschwenden, der den Fluß des Blutes vom Arm in den übrigen Körper abschneiden würde, nahm sie lieber einen runden Stein von der Straße auf und preßte ihn in Andras Achselhöhle. Sie beauftragte eines der zuschauenden Mädchen, den Stein immer kräftig gegen Andras Arm anzudrücken, damit er wie ein Druckverband auf die Adern wirkte und den Blutkreislauf an dieser Stelle vorübergehend unterbrach.

Wenn sie genau gewußt hätte, welche Schlangenart Andra gebissen hatte, dann hätte sie einen genau auf dieses spezielle Gift abgestimmten Heilzauber gewählt. So aber konnte sie nur einen auswählen, der ganz allgemein gegen Gifte wirkte. Sie preßte die Handflächen auf die Wunden und übertrug so den Zauber. Ein Strom heilender Wärme floß aus ihrer Hand in Andras Arm.

Durch den immer noch anhaltenden diagnostischen Zauber konnte sie erkennen, daß das Gift unmittelbar neutralisiert wurde, und ein Lächeln kehrte auf ihr Gesicht zurück. »Gut, gut. Du kannst den Stein jetzt wegnehmen.« Sie blickte zu den Leuten auf, die sich rundum eingefunden hatten. »Sie wird es überleben. Und wenn sie noch eine Zeitlang weiterbehandelt wird, wird es ihr bald wieder gutgehen.«

Die Verletzungen an Andras Arm wieder in Ordnung zu bringen, wird nicht schwer sein. Heilzauber bewirkten, daß sich der Selbstheilungsprozeß des Körpers beschleunigte. Bei einem Kind in Andras Alter war Genas Erfolgsaussicht als Heilerin recht hoch. Als sie nach kurzer Zeit die Hände von der Wunde nahm, deuteten nur noch ein paar Tropfen verschmierten Bluts darauf hin, daß Andra gebissen worden war.

Gena stand langsam auf und kämpfte ein aufsteigendes Schwindelgefühl nieder. Obwohl die angewandten Zauber einfach waren, hatten sie doch viel Kraft verlangt. Aber nach ein paar Augenblicken war das Schwindelgefühl vorbei, und Gena wischte sich die Hände an einem Stück Stoff ab, das die Mutter des Mädchens gerade in verbandgerechte Streifen zerriß.

Gena überließ das Mädchen jetzt der Obhut ihrer Mutter. Sie hatte sich kaum ein paar Schritte von der Menge wegbewegt, als einer der von Durriken als Wache eingeteilten Jungens zu ihr gelaufen kam. »Kommen Sie, und sehen Sie, gnädige Frau.« Er sprang hoch und deutete an einem der Wagen vorbei Richtung Nordwesten.

Gena ging um die Wagen herum und sah in der Ferne erste Anzeichen einer Staubwolke – lange bevor sie die Trompetensignale hörte und die scharlachroten Wimpel sah, die im Wind knatterten. Weil sie die Wimpel am Anfang nicht eindeutig ausmachen konnte, murmelte sie ein schnelles Gebet, in der Hoffnung, daß es sich nicht um Haladina handelte. Sie hatte die Zauberkraft und die notwendige Erfahrung, die Verteidigung des Lagers einzurichten, aber nachdem sie Andra behandelt hatte, mußte sie erst wieder zu Kräften kommen, ehe sie bei einem Kampf zur Höchstform auflaufen konnte.

Um näher an das Lager zu kommen, mußten die unbekannten Reiter erst einen leichten Abhang bewältigen, was – wie sie wußte – die unmittelbare Bedrohung noch etwas aufschob. Aber viel zählte das nicht, weil die Haladina selten in einer geschlossenen Einheit kämpften und meistens von verschiedenen Punkten aus angriffen. Die goldbraune Steppe, ausgedörrt von der Sonne, würde ihrer Zauberkunst genügend Nahrung für ein Feuer geben, aber es konnte außer Kontrolle geraten und sie und die Menschen, die sie schützen wollte, genauso verschlingen wie die Angreifer. Sie mußte sich eine sorgfältigere Verteidigung ausdenken. Das aber stellte größere Anforderungen an sie. Und ob sie denen schon wieder gewachsen war, dessen war sie sich nicht sicher.

Shenan, Keifs jüngerer Bruder, stand neben ihr und wechselte Steine, die er als Wurfgeschosse gesammelt hatte, von einer Hand in die andere. »Wer ist das Ihrer Meinung nach, Edle Frau?«

Gena sah zu dem Blondschopf herunter. »Wieviel kannst du schon erkennen?«

»Staubwolken, ein Auf und Ab. Es müssen Reiter sein.« Der Junge dämpfte die Stimme. »Wenn Neal hier wäre, würden wir sie schnell kennenlernen.«

Sie legte sanft ihre rechte Hand auf seine linke Schulter und spürte, wie sich seine Muskeln unter dem rauhen Stoff entspannten. Sie kniff die Augen zusammen und blickte scharf geradeaus. Endlich lächelte sie vor Erleichterung. »Ich sehe rote Banner mit schwarzen Mustern darin.«

»Ein goldenes Aufblitzen an der Spitze einer Standarte?«

Die Elfe nickte. »Du hast Augen wie ein Adler, Shenan. Jetzt wissen wir also, daß es sich höchstwahrscheinlich um eine Grenzstreife aus Aurdon handelt.«

»Wie wahrscheinlich?«

Gena ging in die Hocke und deutete auf einen Reiter an der Spitze. »Ich denke, daß das Durriken ist, der neben dem Hauptmann reitet. Also brauchst du keine

Angst vor einem weiteren Angriff der Haladina mehr zu haben.«

Der Junge lächelte erleichtert. Immer mehr Grübchen zeigten sich auf seinen Wangen. »Darf ich's meiner Mutter sagen?«

Gena nickte, und in Windeseile war das ganze Lager alarmiert und beobachtete die sich nähernden Reiter. Genauso wie die Flüchtlinge lächelte auch Gena voller Erwartung, aber mit Winken und Rufen hielt sie sich so lange zurück, bis Durriken unvermittelt eine kurze Strecke nach rechts geritten und gleich wieder ins Glied eingeschert war. Das war für sie das Zeichen, daß er nicht unter Zwang stand oder genötigt wurde. Jetzt hob sie die Hand und rief einen Willkommensgruß.

Durriken ritt ein paar Schritte nach vorn und zügelte dann sein Pferd. Er berührte ihr Gesicht mit seinen schlanken Fingern, beugte sich dann aus dem Sattel herunter und küßte Gena auf den Mund. Er machte eine Geste mit dem Arm: »Edle Frau Genevera Sylvanii, darf ich Hauptmann Floris Fischer vom Siebten Regiment der Aurdon-Grenzjäger vorstellen.«

Gena machte einen Knicks, als der Führer der Grenzjäger seinen kastanienfarbenen Hengst vor ihr zügelte. Floris wirkte sehr hoch im Sattel, und die Flügel und der Roßschweif auf seinem Helm betonten das noch. Er sah sie an, ließ dann aber schnell seinen wachsamen Blick über das Gelände schweifen, ehe er die braunen Augen wieder auf sie richtete. Er lächelte und neigte das Haupt vor ihr; aber den Stahlhelm, der den Schädel und den Nacken schützte, nahm er nicht ab.

»Es ist mir eine Ehre, Edle Frau. Ich bin froh, daß Sie und Ihre Gesellschaft in der Zeit, die wir brauchten, um hierher zu kommen, nicht belästigt wurden.« Wieder blickte er auf und ließ den Blick in die Runde schweifen. Gena lächelte, als sie merkte, wie er sich davon überzeugte, daß seine Männer rund um das Lager Sicherungsposten bezogen hatten. »Ich habe eine

Kompanie abgestellt, die mit dem Jungen nach Aurdon zurückgeht und sich dort um die Ochsen kümmert, und dann habe ich Durriken gebeten, uns zu Ihnen zu führen.«

Durriken lächelte in sich hinein, und sie sah, wie Floris ihm einen versteckten Blick zuwarf. Irgend etwas ging zwischen den beiden vor, das sie noch nicht deuten konnte, obwohl sie annahm, daß es sich mehr um eine beginnende Männerfreundschaft handelte als um ein Geheimnis, das Menschlingen vorbehalten war. »Das Siebenunddreißigste ist entsandt worden, um sich um die Angreifer zu kümmern, denen wir begegnet sind, vor allem weil Graf Berengar sichergehen wollte, daß uns auf dem Weg nach Aurdon niemand belästigt. Sie haben die Hauptgruppe der Haladina schon früher am Tag erwischt, und diejenigen, die wir trafen, waren nur ein paar Versprengte, die dem Gefechtsfeld entkommen waren.«

Gena betrachtete das schwarz-rote Muster, das auf Floris' Schild gemalt und mit dem der Umhang bestickt war, den er über der Rüstung trug. Das gleichschenkelige Dreieck mit der Spitze nach unten war in drei Felder geteilt, genauso wie es beim Militär üblich ist. Im obersten sah sie das Schwert mit dem Bogen gekreuzt, das Abzeichen der Grenzjäger. Die Ziffern 3/7 im nächsten Feld zeigten an, daß es sich um einen Mann des Dritten Bataillons vom Siebten Regiment handelte. Und ganz unten sah sie zwei verknotete Ärmel über dem mit dem Schwert gekreuzten Dolch. Das war, wie sie aus Erzählungen wußte, ein Teil des Wappens von Aurdon.

Über diesem Dreieck war ein rot-schwarzer Tiger zu sehen, der einen Raubvogel auf dem Rücken trug. Sie wußte, daß es sich bei dem Vogel um einen Fischadler und um das Symbol von Graf Berengar Fischers Familie handelte, aber der Tiger verblüffte sie. Er tauchte nämlich normalerweise nur in isparischen Wappen auf, denn nur Ispar konnte sich auf kaiserliche Tradition berufen. Wegen der Stellung des Wappens wußte sie aber auch, daß es über den höchsten Kommandeur einer Einheit Aufschluß gab. Sie wußte, daß das in diesem Fall Graf Berengar war.

Sie lächelte verbindlich. »Graf Berengar gehört den kaiserlichen Truppen an?«

»Seit einem Jahr schon, Edle Frau.« Floris reckte den Kopf noch höher. »Das Siebente hat ihn nach Ispar zu der Zeremonie begleitet.«

Durriken grinste Floris scheinheilig an. »Ohne Zweifel hätte es der Graf ohne das Siebente Regiment nie bis zur Hauptstadt geschafft.«

»Es war eine interessante Mission bis Jarudin, Durriken, aber so richtig schwer bedrängt wurden wir nicht, trotz aller Unbequemlichkeiten.« Floris lächelte etwas verlegen und wischte sich den Schweiß vom Gesicht. »Sobald wir Schwarzeiche erreicht hatten, zogen wir mit dem Garderegiment des Herzogs weiter. So konnte das Siebte tatsächlich etwas ausruhen.«

»Der Herzog von Schwarzeiche ist bekannt dafür, daß er scharf auf Disziplin und Kriegsrecht achtet.« Die Riemen quietschten, als sich Rik aus dem Sattel auf die Straße schwang. Er stampfte mit den Füßen auf, um den Staub von den Stiefeln zu bekommen. »Gena, der Graf möchte uns so bald wie möglich in Aurdon sehen. Der Hauptmann hat uns einige frische Pferde und Begleitschutz für den Weg zur Stadt angeboten. Es ist wirklich nicht so weit, kaum sechs Stunden, wenn wir schnell reiten.«

Floris nickte zur Bestätigung. »Wir wären schon früher hier gewesen. Aber als Durriken mich getroffen hat, war ich gerade dabei, meine Schwadronen wieder zusammenzuführen, die sich zur Verfolgung der Haladina aufgeteilt hatten. Die letzte Nacht haben wir dann noch darauf verwendet, etwas zu ruhen und unsere Ausrüstung instandzusetzen, für den Fall, daß wir heute morgen hätten kämpfen müssen.«

»Das Angebot einer Eskorte bis nach Aurdon ist hochwillkommen, Hauptmann Floris, aber dennoch zögere ich, diese armen Leute hier zurückzulassen.« Gena blickte auf das armselige Lager und sah mit Freude, daß einige Flüchtlinge schon wieder lachen konnten. »Obwohl sie im Augenblick einen gelösten Eindruck machen, sind sie doch gerade erst von einer Giftschlange erschreckt worden, und sie sehen immer noch Haladina in jedem sich bewegenden Schatten. Ich wäre sehr überrascht, wenn ihre gute Laune noch bis in die Nacht anhielte.«

Floris nahm das Lager selber in Augenschein und nickte. »Ich verstehe Ihre Sorgen, Edle Frau. Ich werde eine Kompanie mit Ihnen zurückschicken, die andern beiden werde ich hierlassen. Die Ochsen mit meiner letzten Kompanie werden morgen hier sein. Und dann bringe ich alle zusammen nach Aurdon. Kein Haladina wird wagen, eine so starke Truppe anzugreifen. Das Wohlergehen der Flüchtlinge ist jetzt meine Sorge.«

»Dann weiß ich, daß ihre Sicherheit gewährleistet ist. Wenn Sie mich jetzt entschuldigen, Herr Hauptmann, werde ich meine Reisetasche packen, und dann machen wir uns auf den Weg.« Gena lächelte, machte einen Knicks und drehte sich um. Rik führte Benisson am Zügel und folgte ihr, als sie um das Hauptlager herum bis zu dem abgeteilten Platz ging, den sie für sich selbst hergerichtet hatte. Ein Wagen schirmte sie weitgehend gegen Blicke aus dem Hauptlager ab, so daß ihr und dem Menschling ein wenig Alleinsein möglich war.

Rik nutzte die Gelegenheit, faßte sie am Arm, drehte sie zu sich herum und nahm sie innig in den Arm. Sie näherte sanft ihre Lippen den seinen, und sie küßten sich, erst zärtlich, dann immer leidenschaftlicher. Normalerweise war sie zurückhaltender, wenn irgend jemand sie beobachten konnte. Beziehungen zwischen Elfen und Menschlingen waren zwar nicht verboten, aber manchen Menschen fiel es ebenso schwer, solche

Beziehungen zu akzeptieren, wie zum Beispiel den Consilliarii. Aber in Riks Armen zu sein und seine Lippen zu schmecken machte sie fast schwindlig vor Freude und ließ sie einfach nicht daran denken, was andere von ihrer Beziehung hielten. Die ganze Zeit über, die sie allein im Lager war, hatte ihr Pflichtbewußtsein die Sorgen zurückgedrängt, die sie sich über Durrikens Sicherheit machte. Aber jetzt, wo die Soldaten ihr die Verantwortung für die Flüchtlinge abgenommen hatten, genoß sie das Nachlassen des Drucks, der auf ihr gelastet hatte, und sie war glücklich, daß ihre stummen Gebete an Kyori, Rik sicher zurückkehren zu lassen, erhört worden waren.

Rik gab sie aus der Umarmung frei und lachte. »So sehr ich es hasse, von dir getrennt zu sein, muß ich doch zugeben, daß das Wiedersehen das Weggehen lohnt.«

Gena hob ihre blaue Wolldecke vom Boden auf. »Ich vermute, daß du interessantere Dinge erlebt hast als ich.« Sie gab Rik das Ende mit dem breiten roten Streifen in die Hand, sie nahm das andere. Zusammen schüttelten sie die Decke aus und falteten sie immer kleiner. »Die Kinder wollten noch eine Geschichte hören. Also habe ich ihnen ein weiteres von Neals Abenteuern erzählt – das, in dem er den König der Driele besiegt und ihn zu seinem Sklaven macht. Den meisten Müttern allerdings hat die Geschichte nicht so gut gefallen.«

Rik nickte. »Du darfst aber nicht vergessen, meine Liebe, daß Neal nicht der größte unter allen menschlichen Helden ist.«

Genevera blinzelte mit ihren violetten Augen. »Wie kannst du so etwas behaupten? Allein schon, wie er den Reith zugesetzt hat …«

»Liebling, ich habe gelernt, ihn mit deinen Augen zu sehen; also weiß ich auch, wie Elfen über Neal denken. Sicherlich war er ein Held, aber den Menschen, die noch von der *Eldsaga* beeinflußt sind, ist seine Verbindung mit euch nicht ganz geheuer.« Rik hielt die zusammengefaltete Decke fest, während Gena ein Stück Zeltstoff darum wickelte und alles mit Lederriemen zusammenband. »Die Geschichten, die du über Neal erzählst, sind großartig, und ich liebe auch die Art, wie du sie erzählst, aber für viele Menschen sind die Erzählungen über Neal Elfwart Tragödien, die einem – wenn sie zum Beispiel in einer Kneipe erzählt werden – die Tränen ins Bier fließen lassen …«

Gena nickte verwirrt. Sie hatte die Kluft zwischen ihrem Bild von Neal und dem, das sich die Menschen üblicherweise von ihm machten, schon oft bemerkt – sofern die Menschen, mit denen sie sprach, ihn überhaupt kannten. Seit Neal auf Erden gewandelt und seine Schlachten geschlagen hatte, waren nur fünf Elfen-Generationen geboren worden, aber bei den Menschen waren es etliche mehr. Hier in Centisia, in der Gegend von Aurdon oder oben in Ispar wußten die Menschen noch etwas von Neal, aber anderswo war er genauso eine mythische Sagengestalt wie die Reith oder der Driel.

Graf Berengar Fischer war von den Menschen, die sie kannte, einer der wenigen mit einem ausgeprägten Interesse an Neal. Bei einem Zusammentreffen hatte er gestanden, daß die Standardgeschichten über Neal Elfwart, die man sich in Aurdon erzählte, seinen Appetit auf mehr erst geweckt hätten. Sie hatte ihm den Gefallen getan, einige ihrer Lieblingsgeschichten zum besten zu geben, und ging sogar soweit, ihm zu verraten, daß sie sie aus dem Mund ihres Großvaters gehört hatte, einem Elfen, der den Menschen als Aarundel bekannt ist – ein Geheimnis, das sie noch nicht einmal mit Rik teilte.

»Da ist etwas Wahres dran, Rik.« Gena zog die Schultern hoch. Glänzende Lichtstrahlen irrlichterten durch ihr Haar wie vergoldete Schlangen. »Ich glaube, daß auch bei den Elfen die Erinnerung an Neal diesen Anflug des Tragischen hat. Wahrscheinlich ist mein Bemühen, sein Heldentum herauszustellen, zum Scheitern verdammt.«

Rik stupste sie mit dem Zeigefinger an der Nasenspitze. »Nun, immerhin hast du wenigstens einen Mann überzeugt.« Seine Augen glänzten verschwörerisch, mit den Händen umfaßte er die Kolben seiner Blitzdrachen. »Wer auch immer sich bei einer deiner Geschichten zu weinen erlaubt, der bekommt es mit mir zu tun.«

Gena mußte laut lachen. Den Anflug von Melancholie hatte Rik mit seiner Leichtigkeit vertrieben. Obwohl sie sich erst seit drei Jahren kannten, schien er doch geradezu hellseherisch begabt zu sein, sie immer genau im richtigen Augenblick zum Lachen zu bringen oder ihre Stimmung herumzureißen. Nachdem sie eineinhalb Jahrhunderte lang eifrig die Zauberkunst studiert hatte, hatte sie einmal geglaubt, daß einfache Dinge sie nicht mehr entzücken könnten. Aber dann hatte sie sich entschlossen, gegen diese Verarmung ihrer Seele anzukämpfen, und versucht, soviel wie möglich von der Unschuld ihrer Kindheit wiederzufinden. Sie hatte viel Mühe darauf verwandt, die Geschichten über Neal Custos Sylvanii zu sammeln und zu ergründen.

Aber nicht einmal das, erinnerte sie sich, während sie ordentlich ihre Satteltaschen packte, hatte ausgereicht, ihre Lebensfreude wiederzufinden. Sie stellte bei den Consilliarii den Antrag, Reisen außerhalb Cygestolias unternehmen zu dürfen, und sie hatten nach einigem Zögern zugestimmt. Gleichzeitig hatten sie aber versucht, ihr mit allerhand Schauergeschichten über das Leben jenseits der Grenzen des Elfengebiets die Reiselust wieder auszutreiben. Die größte Gefahr war angeblich, daß sie einem Menschen-Mann begegnen und glauben würde, ihn zu lieben. Weit entfernt davon, sich überreden zu lassen, brannte sie nur noch mehr darauf, Cygestolia zu verlassen. In den zwölf Jahren, die seit ihrer Abreise vergangen waren, hatte sie niemals den Wunsch verspürt, dorthin zurückzukehren.

Und Rik getroffen zu haben, hatte sie am allermeisten darin bestärkt, daß ihr Entschluß richtig war.

Sie faltete die Satteldecke auseinander, entfernte eine Klette und legte das dicke Tuch auf Geists Rücken. Dann legte sie den Sattel auf. Rik zog den Sattelgurt fest, während Gena das Halfter einhängte und dem Pferd die Trense ins Maul schob. Sie schnallte ihre Deckenrolle hinter dem Sattelknauf fest und befestigte die Satteltaschen.

Dann schwang sie sich in den Sattel, lenkte das Pferd herum und ritt hinter Rik her, zurück auf die Straße. Hier schlossen sie zu der bereitgestellten Kompanie Soldaten auf, die unter dem Befehl eines Leutnants stand, den Floris als Waldo Fischer vorstellte. Mit ihm an der Spitze und den Soldaten hinter ihnen brachen sie auf nach Aurdon.

Waldo war Gena irgendwie unsympathisch, aber über den Grund dafür war sie sich nicht klar. Offenkundig verstand er sein Handwerk. Er ließ einige Soldaten als Seitensicherung reiten, schickte eine Vorhut voraus und sicherte die Kolonne durch ein paar Soldaten, die die Nachhut bildeten. Er war zwar von untersetzter Gestalt und ein bißchen breit in der Hüfte – fast so, wie man sich die Reith von einst vorstellte –, aber er war alles andere als häßlich. Er war hellwach und ständig auf der Hut. Unentwegt schweifte sein Blick über das Gelände, und er überließ nichts dem Zufall. Einmal schickte er einen Melder zu seinen Aufklärern nach hinten, um sie die rußgeschwärzten Ruinen eines weit von der Straße entfernten Weilers erkunden zu lassen.

Aber dennoch: Gena schnappte einen Blick auf, den Waldo Rik zuwarf. Es war nur ein Moment, kaum länger als ein Herzschlag, aber er drückte doch – so schien es ihr – eine Mischung von Haß und Verachtung aus. Es war nicht zum ersten Mal, daß sie diesen Ausdruck sah; aber er galt meistens ihr – und dann meistens von einfältigen Menschlingen, die sie wegen ihrer Herkunft verachteten.

Sie kitzelte Geist mit den Fersen in den Flanken und ritt an Riks Seite. »Wieviel hast du ihnen letzte Nacht über dich erzählt?«

Er zuckte gelassen mit den Schultern. »Wirklich nicht viel. Wir haben alle miteinander Kriegserlebnisse ausgetauscht. Ich habe ein paar Geschichten erzählt, aber nichts, das dir unangenehm sein könnte.«

Gena nickte. Sie hatte Rik seinerzeit bei einem nakanischen Antiquitätenhändler kennengelernt. Der Nakani hatte sie in sein Haus eingeladen, um sie zu fragen, ob sie vielleicht einige magische Zeichen auf zwei Schmuckstücken deuten könne. Diese seine letzten Erwerbungen waren angeblich elfischen Ursprungs, und da solche Stücke sehr selten in die Hand von Menschen gerieten, brauchte der Händler ein Gutachten von ihr.

Als der Händler den Kasten holte, in dem die Gegenstände lagen, wunderte sich Gena über den kleinen, schlanken Mann, der hinter dem Stuhl des dicken Händlers stand und schwieg, und sie fragte sich, wer er wohl sei. Seine braunen Augen schienen alles in sich aufzunehmen und hatten einen forschenden Ausdruck. Seine innere Spannung kam in den krampfhaft gekreuzten Armen zum Ausdruck und auch darin, daß er beim leisesten Geräusch, wie dem Knarren einer Bodendiele, zusammenzuckte.

Genevera erkannte sofort die Machart der beiden Stücke in dem Mahagonikästchen. Der Händler nahm eines von der schwarzen Samtunterlage und reichte es ihr. In Silber getrieben und mit einem ovalen Onyx geschmückt, hatte der Armreif zwei Eigentümlichkeiten, an denen sie ihn erkannte. An der Manschette war er mit einer starken Kette mit einem Silberring verbunden, den ebenfalls ein Onyx schmückte. Der Reif war fast vier Zoll breit und auf der Oberfläche mit einer Silbereinlegearbeit verziert. Der zweite Reif war kleiner und zierlicher und mit oval geschliffenen Lapislazuli und Opal geschmückt.

Sie überlegte einen Augenblick, wieviel sie erzählen konnte, ohne Traditionen und Bräuche preiszugeben, die ihr Volk gern für sich behielt. »Diese beiden Stücke sind von Elfen hergestellt. Es sind Andenken an eine Hochzeit. Dieser hier ist für den Bräutigam, und der kleinere ist für die Braut. Die Einlegearbeit zeigt an, daß es sich beim Bräutigam um einen Krieger handelte. Der Ring wurde übrigens am Mittelfinger getragen.«

Der Händler lächelte. »Und die Zauberzeichen?«

Sie drehte das Armband noch einmal um und besah es von allen Seiten. Konzentriert versuchte sie, Spuren des Zaubers zu entdecken, den man eingearbeitet hatte, obwohl sie eigentlich schon wußte, was für einer es sein konnte. »Der Zauber hat mit der Hochzeitszeremonie zu tun.« Sie zögerte einen Augenblick. Dem Händler entging das, aber dem schlanken Mann blieb es nicht verborgen. »Etwas vereinfacht soll er bewirken, daß die Liebe der beiden sogar das Metall der Reife überdauert; und außerdem soll er dafür sorgen, daß das Silber nicht anläuft.« In Wirklichkeit ging der Zauber viel weiter: In die Hände eines Feindes geraten, konnten sich die Reife in furchtbare Waffen verwandeln, wenn man sie gegen die verwenden wollte, die sie getragen hatten. Aber Genevera behielt das für sich. Menschlinge brauchten über dieses Wissen nicht zu verfügen.

Der kleinere der beiden Männer ergriff das Wort – und löste bei dem Händler ein besorgtes Stirnrunzeln aus. »Gibt es einen Weg, Edle Frau, herauszufinden, für wen diese Stücke angefertigt wurden? Ich vermute, daß niemand sich leichten Herzens davon trennen würde.«

»Nein. Sie würden bei einer Scheidung normalerweise vernichtet werden.« Sie hielt einen Armreif so, daß sie die Innenseite sehen konnte. »Ah, hier ist ein Herstellerzeichen. Ja, ich …« Sie unterbrach sich, weil ihr die Kehle trocken wurde, und sie biß sich auf die Unterlippe, um nicht zu zittern. »Ich weiß, für wen sie angefertigt wurden. Sie sind fast fünfhundert Jahre alt. Sie gehörten meinen Großeltern.«

»Die jetzt tot sind?«

Der unpassend hoffnungsvolle Klang in der Stimme des Händlers empörte sie, und offensichtlich ärgerte er auch den kleineren Mann. »Sie sind noch am Leben. Und jetzt möchte ich gerne wissen, woher Sie die Reife haben.«

Der Händler drehte sich zu dem kleinen Mann um. Enttäuschung zeigte sich in seinem Gesicht. »Erzählen Sie ihr, was Sie wollen. Ich halte mich an unsere Vereinbarung.«

Der kleinere Mann löste endlich die verschränkten Arme, legte die Blitzdrachen-Zwillinge auf den Tisch und verbeugte sich vor ihr. »Ich bin Durriken. Ich versorge Frigyes hier mit Ware. Wir haben vereinbart, daß er alles verkaufen kann, das wir nicht an den Eigentümer oder seine Erben zurückgeben können. Diese Armreife wurden, soviel ich weiß, vor fast hundert Jahren von einem Schatzgräber in den Toten Bergen gefunden. Einige Liebhaber haben dafür Angebote gemacht, und erst vor kurzem kamen sie in meinen Besitz. Aber hiermit gehören sie Ihnen. Ich hoffe, daß Ihre Angehörigen sich freuen werden, daß sie wieder da sind.«

»Und wenn nicht«, unterbrach der Händler schon wieder feilschend, »dann wird der frühere Besitzer sie bestimmt gerne wieder nehmen.«

Durriken schnauzte ihn an, und er flüchtete sich schnell wieder in seinen Sessel. »Ihre Angehörigen *sind* der frühere Besitzer. Verkaufe Polus die Kaiserkelche, die ich vor einem Jahr bekam, und beruhige ihn damit. Und Avner soll sich mit der Marmorgöttin trösten ...«

Gena sah den kleinen Mann neugierig an. »Sind Sie ein Dieb?«

»Frigyes zieht es vor, mich einen praktischen Antiquar zu nennen, aber ›Dieb‹ beschreibt es ganz gut.« Er zuckte mit den Schultern und zeigte auf die Armreifen. »Ich habe es als Lebensaufgabe betrachtet, Sammler davon abzuhalten, mit ihrer Beute zu sorglos umzugehen.«

Gena erwachte aus ihrer Träumerei, als einer der Aufklärer an ihr vorbei nach hinten ritt. Er erstattete Waldo Bericht. Der Leutnant drehte sich um und schaute die beiden an. »Man hat einen toten Haladin in dem Weiler gefunden. Er starb an einer Brustwunde. Einer der Ihren?«

»Wahrscheinlich.« Durriken nickte bestätigend.

»Dann ist doch mehr Soldatisches in Ihnen als ich dachte.«

»Ich tue mein Bestes, um es zu verbergen, aber manchmal kommt es raus.«

Waldo zog eine Augenbraue hoch, dann drehte er sich um und ritt weiter.

Gena runzelte die Stirn über Rik. »In diesen Geschichten, die du erzählt hast, hast du da erwähnt, du seist ein Dieb gewesen?«

»Wie sie darauf gekommen sind, weiß ich nicht.« Ein selbstzufriedenes Grinsen und ein gespieltes Zwinkern straften diesen Satz Lügen. »Meinst du, daß das ein Problem darstellt?«

»Rik, Aurdon ist eine Stadt, die von Kaufleuten gegründet wurde und von Kaufleuten regiert wird.«

»Eine größere Bande Diebe wird man auf dieser Seite der Welt nicht so leicht finden. Händler sind für mich nichts anderes als Diebe, die einen liebend gern berauben, während man noch glaubt, daß man gerade ein gutes Geschäft macht.«

»Rik!«

Der Dieb lächelte und tätschelte ihr linkes Knie. »Sei unbesorgt, Gena, ich werde mich ordentlich benehmen. Versprochen!«

»Versprochen?«

»Mein heiliger Eid.« Durriken legte sich kurz die

Hand aufs Herz. »Und übrigens: Solange du nicht durchs Stadttor geritten bist, gibt es in Aurdon nichts, was mein Herz begehrt.«

Die Straße verlief genau der Talsohle entlang, so wie sie sich durch die Hügel bis nach Aurdon schlängelte. Waldo nahm eine Menge Abkürzungen, sei es nun, weil er von Natur aus ungeduldig war, oder sei es, weil seine Befehle so lauteten. Aber stets beließ er seine Sicherungen und Aufklärer genauso, wie er sie aufgestellt hatte, obwohl bei vielen Abkürzungen die Gefahr eines Hinterhalts viel geringer war.

Der Ritt durch das Hügelland bot Gena atemberaubende Ansichten einer Grassteppe. Immer nur Gras, soweit das Auge reichte. Die Landschaft war gefleckt mit Bauernhöfen, deren Gebäude aus Torf wie Warzen auf den baumlosen Hängen klebten. Gena schauderte ganz unbewußt bei ihrem Anblick, und sie war dankbar, daß Waldo bei keinem anhalten ließ. Sie wußte schon, daß sich Torfhäuser in einem Land mit so wenig Bäumen kaum umgehen ließen, aber da sie in Cygestolia aufgewachsen war, blieb ihr immer das Gefühl, in Dreck und Schlamm zu wohnen, sei irgendwie lasterhaft.

Die Sonne schickte sich gerade an, in der Unterwelt zu versinken, als sie den allerersten Hinweis auf Aurdon sah. Sie zweifelte daran, ob es den Fischers und den Riverens gefallen hätte, zu wissen, was ihr erster Anhaltspunkt für das Bestehen der Stadt Aurdon war. Noch bevor nämlich von der Stadt selbst irgend etwas zu sehen war, kam am Ende des Tals, das sie entlangritten, eine bräunlich-schmutzige Dunstglocke ins Bild. Sie erinnerte sich an die ferne Staubwolke, die das herannahende Siebte Regiment angekündigt hatte, und meinte schon, es könne sich um die Ochsen handeln, die man zu den zurückgebliebenen Flüchtlingen trieb. Diese Vermutung erledigte sich aber nach einer Minute, als der Wind den Geruch Tausender mit Holz betriebener

Kochöfen und Feuerstellen zu ihr herüberwehte. Jetzt erst wurde ihr klar, daß der Dunst daher rührte, daß die Stadt die einst stolzen Wälder als Brennmaterial vernichtete.

Als sie den Fluß entlang um eine Biegung kamen, war zum ersten Mal die Stadt zu sehen. Gena schauderte regelrecht. Der elfenbeinfarbene Stein, in dem die Stadtmauer und die großen Gebäude errichtet waren, hatte die Farbe verblichener Knochen angenommen. Auf sie wirkte das Bild so, als hätte man das Fleisch der Erde wie eine klaffende Wunde aufgerissen, um darin zu wohnen, und dann die fehlenden Knochen in Form von Bauwerken ersetzt. Es kam ihr in den Sinn, daß ihr Vergleich besser einem Zwerg angestanden hätte, denn sie waren von den Göttern eingesetzt worden, die Welt zu erschaffen – aber ihre Bestürzung war, wie sie wußte, doch nur auf die völlige Abwesenheit von Grün in der Stadt vor ihr zurückzuführen.

Aurdon breitete sich über ein halbes Dutzend Hügel aus. Drei aus Stein gemauerte Ringe schlossen den Stadtkern ein. Die größten Gebäude lagen innerhalb des zweiten Rings, stattliche Wohnhäuser innerhalb des dritten. Außerhalb der Stadtmauern breiteten sich kleinere Wohnhäuser und Geschäfte bis in das Tal hinein aus. Eine große Fläche an den Ufern der hier zusammenfließenden drei Flüsse war Lagerhäusern, Hallen und Docks für Frachtkähne vorbehalten.

Ein Trompetenstoß der Vorhut räumte ihrer Kolonne die Hauptstraße frei, so daß sie ohne Aufenthalt bis zu den ersten Stadttoren gelangten. Wachtposten schauten von den Wällen auf sie herunter, riefen sie aber nicht an und schenkten ihnen auch keine besondere Beachtung. Waldo führte sie auf die breite Hauptstraße, die in Richtung Osten bis zum zweiten Tor anstieg.

Das zweite Tor war nach Nordnordwest ausgerichtet. Es hätte einer Armee bedurft, um sich – wenn das erste Tor einmal gefallen war – den Weg hügelaufwärts bis zu diesem zweiten Tor durchzukämpfen. Die Grenzjäger, außer Waldo und seinen paar Aufklärern, ritten direkt zu ihrer Kaserne, während der Leutnant Gena und Rik auf verschlungenen Wegen bis zum letzten, dem dritten Stadttor führte. Erst ging es noch einmal in ein Tal zwischen zwei Hügeln hinunter, und dann wieder steil hinauf, bis sie das Tor endlich erreichten.

Rik wandte sich an Gena. »Ich bin sogar schon in finsteren Nächten etwas einfacher in Paläste reingekommen.«

Waldo warf Rik einen unfreundlichen Blick zu. »Bestimmt haben Sie das geschafft, Meister Durriken. Wir haben hier in Aurdon vieles aufgebaut, nach dem andere gelüstet.«

»Das sehe ich, Herr Leutnant«, antwortete Rik achtungsvoll. Auf den geringschätzigen Ton in Waldos Stimme ging er gar nicht ein.

Die Wachen am letzten Tor salutierten, als ihre Gruppe durchritt. Jetzt ging es langsamer weiter, weniger deswegen – dachte Gena –, weil die Straßen so voll gewesen wären, als vielmehr weil die Leute hier offenbar einer besseren Schicht angehörten und weil Waldo deswegen zurückhaltender und höflicher den Weg bahnte, als er das vorher in den Vierteln mit ärmeren Leuten getan hatte.

Daß die Leute sie wieder einmal anstarrten und über sie flüsterten, hatte sie schon erwartet. Waldo war deswegen offensichtlich peinlich berührt. Über die Art und Weise, wie die einfachen Bauern auf der Landstraße sie gefürchtet hatten, würden die aufgeklärten Bürger eines städtischen Zentrums sicherlich spotten, aber auch sie fühlten ein leichtes Kitzeln der Angst, als sie ihre starrenden Blicke erwiderte. Gena fand sich damit ab, daß die Sensation, zum ersten und vielleicht einzigen Mal im Leben einer leibhaftigen Elfe zu begegnen, zum neugierigen Starren geradezu einlud. Sie war nicht wie viele andere Elfen der Auffassung, daß solche Menschen nicht viel besser seien als muhende Ochsen auf dem Feld.

Erstaunt stellte Gena fest, daß die Leute Rik allerhand Ehrerbietung entgegenbrachten. Er schien das ebenfalls zu bemerken, denn sie sah, wie er verstohlene Blicke hierhin und dorthin warf und sogar ein paar Frauen zunickte, die einen Knicks machten, als er vorbeiging. Die freundliche Aufnahme schien Waldo zu ärgern, wie man an seiner kurzangebundenen, förmlichen und abweisenden Art ablesen konnte.

Waldo zügelte sein Pferd vor einem Steinhaus, dessen Fassade und die davorstehenden Säulen ebenfalls die Patina von Elfenbein angenommen hatte. Er stieg ab und übergab die Zügel einem Soldaten. Zwei weitere traten hinzu, um Geist und Benisson zu übernehmen. Rik kam mit Schwung aus dem Sattel und tätschelte Benisson am Hals. Dann bot er Gena die Hand, und sie nahm sie gerne, weniger als Stütze, sondern vielmehr in dem Wunsch, ihn zu berühren und ihm nahe zu sein.

Hand in Hand folgten sie Waldo eine breite Treppe hinauf, zwischen Statuen sitzender Fischer und durch gußeiserne Türen, volle fünfzehn Fuß hoch und halb so breit. Ohne ein Wort, ohne Erklärung führte er sie über den gemusterten Marmorboden der Halle, um das dekorative Becken mit seinen faul dahinschwimmenden Goldfischen herum, und weiter in einen langen Gang, in dem die Zwischenräume zwischen den riesigen Bogenfenstern mit schweren Teppichen dekoriert waren. Obwohl sie keine der dargestellten Szenen deuten konnte, nahm sie an, daß sie der Familiengeschichte der Fischers entstammten – wegen der verknoteten Ärmel, die über jedem Bild zu sehen waren, und weil die Teppiche selbst mit eisernen Haltern in Form von Klauen an der Wand befestigt waren.

Auf halber Höhe des Ganges konnte man bereits die Geräusche eines Kampfes vernehmen, das Klirren von Stahl auf Stahl. Da aber keine Hilfe- oder Kampfrufe zu hören waren, und da auch Waldo in keiner Form darauf reagierte, schloß sie, daß die Geräusche in diesem Haus und so spät am Tag nicht ungewöhnlich waren. Waldo wandte sich nach rechts und wies sie durch einen Durchgang, der auf eine Veranda hinausging, von wo man auf einen kleinen gepflasterten Hof in einem wunderbaren Garten hinuntersah.

Obwohl alle Kämpfer in metallbeschlagenen Lederrüstungen steckten und obwohl sie Vollhelme trugen, erkannte Gena Graf Berengar sofort. Die feuerroten Locken, die unter dem Helm hervorquollen, bestätigten nur, was ihr schon der große Wuchs und der muskulöse Körper verraten hatten. Ganz in Schwarz, in jeder Hand ein Rapier, bewegte er sich mit der fließenden Anmut, an die sie sich noch von der Tanzfläche auf dem Empfang erinnerte, bei dem sie sich einst kennengelernt hatten.

Die zwei Männer, gegen die er focht, arbeiteten zwar wie eine Mannschaft zusammen, waren aber trotzdem nicht imstande, seine Verteidigung aufzubrechen. Berengar war den beiden direkt zugewandt, gespannt darauf, auf welchem Weg sie ihren Angriff vortragen würden. Bei einem normalen Fechter hätte das tödlich ausgehen können, aber Berengars große Distanz, sein schnelles Parieren und seine gekonnten Wechsel bedeuteten das Gegenteil: Ihm zu nahe zu kommen hieß, sich in eine Todeszone zu begeben, in der allein er das Sagen hatte.

»Herr Graf, ich bringe Ihnen Ihre Gäste.« Waldos Meldung und ein gemurmeltes »Halt!« von Berengar brachen den Kampf ab. Als der Graf seine Degen einem Diener reichte und seinen Helm öffnete, drehte sich Waldo zu Rik um: »Sie werden Ihre Blitzdrachen jetzt mir aushändigen, mein Herr.«

Gena fühlte, wie Riks rechte Hand zuckte, aber ihr fester Griff verhinderte, daß er eine der Handkanonen zog oder Waldo einen Schlag verabreichte. Rik bedachte

Gena mit einem ärgerlichen Blick, aber er hatte sich gleich wieder im Griff. »Entschuldigung, Herr Leutnant. Möchten Sie sich einen meiner Blitzdrachen einmal anschauen?«

»Nein. Ich habe ihre Ablieferung verlangt. So lautet die Vorschrift hier in Aurdon.«

»Waldo! Muß das sein?« Berengar eilte die Treppen herauf und blieb ein paar Stufen unterhalb des Absatzes stehen, so daß er gerade in Augenhöhe mit Durriken kam. »Das sind meine Gäste.«

Der Soldat widersprach. »Aber die Vorschriften sind ganz eindeutig. Er …«

»Er ist *mein* Gast.« Der Graf schüttelte den Kopf und wandte sich dann an Durriken. »Verzeihen Sie bitte seine Unhöflichkeit. Waldo hat insofern recht, als hier in Aurdon ein Gesetz existiert, das nur Adligen das Führen von Blitzdrachen gestattet. Ich habe gleich gesehen, daß es sich bei den Ihren hier um die echten aus einer Zwergenwerkstatt handelt und nicht um billige Imitationen, wie die Haladina sie manchmal anbieten.« Der große Mann sah noch einmal auf die Leute hinunter, die noch am Fechtboden standen. »Wir haben uns entschlossen, Blitzdrachen zugunsten ehrenhafterer Waffen zu verbannen. Das Gesetz wurde erlassen, um den gemeinen Mann und die Bauern vor Explosionsverletzungen beim Gebrauch billiger Handkanonenimitate zu schützen. Wenn Sie mir Ihr Ehrenwort geben, daß Sie die Ihren außer in Notwehr hier nicht benutzen, ist wohl nichts dagegen einzuwenden, daß Sie sie behalten.«

Durriken nickte dankbar. »Ich gebe Ihnen mein Wort, Herr Graf.«

»Bestens.« Berengar ging die letzten Stufen hoch und lächelte Gena an. »Edle Frau, es ist wieder eine Ehre für mich, mich in Ihrem Glanz zu sonnen.« Er machte eine Verbeugung, nahm ihre Hand und küßte sie sanft. Sein Schnäuzer und sein Bart kitzelten Gena leicht am Handrücken.

Sie sah zu ihm auf und lächelte. »Und ich bin sehr geehrt, daß Sie mich, daß Sie uns in Ihrem Haus empfangen. Sie sehen gesund aus.«

»Und jetzt, da Sie hier sind, geht es mir noch viel besser.« Er drehte sich zu Durriken um. »Von den Männern, die Hauptmann Floris zurückgeschickt hat, habe ich erfahren, daß Sie Durriken sind – jemand, der lange verlorene Gegenstände findet.«

Rik nickte. »So ist es.«

»Ein glücklicher Umstand, noch dazu, daß Sie als Begleiter der Edlen Frau Genevera gekommen sind.« Als Berengar sah, daß sie sich noch immer an der Hand hielten, verengten sich seine blauen Augen einen Augenblick lang. Dann geleitete er sie an Waldo vorbei ins Haus. »Ich habe für Sie zwei benachbarte Suiten vorbereiten lassen. Es hätte ja eine genügt. Aber meine sparsamen Vorfahren haben die Gästezimmer sehr klein gemacht. Nehmen Sie eine Suite als Wohnbereich, die andere ganz privat für sich.«

»Der Herr Graf sind sehr großzügig.«

»Ich hoffe, daß Sie immer noch so denken, nachdem ich Gelegenheit hatte, ausführlicher mit Ihnen zu sprechen.« Graf Berengars Stimme nahm einen leicht gehetzten Ausdruck an. »Wie die Edle Frau Genevera schon weiß, neige ich zu mehr Direktheit als andere Adlige. Und ich weiß, daß Sie sich über die Hast gewundert haben, mit der ich Sie hierher gebeten habe. Ich weiß, daß Sie jetzt von der Reise müde sind, besonders wegen der unliebsamen Begegnung mit den Haladina, und daß Sie sich zur Ruhe begeben wollen. Aber Sie sollten meines Erachtens wenigstens wissen, daß der Grund, warum ich Sie so dringend hierher geleiten ließ, von äußerster Wichtigkeit ist.«

Er sah Gena mit ernstem Gesicht an. »Sie wissen natürlich, daß Neal Elfwart in der Geschichte von Aurdon eine Schlüsselrolle gespielt hat.«

Sie nickte. »Das weiß ich.«

»Gut.« Berengars Blick wurde noch ernster. »Ich habe Sie hierher gebeten, weil ich Ihr Wissen über ihn dringend benötige. Und die Fähigkeiten unseres guten Durriken werden ebenfalls von Nutzen sein. Sehen Sie: Ich muß rückgängig machen, was Neal geschaffen hat. Wenn mir das nicht gelingt, dann wird eine Stadt, die fünf Jahrhunderte lang im Wohlstand lebte, in höchstens fünf Jahren aufhören zu bestehen.«

Die Täuschung der Herren von Aurium

Spätsommer
Vor fünfhundert Jahren
Im Jahr 1 der Regierungszeit des Roten Tigers
Mein fünfunddreißigstes Jahr

Die letzten zwei Stunden unseres Weges nach Aurium waren ein echter Nachtritt. Es ging durch dunkle Wälder, durch das nördliche Vorgebirge des Zentralen Berglands. Obwohl wir seit dem Hinterhalt keinerlei Anzeichen von haladinischem Chaos mehr bemerkten, ließ ich doch Aarundel an der Spitze reiten und Shijef noch vor ihm durch die Wälder streifen. Aarundels scharfe Nachtsicht machte ihn für solche Tricks weniger anfällig, denen ich erlegen war. Und Shijefs Befehle gaben ihm genug Freiraum, genau für den Ärger zu sorgen, der uns alarmiert hätte.

Der Wald endete unvermittelt an einer von Baumstümpfen durchsetzten Wiese. Das markierte die Herkunft des Baumaterials, das man zur Errichtung des größten Teils der Stadt Aurium benötigt hatte. Wenn auch die Kaufleute, die die Stadt beherrschten, sie auf elfisch ›Stadt des Goldes‹ zu nennen wagten, war sie in Wirklichkeit doch nur aus Baumfleisch gebaut und hatte erst kürzlich ihr erstes Bauwerk aus Stein erhalten. Angeblich hatte die Stadt einen Palisadenzaun, der bei der Verteidigung gegen Haladina nützlich sein konnte, aber von einer städtischen Miliz oder gar von einem eigenen aurischen Heer war nichts bekannt.

Wir ritten an einigen Holzfällerlagern vorbei, was zu

optimistischen Kommentaren bei meinen Leuten führte. Bis dahin hatten wir nämlich immer befürchtet, daß eine größere Haladina-Einheit irgendwie unserer Aufmerksamkeit entgangen sein und Aurium belagern könnte. So wie diese Menschensiedlung nun einmal beschaffen war, hätten ein paar Fackeln genügt, um sie besser brennen zu lassen als den Feuerbrunnen von Jammaq. Andererseits wäre auch gut denkbar gewesen, daß die Haladina die Stadt wegen der Kontrolle über den Schiffsverkehr, den sie ausübte, gar nicht niedergebrannt hätten.

Auf dem letzten Hügel vor Aurium hielt Aarundel sein Pferd an und pfiff durch die Finger. Ich ritt nach vorn, direkt neben ihn. Von unserem Aussichtspunkt aus konnte ich nur wenig erkennen, denn die Stadt lag noch eine gute halbe Meile vor uns im Dunkel. Doch meinem Begleiter mit seinen Elfenaugen machte das wenig aus. Wo ich gerade mal einige Lichtpunkte in einem Meer von Dunkelheit ausmachen konnte, sah Aarundel viel mehr.

»Die Tore sind offen, Neal, und sie haben keine Wachen auf den Wällen postiert.«

Ich blickte noch angestrengter in das Dunkel, sah aber nicht mehr als vorher. Der Nachtwind wehte vom Fluß herauf, und ich konnte nichts riechen, was darauf hindeutete, daß die Lichter, die ich sah, vielleicht das letzte Glimmen einer Feuersbrunst hätte sein können, das die Stadt vernichtet hatte. »Sieht alles andere normal aus?« Ich lächelte ihn an. »Natürlich außer der Tatsache, daß es sich um eine Stadt von Menschlingen handelt.«

»Von dieser Erwägung abgesehen, sehe ich einen Ausbund an Normalität.« Aarundel verzog keine Miene, aber der Klang seiner Stimme verriet, daß er leicht amüsiert war. Obwohl wir gute Freunde waren, eigentlich wie Brüder aus zwei verschiedenen Rassen, war Aarundel doch immer sehr beherrscht und ließ selten den wilden Ausdruck von Elfen erkennen, der andere immer die Exzesse ins Gedächtnis rief, die die *Eldsaga* den Elfen-Legionen zuschrieb. Wenn wir allein waren, ging er mehr aus sich heraus.

Schwarzstern durchlief ein Zittern, und er scheute gegen Aarundels Pferd, was nur eines bedeuten konnte. Ich blickte den Hügel hinunter nach links, nur ein paar Schritte weit. Shijef hockte da und schnüffelte. Er drehte die Nase Richtung Aurium. »Lebensschwarze Tümpel.« Er hob den Kopf in die Höhe und heulte los, daß es durch das Tal widerhallte. »Lebensschwarze Fluten.«

Noch mehr als das Geheul ließen mich die Worte schaudern. In den dutzend Jahren, die ich meinen Drielsklaven jetzt schon erduldete, habe ich eine Tatsache gelernt: Wie ein alter Mann, der anhand der Schmerzen in seinen entzündeten Gelenken einen heraufziehenden Sturm vorhersagen kann, ist sich der Driel durch und durch bevorstehender Gewaltausbrüche sicher. Wenn man ihn läßt, dann sucht er die Gewalt wie ein einsamer Mensch ein freundliches Lächeln.

Ganz bestimmt hatte er auch den Hinterhalt im Wald gefühlt. Er hatte mich nur deswegen nicht gewarnt, weil die Gefahr, daß ich darin getötet werden würde, in seinen Augen gering war. Mein Tod hätte zwar seine Knechtschaft beendet, aber er war eine Kreatur von seltsamem Ehrgefühl. So sehr er mich dafür haßte, daß ich ihn als Sklaven hielt, so sehr akzeptierte er auch, daß seine Knechtschaft der Preis dafür war, daß ich in unserem Wettstreit gewonnen hatte. Schließlich hatte er sich dazu durchgerungen, mein Leben zu schützen. Dem Haladina auf dem Waldpfad ließ er mich noch in die Hände fallen, weil er ihn nicht als ernsthafte Gefahr für mich sah, aber den berittenen Räuber tötete er, weil der mich hätte umbringen können.

Ich habe lange gebraucht, bis ich in Shijef mehr als eine Mixtur von Bär und Tiger, einer Menge Ärger und einem sehr beschränkten Vokabular entdecken konnte.

Ich hatte nie die Vorstellung, daß wir Freunde werden könnten, weil unsere Partnerschaft – anders als bei mir und Aarundel – nicht ganz freiwillig war. Trotzdem hegte ich eine gewisse Bewunderung für den Driel und verließ mich auf seine Fähigkeit, unter den richtigen Umständen verworrene und undurchsichtige Lagen zu entschlüsseln.

In Umständen wie diesen.

Ich wandte mich an den Driel. »Shijef, sind Haladina in der Stadt?«

»Nicht Sandleute.« Das Monster hüpfte ein bißchen weiter nach unten. »Tannenleute.«

»Ein Bruderkrieg während eines Krieges?« Aarundels Sattel knirschte, als der Elf sein Gewicht verlagerte und die Füße wieder in die Steigbügel stellte. »Ist ein Dazwischenkommen angezeigt?«

»Ich denke schon.«

Ich trieb meinen Schwarzstern mit einem leichten Druck der Knie weiter. Das Eintreffen von Shijefs Vorhersage, daß der Tod die Stadt heimsuchen werde, konnte durch entsprechendes Handeln hinausgezögert oder ganz verhindert werden. Wenn wir das, was auch immer in Aurium vorging, aufhalten konnten, würde das den Driel wütend machen, und das wäre Strafe genug für das, was er dem haladinischen Krieger angetan hatte. »Wenn wir davon ausgehen, daß der Rote Tiger es nicht gerne sähe, daß die ganze reithische Flotte den Fluß hinunter nach Polston verlegt werden könnte, dann ist die Rettung dieser aufgeblasenen Handelsstation durchaus unsere Pflicht.«

Also ritten wir fünfzehn Leute weiter ins Tal bis zum Stadttor. Ich übergab Senan das Kommando, ließ ihn die Tore hinter uns schließen und erkunden, wie sicher die Stadt war. Die hölzerne Palisade war gut instandgehalten, nur die offenen Tore machten mir Kopfzerbrechen. Während ich ziemlich sicher war, daß keine Haladina so weit nach Norden gekommen waren, wollte ich auch nicht gerne innerhalb Auriums auf sie treffen, falls ich mich getäuscht hatte.

Aarundel, der Driel und ich drangen tiefer in die Stadt ein. Es bedurfte nicht der Scharfsicht des Elfen und nicht des Driels Todesgespür, um das Zentrum des Ärgers in Aurium zu finden. Fast die ganze Stadt war totenstill, und alles war gegen mögliche Unruhen verriegelt. Kein einziger Fensterladen wurde geöffnet, als wir durch die schlammigen Straßen ritten – die Angst hing in der Luft wie Sumpfgeruch und schmeckte nicht halb so süß.

Als wir das steinerne Gebäude ganz oben auf dem Hügel in der Stadtmitte erreichten, merkte ich sofort, was los war. Zwei Gruppen von je fünf Männern standen zu beiden Seiten der hölzernen Tür des Gebäudes. Sie hatten keine Waffen in der Hand und versuchten gegenseitig, sich tapfer zu mißachten. Unsere Ankunft änderte das nicht, obwohl der Älteste jeder Gruppe vortrat, um uns Befehle zu erteilen – was die beiden Gruppen dann weiter gegeneinander aufbrachte.

Ohne uns auch nur mit einem Wort abgesprochen zu haben, zügelten Aarundel und ich unsere Pferde erst knapp vor den Männern und schwangen uns gleichzeitig aus dem Sattel. Als wären wir des andern Spiegelbild, warfen wir die Zügel den beiden selbsternannten Legaten zu. »Besten Dank, meine Herren. Öffnen Sie jetzt die Tür für uns!«

»Das ist nicht möglich«, sprudelte es aus einem der beiden heraus. Sein erhitztes Gesicht und seine scharfen Worte zeigten deutlich, daß er nicht gerade in guter Stimmung war. Hastig bedeutete er einem anderen aus seiner Gruppe, ihm Schwarzsterns Zügel abzunehmen. »Die Tür bleibt solange geschlossen, bis der Rat eine Entscheidung gefällt hat.«

Die Geräusche, die hinter der geschlossenen Tür zu hören waren, erinnerten mich an einen Zweikampf von Bluthunden, aber ich hatte schon früher Politiker bösartig werden sehen – bis hin zum Krieg. »Gut, dann kommen wir ja gerade rechtzeitig. Man wird keine Entscheidung treffen wollen, bevor wir unsere Empfehlung vorgetragen haben.«

Der Mann vor mir machte einen Schritt, um sich mir in den Weg zu stellen. An dem Wappen, das er in grober Stickerei auf der Brust trug, konnte ich erkennen, daß er dem Fischer-Clan diente: Ein fliegender Raubvogel mit einem Fisch im Schnabel und einer Geldbörse in den Fängen. Ich wußte, daß die Fischers einer von den beiden Clans waren, die in und um Aurium lebten.

Genau gegenüber stand sein Gegenstück im Dienst des Riveraven-Clans. Wie die Fischers hatten sie ihren Namen von einem Vogel, der im Drei-Flüsse-Tal lebte. Allgemein hieß es, die Flußraben seien Ratten mit Flügeln, und die Fischadler legten zum Brüten regelmäßig ihre Eier in deren Nester. Viele Leute fragten sich auch, ob die beiden Clans nicht besser miteinander auskämen, wenn ihre Vorfahren klüger bei der Auswahl ihrer Wappen gewesen werden, denn von außen betrachtet ergänzten sich die beiden Familien aufs beste.

»Guter Mann, ich zweifle nicht daran, daß man Ihnen einen Auftrag gegeben hat, den Sie heute nacht hier erfüllen sollen.« Ich trat näher an ihn heran, bis auf die erste Stufe in Höhe der Tür. Meine rechte Hand war schneller, als er sehen oder es gar verhindern konnte, und ich zog meinen Dolch, Wespe, aus der Scheide an meiner rechten Hüfte. »Sicher, ihr seid alle als Wachen eingeteilt, und das ist wirklich eine stolze Aufgabe.«

Ich ließ die Klinge vorwärts schnellen, und sie blieb zitternd in der rechten Tür des unförmigen und häßlichen *Legislatoriums* stecken. Ich hatte nicht erwartet, daß sie wirklich steckenbleiben würde – Wespe hat ungefähr die Balance eines einbeinigen Mannes auf nassem Eis –, aber das Holz der Tür war so weich, daß der Dolch, auch wenn er rückwärts aufgekommen wäre, steckengeblieben wäre. Hinter mir gluckste der Driel beifällig, und Aarundel neben mir kniff nur die schwarzen Augen zu. »Aber ihr wollt doch keine *toten* Wachen sein, oder?«

Die doppelte Wirkung von Worten und Taten ließ die Tür schneller aufgehen als mit einem Nachschlüssel. Die zwei Gruppen starker Männer öffneten das Gebäude für uns, verbeugten sich tief und murmelten sehr höfliche Grüße in einer Sprache, die sie für Elfisch hielten. Aarundel blieb so stumm wie der Tod, und der Driel schnupperte an einem der Männer, dann an einem anderen, so als sortiere er frischen Fisch von verdorbenem. Ich nahm meinen Dolch wieder an mich, steckte ihn in die Scheide und trat dann über die Schwelle, so als würde ich vor den reithischen Kaiser in Jarudin treten.

Die Halle des Gesetzes war nicht besonders groß, wahrscheinlich wegen der hohen Kosten, Baumaterial aus den flußaufwärts gelegenen Steinbrüchen herbeizuschaffen. Um trotzdem eine gewisse Größe zu erreichen, hatte man in den Hügel hineingegraben. Während sich das Gebäude außen vielleicht zwanzig Fuß über den Boden erhob, waren drinnen bestimmt gut vierzig Fuß zwischen Boden und Decke.

Die ausgegrabene Fläche war mit glatten Flußsteinen gepflastert. Was aus Sparsamkeit entstanden war, hatte sich als ganz hübsch herausgestellt. Um den gepflasterten Boden liefen drei Terrassen. Sie waren kunstvoll aus edlen goldfarbenen Hölzern und sattem Mahagoni gearbeitet und gaben dem Raum aus kaltem weißen Stein eine gewisse Wärme. Bänke und Tische boten denen, die hier zu tun hatten, Sitzgelegenheiten. Für eine so kleine Stadt war die Halle der Gesetze doch etwas, auf das die Leute stolz sein konnten.

Mein erster Eindruck von dem Lärm, der hier herrschte, bestätigte nur, was ich von außen vermutet hatte. Wir drei waren mitten in eine hitzige Debatte hineingeplatzt. Zwei junge Männer umkreisten einander genau in der Mitte des steinernen Bodens. Jeder hatte den linken Arm entblößt, weil man die Ärmel ihres Umhangs losgerissen und so miteinander verknotet hatte, daß sie einen kurzen Haltestrick bildeten. Jeder der beiden hielt den Strick mit der linken Hand fest. Die losen Stulpen standen aus dem Knoten wie Hasenohren hervor und klappten mal hierhin, mal dorthin, wenn die beiden Männer am Strick hin und her zogen.

In der rechten Hand hielt jeder der beiden einen Dolch. Die Klingen glichen mehr Tranchiermessern als etwa der Wespe, aber jede war lang, scharf geschliffen und spitz genug, um durch die Rippen bis ins Herz zu dringen. Beide Klingen waren auch mit Blut verschmiert, das aus oberflächlichen Schnittwunden stammen mußte, wie ich an den vielen Blutflecken auf den zerfetzten Umhängen der beiden sah. Sowohl die Wunden als auch die matten, lustlosen Bewegungen der beiden Männer verrieten mir, daß jede Begeisterung, die die beiden Kämpfer gehabt haben mochten, durch Erschöpfung und Todesangst verschwunden war.

Um sie herum standen und saßen auf Bänken und an Pulten annähernd alle Mitglieder der beiden Familien und feuerten die Kämpfer an. Ich sah die Mutter eines der beiden Burschen an der Seite sitzen. Sie stützte sich auf ihre Tochter und weinte still vor sich hin. Onkel, Vettern und Neffen gestikulierten und brüllten jeweils zugunsten eines der beiden Kämpfer, aber kein einziger von ihnen hatte auch nur einen Spritzer Blut auf seinem Umhang. Ältere und weisere Familienmitglieder hielten sich zurück, riefen vielleicht einmal einen guten Rat, aber beschränkten sich meist aufs Zuschauen und überlegten vielleicht, was sich aus dem einen oder anderen Ergebnis für sie ergeben würde.

Ohne Rücksicht auf irgend jemanden durchschritt ich den freien Gang, der das *Legislatorium* zweiteilte. Ich zog Herzspalter mit der Rechten blank und hatte Wespe in der Linken. Noch ehe auch nur einer der jungen

Männer eine Chance hatte, mich zu bemerken, fuhr das Schwert nieder, der Dolch ging nach oben, und der Knoten war in Stücke geschnitten. Die beiden Kämpfer flogen nach hinten. Jeder hatte beim Sturz einen halben Ärmel in der Hand, der durch die Luft wackelte wie der Schwanz eines Drachens.

»Das ist ungerecht!« schrie ein stämmiger Mann mit frischer Gesichtsfarbe aus dem Fischer-Clan. »Edward war dabei zu gewinnen. Du, Festus Riveraven, hast betrogen.« Er deutete über die ganze Versammlung hinweg auf einen schlanken, weißhaarigen Mann, der neben dem Familien-Kämpfer kniete. »Das sind deine Helfer, aber sie werden Aurium nicht für dich erobern.«

Festus hob den Kopf und verschwendete keinen Blick auf mich oder Aarundel. »Nein, Childerik Fischer, diese Leute sind nicht in meinem Auftrag hier. Du kannst von Glück reden, daß sie gerade zu diesem Zeitpunkt eingegriffen haben, denn Rufus hätte deinen Edward jeden Moment aufgespießt.« Er drehte sich zu mir um und nahm die Schärfe aus allem, nur nicht aus seinen Augen und aus seiner Stimme. »Wer sind Sie, daß Sie es wagen ...«

Wie auch früher schon stellte ich fest, daß meine Toleranz gegenüber Politikern in einem umgekehrten Verhältnis zu dem Grad an Lebendigkeit steht. Ich sprach über seinen Kopf hinweg: »Ich bin Neal Roclawzi, und das ist Aarundel.« Ich drehte mich um und sah, daß Shijef einen Platz eingenommen hatte, von wo er den einzigen Ausgang bewachte. »Er ist ein Driel, und mein Befehl ist sein Wille.«

Childerik nahm Haltung an – keine leichte Übung für jemanden, der den größten Bauch hat, den ich je an einem Menschen gesehen habe – und schaute mich von oben bis unten an. »Sind sie der Falbe Wolf? Sie kommandieren den Stählernen Haufen?«

Aarundel hob ganz leicht seine Streitaxt an. »Sprechen Sie Neal Custos Silvanii nicht in diesem zweifelnden Ton an. Sollten Sie ihn nur im mindesten respektlos behandeln, dann werde *ich* die Art Ihrer Bestrafung festlegen.«

»Ich wollte nicht respektlos sein, Lansor Honorari«, antwortete Childerik in allerschlechtestem Elfisch.

»Und ich bin fast sicher, daß Aarundel *Imperator* es auch nicht so verstanden hat, Fischer.« Ich schenkte ihm einen boshaften Blick, bewahrte aber die Hälfte davon noch für Festus auf. »Ja, ich kommandiere den Stählernen Haufen. Wir wurden hierher geschickt, um zu verhindern, daß Aurium in reithische Hände fällt, aber wie es scheint, gibt es hier noch andere Schwierigkeiten.«

Festus wischte meine Bedenken mit einer Handbewegung weg. »Keine Schwierigkeiten, die Ihrer Aufmerksamkeit bedürfen.«

Ich zog eine Augenbraue hoch. »Na, wenn Sie meinen. Vielleicht können Sie dann wenigstens erklären, warum Sie gerade dabei sind, aus diesem Ort ein … ein …«

Aarundel lächelte belustigt. »Ein Abattoir vielleicht, Custos Sylvanii?«

»Danke, Aarundel *imperator*. Ein Abattoir, ein Schlachthaus zu machen?«

»Das ist das Geschäft von Kaufleuten, Söldner.« Festus winkte mich mit einer energischen Handbewegung weg wie eine lästige Fliege. »Was hier geschieht, geht Sie beide überhaupt nichts an!«

»Nein?« Ich beschrieb mit Herzspalter einen Kreis und bezog so wieder die beiden blutenden Burschen ein. »Kann mir dann mal jemand sagen, was das war, das ich gesehen habe? Haben Sie versucht, die Schärfe der Klingen zu demonstrieren, die Sie verkaufen, oder war das nur die Vorbereitung für die Werbevorführung, wie eine wärmende Packung, mit der Sie handeln wollen, Schnittwunden heilt?«

»Sie würden das nicht verstehen!« Festus sah Childerik mit einem um Bestätigung flehenden Blick an und bekam ein entsprechendes Nicken. »Sie sind kein Kaufmann, Sie *können* das gar nicht verstehen.«

»Mag sein. Aber wenn ich ein Kaufmann wäre, dann weiß ich, daß ich mit gesundem Menschenverstand handeln würde. Hier in Aurium ist dieses Handelsgut offenbar Mangelware, obwohl es dringend benötigt wird.« Ich ging einen Schritt auf Festus zu, und er zog sich so weit zurück, daß sein dasitzender Sohn eine Barriere zwischen uns bildete. »Aber ich weiß auch das eine oder andere, und eines weiß ich ganz genau: Sie alle, die allermeisten von Ihnen, handeln mit Feindseligkeit, und das bedeutet Krieg. Und der geht mich etwas an.«

Ich drehte mich um und sah, wie Aarundel einen weiten Bogen um mich machte. »Nun weiß ich, nach allem was ich von Ihnen gehört habe, daß Sie es nicht gerne sähen, wenn ich mich in Ihre Geschäfte einmischte, und das kann ich verstehen. Zweifellos haben Sie als Kaufleute alle möglichen Vorschriften und Gesetze, um Ihre Welt zu regeln. Nun gut, ich habe auch meine eigenen Gesetze, die Gesetze des Krieges, die ich zu befolgen habe, und ich würde es nicht dulden, wenn jemand von außen käme und sie bräche.«

Ich gab meinem Gesicht jenen Ausdruck, der für siebengescheite Grübler typisch ist. »Und ich folgere daraus, daß es noch eine andere Ähnlichkeit zwischen unseren Berufen gibt. Wettbewerb steht im Mittelpunkt, das ist es. So wie Ihre beiden Familien gegeneinander konkurrieren. Das ist das wesentliche, und wenn eine Seite gewinnt, ist die andere aus dem Geschäft.«

Childerik schenkte mir einen gönnerhaften Blick. »Damit, Neal, haben Sie's erfaßt. Wir sind gleich und doch ganz anders. Verlassen Sie uns, und lassen Sie uns unsere Unstimmigkeiten beilegen.«

»Unstimmigkeiten, so kann man es nennen«, sagte ich, womit ich seine Äußerung soweit nachäffte, wie es meinen Absichten diente. »Natürlich. Der Unterschied zwischen Soldat und Kaufmann besteht darin, daß ein Wettbewerb für mich als Soldat mit dem Tod enden kann. Bringt manchmal auch ein ganz schönes Durcheinander und Dreck mit sich.« Die Stirn immer noch gefurcht, sah ich zu Boden. »Schade, ich glaube nicht, daß das gut eintrocknet.«

Festus schüttelte sich vor Ärger über meine Mätzchen. »Bitte, was reden Sie die ganze Zeit?«

Der Elf antwortete an meiner Stelle. »Sogar ein Dummkopf könnte dahinterkommen, Festus: Weil Ihr in den Wettbewerb hier in Aurium das Töten eingeführt habt, seid Ihr *unser* Konkurrent geworden.«

»Und ein Kampf mit uns endet bekanntlich *tödlich*.« Ich lächelte so gütig, wie ich nur konnte, und nickte dem Driel zu. »Shijef, du läßt keinen vorbei!«

Ein tiefes, röhrendes Grollen kam aus seinem Maul. Er richtete die dreieckigen Ohren auf und hob die krallenbewehrten Tatzen. Er fletschte das Maul und zeigte allen seine Fangzähne. Und mit dem Schwanz trommelte er einen fröhlichen Zapfenstreich an die Tür.

Ich zuckte bedauernd die Schultern und wandte mich an Childerik. »Sie verstehen doch hoffentlich, warum wir das machen müssen. Ich meine, wenn Sie selbst gegeneinander Krieg führen, ohne unsere Hilfe, dann könnte ja jeder seine Nachbarn bekriegen. Niemand würde uns mehr brauchen, und ich wäre ganz überflüssig. Ich wäre aus dem Geschäft. Meine Männer würden Not leiden, und ihre Familien würden verhungern. Nein, nein, das können wir nicht zulassen.«

Aarundel hob die Streitaxt in die Höhe und nahm sie dann auf die rechte Schulter. »Soll ich die Riveravens oder die Fischers erledigen?«

»Ich dachte, daß ich die Jungen übernehme und daß du mit den Alten anfängst.«

»Das können wir nicht machen, Neal, es könnte sonst sein, daß Eltern ihre eigenen Kinder sterben sehen, und das möchte ich ihnen ersparen.« Der Elf sah auf die zwei jungen Kämpfer, die immer noch am Boden saßen. »Aber andererseits: Diese Aussicht scheint hier nicht viel Kummer hervorzurufen.«

Childerik klaffte der Mund auf. »Das können Sie doch nicht machen!«

»Habe ich denn eine Wahl?« Ich lächelte ihn mild an. »Ich kann nicht von Ihnen erwarten, daß Sie das verstehen, denn jetzt sind wir in der Branche der Söldner und nicht der Kaufleute.«

Festus war anscheinend ein bißchen härter als sein Konkurrent. »Sie sind Söldner, und ich habe Geld. Ich werde Ihre Dienste kaufen. Wir werden zusammenarbeiten, werden uns vereinigen.«

Ich seufzte mitfühlend. »O je, schrecklich. Mußten Sie das tun?«

Festus sah zum ersten Mal etwas ratlos drein, geradezu ängstlich. »Was tun?«

Aarundel blickte auf den kleineren Mann herab und schüttelte bedächtig den Kopf. »Sie haben gegen den Codex Mercenarius verstoßen.« Der Elf sprach leise und wurde immer leiser; er machte eine Pause, so daß jedes seiner folgenden Worte scharf wie ein Rasiermesser in die Köpfe seiner Zuhörer eindrang. Mein zustimmendes Nicken bestärkte nur noch die Befürchtungen, die jeder im Raum inzwischen hatte. »Es ist so: Keiner von Ihnen hier verfügt in Centisia über die Regierungsgewalt, und deswegen – so steht es im Codex Mercenarius ganz unmißverständlich – kann keiner von Ihnen Söldner anwerben. Wenn *Sie* uns Geld anbieten, dann würdigen Sie uns auf das Niveau von Straßenräubern und Strauchdieben ab, die unschuldigen Leuten Leid zufügen, nur um Kasse zu machen.«

Childerik schüttelte unwillig den Kopf. »Aber das ist doch genau das, was Söldner machen!« Als er sah, wie ich erstarrte, fügte er hastig hinzu. »Oder nicht?«

»Allenfalls ein weit verbreitetes Mißverständnis. Söldner sind Krieger, die unter der Fahne einer Nation oder einer politischen Gruppe kämpfen, mit der Absicht, einer Sache zum Sieg zu verhelfen.« Ich schaute ihn streng an. »Ist ein Straßenjunge, der ein paar wurmige Äpfel findet und sie an irgend jemanden verkauft, deswegen ein Kaufmann?«

»Natürlich nicht. *Wir* sind die Fachleute.«

»Dann verwechseln Sie auch nicht Wegelagerer und Schläger mit *Fachleuten*, wie wir es sind!« Ich drehte mich zu Aarundel um und fragte ihn in leichtem Ton: »Du hast den Codex erst vor kurzem ganz genau studiert, Imperator. Mir fällt beim besten Willen kein Ausweg ein.«

Der Elf zuckte mit den Achseln und schaute auf, den Blick verloren auf die marmornen Wände gerichtet. »Das reicht für ein ordentliches Begräbnis aus. Wenn sich alle nebeneinander auf den Boden legten, würde das die Arbeit entschieden erleichtern.« Er griff lässig nach unten, riß ein langes Haar aus Rufus rotem Schopf und ließ es auf die scharfe Schneide seiner Axt fallen, wo es entzweigeschnitten wurde. »Der weitere Lauf der Dinge ist dann klar. Es sei denn, die vollständige Einstellung der Feindseligkeiten käme dazwischen.«

Ich nickte zur Bestätigung. »Gut, das war's dann.« Ich lächelte Childerik zu und deutete mit dem Schwert auf die stattliche Frau und das hübsche Mädchen hinter ihm. »Ihre Frau und Ihre Tochter? In Ordnung. Menschen aus einer Familie dürfen gemeinsam sterben.«

»Halt! Wartet!« Festus kam hinter seinem Sohn hervor. »Wie war das mit der Einstellung der Feindseligkeiten?«

Ich schaute ihn an, als wäre er geistesgestört. »Das ist doch wirklich einfach: Wenn es zwischen Ihnen keinen bewaffneten Streit mehr gibt, sind Sie auch nicht unsere Konkurrenten. Sie würden auch nicht mehr versuchen, unsere Dienste einzukaufen, und dann würden Sie auch nicht gegen den Codex Mercenarius verstoßen.«

Der schlanke Mann nickte zustimmend. »Dann ist damit der Kampf vorbei. Es gibt hier keinen Krieg.«

Childerik sprang ihm bei. »Genau. Totaler Friede. Das heißt: Sie werden hier nicht mehr gebraucht.«

Die beiden sahen richtig stolz und selbstzufrieden darüber aus, wie sie ihr Problem gelöst hatten – nicht das Problem ihres Kampfes gegeneinander, sondern das unseres Einwands dagegen. Ich schüttelte den Kopf. »Ich mag zwar ein Söldner sein, aber deswegen bin ich kein Idiot. Sobald ich hier verschwinde, werden Sie Ihren Kampf wieder aufnehmen. Sie vertragen sich angesichts eines gemeinsamen Feindes, und dann geht's wieder los. Sie wollen ein falsches Spiel mit mir spielen.«

»Nein.«

»Das werden Sie tatsächlich nicht machen.« Ich steckte mein Schwert in die Scheide, und dann winkte ich Childeriks Tochter zu mir. »Komm her, hab keine Angst.« Ich sprach in sanftem Ton mit ihr. Den Ärger, den ich aus meiner Stimme genommen hatte, verlagerte ich in den Blick, den ich ihrem Vater zuwarf. »Wie heißt Du, Mädchen?«

»Ismere, Hochedler Custos Silvanii.« Ihr Elfisch klang gut in meinen Ohren, und an Aarundels Andeutung eines Nickens sah ich, daß auch er sich zufriedengab. Sie ergriff meine Hand; ihre bleichen Finger lagen wie frischer Schnee auf meiner dunklen, narbenbedeckten Haut. In ihrem feingesponnenen himmelblauen Kleid von bester Insel-Manufaktur hatte dieses gertenschlanke Mädchen nichts mit seinem Vater gemein, außer der Familienzugehörigkeit und den tiefblauen Augen.

Ich fühlte ihr Zittern und lächelte beruhigend. »Du brauchst keine Angst zu haben, Ismere. Ich würde eher noch alle anderen töten, als dir ein Leid anzutun.« Mit der Wespe durchtrennte ich den Saum ihres linken Ärmels und schnitt die Naht bis hoch zur Achselhöhle auf.

Sie ließ den Arm locker zur Seite hängen und griff mit der rechten Hand über ihre Brust, um den linken Ellbogen zu stützen.

Ich deutete auf Rufus. »Vom Blut einmal abgesehen, ist er doch nicht ohne, oder?«

»Nein, Edler Herr.«

»Du magst ihn gern, oder?«

Ihren Augen sah ich an, daß ihr sofort klar war, was ich vorhatte. Sie zögerte einen Herzschlag lang, drehte sich kurz zu ihrem Vater um und sah dann Rufus an. Für kurze Zeit ruhte ihr prüfender Blick auf ihm, dann nickte sie. Mit dem heiligen Ernst derer, die wissen, daß die Zukunft auch von ihnen abhängt, wählte sie sorgfältig ihre Worte. »Ich finde ihn klug, hübsch und wirklich passend.«

Ich nickte Rufus zu. »Los, auf die Beine, Junge!« Sein Vater wollte ihn zurückhalten, aber ich schüttelte den Kopf. »Meinen Sie nicht, Festus, daß ein Begräbnis den ganzen Tag verderben würde?«

Rufus stand auf, zog seinen fast reinweißen Umhang hoch und kam auf uns zu. »Ja, Edler Herr?« Er war klug genug, um zu wissen, daß er meinen elfischen Titel nicht so korrekt aussprechen konnte wie Ismere, und so versuchte er es auch gar nicht.

»Kannst du Ismere glücklich machen?«

»Ja, das will ich.«

Ich schlitzte seinen rechten Ärmel auf und knotete ihrer beider Ärmel zusammen. »Hört zu! Aufgrund der Rechte, die mir nach dem Codex Mercenarius zustehen, verbinde ich diese beiden und ihre Familien. Sie werden zusammenleben und zusammenarbeiten, solange dieser Knoten nicht von meiner Wespe oder von Herzspalter durchschnitten wird. Wer auch immer diese Verbindung trennen will, bekommt es mit mir zu tun, zu meinen Lebzeiten und nach meinem Tod. Das gelobe ich im Namen von Herin.«

Die Anrufung des Kriegsgottes in einem Haus von

Kaufleuten rief allerhand Verblüffung hervor und fand allgemeine Aufmerksamkeit. Ich tat das, um sie in der Überzeugung zu bestärken, daß es tödliche Folgen hätte, sich meiner Lösung zu widersetzen. »Sie werden Ihre Priester noch die nötigen Zeremonien vollziehen lassen, um diese Ehe zu segnen. Aber es sind nicht die Götter, sondern es ist Neal Roclawzi, der sich jeden holt, der dagegen aufbegehrt.«

Den beiden Vätern lächelte ich verbindlich zu. »Und da alte Gewohnheiten lange leben, will ich Sie beide noch zu einem edlen Wettstreit auffordern, wer als erster diese Form der Beilegung eines Streits in seinem Herzen verankert. Das war eine Eheschließung. Sie werden ein Fest ausrichten wollen, um das zu feiern. Und da die Soldaten meines Stählernen Haufens hierher auf dem Marsch sind und bald eintreffen werden, werden Sie doch wollen, daß die Großzügigkeit Ihrer Gastfreundschaft dieses Fest noch für viele Generationen in der Erinnerung verankern wird.«

KAPITEL 5

Der Grund
für unser Kommen

Frühlingsbeginn
A.R. 499
Die Gegenwart

Genevera neigte höflich das Haupt, als Graf Berengar sie
in ihre Suite begleitete. Wie er selbst schon angedeutet
hatte, verdiente sie allerdings kaum diesen Namen. Breiter
als tief, teilte ein Bogengang, der nur so aussah, als würde
er die Decke stützen, die Schlafecke direkt neben der Tür
ab. Schwere Vorhänge hingen zu beiden Seiten des breiten
Gangs. Zugezogen trennten sie den Raum wirkungsvoll in
zwei Hälften, und gleichzeitig schirmten sie das Bett vom
Kamin in der gegenüberliegenden Wand ab.

Unter dem Bogen, im Schlafbereich, waren zwei blei-
verglaste Rundbogenfenster, die zum Garten hinausgin-
gen. Der Frühling hatte noch nicht die Blüten aufgehen
lassen, aber die Stauden und Büsche hatten alle schon
ausgeschlagen, so daß sich frisches Grün mit älterem,
dunklerem zu einem Muster vermengte, das ihr gefiel.
Da die Fenster nach Osten blickten, wußte Gena, daß sie
die erste Morgensonne mitbekommen würde, und sie
freute sich darauf, daß der nächste Tag mit der milden
Wärme der Sonne beginnen würde.

In der Nordostecke des Raumes erkannte sie eine
schmale Tür, die Graf Berengar sogleich öffnete. Auf der
anderen Seite stand Durriken. Er blinzelte ihr zu und
nickte. »Möbel aus der späten Kaiserzeit! Ich bin beeindruckt, Herr Graf, denn solche Stücke kosten heutzutage ein Vermögen.«

Der Graf kratzte verlegen über den schrägen Schmiß unter dem linken Auge. »Ich würde mir Ihr Lob gern gefallen lassen, Meister Durriken, aber wir besitzen diese Antiquitäten nur, weil meine geizigen Vorfahren nicht einmal im Traum daran gedacht hätten, etwas Neues zu kaufen, solange die alten Sachen nicht in Stücke gegangen waren.« Seine schwere, grobe Hand strich sanft über eine kunstvolle Schnitzerei an einer Schubladenkommode. »Diese Stücke haben uns schon sehr lange gute Dienste geleistet, und sie wären vielleicht längst abgenutzt, wenn sie nicht immer in diesen selten genutzten Räumen gestanden hätten.«

Gena spürte einen gewissen Überdruß in der Art und Weise, wie Berengar von seinen Vätern sprach, so als wäre er es leid, seine Gäste von allem möglichen zu überzeugen. Sie fand es seltsam, daß sie selbst beim Betrachten dieser Möbel nicht in Verzückung geriet. Sie erfüllten ihren Zweck, ja, aber mehr war es doch nicht! Die beiden Männer hingegen maßen ihnen allein schon wegen ihres Alters einen besonderen Wert zu. Ganz sicher war sie sich nicht, aber sie meinte doch, daß sie älter war als die meisten Möbelstücke in diesem Raum – und sie hoffte, daß das nicht auch auf das Stroh in der Matratze des Himmelbetts zutraf.

»Herr Graf, Ihre Bemerkung von vorhin läßt mich glauben, daß diese Stücke nicht mehr lange ihren Dienst erweisen können, wenn es uns nicht gelingen sollte, Ihnen zu helfen.« Gena bewegte sich vom Bett weg wieder in den vorderen Teil des Raums und setzte sich auf einen grob behauenen Hocker. »Können Sie uns jetzt mehr darüber sagen, was Sie von uns wollen?«

Berengar nickte und zog sich einen Stuhl heran, um sich ihr gegenüber zu setzen. Er zögerte noch ein wenig und deutete auf die Anrichte. »Möchten Sie etwas Wein, oder vielleicht etwas zu essen?«

»Gerne Wein. Vielen Dank.«

»Ich werde uns einschenken.« Durriken bedeutete

ihnen mit einer Handbewegung, Platz zu behalten. »Ich kann zuhören, während meine Hände arbeiten. Das macht es für mich sogar leichter.«

»Ich bin in Ihrer Schuld.« Berengar strich mit den Fingern sein rotes Haar zurück, beugte sich dann vor und stützte die Ellbogen auf die Knie. »Die Union, die Neal den Fischers und den Riverens aufzwang, hielt ein oder zwei Generationen. Von Anfang an gab der Rote Tiger – in Erinnerung an seinen Freund – der Familie Knott die Handelslizenz für die Provinz Centisia. Sie teilten mit ihren Neffen und brachten uns allen den Reichtum, der den Bau der Innenstadt ermöglichte.

Die nächsten Generationen der Knotts heirateten wieder in die Fischers und die Riverens ein, doch dann starb die Linie aus, weil sie keine männlichen Erben mehr hervorbrachte. Zu dieser Zeit machte einer der Riverens den ersten Versuch, die Verbindung der Familien zu zerstören. Er versuchte, einen der Fischers zu vergiften, aber er endete als ein *felos-de-se*, wie sie das, glaube ich, auf sylvanisch nennen.«

Gena nickte und erklärte dann, als sie sah, wie Durriken einen fragenden Blick auf sie richtete. »Ein *felos-de-se* ist jemand, der ein ruchloses Verbrechen plant und versehentlich selbst daran stirbt.«

Rik nickte dankbar und reichte Gena einen silbernen Kelch, gefüllt mit rubinrotem Wein. »Er stach sich selbst an der eigenhändig vergifteten Nadel.«

Auch Berengar nahm einen Kelch aus der Hand von Rik und schüttelte verneinend den Kopf. »Nicht ganz, Meister Durriken. Und das ist auch der Punkt, an dem die Geschichte deutlich macht, warum ich Sie hierher gebeten habe. Offenkundig hatte er sich viel zuviel Mut angetrunken, und irgendwie hatte er auch das Gift geschluckt, das er vorbereitet hatte. Zweifellos ein Akt höherer Gerechtigkeit, aber als man ihn fand, entdeckte man auch das Wort ›Neal‹, mit einem in Wein getauchten Finger auf die Tischplatte geschrieben.«

Gena lief es kalt über den Rücken. Sie trank den Wein in kleinen Schlucken und spülte mit dem kräftigen trockenen Tropfen den Reisestaub durch die Kehle. »Das Vorkommnis blieb kein Einzelfall?«

Berengar seufzte und schüttelte den Kopf. »Meine Vorfahren gingen sofort davon aus, daß durch diesen Mordversuch das Band zwischen den Familien zerstört war, und planten ihrerseits Anschläge gegen die Riverens. Ein Fischer, der zu einem Mordanschlag gegen einen Riveren unterwegs war, stolperte und fiel die breite Treppe im Stammsitz der Riverens hinunter und brach sich das Genick. Ein Diener, der auf den Lärm hin herbeigeeilt war, sah noch, wie sich am oberen Treppenabsatz ein Schatten bewegte. Aber als er hinaufstürmte, war alles, was er fand, ein heruntergefallener schwerer Wandteppich, der die Vereinigungsszene von damals, in die auch ein Neal-Porträt eingearbeitet war, verherrlichte. Man glaubt, daß der fallende Teppich den Mörder die Treppe hinunterschubste.«

»Das ist ungewöhnliches Pech. Oder aber: Es ist Neal, der sich an sein Versprechen, seine Drohung von damals hält.« Rik zuckte die Achseln und stützte sich auf die Lehne von Genas Stuhl. »Ich mag keine Gespenster.«

Der Stuhl des Grafen knarrte, als er sich wieder hinsetzte. »Ich auch nicht. In den letzten drei Jahrhunderten haben immer wieder Angehörige der Familien Fischer und Riveren gemeint, sie wüßten, wie der Knoten zu lösen ist, der uns bindet. Aber sie wurden für verrückt gehalten. Einige starben als Folge ihrer eigenen Anschläge, und die allermeisten gaben ihre Pläne nach offenbar sehr realistischen Alpträumen auf, in denen sie von Neal selbst gewarnt worden waren.«

Er breitete die Arme aus. »Mit dieser Vorgeschichte würde ich nicht einmal im Traum daran denken, die Verrücktheiten meiner Vorfahren zu wiederholen, wenn die Situation nicht so ernst wäre, wie sie ist. Seit Jahren haben die Familien gegeneinander gearbeitet, aber in aller Öffentlichkeit und mit den Mitteln, die Kaufleuten angemessen sind. Kampfpreise, ja. Aber Überfälle auf Transportfahrzeuge oder Schiffe der anderen, nein. Es war eine Art Krieg, aber man kämpfte mit Münzen, nicht mit dem Schwert. Das hat sich vor vier Jahren geändert, und jetzt bin ich gezwungen zu handeln.«

Gena stellte ihren Kelch auf dem kleinen Tisch zu ihrer Rechten ab. »Was ist denn geschehen, was Sie Ihr Leben gegen einen Geist aufs Spiel setzen läßt?«

»Die Riverens haben begonnen, mit den Haladina Geschäfte zu machen. Sie geben vor, das nur zu tun, um die Wilden zu zivilisieren und um ihre eigenen Karawanen zu schützen. Aber sie vergessen zu erwähnen, daß die Reichtümer, mit denen sie ihre Allianz besiegelten, die Haladina wieder in die Lage versetzt haben, ihre Raubzüge in das ganze Gebiet des ehemaligen Reiches auszudehnen. Da meine Familie ihren Handel ausschließlich hier im Süden abwickelt, werden wir zur Beute dieser Räuber. Wir haben uns bei den Riverens darüber beschwert, daß die Haladina, die sie in Aurdon beherbergen, als Spione für die Banditen draußen im Lande arbeiten. Aber unsere Beschwerden werden einfach mißachtet.«

Rik legte die Hände auf Genas Schultern und massierte mit sanften Bewegungen ihre Muskeln. Als seine kräftigen Finger in eine weiche Stelle drangen, stöhnte sie leise und übertönte fast seine an Berengar gerichtete Bemerkung: »Sie meinen, daß auch ein Schlag gegen Verbündete der Riverens Sie mit Neals Fluch in Konflikt bringen würde?«

»Ja, schon. Vor allem dann, wenn es sich um Haladina handelt, die als Gäste in einem Haus der Riverens leben.« Berengar nahm den letzten Schluck aus seinem Kelch und wischte den Mund am Ärmel ab. »Ich denke aber, daß ich eine Idee habe, wie man dem Fluch ein Ende machen kann. Neal sagte damals, daß die Union der beiden Familien bestehen bleiben wird, bis sein

Dolch Wespe und sein Schwert Herzspalter sie trennen. Ich habe die Absicht, eine Expedition auszurüsten, um diese beiden Klingen zu finden, und dann die Sache so zu beenden, wie Neal selbst es vorgeschrieben hat.«

»Das ist ein schlauer Plan.« Rik ging zur Anrichte und füllte Berengars Kelch aus einem irdenen Krug wieder nach. Er wollte bei Gena weitermachen, aber sie lehnte ab, indem sie die flache Hand über ihren Pokal legte.

Berengar trank, beugte sich dann wieder vor und hielt seinen silbernen Kelch mit beiden Händen zwischen den Knien. »Ich habe versucht, soviel wie möglich über Neal in Erfahrung zu bringen, aber man erinnert sich in dieser Gegend nicht mehr so genau an seine Geschichte. Ich habe bestimmt ein Dutzend oder mehr Versionen über seine Taten hier in Aurdon gehört, aber so gut wie nichts über die Zeit davor oder danach. Tragische Themen sind hierzulande nicht sehr beliebt. Deshalb wird der Falbe Wolf nur zu gern als komischer Held im Sagen- und Volksliederzyklus um den Roten Tiger dargestellt. Weil ich also zu wenig weiß, brauche ich Ihren Rat, Edle Frau Genevera, und doch sicher auch Ihre Fähigkeiten, Herr Durriken.«

Er sah zu ihr auf. Seine blauen Augen blickten hoffnungsvoll. »Existieren die beiden Klingen noch? Ist mein Plan durchführbar?«

Gena schloß für einen Augenblick die Augen und wünschte sich, Rik würde fortfahren, ihre Schultern zu massieren. »Sie haben mir zwei Fragen gestellt, und ich kann Ihnen auf Anhieb auf keine der beiden eine günstige Antwort geben. Es erscheint logisch, daß man die Klingen dazu gebrauchen könnte, den Knoten durchzuschneiden und den Fluch zu brechen, aber eben nur dann, wenn das, was er gesagt hat, in den *richtigen* Worten überliefert worden ist und wenn Neals *Absicht* in ihnen zum Ausdruck kommt. Ich glaube, daß alle Erzählungen wenigstens in Sachen dieses Fluches übereinstimmen, und das ist ein günstiges Omen. Was die andere Frage angeht ...« Sie zuckte hilflos mit den Schultern. »Neals Ende ist überschattet von einer Tragödie und seinem Heldentum. Ich werde einige Zeit brauchen, um mich an alle Einzelheiten zu erinnern, aber ich weiß, daß wenigstens eine der beiden Klingen seinen letzten Kampf überdauert hat.«

»Das Schwert Herzspalter?«

Sie nickte dem Grafen zu. »Das glaube ich.«

Er sah sie nachdenklich an, leerte seinen Becher und stand auf. »Das ist schon wenigstens etwas, und für heute ist es jedenfalls genug. Ich werde Sie jetzt allein lassen. Die Dienerschaft wird für Sie ein Bad vorbereiten und sich um alles kümmern, was Sie benötigen. Für heute abend hat mein Vater zur Feier Ihres Sieges ein offizielles Bankett arrangiert.«

Gena stockte fast der Atem. »Herr Graf, im Sattel zu reisen, macht es einem kaum möglich, passende Kleidung dabei zu haben.«

»Natürlich nicht.« Er lächelte vergnügt, und Gena merkte, daß ihrem Einwand schon zuvorgekommen war, noch ehe sie ihn ausgesprochen hatte. »Ich habe Sie mir, so gut ich nur konnte, in Erinnerung gerufen und danach eine Frau gesucht, die Ihnen so ähnlich wie nur möglich ist. Die Schneiderinnen meiner Familie haben ein paar Gewänder vorbereitet, die im Handumdrehen genau für Sie passend gemacht werden können. Sobald Sie ausgeruht und erfrischt sind, werden die Näherinnen zu Ihnen kommen.«

Die Fäuste in die Hüften gestemmt, richtete er den Blick auf Durriken. »Und Sie, mein Freund, Sie haben etwa die Größe meines verstorbenen Bruders. Ich werde etwas Geeignetes aus seinem Schrank heraussuchen lassen, vorausgesetzt daß es Ihnen nichts ausmacht, die Kleidung eines Toten zu tragen?«

Durriken verneigte sich vor seinem Gastgeber. »Sofern seine Stiefel nicht drücken und sofern sein Schatten nicht so lebendig ist wie der von Neal, werde ich Ihr großzügiges Angebot nicht ablehnen.«

»Ah, da fällt mir noch etwas ein.« Berengar schmunzelte, als er einen Silberring mit einem Sternsaphir vom kleinen Finger der rechten Hand abzog. »Die Sache mit Waldo und Ihren Blitzdrachen ging mir noch die ganze Zeit im Kopf herum. Ich wäre nicht verwundert, wenn die Geschichte schon die Runde gemacht hätte, denn Waldo klatscht gerne, vor allem wenn er beleidigt ist. Bis zu seinem Tod trug mein Bruder Nilus meinen Titel. Seine Liebe gehörte einem kleinem Gut am Orvir-See. Für die Zeit Ihres Aufenthaltes hier werde ich Sie zu Lord Orvir machen. Die Lästerzungen werden es dann nicht wagen, über Ihre Blitzdrachen zu witzeln oder über den Umstand, daß Sie der Edlen Frau Geneveras Begleiter sind.«

Rik lächelte, als Berengar ihm den Ring überreichte. Der kleine Mann steckte ihn an den Mittelfinger der linken Hand und strich mit der Manschette des rechten Ärmels über den Sternsaphir. »Ich stehe in Ihrer Schuld.«

»Nein, ich in Ihrer.« Berengar nickte Durriken förmlich zu. »Wenn unser Unternehmen erfolgreich abläuft, werde ich die Ernennung vielleicht auf Dauer aussprechen. Wenn Sie mich jetzt entschuldigen wollen.« Er verbeugte sich nochmals und verließ den Raum.

Durriken schloß die Tür hinter dem Grafen und wandte sich Gena zu. »Ich werde dir bei dieser Sache natürlich helfen, obwohl ich nicht gerade darauf brenne, einen Geist am Bart zu packen.«

»Neal war glattrasiert.« Gena zuckte mit den Augen und lachte. »Du könntest auf diese Weise geadelt werden.«

Verwunderung und Abscheu zeigten sich in Riks braunen Augen. »Vom Sklaven zum Sklavenhalter? Ich glaube kaum, daß ich diese Verwandlung heil überstehe. Vielleicht wissen wir nach dieser Nacht mehr. Zumindest heute nacht wird sich keiner darüber aufregen, daß eine Frau der Blonden Rasse von einem gemeinen Grabhügelräuber begleitet wird.«

Gena stand auf und strich mit der rechten Hand sanft über Riks Wange. »Es gibt einen Adel des Blutes, und es gibt einen Adel des Herzens. Du gehörst dem letzteren an, und es ist mir eine Ehre, an deinem Arm zu gehen, wann und wo auch immer.«

Die Näherinnen, die Graf Berengar mit dem Ändern der Kleider für Gena beauftragt hatte, arbeiteten schnell und gut. Sie schwatzten und gurrten, während sie bei der Anprobe die Robe aus hellblauem Satin an Hüfte, Brustkorb und Busen absteckten. Mit seinem tiefen Ausschnitt und dem eng geschnürten Oberteil paßte ihr das Kleid wie eine zweite Haut. Zweierlei zeichnete das Oberteil aus. Es schränkte die Fähigkeit zu atmen erheblich ein und es ließ ihre Brüste etwas größer wirken. Und das war keine geringe Leistung, denn Elfenfrauen waren in dieser Hinsicht weit geringer ausgestattet als ihre menschlichen Gegenstücke.

»Das wird Rik bestimmt gefallen«, flüsterte sie vor sich hin. Sie strich den kühlen Stoff bis zu den Hüften glatt und raffte den bodenlangen Rock. Sie machte einen Schritt nach vorn und drehte sich dann einmal um ihre Achse. Als sich der Stoff um ihre langen Beine schmiegte, nickte sie den Näherinnen zu. »Das Kleid ist wunderbar. Ich bitte euch nur noch um eine Kleinigkeit.«

Die ältere der beiden Frauen zeigte ein nervöses, pausbäckiges Lächeln. »Ja, Edle Frau?«

»Wärt ihr so nett, mir die Ärmel etwas weiter zu machen?« Gena spannte die Armmuskeln an, und so sah man, daß die Ärmel zu eng waren. »Ich fürchte, daß meine langen, oft beschwerlichen Reisen eher zur Abhärtung als zur Eleganz beigetragen zu haben.«

»Die Dame, an der wir für Ihr Kleid Maß genommen

haben, die Edle Frau Martina Fischer – eine entfernte Verwandte des Grafen –, steht mittags auf und badet dann in Stutenmilch!« Die Schneidergehilfin – Gena hielt die beiden wegen der Ähnlichkeit für Mutter und Tochter – sprach von dieser Martina mit wenig Ehrerbietung.

Die Schneiderin selbst schlug in die gleiche Kerbe wie ihre Tochter. »Diese Weichheit kommt davon, wenn man sein ganzes Leben noch keinen Streich getan hat. Es hätte ihr vielleicht besser angestanden, wenn sie ihre Zeit mit dem Melken von Stuten verbracht hätte, statt in der Milch von Stuten zu sitzen.« Sie lächelte Gena an. »Ich werde das Kleid ganz fertig haben, noch ehe Sie aus dem Bad gestiegen sind.«

Kaum daß Gena das Kleid ausgezogen hatte, ließ die Schneiderin ihre Tochter – sie hieß Phaelis – allein zurück, um Gena das Bad zu richten. Das lief so ab, daß Phaelis wiederum anderen Dienern den Auftrag erteilte, einen Bottich in den Raum zu tragen und ihn dann mittels Eimern mit Wasser zu füllen. Ein Zusatz von heißem Wasser machte das Bad zwar nur lauwarm, aber wenn man zwei Wochen unterwegs gewesen war, war es doch eine Wohltat. Wenn das Wasser heißer gewesen wäre, das wußte Gena, wäre sie bestimmt beim Baden eingeschlafen.

Phaelis sah es offenbar als ihre heilige Aufgabe an, das zu verhindern. Zunächst schien sie beleidigt, als Gena ihr sagte, sie sei durchaus allein in der Lage, sich zu waschen. Aber Gena gab nach und ließ sich wenigstens den Rücken und das Haar waschen. Zum Dank dafür wurde sie von der jungen Frau mit Geschichten über Frau Martina regelrecht verwöhnt, zum Beispiel wie sie ihre Liebhaber – zuletzt waren das Waldo und Hauptmann Floris gewesen – gegeneinander ausspielte.

»Wem wird sie deiner Meinung nach letztlich den Vorrang geben?«

»Keinem von beiden, Edle Frau, obwohl das die

ganze Zeit keiner von ihnen glauben wollte. Sie ist beider Cousine, aber in Aurdon heiratet man gerne von gleich zu gleich, solange die Blutsbande nicht zu eng sind.« Phaelis seufzte, als sie einen Waschlappen einseifte und Genas Schultern damit abrieb. »Ich glaube, daß sie vorhat, das Herz des Grafen zu gewinnen, obwohl er kaum zur Kenntnis genommen haben dürfte, daß es sie gibt.«

Gena konnte verstehen, daß jede Frau Graf Berengar begehrenswert fand. Groß und gut gebaut, strahlte er – trotz der großen Narbe in seinem Gesicht – Anmut und Intelligenz aus. Als furchteinflößender Krieger, der er war, genoß er den Respekt aller anderen Männer, und das allein machte ihn unter der männlichen Bevölkerung Aurdons zu etwas Besonderem. Nahm man noch seinen Adelstitel und seinen Reichtum dazu, dann war er alles in allem der attraktivste Kandidat als Gatte oder Liebhaber, und die Konkurrenz unter den Frauen, ihn zu gewinnen, machte ihn nur noch verlockender.

Sie hatte das schon erlebt, als sie sich vor fünf Jahren das erste Mal getroffen hatten. Sie waren damals bei einem Empfang einander vorgestellt worden, und Gena hatte sofort die Feindschaft der anderen Frauen gespürt, als der Graf sie um einen Tanz gebeten hatte. Sie fand ihn auch gutaussehend und geistreich, aber sie hatte nichts unternommen, um ihre Beziehungen zu vertiefen. Eine Verbindung zwischen einer Elfe und einem menschlichen Adligen war zwar sowohl von Menschen als auch von elfischen Orakeln vorhergesagt worden, aber diese Orakel hatten sie auch vor den Gefahren in der Welt der Menschen gewarnt. Weil so viele eine innigere Beziehung prophezeit hatten, verwarf Gena diese Möglichkeit rundweg, und auch Graf Berengar hatte keinen Annäherungsversuch gemacht.

Als Phaelis ihr gerade einen Eimer Wasser über den Kopf goß, um das Haar zu spülen, mußte sie daran denken, daß gerade ihre Entschlossenheit, etwas sehr Naheliegendes nicht zu tun, sie anfällig gemacht hatte für Durrikens ganz anderen Charme. Ihm war sie erlegen, als er ihr die Schmuckstücke gab – von denen sie wußte, daß sie unbezahlbar waren – und als er von ihr keinerlei Gegenleistung erwartete. Sie hatte ihm zugesetzt, um zu erfahren, woher er die Stücke hatte, und sein Angebot, ihr bei dem Versuch zu helfen, ihren Weg zurückzuverfolgen, schien ihr in Anbetracht seines Berufes ganz natürlich.

Die *Sylvanestii*, die sich bemüht hatten, sie auf die Welt außerhalb des Elfenreichs vorzubereiten, hatten völlig recht mit ihrem Hinweis, viele würden sich aus keinem anderen Grund von ihr angezogen fühlen als dem, daß sie *anders* war. Gena hatte festgestellt, daß es ganz einfach und schon beim ersten Blick möglich war vorherzusagen, ob sie einen Mann in ihr Bett lassen würde oder nicht. Nur wenige Männer kamen auf die Liste der potentiellen Liebhaber, und es waren noch weniger, die sie wirklich erwählte. Berengar war gleich auf die erste Liste gekommen, auf die zweite aber nicht.

Durriken machte eine noch ganz andere Liste aus. Als sie beide gemeinsam unterwegs waren, stellte sie fest, daß er zurückhaltend und niemals zudringlich war, wohl weil er sich keine Blöße geben wollte. Obwohl sie erst später die Einzelheiten erfuhr, wurde ihr klar, daß seine Zurückhaltung in der Zeit entstanden war, die er als Minensklave in Ysk verbracht hatte, eine Zeit, in der nicht mal sein eigener Körper *ihm* gehörte. Daß er sich zu ihr hingezogen fühlte, wurde ihr durch all die vielen kleinen Liebesbezeugungen klar und auch durch die schroffe Art, in der er mit all jenen umsprang, die ihr nicht die richtige Ehrerbietung entgegenbrachten.

Nachdem sie schon zwei Monate als Reisegefährten verbracht hatten, stellte Gena fest, daß *sie* seine Liebhaberin sein wollte. So wurden sie ein Liebespaar, und gerade dadurch kamen sie sich immer näher. Rik wurde ihr gegenüber immer offener und erzählte ihr immer mehr aus seinem Leben. Sie wußte, daß er immer noch die dunkelsten Kapitel in sich verschloß, und sogar die bittersüßen Augenblicke, die er ihr bescherte, versah er mit einem satirischen Lachen oder einem ironischen Kommentar. Trotz seines Zögerns, sich ihr ganz und gar hinzugeben, wußte sie, daß sie ihn liebte. Und diese Erkenntnis legte einen ganz anderen Gedanken nahe, den sie jedoch bewußt verdrängte.

Die Schneiderin kam mit der Robe zurück, gerade als Phaelis Gena abgetrocknet und ihr Haar zu kämmen begonnen hatte. Nachdem sie all die verschiedenen Unterröcke angezogen hatte, die dem Kleid die richtige Form geben sollten, streifte sie das Kleid selbst über. Die Änderungen waren perfekt ausgeführt, und sie lobte die Schneiderin zu deren Entzücken.

Eine andere Dienerin, etwa in Phaelis' Alter, aber anmutiger und selbstbewußter, kam herein und schickte die beiden anderen Frauen hinaus. Sie hatte einen hölzernen Kasten dabei, den sie auf einem kleinen Tisch im Schlafbereich abstellte und öffnete. Auf der Deckelinnenseite war ein Spiegel, im Unterteil war eine große Auswahl an Kosmetika auf drei Trägern.

»Als sie von der vorausschauenden Umsicht ihres Sohnes hörte, der dieses Kleid für Sie vorbereiten ließ, meinte Gräfin Beatrix, daß Sie vielleicht gerne eine kleine Ergänzung an Kosmetika hätten, die Sie für den heutigen Abend verwenden wollen. Ich heiße Noreen und diene der Frau Gräfin jetzt schon seit sechs Jahren.« Schlank und zierlich, mit langen braunen Haaren, blickte das Mädchen mit wachen, braunen Augen Gena an, dann den Kasten, und wieder Gena. »Für gewöhnlich mache ich für die Frau Gräfin mit meinen Farben das, was für Sie die Natur gemacht hat. Wie schade, daß wir noch im Winter sind. Die Farben sind zu kalt und streng für eine so schöne Frau wie Sie.«

Noreen hob die drei Träger aus dem Kasten, und von ganz unten zog sie ein Umhangtuch heraus. Sie legte es über Genas Schultern und schlug es so ein, daß ihr langer Hals und ihr Busen frei blieben. Noreen wählte aus dem Kasten eine Puderquaste aus, tauchte sie in weißen Puder und behandelte sanft Genas nackte Haut. Als ihre Augen frei waren, prüfte Gena ihre Erscheinung im Spiegel und erschrak darüber, wie sehr ihre goldene Hautfarbe dem weißen Puder gewichen war.

»Gnädige Frau, Sie haben wunderbar große Augen.« Noreen malte sorgfältig eine schwarze Linie darum. Der Strich schwang sich vom Unterlid bis hoch zu Genas Schläfen. Als nächstes trug sie hellblauen Puder auf die Wangenknochen auf und strich ihn bis zum Haaransatz hoch. Dazu kam noch blauer Lidschatten, und schließlich färbte ihr Noreen die Lippen rot.

Als die junge Frau noch von ganz zuunterst aus dem Kasten eine Bürste hervorholte und sich mit ihrem Haar beschäftigte, konnte Gena lächelnd ihr Bild im Spiegel bewundern. Das Make-up ließ ihre Züge deutlicher hervortreten und betonte den naturgegebenen Unterschied zwischen Menschen und Elfen. Ihre natürliche Hautfarbe war doch noch deutlich durch den weißen Puder hindurch zu sehen, so daß sie nicht wie ein wandelnder Leichnam aussah. Insgeheim fragte sie sich, ob die Frauen von Aurdon es vorzogen, wie Elfen auszusehen, weil sie nach mehr aussehen wollten als sie waren, oder ob es sich nur um eine zufällig wechselnde Mode handelte.

Noreen flocht Genas Haar hinten zu einem einzigen dicken Zopf, wickelte ihn um sich selbst und steckte ihn mit zwei silbernen Nadeln fest. »Jetzt sind wir fertig. Ich hoffe nicht, daß meine Bemühungen Ihrer Schönheit geschadet haben.«

Gena lachte. »Sie haben sie gefördert.«

»Vielen Dank.« Noreen legte die Bürste und die Tiegelträger wieder in den Kasten. Dann nahm sie Gena umsichtig den Umhang ab und blickte hinter sich. »Guten Abend, Hoher Herr.«

Auch Gena drehte sich um, halb in der Erwartung, Graf Berengar zu sehen. Doch es war Durriken, der eben den Raum betreten hatte. Er trug einen langen Umhang aus grauer Wolle, der mit einer silbernen Borte eingefaßt war und ihm bis zum Knie reichte. Darunter trug er eine marineblaue Hose, und seine Füße steckten in dunkelgrauen Schnabelschuhen mit je einer kleinen Schelle an den Fersen. Auf dem Kopf prangte ein Barett aus blauem Samt mit einer silbernen Feder, die genau zu dem Silbergurt paßte, der um seine Hüfte geschlungen war.

Gena schmunzelte und hielt sich den Mund zu, als Durriken sie ansah, um nicht laut loszulachen. Er sah erbarmungswürdig aus. Sie wußte, daß er vor Freude in die Luft gesprungen wäre, wenn sie vorgeschlagen hätte, sofort aus Aurdon zu verschwinden oder wenigstens aus den Kleidern zu steigen und das Fest zu vergessen.

Noreen aber nickte anerkennend. »Darf ich mir erlauben zu sagen, Edler Herr, Ihnen stehen diese Kleider noch viel besser als dem Grafen Nilus. Sie geben einfach eine bessere Figur darin ab, Gnädiger Herr.«

Rik lächelte. »Das ist sehr freundlich von dir.«

Noreen machte einen Knicks. »Guten Abend, Gnädige Herrschaften.«

Als die Tür hinter ihr ins Schloß gefallen war, brach es zornig aus Rik heraus: »Schellen an den Schuhen!«

»Ich glaube, daß sie die Leute an die glückliche Zeit erinnern sollen, wenn der Winter vorbei ist.« Gena schüttelte den Kopf. Die Schellen an den Schuhen mußten Rik besonders blödsinnig vorkommen, hing doch der Erfolg in seinem Beruf ganz und gar von Lautlosigkeit und Heimlichkeit ab. In Anbetracht von Waldos Abneigung ihm gegenüber mußte Rik sich von den Umständen verfolgt fühlen.

Sein grimmiger Gesichtsausdruck wandelte sich zu einem anzüglichen Grinsen verbotener Vorfreude. »Wenn

Waldo diese Schellen absichtlich hat anbringen lassen, werde ich ihm heimzahlen, was er verdient.«

»Ich glaube kaum, daß das eine sehr gute Idee ist, Lord Orvir.«

Er fuhr hoch, als sie den Titel erwähnte. »Ich weiß, daß ich nur etwas machen darf, was meiner Stellung entspricht. Natürlich könnte das alles mögliche sein.« Er zog den Ring von seinem Finger und ging durch den Raum zu ihr. »Ich bin nicht sicher, ob Berengar das überhaupt weiß, aber es ist ein interessantes Detail. Das ist ein echter Meuchelring.«

»Wie bitte?«

»Schau her.« Er hielt den Ring zwischen Daumen und Zeigefinger der rechten Hand und drehte den dünnen Zylinder der Verzierung um den Saphirsockel nach links. Lächelnd ließ er den Stein aufschnappen, wodurch ein kleines Geheimfach im Ring sichtbar wurde. »Nicht einmal groß genug für eine Prise Goldstaub, oder?«

Gena nickte. »Kaum als Versteck zu gebrauchen, zumal ein Straßenräuber ohnehin gleich den ganzen Ring mitnähme.«

»Genau. Aber jetzt schau.« Er ließ den Saphir an seinen Platz zurückschnappen und drehte den Zylinder wieder nach rechts. Nachdem der Edelstein arretiert war, drehte er nochmals am Zylinder, bis er – so sah es wenigstens aus – auf Widerstand traf. »Hier!«

»Ich sehe nichts.«

Rik zwinkerte. »Du sollst ja auch gar nichts sehen – es ist ein *Meuchel*-Ring.« Er drehte den Ring so, daß sie auch den Teil sehen konnte, der ansonsten von seiner Handfläche verdeckt war. In einem spitzen Winkel ragte in Richtung seines Daumens die Spitze einer Hohlnadel heraus, kaum ein Achtel Zoll lang.

»Wenn dieser Ring mit Gift …«

»Ein freundlicher Schlag auf den Rücken, ein sanftes Tätscheln, ein Klaps auf die Wange, und schon ist jemand tot.« Rik zog die Nadel mit einer Drehung des Zylinders wieder ein. »Es sieht so aus, als hätte Nilus gute Gründe gehabt, Ärger zu erwarten. Und da dies eine Waffe ist, die gut in der nächsten Umgebung angewandt werden kann, hat er wohl Ärger mit jemandem erwartet, der ihm nahe stand.«

Gena nickte, während sie sich eine Kette mit einem silbernen Anhänger in Blätterform um den Hals legte. »Ich möchte gerne wissen, ob Berengar das Geheimnis um den Ring seines Bruders kennt.«

»Und ich frage mich, ob Nilus auch noch andere Geheimnisse hatte.« Rik lächelte verschmitzt. »Das würde ich gerne herausfinden.«

»Aber nicht heute nacht!«

»Nein?«

»Nein.« Gena schüttelte den Kopf und hängte sich in Riks linken Arm ein. »Heute abend gibt man zu unseren Ehren ein Fest. Da werden wir hingehen und uns so benehmen, wie es unserer Stellung geziemt. Und danach, vorausgesetzt, du nimmst diesen Ring ab, will ich prüfen, ob Lord Orvir ein besserer Liebhaber ist als ein gewisser Dieb, dessen Gesellschaft ich überaus genieße.«

Der Grund
für unsere Abreise

Spätsommer
Vor fünf Jahrhunderten
Im Jahr 1 der Herrschaft des Roten Tigers
Mein fünfunddreißigstes Jahr

Obwohl ihre Schritte so leicht waren wie die einer sich anschleichenden Katze, verriet doch das leise Rascheln des Strohs, das sie mit den Füßen berührte, daß Yelena näher kam. Ganz im Gegensatz zu sonst hatte ich diesmal einen unruhigen Schlaf, weil die leichten Gelenkschmerzen, die ich von der langen Reise hatte, erst allmählich nachließen. Ihre Schritte hatten nichts von der heimlichen Hast eines Menschen an sich, der mit einer bösen Absicht unterwegs ist. So entspannte ich meine unter der Decke bereits geballten Fäuste wieder und öffnete die Augen.

Ein herzliches Lächeln erhellte ihr herzförmiges Gesicht, und ihr schwarzes Haar glänzte, weil es sehr lange und sorgfältig gebürstet worden war. »Ich hoffe, Edler Herr, daß Ihr wohl geruht habt?«

»Ich habe die Gastfreundschaft des Hauses Riveraven richtig genossen, Edle Frau.«

»Davon ging ich aus, als Sie auch noch den Tag ohne Schnarchen verschlafen haben.«

»Habe ich das?« Ich rieb mir die Augen. Ich erinnerte mich, daß ich wegen der vielen bellenden Hunde ringsum erst sehr spät eingeschlafen war. Aber als sie aufgehört hatten, warf mich die Erschöpfung der langen Reise in einen bewußtlosen Schlaf.

Ich erwiderte Yelenas Lächeln höflich, um sie nicht zu verletzen und auch, um etwas wiedergutzumachen, was sie am gestrigen Abend als Brüskierung empfunden haben mochte. Sie war von Festus dazu bestimmt worden, mich in das Langhaus der Riveravens zu begleiten und mich dort für die Nacht anständig unterzubringen, während Aarundel zu einem Gast der Fischers gemacht worden war. Obwohl sie auch bei großzügiger Schätzung mindestens fünfzehn Jahre jünger war als ich, hatte sie offenbar vorgehabt, das Lager mit mir zu teilen. Meine Ablehnung, die ich mit Übermüdung, Narbenschmerzen und meinem angeblich notorischen Schnarchen begründete, wurde von ihr akzeptiert, obwohl sie die genannten Gründe offensichtlich nur als Vorwand ansah.

»Ja, in der Tat, mein Edler Herr Neal.« Sie drehte sich halb zur Mitte des Langhauses um und gab mit einem einfachen In-die-Hände-Klatschen zwei Dienern den Auftrag, einen schweren hölzernen Bottich zu meiner Lagerstatt herüberzuschleppen. »Ihr Stählerner Haufen ist vor zwei Stunden angekommen und hat unten am Fluß sein Lager aufgeschlagen. Der Elf hat sich um alles gekümmert und befohlen, niemand dürfe Sie stören. Ich habe nur deswegen gegen diesen Befehl verstoßen, weil die Sonne schon in einer Stunde wieder untergeht und weil das Hochzeitsfest, das Sie angeordnet haben, dann beginnt.«

Ich legte mühsam den linken Arm herum, bis der Ellenbogen das Brustbein berührte, und hörte meine Schulter knacken. Yelena gab durch Hochziehen der Augenbrauen zu verstehen, wie sehr das Geräusch sie überraschte, aber ich war daran schon gewöhnt. Das Stechen in meinen Rippen erinnerte mich an den Hinterhalt der Haladina, doch war der Schmerz wenigstens nicht so schlimm, wie ich erwartet hatte. Obwohl mir lieber gewesen wäre, man hätte mich beim Eintreffen meines Stählernen Haufens geweckt, spürte ich doch, daß Aarundels Entscheidung, mich schlafen zu lassen, etwas für sich hatte. Meine Wunden verheilten zwar nicht mehr so schnell wie in meiner Jugend, aber sie verheilten, und Schlaf spielte dabei eine große Rolle.

Yelena lächelte. Aus ihren braunen Augen loderte ein höllisches Feuer. »Ich habe gedacht, ein Bad vor dem Fest würde Ihnen guttun. Der Elf hat Sachen aus Ihrem persönlichen Tross herübergeschickt, damit Sie sich für den Abend passend kleiden können.« Während die Diener Eimer mit dampfendem Wasser von einem Kessel auf der Feuerstelle herbeischleppten, zog Yelena die Vorhänge zu, die den kleinen Bereich, in dem wir uns befanden, vom Rest des großen Raumes abschirmten.

Das Langhaus schien viermal so lang wie breit zu sein. Zwei Säulenreihen teilten den Raum über die ganze Länge in drei Drittel. In der Mitte war ein langer Gang, und links und rechts davon waren jeweils Bretterverschläge bis zur Außenwand abgeteilt. Die Verschalungen waren ungefähr sechs Fuß hoch. So war jeder Verschlag vom nächsten etwas gegen Sicht abgeschirmt, und auch Geräusche wurden etwas gedämpft. Aber wirkliche Intimität war nicht im geringsten gegeben. Bei dem ganzen Grunzen, Gähnen, Schäkern oder Stöhnen, das ich um mich herum hörte, schien dieser Mangel den Riveraven-Clan nicht zu stören. Ich jedoch fühlte mich, ehrlich gesagt, vor allem nach den vielen Monaten im Feld, richtig eingeengt.

Yelenas Nähe verstärkte dieses Gefühl nur noch. Im Dunkel der Nacht, als sie sich als Gastgeberin um mich kümmerte und mich einlud, die Gastfreundschaft ihrer Familie anzunehmen, erfolgte das auf Geheiß ihres Onkels Festus. Er hatte es für sinnvoll gehalten, mir eine Frau aus seiner Familie ins Bett zu legen, und vielleicht gehofft, das könne ihm einen Vorteil oder ein Zugeständnis einbringen. Oder vielleicht sogar die Chance, die Position seines Sohnes in der Vereinbarung vom Vorabend neu zu verhandeln. Yelena hatte die Zurückweisung durch mich leicht hingenommen, vielleicht sogar zufrieden darüber, daß die Kalkulation ihres Onkels nicht aufgegangen war.

Daß sie jetzt hier war, machte mir klar, daß sie ihretwegen gekommen war, aus freien Stücken. Das überraschte mich nicht. Sie gehörte nicht zu jenen Frauen, die einen Mann verfolgen, nur um sich zu beweisen, daß sie begehrenswert sind. Die Intelligenz in ihren Augen zeigte mir, daß sie wußte, daß allein ihre Schönheit sie begehrenswert machte. Selbst wenn ihre Eitelkeit von meiner Weigerung, sie meinen Strohsack und meine dünne Decke mit mir teilen zu lassen, verletzt worden wäre, wäre sie nicht zurückgekehrt, um ihre Wunden zu kühlen. Sie hätte gewußt, daß sie um mich hätte kämpfen müssen. Bei Yelena vermutete ich in dieser Hinsicht keine Kompromißbereitschaft.

Wenn sie gekommen war, dann dessentwegen, was ich verkörperte. Es ging nicht um die Freuden der Lust. Ich war mir auch sicher, daß ich trotz einer recht gepfefferten Ballade über mich und die hübschen Nonnen des Klosters Esquihir keinen Ruf als besonders romantischer Liebhaber hatte. Obwohl ich nicht unempfänglich bin für das Lob einer Frau wegen meiner bescheidenen Erfahrungen im Liebesspiel, bin ich doch auf keinen Fall ein Bock, der jedes nur irgendwie erreichbare Schaf bespringt, nur weil er hofft, daß es danach verklärte Augen hat.

Für Yelena war ich genau das, was Besucher am Hof meines Vaters in meiner Jugend für mich gewesen waren: ein Fenster zum großen Rest der Welt. Ich war für Yelena das, was außerhalb der Mauern von Aurium existierte, lebte und liebte. Ich hatte die Clanchefs der Stadt herausgefordert, ich hatte sie in ihrem eigenen Revier besiegt, und wenn ich das alles konnte, dann konnte ich sie sicherlich auch mitnehmen, wenn ich wieder abreiste. Ich glaube nicht, daß sie in mir einen Liebhaber sah, mit dem sie für allezeit zusammen bleiben konnte, sondern nur einen Mann, bei dem sie bleiben würde, bis sie der Enge ihrer Vaterstadt entflohen war.

Während mir all das durch den Kopf ging, war Yelena die ganze Zeit damit beschäftigt, die Diener beim Herrichten meines Bades zu beaufsichtigten. Sie prüfte immer wieder die Temperatur des Badewassers und ließ entsprechend heißes oder kaltes Wasser zugießen. Als sie endlich damit fertig waren, zeigte sich ein zufriedenes Lächeln auf ihrem Gesicht. Zum Schluß nahm sie von einem Diener noch einen Tiegel mit Wundsalbe und ein flauschiges Handtuch in Empfang und schloß die Vorhänge vollends.

Das leise Gelächter von Leuten in der Mitte des Langhauses ließ sie völlig gleichgültig. Sie lächelte einladend und winkte mich zu meinem Bad. Ihr heiseres Flüstern enthielt viele Botschaften. »Edler Herr, Ihr Bad wartet. Da keiner unserer Diener für Sie passend wäre, möchte ich selbst Ihre Bademeisterin sein.«

Ich stützte mich auf die Ellbogen und schaute sie mit zusammengekniffenen Augen an. »Weißt du auch, was du auf dich nimmst, Mädchen?«

Ihr Lächeln wurde noch breiter, und sie nickte.

»Und weißt du auch, warum?« Meine Frage machte sie für einen Augenblick nachdenklich. Ehe sie antworten konnte, fuhr ich fort. »Weißt du, warum ich dich auch weiterhin zurückweisen werde?«

Yelena zögerte. Ihr Lächeln verschwand. »Es hätte mir klar sein müssen.«

Ich schüttelte den Kopf und warf die Decke zurück. »Es gibt keinen Grund, den du gekannt haben könntest. Du denkst also sicher falsch.« Ich stand auf. Nackt. Meine Gelenke knirschten und knackten wie Driels mahlende Kiefer. Ich sah, wie sie große Augen machte, und als sie den Blick nach unten wandern ließ, wußte ich, daß die riesige, purpurverfärbte Prellung an der linken Seite meines Brustkorbs ihre Aufmerksamkeit als erstes auf sich zog. Als ihr Blick weiter wanderte und sie mich ganz begutachtete, hielt sie sich die Hand vor den Mund.

»Edler Herr, Sie …, Sie …«

Davon abgesehen, daß ich etwas behaarter war als die meisten Flachländer, aber auch größer und muskulöser, lag der Unterschied zwischen mir und den anderen männlichen Wesen, die sie schon so nackt gesehen haben mochte, vor allem in meinen Narben. Kräuterhexen und Schamanen, Wunderheiler und Ärzte verstehen sich alle mehr oder weniger darauf, Schnittwunden und klaffende Risse so zu schließen, daß kaum mehr eine Spur von Narben zu sehen ist. Anders als bei mir, bleibt bei den meisten Männern nach einem Kampf nicht mehr zurück als Erzählungen von Ruhm und Tapferkeit.

Ich lächelte, um ihr Entsetzen zu mildern, und ging zu dem Badetrog hinüber. Ich stieg selbst hinein. Ich mußte mich zwar etwas zusammenkauern, und auch meine Knie ragten aus dem Wasser heraus. Aber ansonsten war ich bis zur Brust im Wasser, das mich wärmte und entspannte. »Herzlichen Dank, Edle Yelena.« Ich nahm ein Stück Seife von einem Bord am Rand des Trogs und seifte mir den linken Arm sanft ein.

»Woher kommt es, Edler Herr, daß der Falbe Wolf so zerzaust und gezeichnet ist?«

Ich zuckte die Achseln. »Nun, diese Kerbe hier auf meiner Schulter, die stammt von Tashayul, als er mich vor zwanzig Jahren töten wollte. Und diese Narbe hier, das Kreuz über meinem linken Knie, das war ein Pfeil der Haladina, den ich mir vor sieben Jahren eingefangen habe, in der ersten Schlacht, die ich unter dem Banner des Roten Tigers kämpfte.« Ich hob den linken Arm und drehte mich nach rechts, um ihr meine rechte Hüfte zu zeigen. »Und dieser Riß hier, der stammt vom Driel.«

»Sie haben so viele Narben, Edler Herr, aber es gibt doch Wege …«

»Zu jeder Schramme gehört eine Geschichte, und in

dreißig Jahren werde ich einem der Consilliarii Rechenschaft darüber ablegen.« Ich lächelte. »Das ist zwar nicht alles, was mein Herz ersehnt, aber es ist doch ein Ziel, das sich anzustreben lohnt.«

Vom Schrecken in ihren Augen war in ihrem fragenden Flüstern nichts zu verspüren. »Und all diese Verletzungen, die haben Sie unfähig gemacht... Deswegen weisen Sie mich zurück?«

»Nein, schönes Mädchen, ich bin durchaus imstande, und gerade deswegen muß ich dich zurückweisen.« Ich spülte die Seife von meiner linken Hand ab, und dann faßte ich sie sanft am Kinn. Die Wahrheit, dachte ich, würde ihr Interesse an mir nur noch weiter anstacheln, statt es einzuschläfern. Das war insofern gut, als ich nie die Absicht hatte, die Wahrheit mit irgend jemandem zu teilen. Niemand hätte sie mir auch geglaubt, und alle Beteuerungen meinerseits würden die Leute nur noch mehr in ihren Zweifeln bestärken. Eine kleine Lüge war also für sie genau richtig.

»Wieviel weißt du von der *Eldsaga*, Mädchen?«

»Ich kenne einige der Lieder. ›Die Entführung der Lucenzia‹ und ›Die Plünderung von Malchalach‹ werden hier am meisten gesungen. Diese Lieder sind altbekannt und weitverbreitet. Deswegen sind Sie hier, und der Elf bei den Fischers.« Zweifel und Furcht ließen sie erschauern. »Warum fragen Sie, Edler Herr?«

Ich seifte mir das Gesicht ein und wusch es dann mit einem Schwall Wasser ab, ehe ich antwortete. »Die Lieder, die du erwähnst, bezeichnen Kriegszüge der Elfen, die Städte und ganze Provinzen vernichteten, die die Landkarte von Skirren verändert haben. Das Gemetzel wird niemals vergessen werden, aber der Grund dafür, warum die Elfen ihren Vernichtungsfeldzug begannen, ist jetzt bereits vergessen.« Ich lehnte mich zurück und ließ sie meine Knie einseifen. »Weißt du, der Grund dafür, daß die Elfen Cygestolia verließen, war der, daß die Stämme in den Roclaws von einem Führer geeint wurden, der sich bald über Barkol hermachte. Seine Träume gingen aber weit über Barkol hinaus, und diese Träume waren für die *Sylvanii* Horrorvorstellungen.«

Wäre Aarundel hier gewesen und hätte er mich Geschichte dozieren hören, hätte er wohl einigen Einzelheiten widersprochen, aber er hätte doch den Kern für richtig erklärt. »Die Legionen der Elfen drangen in die Roclaws ein und zersprengten die Stämme. Ich glaube, daß sie uns alle umbringen wollten. Aber in den Bergen gibt es viele Täler und Schluchten und auch Gebiete, die das Zwergenvolk als sein Eigentum betrachtet. Sie unterstützten uns zwar nicht, aber sie gestatteten auch den Elfen nicht, in ihren Revieren zu jagen. So konnte das Volk der Roclaws überleben. In jener Zeit, in der die Stämme vereint waren, waren auch viele Liebesbeziehungen über die Stammesgrenzen hinweg entstanden. Als wir aber fliehen mußten, flohen wir stammweise, und die Liebenden wußten nicht mehr, ob ihre Geliebten noch lebten oder schon tot waren. So entwickelte sich bei unseren Leuten der Brauch, eine genau festgelegte Zeit zu warten, nämlich ein Jahr und einen Monat, eine Woche, einen Tag und eine Stunde. Erst dann konnte man sich als von dem geliebten Menschen getrennt und wieder als frei betrachten. Im Lauf der Zeit wurde dieser Brauch noch weiter entwickelt. Ehepartner zum Beispiel, die diesen Zeitraum voneinander getrennt bleiben, gelten als geschieden. Und auch die Trauerzeit nach dem Tod eines geliebten Partners ist inzwischen so lang.«

»Und Sie sind in Trauer?«

Das Mitgefühl in ihrer Stimme ließ mich meine Lüge schon bedauern. »So ist es, schöne Yelena. Mein Bruder hat mir eine Nachricht übermittelt, in der er mir den Tod der Frau meldet, die ich liebte. Es war Falschtaufieber, das man nicht rechtzeitig erkannte.« Ich blieb so lange stumm, wie ich es für angemessen hielt, und brachte dann ein verlegenes Lächeln zustande. »Der erste Schmerz ist langsam vorbei, aber du erinnerst mich so sehr an sie, daß …«

Yelena ging in die Hocke. »Vergebt mir, Edler Herr, wenn ich gewußt hätte …«

Ich schüttelte den Kopf. »Du läßt mich wieder an das Schöne im Leben denken, Mädchen. Wenn ich jünger wäre, und dieser Sommer der nächste Winter, dann würde ich nicht alleine aus Aurium abreisen.«

Das gefiel ihr, und ihre Reaktion ließ mich das aufkeimende Bedauern, das ich zu spüren begonnen hatte, wieder vergessen. »Edler Herr, ist es jemandem, der in Trauer ist, wenigstens gestattet, sich bei einem Fest zu vergnügen? Darf er tanzen?«

Ich zwinkerte ihr zu und lachte. »Seltsamerweise ist es der Brauch, nur mit einer Bademeisterin zu tanzen.«

»Ah, dann ist es gut, daß Sie sich an Ihre Bräuche halten, Edler Herr Neal, und ganz genau!«

Yelena verließ mich, als ich aus dem Badezuber stieg, und so trocknete ich mich selbst ab. Ich fand die Kleidungsstücke, die Aarundel für mich geschickt hatte, und keines davon war mir bekannt. Also hatte er für mich alles neu im Basar von Aurium gekauft. Aarundel zieht es zwar vor, Orte mit zu vielen Menschen, die er nicht kennt, zu meiden – es sei denn, es handelt sich um die Mitte einer Formation von Feinden. Aber er hat trotzdem ein feines Gespür für das, was sich gehört, sei es bei der Kleidung oder im Benehmen. Er hat das schon so oft unter Beweis gestellt. Die Tatsache, daß wir am Abend zuvor beide die kaltblütigen Söldner gespielt hatten, von deren Händen noch das Blut tropft, hieß auch, daß wir beide heute Abend Charme und Anmut in Person sein würden. Die Tatsache, daß er mir einen festlich roten Umhang besorgt hatte, würde dazu beitragen.

Seine Bereitschaft, sich den Basar anzutun, entsprach meinem Entschluß, Yelena ein wenig auf Abstand zu halten. Wie ich schon erwähnt habe, bin ich kein Bock, der darauf aus ist, eine ganze Herde zu bespringen. Aber ich bin auch kein Mönch oder gar vom gleichen Geschlecht angezogen. Während ich mich in Gesellschaft von Frauen wohlfühle, ist mir doch bewußt, daß Aarundel auf überhaupt keine *Sylvanestii* trifft, denn sie sind viel seltener außerhalb Cygestolias als etwa Gebirglerinnen außerhalb der Roclaws. Und um die Sache für ihn noch komplizierter zu machen, gibt es bei den Elfen sogar ein Heiratsverbot mit fremden Frauen.

Trotz der Schmerzen in den Rippen kleidete ich mich schnell an. Obwohl ich nicht vorhatte, bewaffnet zum Fest zu gehen, steckte ich Wespe und Herzspalter in ihre Scheiden und schlang den Waffengurt über die Schulter. Als ich aus meinem Verschlag hervortrat, erwartete mich Yelena schon in einem Festkleid, das ihre schlanke Figur ebenso betonte wie ihren Busen. Sie hakte sich mit dem linken Arm bei mir unter, ohne dabei ein Wort zu verlieren.

An ihrem Lächeln merkte ich, daß sie mir meinen Entschluß, den alten Trauerbrauch zu ehren, aufs angenehmste schwermachen würde, selbst dann, wenn sie mir mein Märchen abgenommen hatte. »Edle Frau, Sie sind wunderschön heute abend, ich glaube sogar schöner als je zuvor.« Ich sprach mit so lauter Stimme, daß ich den andern im Langhaus ein Kichern entlocken konnte, und Yelena nahm mein Kompliment mit einer anmutigen Bewegung des Kopfes an.

Die Sonne war noch nicht ganz untergegangen, als wir aus dem Langhaus traten. So hatte ich noch kurz Gelegenheit, mich mit der inneren Geographie der Stadt vertraut zu machen. Das *Legislatorium* stand auf einem Hügel, der sich über einem großen Platz erhob, dessen Mitte eine Statue zierte. Östlich und westlich des Platzes standen zwei Langhäuser – eines für die Fischers und das andere für die Riveravens. Dahinter staffelten sich in loser Ordnung kleinere Wohnhäuser und Gebäude verwandter Familien und der Dienerschaft. Im Süden, zu den Flüssen hin, füllten andere Wohnhäuser, Läden und Lagerhallen die Fläche zwischen den Vierteln der Clans und den Kais. Nördlich des *Legislatoriums* erschienen die Gebäude nicht so gepflegt. Manche schienen sogar nicht auf Dauer angelegt. Ich hatte das Gefühl, daß ich irgendwo in diesem Viertel des Übergangs meine Leute finden würde.

Den Platz selbst hatte man von einer schlammigen Fläche in einen Festplatz verwandelt. Zelte in fröhlichen Farben, wenn auch geflickt und mit deutlichen Gebrauchsspuren, hatte man aufs Geratewohl so aufgebaut, daß sie insgesamt doch den Festplatz umringten. Ich vermutete schon, daß eine reisende Truppe von Schauspielern in einem glücklichen Moment in die Stadt gekommen war, aber in Anbetracht des Treibens der Haladina in der ganzen Gegend war es doch eher wahrscheinlich, daß sich eine solche Truppe nördlich des *Legislatoriums* aufhalten würde, um einen günstigen Augenblick für die Weiterreise abzupassen.

Im Innern des von Zelten umgebenen Platzes sah ich Karren und Buden von der Art, wie ich sie im Basar vermutet hätte. Die hastige Verlegung auf den Platz engte zwar den Raum um die Statue ein, aber es reichte noch für eine Festgesellschaft. Musiker hatten sich am Sockel der Statue postiert, offenbar bunt gemischt aus fahrendem Volk und Bürgern Auriums. Als sie ihre Instrumente stimmten, klang es, als würde eine Schar Katzen auf einem Bett aus brüllenden Walrössern streiten. Aber ich vermutete, daß sich das sehr bald zu einem Klang verändern würde, der das Tanzbein unruhig machte.

Ich hatte erst ein paar Schritte aus dem Langhaus gemacht, als der Driel seine zottige schwarzgraue Masse aus einer Mulde unter dem Bauwerk herausschob. Er kam aus einem Loch hervor, das er mit den Schädeln der von ihm in der Nacht getöteten Hunde umlegt hatte, und er trottete neben mich. Als Yelena ihn sah, schmiegte sie sich eng an meine linke Schulter, zwang sich jedoch zu einem gelangweilten Gähnen. Ich gab dem Driel meinen Schwertgürtel. »Wenn ich ihn brauche, bringst du ihn mir. In der Zwischenzeit versuche wenigstens, nichts und niemanden umzubringen.« Shijef fletschte mich an, also setzte ich noch eins drauf. »Versuche es mit ganzer Kraft.«

Yelena erschauderte. »Sie haben Narben von einem Drielbiß, und trotzdem halten Sie einen als Haustier?«

»Ach, die Narben stammen von *diesem* Driel.« Ich zuckte mit den Achseln. »Er ist übrigens kein Haustier, sondern ein Sklave.«

»Wie kann man sich einen Driel als Sklaven halten!«

»In gewisser Hinsicht hast du recht. Sie sind eigentlich zu nichts zu gebrauchen.« Ich versuchte das Bild von dem rollenden Kopf, das mir vor Augen stand, loszuwerden. »Aber ich hatte keine große Wahl. Seine Drielbande überfiel eines Winters ein Dorf. Wir trugen einen Wettkampf aus, er und ich. Er verlor, und so wurde er mein Sklave.«

»Besser als umgekehrt.«

»Ich denke, daß ich nicht sein Sklave geworden wäre. Eher sein Abendessen.«

Yelena übernahm die Führung, als wir den Platz betraten, und sie zeigte mich herum wie ein Reitknecht ein Rassepferd. Ich hatte auch ein gewisses Vergnügen an all den Blicken aus grünen Augen, die Männer der Stadt in meine Richtung warfen, Männer, die zweifellos schon alles mögliche versucht hatten, sie zu freien. Ich wünschte den Männern nichts Böses, aber ich dachte doch, daß eine Nacht voller Unbehagen sie nur anspornen konnte, das Richtige zu tun. Einerseits tat mir jeder Mann ein bißchen leid, der sich einbildete, Yelena könne sein Eigentum werden, andererseits mußte es doch in Aurium jemanden geben, der mit Leib und Seele zu ihr passen würde.

Als die Dämmerung in Nacht überging, wurden

Fackeln entzündet, und die Musiker hatten einen Kapellmeister bestimmt. Sowohl Festus als auch Childerik hielten kurze Ansprachen über den neuen Bund ihrer Familien. Ein Priester, seiner Haartracht nach ein Vertreter des jistanischen Glaubens, sprach die Texte, die bei einer Hochzeit gesagt werden mußten. Die Musik setzte ein, und das frischvermählte Paar eröffnete einen würdevollen Tanz. Ich habe eine Hochzeit anderswo schon förmlicher erlebt, aber selten mit mehr Ernsthaftigkeit. Es war beinah so, als wollten Rufus und Ismere ihre Familien beschämen, so klebten sie aneinander. Wenn ihre Nachkommen einmal die gleiche Entschlossenheit zeigten, so dachte ich, dann würde der Bund zwischen den beiden Familien wohl sehr lange halten.

Yelena drängte mich auf die Tanzfläche, als die Musik zu etwas Schnellerem überging. Behende und leicht, wie sie war, gelang es ihr bei einem rasanten centisianischen Dreher, mir niemals unter die Füße zu kommen. Die Musikanten legten dann einen kaudianischen Reel auf, den wir ganz durchstanden und der ihr zeigte, daß die im Kampf geübte Schnelligkeit auch friedlichen Zwecken dienen kann.

Nachdem es bislang, was das Tanzen anging, zwischen uns unentschieden stand, wollten wir den dritten Tanz entscheiden lassen, wer der bessere Tänzer war – einen komplizierten centisianischen Schrittstep mit Drehern, Verbeugungen und Hüpffiguren. Wir blieben immer eng aneinander – bis zu einer Verbeugung am Ende des Tanzes. Ausgerechnet da haute mich der Tänzer neben mir versehentlich mit der Hand auf den verletzten Brustkorb, woraufhin meine gequetschten Rippen sofort ihren Zustand meldeten.

Ich kämpfte mich noch durch die letzten zwei Bewegungen des Tanzes und verließ dann die Tanzfläche, als ein junger Mann Yelena in den Wirbel eines alten Quicksteps wegzog. Ich zwang mich, mein Lächeln im Gesicht zu behalten, preßte den linken Arm gegen die ste-

chenden Rippen und beeilte mich, von der Menge wegzukommen. Ich versuchte, Aarundel zu finden. Normalerweise war es nicht schwer, ihn in einer Menge zu finden – wir beide waren groß genug, um über den Köpfen
der meisten anderen herauszuragen.

Ich ging um den halben Platz herum, und dann sah
ich ihn auf den obersten Stufen des *Legislatoriums*. Ich
ging zu ihm hinauf und zupfte dabei an der Schulter
meines Umhangs herum. »Ein roter Umhang! Ich bin
der Falbe Wolf, mein Freund, und nicht der Rote
Tiger.«

»Rot ist heroisch.« Der Elf schüttelte den Kopf. »Falb
sieht irgendwie schmutzig aus und ist alles andere als
festlich.«

»Vielen Dank für die Kostümberatung.« Ich schaute
auf die farbenfrohe Menge hinunter, die zum Takt der
Musik hin und her wogte. »Kaum zu glauben, daß
Aurium gestern abend vor der Zerreißprobe stand.«

»Menschen ärgern sich schnell, aber sie lassen sich
noch schneller ablenken.« Aarundel beobachtete mit seinen dunklen Augen die Menge und nickte mir dann zu.
»Unseren Männern ist für heute abend befohlen worden, sich einwandfrei zu benehmen. Außerdem wurden
sie vor allen möglichen Gefahren gewarnt, angefangen
von Krankheiten bis hin zu Giftringen …«

Ich runzelte die Stirn. »Ich glaube kaum, daß sie sich
hier Sorgen über Ringstiche machen müssen. In Polston
vielleicht, aber *hier*?«

»Neal, in der Angelegenheit der Fischers und Riveravens werden die Instrumente des Verrats bald auftauchen, wenn es nicht sogar schon soweit ist.«

»Du kannst recht haben.«

Aarundel beugte den Kopf zu mir herüber. »Drogo
hat Neuigkeiten vom Roten Tiger mitgebracht. Dem-
nach haben die Truppen der Haladina die Belagerung
von Polston aufgegeben. Sie scheinen sich hinter die
kaudianischen Berge zurückzuziehen. Sture verfolgt sie,

aber er hat Befehl, sie entkommen zu lassen, sofern sie nicht gegen den Freistaat im Gebirge Krieg führen.«

Ich zog eine Braue hoch. »Also rücken sie in allgemeiner Richtung auf das reithische Kernland vor?«

»Oder wahrscheinlicher noch in Richtung ihres eigenen Wüstengebiets. Beltran hat entschieden, in Polston Winterquartier zu beziehen, obwohl Sture ihn noch zu einem Schlag im Norden zur Befreiung von Irtysch gedrängt hat.«

»Das erklärt auch, warum Sture darauf aus ist, bei seiner Verfolgung der Haladina sie gleich weit von Beltran *und* von Irtysch *fernzuhalten*.«

»Ich habe vermutet, daß dir das auffällt. Der Rote Tiger setzt seine Truppen übrigens jetzt als Erntehelfer ein, das macht ihn bei den Leuten beliebt. Das hält auch die Reith davon ab, ihre Steuereintreiber auszuschicken.« Der Elf grinste zaghaft. »Während es im nächsten Jahr Kämpfe um die Herrschaft über Centisia geben wird, gibt es in diesem keinen Zweifel, wem es gehört.«

»Hat Drogo auch für uns neue Befehle mitgebracht?« Während ich die Frage stellte, ging ich im Kopf durch, welche Aufträge für uns wahrscheinlich wären. Ganz oben auf der Liste plazierte ich den Auftrag, bis tief in reithisches Gebiet hinein anzugreifen. Und ganz unten plazierte ich den Befehl, zu strategischen Gesprächen nach Polston befohlen zu werden. Obwohl ich Beltran, den Roten Tiger, verehre und bewundere, mißfiel mir der Gedanke, länger als einen Monat in einer Hafenstadt wie Polston verbringen zu müssen. Die Tatsache, daß Sture schon sicher sein konnte, für den Winter nach Polston zurückzukehren, erweckte in mir ein Gefühl des Mitleids.

»Beltran wünscht, daß wir hier in Aurium bleiben und daß wir von hier aus bewaffnete Aufklärung nach Ispar hinein durchführen, wobei wir sogar bis zu den Ebenen vor Jarudin vordringen dürfen. Er möchte die

Reith glauben machen, daß sein nächster Stoß auf das Herz ihres Reiches und auf die Hauptstadt zielt.«

Ich nickte zustimmend, denn das alles ergab einen Sinn. Die Menschen-Truppe, die gegen die Reith kämpfte, mußte ganz auf Beweglichkeit und Schnelligkeit setzen, wenn sie die reithischen Heere besiegen wollte. Ein Scheitern bei Jarudin würde die Reith veranlassen, weitere Streitkräfte heranzuführen, Vorräte anzulegen und die Besatzung der Stadt zu verstärken. Wenn wir aber anderswo zuschlagen würden – am besten dort, wo sie nur über haladinische Hilfstruppen verfügten –, könnten wir ihnen einen schweren Schlag versetzen.

Beltran kannte die Probleme, die sich bei der Herrschaft über ein riesiges Reich ergaben, und er setzte sie gegen die Reith ein. Wenn Sture vielleicht auch recht hatte, daß Irtysch reif für einen Aufstand und bereit zum Seitenwechsel war, war es doch zu weit vom Freistaat entfernt, als daß wir in der Lage gewesen wären, es auf Dauer zu verteidigen. Und bei aller Anerkennung der patriotischen Gefühle Stures, war Irtysch weit weniger wert als irgendeine Stadt wie zum Beispiel Aurium.

Ich wußte, daß das fast schon grausam war, wie ich Irtysch abschrieb, denn Stures Soldaten waren tapfere Männer. Aber Sture und ich kamen schon immer nicht besonders gut miteinander aus. Nachdem ich den Stählernen Haufen gegründet und mich dem Roten Tiger angeschlossen hatte, brachte Sture in Erfahrung, daß Aarundel und ich an der Schlacht teilgenommen hatten, in der sein Vater, Herzog Harsian, gefallen war. Aus mir unerfindlichen Gründen machte er mich dafür verantwortlich, daß sein Vater ums Leben und sein Volk unter das Joch der Reith gekommen war.

Von der Tatsache abgesehen, daß die Roclawzi und die Irtyscher noch niemals miteinander verbündet waren, wäre es mir – mit den Reith vor der Haustür! – nicht möglich gewesen, die Roclawzi für einen Kampf in Irtysch zu begeistern, selbst dann, wenn ich das für richtig gehalten hätte. Die Tatsache, daß ich Irtysch nicht für bedeutend genug hielt, befreit zu werden, und daß ich nichts dabei fand, diese Meinung auch vor Sture zu vertreten, bedeutete wohl, daß eher noch Takrakor und ich zu guten Freunden werden könnten, als daß Sture und ich jemals ein freundliches Wort miteinander wechseln würden.

Da unten erhaschte ich einen flüchtigen Blick auf das blaue Kleid, das Yelena trug. »So müssen wir also den Winter über hierbleiben?« Ich zog die Stirn in Falten, während ich mich daran zu erinnern versuchte, was ich ihr erzählt hatte. »Ich glaube nicht, daß das gut für uns ist.«

Aarundels Gesicht hellte sich auf, als er den besorgten Ton in meiner Stimme hörte. »Aber sie ist sehr attraktiv, Neal. Du könntest schlimmer dran sein, als dich in den kalten Winternächten von ihr wärmen zu lassen.«

»Na ja, mein Freund, da gibt es einige Komplikationen. Da ich nicht so zungenfertig bin wie du, lassen mir meine Lügen wenig Bewegungsfreiheit.«

Der Elf grinste. »Sag ihr doch ein passendes Zitat aus dem Codex Mercenarius, und schon bist du aus dem Schneider.«

»Für ein Buch, das du erst gestern abend erfunden hast, greifen wir vielleicht ein bißchen zuviel darauf zurück. Ich habe versucht, es deinem Einfallsreichtum gleichzutun, und habe eine alte roclawische Tradition erfunden, wonach ich angeblich in Trauer um eine verlorene Liebste bin. Während ich zur Zeit im Zölibat leben müsse, sagte ich ihr, hätte ich sie im Winter nehmen können.«

»Erfinde doch einfach einen Bruder, und lasse dir von ihm einen Brief des Inhalts schreiben, die Liebste, die du verloren glaubtest, sei wieder gefunden worden.«

»Ja, aber ich habe Yelena erzählt, mein Bruder habe mir geschrieben, daß sie an einer Seuche gestorben ist.«

»Du hast sie sterben lassen? Wie grausam von dir.« Er warf mir einen Blick voller elfischer Verachtung zu, übertrieb ihn absichtlich und prustete los.

Ich bedankte mich mit einem eiskalten Blick. »Du hast leicht lachen, mein Freund, aber du hast keine Frau, die dich unbedingt haben will. Sie ist zwar schön und nett, aber sie ist nicht die Richtige für mich.«

»Nicht die Richtige?« Aarundel schüttelte sein weises Haupt. »Du hörst zuviel den Barden zu, die immer nur von romantischer Liebe singen, Neal. Aber der Traum von der wahren Liebe ist nicht realistisch.«

»Gefühle und Realität miteinander versöhnen, das schwebt mir vor.« Ich verschränkte langsam die Arme. »Du hast doch auch deine Marta. Warum sollte dann mir die große Liebe versagt sein?«

Ich konnte sehen, daß er meinen Einwand als etwas, das ich ohnehin nicht verstehen konnte, übergehen wollte, aber er bezwang sich und machte eine erklärende Geste mit den Händen. »Wir haben eben *Vitamor* – das geht weit über jede menschliche Vorstellung von wahrer Liebe hinaus. Außerdem kennen Marta und ich uns jetzt schon länger als ein Jahrhundert, nach menschlicher Zählung. Wir haben Triumph und Niederlagen gemeinsam erlebt, Übermut und Niedergeschlagenheit. Nach menschlicher Zählung haben wir zehn Jahre umeinander geworben – ein Zeitraum, in dem es viele Menschen auf ein halbes Dutzend Ehen, sogar mit Nachkommenschaft bringen.«

Ich hätte seinem Beispiel widersprechen können, aber ich wollte ihn nicht für seine Bereitschaft, mir etwas erklären zu wollen, auch noch bestrafen. »Du solltest wissen, mein Freund, daß ich dir euer *Vitamor* nicht mißgönne. Ich hoffe nur, daß auch ich eines Tages so glücklich sein werde wie du. Vielleicht bin ich dann, wenn der Rote Tiger seinen kleinen Krieg gewonnen hat, endlich frei, *meine* Marta zu finden, und vielleicht läßt dich dann der Hohe Rat der Elfen die *deine* heiraten.«

Aarundels Augen richteten sich in die Ferne. Ich hatte das schon früher bei ihm gesehen, und ich schrieb das den Gelegenheiten zu, bei denen er an sie dachte und gleichzeitig sie an ihn. Auf irgendeine geheimnisvolle Weise konnten die beiden immer wieder für Augenblicke miteinander Verbindung aufnehmen, wie groß die Entfernung zwischen ihnen auch sein mochte; und Aarundel war nach diesen Augenblicken der Verzückung jedesmal bester Laune und guter Stimmung.

Ein Lächeln ging über sein Gesicht. »Wenn du sie gefunden hast, dann wirst du das sofort wissen. Dein Herz wird schneller schlagen, und dein Magen wird sich zusammenziehen. Es ist so ähnlich wie ein Blutrausch in der Schlacht, nur eben mit umgekehrtem Vorzeichen, denn es treibt dich zur Schöpfung hin, nicht zur Vernichtung.«

Ich erwiderte sein Lächeln. »Ich beneide dich, Aarundel, und Marta natürlich auch. Wann auch immer der Hohe Rat Euch heiraten läßt, werde ich stolz darauf sein, an deiner Seite zu stehen.«

»Das verlange ich auch von dir, Neal.« Wir gaben uns die Hand, besiegelten das Gesagte mit einem kräftigen Druck und schlossen damit unsere Freundschaft noch enger, die jedermann undenkbar schien, der die *Eldsaga* kannte.

Ein schriller Schrei unter uns ließ die Musik verstummen. Ich ließ Aarundels Hand los und richtete den Blick auf den Platz, aber Shijef nahm mir die Sicht. Er drückte mir meinen Schwertgurt an die Brust und erinnerte mich mit seinen Krallen wieder an die Prellung unter meinem Umhang. »Diese Klinge wirst du brauchen!«

Die Tatsache, daß er mir das Schwert just in dem Augenblick brachte, in dem der Schrei ertönte, war nicht unbedingt ein Beweis für seine Schnelligkeit. Zwar hatte der Driel den Ärger, der da unten entstanden war, schon gerochen, hatte aber keinen Grund gesehen, mich zu warnen. Schließlich hatte ich ihn ja nicht gebeten, mich

157

zu warnen, sondern nur darum, mir mein Schwert Herzspalter zu bringen, wenn ich es brauchte. In dem kleinen Spiel, das wir miteinander spielten, hatte er wieder einen Punkt gemacht.

Ich ging einen Schritt zur Seite, damit ich den jetzt wieder ruhigen Platz überblicken konnte. Ich erstarrte. Es war, als hätte ich Eiswasser in den Adern. Ein dunkler Keil waffenklirrender Reiter schob sich langsam und zielbewußt bis in die Mitte der Menschenmenge da unten. Neben ihren riesigen Schlachtrössern wirkten die Männer und Frauen links und rechts so groß wie Halme in einem Weizenfeld. Ich sah, wie sich Festus und Childerik gebieterisch in den Weg stellten, aber die Reiter mißachteten ihre Proteste und erzwangen sich den Weg an ihnen vorbei, bis sie einen scharfen Schwenk nach Norden vollführten.

Aarundel und ich blieben, wo wir waren, als sie zum *Legislatorium* vorrückten. Obwohl ich nie zuvor solche Rüstungen gesehen hatte, wie die Reiter sie trugen, erkannte ich doch sofort an der Größe der Reiter und der Stärke ihrer Pferde, daß es sich ausnahmslos um Elfen handelte. Natürlich war diese Tatsache Aarundel als erstem bewußt, was vielleicht erklärt, daß sein Gesicht erstarrte. Und es erklärt auch die Stille, die eingetreten war, wenn man von einem leisen Schluchzen und Weinen der Menschen absah.

Ich hängte mir den Schwertgürtel über die linke Schulter, so daß Herzspalters Heft in Brusthöhe war. Ich versuchte, den Eindruck gelangweilter Gleichgültigkeit zu erwecken, aber das war schwer. So sehr ich ihnen auch ihren Sieg mißgönnte, waren die elfischen Reiter ganz einfach sehr eindrucksvoll. Erinnerungen an *Eldsaga*-Alpträume liefen mir eiskalt über den Rücken.

Die Rüstungen, die sie trugen, mochten auch praktisch sein, aber sie waren offenkundig für festliche Anlässe entworfen. Sie waren mit Haken, Widerhaken und sichelförmigen Aufsätzen versehen, die ihnen insgesamt ein wildes Aussehen gaben. Die paar Herzschläge lang, die ich brauchte, um zu begreifen, hielt ich das alles nur für seltsam; aber dann war mir doppelt so unwohl. Statt etwa mit Hörnern oder Geweihen von Tieren – wie es die meisten Menschen-Krieger bevorzugten – waren die Rüstungen mit verwitterten Ästen und knorrigen Wurzeln gekrönt, die in der Natur mit ihrem unerschöpflichen, unerbittlichen Druck in der Lage waren, die dicksten Steine zu sprengen.

Tatsächlich konnten sich die Elfen, wie in ihren Rüstungen zum Ausdruck kam, den Luxus von viel Zeit erlauben, um ihre Feinde zu vernichten. Sie brauchten an ihren Rüstungen keine Attribute von Raubtieren, um bedrohlich zu wirken. So wie sie durch die Menge unten auf dem Platz planvoll und gemessenen Schrittes geritten waren, so konnten sie, wenn sie es wollten. auch ihre Feinde in aller Ruhe abschlachten. Die *Eldsaga* spiegelte das auf eindrückliche Weise wider, und diese Elfen hier wollten auch nicht, daß irgend jemand von den hier Anwesenden das jemals vergaß.

Der Vorreiter hielt am Fuß der Treppe an, genau in Augenhöhe mit uns. Shijef kroch nach vorn, aber ich packte ihn an seiner Speckfalte im Genick und zog ihn zurück. Er knurrte zwar und fletschte die Zähne, aber er blieb, wo er war. Er gab einen Ton von sich, mit dem er stets mein Pferd Schwarzstern erschreckte, und nun registrierte er mit einem zufriedenen Brummeln, wie das Pferd des Vorreiters unruhig schnaubte.

Der Anführer, dessen Gesicht von dem Vollhelm bei heruntergelassenem Visier nicht zu erkennen war, sah Aarundel durch den Sehschlitz im Visier an. »*Aarundel Imperator, salus!*«

Aarundel blickte auf und verzog keine Miene. »Sprich in gewöhnlicher Sprache! Neal Custos Sylvanii versteht unsere Sprache ein bißchen, aber nicht genug, um eine Unterhaltung zu führen.«

»Ich bin nicht gekommen, um mich mit ihm zu unterhalten, Imperator.«

»Aber ich werde ihn ohnehin über alles unterrichten, was du sagst, also weise ich dich an, die umständliche Übersetzung zu vermeiden.«

»Wie Sie wollen, Imperator. Ich habe Ihnen die Glückwünsche der Consilliarii zu überbringen. Ihr Antrag auf Heiratserlaubnis ist geprüft und genehmigt worden. Wir als Lansorii Honorari sind entsandt worden, Sie zur Hochzeitsfeier nach Cygestolia zu geleiten. Wir haben Befehl, sofort aufzubrechen.«

Ich wußte, wie sehr Aarundel von dieser Nachricht innerlich erregt sein mußte, und bewunderte seine Fähigkeit, seine Gefühle vollständig für sich zu behalten. »Neal und ich sowie der Driel sind bereit, morgen früh mit euch zu reiten.«

Das Leitpferd bewegte den Kopf, als der Reiter die Zügel einen Moment losließ. »Wir haben Befehl, Sie allein zu geleiten, Imperator. Bei allem gebotenen Respekt für Custos Sylvanii: Von seiner Beteiligung ist nicht die Rede gewesen. Und wir haben den Befehl, *sofort* aufzubrechen.«

Aarundels Andeutung eines Achselzuckens hatte ich schon oft gesehen, und ich wußte deswegen, daß es für seine feste Entschlossenheit stand, eine einmal eingenommene Haltung auf gar keinen Fall aufzugeben. »Ich bin ein Imperator. Ich reise ab, wann *ich* will. Als Bräutigam habe ich das Recht, zu meiner Hochzeit alle diejenigen mitzubringen, mit denen ich freundschaftlich verbunden bin. Laß ab von dem Versuch, mir deinen Willen aufzunötigen, Lansor. Diejenigen, die dir deinen Auftrag gegeben haben und dir vielleicht eine Auszeichnung versprochen haben, wenn ich allein und sofort zurückkehre, haben nur das Unmögliche möglich und eine Niederlage schmackhaft machen wollen.«

Seine dunklen Augen verengten sich, und er reckte das Kinn nach vorn. »Obwohl ich mich dir gegenüber nicht rechtfertigen muß, Lansor, habe ich Gründe, meine Abreise etwas zu verschieben. Wahrscheinlich habt ihr das Fest gar nicht wahrgenommen, durch das ihr geritten seid, aber es findet zu Ehren von Brautleuten statt, die die zwei größten Sippen von Aurium vereinen. Ich bin eingeladen worden, daran teilzunehmen, und das werde ich auch tun.«

Aarundel zögerte einen Augenblick und lachte dann über das ganze Gesicht. Ich wußte nicht, an was er dachte, aber ich machte mir doch meine Gedanken über die Ehrengarde, die ihn nach Hause holen sollte. »Da eure Ankunft diese Feier unterbrochen hat, habt ihr etwas gutzumachen. Ich halte es für angemessen, daß wir zu Ehren des Paares tanzen, genauso wie andere bei meiner Hochzeit tanzen werden.«

Der Vorreiter erstarrte mit einem Ruck, so daß die Epauletten auf seiner Rüstung klirrten. »Imperator, es gibt Dinge, die sollte man nicht … ins Lächerliche ziehen.«

»Der Hochzeitstanz wird nur dann entwürdigt, wenn ihr euch nicht ehrenvoll einfügt, Lansor.« Aarundel winkte die Soldaten mit einer Handbewegung fort. »Pflockt eure Pferde an und zieht die Rüstungen aus. Ihr seid hier Gäste, und ihr werdet euch auch so benehmen. Eure Ehre, *meine* Ehre, verlangt das so.«

Ich schaute schweigend zu, wie sie in die Zügel griffen und ihre Pferde hinter das *Legislatorium* lenkten, dort abstiegen und sich aus der Rüstung schälten. Shijef belauerte sie unablässig. Als die Elfen weg waren, wandte ich mich Aarundel zu. »Glaubst du wirklich, daß sie mich morgen mit dir reiten lassen?«

Er nickte nachdenklich. »Nach dieser Nacht werden sie so schnell aus Aurium verschwinden wollen, daß sie notfalls sogar Takrakor mitnehmen würden. Die Reaktion der Consilliarii auf deine Ankunft in Cygestolia steht allerdings auf einem anderen Blatt.«

»Keine Sorge, mein Freund.« Ich klopfte ihm auf die

Schulter. »Man kann eine Stadt erst belagern, wenn man dort angekommen ist. Um bei deiner Hochzeit dabei zu sein, würde ich sogar noch einmal einen Besuch in Jammaq auf mich nehmen.«

»Ich danke dir, daß du meinetwegen sogar angesichts solcher Feindseligkeit die Reise auf dich nimmst.« Beide starrten wir hinunter auf den Platz. »Wir wollen nur hoffen, daß der Empfang, den man dir bereiten wird, dich nicht wirklich glauben läßt, du seist in Jammaq angekommen.«

Ein kurzer Ritt

Frühlingsbeginn
A.R. 499
Die Gegenwart

Genevera empfand den Abend zu Ehren des Sieges über die Haladina mehr als ein Phänomen denn als Festivität. Von Anfang an, als sie oben auf der prächtigen Marmortreppe erschien und den versammelten Gästen angekündigt wurde, fühlte sie sich irgendwie losgelöst von dem Geschehen um sie herum. Die Musik hallte in ihren Ohren wider, genauso wie der Applaus der Leute da unten, aber beides drang nicht wirklich zu ihr durch. Sie fühlte sich fast so zur Schau gestellt wie etwa bei der Teilnahme an einem Wettbewerb, aber einem Wettbewerb, den sie gar nicht gewinnen wollte.

Sie führte diese Stimmung zum Teil darauf zurück, daß Rik sich in diesem ganzen Geschehen sichtlich unwohl fühlte. Der Kammerherr hatte ihn zwar als Lord Orvir angekündigt, aber Waldos spitze Zunge war offenkundig schon am Werk gewesen. Die Überraschung bei der Ankündigung dieses Titels wich augenblicklich einem Getuschel und Geflüster. Gena bemerkte ein Zittern in Riks verletztem Arm, aber dann ließ er einen kleinen Lacher hören und sah wieder ganz entspannt aus. »Nur Narren machen sich über das lächerlich, was sie eigentlich fürchten sollten.«

Gena erkannte den bedrohlichen Tonfall in seiner Stimme sofort und kniff ihn in den Unterarm. »Bedaure sie lieber, daß sie so dumm sind, sich von Waldo beeinflussen zu lassen.«

Er schaute sie von der Seite an. Ein wilder Funke

glomm in seinen dunklen Augen auf, erlosch aber gleich wieder, als er lächelte. »Einverstanden. Für die Sünden des Schäfers die Herde zu strafen, ist unnötig.«

Die Treppe, die sie hinabschritten, lief an der gesamten Südseite des rechteckigen Raumes in einem spitzen Winkel nach unten, etwa in der Mitte des Tanzbodens beschrieb sie einen Winkel zur Westseite und lief dann weiter hinab, um sie schließlich in der Südwestecke des Saales zu entlassen. Sie waren jetzt zwanzig Fuß tiefer als beim Betreten des Raums. Unterhalb der Treppen führte eine Doppeltür hinaus in jenen Hof, in dem sie früher am Abend Graf Berengar beim Fechten angetroffen hatten. Durch die offene Tür wehte ein sanfter Luftzug in den Saal, der aber doch so kühl war, daß er die meisten Leute davon abhielt, vor der Tür stehenzubleiben.

In der Nordwand gab es drei riesige, raumhohe Fenster. In der sich anschließenden Ostwand waren es neun, von denen aber nur die ersten sechs durchsichtig verglast waren. Die anderen drei waren riesige Bildfenster aus buntem Bleiglas. Dieser Teil der Wand war die Verbindung zu einem anderen Teil des Anwesens. Die Fenster waren deswegen von hinten künstlich beleuchtet. In Form eines Triptychons erzählten sie eine Begebenheit aus Aurdons Geschichte, wobei – nicht verwunderlich – der Anteil der Familie Fischer am Wohlergehen der Stadt im Mittelpunkt stand.

Drei wuchtige Gold- und Kristalleuchter, jeder mit vier Etagen, erfüllten den Saal mit einem goldgetönten Licht. Von den vergoldeten Wänden und dem Fußboden aus schwarzem Marmor wurde es sanft reflektiert. Eine lange Reihe Tische an der Westseite war über und über mit Speisen und Getränken aller Art beladen, während kleine Tische an der gegenüberliegenden Wand zum Sitzen und Verweilen einluden. In der Nordwestecke des Raums hatte ein kleines Orchester Platz genommen. Seine Musik übertönte den Lärm der Menschen im Saal und bestimmte das Tempo der Tanzenden, die auf dem Tanzboden herumwirbelten.

Gena machte Graf Berengar inmitten der Tänzer aus; er bewegte sich mit einer hochgewachsenen Frau im Arm graziös und perfekt im Takt der Musik über die Tanzfläche. Als Berengar sie am hochgestreckten Arm schnell herumdrehte, lachte sie und faßte sich mit der freien Hand an den Hals. Ihr Kleid war dem von Gena im Schnitt sehr ähnlich, wenn es auch mehr Busen zeigte, und die Röcke schlugen wie Wellen um Berengars Beine, wenn sie tanzten.

Der Tanz endete gerade in dem Augenblick, als Rik und Gena am Fuß der Treppe angelangt waren. Berengar verbeugte sich vor seiner Partnerin und ging dann geradewegs auf sie beide zu, was ihm einen wütenden Blick aus den blauen Augen der dunkelhaarigen Frau eintrug. Gena war sich auf Anhieb sicher, daß es sich bei der Dame um die Edle Frau Martina handeln mußte, und sie schenkte ihr deswegen ein höflich-besänftigendes Lächeln, auch um sie davon zu überzeugen, daß es keine so gute Idee wäre, hinter Berengar herzueilen, nur um vorgestellt zu werden.

Berengar machte vor ihnen beiden eine tiefe Verbeugung. »Willkommen, meine Freunde, zu diesem bescheidenen Fest. Nachher, vielleicht in einer Stunde, werden wir zu Ihren Ehren einen Toast ausbringen – auch wenn Ihnen das, wie ich annehme, peinlich ist.« Ein breites Lächeln begleitete seine Worte, und Gena sah, wie ein Schweißtropfen von seiner Stirn die Wange hinunterrollte. »Bis dahin wollen wir essen und trinken und die beste Musik, die in diesem Teil Centisias zu hören ist, genießen. Ich wünsche Ihnen viel Vergnügen.«

Ohne im mindesten ihre magischen Künste zu strapazieren, wußte Gena schon jetzt, wie der Rest des Abends verlaufen würde. Und genau so war es auch. Als die Musik wieder einsetzte, wartete Berengar darauf, daß Rik sie auf die Tanzfläche führen würde. Aber als das nicht geschah, bat der Graf bei Rik um die Erlaubnis, mit Gena tanzen zu dürfen. Selbstverständlich stimmte Rik zu. Der Graf forderte sie auf, sie nahm an, und schon bewegten sich beide in der Menge und zur Musik, so als ob sie schon seit Jahren zusammenge-hörten.

Im Rückblick erkannte Gena, daß sie während des Tanzes nahe dran war, wirklich in dem Fest aufzugehen und am liebsten die ganze Nacht zu tanzen. Berengars starke rechte Hand um ihre Taille führte sie wunderbar und gab immer den richtigen Hinweis, wann, wo und wie die nächste Bewegung ablaufen mußte. Sie segelten durch das Gedränge, wirbelten im Rhythmus der Musik herum, nahmen keine Rücksicht auf Beinahe-Zusam-menstöße und forderten ihr Schicksal heraus, indem sie sogar gegen den Strom antanzten. Sie teilten das Ge-woge der tanzenden Paare wie der Bug eines Schiffes die Wellen, sie lachten den überraschten Paaren zu und sahen auch die betrübten Gesichter derer, die sich ihret-wegen loslassen mußten.

So kamen sie um die ganze Tanzfläche herum. Gena war nicht überrascht, als sie die Edle Frau Martina in eine angeregte Unterhaltung mit Rik vertieft sah. Sie mußte über die Vorstellung lachen, daß eine Frau, die vielleicht ein Zehntel so alt war wie sie, den Versuch machte, sie durch Schmeicheleien bei Rik auszustechen. Elfen waren keineswegs über die üblichen Tricks, Riva-linnen zu ärgern oder zu züchtigen, erhaben. Aber ihre lange Lebensdauer brachte es mit sich, daß ihre Metho-den oft subtiler waren und manchmal erst in Jahrzehn-ten erreichten, was Menschen womöglich durch eine einzige Drehung auf der Tanzfläche schafften. Genas elfenmäßige Betrachtungsweise machte Martinas Flirt mit Rik so offenkundig und – deswegen – auch irgend-wie rührend.

Als Berengar und sie an den beiden vorbeitanzten, er-haschte sie einen verstohlenen Blick aus Riks Augen. Er durchschaute ebenfalls, wie sie sah, Martinas Spiel und wickelte sie für seine eigenen Zwecke ein. Gena hatte einen Augenblick lang Mitleid mit der Frau, denn sie kannte Riks Neigung zur Vorspiegelung falscher Tatsachen. Rik würde mit Martina spielen, wie eine Katze mit der Maus. Er würde sie mit Lächeln, zustimmendem Nicken und freundlichen Bemerkungen aushorchen, er würde sie ermutigen, noch mehr von sich preiszugeben. Ehe sie sich versah, würde sie das bestgehütete Geheimnis, das sie kannte, ausgeplaudert haben. Dann würde sie sich benutzt vorkommen, sich schwarz ärgern, sich von dem Mann gedemütigt fühlen, den sie für ihre eigenen Absichten hatte benutzen wollen.

Ihre Einschätzung der Spielchen, die Martina und Rik miteinander spielten, schloß jäh das Fenster in dieses Fest, das der Tanz mit Berengar geöffnet hatte. Für den Rest des Abends blieb sie höflich, aber oberflächlich. Sie behandelte die Menschen entsprechend der Art und Weise, wie sie auf sie reagierten. Diejenigen, die wegen der alten Geschichten aus der *Eldsaga* Angst zeigten, behandelte sie kalt und herrisch, um ihnen ihre Vorurteile zu bestätigen. Wenn jemand wegen der exotischen Merkmale ihrer Rasse schwärmerische Verliebtheit zeigte, dann spielte sie auf Erfahrungen an, die kein einziger Mensch verstehen konnte, was ihre Fremdartigkeit nur noch unterstrich.

Am grausamsten sprang sie mit jenen um, die sich einbildeten, gut sylvanisch zu sprechen. Denen antwortete sie in einer alten Form ihrer Sprache und zog dann Rik als Dolmetscher zu. Obwohl er viel weniger sylvanisch konnte als die Leute, mit denen sie sprach, war er doch zungenfertig und intellektuell gewandt genug, mit verwirrenden Wortspielen aufzuwarten. Eine Menge eingebildeter Leute gingen völlig verwirrt, am Boden zerstört, von ihr weg, was Gena eine kindische Genugtuung bereitete, worüber sie sich aber auch wieder ärgerte.

Früh genug brachte Berengar den Toast auf sie beide aus, und die Gesellschaft trank auf ihre Gesundheit. Danach tanzte sie noch einmal mit Berengar. Dann bedankten sich Rik und sie bei dem Grafen, um sich in ihre Gemächer zurückzuziehen. In ihrem Zimmer tranken sie noch ein letztes Glas Wein, und dann feierten sie für sich allein. Und ganz anders als bei dem Ball, den sie verlassen hatten, war sie kein einziges Mal mit ihren Gedanken woanders, außer vielleicht einmal, ein einziges Mal, als Riks Hand auf jener Stelle ihres Rückens lag, an der Berengar sie gehalten hatte, und sie fragte sich, wie es wäre, den Grafen an Stelle von Rik im Bett zu haben.

Als Gena am nächsten Morgen aufwachte, war sie allein, aber das enttäuschte und überraschte sie auch nicht. Ihr einziges Laster war es nämlich, lange zu schlafen. Eineinhalb Jahrhunderte lang war sie, während sie bei ihrer Großtante Larissa die magischen Künste studierte, jeden Tag mit dem ersten Sonnenstrahl aufgestanden. So war es nicht verwunderlich, daß sie jetzt das späte Aufstehen richtig genoß. Ein perfekter Tag begann für sie mit Ruhe und Zeit zum Nachdenken; zum Beispiel über die Traumfetzen der vergangenen Nacht, an die sie sich erinnerte. Und dann plante sie ihren Tag. Zuhause in Cygestolia nahm sie gerne in den Dachgärten ihres Familiensitzes ›Waldzauber‹ ein Sonnenbad, aber sie hatte das eingeschränkt, als ihre Tante dahingeschieden war.

Hier im Haus der Fischers, das sich nach Alter und Schönheit nicht entfernt mit ›Waldzauber‹ messen konnte, begnügte sie sich damit, in *einem* Sonnenstrahl zu baden.

Rik hingegen, das hatte sie bald gemerkt, erwachte mit katzenhafter Wachheit und unendlicher Energie. Er brauchte Lärm am Morgen. Wenn sie in Gasthöfen übernachteten, war er schon beim ersten Morgenlicht in der

Gaststube unten und hörte dem Schwatzen der Gäste und Dienstboten und den jüngsten Gerüchten zu. Wenn sie allein draußen im Wald übernachteten, dann sang oder pfiff er in aller Herrgottsfrühe. Während sie es vorzog, den Tag in aller Ruhe zu beginnen, genoß er das Chaos, das er regelrecht suchte und das er, wenn er keines fand, auch selber schaffen konnte.

Auch heute war er sehr früh aufgestanden. Er hatte sie lächelnd auf den Mund geküßt und geflüstert: »Letzte Nacht haben wir die Vögel beobachtet, die in den Bäumen hausen. Heute will ich etwas über Maulwürfe und Wühlmäuse erfahren.«

Zwei Stunden später hatte sich Gena endgültig aus den Laken gewickelt und die Reisekleider angezogen, mit denen sie in Aurdon angekommen war. An der Restfeuchtigkeit in den Bündchen ihrer Bluse merkte sie, daß ihre Kleider gewaschen und – dem Geruch nach – in der Küche getrocknet worden waren. Ihr Magen knurrte einmal auffordernd und beruhigte sich, als sie einen Stuhl heranzog, um sich noch ein wenig in das von der Morgensonne gezeichnete Rechteck nahe einem der Fenster zu setzen.

Ein Klopfen an der Tür ließ sie auffahren. Sie war noch einmal eingeschlafen, aber jetzt war sie richtig wach. Mit der rechten Hand strich sie sich die goldenen Locken aus dem Gesicht. Dann stand sie auf und wandte sich zur Tür. »Herein!«

Graf Berengar verneigte sich, als er hereinkam. Er sah sie an, lächelte und sah sich kurz im Raum um. »Sie sind schon aufgestanden. Gut. Wo ist Durriken?«

Gena zuckte mit den Schultern. »Er ist rausgegangen. Er mag es, Städte zu erkunden.«

Der Graf zögerte etwas. »Wann erwarten Sie ihn zurück?«

»Ich weiß es nicht. Er hat mir nichts gesagt.«

»Ach so.«

»Ist das ein Problem?«

»Nein, natürlich nicht.« Berengar zupfte sich am Bart. »Könnten Sie ihm eine Nachricht hinterlassen, in der Sie ihm mitteilen, daß Sie mit mir ausgeritten sind?«

»Das könnte ich machen. Natürlich.« Gena hatte eine unterdrückte Spannung in Berengars Stimme gehört, und auch seine Bewegungen verrieten eine Hast, die er zu verbergen suchte. »Gleich jetzt? Können wir das nicht später machen?«

»So wie die Dinge liegen, leider nein. Wir sind nicht länger weg als einen Tag. Ich hatte gehofft, daß wir gleich aufbrechen können.«

»Ich werde eben die Nachricht schreiben.« Sie ging zum Bett zurück, zog die Schublade des Nachtkastens auf und entnahm ihr ein Blatt Papier, einen Federkiel und ein Tintengefäß. Sie schrieb die entsprechende Nachricht, faltete sie und schrieb Riks Namen darauf. Sie legte sie gut sichtbar auf den Tisch und folgte Berengar aus dem Raum und zu den Ställen. Hier fand sie ihr Pferd Geist bereits gesattelt vor, neben einem kräftigen schwarzen Hengst.

Sie stiegen auf und ritten durchs Tor hinaus. Berengar plauderte höflich, wies auf die eine oder andere Sehenswürdigkeit hin. Was Gena heute an Berengars Art, sich zu geben, besonders auffiel, war die Oberflächlichkeit seines Redens und Tuns, eine Art, die für ihn ganz ungewöhnlich war. Sie erwartete, daß Berengar ihr bald den Grund für seine Anspannung und sein Verhalten mitteilen würde, und hoffte nur, daß die Situation, in der er sich befand, ihn nicht in ausweglose Wahnvorstellungen getrieben hatte.

Als sie Aurdon verlassen hatten, ritten sie nach Osten und nahmen eine Eskorte von sechs Reitern auf. Zwei ritten vor ihnen, zwei hinter ihnen und je einer ritt als Flankensicherung. Sie trugen keine Uniform, sondern waren wie zivile Reisende gekleidet. Die beiden Reiter der Nachhut führten ein schwer beladenes Packpferd mit sich. Gena konnte den Zusammenhang mit dem

Grafen nur an der auffälligen Wachsamkeit der Reiter erkennen und auch daran, daß sie ihr Tempo nach dem Grafen richteten, um immer in Sichtverbindung mit ihm zu bleiben.

Gena lächelte verbindlich, als sie ihn ansprach: »Ich glaube, daß es jetzt an der Zeit wäre, mir zu sagen, was los ist. Wir sind nicht nur zu einem einfachen Ausritt unterwegs, und trotzdem ist keiner von uns bewaffnet, oder?«

Der rothaarige Riese schüttelte den Kopf. »Sie sind eine gute Beobachterin, Edle Frau Genevera. Hauptmann Floris hat seiner Einheit Reiter vorausgeschickt, um in der Gegend vermutete Reiter der Haladina aufzuspüren. Wir haben sogar eine Reihe ihrer Lagerplätze ausfindig gemacht. Ich habe eine Kompanie draußen, die sich den nächstgelegenen einmal genauer anschaut. Und ich dachte, es könnte Sie interessieren mitzukommen.«

»Und Sie wollen auch Beweise für das finden, was Sie uns über die Riverens und die Haladina erzählten.«

Berengar nickte und bestätigte damit Geneveras Vermutung. »Ich habe Sie nach Aurdon gebeten, um das ungeschehen zu machen, was Neal vor langer Zeit geschehen ließ. Das ist keine leichte Aufgabe. Und obwohl ich froh darüber bin, daß Sie mir Ihre Hilfe schon allein auf Grund meines Berichts zugesagt haben, bin ich doch der Meinung, daß es wichtig ist, Ihnen einige Beweise dafür zu liefern, daß meine Erzählung auch wahr ist.«

»Schon was wir mit dem Bauerntreck erlebt haben, war recht überzeugend.« Wieder lächelte sie Berengar an. »Die Haladina operieren eindeutig sehr weit von ihrer Wüste entfernt.«

»Das ist richtig. Aber es ist auch ein Symptom für das Chaos, das aus dem Zusammenbruch des Reiches und seiner Umwandlung in eine Interessengemeinschaft hervorgegangen ist.«

Gena merkte, daß Berengar gründlich über die politische Situation in den Gebieten, die vom Reich des Roten Tigers übriggeblieben waren, nachgedacht haben mußte. In Cygestolia hatten die Meldungen über den Zerfall des Reiches in Provinzen, die nur noch lose miteinander verbunden waren, wenig Aufregung verursacht. Das hatte man schon bei der Schaffung des Reichs zu Zeiten ihres Großvaters vorausgesagt. Die Tatsache, daß das Reich fast vierhundert Jahre Bestand gehabt hatte, war als eine Art Reifezeugnis für die Menschheit betrachtet worden. Die nachfolgenden blutigen Kämpfe verschiedener Gruppen um die Macht in den Teilgebieten hatten allerdings die Wertschätzung der Menschen in den Köpfen der Elfen wieder sinken lassen.

Berengar wies mit ausgestrecktem Arm auf ein großes Gebäude, das am anderen Ufer eines kleines Sees zu sehen war. »Das ist Orvir am See. Sie können Durriken berichten, daß Sie seinen Besitz gesehen haben.«

»Ein schöner Besitz. Ich kann mir denken, daß es hier im Sommer sehr angenehm ist, wenn es in der Stadt zu heiß wird.« Gena sah über einem kleineren Häuschen hinter dem Herrenhaus etwas Rauch aufsteigen. »Lebt denn hier jemand? Ich sehe Rauch.«

»Nur ein Aufpasser – ein alter Diener, der früher in der Stadt für meinen Bruder gearbeitet hat. Er war meinem Bruder sehr zugetan.« Berengar schüttelte den Kopf. »Wegen der Haladina-Plage habe ich vorgeschlagen, ihn nach Aurdon zurückzubeordern, aber er weigert sich. Er sagt, er sei zu alt, als daß ihm die Haladina noch etwas antun könnten.«

»Auch wenn er nicht genügend Verstand hat, das einzusehen, sind die Haladina doch ein Problem. Ich will mithelfen, es einzudämmen, unabhängig davon, ob es nötig und möglich ist, Neals Waffen wiederzufinden oder auch nicht.«

Berengar schmunzelte zufrieden. »Dieses Angebot nehme ich gerne an. Wir haben zwar Magier bei unseren Gardetruppen, aber sie haben bei weitem nicht die

Fähigkeiten, wie Sie sie bei dem Sieg über die Haladina gezeigt haben.«

Gena versenkte den Blick in Geists Mähne und pflückte ein paar Strohhalme heraus. »Ich befürchte, daß das, was man Ihnen über meine Erfolge erzählt hat, weit über die Tatsachen hinausgeht. Ich zweifle auch nicht daran, daß Ihre Magier fähig sind und die Zauberkunst wirkungsvoll einsetzen können. Wenn ich überhaupt mehr kann als sie, dann deswegen, weil ich wesentlich mehr Zeit darauf verwenden konnte, die Kunst zu erlernen.«

Der große Mann zuckte die Achseln. »Ich muß Ihnen glauben, denn ich verstehe überhaupt nichts von Magie.« Er seufzte tief. »Strategie und Taktik beherrsche ich gut, in Politik und Wirtschaft bin ich erfahren. Aber über Zauberei könnte ich nur so mitreden wie der Blinde über die Farbe.«

»Ach was. Sie sind intelligent. Sie haben vielleicht kein Talent zum Zaubern, aber ganz gewiß können Sie das Prinzip verstehen.« Gena sah den Unglauben in seinem Gesicht und fühlte sich herausgefordert. »Haben Sie eine Münze dabei? Gold oder Kupfer, kein Messing.«

Berengar fischte in seiner Gürteltasche und holte ein blinkendes Goldstück heraus, so groß, daß er es mit Daumen und Zeigefinger gerade umfassen konnte. »Geht's damit?«

»Ja. Das geht.« Als er es ihr zeigte, sah sie einen Kopf auf der einen Seite, einen fliegenden Fischadler auf der anderen. »Wenn Sie die Münze hochwerfen, wie man es bei einer Wette macht, wie groß ist dann die Wahrscheinlichkeit, daß sie mit dem Kopf nach oben landet?«

Der Graf runzelte ein wenig die Stirn. »Eins zu eins, wenn ich mich nicht irre.«

»Natürlich. Und wenn Sie die Münze zehnmal werfen, welches Ergebnis können Sie dann erwarten?«

»Fünfmal Kopf und fünfmal Adler.«

»Gut. Also fangen Sie an.«

Berengar lachte und tat, wie ihm geheißen. Als die Münze in die Luft flog, murmelte Gena die Worte eines einfachen Zaubers, wie er von allen Zauberlehrlingen als erstes gelernt wird. Die Münze landete wieder auf Berengars Handfläche, sichtlich unbeeinflußt und unverändert.

»Kopf!«

Gena lächelte in sich hinein, während er die Münze noch neunmal warf. Berengar zeigte keinerlei Anzeichen von Nervosität, bis auch der sechste Wurf mit dem Kopf nach oben landete. Für den siebten und achten Wurf veränderte er die Zahl der Umdrehungen, und bei den letzten beiden Versuchen warf er die Münze höher, um endlich den Adler nach oben zu bekommen. Aber alle seine Versuche waren fruchtlos. Als es auch beim zehnten Mal ›Kopf‹ hieß, schloß sich seine Hand um die Münze.

»Sie haben das mit Ihrer Kunst zuwege gebracht?«

Gena nickte, während sie sich einen Schweißtropfen von der Wange wischte. »Ein Aspekt der Zauberei ist die Manipulation der Wahrscheinlichkeit. Bei einer Münze, wo es um eine Wahrscheinlichkeit von eins zu eins geht, ist der Trick einfach und die Anstrengung nicht so schrecklich belastend.«

Berengar runzelte die Stirn. »Aber Sie haben auch einen Wagen explodieren lassen. Was haben Münzen damit zu tun?«

»Die Explosion des Wagens war nur eine Ausweitung des Wahrscheinlichkeitsproblems.« Sie sah, daß er den Zusammenhang nicht begriff. »Wie hoch sind die Chancen, daß ein Wagen in Brand gerät?«

»Ziemlich hoch, vermute ich.«

»Richtig. Ihn überhaupt anzuzünden, wäre vergleichsweise einfach. Aber der Wagen brannte ja schon. Deswegen hatte ich einen Vorteil. Die Explosion wurde bewirkt durch den zweiten wichtigen Faktor unserer

Kunst. Das Kunststück bestand daran, die Zeitmenge zu komprimieren, die es gedauert hätte, bis der Wagen vollständig verbrannt war. Herauskam, daß alles auf einmal verbrannte, sich schlagartig in Asche verwandelte. Die Hitze und das Licht, die der brennende Wagen im Lauf von Stunden abgegeben hätte, gab er so auf einmal ab. Und das führte zur Explosion.«

Berengar zog eine Braue hoch, als er überlegte, was sie ihm erzählt hatte. »Wenn Sie die Zeit manipulieren können …«

»Darüber zu reden ist viel leichter, als es zu tun, wie ich fürchte.« Gena schüttelte den Kopf. »Die Schwierigkeiten, wirklich zu zaubern, sind Legion. Um einen Zauber auszuführen, muß ich mich auf seine Berechnung konzentrieren können. Ich brauche sozusagen den Rohstoff, und ich brauche persönlich ausreichend Kraft, um das Ergebnis zu erzielen, das ich will. Ich könnte, glaube ich, auch Hufeisen explodieren lassen, aber würde dafür so viel persönliche Energie benötigen, daß mich das umbringen würde.«

»Persönliche Energie? Ärger, Glück?«

»Nein. Physische Kraft und Ausdauer.« Gena fühlte, wie ihr ein Schaudern über den Rücken kroch. »Wir lassen uns in unserer Zauberei – ich spreche jetzt vom elfischen Standpunkt aus! – nicht von Gefühlen beeinflussen, ausgenommen bei ganz besonderen Vorgängen. Gefühle mit der Zauberkunst zu vermengen, sie den Zauber nähren zu lassen, könnte zu einem Verlust der Kontrolle über den Zauberakt führen, und damit wäre niemandem gedient. Es könnte den Zauberer sogar umbringen.«

Gena bewegte die Schultern, gleichsam um das Gefühl des Unwohlseins abzuschütteln. »Natürlich spielen auch noch andere Faktoren beim Zaubern eine Rolle. Die Ähnlichkeitsgesetze und die Holomorphie etwa beugen das Wahrscheinlichkeitsgesetz. Zwischen zwei Dingen, die gleich oder ähnlich aussehen, besteht zum

Beispiel eine natürliche Verbindung. Genauso sind Sachen, die einmal zusammengehörten, miteinander verbunden. Auch ein Gegenstand, der nur Teil eines anderen ist, ist noch mit diesem verbunden.«

»Darauf gehen wohl auch die Erzählungen über Zauberhexen zurück, die eine Haarlocke oder abgeschnittene Fingernägel brauchen, um einen Liebeszauber anzuwenden.«

Die Elfe nickte. »Ja. Solche Geschichten gibt es. Und es ist auch etwas Wahres dran, aber das ist nicht das Entscheidende. Haare und Fingernägel haben nämlich weder Blut noch Nerven, deshalb sind ihre Verbindungen zu dem Körper, von dem sie stammen, sehr gering. Ein Finger, ein Ohr oder ein Zahn wäre eine stärkere Verbindung.«

»Das sind etwas grausame Beispiele, aber ich verstehe, worum es geht.« Berengar lächelte zu ihr hinab. »Ihre Fähigkeit, das Geheime anschaulich zu machen, ist beeindruckend.«

»Das geht aber nur bei aufnahmebereiten und intelligenten Zuhörern.«

Berengar lachte und gab seinem Pferd die Sporen, denn jetzt ging es aus dem Aurdontal heraus. Die Reiter der Eskorte schlossen wieder zu ihnen auf. An einer Furt überquerten sie den Fluß und ritten dann im freien Gelände nach Nordosten. Eine Stunde später hielten sie an, um in einem kleinen Nebenflüßchen die Pferde zu tränken. Bei der Gelegenheit teilten sie auch die Schwerter und Rüstungen aus, die sie auf dem Packpferd mitgeführt hatten.

So gerüstet, ritten sie in leichtem Trab weiter. Geist fand die Gangart angenehm und hielt leicht mit Berengars Hengst Schritt. Sie kamen gut voran. Die Piste, auf der sie ritten, wurde anscheinend häufig benutzt. Gena sprach Berengar darauf an.

»Ja, das stimmt. Holzfäller haben diese Straße ursprünglich angelegt – hinauf in die Berge und auf der anderen Seite wieder hinunter. Weil der Fluß so weit nach Osten auslegt – neuerdings noch weiter, seit er bei der großen Flut vor drei Jahren sein Bett verlegt hat –, macht die Paßstraße über das Gebirge im Frühjahr und Sommer die Reise nach Polston viel schneller. Die Haladina haben das auch schon rausgekriegt. Sie kommen auch übers Gebirge, um Handelskarawanen zu überfallen.«

Immer weiter ging der Ritt und führte bald in die dem Zentralen Bergland vorgelagerte Hügellandschaft. Es ging wieder in ein Tal. Die Reiter schlugen jetzt eine südwestliche Richtung ein und verschwanden immer wieder hinter hohem Gras und Buschwerk und bald auch im Randbewuchs eines dunklen Forsts. Gena folgte ihnen. Als die Spitzenreiter der Eskorte vom Wald verschluckt waren, hielt Gena gespannt nach Anzeichen eines Hinterhalts Ausschau, aber es war nichts zu bemerken.

Im dunklen Reich des Waldes fühlte sich Gena viel wohler als auf der Steppenpiste und sehr viel wohler als in der Stadt. Sie bemerkte noch Hinweise auf einen Waldbrand, der vor fünfzig oder auch hundert Jahren hier gewütet haben mußte. Auf jeden vom Feuer gezeichneten einzelnen Baumriesen kamen zehn kleinere, jüngere Bäume. Die meisten waren immergrüne Nadelbäume, aber auch einige Espen- und Birkenschläge bildeten ihre eigenen Inseln an den Hängen. Trockene Fichtennadeln polsterten den Boden, aber überall dort, wo die Sonne durch die dichte Wipfeldecke durchkam, hatten sich dunkelgrüne Farne und Büsche angesiedelt.

Die Reiter bildeten jetzt eine Einerreihe, als sie ihre Pferde auf einen Wildpfad lenkten. Weil die Bäume jung waren, hatte man eine vergleichsweise gute Sicht. Aber in den Schluchten und Spalten links und rechts hätten sich Dutzende von Haladina verbergen können, und keiner hätte sie bemerkt. Die Soldaten hielten sorgfältig Ausschau. Einige hatten das blanke Schwert griffbereit vor sich. Sie kamen schneller voran, als es Gena Menschen zugetraut hätte. Und doch wußte sie, daß – wären sie jetzt in den alten Wäldern Cygestolias – jeder einzelne von ihnen von elfischen Waldhütern gefangengenommen worden wäre, noch ehe er sich's versah.

Ihre Aufmerksamkeit ließ nicht nach, als die Soldaten eine Hügelkuppe hochritten und von dort auf einen Lagerplatz hinuntersahen. Die Mitte der kleinen Mulde war von Bäumen befreit worden, die ihrerseits wieder das Baumaterial für kleine Unterstände hergaben, die halb in den Hang eingegraben waren. Ein schmaler Pfad, der auf der anderen Seite des Platzes hinaufführte, ließ vermuten, daß von dort das Wasser herangeholt wurde. Ein Fleck in nördlicher Richtung sah so aus, als würden die Haladina dort für gewöhnlich ihre Pferde anpflocken. Ganz in der Mitte des Lagerplatzes waren drei Feuerstellen in Reihe angelegt, alle umgeben von Wurzelstöcken oder großen Steinen, die als Sitzgelegenheiten dienten.

Berengar kam mit seinem Pferd zu ihr zurück. »Wie wir vermuteten: ein Lagerplatz. Dem Rauch und der Asche nach vermute ich, daß sie Waldo und seine Männer hörten, die uns weit voraus waren, und daß sie dann flohen, höchstwahrscheinlich in nördlicher Richtung.«

Das leuchtete Gena ein. Wenn Waldo mit seiner Schwadron demselben Weg gefolgt war, mußte er von Süden her auf die Lichtung gestoßen sein. Also bot sich der Norden als Fluchtrichtung an. »Meinen Sie, daß Waldo sie verfolgt hat?«

Berengar nickte. »Er hat sie inzwischen wahrscheinlich schon halb bis Ispar gejagt.« Er deutete auf den Lagerplatz. »Wollen Sie ihn sich ansehen?«

»Bitte.«

Sie ritten nach unten auf den Platz und stiegen ab. Gena ging bei einer der Feuerstellen in die Hocke und wärmte sich die Hände an den glühenden Scheiten. »Sie müssen bei Einbruch der Dämmerung aufgebrochen sein, nachdem sie das Feuer schon für die Nacht vorbereitet hatten. Bei ihrem Aufbruch machten sie keinen Versuch, das Feuer zu löschen.«

Berengar lachte in sich hinein. »Ich habe noch nie gehört, daß die Haladina besonders heikel sind oder noch an irgend etwas anderes als die Flucht denken, wenn sie von Aurdon-Grenzjägern gestellt werden.«

»Da mögen Sie recht haben.« Gena stand auf und ging hinüber zu einem der Unterstände. Drinnen war es finster und muffig und roch mehr nach vermoderndem Holz als nach den Ausdünstungen von Menschen. Es waren vielmehr die abgenutzten Decken und zerlumpten Kleidungsstücke, die überall verstreut herumlagen, die auf menschliche Bewohner und einen schnellen Aufbruch schließen ließen. Alles paßte zu diesem Eindruck, nur irgendeine Kleinigkeit störte. Gena kam nicht darauf, was es war, aber der Eindruck ließ sie nicht mehr los.

Ihre innere Anspannung wurde noch größer, als sie sich wieder den Feuerstellen zuwandte und sah, wie die Soldaten sich über den ganzen Lagerplatz verteilt hatten. Alle waren abgesessen. Mit ihren Schwertern stocherten sie in der Asche und in Laubhaufen herum. Ihre frühere Wachsamkeit hatten sie offenbar vergessen. Sogar Berengar schien gelangweilt. Seine Augen schauten schläfrig ins Leere, als er seinen Gedanken nachhing.

Genau ihr gegenüber, wo der Fußweg zur Wasserstelle um eine gewaltige Kiefer bog, sah sie den Blitz und hörte das Schnappen des Hahns eines Blitzdrachens. Als das Rauchwölkchen über der Waffe nach oben zerstob, sah sie, wie ein dunkelhäutiger Haladina das Gesicht zu einem juwelenglitzernden Grinsen verzog. Sie zeigte in die Richtung und stieß einen Alarmruf aus, aber die Kriegsschreie der Haladina übertönten sie, als ein Dutzend dieser Wüstenräuber aus dem Buschwerk hervorbrach, um dem Grafen und seinen Männern den Lagerplatz wieder abzunehmen.

KAPITEL 8

Der lange Ritt

Spätsommer
Vor fünf Jahrhunderten
Im Jahr 1 der Herrschaft des Roten Tigers
Mein fünfunddreißigstes Jahr

Als ich die Stadt Aurium inmitten der Lansorii Honorari verließ, wurde mir klar, daß ein haladinischer Hinterhalt noch meine kleinste Sorge war. Tatsächlich fühlte ich mich weniger in der *Begleitung* der Lansorii, als vielmehr unter ihrer *Bewachung*. Ich bin sicher, daß sie mich – wenn sie mir nur im geringsten vertraut hätten – während der ganzen Reise am Ende der Kolonne den Staub hätten fressen lassen. Eben weil sie mir *nicht* vertrauten, trabten immer zwei Lanzenreiter noch hinter mir, so weit zurück, daß sie den von meinem Pferd aufgewirbelten Staub vermieden, aber nahe genug, um mich jederzeit auf genau den Weg zu zwingen, den sie bestimmten.

Aurium war, so wie es nun einmal war, etwas zu klein, um während der ganzen Zeit unserer Abwesenheit den Stählernen Haufen zu beherbergen und zu verköstigen. Während unsere Kampfstärke bei etwa vierhundert Mann lag, waren wir mit allen Trossen und dem Gefolge etwa achthundert Köpfe. Bevor ich aufbrach, traf ich noch mit Festus und Childerik eine Vereinbarung, die meinen Leuten erlaubte, am anderen Ufer des Aur ein festes Lager zu errichten. Der Stählerne Haufen fouragierte in der Hauptsache mit Wild. Die Überschüsse davon sollten an die Händler im Gegengeschäft für Getreide und andere Lebensmittel geliefert werden. Die Stadt Aurium sollte umgekehrt für den Schutz, den wir boten, und für die Beratung beim Ausbau der Befestigungen bezahlen. Insgesamt sollten bei diesem Handel angemessene Lebensbedingungen für meine Männer und kleine Gewinne für die Kaufleute herauskommen.

Obwohl Drogo mit Freuden seine Beförderung zum diensttuenden Kommandeur – für die Zeit meiner Abwesenheit – entgegennahm, versuchte er mich doch inständig davon zu überzeugen, daß mein Entschluß, mit den Elfen abzureisen, meinen sicheren Tod bedeuten würde. Er traute ihnen kein bißchen, und in Anbetracht der Geschichte kannte ich seine Gründe dafür gut. Im tiefsten Innern teilte ich die Sorge um meine Sicherheit, aber insgesamt ließ mich meine Freundschaft mit Aarundel das einmal Gewesene vergessen. Die Konfrontation am *Legislatorium* hatte doch klargemacht, daß er den Elfen, die gekommen waren, ihn heimzuholen, nicht gestatten würde, mir Schwierigkeiten zu machen.

Die Reise selber, die vor uns lag, würde uns allen schon genug Schwierigkeiten bereiten, mehr als genug. Die Entfernung zwischen Aurium und Cygestolia betrug fast zwölfhundert Meilen im Vogelflug. Aber in Anbetracht der Tatsache, daß der Sommer sich bald verabschieden würde und schneller, als uns lieb war, in die Jahreszeit von Schnee und Eis übergehen konnte, war nicht viel mit fliegen. Und da auch keiner von uns Flügel hatte, stand fest: Auf der Erde, durch das oft schwierige Gelände, waren wir bestimmt an die zwei Monate unterwegs. Und da mußten wir unseren Pferden schon das letzte abverlangen.

Der Weg würde uns unter anderem, wenn auch nur kurz, durch reithisches Territorium führen. Während ich es für unwahrscheinlich hielt, daß die Reith wirklich eine Truppe von Elfen angreifen würden, konnte doch meine Anwesenheit einen ehrgeizigen Reith zu einer gewagten Aktion verführen. In Anbetracht des eisigen Schweigens, mit dem meine Anwesenheit beim Aufbruch quittiert wurde, hielt ich es sogar für möglich, daß mich die elfische Ehrengarde jederzeit an Reith, auf die wir treffen sollten, ausliefern würde. Selbst wenn ich sehr viel Glück hätte, würde mich das zumindest zur Hochzeit zu spät kommen lassen. So hoffte ich, daß es gar nicht erst zu einer Situation käme, in der meine Auslieferung an den Feind eine der möglichen Lösungen wäre.

Aarundel und ich waren während einer nächtlichen Unterhaltung zu der Auffassung gelangt, daß ihm die Erlaubnis zur Vermählung mit Marta wegen der Fortschritte des Roten Tigers in seinem Krieg gegen die Reith erteilt worden war. Uns beiden war klar, daß die Consilliarii nichts lieber sahen, als daß die Menschen die Reith verbluten ließen, während sie auch ihrerseits ausbluteten. Neutral zu bleiben und beide Seiten sich erschöpfen zu sehen, bedeutete für die Elfen, daß sie ungeschoren blieben und daß sie sich nicht darauf vorzubereiten brauchten, noch einmal einen Kreuzzug von der Art zu führen, wie er in der *Eldsaga* besungen wurde.

Nicht daß ein endgültiger Sieg des Roten Tigers nicht genau zu einem solchen Ergebnis führen konnte! Aarundel hatte mehr als einmal davor gewarnt, daß bestimmte Aktionen den Zorn der Elfen wecken könnten. Und genau deswegen hatte der Rote Tiger sie umsichtig vermieden. Als Polston fiel, wurde es beispielsweise den reithischen Priestern gestattet, die Weihe ihrer Tempel zu löschen und unbehelligt aus der Stadt abzuziehen. Auf elfische Bedenken einzugehen, hieß auch, daß wir den Krieg zivilisiert führten – kein geringer Anspruch! – und daß wir also berechenbar blieben, daß wir nach den Kategorien von Strategie und Taktik dachten, wenn wir in eine Schlacht gingen, und daß uns blindwütiger Haß fremd war. Sogar Sture vermied die elementaren taktischen Fehler, die seinen Vater Leben und Macht gekostet hatten.

Die Consilliarii betrachteten diesen Wandel des Stils der Kriegführung, der bei den Menschen eingetreten war, als Ergebnis von Aarundels Einfluß in unserer

Armee. Es traf sicher zu, daß Strategie und Taktik von der auf lange Zeiträume abgestellten Perspektive der Elfen beeinflußt wurde, aber deren Einführung in unser Denken ging nicht nur auf Aarundel zurück. Ich hatte in den Schlachten von und gegen Tashayul oft genug beobachtet, wie aus drohenden Niederlagen durch die überragende Planung der Reith noch ein Sieg entstanden war. Dabei begriff ich, daß vorausschauende Planung, die alle Faktoren wie Geländenatur, Wetter, Versorgung, Moral und viele andere berücksichtigt, auch aus einer zahlenmäßig schwachen Truppe ein mächtiges militärisches Instrument schmieden kann.

Und der Rote Tiger selbst kam aus einer ganz anderen Richtung zu seinen taktischen Einsichten. Als er noch Sklave der Reith war, sah er deren Mißachtung des Lebens, von Menschenleben ganz besonders. Auch weil er so viele Freunde durch Unvorsichtigkeit oder Grausamkeit verloren hatte, sah er keine Notwendigkeit, das mit Blut zu erkämpfen, was er auch durch Tarnung, Überraschung und überlegene Planung gewinnen konnte. Er betrachtete das Volk der Reith als einen riesigen, auf die Menschheit lauernden Skorpion. Und die reithische Armee – aufgefüllt mit haladinischen Kriegern – war in seinen Augen des Skorpions Stachel. Diese Armee oder auch nur ihre Fähigkeit zur strategischen Kriegführung zu vernichten, würde den Skorpion zwingen, sich zurückzuziehen.

Daß die Consilliarii Aarundel zurückriefen, bewies nur, daß sie sich nicht vorstellen konnten, daß die Menschen aus früheren Fehlern lernten. Ich vermutete, daß sie annahmen, wir würden – da er uns nun nicht mehr beraten konnte – nach der Befreiung Centisias zusammenbrechen. Indem sie Aarundel zurückzogen, konnten sie gegenüber den Reith behaupten, sie hätten den Roten Tiger daran gehindert, sie zu besiegen. Und wenn wir doch weiter gewännen, würde die Abwesenheit eines Elfen in unserer Mitte den Reith erlauben, mit allen Mitteln gegen uns zu kämpfen und uns zu besiegen.

Mein ganzes Nachdenken über diese Zusammenhänge erfolgte in einem Vakuum. Die Elfen hatten offenbar beschlossen, mich zu ignorieren, so gut sie nur konnten. Aber ich hätte über diese Dinge ohnehin nicht mit ihnen diskutiert, nicht mal unter der Folter. Shijef hätte vielleicht interessante Kommentare dazu abgegeben, aber anscheinend hatte auch er sich entschlossen, mich zu ignorieren. Er kam mit den Elfen nicht besser aus als ich, aber er war an ein Leben als Einzelgänger gewöhnt und hatte offenbar beschlossen, daß ich auch einmal fühlen sollte, wie das ist.

Wir hatten Aurium sehr früh am Tag verlassen und waren seither in nordwestlicher Richtung geritten. Zwei Stunden schon hatten wir jede Berührung mit menschlichen Behausungen vermieden. Die Elfen und ihre Pferde bewegten sich mit einem geradezu übernatürlichen Geschick durch den Wald. Mit fast schlafwandlerischer Sicherheit nutzten sie sogar die Schattentarnung aus, um weitgehend unsichtbar zu bleiben. Sogar das leise Knarzen ihrer Rüstungen ging in den Geräuschen des Waldes unter, und als ich mich umsah, stellte ich fest, daß ich nur noch die zwei Elfen unmittelbar vor mir sehen konnte. Der Rest war verschwunden.

Ich nehme an, daß mir die Elfen Furcht einjagen wollten. Und das gelang ihnen auch; ich konnte mir unschwer den Todesschrecken der Leute aus der *Eldsaga* ausmalen, als die elfischen Legionen wie aus dem Nichts am Waldrand auftauchten, ehe sie in irgendein kleines Dorf einfielen. Ich nahm sogar an, daß Aarundel als der höchste Dienstgrad dieser Truppe die Streiche seiner Landsleute zuließ, weil er einfach überrascht gewesen wäre, wenn ich Furcht gezeigt hätte. Um ihn nicht zu enttäuschen und weil ich das den Menschen allüberall schuldig war, nahm ich im Sattel eine entspannte Haltung an und summte eine kleine Melodie vor mich hin.

Der Schlachtenzauber

Frühlingsbeginn
A.R. 499
Die Gegenwart

Das Lächeln im Gesicht des Haladina erlosch, als sein Blitzdrache nicht losging. Gena konzentrierte sich einen Augenblick und öffnete dann die Faust in seine Richtung. Ein feuriger Funke sprang hinüber, so gerade wie ein Pfeil. Nur ganz am Ende schwärmte er suchend etwas umher und bewegte sich vom Gesicht des Mannes hinunter bis zum Pulverhorn an seiner Hüfte. Der magische Feuerstrahl durchschlug es. Und der erstaunte Blick im Gesicht des Haladina wurde augenblicklich zu einer Maske des Schreckens.

Die Explosion des Pulverhorns schleuderte den Mann in die Luft. Seine Handkanone flog in die eine Richtung, sein willenloser Körper in eine andere. Aus dem Augenwinkel sah Gena, wie er am Boden aufschlug, schlaff und blutend.

Sie wußte, daß er tot war, und wandte ihre Aufmerksamkeit jetzt den vier Haladina zu, die auf Berengar einstürmten. Sie spürte eine leichte Ohnmacht, als sie sich umdrehte. Sie wußte, daß das die Nachwirkungen von zwei in großer Hast geschleuderten Zaubern war. Sie konnte nicht verhindern, daß sie das Gleichgewicht verlor und sich erst wieder am Boden fing, auf ein Knie abgestützt. Mit der rechten Hand griff sie in Sand und Tannennadeln.

Sie bezwang das Unwohlsein und bereitete einen weiteren Zauber vor.

Noch ehe sie ihn schleudern konnte, hatte der schnellste der vier Haladina Berengar bereits erreicht. Er war viel kleiner als der Graf. Er ließ seinen Kriegsschrei hören, aber Berengar übertönte ihn mit einem Brüllen, das dem Tiger auf seinem Helmbusch gefallen mußte. Der Graf griff sich den Angreifer direkt am Heft seines Säbels, drehte sich dann um den linken Fuß und versetzte dem Haladina einen harten Tritt ans Bein. Berengars rechter Absatz traf genau das Knie des Mannes. Dann zog er in der entgegengesetzten Richtung, so daß das Knie brach.

Gena machte einen tiefen Atemzug, konzentrierte sich und fühlte die magische Kraft durch ihren Arm fließen, direkt in die Handvoll Dreck. Sie hob die Hand und schleuderte, was darin war, in einem Bogen von rechts oben nach links unten. Ihr Arm fiel jetzt kraftlos und schwer wie Blei herunter. Erschöpft zitterte sie und beobachtete, wie ihre Ladung Sand zwei der Haladina traf, die auf Berengar eindrangen.

Der Sandregen traf die Männer mit einer Wucht, als wäre er eine Peitsche aus Stein. Allein die Ausläufer rasierten dem weiter entfernten Mann ein Ohr ab und polierten den wertlosen Schmuck auf seiner Jacke spiegelblank. Er kam ins Stolpern und fiel auf die Knie, in Reichweite von Berengars Schwert.

Ein Schwindel erfaßte sie. Doch sie konnte noch beobachten, wie der näher bei ihr laufende Haladina mitten im Lauf plötzlich stehenblieb. Die Luft entwich explosionsartig aus seinen Lungen, als der Sandstrahl seinen Brustkorb aufriß. Der Sand fraß sich wie eine starke Säure durch die Kleidung und durch das Fleisch auf den Knochen. Gena vermeinte schon die blanken Rippenknochen zu sehen, als der Mann hart hinschlug und ihr den weiteren Anblick seiner übel zugerichteten Brust ersparte.

Der letzte der vier, die auf Berengar eingedrungen waren, fand sich dem Grafen nun allein gegenüber und nicht mehr als linker Flügelmann einer ganzen Gruppe.

Allein war er gegen das Schwert im langen Arm Berengars machtlos. Ein Schwertstreich gegen seine Oberschenkel warf ihn zu Boden.

Ein Streich durch die Kehle erledigte jetzt den einohrigen Angreifer endgültig. Berengar blickte von ihm auf in Richtung des anderen, der von Genas Zauber gefällt worden war. Dann lief er zu ihr hinüber, die immer noch zusammengekauert im Sand kniete. Sie ließ auch den Kopf zu Boden sinken, als er näher kam, und hörte am Klang, daß er das Schwert in den Sand steckte. Dann fühlte sie seine starken Hände auf ihrer Schulter.

»Sind Sie verletzt, Edle Frau Genevera?«

Sie keuchte und wischte sich mit der rechten Hand den Schweiß von der Stirn. Sie verschmierte damit auch Dreck im Gesicht, was sie wohl bemerkte, was ihr aber angesichts der Tatsache belanglos schien, daß Berengars Männer soeben den letzten Haladina erledigten. »Nein. Nur erschöpft. Kampfzauber sind an und für sich nicht schwierig. Wenn, ja *wenn* man sich etwas vorbereiten kann. Ein Hinterhalt bedeutet aber, daß man unvorbereitet reagieren muß.«

Berengar half ihr, sich aufzusetzen. »Wenn Sie nicht gewesen wären, wäre ich jetzt tot. Der Haladina mit dem Blitzdrachen hätte mich umgebracht.« Er schaute dorthin zurück, wo der noch rauchende Körper des Mannes lag. »Wie haben Sie mich gerettet?«

Gena lächelte bescheiden. »Der allererste Zauber, der Studenten der Zauberkunst beigebracht wird, ist aus naheliegenden Gründen das Löschen von Feuern. Rik hat mir erklärt und demonstriert, daß die Wirkung von Blitzdrachen auf Feuer beruht, das hinter der Kugel entsteht. Weil mir dieses Prinzip vertraut war und weil wir vorher schon darüber gesprochen hatten, habe ich das Feuer einfach gelöscht.«

»Und dann haben Sie umgekehrt Feuer gelegt – in seinem Pulverhorn.«

Gena nickte und leckte mit der Zunge einen

Schweißtropfen von der Oberlippe ab. »Das war leicht. Feuer zu machen ist nämlich der zweite Zauber, den die meisten Magier lernen.«

Berengar lachte vergnügt. »Und der Sand?«

»Und ich habe gedacht, Sie seien zu beschäftigt gewesen, um das zu bemerken.«

»Ich zwinge mich von jeher dazu, auf dem Schlachtfeld alles und jedes zu registrieren. Wachsamkeit ist ein Schlüssel zum Sieg.« Er zeigte hinter sich. »Auf der anderen Seite des Gefechtsfelds haben wir fünf Männer ausgeschaltet. Drei sind tot, zwei schwer verwundet. Und auf dieser Seite haben wir sieben tote Haladina und zwei eigene Verwundete. Hätte ich nicht genau registriert, was passierte, hätte ich erst meinen Männern geholfen, die Angreifer abzuwehren, bevor ich zu Ihnen gekommen wäre.«

»Ich bin wirklich beeindruckt.«

»Und ich von Ihnen. Jetzt noch mal: Wie war das mit dem Sand?«

Gena seufzte nachdenklich. »Ich habe mit einem Zauber improvisiert, der sonst angewandt wird, Pfeile weiter fliegen zu lassen. Mein Fehler kam dadurch zustande, daß der Zauber normalerweise auf ein Dutzend oder mehr Pfeile zugleich angewandt wird, weil die nötige Kraft pro Pfeil gering ist. In meiner Improvisation, die schlampig und langsam war, wurde jedes einzelne Sandkorn zum Pfeil. Und weil jedes viel weniger Energie verbraucht als ein Pfeil, wurden es viel mehr.« Sie blickte auf ihre Hände hinunter und lachte. »Wenn meine Hände größer wären, hätte ich mich leicht selber umbringen können.«

»Sind Sie schon wieder imstande zu reiten? Wir können aber auch noch hierbleiben, wenn Sie ruhen wollen.«

»Es wird gleich wieder gehen.« Gena nickte bestätigend. »Vielen Dank.«

»Es ist meine Pflicht, meine Ehre und mein Vergnügen, Edle Frau Genevera.«

Einer der Leibwächter kam herüber zu Berengar. »Verzeihen Sie, Herr Graf, Sie haben zwei am Leben gelassen. Soll ich das in Ordnung bringen?«

»Wenn du so freundlich wärst, ja, Darrian.«

Gena schaute auf. »Ich kann auch an der Behandlung mitwirken, wenn es gewünscht ist. Ich fühle meine Kräfte zurückkommen.«

Berengar schüttelte den Kopf. »Darrian wird sie erledigen, nicht zusammenflicken.«

»Er wird sie töten?«

»Ja. Wenn ich sie gefangennehme, muß ich sie bewachen und durchfüttern. Sie werden uns keine brauchbaren Informationen liefern. Und wenn wir sie gegen Lösegeld und auf Ehrenwort freilassen, werden sie sich wieder gegen mich wenden.« Berengar legte die Stirn in Falten. »Ich weiß, daß Ihnen das barbarisch vorkommt – wie aus der Zeit von Neal vielleicht –, aber das einzige, was die Haladina verstehen, ist der Tod. Sie sind nicht zivilisiert. Und wenn man verstanden werden will, dann muß man auch die Sprache sprechen, die verstanden wird.«

Der Graf ging zu der Stelle, wo seine Männer die toten Haladina nebeneinander in eine Reihe gelegt hatten. Gena wunderte sich darüber, wie dieser Mann einerseits so beiläufig ihren Tod befehlen und sich andererseits niederbeugen und ihre verrenkten Gliedmaßen ordentlich richten konnte. Berengar sorgte dafür, daß jeder Tote das auf die Brust gelegte Schwert mit der Hand am Heft umfaßte, ganz wie es dem Totenbrauch der Haladina entsprach. Und er gestattete seinen Männern nicht, den Haladina die Edelsteine aus den Zähnen zu brechen. In beidem – der Bestattung und dem Plünderungsverbot – zollte er den Toten mehr Respekt, als Rik das getan hatte.

Gena zitterte immer noch, aber nicht mehr vor Erschöpfung. Sie hatte das Argument, die Haladina verstünden nur *eine* Sprache, schon oft gehört. Aber vorher war es immer von den Consilliarii gegen die Menschheit als Ganzes gerichtet, nicht nur gegen die Haladina. Obwohl die Diskussion darüber schon Jahrhunderte vor ihrer Geburt geführt worden war – eigentlich seit der Zeit, als die Kinder der Götter es für richtig gehalten hatten, die Menschen zu erschaffen –, schien es ihr, als sie erwachsen war, als hätten sich Berengars ideologische Entsprechungen unter den Elfen in der Vergangenheit verfangen. Sie stellten die Mehrheit unter jenen Elfen, die sich zum *Excedere* entschlossen und die Welt der Sterblichen für das göttliche Paradies verlassen hatten.

Sie hatte oft versucht, ihre Gedanken zu verstehen, aber niemand, der in ihrer Familie aufgewachsen war, hätte ihnen zugestimmt. Gena räumte durchaus ein, daß die Menschheit oft ohne Vorbedacht und oft unüberlegt handelte. Aber sie war der Meinung, daß man das nicht als Rassenmerkmal der Menschen betrachten konnte und daß nicht jeder einzelne Mensch so handeln mußte. Die, mit denen sie am meisten darüber diskutierte, hatten schnell gelernt, mit dem Satz »Wenn man von Neal Custos Sylvanii einmal absieht …« ihre Argumente wegzuwischen.

Die Änderungen im Verhalten der Elfen gegenüber den Menschen war leichter zu bewerkstelligen, als ein Meinungsumschwung bei Berengar sein würde. Während es zutraf, daß seit Neals Zeiten keinerlei Übergriffe der Menschen auf das Territorium der Elfen mehr vorgekommen waren, sah Berengar die Haladina als eine aktuelle, unmittelbare Bedrohung seiner Familie und seiner Zukunft. Das war der Grund dafür, daß er so entschlossen und so machtvoll handelte, wie er nur konnte, um dieser Drohung zuvorzukommen und sie zu beseitigen.

Sie schlug sich die Arme um die Brust und rieb sich die Oberarme warm. Daß Berengar für ein ordentliches Begräbnis der Haladina sorgte, bewies in ihren Augen, daß er vielschichtiger war als jemand, der Menschen haßte, nur weil sie anders waren. Er respektierte die Haladina und ihre Traditionen. Er erlaubte seinen Männern nicht, ihre Leichen zu entweihen. Die Gräber, die sie für die Haladina aushoben, mochten nicht so tief sein, wie wenn es um eigene Leute gegangen wäre, und man würde ihnen auch keinen Grabstein errichten. Aber man würde sie auch nicht einfach den Wölfen überlassen. Er erwies besiegten Feinden die letzte Ehre.

Gena stand auf und lief zu Berengar, der gerade den haladinischen Blitzdrachen inspizierte. Obwohl er allerhand Gewicht haben mußte, ging der Graf ohne Anstrengung damit um und war so davon gefesselt, daß er sie nicht ankommen hörte. Erst als sie in sein Gesichtsfeld trat, blickte er auf und lächelte, dann zog er die Stirn kraus. »Das ist eine furchtbare Waffe.«

Er hielt die Handkanone so, daß auch sie etwas sehen konnte. Es war ein außergewöhnlich langes Modell. Es schien so lang zu sein wie Durriken groß war. Der Lauf war achteckig und aus grauem, genarbtem Eisen. An der Spitze war ein Kügelchen aus Silber angebracht – eine Art Zieleinrichtung. Kolben und Schaft waren aus demselben Holz, jedoch in zwei Stücken. Der Lauf war mit silbernen Bändern am Schaft befestigt. Der Kolben war mit Einlegemustern aus Elfenbein verziert und an seinem Ende mit Silberblech beschlagen. Ein Ladestock fehlte, doch zeigte die bereits gebohrte Halterung, wo er hätte sein müssen.

»Ich habe schon Wunden der Art gesehen, wie sie diese Handkanonen reißen, Edler Herr. Sie haben recht, daß die Wirkung furchtbar ist. Aber das gilt natürlich auch für die Wunden, die Pfeile und Armbrustbolzen reißen und die übrigens auch Schwerter verursachen.«

»Ja, aber deren Gebrauch verlangt wenigstens Fertigkeit und Übung.« Berengar drehte die Handkanone herum. »Dafür braucht man keine kunstvolle Fertigkeit. Es bringt keine Ehre, damit zu kämpfen.«

»Wahrscheinlich, Edler Herr, hat der erste nur mit einem Stock kämpfende Mensch, der von einem geschleuderten Stein getroffen worden ist, das gleiche geäußert.«

Berengar lachte laut. »Der Punkt geht an Sie. Ich weiß natürlich, daß auch Durriken seine kleinen Blitzdrachen verwendet, und ich will auf keinen Fall andeuten, daß er deswegen kein Mann von Ehre wäre. Seine stammen aus einer Zwergenwerkstatt. Daß er sie überhaupt besitzt, zeigt uns, daß die Zwerge ihm großen Respekt entgegenbringen, und den muß er sich auch verdient haben. Hier handelt es sich aber um eine primitiv konstruierte haladinisches Nachahmung. Wenn Sie nicht das Feuer darin ausgelöscht hätten, hätte es auch genausogut dem Haladina um die Ohren fliegen können.«

Er machte Anstalten, die Handkanone zu zerbrechen. Aber Gena fiel ihm in den Arm. »Ich denke, Edler Herr, wir sollten sie mit zu Durriken nehmen. Er kann uns vielleicht einiges darüber sagen. Es könnte wichtig sein, vor allem dann, wenn mehr als einer aus einem Dutzend Haladina damit ausgerüstet wäre.«

»Ein guter Vorschlag!« Berengar gab zweien seiner Leute den Befehl, die Pferde der Haladina einzusammeln, während die anderen mit Hilfe von ein paar Stahlhelmen der Toten die Grube aushoben. Berengar beteiligte sich selbst an dieser Arbeit, was Gena ebenso verwunderte als auch befriedigte.

Das Begraben der Toten und auch der anschließende Ritt zurück nach Aurdon verlief in großer Stille. Auch Gena machte keinen Versuch, eine Unterhaltung in Gang zu bringen. Ihr Körper erholte sich während des eher gemächlichen Ritts zusehends. Sie ritten aber so langsam, daß die Sonne schon ein oder zwei Stunden vor ihrer Rückkehr nach Aurdon unterging. Nun schlug sie doch vor, anzuhalten und die Nacht über in Orvir zu bleiben. Aber Berengar lehnte ihren Vorschlag ab, mit der Begründung, der Aufenthalt in dem unbewohnten

Herrenhaus würde bei denen, die sie in Aurdon erwarteten, nur Unruhe und Sorge hervorrufen.

Sie stellte sich kurz Riks Reaktion vor und dankte Berengar für seine Umsicht. Er versicherte ihr, daß er – trotz der mitgeführten Herde haladinischer Pferde, die ihre Gruppe wie eine Karawane von Pferdehändlern aussehen ließ – keinen weiteren Zwischenfall erwartete. »Wir werden bald genug zu Hause sein, Edle Frau, heil und munter, und was Sie angeht, wie ich hoffe, auch wieder ausgeruht.«

Während sie weiterritten, beobachtete sie Berengar und dachte über ihn nach. Stück für Stück setzte sie die verschiedenen Wesenszüge, die sie an ihm gesehen hatte, zusammen. Schon seit ihrem allerersten Zusammentreffen mit ihm wußte sie, daß er ein sehr gutes Benehmen hatte, daß er anständig war, angeborenen Adel besaß und daß er sich für das Brauchtum und die Vergangenheit seines Volkes interessierte. An seiner Intelligenz bestand ohnehin kein Zweifel. Sein Handeln und Tun machten klar, daß er sich um seine Sippe und um Aurdon sorgte. Die Art und Weise, wie er Rik behandelte, zeigte seine Großzügigkeit, und die Kurzangebundenheit, in der er mit Waldo umging, entsprach nur ihrer Abneigung gegen diesen kleinen Mann.

Im Kampf war er der Nachfolge des Roten Tigers würdig. Diesem legendären Führer entsprach er in Größe, Aussehen und Benehmen. Während der Fechtübungen, die sie bei ihrem Eintreffen in Aurdon beobachten konnte, lernte sie einen Mann kennen, der in allen Finessen der Degenkunst vollkommen war. In dem Haladinalager erwies er sich als mitleidloser Feind, äußerst effizient im Töten. Trotzdem hatte er seinen Feinden Respekt gezollt, sie als tapfere Kämpfer anerkannt und sie nicht als Abschaum behandelt, der ohnehin bald Aas sein würde.

Alles zusammengenommen, war er schwer mit jemand anderem zu vergleichen. Am Anfang meinte sie,

sie könnte Berengar vielleicht an Durriken messen. Aber wenn das überhaupt möglich wäre, dann würde sie wohl seltsamere und größere Unterschiede zwischen den beiden finden, als sie finden wollte. Ihr war klar, daß Durriken in mancher Hinsicht als der geringere von beiden erscheinen würde, aber sie wußte auch, daß das in Wirklichkeit nicht stimmte und daß man die beiden deswegen auch gar nicht miteinander vergleichen sollte.

Aber wenn nicht an Durriken, an wem sonst sollte sie Berengar messen? Doch nicht am Roten Tiger. Über ihn wußte sie so gut wie nichts. Für sie war er nur eine Fußnote in den Abenteuern ihres Großvaters und Neal Custos Sylvaniis. *Neal?* Sie wußte, daß das die richtige Antwort auf ihre Frage war, und trotzdem kam es ihr falsch vor. Sie kannte Neal ja nur aus Legenden und Liedern – und kein Mann konnte sich vorteilhaft mit einer Legende vergleichen.

Und trotzdem: Berengar war ein harter Kämpfer. Er zeigte dieselbe Bereitschaft, sich in die Bresche zu werfen und seinen Männern beizustehen, dank derer auch so viele Neal gehorcht hatten. Beide waren hochintelligent und tapfere Kämpfer, und beide hatten eine lange Erfahrung im Kampf gegen die Haladina. Jeder von beiden dachte über sich selbst hinaus, und beide vollbrachten Taten, die über den Tag hinaus in die Zukunft wiesen.

Sie sind sich sehr ähnlich. Gena schüttelte den Kopf. *Gibt es irgend etwas, das Neal tat und das Berengar nicht auch fertigbrächte?*

Es dauerte eine Weile, bis sie merkte, daß sie ihre geistige Vorstellung von Neal nicht einfach mit dem realen Bild von Berengar austauschen konnte. Ein kleines Lachen entschlüpfte ihr, und sie war erleichtert, daß in der Dämmerung keiner sehen konnte, wie sie errötete. »Nein«, flüsterte sie in sich hinein, »nein, Graf Berengar Fischer, du bist viel zu stolz, als daß du den Zutritt nach Cygestolia überlebt hättest.«

Der Liebeszauber

Im Spätsommer
Vor fünf Jahrhunderten
Im Jahr 1 der Herrschaft des Roten Tigers
Mein fünfunddreißigstes Jahr

Das erste, was ich von ihr sah, waren ihre Augen. Larissa hielt meinem Blick stand, nicht herausfordernd,
und auch nicht hochmütig. Sie schien über unsere Begegnung ebenso überrascht zu sein wie ich. In diesem
ersten, unbeobachteten Augenblick sah ich in ihren haselnußbraunen Augen ein Aufblitzen, ein Licht, das
schnell – wie ich befürchtete – von einer überlegenen
Abneigung oder einem erschrockenen Zurückzucken
verdunkelt werden würde.

Aber das Licht strahlte weiter in ihren großen Augen
und ging einher mit einem Lächeln, das sich über ihr
Gesicht ausbreitete. Während ihre Gesichtszüge unver-
kennbar scharf sylvanisch waren, angefangen von den
spitzen Ohrecken, die aus ihrem dichten goldenen Haar
herausragten, über ihre Augen bis zu ihren Wangenknochen, machte dieses Lächeln ihren Ausdruck weicher. Es
machte sie mehr zur Nixe als zu einer distanzierten und
kühlen *Sylvanesti*. Es wäre leicht gewesen, aus ihren
Augen und ihrem Lächeln eine Einladung herauszule-
sen – eine Einladung, die ich verzweifelt gern gesehen
hätte, von der ich aber wußte, daß sie nicht offeriert
werden, und wenn, daß ich nie erwägen würde, sie anzunehmen.

In meiner Erinnerung klangen die Worte wider, mit
denen mir Aarundel in Aurium erklärt hatte, woran ich
die wahre Liebe erkennen würde. Das Herz pochte mir

in der Brust mit der Kraft von Riesenfußtritten. Mein Magen verkrampfte sich nicht ganz so schlimm, als wenn Shijef die Hälfte weggebissen hätte. Ich wollte sprechen, aber ich brachte kein Wort heraus. Der Atem stockte mir in der Lunge. Ich wollte mich umdrehen, ich wollte aufhören, sie anzustarren, aber meine Muskeln gehorchten mir nicht. Ich konnte nichts mehr.

Außer ihr Lächeln erwidern.

Sie war, Larissa war ein Dutzend Fuß vor mir stehengeblieben. Sie war ebenso schlank und geschmeidig wie Marta, aber im Vergleich zu Marta war sie eine Frau, die andere ein Mädchen. Während Marta bestimmt sehr schön anzuschauen war, hatte Larissa etwas an sich, das mich sie mit allein Einzelheiten aufnehmen und in mein Gedächtnis einprägen ließ. Ich wollte sie besitzen, nicht nur körperlich, sondern gefühlsmäßig und seelisch und auch geistig.

Diese Erkenntnis stieß freilich frontal mit all den Unterweisungen in korrektem elfischen Benehmen zusammen, die ich erhalten hatte. Sie vertrug sich auch nicht mit meinen eigenen Erinnerungen an die *Eldsaga*. Ein Teil von mir wollte mein Verlangen tadeln als nichts anderes als die pure Lust. Obwohl das blaugraue selbstgesponnene Kleid, das sie trug, bestimmt nur zum Reiten und zum Aufenthalt im Wald bestimmt war, stand es ihr gut. Und betonte ihre Figur: breite Schultern, eine enge Taille und ein flacher Bauch. Ihre Hüften gingen in lange Beine über; und als ein Windstoß ihre Röcke an die Beine schmiegte, konnte ich an ihren Muskeln sehen, daß sie alles andere als ein Palastpüppchen war.

Ein anderer Teil von mir schrie mir zu, daß alle Gedanken, alle wilden Phantasien, die ich mit ihr verbinden mochte, die reinen Verrücktheiten waren. Obwohl sie so aussah, als sei sie zehn Jahre jünger als ich, mußte sie in Wirklichkeit Jahrhunderte älter sein. Ich konnte für sie doch gar nicht interessant sein, nicht interessanter als ein Kind für mich. Weil ich der Freund ihres Bruders war, nahm sie mich zur Kenntnis. Irgend etwas darüber hinaus zu erwarten, irgendein Signal als bedeutungsvoll zu interpretieren, mußte unweigerlich zu meinem Tod und ihrer Verstoßung führen.

Während diese widersprüchlichen Gedanken in meinem Kopf hin und her rasten, wurde mein Lächeln breiter. Zwei Dinge waren für mich unumstößlich wahr und gesichert – wie der Sonnenaufgang nach jeder Nacht und wie das Blut, das aus einer Schnittwunde floß. Das erste war, daß ich meine *Vitamoresti* gefunden hatte, und daß ich durch unser Zusammentreffen zum Untergang verdammt war. Und das zweite war, daß ich nur zu retten war, wenn sie sich jetzt umdrehen und mich zurückweisen würde. Ich wußte zwar, daß ich verrückt werden würde, wenn sie das täte, aber mit dem Verrücktsein konnte ich vielleicht zurechtkommen.

Ihr Lächeln wurde als Antwort auf meines noch herzlicher, und ich wußte, daß ich verloren war.

Aarundel schlug mir auf die Schulter. »Trotz seiner Unfähigkeit zu sprechen, Larissa, ist Neal ein intelligenter und unterhaltsamer Mann. Und ein Krieger, der unter Menschen seinesgleichen sucht.«

»Das glaube ich gerne von einem Mann, der den Tod besiegt und der in Jammaq *Divisator* den Reith wieder entrissen hat.« Sie neigte achtungsvoll das Haupt und unterbrach damit zum ersten Mal den Augenkontakt zwischen uns. »Ich fühle mich geehrt, Sie kennenzulernen, Custos Sylvanii.«

Daß wir nun keinen Augenkontakt mehr hatten, erlöste mich von welchem Zauber auch immer, der mir Hirn, Körper und Zunge gelähmt hatte. Und ich wurde mir ihrer Stärke bewußt, mit der sie es geschafft hatte, sich von meinen Augen zu lösen. »Die Ehre ist ganz meinerseits, Doma Larissa.« Ich hackte meine Worte genauso abrupt ab wie meinen inneren Drang, einen Schritt nach vorn zu machen, ihre Hand zu ergreifen und sie an meine Lippen zu führen. Ich wollte noch irgend etwas Verbindliches sagen, ihr ein Kompliment machen, aber unsere Rassen waren so weit auseinander, daß sogar die unschuldigste Bemerkung, belanglos wie ein Scherz, als tödliche Beleidigung hätte aufgenommen werden können.

Während ich mit meiner gelungenen Zurückhaltung zufrieden war, wurde sie mir dadurch um so schwerer gemacht, daß Larissa ihre rechte Hand bereits von dem Korb, den sie trug, freigemacht hatte, offenkundig deswegen, weil sie mir die durchaus übliche Höflichkeit eines Handkusses gestatten wollte. Jetzt schob sie ihren halbvollen Korb wieder aus der linken Hand über den rechten Unterarm und schaute gar nicht erst wieder zu mir auf. Statt dessen richtete sie den Blick jetzt auf Aarundel.

»Meine Freunde und Verwandten erwarten dich in Waldhöhe, mein Bruder.« Sie lächelte ihn an und nickte Marta zu. »Geht, ihr beiden. Nimm mein Pferd, so daß ihr reiten könnt. Ich werde Neal in die Stadt begleiten.«

Für einen Mann, der mir so schreckliche Konsequenzen eines körperlichen Kontaktes mit einer *Sylvanesti* ausgemalt hatte, ließ Aarundel erstaunlicherweise seine Schwester ohne weiteres Nachdenken mit mir allein. Ich konnte das dennoch verstehen, denn Martas Anwesenheit nahm ihn viel zu sehr in Beschlag. Außerdem sah er in Larissa seine *Schwester* und ordnete sie damit fälschlicherweise einem anderen Geschlecht als dem weiblichen zu. Ich hatte dieses Denken schon bei vielen Männern festgestellt, und ich wünschte inständig, daß Aarundel damit keinen Reinfall erlitt, denn ich war mir selbst nicht sicher, ob ich des Vertrauens würdig war, das er in mich setzte.

Als Marta und Aarundel aufstiegen und die Straße hinunterritten, die noch tiefer in die Wälder Cygestolias hineinführte, drehte ich mich um, um ihren Abschied zu beobachten. »Ihr Bruder ist sehr glücklich. Er hat eine schöne Braut und eine freundliche, rücksichtsvolle Schwester.«

»Rücksichtsvoll?« Sie lachte und schaute ihnen ebenfalls nach, wie sie davonritten. »Sie ziehen Ihre Schlüsse aus nur geringem Augenschein, Custos Sylvanii.«

»Ich glaube nicht, Edle Frau Larissa. Sie haben, als Sie mit Ihrem Bruder sprachen, die Menschensprache verwendet; Sie haben sogar Wörter verwendet, die nicht aus dem Sylvanischen abgeleitet sind, um ihn wegzuschicken; Sie haben Ihren Familiensitz Waldhöhe genannt, wobei ich doch weiß, daß Sie ihn sonst *Conussilva* nennen. Und Sie haben mich Elfwart genannt, Custos Silvanii, obwohl dieser Titel, den Ihr Bruder mir gegeben hat, von den Consilliarii noch gar nicht genehmigt ist.«

»Sie sind mindestens so intelligent, wie mein Bruder berichtet hat.« Wieder lachte sie heiser. »Und genau so intelligent, wie Finndali immer geklagt hat.«

»Nicht wirklich intelligent, Edle Frau, nur so schlau wie ein Tier.« Ich lächelte und wagte immer noch nicht, sie wieder anzuschauen. »Wenn Sie erlauben, trage ich den Korb während unseres Spaziergangs.«

»Sehr freundlich.«

Larissa schickte sich an, ihn mir zu geben, aber ich schüttelte den Kopf. »Es wird mir ein Vergnügen sein, Ihnen etwas abzunehmen, aber ich bin sehr streng über das belehrt worden, was erlaubt ist und was nicht. Vielleicht setzen Sie den Korb besser ab und gehen ein paar Schritte weg, dann kann ich uns beiden Schwierigkeiten ersparen.«

Larissa folgte meinem Vorschlag und bewegte sich mit einer so fließenden Eleganz zur Seite, daß mir schon wieder Phantasien über uns beide zu kommen drohten. Ich bückte mich und ergriff den geflochtenen Korb am hölzernen Henkel. »Ich werde versuchen, keine der Pflanzen, die Sie gesammelt haben, zu berühren, damit ich sie auf keinen Fall unrein mache.«

»Ihre Kenntnis unserer Traditionen ist bewunderns-wert.«

Ich lachte. »Einige Dinge wurden mir während unserer Reise hierher bewundernswert deutlich gemacht.«

»Bestens.« Sie schloß neben mich auf und hielt leicht mit mir Schritt. »Dann hast du schon völlig begriffen, warum wir, ich und du, verdammt sind, ohne jede Hoffnung auf Erlösung.«

Ihre Worte, so leicht dahingesagt wie eine Bemerkung über das schöne Wetter, nahmen mir den Atem. Ich blieb wie angewurzelt stehen und schüttelte ungläubig den Kopf. Ich zweifelte, ob ich richtig gehört hatte. Ich fürchtete, daß ich das, was sie wirklich gesagt hatte, einfach in das übersetzt hatte, was ich zu hören mir erträumte. »Wie bitte?«

Sie ging noch ein paar Schritte weiter und blickte dann über die Schulter zurück. »Wann wurdest du geboren, Neal Roclawzi?«

Ich lief wieder weiter, zu ihr hin. »Vor fünfunddreißig Jahren.«

»Genauer! An welchem Datum, an welchem Tag?«

Ich kam ins Zittern. »Zur Mittsommernacht, unter dem Dreieck.« Bei meiner Geburt waren alle drei Monde voll und so angeordnet, daß der kleinste in der Mitte zwischen den beiden anderen stand. Dieses Vorzeichen, das überhaupt nur alle zweieinhalb Jahrhunderte zu sehen war, stand für besonders Gutes oder Böses, je nachdem welcher Wahrsager sich dazu äußerte. Viele, einschließlich Aarundel, betrachteten es als Zeichen dafür, daß ich zu etwas Großem bestimmt war. Ich selber aber betrachtete es als schreckliches Vorzeichen.

Larissa nickte. Die Sonne malte Linien in ihr goldenes Haar. »Das haben wir dann gemeinsam, nur daß mein Geburtstag zweihundertfünfzig Jahre vor deinem war.«

Ich runzelte die Stirn. »Ist das der Grund dafür, daß …?«

Sie zuckte die Achseln. »Es könnte wohl der Grund dafür sein, daß wir verloren sind. Aber ich bezweifle, daß es auch der Grund dafür ist, daß wir uns getroffen haben.« Larissa lächelte nachdenklich. Sie faltete die Hände vor dem Bauch. »Was du gefühlt hast, Neal, als du mich sahst, war nur das Echo auf das, was ich bei deinem Anblick fühlte.«

»Wie? Wie ist das möglich?« Ich gestikulierte wie wild mit den Armen und verschüttete, was in dem Korb war, zur Hälfte. Ich hockte mich hin und machte mich daran, die Sachen wieder einzusammeln, und Larissa half mir dabei. »Ich bin ein Mensch und du eine *Sylvanesti*! Das kann doch nicht sein!«

Sie schüttelte den Kopf. »Sogar in der *Eldsaga* gibt es Berichte über Verbindungen zwischen Elfen und Menschen.«

»Vergewaltigungen und Befriedigung der Triebe haben nichts mit Liebe zu tun!«

»Natürlich nicht, aber wenn es das gibt, warum sollte es dann nicht auch Liebe geben?« Sie fing mich wieder mit ihren Augen ein, und so fiel mir einfach kein Gegenargument ein. »Und wenn es Liebe gibt, warum dann nicht auch ihre innigste Form, *Vitamor*?«

Dann merkte ich, daß ich den Blick nicht mehr von ihr losreißen konnte, während sie mit ihren zarten, schlanken Fingern Blätter und Blumen aus dem Staub der Straße wieder einsammelte. Ich sehnte mich danach, die Hand auszustrecken, ihre Hand in meiner zu halten. In meinem Innern war ich bereit, für dieses Vergnügen zu sterben, aber ich war noch entschlossener, nicht auch Larissa mit meinen selbstsüchtigen Wünschen zu zerstören.

»Nein, nein, das darf nicht geschehen.« Ich stand auf, die Fäuste vor Verzweiflung geballt. »Du kannst gar nichts für mich empfinden. Ich bin ein Mensch, ein Roclawzi.«

»Warum kannst du, ein Roclawzi, etwas für mich

empfinden, und ich nicht umgekehrt?« Larissa erhob sich ebenfalls und ließ den Korb zwischen uns auf dem Boden stehen. »Mein Volk hat deines zugrunde gerichtet. Du müßtest mich hassen!«

»Du warst daran nicht beteiligt. Du warst zu Zeiten der *Eldsaga* noch nicht einmal geboren.« Ich schüttelte den Kopf. »Ich habe keinen Grund, dich zu hassen.«

Sie lächelte triumphierend. »Wenn du keinen Grund hast, mich zu hassen, habe ich noch weniger einen Grund, dich zu hassen.« Sie strich sich das Haar aus dem Gesicht. »In dir finde ich die große Liebe.«

Widerstreitende Gefühle jagten mir durch den Kopf. Ich fühlte die flammende Euphorie, die mit der Liebe kommt, und etwas in mir wünschte sich, sie einfach in die Arme zu nehmen, ohne Rücksicht auf die Folgen. Mir wurde klar, daß mich wieder dasselbe Begehren überkam, das ich gerade erst überwunden hatte. Gefühle des Glücks und der Freude ergriffen wieder von mir Besitz. Kurz bevor sie mich wieder ganz übermannten, besaß ich noch die Geistesgegenwart und die Kraft, sofort zu handeln, ehe es zu spät war.

»Edle Frau Larissa«, begann ich bewußt wieder förmlich, während ich den Korb wieder hochhob, »Sie müssen einsehen, daß das unmöglich ist. Selbst wenn ich einräume, daß meine Gefühle nicht auf die verwirrende Reise, die hinter mir liegt, zurückzuführen sind, und selbst wenn ich davon ausgehe, daß Sie dasselbe fühlen wie ich, daß wir beide zusammen das gleiche fühlen wie Ihr Bruder und Marta, kann es für uns doch keine Hoffnung geben.«

Sie nickte zustimmend, ganz und gar sachlich. »Das sehe ich genauso, Neal aus den Roclaws. Aber ich kann auch nicht leugnen, was mit uns geschehen ist.«

Ich schüttelte den Kopf. Irgendwie bewegten wir uns beide im Auge des Gefühlssturms, der um uns tobte. Als wir weiter durch den Wald in Richtung Cygestolia gingen, wurde die Welt um uns herum immer bedeutungsloser. Ich merkte, daß ich gar nichts mehr wahrnahm – außer *ihren* Worten, *ihrem* Gesicht, dem Rascheln *ihres* Kleides, als sie neben mir ging. Obwohl all das mich verzauberte, konnte ich doch alles verwinden, aber nicht die kühle Logik ihrer Worte, und ich rang damit wie mit einem wilden Driel.

»Ich möchte dich kennenlernen, alles über dich erfahren. Ich möchte alles, was dein Lächeln und die Glut in deinen Augen versprechen. Ich möchte wissen, was dich zum Lachen bringt und was zum Weinen. Ich möchte wissen, wie du alles zwischen uns so sachlich betrachten kannst und wie deine Kraft verhindern kann, daß ich verrückt werde.« Ich lachte kurz auf, baute innere Spannung ab und ließ sie in das Lachen abfließen. »Ich möchte über dich genausoviel wissen wie über mich selbst. Der Gedanke daran, daß meinem Sehnen Erfolg beschieden sein kann, macht mich glücklich – und andererseits fürchte ich diesen Erfolg.«

»Wegen der Folgen, die das sylvanische Gesetz vorschreibt?«

»Nein.« Es lief mir kalt über den Rücken. »Nein, sondern deswegen, weil ich fürchte, daß ich mich in dir verliere und daß unsere gegensätzlichen Kulturen uns umbringen würden.«

Larissa streckte den Arm aus und faßte ebenfalls an den Henkel des Korbs. »Dann weißt du auch, was *ich* fürchte und was ich hoffe.«

Obwohl nur ein paar Zoll unsere Hände voneinander trennten und unsere Finger sich ohne Mühe hätten berühren können, sogar ganz zufällig, ließ es keiner von uns geschehen. In diesem Augenblick war mir besonders deutlich, daß das, worüber wir sprachen, alles andere als ausschließlich geschlechtlicher Natur war. Es war weit mehr als Lust oder ein Hunger der Gefühle. Ohne genau zu wissen warum, erkannte ich in Larissa einen anderen Teil von mir. Sie war meine Ergänzung. Es kam mir vor, als hätten uns die Götter vor Urzeiten auseinandergerissen. Sie gossen Larissa in einen Elfenkörper, geboren unter dem Dreieck der Mittsommernacht, und dann – als nachträglicher Gedanke – steckten sie mich in einen Roclawzikörper, der Jahrhunderte später unter dem gleichen Zeichen zur Welt kam. Entweder aus Bösartigkeit oder aus Mitleid, in der Hoffnung darauf, daß wir uns niemals treffen würden, hatten sie uns so lange auseinandergehalten.

Und jetzt, durch Zufall vereint, hatten sich andere Umstände verschworen, uns getrennt zu halten.

Die Erkenntnis, daß ich mehr wollte als nur die körperliche Vereinigung mit ihr, stellte fleischliches Begehren in den Hintergrund. Ich wollte alles, was sie war. Das bedeutete, daß das Körperliche auch nur ein kleiner Teil dessen war, was ich erkunden wollte. Sobald ich sie geistig und seelisch genau kannte, würde und konnte auch das andere wichtig werden. Geschlechtlichem Begehren jetzt nachzugeben, würde uns erneut auseinanderbringen. Doch ich hatte in diesem Augenblick beschlossen, daß das nichts und niemand jemals schaffen durfte, solange ich atmen konnte und solange Blut durch meine Adern floß.

Ich sah sie an und lächelte. »Ich denke, daß wir ein ernsthaftes Problem haben.«

»Noch ernsthafter, als du denkst.« Sie erwiderte mein Lächeln, und mein Herz hätte zerspringen können. »Bis zu diesem Tag ging ich schlafwandelnd durchs Leben. Jetzt bin ich erwacht, und ich *lebe*.«

Ich bekam einen nervösen Lachanfall. »Genau.«

Ihr Lächeln verminderte sich zu einem zufriedenen Grinsen, dann neigte sie das Haupt und zeigte mit der Linken nach vorn. »Es ist mir ein Vergnügen, Neal Roclawzi, dir die Stadt Cygestolia vorzustellen.«

In Anbetracht meines pochenden Herzschlags und meines überglücklichen Lächelns im Gesicht hätte sie mir alles mögliche vorstellen können, und ich hätte es wunderbar gefunden. Aber die sylvanische Hauptstadt übertraf das alles um einige Klassen. So häßlich und abstoßend Jammaq war, so gesegnet und harmonisch erschien mir Cygestolia, in einem Maße, daß man es für den Schoß der Welt an sich halten konnte.

Die Stadt erstreckte sich durch ein bewaldetes, gewundenes Tal. Blitzend wie Quecksilber, teilte ein kristallklarer Fluß das Tal in Nord und Süd. In der Mitte des Tals speiste er einen azurblau schimmernden See, gesprenkelt mit Inseln, die riesigen alten Bäumen ihren Standort boten. Ich sah zwar in der ganzen Gegend Felsgestein in allen Größen, Formen und Farbtönen, aber nichts davon war als Baumaterial genutzt worden. Sie waren nur Schmuck in der Landschaft, und es gab kaum einen Felsen, der nicht Moos oder blühenden Pflanzen eine Heimstatt geboten hätte.

In den Dschungelwäldern der Küste von Najinda hatte ich Dörfer auf hohen Pfählen gesehen und andere, die man wie Lauben hoch in die schattigen Wälder gebaut hatte. Ich hatte immer gedacht, die Najinder lebten in Bäumen. Cygestolia belehrte mich eines Besseren. Ich merkte sofort, daß ich in meinen Gedanken die Najinder viel zu hoch angesiedelt hatte, denn sie lebten nicht *auf*, sondern *unter* Bäumen.

Die Elfen aber lebten *in* und *mit* den Bäumen. Ein dunkelgrüner Baldachin bedeckte vollständig alle Stadtviertel zu beiden Seiten des Tales. Dieses Dach war den ganzen Fluß entlang und rund um den See unterbrochen, so daß genügend Sonne einfiel, um dem See einen Strand zu lassen und um Gartenbau zu ermöglichen. Die Kronen der Bäume auf den Inseln wuchsen mehr oder weniger zusammen, so daß sie einen Pilz über der Mitte des Sees bildeten. Einige hatten sogar so lange Äste ausgebildet, daß sie sich mit ähnlichen Zweigen von Bäumen an den Seitenwänden des Tals verknüpfen konnten.

Von meinem Standpunkt aus schien alles ganz normal proportioniert zu sein. Doch dann bemerkte ich, wie

Leute auf den Zweigen herumliefen und daß sie, zum Teil hoch über dem See, über Äste auf die andere Seite des Tales spazierten. Jetzt erst erkannte ich, daß ich die ganze Stadt falsch eingeschätzt hatte. Sie war viel größer, ja gigantischer, als ich zuerst dachte. Während bei den Najindern ein Baum eine einzige Familie beherbergte, hätte in einem der cygestolischen Riesenbäume die ganze Bevölkerung Auriums Zuflucht nehmen können.

Larissa deutete ganz beiläufig auf die Stadt, so als wollte sie den Anblick als gering abtun, obwohl ich doch bemerkte, wie sie vor Stolz das Kinn reckte. »Es mag dir wie ein Dickicht vorkommen, Neal, aber man kann sich leicht zurechtfinden. Die Bäume sind, wie du sehen kannst, nach Sektionen gruppiert, was auch ihrem Wachstum guttut, und diese sind nach charakteristischen Merkmalen benannt. Conussilva zum Beispiel liegt im Sieben-Pinien-Viertel.«

»Pinusseptem. Aarundel hat mir das erzählt.« Ich lächelte. »Die Stadt ist prächtig.«

Ich folgte mit den Augen einem Ast, wie er zum Stamm zurückführte. Seitenäste bildeten einen Schirm aus Blättern, aber ich konnte doch einen Elfen sehen, der durch ein Loch in der Rinde im Baum verschwand. Darunter und darüber sah ich andere Öffnungen und erspähte Elfen, die sich durch die Bäume bewegten wie eine Prozession von Ameisen. Selbst wenn jeder Baum nur ein Dutzend Elfen beherbergte, dann mußten es Hunderttausende sein, und das schien um so bemerkenswerter, weil sie dann alle an diesem einen Ort versammelt waren, während die Menschen und die Reith sich über die ganze Welt ausgebreitet hatten.

Larissa zog an dem Korb. »Wir sollten jetzt weitergehen bis zur Waldhöhe. Deine Ankunft war nicht angekündigt, aber sie ist auch nicht unvorhergesehen. Wir haben ein Quartier für dich und sogar für den Driel.«

Ich blickte mich um, ob Shijef uns gefolgt war, doch

ich sah ihn nicht. Als ich mich wieder zur Stadt umdrehte, sah ich ein halbes Dutzend kapuzentragender sylvanischer Krieger direkt vor uns aus dem Busch kommen.

Larissa schien unbesorgt, und sie hielt auch weiterhin den Korb fest. So ließ ich ihn los. Die Elfen trugen Langbogen, und zwei von ihnen hatten einen Pfeil eingelegt. Einer der Elfen trat ein paar Schritte vor, während die anderen hinter ihm einen Halbkreis bildeten. Ihr Anführer, dessen Gesicht von der Kapuze verdeckt war, sagte etwas auf elfisch. Ich verstand kein Wort, aber am Ton merkte ich, daß es eine Aufforderung war.

Larissa lachte und schlenkerte unschuldig mit dem Korb. »Wer ich bin? Ich hätte doch gedacht, daß die Antwort auf diese Frage für dich ganz offenkundig ist.«

Der Führer nickte Larissa zu und erlaubte ihr weiterzugehen. Dann wandte er sich mir zu. »Welcher Mensch wagt es, cygestolischen Boden zu betreten?«

Ich lächelte, vielleicht ein wenig zu breit – etwa so, wie ein milchbärtiger Jüngling seine erste Liebe zu beeindrucken versucht –, und ließ meine Stimme unwirsch klingen. »Ich bin Neal Roclawzi, Führer des Stählernen Haufens, der Totschläger von Tashayul, der Träger von Divisator; und von Aarundel Imperator werde ich Custos Sylvanii genannt. Ich bin als sein Hochzeitsgast gekommen.«

»Unter dem Grinsen sind Sie schwer zu erkennen.« Der Führer neigte den Kopf. »Sie können passieren, Neal Roclawzi.«

Larissa, jetzt neben dem Anführer stehend, runzelte ungeduldig die Stirn. »So förmlich? Das paßt gar nicht zu dir.« Sie hob die Hand und zog ihm die Kapuze herunter. Schwarzes Haar umrahmte ein Gesicht, das ich zu erkennen glaubte. »Er ist ein Gast. Behandle ihn auch als solchen!«

Ich schielte zu dem Anführer hinüber. »Imperator Finndali?«

Er nickte, und Larissa lachte. »Ja, Neal, dieser plötzlich mit Taubheit geschlagene sylvanische Krieger ist Finndali Imperator. Und ...« – ihre Augen blitzten mich warnend an – »... er ist mein Gatte.« –

Irrungen und Wirrungen
in der Stadt

Frühlingsbeginn
A.R. 499
Die Gegenwart

Obwohl es schon gegen Mitternacht ging, als sie in Aurdon eintrafen, ging es auf dem Anwesen der Fischers zu, als sei es erst Mittag. Das kam Gena merkwürdig vor, bis Berengar ihr erklärte, daß die Bauern in diesen Tagen große Ladungen Winterweizen anlieferten, der eingelagert, wiederverkauft und teils auch zu anderen Häfen flußabwärts verschifft werden mußte. »Der Handel ruht eigentlich nie.«

Gena nickte. »Ein müßiger Händler ist ein hungernder Händler.«

»Bravo.« Berengar half ihr von Geist herunter. »Sie haben sich von der Feuertaufe gut erholt?«

»So ist es, Herr Graf, vielen Dank.« Sie deutete einen Knicks in seine Richtung an. »Wollen wir die Handkanone noch zu Durriken bringen?«

Berengar runzelte die Stirn. »Ich bin sicher, daß Durriken zu dieser Stunde, und nachdem Sie so lange weg waren, Sie lieber allein begrüßen würde. Und ich muß meinem Vater und meinen Onkeln berichten, was wir gesehen und getan haben. Wenn Sie wollen, können wir doch die Untersuchung der Waffe durch ihn auf morgen früh verschieben.«

»Können wir uns diese Verzögerung erlauben?«

»Sie haben wahrscheinlich recht. Vielleicht wäre es unklug, so nachlässig zu sein. In einer Stunde also?« Berengar lächelte einladend, als sie die Stufen zum Haupteingang des Anwesens hinaufstiegen. »Das erlaubt mir auch, meiner Familie nach einer Weile zu entkommen, was mir ganz recht ist. Wenn ich sie jetzt aufwecke, werden sie vielleicht ohnehin nicht bester Laune sein, und meine Neuigkeiten wird sie nicht gerade verbessern.«

»In einer Stunde also.« Gena drehte sich um und suchte sich durch die verwirrende Zahl der Flure und Gänge den Weg zu ihren Räumen. Leise klopfte sie an ihre Tür. Zweimal, einmal, dann dreimal, das Signal, das Durriken mit ihr vereinbart hatte. Sie wartete kurz nach dem letzten Klopfen und öffnete dann die Tür.

Durriken saß beim Schein einer Kerze im Bett. Einen Blitzdrachen hatte er auf ein mit einem Laken bedecktes Knie gestützt und auf die Tür gerichtet. Als sie eintrat, drehte er die Waffe zur Decke hoch. »Gut, daß du geklopft hast, denn ich war eingeschlafen, während ich auf dich gewartet habe.«

»Es würde mir nicht einfallen, dich ohne Vorwarnung im Schlaf zu überraschen.«

»Besonders hier in Aurdon, denn hier gibt es viele, sehr viele Überraschungen.« Er legte den Blitzdrachen auf dem Nachttischchen ab und schlug das Laken wieder auf ihre Seite des Bettes um. »War dein Ausritt interessant?«

»Ich denke, du würdest ihn als ›bemerkenswert‹ bezeichnen.« Gena schloß die Tür und lehnte sich dann auf einen Stuhl. »Graf Berengar wird in einer Stunde hier sein, um dir eine Langbüchse zu zeigen, die wir von einem haladinischen Angreifer erbeutet haben.«

»Bist du verletzt?« Rik stand auf und hüllte sich bis zur Schulter in das Laken. »Ein Angreifer bedeutet bei denen viele Angreifer.«

»Ein Dutzend. Und nein, ich bin nicht verletzt, nur immer noch ziemlich erschöpft.« Sie setzte sich. Sie erhob keine Einwände, als ihr Rik einen Becher Wein eingoß, sich auch einen Stuhl heranzog und sich ihr gegenüber setzte, so daß ihre Knie sich berührten. Gena trank folgsam und setzte dann den Becher ab. »Ich habe Zauber in großer Hast geworfen, und das hat mir nicht gutgetan.«

»Von Anfang an, Gena.«

Sie lehnte sich zurück und nahm noch einen Schluck. Dann erzählte sie ihm alles über den Ausflug und über den Hinterhalt. Sie bemerkte, daß Rik jedesmal, wenn sie Berengar erwähnte, leicht gereizt war, aber sie kannte ihn zu gut, um zu glauben, daß das Eifersucht war. Rik brachte es fertig, ruhig zu bleiben, als sie ihm in aller Ausführlichkeit berichtete, was der Graf alles unternommen hatte, um das Ziel ihrer Expedition geheimzuhalten. Er wurde erst dann wütend, als sie den Hinterhalt beschrieb.

»Berengar hätte einfach vorsichtiger sein müssen.«

Gena zuckte mit den Schultern. »Das ist wahr, aber wir sollten uns bei dem Lagerplatz mit Waldo und seinen Leuten treffen. Als wir ankamen, zeigte sich, daß die Haladina schnell verschwunden waren, als sie Waldos Männer in der Gegend bemerkten.«

»Nur um zurückzukommen und euch einen Hinterhalt zu bereiten.«

»Was aber nicht Berengars Schuld ist.« Gena nahm Riks Hände und legte sie in die ihren. »Er war genauso in Gefahr wie der Rest von uns – eigentlich sogar noch mehr, denn die Angreifer verwandten fast die Hälfte ihrer Leute darauf, ihn zu töten.«

»Das wirft allerdings ein anderes Licht auf die Dinge.« Rik lehnte sich zurück. Seine Hände entglitten ihrem Griff. Er legte sich den linken Arm um die Brust, auf den rechten stützte er das Kinn. »Hier in Aurdon geht mehr vor, als Berengar uns erzählt hat, glaube ich. Zuerst habe ich vermutet, daß er der Mann ist, der hier den Ton angibt, aber das zeigt mir, daß er nur eine Schachfigur und austauschbar ist.«

»Wie meinst du das?«

Rik beugte sich wieder vor und ließ seine Stimme zu einem verschwörerischen Flüstern absinken. »Ich habe mich heute in Aurdon herumgetrieben, in den Außenbezirken. Ich bin hierhin und dorthin gegangen und ich habe eine Menge aufgeschnappt. Nach allem, was von den Leuten herumerzählt wird, die weder zu den Fischers noch zu den Riverens gehören, treten die Streitereien zwischen den beiden Sippen geradezu zyklisch auf. Üblicherweise beginnt es mit einer Art Handelskrieg, wobei jede Seite die andere so lange unterbietet, bis sie erheblich draufzahlt. Wenn es soweit ist, dann eskaliert die Taktik zu Sabotage. Das kann alles bedeuten, von Brandstiftung bis zu Diebstahl. Jeder weiß, wer dahintersteckt und warum es geschieht, und die Familien passen sorgfältig auf, daß keiner dabei körperlich verletzt wird.«

Gena machte keinen Versuch, ihre Überraschung zu verbergen. »Ich dachte immer, daß die Menschen das Sprichwort beherzigen: ›Hacke der Schlange den Kopf ab, und sie stirbt.‹«

»Oh, wir beherzigen das, aber beide Familien haben große Angst vor Neals Eingreifen. Berengar hat uns nicht mal die Hälfte der Schwierigkeiten erzählt, die Mörder oder Möchtegern-Mörder im Lauf der Zeit hier hatten. Jeder der Zyklen schraubt sich hoch bis zu dem Punkt, an dem irgend jemand versucht, einen anderen umzubringen. Die Möchtegern-Mörder scheitern aber jedesmal, und Neal ist immer irgendwie verwickelt. Ich denke inzwischen, daß sie Neal ein bißchen zu leidenschaftlich suchen, wo sie doch seinen Geist in allem vermuten. Wenn ein Vogel vorbeifliegt und ein Flaumfederchen verliert, was dazu führt, daß ein Möchtegern-Mörder an einem Niesanfall stirbt, dann würde irgend jemand herausfinden, daß in irgendeiner Erzählung Neal einen solchen Vogel entweder besessen oder erschossen oder auch nur bewundert hat.«

»Sie erfinden zweifelhafte Fakten, um ihre Furcht zu begründen.«

»So kommt es einem vor. Diese Zyklen ereignen sich ungefähr alle eineinhalb Generationen. In diesem Zeitraum haben genügend Menschen die Folgen des *letzten* vergessen, und genügend Junge sind schon in jenes Alter gekommen, in dem sie sich einbilden können, im entscheidenden Punkt schlauer zu sein als alle ihre Vorfahren zusammen.«

Gena runzelte die Stirn. »Denkst du, daß Berengar so jemand ist?«

»Ich weiß es nicht. Ich habe es für möglich gehalten, aber zwei Tatsachen sprechen doch dagegen. Die erste ist die, daß er in dem Hinterhalt ums Leben hätte kommen können. Er ist kein Narr, und wenn er ebenso ehrgeizig ist wie die vor ihm, hätte er sich niemals in so große Gefahr wie heute gebracht. Und außerdem hätte er niemals erlaubt, daß du, sein Schlüssel zum Erfolg, einem solchen Risiko ausgesetzt gewesen wärst.«

Rik kniff ein Auge zu. »Ich gebe zu, daß diese Einschätzung neu ist. Was mich veranlaßt, zu glauben, daß Berengar ehrlich ist, ist die Tatsache, daß die Riverens *wirklich* mit den Haladina zusammenarbeiten. Es gibt sogar ein kleines haladinisches Viertel in der Stadt, und der Handel dort ist lebhaft. Die Riverens haben eine Vorgehensweise gewählt, die sowohl für sie selbst als auch für die Haladina von Vorteil ist. Die Riverens holten eine Anzahl haladinischer Kunsthandwerker in die Stadt und ließen sie typisch haladinische Erzeugnisse und Schmuck aus neuen Fasern und Materialien herstellen. Obwohl die Haladina vorher zum Beispiel überhaupt keine Seide kannten, arbeiten sie heutzutage vortrefflich damit. So kann man jetzt Umhänge in typisch haladinischer Webart und Farbstellung kaufen – aber eben aus Seide.«

Gena schmunzelte. »Sie haben damit ein gut verkäufliches Produkt geschaffen, das die Haladina allein niemals herstellen könnten.«

»Die Riverens liefern einen Großteil dieser Produktion übrigens auch an ihre Handelspartner überall am Fluß. Weil diese Erzeugnisse so selten waren und deswegen einen hohen Wert als Geschenk erlangten, haben sie einen besonders hohen Preis. Sie wurden geradezu Mode. Die Riverens haben mit dem Verkauf dieser Sachen erst begonnen. Und sie haben eine riesige Klientel, die begierig auf diese Produkte wartet.«

»Das Ergebnis ist, daß die Fischers von den Riverens langsam, aber sicher überrundet werden. Während die Familien gleichberechtigt und verbündet waren, half Neals Warnung mit, das Gleichgewicht zu halten. Die Allianz mit den Haladina hat den Riverens jetzt einen Vorsprung verschafft. Wenn die Riverens ihren Handelspartnern nun noch ankündigen, daß sie mit haladinischen Erzeugnissen nur noch dann beliefert werden, wenn sie die Geschäftsbeziehungen mit den Fischers abbrechen, entsteht den Fischers ein schwerer Schaden.«

»Wieso haben die Riverens das nicht schon längst gemacht?«

Rik breitete in einer ratlosen Geste die Arme aus. »Ich weiß es nicht. Es kann sein, daß Neal hier noch eine Rolle spielt: Einige Sippenälteste der Riverens sind halbe Metaphysiker. Sie diskutieren darüber, ob die Kappung der Handelsbeziehungen die Fischers nicht vernichten und ob das nicht Neals Rache an den Riverens provozieren würde. Ich vermute, daß die Riverens langsam vorgehen, indem sie die Fischers zuerst in kleinen Städten aus dem Markt drängen und dann feststellen wollen, was passiert.«

Gena leerte ihren Weinbecher. »Wenn die Riverens schon mit ihrer Handelspolitik so vorsichtig sind, warum sollten sie dann die Haladina dazu drängen, ganz Centisia mit ihren Raubzügen unsicher zu machen?«

»Diese Frage unterstellt, daß die Riverens die Haladina vollständig kontrollieren. Aber: Die Haladina mögen zwar *ein* Volk sein, doch sie verbringen immer noch mehr Zeit damit, gegeneinander zu kämpfen, als gegen die andern. Die Tatsache, daß Haladina jetzt in Aurdon leben, hat anderen klargemacht, daß die Welt nicht am Rand ihrer Wüste zu Ende ist. Es mag zwar naheliegend sein zu glauben, daß die Haladina Raubzüge unternehmen, um ihren Volksgenossen in der Stadt zu helfen. Aber ich kenne noch keinen Beweis dafür. Das könnte sich allerdings morgen ändern.«

»Morgen?«

»Ich werde mich morgen im Viertel der Haladina umsehen.«

Angst zog ihr den Magen zusammen. »Ist das klug?«

»Ich bin unbesorgt.« Er wies mit dem Daumen über die Schulter in Richtung des Nachttischchens. »Die haladinische Gemeinde in der Stadt ist recht friedfertig. Und für den Notfall habe ich meine Blitzdrachen, um mir Ärger vom Hals zu halten.« Er ließ die Hand wieder herunter und klopfte mit dem Ring, den Berengar ihm gegeben hatte, auf die Tischplatte. »Und ich habe sogar den Rang, um sie im Zaum zu halten.«

»Ich hoffe, daß beides zusammen deine Sicherheit verbürgt.«

»Ich vertraue allerdings meinen Blitzdrachen mehr als diesem Adelsrang.« Rik lächelte nachdenklich. »Lord Orvir starb bei einem Reitunfall, vor vier Jahren. Es geschah gerade zu der Zeit, als die Riverens angefangen hatten, mit den Haladina zu handeln. Die Fischers behaupten, er habe sich das Genick gebrochen, als sein Pferd beim Sprung über einen Steinwall hängenblieb. Sie sagen, er sei von Haladina verfolgt worden. Andere erzählen, er sei vor Neals Geist geflohen – eine Vorstellung, die eine Menge Komplikationen in sich birgt.«

Gena streichelte mit der rechten Hand seine Wange. »Wirst du vorsichtig sein?«

Rik küßte ihre Hand. »Noch mehr, als du dir vorstellen kannst.«

Ein Klopfen an der Tür unterbrach, was sonst vielleicht im Bett geendet hätte. Als Gena aufstand, um die Tür zu öffnen, verschwand er durch den Verbindungsgang in die angrenzende Suite. Gena öffnete die Tür ganz weit, bat Berengar herein und bot ihm einen Stuhl an. »Wein?«

»Nein, danke.« Der Graf sah sich im Raum um, während er sich setzte, und legte dann die Langbüchse auf den Tisch. »Durriken ist hier, oder?«

Noch ehe sie antworten konnte, kam Rik aus dem anderen Raum zurück. Er trug jetzt Reithosen und hatte ein kleines, zylindrisch geformtes Paket, das in Leinenstoff gehüllt war, in der Hand. »Guten Abend, Herr Graf.« Rik stellte das Paket auf den Tisch und löste die Schnur. Als er es auspackte, spiegelte sich das warme Kerzenlicht in den silbernen Werkzeugen, die zum Vorschein kamen.

Gena steckte noch zwei Kerzen an und brachte sie zum Tisch herüber, während Rik schon die Büchse genommen hatte und sie untersuchte. »Es muß noch eine Ladung im Lauf sein. Ich habe sie mit einem Zauber ausgemacht.«

»Ah, er hat also funktioniert.« Er legte die Waffe wieder hin und entnahm einem der abgesteppten Fächer in dem leinenen Werkzeugpaket einen kleinen Schraubenzieher mit flacher Klinge. Er benutzte ihn als Hebel, um das Silberband zu lockern, das den Lauf an den hölzernen Schaft festdrückte. Sorgfältig machte er den Lauf los, immer nach oben gerichtet, so daß kein Pulver der Ladung verschüttet wurde.

Er vertauschte den Schraubenzieher mit einer hölzernen Sonde, die an ihrem Ende abgeflacht war. Damit stocherte er vom Verschluß aus in den Lauf. Zufrieden sah er auf. »Die Ladung ist fast noch vollständig erhalten. Du hast sehr schnell gearbeitet, Gena.«

»Sie hat mir das Leben gerettet.«

»Vielleicht.«

»Daran ist kein Zweifel. Ich habe gesehen, was geschah.«

Rik nickte, während er etwas von dem unverbrannten Pulver aus dem Lauf holte und es auf die linke Handfläche schüttete. »Grob gestoßen und schlecht gemischt, mit zuviel Holzkohle und zuwenig Salpeter.« Er schüttete das kleine Häufchen in die Flamme einer der Kerzen, und es verbrannte schnell mit einem flüchtigen Aufflackern. Ein Wölkchen weißen Rauchs stieg zur Decke empor, und ein paar Funken landeten auf der anderen Seite der Kerze. »Auf die Entfernung, die Gena schätzte, hätte die Kugel Sie zweifellos getroffen, aber nicht mit verheerender Gewalt.«

»Sie meinen, sie wäre nur halb in meinen Körper eingedrungen, nicht ganz durch?«

»Genau.«

»Vergeben Sie mir, daß ich das nicht unbedingt beruhigend finde.«

Rik lachte. »Vergeben Sie mir, daß ich so schonungslos bin. Ich habe eine Studie über die Wirkung der Geschosse von Blitzdrachen auf ihre Ziele angefertigt.« Er fuhr mit dem Daumennagel den Verschlußdeckel entlang. »So wie er schlechtes Pulver hatte, ist auch das Metall schon porös geworden. Eine volle Ladung oder zwei, und die Büchse hätte explodieren können.«

Berengar lachte und sah zu Gena auf. »Hab ich es nicht gesagt?«

»Tatsächlich.«

»Das ist auch genau der Grund, warum wir diese Waffen in Aurdon nicht zulassen.« Der Graf klopfte mit einem Finger auf den silbernen Kolbenabschluß. »Ich vermute, daß Sie von dem Ding nicht sehr beeindruckt sind.«

»Ich glaube, daß Ihre Bogenschützen eine größere Bedrohung für Ihre Feinde sind als jemand mit einem *sol-*

chen Blitzdrachen. Dieser hier ist handwerklich sehr schlecht gemacht, und das Pulver ist genauso schlecht. Dieser Blitzdrachen ist wohl mehr ein Statussymbol unter den Haladina selbst als irgend etwas anderes. Daß ein Haladina ihn besaß, würde mich nicht sonderlich beunruhigen, zumal nicht« – Rik nickte zu Gena hinüber – »mit einer so begabten Magierin als Verbündeter.«

Der Graf lächelte zustimmend. »Ich verdanke ihr bereits mein Leben. Wenn sich die Dinge wie geplant entwickeln, wird auch meine Familie und ganz Aurdon ihr zu Dank verpflichtet sein.«

KAPITEL 12

Eine Stadt, die Verwicklungen in sich birgt

Spätsommer
Vor fünf Jahrhunderten
Im Jahr 1 der Herrschaft des Roten Tigers
Mein fünfunddreißigstes Jahr

Larissas Mitteilung kam mehr als überraschend und hätte mir – aus der Rückschau betrachtet – wie ein scharfer Dolch ins Herz fahren sollen. Ich bin mir bis heute nicht sicher, warum das nicht so war. Ich hätte gedacht, daß das Schwindelgefühl in meiner Brust wieder vorübergehen, langsam abebben würde. Aber nichts dergleichen geschah. Vielmehr hielt das Glücksgefühl an; erhielt einen Dämpfer, ja; aber war noch da, genährt von Larissas Lächeln, ganz frei von jedem Arg.

Ein Philosoph oder Dichter in meiner Lage würde sich jetzt mit einem Gefühlssturm befassen oder sich den Kopf zermartern über die Abwesenheit eines solchen. Ich hatte mich schon damit abgefunden, daß unsere Liebe sich niemals erfüllen würde. Diese körperliche Vereinigung war mir nicht so wichtig. Sie zu vermeiden, war die einzig mögliche Garantie dafür, daß ich am Leben blieb und daß sie nicht von ihrem eigenen Volk verstoßen würde. Im Licht dieser Überlegungen spielte die Tatsache, daß sie verheiratet war, auch keine Rolle mehr. Tatsächlich konnte ihre Ehe ihr sogar größere Freiheiten erlauben, denn die Vorstellung, daß sie einem Imperator mit einem Menschen Hörner aufsetzen könnte, lag außerhalb sylvanischen Denkens.

Ich muß auch zugeben, daß die Vorstellung, von Finndalis Frau geliebt zu werden, einen prickelnden Reiz hatte. Finndali und ich hatten uns noch nie gemocht, so daß jedes Unbehagen, das er empfinden mochte, wenn seine Frau in meiner Gesellschaft war, mir gar nichts ausmachen würde. Wenn es so kommen sollte, daß ich nicht lange genug überleben sollte, um Finndali noch meine Narben aufzählen zu können, dann wäre mir die Narbe, die Larissas Liebe zu mir in seinem Herzen hinterlassen würde, Rache genug.

Das mag alles kalt und berechnend klingen. In Wirklichkeit rasten mir alle diese Gedanken durch den Kopf wie Gespenster durch ein verwunschenes Schloß. In Anbetracht meiner völligen Erschöpfung nach der Reise und der ungestümen Kraft meiner Liebe zu Larissa hatte die Welt um mich etwas Unwirkliches, das mich fragen ließ, ob vielleicht alles nur ein Traum war – oder ein Alptraum.

Larissa ließ mir keine Zeit zum Nachdenken. »Komm mit, Custos Sylvanii, du wirst auf Waldeshöhe erwartet.« Sie winkte mit der linken Hand lässig in Richtung der im Halbkreis stehenden Soldaten, und diese gaben einen Durchgang frei wie ein Paar leichter Vorhänge, das vom Wind geteilt wird. Ich lächelte Finndali zu, erntete aber nur einen finsteren Blick, und folgte Larissa.

Nach ein paar Schritten hatte ich sie eingeholt. »Ich bin überrascht, daß Finndali Imperator sich meiner erinnert hat. Wir haben uns bislang nur dreimal getroffen, und das letzte Treffen muß ein Jahrzehnt her sein.«

»Der Eindruck, den du bei diesen Begegnungen hinterlassen hast, hat dich ihm ins Gedächtnis eingeprägt. Und außerdem hat das Verhältnis meines Bruders zu dir – zu dem er nach Tashayuls Tod gar nicht mehr verpflichtet gewesen wäre – ihn neugierig gemacht, was es mit dir auf sich hat.« Sie lächelte vergnügt, als wir in diese große, grüne Höhle aus Bäumen hineinkamen, die Cygestolia ausmachte. »Hier wohnen nun diese Leute, die dich für einen mächtigen Zauberer halten, der meinen Bruder in die Sklaverei hineingezaubert hat.«

»Und was glaubst du?«

»Ich glaube, daß mein Bruder sehr geschickt in der Beurteilung von Menschen ist und daß er eine glückliche Hand bei der Auswahl seiner Freunde hat.«

Unsere Unterhaltung erstarb, als wir in die Stadt selbst kamen. Jetzt erst konnte ich das gewaltige Ausmaß dieser Siedlung erkennen. Die meisten Bäume hatten einen größeren Umfang als Burgen von Menschenhand, und die Stadt bestand aus mehreren übereinanderliegenden Ebenen. Jene Berufsstände, für die ein kurzer Weg zum Erdboden nützlich war – wie beispielsweise Bauern, Hirten und Soldaten –, hatten sich nicht höher als dreißig Meter niedergelassen. So ging es immer jeweils um etwa dreißig Meter von Ebene zu Ebene nach oben. Philosophen, Künstler, Asketen und das Narrenvölkchen waren natürlich auf der obersten Ebene, so daß ihre Wohnungen im Wind schaukelten und des Nachts die Monde streichelten.

Als wir Waldeshöhe erreichten, kam mir jeder der gewaltigen Bäume so vor wie ein Grafenschloß bei den Menschen – mit den dazugehörigen Dörfern, nur eben nicht in die Breite gehend, sondern nach oben und nach unten. Die anderen Bäume in diesem Stadtviertel waren ebenfalls im Besitz der Familie, die hier regierte, genau wie bei den Menschen die Dörfer eines Lehens dem Herrn der Grafschaft oder des Herzogtums gehörten.

Wir betraten Waldeshöhe durch eine Öffnung zwischen den Wurzeln. Der schmale Eingang entsprach in keiner Weise der enormen Größe des Hohlraums im Baum. Im Innern dieser hallenartigen Aushöhlung, die etwa zwanzig Fuß hoch war, waren Pferde untergebracht und sogar ein paar Schweine in einem Pferch. Elfen aus dem Bauminnern liefen hin und her. An den Rändern der Höhle, wo der Boden bis zehn Meter unter die Erdoberfläche abgetragen war, konnte ich Gänge erkennen, in die Pferdeknechte und Schweinehirten Dünger karrten – vermutlich ein Beitrag zum Erhalt von Waldeshöhe.

Ich überlegte, wie ein so gewaltiger Baum mit einem so großen Loch in seinem Fuß überleben konnte, aber meine nächste Entdeckung beantwortete diese Frage schnell. Ich bemerkte, daß genau in der Mitte eine zylinderförmige Verbindung vom Boden zur Decke führte, um das Herz des Baumes zu unterstützen. Da Bäume vom Herzen aus wachsen, konnte der Baum weiterleben und wachsen. In Anbetracht der Größe von Waldeshöhe hatte das Loch offenkundig nicht geschadet.

Das Äußere des Baums war so mit borkiger Rinde bezogen, wie man es bei einem Baum dieser wahrhaft titanischen Größe erwartete. Das Innenholz des Baums hingegen hatte eine dünnere, fast durchsichtige Rinde entwickelt, die es versiegelte und schützte. Die ganz leichte Klebrigkeit, die ich beim Darüberstreichen mit der Hand fühlte, ließ mich an Saft denken oder, besser, an Firnis. Irgendwie erinnerte mich diese Innenrinde auch an Birkenrinde, weil sie sich an einigen Stellen in ähnlicher Weise aufrollte.

Larissa bemerkte mein Interesse an den Innenflächen des Baumes, als wir weiter in dessen Inneres schritten. »Die Bäume werden von zwei Gruppen unterhalten: den Waldfrauen und den Waldmachern. Die ersteren können mit ihren Fähigkeiten Schäden heilen, die Schädlinge, Krankheiten oder Sturm verursacht haben. Mit ihren Künsten und Zaubern helfen sie den Bäumen, sich selbst wiederherzustellen. Die Waldmacher hingegen gestalten die Bäume und manipulieren sie in alle möglichen Formen und Konfigurationen. Während ein Steinmetz beispielsweise einen Wasserspeier aus einem Block herausschlägt, bringt es ein Waldmacher fertig, das Holz in jene Form wachsen zu lassen, die er sich vorstellt.«

Während sie sprach, bewegten wir uns weiter auf das

Zentrum des Baums zu. »Waldeshöhe ist zweitausend Jahre alt und hat die ganze Zeit unserer Familie gehört. Es ist nicht der älteste Besitz in Cygestolia, aber einer der elegantesten.« Sie lächelte schelmisch. »Und der erste, der einen Menschen beherbergen wird.«

Sie blieb vor einer der vielen zylinderförmigen Trommeln stehen, die man schwach durch die Kristallrinde sehen konnte. An der Stelle, die sie mit der Hand berührte, breiteten sich ein dunkler Kreis aus. Er wurde so groß wie die ganze Zylinderwand, verlängerte sich dann nach oben und unten nochmals in halber Höhe und bildete so eine rautenförmige Öffnung. Oben und unten, als Boden und als Decke, sah ich bernsteinfarbene Scheiben. Larissa trat durch die Öffnung auf eine der Scheiben, und ich folgte ihrem Beispiel. Obwohl wir uns sehr nahe kamen, brachte ich es doch fertig, sie nicht zu berühren.

Larissa strich über die Innenseite der Raute, und sie schloß sich. Auf einmal fühlte ich mich nicht wohl in meiner Haut, so beengt, aber ihre Anwesenheit machte dieses Gefühl des Eingeschlossenseins erträglich. Als die Öffnung ganz geschlossen war, fühlte ich einen Ruck, und wir bewegten uns nach oben. Ich streckte den rechten Arm nach oben aus und klopfte gegen die Decke. Lächelnd sagte ich zu Larissa: »Das ist kristallisiertes Harz.«

Sie nickte, mit einem schlauen Grinsen auf den Lippen. »So wie dein Körper Venen und Arterien hat, so hat auch der Baum Röhren, durch die der Saft fließt. Waldfrauenzauber macht es auch uns möglich, uns durch diese Röhren rauf und runter zu bewegen. Wir verfügen zwar auch über eine Treppe, die in die Außenrinde eingearbeitet ist, aber ich dachte, daß du das hier interessanter finden würdest.«

»So ist es.« Ich schaute sie an. »So bist du also eine Waldfrau?«

»Nein, nein, obwohl dieser Beruf nichts Unehrenhaftes an sich hat. Meine Gaben liegen anderswo – ich bin eine Heilerin.«

»Von Tieren?«

»Von Lebewesen, obwohl ich Säuger den Reptilien und Fischen vorziehe. Wäre ich immer an Ort und Stelle gewesen, als du verwundet wurdest, hättest du heute keine Narben.«

»Ah, aber ich sammle Narben, so etwa wie andere Skalps oder Preise sammeln. Sie sind meine *Mementii bellicus*. Je länger die Heilung dauert, desto länger kann man sich erinnern. Und übrigens: Hättest du mich berühren müssen, um mich zu heilen, wäre ich getötet worden. So wäre deine ganze Kunst verschwendet gewesen.«

»Der Punkt geht an dich.« Sie lachte fröhlich. »Ich werde dann meine Künste nur anbieten, wenn dein Pferd oder der Driel sie braucht.«

»Dein Entgegenkommen ist sehr großzügig und mir willkommen.«

Unser Aufstieg durch den Baum verlangsamte sich und kam zum Stillstand. Eine andere Öffnung in der Röhre tat sich auf, um uns aussteigen zu lassen. Als wir ihn verlassen hatten, löste sich der Zylinder, der uns befördert hatte, wieder auf. Die Decke wurde weich und flüssig und senkte sich herab. Der Boden wurde weich und hob sich. Zwischen den beiden sich verflüssigenden Scheiben wurde die Luft aus der Röhre herausgepreßt. Die Innenrinde schloß sich wieder, und ich befand mich in einem runden Raum mit einem leicht gerundeten Boden und einer gewölbten Decke.

Rautenförmige Durchgänge führten zu beiden Seiten aus dem Raum, markiert jeweils mit dunklen Maserungen im Holz. Es war klar, daß sie zu anderen Räumen innerhalb des Stammes führten, denn man mußte einige Jahresringe überschreiten, um die Wände zu erreichen, während man – wenn man sich auf ihnen bewegte – den ganzen Baumstamm von innen umrunden konnte.

Die Kunst der Waldmacher kommt in zwei vorherrschenden Merkmalen der sylvanischen Architektur zum Ausdruck. Zum einen gibt es überall Kurven, Rundungen. Während die Menschen einen Raum als Rechteck entwerfen würden, waren hier Kreise und Zylinder, Ovale und Röhrchen die Gestaltungselemente. Die gleichen Biegungen und Wirbel, die Bäume so knorrig aussehen lassen, spiegeln sich in dem exzentrischen Verlauf von Fluren und der Anlage von Alkoven und Ablagen wider. Als ich Larissa vom Empfangsraum durch die Windungen der Korridore folgte, konnte ich die Kunst der Waldmacher bewundern, die das alles geschaffen hatten. Zugleich wurde mir klar, daß ich in ein Labyrinth vordrang, aus dem ich niemals allein herausfinden würde.

Die Waldmacher schaffen sowohl das Holz der Bäume, in denen man lebt, als auch das Holz, das für Möbel Verwendung findet. Deswegen ist es durchaus möglich, daß man in einem hellen Tannenzimmer Möbel aus rotem Holz findet. Verschiedene Holzarten werden auch zusammengefügt. So kann zum Beispiel in einer Zedernholzwohnung ein Kirschholzbalken als Stütze dienen und Eiche die Durchgänge bestimmen. Schließlich braucht sich die Kunst der Waldmacher nicht auf die Funktionalität beschränken. Sie sind auch wahre Dekorationskünstler: So können etwa Ebenholz und Zeder in einem Raum ein Tigermuster erzeugen. Menschen würden dafür Farben verwenden, Waldmacher hingegen einen ganzen Regenbogen verschiedenster Hölzer.

Nirgendwo war Metall in das Holz eingearbeitet, weder zu funktionalen noch zu dekorativen Zwecken. Alles war aus Holz eingewachsen, sogar Ablagebretter und Türscharniere. Mit Ausnahme eines polierten Silberrahmens für einen Spiegel in einem Alkoven und ein paar Antiquitäten, die auf Säulen zur Schau standen, kam Metall nur in Form von Schmuck vor, den die Elfen trugen.

Die Innenbeleuchtung kam aus kleinen Alkoven und aus Kanälen im oberen Bereich der Wände, wo Leuchtmoose glommen und ihr Licht über die Zimmerdecken verbreiteten. In größeren Räumen wurden die gleichen Moose hinter hauchdünnen Furnieren angepflanzt. Sie beleuchteten Wandmuster von hinten und sorgten ganz allgemein für mehr Licht. Obwohl ich bei dem Licht keinerlei Wärmeabstrahlung bemerkte, war es in der ganzen Wohnung angenehm warm.

Larissa führte mich in einen sehr großen Raum, der leicht zehn Meter hoch und eineinhalb Mal so breit war. Gewölbebögen verbanden kannelierte, aus dem Boden gewachsene Säulen und vermittelten den Eindruck einer soliden Konstruktion. Natürlich war mir klar, daß der ganze Baum sehr stabil war. Aber eine Konstruktion zu sehen, die mir von menschlichen Bauten her vertraut war, gab mir doppelt das Gefühl, hier sicher zu sein. Ich fragte mich sogar, ob diese Konstruktion nicht eigens meinetwegen so gewählt worden war. Aber in Anbetracht der von den Elfen gewählten Art der Herstellung verwarf ich diesen Gedanken wieder: Für mich allein konnte das nicht geschaffen worden sein!

Diese Erkenntnis verband sich sofort mit noch einer anderen. Larissa hatte gesagt, ich sei der erste Mensch, der je seinen Fuß auf cygestolischen Boden gesetzt hatte. Zweifellos hatte sie die Wahrheit gesagt, was doch bedeutete, daß ihre Familie schon vor längerer Zeit geplant haben mußte, einen Raum zu schaffen, in dem ein Mensch sich wohl fühlen konnte. Und der einzige Grund dafür konnte nur sein, daß die Familie sich darauf vorbereitet hatte, einmal einen Menschen in ihrem Heim willkommen zu heißen. Das unterschied sie stark von anderen Elfen, aber das wußte ich ja schon aus meinen Beziehungen zu Aarundel und neuerdings zu Larissa.

Ein Trio Elfen wartete in dem Raum bereits zu meiner Begrüßung. Larissa stellte ihren Korb auf einem Eichentisch ab und knickste dann förmlich. Sie sprach erst elfisch mit ihnen, drehte sich dann zu mir um und lächelte. »Die sind meine Eltern: Thralan Consilliarii und meine Durchlauchte Mutter Ashenah. Und das ist mein Großvater, Lomthelgar.«

Ich verneigte mich zuerst vor Ashenah, dann vor den beiden andern Elfen, erst Lomthelgar, dann Larissas Vater. Der ältere Elf lachte in sich hinein und sagte etwas auf sylvanisch, aber ich konnte nicht verstehen, was. Thralan erwiderte meine Verbeugung förmlich und wandte sich dann freundlich an mich.

»Die Hochachtung, die du meinem Vater erwiesen hast, spricht für dich.«

»Das ist nur ein Teil der Hochachtung, die ich für Aarundel empfinde.«

Beide brauchten eine gewisse Zeit, bis sie dahinter kamen, was ich meinte. Daß sie Schwierigkeiten mit der Menschensprache hatten, war dabei das geringere Problem als die Verwendung des Namens Aarundel für ihren Sohn und Enkelsohn. Wegen der Magie, die Namen eigen ist, und wegen des Ärgers, den man heraufbeschwören kann, wenn man den Namen kennt, nehmen Elfen bei Reisen hinaus in die Welt einen neuen Namen nur zu diesem Zwecke an. Soweit hatte mich Aarundel schon aufgeklärt, aber seinen wahren Namen hatte er mir nicht genannt. Übrigens wußte ich nicht einmal seinen Familiennamen.

Aarundels Eltern sahen nur wenig älter aus als Larissa und ihr Bruder. Ihre Haut war genauso faltenlos wie Larissas; und weder das goldene Haar ihres Vaters noch das Tiefschwarz ihrer Mutter zeigten auch nur eine einzige graue Strähne. Nur ihre ruhige Würde und ihre gemessene Förmlichkeit ließen Rückschlüsse auf ihr wahres Alter zu, das ich auf fünf Jahrhunderte schätzte.

Ich hätte überhaupt keine Möglichkeit gehabt, Anzeichen eines körperlichen Alterungsprozesses zu erkennen, wäre nicht auch Lomthelgar zugegen gewesen. Bei ihm liefen die zahlreichen Falten seines Gesichts in den Augenwinkeln zusammen und zogen sich bis auf die Stirn, obwohl sein ungebändigter, eisengrauer Haarschopf noch manches verbarg. Seine dunklen Augen waren klar geblieben und musterten mich sorgfältig, aber ich spürte weder Argwohn noch Verdacht aus seiner Aufmerksamkeit heraus.

Thralan nickte mir zustimmend zu. »Unser Sohn ist sehr beeindruckt von Ihnen, was sich ja auch schon daran zeigt, daß er Sie hierhergebracht hat. Dieses Gemach wird während Ihres Aufenthalts hier Ihnen gehören. Das Tagesbett drüben in der Ecke wird Ihnen passen, und für Ihre persönlichen Bedürfnisse finden Sie hinter dem Schirm dort ein *Lavabrium*.«

»Ich danke Ihnen.«

Ashenah lächelte mir huldvoll zu. »Wir werden Sie jetzt allein lassen, damit Sie schlafen können. Wir wissen sehr wohl, daß eine lange Reise einen erschöpfen kann.«

»Das ist sehr freundlich von Ihnen.«

Als sie alle den Raum verlassen hatten, überfiel mich die Müdigkeit wie Blei. Ich schleppte mich zu dem Tagesbett und zog meine Stiefel aus. Ich streckte mich nur für einen Augenblick aus, denn ich wollte mich vor dem Einschlafen noch waschen, aber ich kam nicht mehr hoch. Der Schlaf übermannte mich schnell, und ich ergab mich ihm mit Leib und Seele.

Mit seinem Atem, der kaum besser als beim Verlassen Auriums war, weckte mich Shijef auf. »Sie kommen.« Ich hörte keine Dringlichkeit aus seiner Stimme heraus, aber daß er mich mit dem Heft meines Schwertes Herzspalter piekste, ließ mich doch Ärger erwarten.

Ich schüttelte den Kopf, um den letzten Schlaf zu vertreiben. »Wie bist du denn hier hereingekommen?«

»Hier bist du, hier komme ich. Geklettert bin ich.« Er

kaute auf irgendeinem Stück Fell herum. »Zu Füßen des Herrn soll der Sklave sein. Und Sachen holen und bringen.«

Betroffen darüber, daß mir in meinem halbwachen Zustand sogar Driellogik einleuchtete, richtete ich mich auf – gerade noch rechtzeitig, denn Ashenah und Lomthelgar betraten den Raum. Der alte Elf ging sogleich in die Hocke, um den Driel in Augenhöhe zu betrachten, während Ashenah über beide hinweg mich ansah. »Sie müssen sich fertig machen. Sie müssen vor den Consilliarii erscheinen.« Als ich nicht sofort aufsprang, fügte sie hinzu: »Mein Sohn braucht Sie.«

Ich stieg über Shijefs Schulter und schlüpfte hinter den Schirm, den Thralan vorhin erwähnt hatte. In der kleinen zylinderförmigen Kabine fand ich auf einem Gestell eine Schüssel mit Wasser, einen größeren hölzernen, zum Baden geeigneten Bottich und – so kam es mir vor – einen eingewachsenen Deckeleimer zur Aufnahme der nächtlichen Notdurft. Als ich den Deckel hob, sah ich, daß der Eimer einen Boden aus dem gleichen bernsteinfarbenen Material hatte wie der Aufzug, der uns so schnell nach oben gebracht hatte. Ich machte Gebrauch von dieser Einrichtung und wusch mich dann schnell in dem Becken.

Als ich wieder in mein Zimmer kam, war Ashenah gegangen. Und der Driel und Lomthelgar waren so weit gekommen, daß der alte Elf in meinem Gepäck, das mir der Driel gebracht hatte, herumkramen durfte. Lomthelgar warf mir einen blauen Umhang, den Aarundel mir in Polston gekauft hatte, und eine frische Hose zu.

»Das ist angemessen.«

Ich nickte und zog mich schnell an. »Warum die Eile?«

»Sie sind ein Mann.« Er zuckte die Schultern. »Und nicht nur ein Mensch.«

Lomthelgars Worte klangen so, als hätte er auch einen ganzen Roman sprechen können, daß er sich aber lieber heraushalten wollte.

»Ich bin fertig. Gehen Sie voran?«

»Ja.« Er sprang auf die Füße und lief in Richtung des Korridor-Irrgartens – mit einer Geschwindigkeit, die sein hohes Alter Lügen strafte. Als Aarundels Großvater mußte Lomthelgar mindesten ein Dreiviertel Jahrtausend alt sein. Auch wenn ich wußte, daß Elfen nicht in dem Maße altern wie Menschen, hätte ich doch nie geglaubt, daß ich rennen mußte, um einem alten Elfen folgen zu können.

Lomthelgar führte mich aus Waldeshöhe entlang eines riesigen Astes heraus, der mit einem anderen Baum verflochten war. Elfen mieden uns, als wir vorbeigingen, als hätte ich die Pest. Aber es gab auch welche, die uns regelrecht in den Weg liefen. Ich war belustigt, und ich denke, daß es dem alten Elfen genauso ging. Shijef knurrte, raunzte und bellte diejenigen an, die uns zu dichtauf folgten. Ich hatte ihn schon lange nicht mehr so glücklich gesehen, eigentlich nicht, seitdem er im Wald diesem Haladina den Kopf abgerissen hatte.

Wir liefen von Baum zu Baum bis ins Zentrum Cygestolias hinein. In Windeseile hatten wir auch den See überquert, bis hin zu den Inseln, deren Bäume zu einer einzigen gigantischen Krone zusammengewachsen waren. Aus ihr hatte man einen großen, runden Platz herausgeschnitten. Aus anderen Zweigen war eine Art umlaufender Galerie geworden, die sich langsam mit Zuschauern füllte.

Unter uns bevölkerten Elfen die Arena und diskutierten laut. Hätte ich auch Stände und Waren gesehen, hätte ich das Treiben für einen Markttag gehalten. Da aber nichts dergleichen zu sehen war, blieb nur noch eine andere Alternative übrig. »Das *Legislatorium*?«

Lomthelgar nickte. »Es ist gut, daß Sie ein Schnelldenker sind.«

»Warum?«

»Mein Enkelsohn hat den Consilliarii angekündigt,

daß er Sie zu seinem *Vindicator* bestimmt hat. Er möchte, daß Sie während der ganzen Hochzeitszeremonie bei ihm sind.«

Ich runzelte die Stirn. »Und das hat eine so hitzige Debatte ausgelöst?«

»Nein. Sehen Sie, Neal Roclawzi, der *Vindicator* muß mit der *Vindicatrix* tanzen – das heißt in diesem Fall mit Larissa. Der Tanz macht es erforderlich, sie zu berühren.« Der alte Elf schaute hinunter auf die Versammlung. »Die Diskussion geht darum, ob man warten sollte, bis das Verbrechen geschieht. Oder ob man Sie einfach gleich töten sollte.«

Eine Sylvanesti inmitten des Hohen Rats von Aurdon

Frühlingsbeginn
A.R. 499
Die Gegenwart

Zum zweiten Mal in zwei Tagen allein aufzuwachen, enttäuschte Gena. Nachdem Berengar sie verlassen hatte, hatten sie und Rik sich geliebt. Sie hatte eine verzweifelte Notwendigkeit gefühlt, ihm ganz nah zu sein und seine Stärke zu spüren. Wie immer, war er sehr liebevoll und aufmerksam gewesen und hatte sich viel mehr nach ihr gerichtet als umgekehrt. Rik hatte ausdrücklich von ihr gewollt, ganz ruhig liegen zu bleiben und sich um ihn gar nicht zu kümmern, was natürlich unmöglich war.

Die Leidenschaft hatte in ihr gelodert und war übergekocht, so daß sie hinterher ebenso erfüllt war wie erschöpft. Es fiel ihr wieder ein, wie sie Rik schon im Halbschlaf angekündigt hatte, sie werde sich am Morgen revanchieren. Er hatte gelacht und sie umarmt, und jetzt erst wurde ihr klar, daß er genau gewußt hatte, wie müde sie wirklich war. Ein Blick in Richtung Fenster zeigte ihr, wie hoch die Sonne schon stand. Der halbe Vormittag war vorbei.

Sie gähnte und schloß noch einmal die Augen. Dann zog sie Riks Bettdecke zu sich herüber. Sie drückte sie an ihre Brust und vergrub die Nase darin, um Rik wenigstens noch zu riechen. Sie schnurrte leise, seufzte und lachte schließlich. »Gute Jagd, mein Held, und komme bald wieder«, flüsterte sie, »denn ich habe

Schulden bei dir und will sie sobald wie möglich einlösen.«

Es klopfte an der Tür, und Gena zog das Laken bis zum Kinn hoch. »Herein.«

Phaelis, die Tochter der Schneiderin, stieß die Tür mit der Hüfte auf und schleppte zwei dampfende Eimer Wasser herein. »Verzeihung, Edle Frau, aber der Herr Graf hofft, daß Sie ihn zu einem Mittagsbesuch beim Ältestenrat der Fischers begleiten.«

Gena erinnerte sich, daß Berengar meinte, der ganze Familienrat werde ihren Bericht hören wollen. »Es wird mir ein Vergnügen sein.«

»Ich werde es dem Herrn Grafen mitteilen. Und darf ich Ihnen Frühstück servieren?«

»Du darfst.«

Phaelis entschwand durch die Tür. Die Wassereimer hatte sie einfach mitten im Zimmer stehen lassen, aber Gena lachte nur in sich hinein. Obwohl sie es lieber gehabt hätte, daß der Tag nicht damit begonnen hätte, allein aufzuwachen, wirkte sich die vergangene Liebesnacht doch in einer gutgelaunten, albernen Stimmung aus – etwas, was sie während ihres ganzen Lebens in Cygestolia niemals erlebt und erst in ihrer Verbindung mit Durriken kennengelernt hatte. Sie wußte, daß konservative Elfen ihr Benehmen als entwürdigend für alle *Sylvanesti* betrachteten, und das gerade machte es für sie zusätzlich reizvoll.

Gena gab sich allerdings nicht der Illusion hin, daß Rik ihre *Vitamora* war. Die wahre Liebe zu finden, betrachtete man allgemein als Wunder, und sie gar unter Menschen finden zu wollen, als unmöglich. Da sie ihre Großeltern erlebt hatte, vermutete sie ohnehin, daß eine *Vitamora* zu finden einem gleichbleibend seligen Gemütszustand gleichkam. Einerseits fürchtete sie, daß sie einen solchen Zustand sogar unerträglich finden könnte, andererseits war die seelische Harmonie ihrer Großeltern etwas, das sie eines Tages auch gern erleben wollte.

Es war ihr aber auch klar, daß die Wahrscheinlichkeit sehr gering war, daß sich dieser Traum jemals erfüllen würde. Und deshalb holte sie sich ihr Vergnügen, wo sie es bekommen konnte. Wegen ihrer sehr langen Lebensdauer und wegen der großen Gefahr der Entfremdung zwischen Partnern waren Elfenehen mehr Verbindungen zwischen Familien als eine Institution der Gefühle. Liebesbeziehungen zwischen Leuten, die sich gern mochten, waren nicht untersagt, und wenn Kinder wunschgemäß und nicht aus Versehen kamen, galten fleischliche Freuden als Geschenk, das man teilen sollte, nicht als Anspruch, dem genau definierte Beschränkungen auferlegt waren.

Gena war sich dessen bewußt, daß ihr Verhältnis mit Rik nicht ewig dauern würde. Zumindest würde sie ihn um Jahrhunderte überleben. Das allein schreckte viele *Sylvanesti* ab, einen Menschen als Liebhaber auch nur in Betracht zu ziehen. Gefühle in ein Verhältnis zu investieren, das zwangsläufig nach zwanzig oder dreißig Jahren zu Ende gehen mußte, betrachteten sie als Tragödie. Gena aber wußte – und Rik hatte sie darin immer wieder bestärkt –, daß ein Denken in großer zeitlicher Perspektive zwanzig Jahre oder zwanzig Minuten sehr kurz erscheinen ließ. Aber diese Zeit intensiv zusammenzuleben, konnte sie als ›für immer und ewig‹ erscheinen lassen. Mit Rik hatte sie genug ›Für-immer-und-ewig-Augenblicke‹ erlebt, um das unvermeidlich kommende Ende in Kauf zu nehmen.

Phaelis kam zurück und rollte den Badebottich ins Zimmer. Sie leerte die beiden dastehenden Eimer hinein, nickte zufrieden und ging hinaus, um noch mehr Wasser zu holen. Nach einem halben Dutzend Gängen hatte das Wasser ausreichend Badetiefe erreicht.

Genevera stieg in das Bad und ließ sich von der jungen Frau den Rücken waschen. Während Phaelis damit beschäftigt war, plapperte sie unentwegt und gab allerlei Hofklatsch zum besten, einschließlich der neuesten

Gerüchte über die Edle Frau Martina. Gena gab all die erforderlichen Laute von sich, die Phaelis am Plaudern hielten. Obwohl Gena kaum einen der Menschen kannte, über die geklatscht wurde, war sie doch davon fasziniert, daß bei den Menschen Liebesbeziehungen, die doch eigentlich diskret bleiben sollten, in Wirklichkeit unerschöpfliches Klatschfutter waren.

Es überrascht mich nicht mehr, daß viele sie so verzeihlich finden, so leicht zu übergehen.

Während Gena sich anzog, ging Phaelis und bereitete ihr Frühstück vor. Sie kam mit einem kleinen Laib frischgebackenen Brotes zurück, etwas Käse und zwei Äpfeln, die den Winter über eingelagert waren. Der erste Apfel war schon mehlig, so daß Gena ihn zusammen mit dem Brot aß. Der zweite schmeckte besser, und sie genoß ihn mit ein bißchen Käse.

Bekleidet mit einer schwarzen Reithose und einem an der Hüfte gegürteten smaragdgrünen Umhang, folgte Gena dem Diener, der geschickt worden war, sie zu Graf Berengar zu geleiten. Der Mann führte sie durch Hallen und Flure des Herrenhauses in einen Sitzungsraum, doppelt so lang wie breit. Die Decke mit gemalten Fresken war bestimmt fünfzehn Fuß hoch. Falsche Bögen und Marmorsäulen teilten die Seitenwände in sechs Felder, deren jedes ein Gemälde sagenhafter Schlachten zeigte.

Vier Tische waren aufgestellt. Drei davon – jeder achtzehn Fuß lang und aus massiver Eiche – hatte man so zusammengestellt, daß die Form eines halben Sechsecks entstanden war. Der vierte Tisch – etwas kleiner und aus dunklem Kastanienholz – stand dem mittleren genau gegenüber. Graf Berengar saß an diesem Tisch, während ältere und sehr alte Männer an den anderen Tischen Platz genommen hatten.

Berengar erhob sich, als Gena eintrat, und wies ihr den Stuhl neben sich zu. »Danke, daß Sie gekommen sind. Ich benötige Ihre Aussage, um zu bestätigen, was ich über unser gestriges Abenteuer berichte.« Er schaltete um auf ein gerade noch für sie verständliches Flüstern. »Unsere Alten sind alle Pedanten. Gestern nacht habe ich schon mit den entscheidenden Männern gesprochen, aber jetzt will jeder hören, was geschehen ist. Jeder *weiß* es, aber jeder will es jetzt *hören*.«

»Ist mir klar.«

Berengar schenkte ihr ein Lächeln und richtete dann den Blick auf den Mann im höchsten Stuhl. »Wenn es Ihnen jetzt *allen* genehm ist, meine Hohen Herren. Ich habe Nachrichten von großer Tragweite vorzutragen.«

Der grauhaarige und langbärtige Mann, den Gena seit dem Empfang als Berengars Großonkel Kellin kannte, nickte. »Es möge begonnen werden!«

»Gestern, nicht viel später als um diese Tageszeit, führte ich die jetzt hier anwesende Edle Frau Genevera in ein Lager der Haladina. Mein Vetter Waldo war uns mit einer Patrouille vorausgeeilt, und im Lager fanden wir noch die sichtbaren Anzeichen einer hastigen Flucht der Haladina. Wir nahmen an, daß Waldo und die Siebten Jäger die Banditen vertrieben hatten. Völlig überraschend für uns kamen die Haladina auf dem gleichen Weg zurück, und ein Dutzend von ihnen überfiel uns aus dem Hinterhalt. Wenn nicht die Edle Frau Genevera sehr starke Kampfzauber angewandt hätte, wäre ich jetzt tot, und meine Männer wären mit mir gestorben. Allein ihrem Eingreifen ist es zu verdanken, daß unsere Seite nur zwei Leichtverwundete zu beklagen hat, während vom Feind nur Tote übrigblieben.«

Graf Berengar tigerte, während er eindringlich seine Sache vor den Ältesten darlegte, vor dem Tisch auf und ab. Gena bemerkte die Leidenschaft in seiner Stimme und die starken Emotionen, die ihn beschwörend die Fäuste ballen ließen. Während er den Ältesten berichtete, daß sie sein Leben gerettet hatte, ließen sein machtvoller Auftritt, seine laute Stimme und die entschlossenen Handbewegungen keinen Zweifel daran, daß –

wäre Gena nicht am Ort des Geschehens gewesen – die Haladina einen hohen Preis für sein Leben hätten zahlen müssen.

»Es steht außer Frage, meine Hohen Herren, daß die Aktivität der Haladina in Centisia weiter zugenommen hat. Die Edle Frau Genevera und ihr Begleiter haben haladinische Banditen von einem Bauerntreck verjagt, und wir wissen alle, daß solche Übergriffe häufiger sind, als jeder von uns zugeben möchte. Und daß die Riverens hier in Aurdon so viele Haladina beherbergen, bedeutet offensichtlich, daß unsere beiden Feinde sich verbündet haben. Die Riverens benutzen die Haladina zu unserer Vernichtung. Das ist eine Taktik, die Neal Roclawzi nicht vorhergesehen hat – hätte er es, dann sähen sich die Haladina einem unerbittlicheren Feind gegenüber, als ihn unsere Jäger darstellen.«

Gena rief sich Riks Darlegung der Lokalpolitik noch einmal in Erinnerung. Obwohl sie davon überzeugt war, daß Berengar wahrscheinlich mit seiner Beurteilung der Lage recht hatte, wollte sie von Rik doch noch so viel wie möglich über das Leben und die Auffassungen in den haladinischen Vierteln Aurdons erfahren. Alles was sie bisher gehört und gesehen hatte, deutete darauf hin, daß die Riverens das bekämpften, was Neal ihnen in jenen Zeiten aufgezwungen hatte, in denen er mit ihrem Großvater reiste. Wenn alles so war, wie Berengar es darlegte, dann arbeitete Neals Fluch jetzt gegen seine Absichten.

Einer der Ältesten, ein Mann, dessen braunes Haar erst von wenigen grauen Fäden durchzogen war, wandte sich stirnrunzelnd an Berengar. »Du bist mit dem Problem in dem Lager doch fertiggeworden, oder?«

»Ja, aber das heißt nicht mehr, als daß wir einen Funken ausgetreten haben, wo eine Feuersbrunst lodert.«

Der Vorsitzende des Ältestenrats hob die Hand. »Berengar, und auch du, Theobold, ihr beide treibt eine Debatte auf die Spitze, die sich – bis jetzt – nur auf wenig Tatsachen stützen kann.« Damit waren die beiden erst mal abgekühlt, so daß er sich jetzt Gena zuwandte. »Edle Frau Genevera, haben sich die Ereignisse so zugetragen, wie Berengar sie darstellte?«

»Ja, Herzog Kellin. Ein Dutzend Banditen griffen uns aus dem Hinterhalt an.«

»Ist der Angriff provoziert worden?«

Gena runzelte nachdenklich die Stirn. »Außer daß wir in ihrem Lager waren? Nein, es sei denn, Sie halten die offensichtliche Tatsache, daß sie Graf Berengar erkannten und daß sie seinen Tod anstrebten, für eine Provokation. Das bedeutet in meinen Augen natürlich nicht, daß sie eigens geschickt worden waren, um ihn zu töten. Aber es war sehr deutlich, daß sie ihre Anstrengungen auf ihn konzentrierten.«

Berengar nickte und griff schnell ein. »Und genau, wie sie mich erkannten und auswählten, hätten sie jeden von euch auswählen können, oder eure Kinder, eure Diener. Wir haben Krieg, daran gibt es nichts zu deuteln.«

Theobold schüttelte den Kopf. »Wenn wir Krieg haben, dann müssen wir so handeln, wie Du es getan hast, und jene vernichten, die uns angreifen. Und in diesem Fall sind das die Haladina.«

Der Graf lachte. »Du meinst also, daß es gerechtfertigt wäre, die Pfeile zu töten, nicht aber die Bogenschützen?«

»Du mußt erst noch beweisen, wer der Schütze ist!« Theobold sah hinüber zu Kellin. »Hoher Herr! Berengar behauptet wieder einmal, daß wir von der Familie Riveren mit Unbill bedroht werden, aber wir wissen noch nicht, ob das wirklich so ist. Wir haben das schon so oft diskutiert. Aber selbst wenn die Behauptung zutrifft, ist da immer noch Neal, der uns daran hindern will zurückzuschlagen, und so ist das Ganze nichts als müßige Spekulation.«

»Das mag es gewesen sein, bis jetzt!« Berengar wandte sich wieder Gena zu, und sie sah, wie Triumph in seinen Augen aufblitzte. »Die Edle Frau Genevera hat angedeutet, daß es möglich ist, Herzspalter und Wespe zu finden. Mit diesen beiden Waffen ist es möglich, den Knoten durchzuhauen und das hohle Gelübde zu brechen. Das ist lebensnotwendig, wenn wir überleben und die Mißgunst der Riverens besiegen wollen. Das ist keine Frage des Angriffs, sondern der Selbstverteidigung.«

Er deutete auf Theobold. »Wie mein geschätzter Onkel dargelegt hat, haben wir auch keinen Beweis dafür, daß die Riverens *nicht* gegen uns arbeiten. Ich möchte vorschlagen, daß ich mit ihrer Billigung den Versuch wage, Neals Waffen wiederzufinden. Das wird die Probleme zwischen unseren Familien zunächst einmal *nicht* zuspitzen. Während ich weg bin, und das wird mindestens den kommenden Sommer über sein, können wir gleichzeitig untersuchen, wer die Haladina unterstützt, die uns belauern. Wenn die Riverens schuldig sind, werden wir mit ihnen abrechnen. Wenn nicht, dann ist es immer noch so, daß Herzspalter schon früher das Blut der Haladina vergossen hat. Und ich habe nichts dagegen, Neals Art und Weise, Krieg zu führen, gegen sie auch zu unserer Verteidigung anzuwenden.«

Berengar hatte das letzte sehr leise gesprochen und seine Worte sehr bedachtsam gewählt. Seine Zuhörer, bis auf einen, waren ganz offensichtlich davon angetan, wie er Theobolds Behauptung, er sei nur auf Ärger aus, Lügen gestraft hatte. Für Gena war deutlich, daß die hier versammelten Kaufleute Berengars Darlegung folgten, seine Mission sei auf jeden Fall nützlich, ganz gleich, wer am Schluß als Schuldiger hinter den Angriffen der Haladina gefunden wurde. Sogar Theobold schien doch etwas Gutes daran zu finden, obwohl Gena auch für möglich hielt, daß er nur froh darüber war, Berengar für so lange Zeit aus Aurdon loszusein.

Sie lächelte in sich hinein. *Vielleicht ist sogar Theobold der führende Kopf, nach dem Rik Ausschau hält.*

Kellin strich sich über den Bart und fragte dann: »Edle Frau Genevera, ist es möglich, diese Waffen zu finden?«

»Ich glaube schon. Noch weiß ich nicht, wo das Schwert wirklich ist, aber ich kenne die Orte, an denen es *nicht* ist. Graf Berengar ist vielleicht zu optimistisch, wenn er meint, es schon in diesem Sommer zu besitzen. Aber wenn der Sommer vorbei ist, werden wir zumindest wissen, wo es sich *befindet*.«

Kellin nickte bedächtig. »Ich bin entschlossen, dich mit der Suche zu beauftragen, mein Neffe. Aber es müssen hier im Rat noch eine Menge Einzelheiten besprochen werden.« Er unterbrach sich, als die Tür aufging und ein atemloser Diener hereingerannt kam. »Was gibt es?«

Der Diener fiel vor dem Herzog auf die Knie. »Verzeihen Sie die Störung, aber es hat einen Mord gegeben.«

»An wem?«

»Graf Orvir.«

Theobold sprang auf. »Schwätzer! Graf Orvir ist schon seit Jahren tot!«

»Nein, Hohe Herren, nicht Berengars Bruder, sondern der neue Graf Orvir.« Er drehte sich um und sah Gena an, versetzte ihr einen Stoß ins Herz. »Ich meine den Mann, der mit ihr kam. Der Einbrecher. Die Haladina haben ihn totgemacht.«

Ein Mann inmitten des Hohen Rats von Cygestolia

Spätsommer
Vor fünf Jahrhunderten
Im Jahr 1 der Herrschaft des Roten Tigers
Mein fünfunddreißigstes Jahr

Die Debatte war ein wenig abgeflaut, als Lomthelgar mich in die Arena hinunterführte. Ich bewegte mich in die Richtung, in der ich Aarundel ausgemacht hatte. Er warf mir ein schnelles Lächeln zu, bis der Ärger wieder von ihm Besitz ergriff. Sein Vater stand neben ihm; Ärger und elterliche Fürsorge standen ihm gleichermaßen ins Gesicht geschrieben. Der Driel trottete hinter mir her, doch dann erhob er sich auf die Hinterbeine, um alle anderen um mich herum und über mir zu überragen.

Ich selbst hatte ein Gefühl, als schöbe sich langsam ein Gletscher durch mein Gedärm. Denn außer Aarundel, seiner Familie und Shijef hatte ich keinen einzigen Freund in diesem *Legislatorium* und den Zuschauerrängen darüber. Finndali schien für Aarundel im Brennpunkt zu stehen, denn die Diskussion ging zwischen beiden hin und her, hervorgezischt und abgehackt in sylvanischer Sprache, noch dazu in einem Tempo, dem ich niemals folgen konnte. Die haßerfüllten Blicke, die mir von überallher zugeworfen wurden, brauchten keine Übersetzung. Im Vergleich zu Cygestolia verklärte sich in meiner Erinnerung Jammaq allmählich als freundlich und sympathisch.

Lomthelgar kniff die silbrigen Augen zu und lä-

chelte verächtlich. »Finndali behauptet, daß Sie – allein
schon, weil Sie ein Mensch sind – seine Frau entehren
würden. Schon um sie zu retten, müßten Sie sterben.
Ryslard und Stisel sagen, daß Sie nicht *Vindicator* sein
können, weil Sie ein Tier sind.« Er neigte den Kopf bedächtig zur Seite. »Mein Enkelsohn ist mehr Krieger
als Politiker.«

Und er ist schneller als ich. Doch während mir dieser
Gedanke durch den Kopf ging, wurden mir schlagartig
die beiden Angriffslinien in sehr eingängigen Begriffen
klar. Die Bemerkung mit dem Tier war nicht deshalb gefallen, um mich von den Hochzeitsfeierlichkeiten fernzuhalten. Wären meine Ankläger damit erfolgreich,
dann würde auch Aarundel Ärger bekommen, weil er
mich eingeladen hatte. Und auch Thralans Position als
einer der Consilliarii konnte Schaden nehmen. Dieser
Angriff richtete sich also noch mehr gegen Aarundel
und seine Familie als gegen mich.

Finndalis Motiv leuchtete mir erst recht ein. Wenn ich
Larissa beim Hochzeitstanz berühren mußte, wie die
eine Tradition verlangte und die andere verbot, müßte
ich sterben und sie müßte ins Exil. Von der Abneigung
einmal abgesehen, die zwischen uns schon lange bestand, würde Finndali ziemlich sicher seine Frau verlieren. Da man aus dem gleichen Grund schon Kriege geführt oder sich zu Mordanschlägen verschworen hat,
war sein Auftreten hier mehr als sinnvoll. Daß er gleichzeitig seinem Haß gegen die Menschen nachgeben
konnte, ließ ihn nur noch überzeugter auftreten.

Die Sache war natürlich die, daß die beiden Argumente sich gegenseitig aufhoben. Ich hob die Hand.
»Darf der Gegenstand der Diskussion auch das Wort ergreifen?«

Eine *Sylvanesti* in golddurchwirkten Gewändern und
auf einem erhöhten Thron sitzend, schüttelte entschlossen den Kopf. »Sie sind hier nicht als Partei zugelassen.
Also werden Sie schweigen.«

Lomthelgar trat aus dem Schatten vor. »Calarianne, ich bitte ums Wort.«

»Ich erkenne Sie ... Lomthelgar Consilliarii emeratus.«

Der alte Elf öffnete den Mund, aber es kam nichts anderes mehr heraus als ein scharfes, krähenhaftes Krächzen. Er griff sich an die Kehle, hustete und flüsterte dann heiser: »Mir ist die Stimme weggeblieben. Neal Custos Sylvanii wird an meiner Stelle sprechen.« Er schlug mich mit erstaunlicher Kraft auf die Schulter und schubste mich ein paar Schritte nach vorn.

»Bitte um Vergebung allerseits, man erhebt hier gegen mich, glaube ich, zwei Anklagen. Die erste ist, daß ich ein Tier bin – nicht besser als das Pferd, auf dem ich hierhergeritten bin, und nicht besser als der Driel, der hier hinter mir ist. Ich glaube, daß ich Sie alle bitten darf, Berichte über mein Verhalten im Umgang mit Aarundel oder anderen sylvanischen Kriegern einzuholen und zu prüfen. Sie könnten mit meinem Verhalten gegenüber Finndali Imperator beginnen und weitermachen bis zu den Soldaten der Ehrengarde, die Sie aussandten, um Aarundel zu seiner Hochzeit heimzuholen. Aber wahrscheinlich würden Sie alle diese Aussagen als Meinungsäußerungen und also als bedeutungslos einstufen, die man deswegen gar nicht zur Kenntnis zu nehmen braucht.«

Ich versuchte, möglichst leise zu sprechen, und ich verwandte in voller Absicht viele Wörter, die aus der Menschensprache stammten und ins Elfische übernommen worden waren. Sie sollten mich für einen einfachen Geist halten und mich unterschätzen. Von Aarundel wußte ich, daß Elfen schrecklich hochmütig und stolz, daß sie aber auch intellektuell redlich sind und daß dieser letztere Charakterzug im Zweifel den Ausschlag gibt. Ich bewunderte das, versuchte, genauso zu handeln und mich auf diese Weise zu retten.

»Es gibt allerdings einen viel einfacheren Beweis, und

Sie alle wissen das. Tatsache ist doch, daß die Edle Frau Larissa als Heilerin, die sie ist, mein Pferd behandeln könnte, den Driel, einen Bullen oder Hammel, und daß sie daran keinen Schaden nähme. Würde sie aber *mich* berühren, und sei es nur aus Versehen und bei der Ausübung ihrer Heilkunst, würde ich umgebracht und sie verjagt werden. Also gibt es keine Strafe für die Berührung eines männlichen Tieres, aber ein männlicher Mensch ist etwas anderes. Das ist tatsächlich der Kern von Finndalis Argument. Sie können es nicht akzeptieren, ohne andererseits das Tier-Argument zu verwerfen.«

Ich sah, wie immer mehr Köpfe nickten und wie man flüsternd diskutierte, und das wertete ich als gutes Zeichen. Auch Aarundels Gesicht hatte sich beträchtlich aufgehellt, was auch meiner Stimmung Auftrieb gab. Ein Blick über die Schulter nach hinten zeigte mir, daß sich beide, Lomthelgar und der Driel, hingehockt hatten und daß sie etwas miteinander besprachen, aber keiner von beiden schien bis jetzt mit meiner Vorstellung unzufrieden.

Ich sah hinüber zu Finndali. »Ein Problem besteht allerdings darin, daß Sie auch Finndali Imperators Argument nicht ohne das Tier-Argument akzeptieren können. Es geht davon aus, daß ich, obwohl ich entsprechend ihren Gesetzen mehr als ein Tier bin, nicht auf einem höheren Niveau denken kann als ein Tier. Ich weiß, daß es mich das Leben kosten wird, wenn ich irgendeine *Sylvanesti* berühre; und obwohl ich hier bin, denke ich nicht an mein letztes Stündchen. Darüber hinaus habe ich gerade Finndali vor langer Zeit schon versprochen, ihm nach dreißig Jahren mein Schwert zu übergeben, und dieses Versprechen möchte ich gerne einhalten.

Ich bin also *kein* Tier, und deswegen kann ich Ihre Gesetze verstehen, und ich kann sie befolgen.« Ich wies mit einer Bewegung des ausgestreckten Arms vage in die Richtung der untergehenden Sonne. »Da draußen gibt es eine Menge Länder, unter deren Gesetzen und Traditionen ich gelebt habe. Unter den Najinda beispielsweise habe ich den *Atalatha*-Fisch eben nicht gegessen, obwohl ich in den Roclaws damit groß geworden bin, genau diesen Fisch zu fangen und zu essen. Die Najinda aber glauben, daß der Genuß dieses Fisches nach ihrem Tod ihre Seelen in den Flüssen herumirren läßt; also essen sie ihn nicht. Obwohl ich diesen Glauben nicht teilen konnte, habe ich ihn doch respektiert.«

Finndali schüttelte den Kopf. »Deine Feinfühligkeit gegenüber den Sitten und Gebräuchen anderer Menschen spricht für dich, Neal Roclawzi. Aber das ändert nichts daran, daß nach unseren Sitten und Gebräuchen der *Vindicator* mit der *Vindicatrix* tanzen muß, sonst ist die Vermählung ungültig. Sobald du sie berührst, fügst du ihr ein Leid zu; und unsere Gesetze erlauben uns, vorbeugend etwas gegen denjenigen zu unternehmen, der den Vorsatz zu einer solchen Tat hat.«

»Also wollen Sie mich töten?« Ich schüttelte den Kopf. »Ich denke doch, daß die Ausweisung aus Cygestolia die einfachere Lösung wäre.«

Larissas Gatte zuckte die Schultern. »Entsprechend unseren Traditionen ist es während einer Hochzeit nicht gestattet, einen Gast des Landes zu verweisen.«

»Aber ihn umzubringen ist erlaubt?«

»Gesetz ist Gesetz.«

»Wie anderswo auch.« Verstohlen zwinkerte ich Aarundel zu und lächelte weiter. »Wie Aarundel Imperator Ihnen bestätigen kann, sind auch wir in den Roclaws, was den Kontakt zwischen Männern und Frauen angeht, sehr umsichtig. Es gibt bei uns zum Beispiel einen Tanz, den Halstuchtanz, bei dem nur eine einzige Verbindung zwischen dem Mann und der Frau erlaubt ist, nämlich ein straff gespanntes Halstuch. Dieser Tanz verlangt große Fertigkeit, denn es gilt als schlechter Stil, wenn das Tuch auch nur ein einziges Mal schlaff durchhängt. Trotzdem ist es ein schneller und turbulenter Tanz, der übrigens auch zu Ihrer Hochzeitsfeier gut passen würde.«

Unsere vielen gemeinsam verbrachten Jahre ließen Aarundel natürlich sofort begreifen, daß ich das mit dem Tanz soeben erfunden hatte, »Ja«, sagte er, »ich habe diesen Tanz gesehen. Neal beherrscht ihn tatsächlich gut.«

Finndali schüttelte den Kopf. »Die Tänze der Menschen sind für uns bedeutungslos. Bei deiner Hochzeit wird der *Torris* getanzt. Der *Torris* geht nicht ohne Berührung, deswegen wird Neal Larissa entehren, und deswegen muß er auch sterben.«

Mein Kopf schnellte vor. »Der Tanz *geht nicht* ohne gegenseitige Berührung? Was wäre denn, wenn wir es *ohne* Berührung schaffen würden?«

Finndalis Augen weiteten sich bei meiner Frage. »Ihr könntet ausrutschen.«

»Aber wenn ich dir sage, daß ich das nicht werde. Ich erkläre hiermit, daß ich nicht die *Absicht* habe auszurutschen.«

»Wenn du sie auch nur im geringsten berührst, ist sie entehrt.«

Ich lächelte. »Aber du darfst mich im voraus nur dann umbringen, *wenn* ich die *Absicht* habe, Larissa zu schaden. Und ich habe jetzt hier feierlich erklärt, daß ich diese Absicht *nicht* habe. Ich kenne meine Situation. Ich verstehe eure Gesetze. Ich werde ihr nicht schaden, weil ihre Ausweisung auch meinem Freund und seiner Familie schaden würde.« Ich schlug mir mit der rechten Faust an die Brust. »Ich würde mir noch eher das Herz herausreißen, als ihr in irgendeiner Weise zu schaden.«

Finndalis Augen glühten. »Wenn du sie berührst, dann werde *ich* dir das Herz herausreißen.«

»Ich werde dann freiwillig meine Brust entblößen.« Ich reckte mich zu meiner ganzen Größe. »Aber das ist ja so und so gegenstandslos. Denn ihr könnt mich nicht für einen Vorsatz töten, den ich gar nicht hege. *So* lautet euer Gesetz.«

Auf einen Schlag wurde eine Heerschar sylvanischer Stimmen laut. Ich hörte, wie sie alle durcheinander schnatterten. Ich hörte Lomthelgars meckerndes Lachen. Aber über allem vernahm ich Aarundels donnernde Stimme, der die Opposition gegen seine Hochzeitspläne niederschrie. »Also, jetzt habt ihr's alle aus Neals Mund gehört. Er ist ein Mensch, und er weiß, wohin er gehört. Ja, er ist mein Freund, und ich habe ihn zum Custos Sylvanii ausgerufen, aber er ist nicht so unklug, arrogant zu sein. Er wird sich nicht einbilden, einer *Sylvanesti* würdig zu sein, geschweige denn meiner Schwester. Er erkennt und begreift die Kluft zwischen uns, und er respektiert unsere Kultur, wie wir auch seine Kultur respektieren sollten. Laßt euch nicht von eurem Vorurteil blenden, und macht ihn nicht zu einem Monster, das unsere *Sylvanesti* schänden will. Er ist ein Mensch, ein kluger Mensch, und würde nicht wagen, eine von uns auf sein Niveau herabzuziehen.«

Aarundels Worte trafen mich wie ein Pfeil mitten ins Herz und nagelten es schmerzvoll an mein Rückgrat. Ich begriff alles, was er sagte, und ich wußte, wie er es meinte. Und doch hätte ich nie für möglich gehalten, daß ihm solche Worte über die Lippen kämen. In den vielen Jahren, die wir jetzt schon gemeinsam durch die Welt zogen – ein Augenaufschlag für ihn, aber für mich mein ganzes Erwachsenendasein – war ich mehr mit ihm verwachsen als mit jedem anderen Menschen, selbst mehr als mit meinem Bruder. Wir hatten gemeinsam gute und schlechte Zeiten erlebt. Wir hatten Schulter an Schulter gekämpft, gegenseitig unsere Wunden verbunden, und wir hatten auch in scheinbar auswegloser Lage die verrücktesten Sachen gemacht, um uns gegenseitig zu helfen.

Hätte ich eine Schwester, hätte ich sie bedenkenlos mit Aarundel verheiratet. Die Persönlichkeit, die ich schätzte, kam zuerst; erst an zweiter Stelle die Rasse. Ich betrachtete ihn nicht in erster Linie als Elfen, sondern als Freund und Vertrauten, als verschworenen Kameraden. Ich wäre stolz gewesen, ihn in meiner Familie zu haben, und ich war auch stolz, als er mich nach Cygestolia mitnahm.

Weil ich ihn als meinesgleichen ansah, nahm ich an, daß das auch umgekehrt galt.

Sein eigenartig gespaltenes Verhalten empfand ich wie einen Schlag ins Gesicht. Auf der einen Seite warf er sein Ansehen und seine Ehre in die Waagschale, um die Consilliari davon zu überzeugen, mich als seinen *Vindicator* zu akzeptieren. Damit erklärte er mich auch öffentlich zu seinem besten Freund, zu einer Person, an der er nicht den geringsten Zweifel hegte. Daß seine Wahl auf mich fiel, war eine Ehre, die ich hoch schätzte.

Andererseits aber schob er mich vor seinen eigenen Leuten auf die Seite, hielt mich auf Armeslänge auf Abstand. Nachdem er mich vorher über den grünen Klee gelobt hatte, hielt er es jetzt offenbar für passend, allen klar zu machen, daß ich doch nichts anderes war als eben nur ein Mensch.

Er hatte mir nicht nur diese Enttäuschung zugefügt. Fast mehr noch schmerzte mich, daß er offenbar gar nicht begriff, wie sehr er mich verletzt hatte.

Calarianne erhob sich. »Die Argumente, die Lomthelgar hat vortragen lassen, sind richtig und überzeugend. Wir sind keine Reith! Wir schwelgen nicht im Tod. Diesen Menschen für ein Verbrechen hinzurichten, das er nicht begangen hat und auch nicht zu begehen beabsichtigt, wäre wie ein kultischer Akt im Dienste der Dunklen Göttin. Wir werden uns zu einer solchen Handlungsweise nicht hergeben.«

Sie sah hinüber zu Aarundel. »Dein Vorschlag für den *Vindicator* ist genehmigt. Du wirst würdig von ihm vertreten werden.«

Lomthelgar sprang aus der Hocke auf und bewegte

sich mit flinken Schritten zum Podium. »Hört genau zu, denn das war das erste Mal: Als eines anderen Stimme spricht er für sich selbst.«

Diese Bemerkung, deren Sinn ich nicht verstand, löste eine neue Debatte aus. In mir verstärkte sie den Wunsch, mich von all dem Lärm und dem Stimmengewirr zu entfernen. Ich drängelte mich nach rechts durch, wo – wie ich von oben beim Betreten des *Legislatoriums* bemerkt hatte – der Zugang zu einer Treppe möglich war, die spiralförmig die riesige Eiche hinunterführte, die den sylvanischen Regierungssitz beherbergte. Ich spürte den dringenden Wunsch, allein zu sein, und tatsächlich traf ich bei meinem Weg nach unten auf niemanden, sei es durch Zufall oder weil man sich fürchtete, mir zu begegnen.

Die Treppe war ewig lang, und so hatte ich auf dem Weg zu der Insel da unten Gelegenheit nachzudenken. Die Insel selbst war verlassen, und so saß ich ganz allein zwischen zwei Wurzeln des großen Baumes und konnte noch mehr nachdenken. Nicht alles, was dabei herauskam, gefiel mir.

»Man hat mir erzählt, was mein Bruder gesagt hat. Es tut mir in der Seele weh.«

Ich sah hinauf zu der Stelle, wo sie stand. Eine Hand hatte sie noch auf dem Treppengeländer. »Wieso? Er hat nur das ausgesprochen, was er für die Wahrheit hält.«

»Aber er hat dich damit verletzt.«

Ich umfaßte mit den Armen meine Knie und preßte sie an meinen Leib. Ich lächelte und vermied es, ihr in die Augen zu sehen. »Es hat weh getan, weil ich es hörte und weil mich seine Worte an so vieles denken ließen. Es ist schwer, sich einzugestehen, daß man sich selbst betrogen hat.«

Larissa ging ein paar Schritte von dem Baumstamm weg und setzte sich auf den Boden – zwei Körperlängen von mir entfernt. Sie zog ihre Röcke wieder zurecht, und ich – ich nahm ihre Schönheit in mich auf, bis ich wieder daran dachte, wie gefährlich das sein konnte. Als hätte sie meine Gedanken erraten, lenkte sie mich mit einer Frage ab. »Wie kommt es, daß du dich als Betrüger betrachtest, wo ich doch weder von meinem Bruder noch von dir auch nur ein Wort gehört habe, das das bestätigen könnte?«

Ich lockerte den Druck meiner Arme. »Als ich die Roclaws vor zwei Jahrzehnten verließ, ging ich mit nichts außer meinem Pferd unter den Schenkeln, den Kleidern am Leib und dem Schwert an meiner Hüfte. Ich wollte es auch so. Ich wollte nichts – nicht etwa, weil ich meine Heimat verachtete oder weil ich meine Familie haßte. Sondern weil ich nichts wollte, weil ich alles, was ich tat und alles, was ich wurde, mir allein zuschreiben wollte. Ich wollte anders sein, frei von allen Bürden des Besitzes, frei von Titeln und Ländereien. Ich wollte nur Neal Roclawzi sein, ein Krieger, den man in ganz Skirren für seine Taten kannte.«

»Ein bewundernswertes Ziel, ein Ziel, das du erreicht hast.«

»Ein bewundernswertes Ziel, aber eines, das ich nicht erreicht habe.« Ich schüttelte den Kopf. »Ich besitze nicht viel mehr als mein Pferd, meine Rüstung und meine Waffen – und ich dachte, daß ich es geschafft hatte. Hier jedoch hat man mir klargemacht, daß ich vieles erworben hatte, von dem ich gar nichts wußte, und man hat mir klargemacht, daß ich noch viel mehr wollte.«

Ich legte den Kopf in den Nacken und sah hinauf zum *Legislatorium*. »Da oben habe ich erfahren, daß ich einer überheblichen Einschätzung meiner selbst erlegen bin. Mir ist klargeworden, daß ich von deinem Bruder und deinem Volk als ebenbürtig betrachtet werden wollte, und daß ich so dumm oder eitel war zu glauben, ich sei einer solchen Betrachtung überhaupt würdig.«

»Das *bist* du auch.«

»Danke für deine gute Meinung, aber es ist die Meinung einer kleinen Minderheit.« Ich schluckte meinen Schmerz hinunter. »Das verdammenswerteste ist, daß deine Meinung die einzige ist, die für mich zählt.«

Ich wollte zu ihr gehen, sie in die Arme nehmen und drücken, wollte ihre Ruhe und Wärme in mich aufnehmen, aber ich riß mich zurück. »Ich möchte bei euch, einer älteren Rasse, anerkannt werden, aber ich möchte vor allem dich, aber gerade die Erfüllung dieses Wunsches wäre fatal.«

Larissa lächelte leicht und errötete und pflückte dann an einem Kleeblatt herum, das mitten im Gras wuchs. »Du lädst dir zu viele Bürden auf, Neal Roclawzi, und du bewertest deine Erfolge nicht richtig. Du *bist* der erste Mensch, der jemals nach Cygestolia gelangte. Du *bist* der erste Mensch, dem jemals gewährt worden ist, *Vindicator* zu sein. Du *bist* der erste Mensch, der im *Legislatorium* gesprochen und auch der erste, der dort gewonnen hat.«

»Aber das alles hat sich nur daraus ergeben, daß ich der erste Besucher bin.«

»Aber die Tatsache deines Besuches hat nicht auch die anderen Erfolge garantiert. Diese sind die Gewinne, die du erzielt hast, und keiner wird sie dir jemals wieder wegnehmen.« Sie ballte die rechte Hand zur Faust. »Auch in zehn Generationen wird es noch immer Consilliari im *Legislatorium* geben, die sich an dich und deine Worte erinnern.«

Sie erhob sich auf die Knie und beugte sich nach vorn; ihre weißen Hände sanken tief ins Gras, um sich zu stützen. »Dir und dem Rest der Welt kommt es so vor, als habe die sylvanische Nation nur eine Meinung und nur eine Stimme. Sie wird für euch in den Versen der *Eldsaga* ausgedrückt. Wir sind ein kaltes, herrisches Volk, das auf Humanität keinen Wert legt. So sehen uns die meisten Menschen, und das nicht ohne guten Grund. Vor einem halben Jahrtausend sind unsere Truppen marschiert, um das aufstrebende Reich zu vernichten, das eure Vorfahren geschaffen hatten. Mein Großvater hat mir Geschichten aus dieser Zeit erzählt. Schreckliche, grausame Geschichten. Deswegen weiß ich, warum die Menschen uns fürchten. Und deswegen bewundere ich auch deinen Mut, hierherzukommen, und deine Tapferkeit, meinem Bruder ein Freund zu sein.«

»Meine Familie ist nicht so wie alle andern hier. Der Raum, in dem du geschlafen hast, wurde vor rund vierhundert Jahren gebaut. Lomthelgar ließ ihn damals nach Vorbildern aus jenen Palästen und Burgen entwerfen, die er im Menschenland gesehen und dem Erdboden gleichgemacht hat. Während andere Männer in dem Feldzug, den die *Eldsaga* beschreibt, in den Menschen nichts als schwachsinnige Tiere sahen, deren Kultur nichts anderes als eine grobschlächtige Kopie unserer eigenen war, spürte mein Großvater, daß es in Wirklichkeit ganz anders war. Andere verglichen die *Ähnlichkeiten* bei Elfen und Menschen und setzten die Menschen herab, als unfähig, unser Niveau zu erreichen. Auf diese Weise machten sie uns zur Herrenrasse und euch zu Untermenschen. Mein Großvater aber befaßte sich mit den *Unterschieden* und benutzte sie, um die schöpferische Kraft der Menschen zu beschreiben. Er schuf dein Zimmer als Huldigung dessen, was er bei den Menschen gesehen hatte, und er benutzte den Raum als körperlichen Beweis seiner Absicht, uns alle in den Menschen dasselbe erkennen zu lassen wie er.«

In ihren Worten schwangen Leidenschaft und Bitterkeit mit. »Obwohl wir also in der Überzeugung erzogen wurden, daß Menschen Hochachtung verdienen, war das nicht der Grund dafür, daß mein Bruder dich so sehr achtete, um dich hierherzubringen und dich zu seinem *Vindicator* zu machen. Nach seiner Auffassung hast du seine Hochachtung *verdient*. In dir sah er den Beweis dafür, daß Lomthelgar recht hatte. Durch dein Plädoyer im *Legislatorium* hast du auch vielen andern bewiesen, daß zumindest ein Mensch fähig ist, scharf und klar zu denken und deswegen jeder Hochachtung wert ist.«

Ich nickte kurz. »Aber seiner Schwester nicht wert?«

Larissa drückte beide Hände aufs Herz. »Ich kann dir nicht sagen, daß *ich* dich jeder *Sylvanesti* für wert befände, wenn ich nicht diese Liebe für dich empfände, hier ganz tief in meinem Herzen. Ich weiß nicht, ob ich sie willkommen geheißen hätte, wenn mein Bruder mit einer Frau heimgekommen wäre. Wenn auch meine Gefühle für dich im Widerstreit mit meinen Empfindungen stehen könnten, die ich für eine andere *Sylvanesti* hege, die mit einem Menschen zusammen ist, so weiß ich eines doch ganz sicher, daß nämlich die Einstellung, die solche Paare verdammt, falsch ist. Und weil sie so falsch ist, muß ich sie ändern. Aber eine solche Veränderung kommt nicht über Nacht. So sehr ich jetzt näher zu dir kommen und dich umarmen möchte, ich will und kann es nicht.«

Verzweifelt legte sie die Stirn in tiefe Falten. »Ich weiß, daß die Gesetze falsch sind, die uns trennen. Aber sie jetzt trotzig zu verletzen, erscheint mir ebenfalls falsch und würde zu nichts anderem führen als zu deiner Hinrichtung und meiner Verstoßung. Die anderen würden mit Fingern auf uns zeigen – nicht als Opfer eines Unrechts, sondern als Beispiel dafür, wie es jemandem zu Recht ergeht, der die Gesetze und Sitten seines Volkes nicht respektiert.«

Alles, was sie sagte, bohrte sich tief in meine Brust, durch die Wunde hindurch, die Aarundels Rede bereits gerissen hatte. Ihre Worte trafen mich tief im Innern und weckten auch jene Instinkte, von denen ich mich sonst nur in der Schlacht leiten ließ. Ich revidierte meine Überlegungen zum Verlauf der Hauptkampflinie, klärte Stärke und Schwächen der feindlichen Positionen auf, ging Dutzende strategischer Möglichkeiten durch, währenddessen meine Kampf- und Vernichtungsstimmung sich zu einem immer grausameren Muß steigerte.

In meiner Situation erkannte ich Parallelen zum Krieg des Roten Tigers, den er zur Überwindung der reithischen Oberhoheit führte. Wie schon in seiner Armee, kämpfte ich auch jetzt nicht für mich – ich kämpfte für andere. Ich kämpfte unter dem Banner des Roten Tigers für künftige Generationen von Menschen, die sich eines fernen Tages an uns nur noch als Figuren in halbvergessenen Liedern erinnern würden. Ich kämpfte, damit sie ihr Leben selbst bestimmen konnten.

Ähnlich war es hier in Cygestolia. Ich kämpfte hier, damit die ganze elfische Nation an meinem Beispiel erkennen konnte, was Menschentum wirklich war. Obwohl mir natürlich bewußt war, daß wir Respekt verdienten, wußte ich doch auch, daß ich ihn mir hier erst verdienen mußte. Das hieß für mich, in ihrer Arena und nach ihren Regeln zu kämpfen, so sehr mich das auch behindern und verletzen mochte.

Ich würde für die Elfen der echte Testfall eines Helden sein; für mich eine Herausforderung wie keine zweite.

Eine Herausforderung auch, vor der ich niemals kapitulieren würde.

Ich konnte wieder lächeln, als ich Arme und Beine streckte und reckte. »Für mich ist also klar, Edle Frau Larissa, daß ich als *Vindicator* dein Partner in einem Tanz sein werde – einem Tanz, bei dem wir uns allerdings nicht berühren dürfen. Trotz dieser Erschwernis lege ich Wert darauf, daß mein Auftreten deines Volkes, deines Bruders Hochzeit und vor allem meiner Partnerin würdig ist. Würdest du jemanden ausfindig machen, der mich unterrichtet?«

Sie lächelte und stand auf. »Mein Großvater hat sich schon freiwillig bereit erklärt, dein Lehrer zu sein. Du hast eine Woche Zeit, um die Schritte des *Torris* zu lernen.«

Auch ich stand auf und zeigte auf die Treppe vor mir. »Dann wollen wir ihn suchen und anfangen. Das verspreche ich: In einer Woche wird dein Volk einen Tanz zu sehen bekommen, den es nie und nimmer vergessen wird.«

Meine Prophezeiung sollte sich beinahe in einer Weise erfüllen, die ich nicht beabsichtigt hatte.

Der *Torris* ist kein einfacher Tanz von ein paar Schritten, die sich endlos wiederholen. Er ist vielmehr für alles mögliche symbolisch; er hat Bezüge zur Natur und zum Leben, zur sylvanischen Geschichte, zu einzelnen Aspekten aus dem Leben der Tänzer und derer, für die er getanzt wird. Ich kenne wenigstens drei verschiedene Schulen der Schwertkunst, die mit weniger eigenständigen Paraden und Figuren auskommen als der *Torris*, aber ich muß zugeben, daß ich in keiner so hart gelernt habe wie für diesen Tanz.

Die verschiedenen Teile des Tanzes waren jeder für sich sehr schwierig für mich, da sie eine Biegsamkeit und Flüssigkeit der Bewegung voraussetzten, die ich nicht so einfach erbringen konnte. Lomthelgar mit seiner aus acht bis zehn Jahrhunderten gelebten Lebens erwachsenen Weisheit brachte es fertig, Parallelen zwischen einigen Bewegungen des Tanzes und solchen, die ich aus der Fechtkunst gewohnt war, zu ziehen. So kam ich sehr schnell dahinter, daß der Tanz sich wie die Runden in Schattenfechtduellen aufbaute. Diese Art der Annäherung machte die Sache für mich nicht nur beherrschbar, sondern erlaubte mir auch, aus meinem Trotz für die Lektionen Kraft abzuleiten.

Lomthelgar ließ mich die ersten Übungen beginnen, indem er den Driel als meinen Trainingspartner einsetzte. Shijef schien von dieser Paarbildung genauso entzückt wie ich, was mir das zweifelhafte Vergnügen einbrachte, ihm zu befehlen, Lomthelgars Anordnungen auszuführen. Es gab tatsächlich ein oder zwei Bewegungen, nämlich die kurzen Bögen, die der Driel mit mehr Geschick ausführte als ich. Das machte Shijef glücklich und – deswegen – in mancher Hinsicht unerträglich.

Nach nur zwei Tagen zwang Lomthelgar dem Driel andere Pflichten auf. Er bekam zwei Stöcke und mußte die ganze Zeit über einen gleichbleibenden Rhythmus schlagen. Das machte er auch zuverlässig, was mir ermöglichte, den richtigen Zeittakt der Tanzschritte einzuüben. Lomthelgar ließ mich auch immer bis sechs vor mich hin zählen. Schließlich konnte ich die Schritte ganz korrekt setzen, selbst dann, wenn Shijef einmal absichtlich schneller oder langsamer schlug, um mich zu verunsichern.

Am letzten Tag brachte Lomthelgar mich und Larissa zum ersten Mal zum gemeinsamen Üben zusammen, aber wir durften einander dabei zunächst nicht sehen. Immer einer von uns tanzte mit verbundenen Augen, zuerst ich, dann sie. Lomthelgar kritisierte ständig an uns herum, sprach die kleinen Fehler unserer Auftritte an. Aber letztendlich wurde uns klar: Wir hatten jeder für sich allein gelernt, zusammen zu tanzen. Am nächsten Tag würde jeder von uns beiden den anderen zum ersten Mal beim Tanzen auch sehen. Das allein schon würde den Tanz zu etwas ganz Besonderem machen, mehr noch, als ich mir vorgestellt hatte.

Meine Pflichten als *Vindicator* waren nicht auf das Tanzenlernen beschränkt. Ich mußte zu Anproben der für das Zeremoniell vorgeschriebenen Kleidung, war unentwegt von Aarundels Verwandtschaft und Freunden zu Essen eingeladen, und ich hatte ihm beim Schmieden der *Insignii nuptialis* zu helfen, die er Marta bei der Zeremonie überreichen würde. Martas Bruder würde umgekehrt den Trauschmuck für Aarundel schmieden. Sowohl Marta als auch Larissa würden ihm dabei helfen, und beide hatten eine viel bessere Vorstellung von dem, was sie zu machen hatten, als ich.

Die Arbeit daran begann in einer Schmiede, die in

einer versteckten Felsenhöhle im Osthang des Cygesto-
lia-Tals eingerichtet war. Der Schmied schmolz das sil-
berhaltige Erz und goß das gewonnene Silber in eine
Keramikform für zwei Silberbarren und für zwei Ringe,
die mit einem langen, fadendünnen Silberstrang miteinander verbunden waren. Wir sahen ihm am ersten Tag
beim Gießen zu und kamen am nächsten wieder, als er
die Formen zerschlug und das silberne Gießgut herausnahm.

Weil wir an dem Geschenk für Marta zu arbeiten hatten, bekamen Aarundel und ich den kleineren der beiden Sätze und nur ein Drittel des Silberdrahts. Martas
Schmuck sollte zierlicher sein als der für Aarundel, was
nicht unbedingt hieß, daß er weniger Arbeit machte.
Wäre die Aufgabe, einen solchen Schmuck herzustellen,
mir allein überlassen gewesen, hätte ich nicht gewußt,
wo ich anfangen sollte, aber mein Freund wußte es.
Wie er bemerkte, war eine der angenehmen Seiten des
sehr langen Lebens der Elfen, daß jedes Elfenkind die
Chance hatte, verschiedene Berufe jeweils jahrelang zu
erlernen und dabei Erfahrungen zu sammeln, die ein
Mensch nur erreichen konnte, wenn er sein ganzes
Leben dafür aufopferte.

Das erste, was mir Aarundel zu tun gab, war die Herstellung einer kurzen Silberkette. Er gab mir dazu ein
Eisenrohr von einem Viertelzoll Durchmesser. An einem
Ende war eine Querstange befestigt, und senkrecht
dazu war eine Nut in das Rohr eingefräst, die ganz bis
zum anderen Ende durchging. In der Aufsicht sah jedes
Rohrende also aus wie ein nicht vollständig geschlosse-
ner Ring.

Wie mir geheißen worden war, wickelte ich den Sil-
berdraht um das Rohr und schob ihn ganz dicht zusammen. Aarundel war mit meiner Arbeit zufrieden, als ich
sie ihm zeigte und gab mir jetzt ein besonderes Werkzeug. Der Form nach glich es einem Pfeil, der an seinem
Ende nur einen Stabilisierungsflügel hatte. Der Pfeil

wurde in das Rohr eingefügt, wobei der dreieckige, scharf geschliffene Flügel von der Nut geführt wurde. Mit einem Hammer schlug ich die Klinge vorsichtig nach unten durch, so daß jedes Glied der Spirale durchgeschnitten wurde. Dann drehte ich das Rohr um, und zwei Dutzend silberne Kettenglieder fielen mir in die linke Hand.

Jetzt fügte ich sie zusammen, wobei ich jedes einzelne Glied mit einer kleinen Zange schloß. Bis ich mit allem fertig war – was nicht so lang gedauert hätte, wenn es nicht so viel mehr Fingerspitzengefühl erfordert hätte als meine normale Arbeit –, hatte Aarundel schon den Ring geschmiedet und ihn mit zwei kleinen Ovalen aus Lapislazuli verziert. Zwischen beide bohrte er ein kleines Loch und klinkte die Kette darin ein.

»Halbfertig«, verkündete er stolz.

Ich hatte meine Zweifel, denn wir hatten noch den Armreif zu fertigen. Ich assistierte ihm dabei, indem ich den Silberbarren festhielt, während er ihn flach hämmerte, und indem ich die Paßformen genau richtig anlegte, mit denen er einen erhabenen Steg um den ganzen Armreif trieb. Er verzierte den Reif dann mit vier ovalen Edelsteinen: Opal für Nord und Süd, Lapislazuli für Ost und West. Jetzt kam noch ein Loch neben die Manschette, in das wir das letzte Glied der Kette einhängten.

Aarundel lächelte zufrieden, als er sich den Schweiß von der Stirn wischte. »Gemacht aus demselben Metall, aber in Form gebracht von verschiedenen Händen und Kräften, das ist genauso wie bei Marta und mir. Wir stammen aus einem Volk, aber wir wurden von ganz unterschiedlichen Kräften zu dem geschmiedet, was wir sind. In der Trauung werden wir auf magische Weise miteinander verbunden, und unsere Ehe wird so lange halten, wie es dauert, um das Metall auf unserer Haut vollständig abzunutzen.«

Ich tippte mit dem Finger auf das Armband. »Nur

gut, daß das Metall recht dick ist, denn eine Liebe wie deine sollte eine Ewigkeit dauern.«

»Gute Worte für einen *Vindicator*« – er lächelte – »und für einen Freund.«

»Ich fühle mich geehrt.« Ich nickte und schlug ihm auf die Schulter. »Sind wir fertig?«

»Nur eines noch.« Aarundel drehte den Reif um, nahm einen Graviermeißel zur Hand und arbeitete sein Zeichen in das Metall. »So, ich habe signiert. Jetzt kommst du dran.«

Ich arbeitete sorgfältig, gravierte das aus sechs Linien bestehende Symbol für die Roclaws ein und setzte mein Initial mitten in das Massiv des Berges. »In Ordnung?«

Aarundel schaute sich's an und lachte. »Als mein Großvater jung war, waren Haß und Schrecken mit dem Zeichen der Roclawzi verbunden. Ich bin glücklich, daß es jetzt das Zeichen für einen Freund ist.«

»Ein Freund bis zum Tod, Aarundel. Nichts und niemand wird jemals zwischen uns stehen.«

»Einverstanden, es sei denn«, er lächelte schüchtern, »daß du beim *Torris* versagst. In diesem Fall müßte ich dich töten.«

»Mach dir diesbezüglich keine Sorgen. Wenn ich versage, bring ich mich selbst um – wenn der Ärger darüber das nicht selbst besorgt.«

Elfische Hochzeitsbräuche sind von denen der Menschen in so vielerlei Hinsicht verschieden, daß es schon ärgerlich ist. Braut und Bräutigam verbringen die Woche vor der Hochzeit getrennt, mit Ausnahme des kurzen Zusammentreffens beim Gießen des Silbers für ihren Trauschmuck. Aarundel und ich nahmen an einer Menge Zusammenkünfte mit seinen zukünftigen Verwandten teil. Es fehlte nicht mehr viel, und wir hätten bei ihnen gewohnt. Wie Aarundel mir genau erzählte, drehten sich die Gespräche weitgehend um Politik und elfische Belange.

Meine Aufgabe bei diesen Zusammenkünften bestand im wesentlichen darin, herumzustehen und als *Vindicator* einen guten Eindruck zu machen. Da ich kaum etwas von dem verstehen konnte, was gesprochen wurde, aß ich viel. Auch deswegen natürlich, weil ich für meine Tanzstunden viel Energie brauchte, und auch weil es unhöflich gewesen wäre, gereichte Speisen abzulehnen. Es schien mir auch so, daß die verschiedenen Gastgeber und Gastgeberinnen ganz erleichtert darüber waren, mich damit zu beschäftigen, mir ganz einfach eine Schüssel mit irgendwas vorzusetzen.

Die sylvanische Küche ist nicht schlecht, aber mit der der Menschen gar nicht zu vergleichen. Weil sie Feuer in erster Linie als etwas betrachten, das Metall formbar macht, und auch weil Kochfeuer eine zu große Menge Holz verbrauchen würden, bereiten Elfen ihr Essen auf ganz ungewöhnliche Weise zu. Sie geben alle möglichen Gemüsesorten zusammen mit Kräutern und Gewürzen in große Kessel, gießen Säfte und verschiedene Essige darüber und lassen das Ganze ziehen. Zutaten, die dem Pflanzenbrei kurz vor dem Servieren hinzugefügt werden, haben noch Biß, und Fleisch, das man darin mariniert hat, wird auch ohne Feuer zart und köstlich.

Brot und andere Backwaren gab es auch, und sogar ganz gut; aber über ihre Zubereitung weiß ich weniger. Das einzige, was ich über Brotbacken weiß, ist, daß man einen Teig zusammenknetet, daß man soviel wie möglich von den Fingern runter auf einen flachen Stein kratzt und daß man das Feuer um den Stein lang genug schürt, ohne daß zuviel Holzkohle in das Brot gerät. Bei den Elfen, glaube ich, wird das Dämpfen des Brots bevorzugt, und ich habe auch von silbernen Sonnenöfen erzählen hören, aber ich hatte mir einfach zuwenig Mühe gegeben, mehr über das Brotbacken herauszufinden. Aarundel mag schon so lange auf der Welt sein, daß er sowohl den Beruf des Silberschmieds als auch den des Kriegers perfekt erlernen konnte; aber was mich angeht, war ich auf jeden Fall schon zu alt, um Koch oder Bäcker zu werden.

In der Nacht vor der Hochzeit wurden Aarundel und Marta, getrennt von den anderen, in einem neuen Raum in Waldeshöhe zusammengebracht. Während sie über ihrer beider Leben nachdachten, führte mich Lomthelgar zu der grasbewachsenen, schüsselförmigen Mulde, in der am nächsten Tag die Zeremonie stattfinden sollte. Das Astwerk der Bäume rundum ließ den Blick nach oben frei, so daß ich die Sterne am klaren Himmel gut erkennen konnte. Ich fühlte mich keineswegs unsicher, aber ich fand doch, daß mich der freie Blick auf den Himmel irgendwie beruhigte. Von so vielen Bäumen umstellt zu sein, ist für jemanden schwierig, der im kahlen, baumlosen Gebirge aufgewachsen ist, wo der Sommer die Jahreszeit ist, in der sich die schlammigen Tümpel der Hochmoore unter einem Grasteppich verstecken.

Der alte Elf setzte sich in der Hocke nieder, und Shijef kauerte hinter ihm wie ein aufgedunsener Schatten. »*Vindicatores* bewachen diesen Ort gegen Eindringlinge.«

Ich nickte. »Ich weiß, morgen werde ich tanzen. Was muß ich sonst noch tun?«

Lomthelgar bedachte mich mit einem schiefen Grinsen. »*Vindicare*, verteidigen.«

Ich runzelte fragend die Stirn, als der Elf und der Driel schadenfroh in sich hineinlachten. »Ich hätte es wissen müssen, daß ihr beide euch zusammentut, um mich zu ärgern. Ein gemeinsamer Feind hat euch vereint. – Ich!«

Beide wurden wieder ernst. »Herr bist du, Feind warst du.«

Lomthelgar schlug dem Driel freundschaftlich auf die Schulter. »Und du bist genausogut mein *Vindicator*.«

»Wie bitte?«

Der Elf stand auf und schüttelte den Kopf. »Du mußt allein hierbleiben. Gute Nacht, Custos Sylvanii.«

Lomthelgar führte den Driel aus dem Rund und ließ mich in seiner Mitte zurück. Ich tat ihre Äußerungen als Blödsinn ab und widmete mich meinen Pflichten als *Vindicator*. Ich inspizierte die Arena, indem ich erst einmal den Durchmesser der Grundfläche abschritt und mich dann die Einfassung des Amphitheaters hocharbeitete. Der Ursprung mochte durchaus eine natürliche Bodenmulde gewesen sein, aber die Elfen hatten sie auf jeden Fall bearbeitet und in die jetzige Form gebracht. Militärisch gesehen wäre sie unmöglich zu verteidigen gewesen; aber hier im Herzen Cygestolias kam die Wahrscheinlichkeit einer Invasion etwa der Wahrscheinlichkeit gleich, daß ich nach dieser Hochzeit jemals wieder einen Fuß nach Cygestolia setzen würde.

Nachdem ich also die militärischen Details erfaßt hatte, setzte ich mich in die oberste Reihe des Amphitheaters, mit dem Rücken zum Wald. Ganz andere Gedanken gingen mir jetzt durch den Kopf. Weil Larissa für Marta das war, was ich für Aarundel war, hatte man uns getrennt gehalten, vom Silbergießen und den Tanzstunden abgesehen. Sie hatte mir einmal durch ihren Großvater Blumen geschickt, und ich ließ ihr von Shijef eine Girlande bringen, die ich geflochten hatte. Das war aber schon alles an Kontakten, die wir in der vergangenen Woche hatten.

Ich wußte nicht, wo sie sich jetzt in Ausübung ihrer Pflichten befand, und wünschte mir von Herzen, daß sie bei mir wäre. Es war nicht so, daß ich mich ohne sie einsam fühlte, nur einfach nicht vollständig.

Ich fragte mich, warum Lomthelgar uns zum Tanzen zusammengebracht, dabei aber immer abwechselnd einem von uns die Augen verbunden hatte. Nur zum Teil konnte ich das verstehen. Bei den Tänzen, bei denen ich sie sah, wurde ich mit der Ablenkung vertraut, die jemand, der mir gegenüber tanzte, bedeutete. Larissas Anmut und Eleganz wurden durch den Gegensatz zu den eckigen, brutalen Bewegungen des Driels noch besonders hervorgehoben. Immer wenn ich sie beobachtete, wußte ich, daß wir bei der Zeremonie sehr gut sein würden.

Und als ich mit verbundenen Augen ihr gegenüber tanzte, lernte ich zweierlei. Erstens, daß ich mich auf den Takt konzentrieren und eisern im Rhythmus bleiben mußte. Für mich war der *Torris* ein tödliches Spiel, noch gefährlicher als der Besuch von Jammaq. Ein Ausrutscher, ein Ungeschick, ein Windstoß, der eine Haarsträhne von ihr auf meinen Handrücken wehte – und man würde mich auf der Stelle erschlagen. Niemals zuvor hatte ich mich in eine Lage gebracht, in der mich der unscheinbarste Fehler umbringen konnte. Jedes geringste Abweichen von der Disziplin, die mich Lomthelgar gelehrt hatte, würde meinen Untergang und den der *Sylvanesti*, die ich liebte, bedeuten.

Als meine Augen verbunden waren, begriff ich auch noch etwas anderes, und genau das ließ mich fragen, wieviel Lomthelgar über mich und seine Enkelin wußte. In der Herausforderung des Schicksals und des Todes war ich ja nicht allein, sondern ich hing bei dieser äußerst gefährlichen Prüfung genausoviel von meiner Partnerin ab, auf die ich mich uneingeschränkt und vollständig verlassen mußte. Hätte man mich gefragt, ob ich Larissa vertrauen *wollte*, ihr vertrauen *konnte*, hätte ich mein Ja so laut herausgeschrien, daß man es von Jarudin bis zur Wüste Haladin hätte hören können. Nach unseren gemeinsamen Tanzübungen aber brauchte ich nicht mehr zu *glauben*, sondern ich *wußte* es, ich hatte den Beweis dafür, daß sie ihre Rolle in unserem tödlichen Spiel perfekt spielen würde.

Normalerweise bin ich kein Tagträumer, der wie ein Mondsüchtiger herumläuft. Man sagt, daß das für einen, der unter dem Dreieck geboren wurde, auch nicht gut ist, denn die Monde würden auf so einen zurückstarren. Doch der Rest der Nacht ging mit nachdenklichen Überlegungen über die Vergangenheit und die Gegenwart vorbei. Ich streifte durch Erinnerungen, die ich gern mit Larissa geteilt hätte. Wenn das Gefühl tiefster Zufriedenheit und Erfüllung, das mich überkam, wann immer ich an sie dachte, dem vergleichbar war, was Aarundel bei Marta empfand, dann beneidete ich meinen Freund noch mehr, als ich mir bis dahin vorstellen konnte.

So ging die Nacht schnell vorbei. Und mit dem ersten Morgenlicht kam auch schon wieder Lomthelgar und brachte mich zurück nach Waldeshöhe. Mein Frühstück bestand aus klarem Wasser und trockenem Brot, und dann schlief ich ein wenig. Nach zwei oder drei Stunden Ruhe weckte mich der Driel, so daß ich mich waschen konnte. Bis ich damit fertig war, hatte Lomthelgar schon die Kleidungsstücke bereitgelegt, die ich bei der Zeremonie tragen würde.

Jacke und Hose waren aus weicher, glänzender Seide, in einem irisierenden Smaragdton. Weil das Gewebe so leicht war, fürchtete ich schon, es wäre kalt, aber das Gegenteil war der Fall. Mein ledernes Wams, Handschuhe und Stiefel waren hellgrau gehalten. Die Stiefel gingen mir bis zum Knie, und die Stulpen waren tief umgeschlagen; die Handschuhe bedeckten auch noch den halben Vorderarm. Die Ledersachen waren zunächst alle ein bißchen zu groß, paßten sich aber sofort meinen Maßen an, so wie ich das auch schon mit Aarundels Handschuh bei meinem Kampf mit Tashayul erlebt hatte.

Weil ich an diesem Tag tanzen mußte, nahm ich Herzspalters Scheide von dem Gürtel ab, den ich normalerweise trug, und befestigte ihn an einem längeren, den ich mir diagonal um den Rumpf schlang. Ein zweiter, schmalerer Gürtel, der an der linken Hüfte durch den ersten lief, war um den Bauch geschnallt. Das wichtigste Ergebnis dieses ganzen Hin und Hers war, daß mein Schwert jetzt schräg über den Rücken hing und der Griff über die rechte Schulter hinausragte. Es würde nicht so einfach wie sonst sein, das Schwert zu ziehen, aber ich erwartete ja keinen Ärger, also machte ich mir darüber auch keine Gedanken.

Auch aus einem anderen Grund dachte ich nicht weiter darüber nach. Als *Vindicator* war ich nämlich verpflichtet, Aarundels Lieblingswaffe zu tragen. Die von Zwergen geschmiedete Streitaxt reichte mir bis an die Schulter, wenn ich den Schaft am Boden aufstellte; und das breite, geschwungene Blatt verdeckte fast meine ganze Brust. Der bösartig gezackte Rabenschnabel an der anderen Seite der Klinge sah eigentlich noch grausamer aus als diese selbst; aber ich wußte, daß die rasiermesserscharfe Schneide Rüstung und Krieger mit einem Schlag leicht durchschneiden konnte. Den Dorn an der Spitze der Waffe hätte man leicht als übertrieben betrachten können, aber er machte die Axt auch zu einer Lanze, was besonders nützlich war, wenn man mit Kavallerie zu tun hatte.

So vorschriftsmäßig angetan, folgte ich Lomthelgar zum Amphitheater und nahm meinen Platz an Aarundels Seite ein. Er trug Schwarz, außer am Hals, um den ein azurblauer Schal geknotet war. Er lächelte, als er mich bemerkte, wurde dann aber ganz ernst, als irgendwo hinter uns die leisen Töne eines Dudelsacks erklangen.

Das Amphitheater hatte sich in der kurzen Zeit, seit ich es verlassen hatte, verändert. An einer Seite hatte man einen kleinen hölzernen Altar aufgestellt. Er sah aus wie ein Baumstumpf, selbst die Beine hatten die Form von Wurzeln. Wenn das auch unmöglich war, dachte ich doch für einen Augenblick, daß der Altar in den wenigen Stunden seit dem Ende meiner Nachtwache an dieser Stelle gewachsen war. Auf seiner flachen polierten Oberfläche lag ein purpurrotes Kissen, das die *Insignii nuptialis* trug.

Viele Elfen waren zu der Feier gekommen. Alle waren festlich gekleidet, und als ich mich umsah, bemerkte ich, daß das einzige Grün außer dem, das ich trug, von den wenigen Stellen kam, wo das darunterliegende Gras durch die Menge hindurchspitzte. Wahngedanken, die einzige Person zu sein, die Grün trug, nagten an meinem Bewußtsein. Aber dann sagte ich mir, daß solche Gedanken gar nicht zu meinen Pflichten als *Vindicator* gehörten, und ich verbannte sie.

Das Pfeifen des Dudelsacks nahm an Lautstärke zu und fiel in den Tritt ein, als die Braut und ihr Gefolge das Amphitheater betraten. Sie kamen fast genau auf der dem Altar gegenüberliegenden Seite über den Damm. Angeführt wurden sie von einem Elfenpriester, den ich so alt wie Thralan schätzte, obwohl mich sein weißes Haar die Schätzung noch einmal überdenken ließ. Ihm folgten Thralan und Ashenah Hand in Hand. Sie trugen Schwarz ohne einen blauen Akzent, der das traurige Gewand aufgelockert hätte. Dennoch: Das Lächeln auf ihren Gesichtern ließ keinen Zweifel daran, daß sie sehr glücklich waren.

Nach ihnen kamen Sidalric und Martas Mutter, Grationa. Sie gingen nicht wie Eltern Hand in Hand, sondern sie hatte sich bei ihrem Vater untergehakt. Vincelan, Martas Vater, hatte sich nämlich schon für das *Excedere* entschieden, was bedeutete, daß ihm die Teilnahme an der Hochzeit seiner Tochter unmöglich war. Ich hatte keine klare Vorstellung, was es bedeutete, ins Jenseits zu gehen, aber von seiner Abreise dorthin wurde in einer solchen Mischung von Verehrung und Trauer gesprochen, daß ich annahm, es sei nicht dasselbe wie tot zu sein, aber ähnlich.

Aarundels Eltern kamen herüber und stellten sich hinter uns, und Martas Leute standen gegenüber. Das Dudelsackblasen setzte aus und begann dann erneut mit einer getrageneren Melodie. Ich fühlte, wie die Aufmerksamkeit der versammelten Menge immer weiter zunahm. Als Larissa über den Damm kam, erschien sie für einen Augenblick als Silhouette. Dann schritt sie herab. So wie ich, trug auch sie Smaragdgrün, schwarz paspeliert. Sie sah hinreißend aus. Ich fühlte fast einen Schlag, als unsere Blicke sich trafen, und Erleichterung, als wir beide in andere Richtungen sahen. Sie richtete den Blick auf ihren Bruder, und ich blickte zu Marta hinüber.

Aarundels scharfes Atemholen drückte das aus, was ich fühlte, als ich Marta den Damm herunterschreiten sah. Sie trug ein azurblaues Kleid im gleichen Farbton wie Aarundels Halstuch. Mit Grazie und königlicher Haltung kam sie auf uns zu. Ein schwarzes Tuch wehte hinter ihr her, wie ein Wimpel, der ihre Zugehörigkeit zu Aarundel kennzeichnete – obwohl daran eigentlich kein Zweifel bestehen konnte. Sie strahlte so heftig vor Glück und Liebe, und Aarundel tat es ihr gleich, daß ich – wenn ich zwischen beiden gestanden hätte – sicher entflammt worden wäre. Alle anderen Anwesenden schienen die Hitze und die Kraft ihrer *Vitamor* genauso zu spüren, denn die ganze Versammlung wirkte jetzt zusammengedrängt wie eine Herde durstiger Antilopen um eine kühle, klare Wasserstelle.

Am Altar hob der Priester die Hände und sprach sehr bemüht menschisch. »Als eine Gemeinschaft sind wir hier zusammengekommen, um die Vereinigung dieses Aarundel und dieser Marta zu bezeugen und zu feiern.« Er ging jetzt ins Sylvanische über und wiederholte wahrscheinlich das, was er schon gesagt hatte, allerdings angefüllt mit zeremoniellen Worten, die Braut und Bräutigam zum Lächeln brachten.

Der Priester blickte hinter sie auf Aarundels Eltern. »Ist dies euer Sohn, frei von Verpflichtungen für eine andere?« Sie nickten. Also wandte er sich Martas Mutter und Großvater zu. Zu ihnen sprach er natürlich elfisch. Sein Ausflug ins Menschische war nur eine freundliche Geste mir gegenüber. Als er ein ähnliches Nicken erhalten hatte, sprach er zu Larissa, die ihm kurze Antworten gab, was Aarundel und Marta veranlaßte, einander anzusehen und zu erröten.

Dann wandte sich der Priester mir zu. »Neal aus den Roclaws, *Vindicator*, ist dieser Aarundel dir bekannt?«

»Ist er.«

»Ist er frei von anderen Verpflichtungen und dieser Verbindung zugeneigt?«

»Das ist er.«

»Und ist dieser Ort während der Nacht unverletzt geblieben?«

»So ist es.«

Meine Antworten schienen ihn zufriedenzustellen. Also fuhr er mit der Zeremonie fort. An ausgesuchten Stellen verfiel er ins Menschische. Gemessen an dem, was er mich verstehen ließ, wollte er besonders die Heiligkeit der Feier und die unglaublich lange Tradition betonen, in die man mich eingefügt hatte. Das meiste von dem, was er sagte, bestand aus theologischen Nacherzählungen, von denen ich viele schon vorher in etwas anderer Form gehört hatte, wenn auch mit der Betonung darauf, daß Elfen den Menschen so unendlich überlegen waren.

»In der Zeit vor allen Zeiten begab es sich, daß Levicius und Alosia, der Himmel und die Erde, einander erkannten. Mit diesem Erkennen kam das Wissen um ihre Göttlichkeit. In ihrer allmächtigen Weisheit schufen sie die Zwerge, um die Welt zu erbauen, und die Elfen, um die Welt mit allem Lebenden zu füllen. Alles, was ihre Geschöpfe schufen, waren Offenbarungen ihrer Liebe zueinander. Damit die Welt und ihre Liebe nicht schal wurden, zeugten sie noch eine andere Rasse, jene nämlich, die jetzt den Anspruch erhebt, das Volk der Reith zu sein. Ihre Aufgabe sollte es sein, die elementaren Kräfte des Chaos zu bändigen, in ihrer Welt einen Wandel herbeizuführen, so daß sie gedeihen und vollkommen werden konnte.

Weil sie Freude an ihrer Schöpfung hatten, beschlossen Levicius und Alosia eines Tages, ihre Welt mit Kindern zu teilen, die aus ihnen geboren, nicht aber von ihnen gezeugt wurden. Kyori und Jistan kamen zuerst, dann Bok, Chavameht und Herin. Zuletzt kam Reithra, die in ihrer Eifersucht, die sie wegen der Liebe ihres Vaters zu ihrer Mutter empfand, aus ihrem Haß den Tod schuf. So begann die erste Rebellion.

Kyori und Jistan kämpften für ihre Eltern und brachten einen Waffenstillstand mit ihren Geschwistern zustande, der Levicius und Alosia aber zwang, sich ins Jenseits zu begeben. In diesem Krieg der Götter hatten es die Elfen mit den Göttern gehalten, die sie geschaffen hatten, und so erwarben sie das Recht, ihre Schöpfer im Exil zu besuchen. Die Zwerge, die neutral geblieben waren, wurden deswegen vom Tod in seinem ersten Machtrausch nicht angerührt und können sich ihm heute noch entziehen. Die Reith aber umarmten ihn, und heute kennzeichnet er sie.«

Niemals zuvor hatte ich Namen für die Eltern der Götter gehört, und ich begriff, daß das hohe Alter des sylvanischen Volkes gerade darin zum Ausdruck kam, daß die Elfen noch jene kannten, die die Götter gebaren, die heute die Welt regieren. Der Zeitpunkt des Entstehens der Reith erklärte auch ein Gutteil der Feindschaft zwischen ihnen und den Elfen. Sie wurden erst nach den Elfen geschaffen, und allein schon das machte sie in deren Augen minderwertiger. Die Reith hingegen meinten, daß gerade, weil sie erst geschaffen wurden, um die bis dahin den Elfen und Zwergen überlassene Welt zu ändern, *sie* das überlegenere Volk seien. Ihre Unterordnung in der Verehrung einer geringeren Göttin spielte in ihrem verqueren Weltbild keine Rolle, dessen war ich sicher.

Jetzt wieder auf menschisch und allein für mich bestimmt, fuhr der Priester fort. »Kyori und Jistan heirateten und sahen bei ihren Geschwistern die Saat der Zwietracht. In ihrer Weisheit schufen sie die Menschen und überließen sie den andern zur Verwendung als Soldaten, damit Kriege, die man auf Skirren führen *konnte*, nicht im Himmel ausgefochten werden *mußten*. Bok schuf den Driel ,als Spielzeug für sich, die Zwerge erwählten Herin zu ihrer Patronin, und Chavameht erbarmte sich aller Tiere, sogar der Schnecken und Schlangen. Letztendlich blieben also nur die Elfen den ersten Göttern treu, und sie behielten deswegen auch ihren Rang über allem, was in der Rebellion und aus ihr entstanden war.«

Ich fühlte mich fest eingebunden in das elfische Weltbild, richtiggehend – zusammen mit Schlangen, Schnecken und hie und da einem Driel – am unteren Rand angesiedelt. Ich zwang mich zu einem Lächeln. Nicht zum ersten Mal hatte ich einen Priester eine heilige Handlung und seine eigene Stellung benutzen sehen, um etwas angeblich Böses in der Welt zurechtzurücken. Zum ersten Mal aber hatte man mich als das Böse ausgesondert. Zuerst kam mir mein Lächeln deswegen etwas hölzern vor, aber das wurde bei der Vorstellung etwas lebendiger, daß er, wenn ihm schon meine Anwesenheit bei der Zeremonie nicht gefiel, den *Torris* zutiefst hassen würde. Ich genoß diese Vorstellung, denn wenn er schon den Hochzeitstag meines Freundes für seine Absichten mißbrauchte, verdiente er allen Ärger, den er kriegen konnte.

Nachdem er nun glauben konnte, er habe mich genug gezüchtigt oder ich sei so und so ein Idiot, oder vielleicht auch beides, mißachtete er mich hinfort. Für den Rest der Zeremonie sprach er nur noch elfisch, doch wenigstens an seinen Handbewegungen und der Melodie seiner Worte konnte ich erkennen, daß er Gebete und Formeln sprach, die dazu bestimmt waren, Aarundel und Marta miteinander zu verbinden. An den entsprechenden Stellen trat jeder von beiden etwas näher an den Altar und näher zum anderen, bis sie eng nebeneinander vor dem Priester standen.

Aarundel hob seinen Trauschmuck und streifte den Ring über den Mittelfinger von Martas rechter Hand.

Sie tat es ihm gleich, und dann klatschten sie die Hände aufeinander, so daß die Armreifen laut hörbar gegeneinanderschlugen. Jetzt trat Larissa vor und griff den Reif, der von ihres Bruders Ring baumelte. Ich wollte es ihr gleichtun und ebenfalls nach vorn treten, aber Lomthelgar hielt mich gerade noch zurück und trat an meine Stelle. Ich erstarrte für einen Moment, ehe ich begriff, daß ich gerade dabeigewesen war, Aarundels Glück an seinem Hochzeitstag zu zerstören.

Im Gleichtakt streiften Lomthelgar und Larissa dem Paar die Armreifen über die Gelenke, und die anwesenden Elfen ließen wie aus einem Mund einen Freudenruf erklingen. Lomthelgar lächelte mir verständnisinnig zu, als er wieder zurücktrat. »Du hast als meine Stimme gesprochen, ich habe als deine Hand gearbeitet.«

Jetzt umarmte Aarundel seine Frau und küßte sie innig. Ich schaute ihnen zu, natürlich nicht mit voyeuristischer Lust, sondern weil ich es nicht wagte, an ihnen vorbei auf Larissa zu blicken. Das hätte ich zwar gewollt, aber ich wußte, daß ich es nicht durfte. Wenn ich meinem Verlangen nachgegeben hätte, hätte ich mich wieder ganz in ihr verloren. Und das würde die Konzentration beeinträchtigen, die ich für den *Torris* brauchte. Und ohne diese Konzentration konnte ich ihr leicht das antun, was ich um ein Haar auch Marta angetan hätte.

Um uns herum erwachte das Amphitheater zu einem lebendigen Treiben. Die einen brachen schon auf, andere gingen von den Rängen nach unten auf das Gras und breiteten Decken aus. Dann setzten sie sich auf den Boden, während Aarundels Gefolgsleute zwischen ihnen mit Wein, Brot und Gemüseeintopf herumgingen. Alle Gäste nahmen Essen und Trinken gern an, wie es schien, aber sie sprachen nicht in gleichem Maße zu.

Vor dem Altar breiteten Diener eine riesige schwarze Seidenplane aus. Braut und Bräutigam nahmen in der Mitte darauf Platz. Dann wurden über die vier Ecken noch kleinere, azurblaue Planen gelegt. Larissa und ich wurden auf die Planen links und rechts des Paares plaziert, und die vier Eltern saßen hinter ihm. Niemand nahm auf der Plane vor dem Paar Platz, also nahm ich an, daß sie vielleicht symbolisch für Kinder ausgebreitet war, oder vielleicht im Fall einer zweiten oder dritten Ehe der Ehrenplatz für die Kinder aus den früheren Verbindungen war.

Braut und Bräutigam wurden als letzte bedient. Ich wünschte mir so, daß sie den Becher erheben und einen Schluck Wein trinken würden, denn vor lauter Nervosität war mir der Mund knochentrocken. Ich wartete geduldig, daß sie endlich begännen, als ich plötzlich Lomthelgars Hand auf meiner Schulter fühlte. »Ehe sie mit dem Festmahl beginnen, mußt du tanzen.«

Ich nickte. »Du wirst stolz auf mich sein.«

Der alte Elf lächelte. »Der Tanz ist alles. So wie er verläuft, wird auch ihr gemeinsames Leben verlaufen.«

Ich war erschrocken, als er das sagte, aber dann nickte ich und riß mich zusammen, damit ich es so gut machte, wie ich konnte. Ich wußte ja, daß ich mich auf den Tanz vorbereitet hatte. Ich hatte so viel geübt, daß ich ihn mit verbundenen Augen ausführen konnte. Und wenn mein *Torris* über die Zukunft ihrer Ehe bestimmte, dann würde ich hervorragend tanzen.

Ich ließ die Axt liegen, trug aber noch Herzspalter über der Schulter, stand auf und lief um die anderen Planen herum, bis ich direkt vor dem Brautpaar stand. Ich verbeugte mich vor ihnen, drehte mich dann links um und verbeugte mich vor meiner Partnerin. Schließlich drehte ich mich wieder im Winkel von neunzig Grad, lächelte Aarundel zu, machte eine Kehrtwendung und entfernte mich gemessenen Schrittes von ihm und seiner Braut, bis ich zwei Schritte innerhalb der kreisrunden Fläche war, die die Elfen umlagerten. Ich drehte mich nicht um, denn ich wußte, daß Larissa sich ebenfalls vor ihrem Bruder und seiner Braut verbeugen und dann ihren Platz mir gegenüber einnehmen würde. Rücken an Rücken, nur eben durch eine Mannslänge getrennt, würden wir den Tanz für unsere Freunde und ihre Verwandten beginnen.

Die Musikanten stimmten die *Torris*-Melodie langsam an, genau in dem Tempo, das Lomthelgar bei meinem Unterricht vorgegeben hatte. Ich bewegte mich nach rechts und schritt dabei einen Viertelkreis ab. Wäre ich ein Elf gewesen, dann hätten sich Larissa und ich mit den Schulterblättern berührt. Wir hätten unsere Arme gestreckt und unsere Hände mit den Fingern verschränkt. Wir hätten die verschlungenen Hände zum Himmel hochgereckt, und unser Tanz wäre von dem Feuer beseelt worden, das wir beide in uns fühlten.

Getrennt aber, wie wir waren, konnte das nicht geschehen.

Bei einem scharfen, schrillen Ton hatten wir uns beide schnell umzudrehen, so wie ein wildes Tier herumschnellt, um einen Verfolger anzufauchen. Wir erstarrten für einen winzigen Augenblick, kaum einen Herzschlag lang, sowohl weil der Tanz das an dieser Stelle verlangte, aber auch, weil sich zum ersten Mal in diesem Tanz unsere Augen trafen. In diesem Augenblick schmolz mein guter Vorsatz, ganz die Beherrschung zu bewahren, dahin. Auch in ihren Augen sah ich die Leidenschaft erblühen, und ihre glänzenden Lippen öffneten sich mit einem Verzücken, das sicher ein getreues Spiegelbild meines eigenen war. Beide wußten wir in diesem Augenblick, daß die Welt nur aus uns bestand – und aus allen anderen, die gegen uns waren. Wortlos kamen wir überein, daß dann, wenn wir den Tanz mit der unmöglichen Liebe füreinander erfüllten, die Liebe Aarundels und Martas um so mehr gesegnet sein würde. Zu verleugnen, was wir für uns selbst empfanden, würde ihnen den perfekten *Torris* vorenthalten, und das konnten wir ihnen nicht antun.

Wir streckten und schwangen die Arme, ballten die

Finger zur Faust just in dem Augenblick, in dem unsere Arme eine einzige Linie formten, die uns in einem unsichtbaren Strom der Kraft verband. Einige werden in diesem Moment begriffen haben, was mit uns los war, andere würden es vielleicht nie begreifen. Ich hielt schon Ausschau nach Signalen der Feindseligkeit, die ich hätte auffangen und in noch mehr Energie für mich verwandeln können.

Die Musik beschleunigte den Takt, aber sie paßte sich uns an, statt umgekehrt. Wirbelnd und drehend umkreisten wir einander in vollkommener Harmonie. Ich streckte die Hand aus, als würde ich Larissa bei einer Pirouette führen; und obwohl uns sicher zwei Fuß Abstand trennten, bewegte sie sich so, als hätte ich sie mit dem führenden Finger gedreht. Als sie wirbelnd und drehend in die Hocke ging und ich mich in einem langen Sprung über sie beugte, schnellte sie den Kopf zurück; ihr langes goldenes Haar wehte nur einen Fußbreit an meiner Hüfte vorbei. Nachdem ich auf den Knien gelandet und auf die Seite gerutscht war, schnellte ich herum und kam im selben Augenblick wieder hoch wie sie, wir beide mit ausgestreckten Armen und in einer Bewegung im gleichen Takt, so als wären wir gemeinsam aufgestanden.

Wir tanzten aufeinander zu, bis uns nur noch ein paar Zoll trennten. Dann drehte ich mich nach rechts und sie sich nach links. So bewegten wir uns nebeneinander, als ein Paar, Aarundel und Marta genau gegenüber. Wir flogen auf sie zu, hielten jäh vor ihnen im gleichen Atemzug inne, kehrten um und drehten uns wieder voneinander weg. Unsere Hände wirbelten weniger als eine Handbreit an unseren Leibern vorbei.

Ich hatte aufgehört, den Takt zu zählen und auf die Musik zu achten. Mich kümmerte nicht mehr, was der Tanz war oder was er vorgab zu sein. Ich wußte, daß es nur noch um uns ging, *wir* waren der Tanz. Jeder für sich – und doch auf viel intensivere Art als körperlich miteinander verbunden – tanzten wir, flossen wir durch den *Torris*. Wir lachten laut, wir lachten uns an, unsere Augen strahlten im erregten Taumel der Liebe und der von Furcht provozierten Heiterkeit am Rand des Vergessens. Eine falsche Bewegung, ein Fehltritt, und der Rausch des Trotzes würde uns in den Untergang stürzen.

Es war gleichgültig, daß ich Schritte vergaß und andere dafür improvisierte. Ich wußte einfach immer, wo Larissa sein würde, und ich schaffte es, niemals in demselben Augenblick auch genau dort zu sein. Ich konnte sie sehen, ich konnte sie hören, und ich konnte sie so eindringlich *fühlen*, als wären wir mit Millionen Stricken miteinander verschnürt. Puppen und Puppenspieler zugleich, steuerten wir den andern und arbeiteten mit ihm; aus dem *Torris* als Tanz zum *Lobpreis* von Liebe und Vermählung machten wir einen Tanz der Liebe selbst.

Viel zu früh und trotzdem viel zu spät endete die Musik, und wir beide erstarrten mitten in der Bewegung, genau in der Mitte des Rondells. Jetzt standen wir so eng nebeneinander, daß ich ihren Atem im Gesicht spürte. Ich fürchtete bereits, daß mir ein Schweißtropfen die Nase herunterrinnen und uns beide verbinden würde. Wenn das geschähe, würde ich sterben, doch das ließ mich gleichgültig, denn mein Herz fühlte sich zum Bersten voll von Freude und Glück, so daß mich der Tod nicht mehr schrecken konnte. Ich hatte dem Leben alles abgewonnen, was möglich war; der Tod würde diesen Augenblick nur wie in einem Kristall einfangen und mich darin für immer fortleben lassen.

Ich dachte, es sei mein Herz, das wie verrückt schlug, als ich das erste Zittern in meinem Körper fühlte. Ich schwankte und wußte, daß ich direkt auf Larissa prallen würde, sollte ich stürzen. Ich kämpfte gegen den immer stärker werdenden Schwindel an und ließ mich entschlossen hintenüber fallen. Immer noch im gemeinsamen Takt, tat sie dasselbe. Wir lachten wie Kinder über dieses verwirrende Schauspiel, das wir bieten mußten. Ich rollte mich wieder nach vorn und setzte mich auf. Ich zwinkerte ihr zu und wollte eben etwas sagen. Aber was ich jetzt zwischen uns sah, verschlug mir die Stimme.

Das Stück Erdboden, auf dem wir gestanden hatten, fing an zu wackeln, wie eine zuvor gespannte Saite, nachdem der Pfeil abgeschossen ist. Einzeln stehende Grashalme verschlangen sich mit andern, als der Boden immer schneller vibrierte. Die Erschütterungen nahmen in dem Maß an Stärke zu, wie ihre Frequenz wieder geringer wurde. Ungläubig beobachtete ich, wie eine Sode von sechs Fuß Durchmesser sich einmal in diese, dann in die andere Richtung kräuselte wie eine Wasseroberfläche bei wechselndem Wind. Wo sich genau in der Mitte kleine Wellen verdichteten, schoß plötzlich ein spitzer Kegel Dreck in die Luft. Ein kleiner grasbewachsener Ball löste sich daraus und blieb eine Weile in Kopfhöhe in der Luft hängen, ehe er wieder zu Boden fiel. Ohne Platschen und ohne Spritzer vermengte er sich mit dem Dreck. Grashalme und Wurzelstücke tanzten auf den Wellen und lagerten sich am Rand der kreisrunden, flüssigen Sode ab.

Die Erde in diesem Kreis kochte regelrecht. Klumpen stiegen hoch wie Blasen in der Brühe, und als sie aus dem schlammigen Dreck herauskamen, zeigte es sich, daß es sich um Steine handelte, mindestens so groß wie eine Faust, und der eine oder andere sogar noch größer als ein Schädel. Als sie über den Rand des Kreises herauskullerten, kroch ich auf Händen und Füßen zurück, stand dann auf und sah mich um, ob Larissa in Sicherheit war. Sie wich gerade mit Tanzschritten einem Stein aus, lächelte mich dann an und zwinkerte mir zu.

Der brodelnde Boden änderte seine Farbe von einem tiefdunklen Braun in rote Töne und stieg hoch wie die Fontäne eines Geysirs. Ich hob die linke Hand, um die Augen abzuschirmen, blieb starr wie eine Säule. Sie drehte sich schnell und immer schneller, ähnlich einer Windhose, wie ich sie schon in den Staubsteppen Centisias gesehen hatte, bewegte sich aber nicht von der Stelle, an der sie verwurzelt schien. Dann wurde sie wirbelnd kleiner und verwandelte sich in einen bunten Mantel, den eine Achatbrosche am Hals eines reithischen Zauberers zusammenhielt.

»Ich überbringe die Grüße des reithischen Volkes.« Er schwebte jetzt über der Erde, drehte sich langsam im Kreis und betrachtete aufmerksam die Elfen, die sich nacheinander erhoben. Als er mit seiner Kreisbewegung zu Ende war, blickte er wieder nach vorn. Seine Augen verengten sich zu Schlitzen, als er mich bemerkte. Er öffnete den Mund und ließ ein diamantblitzendes Lächeln sehen. »Dich trifft man an den ungewöhnlichsten Orten, Menschling.«

»Auch ich habe nicht erwartet, dich hier zu sehen, Takrakor.« Ich hob die Hand und faßte Herzspalters Griff, ohne das Schwert zu ziehen, denn Aarundel trat neben mich. Er stellte sich so hin, daß ich nicht ziehen konnte, also nahm ich an, daß er Gewalt verhindern wollte. Daß er seine Streitaxt hinten gelassen hatte, bestärkte mich in meiner Vermutung. »Anscheinend treffen wir uns nur bei Feierlichkeiten; hier ist es eine Hochzeit, in Jammaq war es ein Begräbnis.«

»Die Umstände werden sich bald ändern, Menschling.«

»Schade, wo ich Begräbnisse von Reith so liebe.«

Aarundel hob die Hand, um mich zum Schweigen zu bringen. »Neal, er ist hier als Gast!«

Ich zwinkerte ihm zu. »Du hast Takrakor zu deiner Hochzeit eingeladen?«

Mein Freund schüttelte den Kopf. »Bei allen solchen Gelegenheiten wird ein Vertreter der Reith eingeladen. Denn eine Hochzeit bedeutet Wandel, und sie sind die Herren des Wandels.«

»Trauungen sind auch der Tod des Lebens allein.«

Der Reith bewegte die Zunge von einem kristallenen Eckzahn zum andern. »Wir sind die Herren des Todes.«

Ich lachte. »Ah, das sind die passenden Gefühlsäußerungen bei einer Hochzeit.«

Aarundel seufzte und richtete den Blick wieder auf Takrakor. »Es kommt selten vor, daß die Reith die Einladung annehmen.«

Takrakor zuckte lässig die Schultern. »Konnten wir die Hochzeit eines Mannes übergehen, der sich als so entschlossener Feind erwiesen hat? Wir feiern nicht nur deine Hochzeit mit, sondern wir feiern auch deine Rückkehr, deinen Entschluß, hier in Cygestolia zu leben. Dein Abschied von den Schlachtfeldern wird uns der Sorge um deine Sicherheit bei den Menschen entheben.«

»Die Haladina stellten für Aarundel kaum eine Bedrohung dar.« Ich lächelte ihn an. »Wenn ich du wäre, würde ich mir mehr Sorgen um die Sicherheit der Reith bei den Menschen machen.«

Die roten Augen des Zauberers verengten sich zu blutigen Schlitzen. »Ich habe deine Mätzchen nicht vergessen, ganz und gar nicht. Du konntest nicht einmal *hoffen*, daß ich sie vergessen würde.« Er winkte mich mit einer trägen Geste hinweg, und ich fühlte, wie mich ein leichter Lufthauch streifte. »Ich werde nicht zulassen, daß du diese freudige Veranstaltung verdirbst, Bürschchen.«

Er faltete für einen Augenblick die Hände und spreizte dann die Finger weit auseinander. Ein ganzer Regenbogen von Edelsteinen fiel zwischen Larissas und meinen Füßen nieder. »Sie sind für dich, Aarundel, und für deine Braut. Dein Geschick, Geschmeide zu schmieden, ist uns nicht unbekannt, und jedes Geschenk, das du daraus für sie machst, wird durch ihre Schönheit noch veredelt.«

Aarundel kniete sich zu Boden und hob einen blauen Diamanten auf, der so lang und halb so dick war wie mein Daumen. »Allein dieser Stein würde in einer

Zwergenwerkstatt als Vermögen gelten, Takrakor. Deine Worte könnten manch einen meinen lassen, du würdest mich bestechen wollen, hier in Cygestolia zu bleiben.«

Die Augen des Zauberers weiteten sich kurz und nahmen dann wieder ihre normale Größe an, als er lächelte. »Diese Steine werden aus Freundschaft gegeben, Aarundel, nicht als Bestechungsgeld. Wir wissen, daß du deine Braut nicht verlassen willst, um wieder in den Krieg zu ziehen. Glaube nicht, daß ich dich für einen Feigling halte, den man mit Reichtümern verführen könnte, gemütlich zu Hause zu bleiben. Ich denke ebensowenig so, wie du glauben wirst, die Reith würden einen Elfen fürchten, weil er mit Menschen befreundet ist.«

»Dann teilen wir also ein gewisses Verständnis füreinander?«

»Ich denke schon.«

»Gut.« Aarundel lächelte versonnen und erhob die Stimme, auf daß alle ihn hören konnten. »Meine Frau und ich, wir haben uns in der vergangenen Nacht auf folgendes geeinigt: In vierzehn Tagen werde ich aus Cygestolia aufbrechen und mein Leben als Krieger wieder aufnehmen.«

Während die Leute vor Erstaunen miteinander tuschelten, erhob sich Finndali hinter Larissa. Er legte die Hände auf ihre Schultern und sagte, zu Aarundel gewandt: »Du hast die Heiratserlaubnis nicht erhalten, damit du danach gleich wieder aufbrichst.«

»Es wurde mir aber auch keine Auflage gemacht, als man mich heimholte, um zu heiraten. Du und die Consilliarii, ihr seid vielleicht davon ausgegangen, daß mich die Ehe hier festhalten würde, aber das ist nun einmal nicht meine Entscheidung.« Aarundel bedachte sich einen Augenblick und sah seine Schwester an, ehe er fortfuhr. »Ihr habt jetzt Neal Custos Sylvanii kennengelernt. Ihr habt ihn den *Torris* tanzen sehen. Dadurch und durch sein Auftreten hier könnt ihr nachvollziehen, warum ich diesen Mann als meinen *Freund* bezeichne. So wie Neal hierhergekommen ist, um mir in meiner Welt zur Seite zu stehen, werde ich Cygestolia wieder verlassen, um ihm in seiner Welt beizustehen. Weniger wäre meinem *Vindicator* gegenüber unehrenhaft.«

Takrakors baßdröhnendes Gelächter übertönte leicht das Gemurmel der Elfenstimmen. »Sehr gut, Aarundel, wirklich sehr gut. Ich habe ihnen vorhergesagt, daß du dich in Cygestolia nicht kleinkriegen läßt. Die Kalte Göttin wird deine Seele genausogern auffressen wie jede andere.«

Ich deckte Aarundels Leib mit meinem eigenen. »Ich denke, daß wir diese Theorie überprüfen können, sobald deine Truppen sich entschließen, anzutreten und an der Front ihrer Menschensöldner selbst zu kämpfen.«

Der Mantel des Zauberers Takrakor löste sich langsam auf, als sein anschwellender Zorn seine Beherrschung untergrub. »Wenn *ich* mich entschließe zu kämpfen, Bürschchen, dann wirst du dich nach den Tagen zurücksehnen, an denen du nur mit Haladina zu tun hattest.«

»Das kann gut sein, Takrakor«, knurrte ich ihn an. »Bis dahin werde ich mich einfach mit der Erinnerung daran trösten, wie leicht dein Bruder gestorben ist.«

Der reithische Zauberer wurde fast vor Wut zerrissen, und er sank schon allmählich zu Boden. Mit einer schnappenden Abwärtsbewegung aus den Handgelenken und mit hektischem Armrudern schaffte er es, die Staubwolke, auf der er stand, wieder steigen zu lassen. Entweder weil er die Kontrolle verloren hatte oder weil er das absichtlich so machte, jedenfalls loderte der Sandsturm noch einmal auf und traf mich voll auf die linke Gesichtshälfte. Ich ließ mich auf ein Knie sinken und spürte, wie mir das Blut aus einer Stirnwunde lief. Aber ich zog Herzspalter und hielt das Schwert bereit für einen Stoß mitten hinein in die wirbelnde Wolke.

Die Staubhose fiel in sich zusammen und ließ nichts zurück als das Dreckloch im Gras.

Der reithische Magier war verschwunden. Die Chance, seine Sippe noch mehr gegen mich aufzubringen, hatte er mir verwehrt. Sein Hochzeitsgeschenk blieb zurück, über den Boden verstreut. Mir wäre lieber gewesen, es wären nicht die Juwelen, die hier lagen, sondern seine Zähne, und daß es meine Faust gewesen wäre, die sie hier verstreut hatte. Freilich waren solche bösen Gedanken, ausgerechnet am Hochzeitstag seines besten Freundes, für einen *Vindicator* nicht gerade die passendsten.

Ich drückte mir den linken Handballen auf die Stirn, um das Blut zu stoppen. Als ich aufsah, bemerkte ich, wie Larissa nach vorn eilen wollte, um mir zu helfen, daß sie aber von ihrem Mann daran gehindert wurde. Entsetzen sprach aus ihren Augen – nicht darüber, was sie soeben beinahe getan hätte, sondern darüber, daß ihr das Gesetz ihres Volkes das verbot. Ich lächelte sie an, um ihr zu zeigen, daß ich nicht ernsthaft verwundet war, und nickte ihr zu, als ihr Mann versuchte, sie von mir wegzudrehen.

Aarundel kniete sich neben mich und nahm die Wunde in Augenschein. »Eine Schnittwunde. Nichts Ernsthaftes.«

Ich mußte lachen. »Und das bei einer Veranstaltung, von der ich nun wirklich annahm, daß es keiner Narbe bedürfte, um mich daran zu erinnern.«

»Aber wenn irgendeiner hier verwundet werden würde, dann hätte ich angenommen, daß das nur du sein konntest.« Er löste sein Halstuch und faltete es zu einem Verband. »Hier, nimm!«

»Danke.« Ich merkte, daß er etwas sagen wollte, daß ihm aber entweder die Worte fehlten oder die Stimme. »Wenn du mir gesagt hättest, daß ich verwundet werden könnte, wäre ich vielleicht gar nicht mitgekommen.«

Er schmunzelte höflich, nahm dann auch noch Martas Schal, um mir damit den seinen auf die Wunde zu binden. Während er sich nah zu mir herüberbeugte, um einen Knoten zu binden, sagte er leise: »Neal, du und meine Schwester, bei dem *Torris* ...«

Ein Schauder lief mir über den Rücken. »Wir haben uns *nicht* berührt. Überhaupt nicht.«

»Das weiß ich.« Aarundel starrte mich an. »Was ist zwischen euch vorgegangen, was hat euch getrieben ... Es war so offensichtlich. Wißt ihr, was das bedeutet?«

Ich senkte die Augen und fühlte mich kraftlos. »Takrakor hätte sich vielleicht viele Freunde unter den Elfen gemacht, wenn er mir den Kopf sauber abgeschlagen hätte. Stimmt's?«

Mein sylvanischer Freund schüttelte verneinend den Kopf. »Es bedeutet, daß ich sehr glücklich über meine Schwester bin und über meinen Freund, sehr glücklich über euch.«

»Ich danke dir.«

»Und«, fuhr er mit grimmigem Gesichtsausdruck fort, »es bedeutet, wenn du in dieser Angelegenheit das Gesetz der Elfen verletzt und wenn ich dich deswegen töten werde, dann wirst du keinen Schmerz empfinden, das verspreche ich dir.«

Trauer um eines Mannes Tod

Frühlingsbeginn
A.R. 499
Die Gegenwart

»Wo, Mann?« Graf Berengar packte ihn am Revers seiner Tunika und hob ihn vom Boden hoch.

»Nordwestlich des Unteren Markts, Herr Graf, hinter dem haladinischen Ledergeschäft.«

Berengar ließ ihn wieder runter und rannte aus dem Raum. Entsetzt und ungläubig zitterte Gena, dann sprang sie auf und lief ihm nach. Sie wollte ihm nachrufen, auf sie zu warten, aber eine große Leere, die sich in ihr ausbreitete, erstickte ihre Worte. In ihrem Hinterkopf tobten alle möglichen grotesken und scheußlichen Bilder, die sich mit der Wortwahl des Dieners ›totgemacht‹ verbanden. Als sie den Flur entlangrannte, wurden die Phantasien immer seltsamer und überlagerten in immer neuen Schichten das Bild des Mannes, mit dem sie noch vor sechs Stunden zusammengewesen war.

Es könnte doch ein Irrtum sein! Ihre Erfahrung in der Zauberei gewann über ihre Gefühle die Oberhand. Der Diener war sich sicher mit dem, was er über Durrikens Zustand sagte, aber wieviel wußte er denn über Leben und Tod, über Wunden und Wiederbelebung? Der Diener mochte Rik für tot gehalten haben, obwohl in Wirklichkeit noch Leben in ihm war. Mit ihren Fähigkeiten und ihrer Zauberkunst konnte sie Rik vielleicht retten. Sie konnte vielleicht den Tod in Schach halten. Wenn nur noch der kleinste Funke Leben in ihm war, dann würde sie eine Glut damit entfachen, die ihn ihr zurückbringen würde.

Als sie in den Hof kam, sah sie Berengar gerade noch aus dem Tor reiten. Gena wandte sich an den nächstbesten Reitknecht. »Sattle mir ein Pferd! Sattle zwei! Du wirst mich zu dem Ort des Verbrechens führen.«

Der Junge war ganz aufgeregt. »Edle Frau, ich kann nicht …«

»Mach mich nicht wütend!« Sie packte ihn am Umhang und schob ihn in Richtung der Ställe. »Tu, wie dir geheißen. Sofort! Mir reißt die Geduld.« Sie ließ ihre Stimme wie ein unheilvolles Krächzen klingen, in der Hoffnung, Erinnerungen an die Greuel der *Eldsaga* zu wecken und den Knecht damit auf Trab zu bringen.

Und obwohl er sich nun tatsächlich beeilte, ihren Befehl auszuführen, konnte sie ihren Ärger nicht beherrschen. Er explodierte in ihr, als sie sich an Riks Antwort auf ihre Warnung erinnerte. Er sei völlig unbesorgt, hatte er ihr gesagt, wenn er sich in das haladinische Stadtviertel begebe, und für den Notfall habe er ja noch seine Blitzdrachen. *Wie konntest du nur so dumm sein? Wie konntest du das tun?* Ihr Ärger vermischte sich bereits mit Vorwürfen. *Du hättest es wissen müssen! Ich hätte dich gar nicht gehen lassen dürfen!*

Wieder versuchte ihr Verstand einzugreifen. Sie wußte, daß sie Rik nicht hätte zurückhalten können, sogar wenn sie es gewollt hätte. Er legte auf seine Unabhängigkeit Wert, trotz seiner Verehrung für sie. Und er hatte noch nie ein Risiko gescheut, wie der Kampf mit den haladinischen Banditen gezeigt hatte. Sie wußte, daß er klug genug war zu erkennen, ob wirklich Gefahr bestand oder nicht, daß er aber auch so mutig war, sich in Gefahr zu begeben, wenn er meinte, daß der Zweck das Risiko heiligte.

Es wurde ihr klar, daß ihr Ärger von der Überraschung darüber, ihn so schnell zu verlieren, herrührte. Irgendwie hatte sie sich schon als Gefährtin seines

Alters gesehen. Für andere *Sylvanesti* war dies eine grauenhafte Vorstellung. Aber sie hatte sich damit angefreundet, weil die Persönlichkeit Riks mit dem Alter sich auf jeden Fall positiv entwickeln würde, gleichgültig wie es um seine körperliche Verfassung bestellt war.

Es sei denn, daß er jung stirbt.

Der Knecht brachte jetzt zwei gesattelte Pferde aus dem Stall, und Gena schwang sich auf das graue Tier. Sie schaute ungeduldig zu, wie auch der Knecht aufstieg, und herrschte ihn an: »Reite voran!«

»Ich weiß nicht, wohin Sie möchten, Edle Frau.«

Gena knurrte und hatte sich wieder in der Gewalt. »Zum Unteren Markt, in die Gasse hinter dem haladinischen Ledergeschäft. Nur los, wir werden einen Menschenauflauf sehen, ganz sicher.«

Der Knecht ritt los, und Gena gab seinem Pferd mit ihren Zügeln noch einen Klaps, als es nahe vorbeiritt. Sie ließ auch ihr Pferd losgaloppieren. Sie verfluchte den zögerlichen Knecht und den Umweg, den die Tore der Befestigung erzwangen. Alles und jedes hatte sich verschworen, sie aufzuhalten, wo sie doch wußte, daß – wenn überhaupt – allein ihre Zauberkunst Durriken noch helfen konnte.

Die Stadt flog vorbei, in verschwommenen Konturen. Endlich ritten sie in die Straße ein, von der die Gasse abging. Die vielen Gaffer machten es unmöglich, zu Pferd weiterzukommen. Gena sprang aus dem Sattel und bahnte sich ihren Weg durch die Menge. Mindestens einen halben Kopf größer als alle anderen auf der Straße, kämpfte sie sich bis zu der Einmündung der Gasse durch, an dem Aurdon-Grenzjäger eine Absperrung errichtet hatten. Gena ließ sich von nichts und niemandem aufhalten und durchbrach auch die Absperrung.

»Rik? Rik?«

Berengar stand am Rand der Gasse; er drehte sich blitzartig zu ihr herum und machte ein paar Schritte auf sie zu. »Edle Frau Genevera, nein, nein.«

»Ich muß ihn sehen.«

»Nein!« Berengar packte sie am Handgelenk. »Gehen Sie nicht hin.«

Sie versuchte, sich aus seinem Griff zu befreien, aber es gelang ihr nicht. »Lassen Sie mich los!«

»Nein!« Berengar zog sie zur Seite und schob sie zu einer Lehmziegelwand des Ledergeschäfts. »Er ist tot, Gena.«

Verzweiflung überdeckte ihren Ärger. »Nein, sagen Sie das nicht! Ich kann ihm helfen.«

»Niemand kann ihm mehr helfen.«

»Davon verstehen Sie nichts.« Sie trommelte mit der freien Faust auf Berengars Brust. »Es könnte sein, daß er nicht tot ist.«

Berengar ergriff auch den anderen Arm und drückte sie mit seinem ganzen Körper gegen die Wand. »Gena, er ist tot. Ich kenne den Tod. Ich weiß es.«

»Ich habe magische Kräfte.«

»Das weiß ich. Aber die können ihm nicht mehr helfen.«

Sie unterdrückte ein Schluchzen. »Bitte, Graf, bitte. Ich *muß* ihn sehen.«

»Nein, Gena, nein.« Sie sah, wie er ebenfalls darum kämpfte, seine Gefühle zu unterdrücken. »Sie würden ihn nicht so sehen wollen, wie er jetzt ist.«

»Ich muß es einfach, bitte.«

»Gena, auch Durriken würde nicht wollen, daß Sie ihn so sehen.« Er umfaßte ihre beiden Handgelenke mit der rechten Hand und drückte sie an seine Brust. Mit dem linken Arm umfaßte er ihre Schultern und zog sie an sich. »Gewähren Sie ihm in ihrer Erinnerung die Würde, die ihm die Haladina im Tod verweigerten.«

In Berengars Stimme brach das Mitgefühl durch und ließ ihre ganze Entschlossenheit dahinschmelzen, die den Schmerz bis jetzt in Schach gehalten hatte. Sie hielt sich an Berengars Hemd fest und ließ den Kopf an seine

Brust sinken, als die Tränen aus ihr herausflossen. »Es ist mein Fehler. Ich hätte hier bei ihm sein sollen.«

»Nein, Sie brauchen sich keinen Vorwurf zu machen. Sein Tod hier ist genausowenig Ihre Schuld, wie es seine Schuld gewesen wäre, wenn wir beide gestern umgekommen wären.« Der Graf strich ihr beruhigend übers Haar. »Sie hätten alles für ihn getan, um ihm zu helfen, und er hätte das gleiche für Sie getan. Aber nicht dagewesen zu sein, macht Sie nicht zu seinem Mörder. Wären Sie bei ihm gewesen, müßte ich vielleicht den Tod von zwei Freunden betrauern.«

»Wie konnte das geschehen?«

Gena sträubte sich noch ein wenig dagegen, doch dann erlaubte sie Berengar doch, sie von der Gasse wegzuführen. »Ich weiß noch nicht warum und wer, aber ich weiß, daß wir das herausfinden werden. Meine besten Leute werden daran arbeiten. Sie werden den … sie werden Durriken in unser Haus schaffen, und er wird in der Gruft der Fischers bestattet werden.«

»Ich möchte ihn noch einmal sehen, zum Abschied.«

»Ich weiß. Ich werde dafür sorgen.«

Gena hob den Kopf wieder und küßte Berengar auf die Wange. »Danke!« Ein Zittern überlief sie, und sie schmiegte sich wieder in seinen starken Arm, bis ein Karren kam, der sie nach Hause brachte.

Genevera war überrascht darüber, daß ihr Durriken im Tod so klein vorkam. Von einem gefalteten Tuch abgesehen, das gerade seine Lenden bedeckte, lag er nackt auf der grauen Granitplatte des Tisches. Der Leichnam war gewaschen und seine Gliedmaßen waren gerade ausgerichtet worden. Man hätte fast glauben können, daß er nur schlief. Sie starrte ihn an. Sie wünschte und hoffte, daß seine haarlose Brust plötzlich wieder anfangen würde, sich zu heben und zu senken, aber allein schon die kreideweiße Haut sagte ihr, daß sich dieser Wunsch niemals erfüllen konnte.

Berengar stand mit dem Rücken zur Tür. »Der städtische Leichenbestatter hat sich gewundert, aber ich habe ihm gesagt, daß das eine elfische Sitte ist.«

»Ja, das ist es.« Sie schritt einmal langsam um den Tisch. »Anders als die Menschen, geben wir unsere Toten frei von irgendwelchen Attributen ihrer sterblichen Existenz der Erde zurück. Jene, die die Dahingeschiedenen liebten, werden aufgefordert, ihren Schmerz zu lindern. Und dann entlassen wir die Toten aus jeder Verpflichtung, die sie je gegen uns hatten.«

Sie streckte den Arm aus, um Rik zu berühren, zögerte dann jedoch. Der Tod war zwar in ihrem Volk etwas sehr Seltenes. Aber in der Erinnerung an die vielen Toten zu Zeiten von Neal war das Bestattungsritual bei den Elfen doch sakrosankt geworden. Sie wollte Rik als Persönlichkeit die letzte Ehre erweisen; seine sterbliche Hülle konnte sie dabei durchaus ignorieren. Aber sie wußte von zahllosen Elfen, die ihr diese Art, ihn zu ehren, weitaus mehr verübeln würden als die Tatsache, daß sie mit ihm geschlafen hatte.

Abtrünnigkeit und Ketzerei sind in meiner Familie nicht unbekannt. Sie nickte. *Es ist recht, das zu tun.*

Sie streckte den linken Arm und ließ die Hand heruntersinken, bis ganz dicht über seinen toten Körper. Mit der Spitze des Mittelfingers berührte sie einen der purpurfarbenen Schnitte in Riks Brust. Der erste reichte von drei Zoll über dem Brustbein bis zur Kehle. Ähnlich lange Schnitte durchfurchten die Haut unter jeder Brust. Weitere gleichartige, diagonal angeordnete Schnitte verunstalteten seine Brust von den Schultern bis zum untersten Rippenansatz. Die letzte Wunde war die schrecklichste: ein langer, ausgefranster, sichelförmiger Schnitt hatte ihm den Bauch aufgeschlitzt.

Der Teil von ihr, der zu klinischer Nüchternheit fähig war, überschlug den Schaden, den jeder der kleineren Schnitte angerichtet haben konnte. Die Haladina bevorzugten für den Nahkampf Mann gegen Mann die *Jam-*

byia, einen Krummdolch, und ihr war klar, daß jeder Schnitt tief ging und daß sich alle in Riks Herz vereinigten. Er mußte schnell gestorben sein, fast ohne Schmerzen, doch während sie jede einzeln Wunde berührte, wußte sie doch, welche Verbitterung Rik empfunden hatte, als das Leben aus ihm entwich.

Die klinische Beurteilung ging in einem Ozean von Erinnerungen unter. Gena verdrängte die wenigen schlechten und holte vielmehr die wunderbaren Erlebnisse und herrlichen Augenblicke jener Zeit hervor, die sie gemeinsam verbracht hatten. Sie war so kurz gewesen, und doch hatte sie nie das Gefühl gehabt, sie könne jemals zu Ende gehen. Sie schreckte aus ihren Gedanken hoch, als sie Berengars leise Stimme hörte.

Bedächtig schüttelte er den Kopf. »Die Haladina nennen diese Form des Todes *Tmeinja tal-karti*. Übersetzt heißt das ›Acht Schnitte‹, aber jeder einzelne Schnitt hat bei ihnen seine Bedeutung. Sie behalten diesen Tod Verrätern vor.«

Die Galle kam ihr hoch, als sie den Anfang der sichelförmigen Wunde auf Riks Bauch berührte. Ihre Finger spürten kalte, wächserne Haut dort, wo sie früher soviel Wärme gefühlt hatte. Rik hatte einen flachen Bauch, aber jetzt klaffte er an den Wundrändern auf. Tiefer drinnen konnte sie den blaßblauen Strang der Eingeweide sehen. Obwohl Berengar versucht hatte, ihr das alles zu ersparen, hatte sie doch gerüchteweise gehört, wie die Haladina sein Gedärm um den Hals drapiert hatten, wie eine blutige, grausige Girlande.

Mit zusammengebissenen Zähnen zwang sich Gena, jeden Zoll der Wunde zu erfühlen. Sie erahnte die Grausamkeit dieses Schnitts und mußte sich Mühe geben, Wut und Zorn zu unterdrücken. Sie war sich sicher, daß Rik auch im größten Schmerz nicht geschrien, sondern seine Angreifer nur wütend und verachtungsvoll angefunkelt hatte. Sie gelobte sich, daß sie nicht zusammenbrechen und ihn dadurch entehren würde, obwohl ihr schon jetzt die Kehle vor unterdrücktem Schluchzen schmerzte.

Du wirst gerächt werden, mein Liebster, dafür werde ich sorgen, als Beweis meiner Liebe zu dir.

Gena blickte auf zu Berengar. »Wie kamen sie dazu, Rik für einen Verräter zu halten?«

Berengar mied ihren Blick. »Wer kann einem Haladina schon in den Kopf schauen, Edle Frau!«

»Sie brauchen mir nichts zu verheimlichen, Berengar, mein Schmerz kann nicht mehr zunehmen.« Gena berührte ganz zart Riks Mundwinkel und strich über die aufgeplatzten Lippen. Die rechte Wange und das Auge waren blau geschwollen, und eine kleine Schnittwunde wies eine eigenartige Drehung im rechten Winkel auf, so als wäre sie von einem Ring verursacht worden. Sie führte ihre Fingerspitzen an die Lippen, hauchte einen Kuß darauf und übertrug ihn auf Riks Lippen. »Er hat in seinem ganzen Leben niemanden verraten. Sie haben ihn vielleicht für einen Spion im Auftrag Ihrer Familie gehalten.«

»Das könnte das Warum des Mordes erklären, aber nicht das Wie.« Berengar zögerte und runzelte die Stirn. »Ich habe ein Gerücht gehört …«

Sie fuhr hoch. »Was für ein Gerücht?«

»Ein beunruhigendes. Ich hatte schon früher Verwirrendes über Durriken und seinen Ruf gehört. Aber ich habe ihn sofort akzeptiert, schon aufgrund der Tatsache, daß er in Ihrer Gesellschaft war, aber …«

»Überlegen Sie, ob er ein Spiel zugunsten der Riverens gespielt haben könnte?« Gena schüttelte entschieden den Kopf und legte feurige Entschlossenheit in ihre Stimme. »Ich habe Durriken vielleicht nicht sehr lang gekannt – jedenfalls nach Elfen-Maßstäben. Und doch wußte ich alles über ihn, weil er sich mir geöffnet und alles mit mir geteilt hat.« Sie räusperte sich, als ihr beim Reden klar wurde, daß sie keineswegs alles über ihn wußte, und fragte sich, ob er gemerkt hatte, daß auch sie umgekehrt einiges vor ihm verborgen hatte. »Er hätte uns nie verraten, Herr Graf. Dessen bin ich mir ganz sicher.«

Berengar nickte kurz. »Dann sollten wir nicht weiter darüber nachdenken. Ich weiß nicht, was in den Köpfen der Haladina vorgeht, aber ich weiß, daß sie ihn ermordet haben, und deswegen werden die Haladina auch dafür bezahlen.« Sein Gesicht verlor den zornigen Ausdruck und entspannte sich. »Das heißt: Sie werden bezahlen, wenn Sie sich noch in der Lage fühlen, an unserer Unternehmung teilzunehmen, derentwegen ich Sie hierhergebeten habe. Ich würde verstehen, wenn Sie erst eine Trauerzeit einhalten wollen. Ich weiß zuwenig über die sylvanischen Gebräuche, um zu wissen, was hier üblich ist.«

Gena nickte. »Wir trauern für uns allein, in Augenblicken, in denen wir eine besondere Nähe zu dem Verstorbenen spüren. Der Tod ist bei uns nicht etwas so Alltägliches wie bei den Menschen, und er kommt selten früh. Also gibt es bei uns auch nicht so häufig einen Anlaß zum Trauern.«

Berengar streckte ihr die linke Hand entgegen und öffnete sie. »Vielleicht hilft Ihnen das bei der Erinnerung.«

Von seiner Handfläche nahm sie Graf Orvirs Ring und das Silberkettchen, mit dem er verbunden war. »Berengar, das war der Ring Ihres Bruders.«

»Nein, es war Durrikens Ring. Ich gab ihn ihm, und ich versprach ihm zusätzlich den zu diesem Titel gehörenden Besitz, falls wir erfolgreich wären. Er hat sein Leben schon im Einsatz für unser Ziel gelassen. Also ist es richtig, daß er den Titel erhalten hat, wenn auch nur für so kurze Zeit.« Der Graf zuckte unbehaglich die Schultern. »Der Rest von Riks Habseligkeiten, einschließlich der Blitzdrachen, ist in Ihr Zimmer gebracht worden. Den Ring aber wollte ich Ihnen persönlich geben – zum Andenken an ihn.«

Gena streifte das Kettchen über den Kopf und ließ den Ring zwischen ihre Brüste fallen. »Ich danke Ihnen für Ihre Aufmerksamkeit.« Sie holte den Ring noch einmal hervor und wärmte ihn in der rechten Hand. »Auf jeden Fall sollten wir Ihren Plan weiter verfolgen. Neal Elfwart hat sein ganzes Leben lang gegen die Haladina gekämpft. Niemand, der ein Bündnis mit den Haladina geschmiedet hat, wird deswegen vor ihm sicher sein.«

Berengar nickte bestätigend und verschränkte die Arme vor der Brust. »Wissen Sie, wo sich das Schwert Herzspalter befindet?«

»Nicht mit Bestimmtheit. Aber ich glaube mich zu erinnern, daß es bei Neals Tod meinem Großvater anvertraut wurde. Er und meine Großtante schickten es nach Jarudin.«

Berengar lächelte. »In die kaiserliche Hauptstadt? Glauben Sie, daß es noch dort ist?«

»Das weiß ich nicht. Aber es ist zumindest der letzte Ort, von dem ich weiß, daß es dort war.« Sie warf noch einen Blick auf den aufgebahrten Rik und nickte entschlossen. »Wir begraben unsere Toten, und dann suchen wir Neals Waffen, damit wir sie rächen können.«

KAPITEL 16

Feier zum Untergang eines Reiches

Frühherbst
Vor fünf Jahrhunderten
Im Jahr 3 der Herrschaft des Roten Tigers
Mein siebenunddreißigstes Jahr

Die Schlachten, die wir im Frühjahr nach Aarundels Hochzeit schlugen, führten zu einer endgültigen Konsolidierung Centisias unter dem Banner des Roten Tigers. Wir griffen sogar kurzfristig nach Nordosten aus und nahmen uns ein Stückchen von Ispar, ehe wir uns eilends wieder zurückzogen, als die Reith mit einem Bataillon schwerer Reiter und einer wahren Horde Haladina reagierten, die uns vernichten sollten. Die Reith folgten uns jedoch nicht über die Grenze nach Centisia, wohl aber ihre Verbündeten, die Haladina. Die aber flohen schnell wieder zurück nach Norden, nachdem sie ein Viertel ihrer Männer auf den Schlachtfeldern der nordcentisischen Ebenen verloren hatten.

Nach diesem Sieg erneuerte Sture seine Forderung nach einem Feldzug nach Irtysch hinein. Der Rote Tiger erklärte ihm, er wolle die Idee einer solchen Strategie bedenken, doch hatte er bereits einen Plan geschmiedet, den Sture nicht kannte. Dazu gehörte, daß ich – anscheinend in einer Aufwallung von Ärger – den Stählernen Haufen aus der Streitmacht des Roten Tigers herausziehen sollte. Wir brachen in Richtung Aurium auf, schlugen dann aber einen Haken und legten uns im Bergland beiderseits der kaudinischen/esquihirischen Grenze in Wartestellung.

Gerüchte über einen bevorstehenden Schlag gegen Irtysch hatten schon die Runde gemacht und auch die Reith erreicht. Sie machten sich daran, größere Verbände nach Ispar zu verlegen, um uns damit zu binden und zu beunruhigen. Trotz der Meldungen über diese reithischen Aktivitäten im Norden setzte Sture die Vorbereitungen für seinen Feldzug nach Irtysch fort. Als er damit fertig war, meldete er sich ein letztes Mal beim Roten Tiger, nur um von ihm zu erfahren, daß er nirgendwo hinmarschierte.

Der Rote Tiger drehte seine Armee herum und verlegte sie in Eilmärschen nach Kaudia. Während die Legion der Verbannten ihm den Rücken deckte, stieß der Rote Tiger in das zentrale Kernland Kaudias vor. Die Reith mußten allerhand improvisieren, um ihm Widerstand zu leisten. Sie holten Heimatschutzstaffeln aus Reith selbst und bauten damit eine einfallsreiche Verteidigung auf.

Die reithischen Garnisonen und ihre haladinischen Hilfstruppen hielten kämpfend stand. Das änderte sich, als der Stählerne Haufen erst nach Westen marschierte und dann scharf nach Süden abschwenkte. Damit waren wir hinter ihren Linien. Als erstes griffen wir einen Zahlmeistertroß an, dessen Begleitschutz wir schnell überwältigten und dessen Soldkasse wir erbeuteten. So wie es mit Söldnern immer ist, wenn sie nicht bezahlt werden, war es nun auch mit den Haladina, die für die Reith in Kaudia kämpften: Sie setzten sich nach und nach in die Heimat ab. Daraufhin zogen sich die Reith zurück und beschränkten sich darauf, einige wenige Festungen in Schlüsselpositionen im Nordwesten des Landes zu verteidigen. Nun konnte mein Stählerner Haufen mit der Beute in des Roten Tigers Freistaat zurückkehren.

Beide Seiten gingen, wo sie standen, ins Winterlager. Im Frühjahr dann ließen wir die Legion der Verbannten antreten und stießen damit geradewegs nach Norden vor. Wir mieden die Linie der reithischen Festungen, ließen jedoch genügend Aufklärer und Stoßtrupps dort, damit die Reith nicht etwa wagten, ihre Festungen zu entblößen und uns anzugreifen. Als Folge dessen standen wir vor dem entscheidenden Schritt, zu dem schweren Marsch durch Esquihir und Batangas bis nach Reith selbst anzutreten. Die Reith begannen schon mit Truppenverlegungen von Ispar nach Esquihir, um uns an unserer nördlichen Flanke zu bedrängen. Aarundel sandte einen Kurier nach Cygestolia, mit der Forderung, den Reith den Durchmarsch durch das Elfengebiet zu verwehren. Im Ergebnis machten die Consilliarii genau das Gegenteil. Sie gestatteten den Reith, am Gebirge vorbei nach Süden zu marschieren. Tatsächlich schlugen sie einen etwas weiteren Bogen, bis in den Batangasbuckel hinein, um nach dem langen Marsch noch einmal richtig zu furagieren. Im Hochsommer meinten sie schließlich soweit zu sein, uns durch das Gebirge nach Centisia zurückzujagen.

Wenn Schlachten auch letztendlich im Feld gewonnen oder verloren werden, bestimmen doch meistens außerhalb des eigentlichen Schlachtfeldes liegende Faktoren den Ausgang – noch bevor der erste Pfeil abgeschossen wird und noch ehe der erste Mann gefallen ist. Aarundel und ich waren uns beide klar darüber, daß die Consilliarii alles in ihrer Macht Stehende tun würden, ihn und mich für unsere Unbotmäßigkeit zu strafen. Er hatte ihren Willen mißachtet, weil er sich noch einmal der Armee des Roten Tigers anschloß, und ich wagte es, eine *Sylvanesti* zu lieben, ohne mich wie ein Tier zu benehmen, das sie ohne weiteres hätten vernichten können. Während sie die Tatsache haßten, daß Larissa und ich im Herzen einander genauso zugetan waren wie Aarundel und Marta, respektierten sie doch die Tatsache, daß ich ihre Gesetze peinlich genau befolgte, so daß sie eine andere Möglichkeit finden mußten, mich zu vernichten.

Wir hatten vor allem deswegen darum gebeten, den Reith den Transit durch Elfengebiet zu verwehren, weil der Feldzugsplan des Roten Tigers durchkreuzt worden wäre, wenn die Reith in das Hirisgebirge vorgedrungen wären. Daß man gleichzeitig Aarundels Bitte, unseren Truppen wenigstens das gleiche Durchmarschrecht zu gewähren, ablehnte, ließ die Reith glauben, daß sie uns in der Falle hatten. Ich empfand das keineswegs als große Bedrohung. Schließlich konnte sich unsere Armee im Gebirge auch in kleinste Einheiten auflösen und an anderer Stelle wieder vereinigen, und auch keine andere Menschenarmee konnte sie aufhalten. Die Reith und ihre Kampfzauberer sahen die Dinge allerdings ganz anders.

Die Armeen der Reith umklammerten uns von Norden und Osten, und nach Süden schnitten uns ihre Verbündeten, die Haladina, den Rückzug in den Freistaat ab. Wir bahnten uns also den Weg ins Hirisgebirge. Die Reith, die sich genau erinnerten, wie wir Tashayul in den Roclaws in die Falle gelockt hatten, folgten uns mit äußerster Vorsicht. Sie setzten bewegliche Aufklärungsverbände ein, verließen sich weitgehend auf ihre Zauberer und waren der Meinung, daß sie uns bis zum Frühjahr genau dort hatten, wo sie uns haben wollten. Ihre Zauberer entfalteten ihre erstaunliche Kunst der Wetterbeeinflussung und brachten einen frühen Winter in die Hirisberge. Sie ließen die Pässe zuschneien und hatten, wie sie meinten, den Roten Tiger und seine Aufstandsarmee in den bewaldeten Hochtälern des Gebirges eingeschlossen.

Ihre Zauber waren tatsächlich hochwirksam. Der Wind heulte teuflisch und blies die letzten Reste sommerlicher Wärme weg. Tagsüber ließen sie es heftig schneien, und nachts ließen sie es so klirrend kalt werden, daß der Schnee mit einer scharfen Kruste überfror. Die Tage nach solchen Frostnächten brachten eisigen Wind, der maiskorngroße Eiskristalle über die Wiesen und Hänge fegte, in einer Art winterlichem Gegenstück zu den Sandstürmen des Sommers. Weil das Jahr ja tatsächlich weit fortgeschritten war, war es für die reithischen Zauberer vielleicht gar nicht so schwer, einen frühen Winter herbeizuführen, aber sie taten jedenfalls alles nur Erdenkliche, um uns den bittersten Winter zu bescheren, den diese Berge je erlebt hatten.

Der Grund für ihren Entschluß, uns wettermäßig so grausam zu behandeln, lag sicher in ihrer festen Überzeugung, daß sie die ganze Rebellion der Menschen in den Bergen eingeschlossen hatten. In Wirklichkeit hatten sie aber nicht mehr als ein Freiwilligenkorps von gerade einmal gut zweitausend Mann, einschließlich ein paar Dutzend unserer eigenen Magier, die sich bereit erklärt hatten, den Reith eine weit größere Truppe vorzugaukeln.

Die Soldaten des Korps verbrachten die Zeit mit zweierlei: Sie überfielen reithische Aufklärer aus dem Hinterhalt, und sie hielten den Anschein eines riesigen Lagers für eine Armee aufrecht, die fünfzehn Mal so groß war wie unsere Gebirgstruppe. Zu diesem Zweck schlugen sie eine Unmenge riesiger Zelte auf und unterhielten eine entsprechende Zahl von Wach- und Lagerfeuern – alles keine leichten Aufgaben in diesem unnatürlich harten Winter.

Unsere Magier ärgerten die Reith mit etwas subtileren Methoden. Da reithische Zauberer wirklich sehr machtvoll sind, neigen sie dazu, ihre menschlichen Gegenstücke zu unterschätzen. Unsere Zauberer machten sich diese Arroganz zunutze, indem sie Versteckzauber über verschiedene Ebenen woben. Die Folge war, daß jeder Zauberer der Reith, der seine Künste auf die Feindaufklärung verwandte, eine unglaubliche Menge falscher Zahlen, Daten und Berichte herausbekam. So brachten es die Reith – was unsere Armee anging – einfach nicht fertig, Wahrheit und Täuschung zu unterscheiden.

Diese unsere wahrhaft heroische Leistung verschaffte

uns die Zeit, die wir brauchten, um den Plan des Roten Tigers aufgehen zu lassen.

Die Schneemassen in den Pässen, die die Reith wegen der jahreszeitlichen Nähe des Winters so einfach herunterfallen lassen konnten, konnten sie aus den gleichen Gründen erst dann wegschmelzen lassen, wenn das Frühjahr herankam. Das bedeutete für die Reith, daß sie – weil sie uns im Gebirge eingeschlossen hatten – zurück durch das Elfengebiet oder aber runter nach Kaudia und wieder hoch durch Centisia marschieren mußten, wenn sie nach Jarudin wollten. Weil sie die Verbindungsstraßen durch das Gebirge unseretwegen blockiert hatten, hatten sich die Reith auch selbst vom kürzesten Weg nach Jarudin abgeschnitten. Für welchen Weg zur Hauptstadt sie sich auch immer entschieden, sie würden immer zu spät kommen, um unseren Generalplan noch zu durchkreuzen.

Die Armee selbst hatte nämlich in Eilmärschen das Hirisgebirge durchquert und noch vor dem Schneefall die isparische Seite erreicht. Aarundel und ich waren in den Bergen geblieben, um unser Lager dort zu organisieren, während der Rote Tiger umgruppierte und die Armee in einem Tal zweihundert Meilen südlich von Jarudin Ruhestellung einnehmen ließ. Hier brachten unsere Soldaten noch die Ernte ein und bauten Belagerungsmaschinen. Dann erst wurde die Armee langsam nach Norden vorgeschoben, in Richtung der Hauptstadt.

Sobald wir die Lage im Gebirge im Griff hatten, benutzten Aarundel und ich die *Circii translatio*, um uns wieder zur Armee zu begeben. Diesmal erschöpfte mich diese Art des Reisens noch mehr als vorher, aber wir hatten noch zwei Tage zur Erholung, ehe die Armee uns aufnahm. Erstaunlicher war für mich die Fähigkeit des Driels, uns auf dieser Reise zu begleiten, obwohl er sich geweigert hatte, die Silberketten zu tragen, die Aarundel und ich benötigten.

»Zauberer bin ich«, zischte er und schlug sich an die Brust. »Dinge ich brauche nicht.«

So sehr ich nichts dagegen gehabt hätte, ihn im Gebirge zurückzulassen, war ich doch froh, daß er durchgekommen war. Tatsächlich schien er sogar weniger erschöpft zu sein als wir beide. Wenn er diesmal unterwegs auch kein Schaf stahl, schlug er doch einen Hirschen, als wir angekommen waren. Und Wildbret zu Abend zu essen, schadete meiner Erholung auch nicht.

Zwei Wochen später, als Höhepunkt zweier langer, blutiger Jahre des Kampfes, erreichte das Menschenheer Jarudin. Ein häßliches Geschwür aus örtlichem Ziegelstein, aus eingeführtem Marmor und mit einem Turm aus reithischem Basalt, war die Hauptstadt des Reiches doch von Tashayul entworfen worden, als Denkmal der Lebenskraft, die er einmal besessen hatte. Mit seinem Tod hatte der Eifer nachgelassen, die Stadt zu vollenden, und so war die reithische Architektur der menschlichen gewichen, als man die Stadtmauer vollendete.

Tashayuls Tod hatte mehr in Mitleidenschaft gezogen als nur das Bestreben, seine Hauptstadt zu vollenden. Ohne seine starke Hand brach die reithische Nation in verschiedene, einander befehdende politische Fraktionen auseinander. Obwohl es immer noch eine von Takrakor geführte, großreichsorientierte Gruppe von beträchtlicher Stärke gab, schienen die Oppositionsgruppen doch schon so mächtig zu sein, daß sie eine weitere Expansion verhindern konnten. Der Rote Tiger war der Auffassung, die ich teilte, daß dann, wenn wir den Reith Jarudin wegnehmen konnten, die Imperialisten in eine ausweglose Verlegenheit kämen und von ihren isolationistischen Widersachern in Reith ausgeschaltet werden würden.

Und deswegen stand jetzt die Armee des Roten Tigers um die Reichshauptstadt disloziert. Sechzehntausend centisische Krieger waren das Rückgrat der Armee. Davon waren dreitausend Mann leichte Reiter, zweitausend Bogenschützen und die andern waren Spieß-, Schwert- und Axtkämpfer. Dazu kamen die Irregulären. Diese Einheiten waren, trotz ihres Namens, die beste Infanterie. Sie bestanden größtenteils aus Jägern und Einzelkämpfern, von den Vertretern des reithischen Reiches als Banditen oder Abtrünnige beschimpft. Stures Legion der Verbannten umfaßte weitere tausend leichte Reiter und ein Kontingent gut ausgebildeter Infanterie. Der Rest unserer Infanterie bestand aus Bauern, die sich trotz des schon zwei Jahre andauernden Feldzugs wohler dabei fühlten, zu Hause die Ernte einzubringen, als Jarudin zu verwüsten.

Die leichte Kavallerie bildete die beiden Flügel unserer Schlachtordnung, Infanterie und Bogenschützen das Zentrum. Davor waren der Stählerne Haufen und die neuaufgestellte Eiserne Jagd aufmarschiert. Mit meiner Erlaubnis und meiner Unterstützung war Drogo aus dem Haufen ausgeschieden und hatte seine eigene Kompanie schwere Reiter aufgestellt. Da er selbst aus Centisia stammte, hatte er vorwiegend Landsleute zu Führern und Unterführern ernannt, die allesamt dem Roten Tiger persönlich die Treue geschworen hatten. Sie waren noch nicht ganz so hart wie der Stählerne Haufen, aber ich war doch stolz darauf und auch beruhigt, sie gleich hinter uns zu haben.

Die Tatsache, daß wir uns in klassischer Schlachtordnung aufgestellt hatten, muß die Reith in der Stadt sehr erstaunt haben. Sie hatten massive Wälle zwischen uns und sich errichtet und genügend Vorräte in der Stadt angehäuft, so daß sie annehmen konnten, unsere Belagerung aussitzen zu können. Sogar wenn unsere Katapulte und Steinschleudern, unsere Rammböcke oder Feuerwerfer Steine zerbröseln oder Raketen über die hohen Wälle schleudern konnten, würde der Schaden gering sein. Und überdies konnten Zauberer eingesetzt werden, die vielleicht die gefährlichsten Belagerungsmaschinen zerstören würden. Ihre Soldaten, die es offenbar genossen, auf den Wällen zu stehen und uns von oben mit Spott und Hohn zu überschütten, hatten bestimmt nicht die Absicht, einen Ausfall zu machen und uns als Trainingspartner zu dienen.

In ihren Augen war unser Versuch, eine uneinnehmbare Stadt zu belagern, ohnehin nur halbherzig. Sie konnten kaltblütig abwarten und – sollten wir doch zu einem Ärgernis werden – gegebenenfalls von außen Verstärkung anfordern. Im Lauf der Zeit verachteten sie uns so sehr, daß sie sogar Händlern erlaubten, die Stadt zu verlassen, um uns allerhand Waren und auch Informationen über die Stadt selbst zu verkaufen. Unsere einzige Chance, die Stadt einzunehmen, setzte ein Wunder voraus, und beide Seiten wußten das.

Eines Tages schickte der Rote Tiger einen Melder, der Aarundel und mich zu seinem Zelt bringen sollte. Das Wunder nahm seinen Lauf.

Beltran war ein Riese von einem Mann, größer noch als Aarundel oder ich. Er begrüßte uns herzlich und füllte für jeden von uns einen Becher Wein. »Heute nacht werden wir am Tisch des Kaisers speisen.«

»Ich kann es kaum erwarten.« Ich zwang mich zu einer freundlichen Miene, als ich Stures steifes Nicken in meine Richtung erwiderte. Aus der Rötung seiner Ohrmuscheln schloß ich, daß er Beltran wieder einmal wegen irgendeines Sonderauftrags für seine Super-Blitz-Kavallerie behelligte, oder vielleicht mit dem Vorschlag, seine Kohlenbergwerks-Pioniere könnten doch die Stadtmauern Jarudins untergraben. »Wie schön, Sie wiederzusehen, Herzog.«

»Das Vergnügen ist ganz meinerseits, Neal.« Obwohl Sture kein kleiner Mann war, war er doch kürzer als jeder andere im Raum. Er hatte immer eine Wollmütze auf, um zu verstecken, daß sich sein schwarzes Haar in den letzten drei Jahren dramatisch gelichtet hatte. Seine braunen Augen funkelten vor Intelligenz, aber es gab auch Momente, wo ich mich doch fragte, ob er über die

Spitze seiner langen, schlanken Nase hinausschauen konnte. »Ich wünsche Ihrem Stählernen Haufen für den bevorstehenden Angriff viel Glück.«

Wenn ich den Unterton seiner Stimme auf Flaschen hätte ziehen können, hätte ich mit einem einzigen Tropfen in Jarudins Brunnen sämtliche Einwohner der Stadt vergiften können. Ich schenkte Sture jetzt keine Beachtung mehr, sondern wandte mich dem Roten Tiger zu. »Die Pläne sind also fertig?«

»Ich denke, daß jeder zufrieden ist mit der Rolle, die ihm zugeteilt wurde.« Beltran stürzte seinen restlichen Wein hinunter und wischte ein paar in seinem roten Bart hängengebliebene Tropfen mit dem linken Handrücken ab. »Bist du in einer Stunde bereit zum Abmarsch?«

Ich nickte. »Der Stählerne Haufen ist marschbereit. Was ist unsere Aufgabe?«

Der Rote Tiger ging zu dem Tisch hinüber, der in der Mitte des Zeltes aufgeschlagen war. Mit seinem Becher beschwerte er eine Ecke der Karte, die er entrollte. Sture hielt die andere Seite fest und studierte die Karte mit einem Eifer, als könne er allein durchs Hinsehen die Eintragungen verändern. »Der Stählerne Haufen wird die feindliche Front am Drachenturm aufbrechen. Die Veirtu-Reiter werden euch nachfolgen.« Jetzt zeigte er mit dem Finger auf einen anderen Turm. »Die Eisernen Jäger und ich selbst, wir werden gleichzeitig den Greifenturm angreifen.«

Der Plan war einleuchtend. Die achteckige Stadt, wie die Karte sie zeigte, war wie ein Wagenrad mit dem Kaiserturm anstelle der Nabe angelegt. Jede der acht Hauptstraßen ging von dort aus und führte zu einem der acht Haupttürme in der Stadtmauer. Wenn wir vom Drachen- und vom Greifenturm aus in die Stadt eindrangen, würden wir als erstes durch jenes Viertel kommen, das die Menschen bewohnten. Wir hofften, daß unsere Artgenossen uns weniger feindselig begegnen würden als ihre reithischen Herren. So hofften wir, bereits tief in die Stadt eingedrungen zu sein, ehe wir auf den ersten erbitterten Widerstand träfen.

Ich blickte zu Beltran auf. »Erwarten Sie, daß uns die Veirtu ihre Zauberer abstellt?«

»Ich teile Neals Skepsis in diesem Punkt.« Sture hob den Kopf und nickte mir herablassend zu. »Meine Blitz-Elite ist eine berittene Einheit, die Kampfzauberer voll integriert hat. Wir wären eine blitzschnelle Züchtigung – kein Wortspiel beabsichtigt! – für alle sich auf Zauberei stützenden Verteidiger.«

Aarundel faßte mich von hinten am Gürtel und verhinderte damit, daß ich vortrat und Sture an der Gurgel packte. »Ich denke, Herzog Sture, daß Sie Neals Frage mißverstanden haben. Er hat nicht die Fähigkeit des Stählernen Haufens bezweifelt, mit der Veirtu zusammenzuwirken, sondern er war sich nur nicht darüber im klaren, welche Absicht der Rote Tiger verfolgte, als er sie unserer Einheit zuordnete.«

Der Rote Tiger, der sowohl Stures Bemerkung als auch Aarundels Antwort ignorierte, nickte grimmig. »Ich weiß, daß es das für dich schwierig macht, Neal, aber die Veirtu wird euch auf jeden Fall unterstützen können. Wenn die reithischen Zauberer die Mauern nicht wieder errichten können, gelingt der Masse unserer Truppen der Durchbruch durch die Lücke, und dann ist die Schlacht gewonnen. Unsere beiden Stoßkeile müssen vorstoßen und ohne Verzögerung bis zum Kaiserturm durchmarschieren. Je wirkungsvoller wir die Reith ins Herz Jarudins drängen, desto wahrscheinlicher wird unser Sieg.«

Aarundel studierte die Landkarte und nickte. »Schnelligkeit ist unsere beste Waffe.«

»Und die Blitz-Elite ist die schnellste Kavallerie, die wir haben, mein Führer.«

Beltran seufzte. »Da haben Sie recht, Herzog, deswegen habe ich sie auch dafür vorgesehen, unsere Erfolge zu sichern, sobald der Haufen und die Jagd das Tor aufgeschlagen haben. Wenn Ihre Männer versagten, würden wir in der Falle sitzen, und jede Hoffnung auf Sieg wäre dahin.«

»Jawohl. Ich habe verstanden.« Sture studierte die Karte noch einmal und blickte dann traurig auf, als wäre er eines kommenden Unheils sicher.

»Schnelligkeit ist das entscheidende, so wie schon während dieses ganzen Krieges.« Der Rote Tiger nahm seinen Becher, und die Landkarte rollte sich wieder auf und klatschte dabei leicht an Stures Finger. »Wenn wir uns das nächste Mal treffen, meine Freunde, dann wird die reithische Reichshauptstadt unser sein.«

»Vorausgesetzt, daß die Türme fallen«, murmelte Sture.

Beltran nahm ein kleines Stück Marmor vom Tisch auf, warf es in die Luft, fing es wieder auf und umschloß es mit der Faust. »Sie werden fallen, Sture, sie werden fallen, und wenn sie's tun, dann wird ein ganzes Reich mit ihnen stürzen.«

Die taktische Verwendung der Zauberei im Gefecht ist aus naheliegenden Gründen sehr schwierig. So wie es beim Schwertkampf für jeden Schlag eine Parade gibt, besteht in der Magie für jeden Zauber ein Gegenzauber. Die Tüchtigkeit eines Zauberers oder die Geschicklichkeit eines Schwertkämpfers entscheiden letztlich über den Erfolg. Aber in der Zauberei verbraucht man sehr viel Energie, wenn man etwas erreichen will. Und einen Zauber zu kontern, kann einen völlig erschöpfen. Ein Magier, der einen Zauber nur einmal erwirken kann, ist so etwas wie ein Bogenschütze, der nur über einen einzigen Pfeil verfügt. Wenn er nicht trifft, wird er wertlos.

Für unseren Angriff wäre es der beste Zauber gewesen, gewaltige Erdauffaltungen unter den Fundamenten der Stadtmauer zu erzeugen, die die Mauern hätten einstürzen lassen. Aber von der Tatsache einmal abgesehen, daß keiner unserer Zauberer, einschließlich derer von Veirtu, genügend Energie besaß, um so etwas zu bewirken, hätte der Plan so seine Schwierigkeiten gehabt, weil die Reith schon längst Immunisierungszauber ausgelegt hatten. Tatsächlich waren die Wälle gegen magisch bewirkte Angriffe immun, was vielleicht das unglaubliche Selbstvertrauen der Verteidiger erklären kann.

Der Rote Tiger hatte aber einen Weg herausgefunden, um diese Zauber auszutricksen. Die Magie betrachtet einen Teil eines Steines als dem ganzen Stein gleichwertig. Die Magier bezeichnen das als Gesetz der Holomorphie. Es besagt, daß schon ein Teil als Modell für das Ganze gilt und daß, je größer das Teil, der Zusammenhang um so stärker ist.

Der kleine Stein aus Marmor, den mir der Tiger in seinem Zelt gezeigt hatte, war von einem der Händler aus der Stadt herausgebracht worden und stammte entweder vom Greifen- oder vom Drachenturm. Hätten die reithischen Gegenzauber sich nicht als dagegen gefeit erwiesen, hätten unsere Zauberer die kleinen Steine zerbröseln und damit auch die großen bersten lassen können. Weil wir aber anders vorgehen mußten, hatte Beltran mit Hilfe von etwas Mörtel Dutzende kleiner Steine mit weit größeren Brocken verbunden. Diese Schwergewichte wurden in unsere Steinschleudern geladen und diese gegen die Wälle gerichtet.

Der Zauber, den die Magier des Roten Tigers geschaffen hatten, wurde auf die kleinen Steine präpariert, die mit jedem Geschoß verbunden waren. Um die Wirkung von Gegenzaubern zu vermeiden, die dann einsetzen würden, wenn sich die Geschosse den Mauern näherten, würde der Zauber nur solange vorhalten, bis die Geschosse den Scheitelpunkt ihrer Flugbahn erreicht hatten. Genau von diesem Punkt an würde jedes Geschoß bereits die Flugbahn eingenommen haben, die es zu dem Mauerstück führen würde, von dem es stammte. Sobald ein Geschoß zu fallen begann, würde die natürliche Erdanziehungskraft es ins Ziel führen, und kein Gegenzauber konnte das noch ändern.

Wenn das Verfahren auch nicht so gut wie ein Erdbeben war, war ich doch bereit, auf seine durchschlagende Wirkung zu wetten. Der Zauber war, während man die Belagerungsmaschinen baute, erprobt worden und hatte, wie man mir berichtete, sehr gute Ergebnisse gezeigt. Fursey Neunfinger und Gathelus hatten die Tests im Auftrag des Stählernen Haufens beobachtet und hatten die Erwartungen für realistisch gehalten, die der Rote Tiger damit verband. Ich sah also wirklich keinen Grund, an diesen Zaubern zu zweifeln.

Auf der andern Seite vergewisserte ich mich zwei- und dreimal, daß Sture es nicht etwa bewerkstelligt hatte, mir – als ich mich für die Schlacht fertigmachte – eines der Marmorsteinchen in die Rüstung zu schmuggeln. Eine befestigte Stadt anzugreifen ist *eine* Sache, und das Schicksal mit Zauberei herauszufordern, eine ganz andere.

Aarundel kam gerade in dem Augenblick zu mir, als ich damit fertig war, geschmolzenes Wachs auf ein gefaltetes Pergament zu tropfen und es mit dem ziselierten Griffende meines Dolches zu siegeln. Ich ließ Wespe einmal durch die Luft wirbeln und steckte den Dolch dann in die Scheide in meinem rechten Stiefel. »Ich möchte dir das Schreiben anvertrauen. Schicke es bitte deiner Schwester, wenn mir in der Schlacht etwas zustößt.«

Aarundel hielt die Hand auf, um den Brief in Empfang zu nehmen. »So wie in bislang jeder Schlacht werde ich den Brief für dich aufbewahren und ihn dir nach dem Ende des Kampfes wieder zurückgeben.«

Ich schüttelte den Kopf. »Deine Zuversicht in allen Ehren, aber das wird eine viel schlimmere Schlacht als jede andere zuvor. Im Feld ist der Stählerne Haufen eine Truppe, die zählt. Aber der Durchbruch durch eine Festungsmauer ist etwas ganz anderes.«

»Die Natur der Aufgabe, die uns gestellt ist, zählt nicht, Neal.« Aarundel steckte den gefalteten Brief in eine Tasche seines Schwertgürtels. »Du führst *Divisator* als Schwert. Du bist ausersehen, ein Reich zu gewinnen. Bis dahin habe ich hinsichtlich deiner Sicherheit keine Befürchtungen.«

»Das Schwert hat nicht viel dazu beitragen können, Tashayul vor dem Tod zu beschützen.«

»Er hat sich mit der zurechtgebogenen Auslegung einer falschen Übersetzung selbst etwas vorgemacht.«

»Ich hoffe, daß deine Übersetzung besser ist.«

»Ich habe die Prophezeiung im Original.«

Ich stand da inmitten des Rasselns meiner Rüstung. Hätten wir ein Treffen mit einer anderen Einheit schwerer Reiter vor uns gehabt, dann hätte ich die Vollrüstung aus dickem Grobblech vorgezogen. Bei einer Attacke kann nämlich schon das bloße Gewicht eines schweren Reiters den Feind erschrecken, vom Pferd werfen oder gar töten. Das ist auch einer der Gründe dafür, daß so wenige feindliche Soldaten sich den Stählernen Haufen als Gegner wünschen. Zusätzlich zum Vorteil des Gewichts hilft das dicke Eisenblech auch, die Pfeile der Haladina abzulenken oder einfach abprallen zu lassen, während sie auf nahe Entfernung die unangenehme Eigenschaft haben, Ring- oder Kettenrüstungen zu durchschlagen.

Wenn die Dinge so liefen wie geplant, würden wir aber in der Stadt kämpfen. Also wählte ich doch meine roclawzische Ringrüstung und verstärkte sie an einigen Stellen mit einer begrenzten Menge Blech. Diese Kombination würde mir Beweglichkeit und Schnelligkeit erhalten, sollte ich abgesessen kämpfen müssen, und doch würde sie mich einigermaßen schützen. Mein Kettenpanzer bedeckte mich von den Unterarmen bis zur Mitte der Oberschenkel und hatte auch eine Kapuze, die Nacken und Ohren schützte. Dazu kamen noch Eisenschienen am Schienbein, Knieschützer und Stulpenhandschuhe. Ich entschied mich gegen eine Fußpanzerung, denn ich wollte für den Fall, daß ich schnell aus dem Sattel mußte, ein gutes Gefühl für die Steigbügel behalten. Aber meine Stiefelspitzen armierte ich doch mit scharf geschliffenen Stacheln, falls das Kampfgetümmel enger wurde, als ich hoffte.

Herzspalter wanderte an meine linke Hüfte. Und für den linken Arm wählte ich einen kleinen Schutzschild. Ich setzte einen Stahlhelm auf, weil ich weit weniger Vertrauen in die Prophezeiung hatte als Aarundel und weil nur ein Idiot ohne Helm in die Schlacht gehen würde. Sogar ein abprallender Schlag auf den Schädel kann einen Mann umwerfen. Und bewußtlos geschlagen zu werden, das wäre in diesem Kampf der sichere Tod.

Ich verließ mit Aarundel das Zelt, und wir gingen zu unseren wartenden Pferden. Auch hier war es die voraussichtliche Art des bevorstehenden Kampfes, die die Rüstung meines Pferdes Schwarzstern bestimmte. Ich entschied mich dafür, es soweit wie möglich in Eisen zu packen. Das fing mit dem Kopfpanzer an, der mit zwei Hammelhörnern verziert war, die kurz vor den Ohrschlitzen angebracht waren. Ein Kettenpanzer schützte den Hals und die Schultern bis zum Sattel. Schuppenpanzer aus dicken Eisenblechstücken bedeckten Flanken, Hinterbacken und Rumpf. Diese Panzerung machte uns zwar um weitere hundertdreißig Pfund schwerer, gewährleistete jedoch die Unversehrtheit meines Pferdes für den Fall, daß die Prophezeiung versagte.

Ich stieg ohne fremde Hilfe in den Sattel. Obwohl meine Rüstung auch mindestens die Hälfte der meines Pferdes wog, war sie doch keinesfalls schwerer als ich und beeinträchtigte deswegen auch nicht meine Bewegungsfreiheit. Sollten die Menschen einmal dazu übergehen, eine so schwere Rüstung zu tragen, daß sie gar nicht mehr allein in den Sattel kommen, dann werde ich mit nichts als einer großen Stange in die Schlacht ziehen, um sie damit von ihren Pferden herunterzustoßen, und mit einem Dolch, um sie damit zu erledigen. Im Wettkampf zwischen ›schwer gepanzert‹ und ›leicht beweglich‹, wird ›leicht beweglich‹ immer gewinnen – vorausgesetzt, es steht genügend Platz zum Wegrennen zur Verfügung.

Ich schob meine bösen Vorahnungen hinsichtlich einer Stadt, die nicht viel Platz für weitläufige Bewegungen bietet, zur Seite, nahm von einem Reitknecht eine Lanze in Empfang und drehte Schwarzstern mit einem leichten Ruck am Zügel herum. Als ich zu meinem Stählernen Haufen hinüberritt, kam ich bei den Veirtu vorbei. Als sie mich erkannten, setzte ein wahres Heul- und Pfeifkonzert ein, das ich beleidigend gefunden hätte, wenn ich nicht gewußt hätte, wer sie waren. So aber heulte ich wie ein Wolf zurück, und sie nahmen das in bester Stimmung auf.

Die Veirtu ziehen beinahe nackt in den Kampf, wenn sie auch wirkungsvollere Waffen als Stangen und Dolche benutzen. Sie verehren Chavameht und behaupten von sich, von einem oder auch mehreren animalistischen Geistern besessen zu sein, die dieses Gottes Diener oder selbst Verkörperungen auf Erden sind. Sie schlugen sich auf die Seite der Aufständischen wohl mehr deswegen, weil ich als der Falbe Wolf bekannt bin und weil Beltran der Rote Tiger genannt wird, und weniger aus wirklichem Haß auf die Reith. Sie sind ausnahmslos Krieger-Priester und tragen die Felle ihrer jeweiligen Totemgeister, verwenden Pfeil und Bogen und benutzen im Nahkampf schwere, knorrige Keulen, die mit allerlei seltsamen und geheimen Symbolen bemalt sind.

Sie setzen auch eigenartige Kampfzauber ein, die zwar keine große Reichweite haben, die den Opfern aber schreckliche klaffende Wunden beibringen, ganz ähnlich denen, die wilde Tiere verursachen.

Fursey Neunfinger schloß zu mir auf, als ich mich in

die Marschkolonne des Stählernen Haufens einreihte. »Wie ich sehe, schließen die heulenden Idioten sich uns an. So stimmt es also?«

»Ja, es stimmt. Wir sind für den Drachenturm vorgesehen. Laß hinter mir in Zweierreihen reiten.«

Fursey wendete und wiederholte meine Befehle. Jede der fünf Kompanien bildete Zweierreihen von je achtzig Reitern. Mit Aarundel an meiner Seite und dem links von mir trabenden Driel führte ich die Truppe einen gewundenen Weg hoch, auf dem wir gerade außerhalb der Reichweite von Jarudins Pfeilwurfmaschinen blieben. Wir ritten wieder parallel zur Stadtmauer, so wie wir es um die gleiche Tageszeit schon die vergangenen vier Tage gemacht hatten. Wenn wir Glück hatten, würden wir auch diesmal wieder eine Menge Verteidiger anziehen, die uns beobachteten und verspotteten.

Weit vor uns vollführten die Eisernen Jäger eine ähnliche Parade. Als wir gerade gegenüber des Drachenturms angekommen waren – der seinen Namen von seinen mit Drachenköpfen verzierten Wasserspeiern hat –, ertönte von hinten ein Trompetensignal. Scharfe Axthiebe und das singende Schnalzen gespannt gewesener Taue gingen dem machtvoll quietschenden Geräusch der hölzernen Katapulte und Steinschleudern voraus, die jetzt in Aktion traten. Mit einem an- und abschwellenden Schwirren, nicht unähnlich einem immer heftigeren Keuchen, flogen riesige Felsbrocken himmelwärts, über unsere Köpfe hinweg.

Unsere Belagerungsmaschinen waren größer als die auf Jarudins Türmen und Wällen und hatten deswegen sowohl eine größere Reichweite als auch eine weit größere Wurfkapazität. Die Steine, die sie schleuderten – einige rund, andere so wie sie im Steinbruch gebrochen waren –, zogen ihre Bahn zum Feind. Als sie den Scheitelpunkt ihrer Flugbahn erreicht hatten, ertönte ein zweites Trompetensignal. Der Stählerne Haufen machte jetzt linksum in Richtung Tor. Als der erste Stein einschlug, rückten wir zum Angriff vor.

Der erste Einschlag traf den Drachenturm ziemlich weit unten schwer. Obwohl das Geschoß zerbarst, als es auftraf – Stücke davon prallten ab und torkelten rückwärts bis zu unseren Linien –, zerbröckelten einige Steinquader des Fundaments mit ihm. Zwei weitere Felsbrocken schlugen gleich daneben ein und vergrößerten die aufgerissene Wunde. Das Donnern ihres Einschlags ging mir durch und durch. Obwohl jetzt eine immer größer werdende Staubwolke den Fuß des Turms verhüllte, ließen doch die Schmerzensschreie und aufgeregten Rufe der Leute im Turm erkennen, daß schwerer Schaden entstanden war.

Die nächsten drei Steine trafen höher. Einer rasierte die oberste Verteidigungsplattform ab, machte aus der dort aufgestellten Pfeilwurfmaschine Kleinholz und aus der Bedienungsmannschaft eine blutige Masse. Dann fiel er in die darunterliegende Gasse und richtete auch dort ein Durcheinander an. Die anderen beiden trafen nicht ganz so wirkungsvoll, aber sie brachten immerhin den Turm zum Wanken. Noch mehr Menschen schrien, schwarze Risse taten sich im Mörtel der Außenmauer auf und formten ein geometrisches Zickzack-Muster.

Auch die Einschläge der letzten vier Steine lagen im Ziel. Einer traf ganz oben und knickte eine Reihe Zinnen ab, als wären sie Zähne. Die andern drei krachten durch die Staubwolke hindurch ins Fundament. Splitter und Bruchstücke flogen durch die Luft. Die letzten Einschläge klangen hohl. Ich schloß daraus, daß sie wirklich die Außenwand des Turms durchschlagen hatten. Das war auch beabsichtigt gewesen, und wenn es funktioniert hatte, mußte der Turm einstürzen.

Und er stürzte ein.

Die Risse, die jetzt die Mauer hochliefen, nahmen die Form und die Ausmaße von Baumwurzeln an. Staubwolken drangen aus den Fenstern und Schießscharten, als die Innenkonstruktion des Turms in sich zusammenbrach. Auch von unten krachten das Treppenhaus und die Stockwerke weg. Durch den Staub sah ich, wie die Quader des Mauerwerks einer nach dem anderen purzelten, bald wie in einer Kaskade und schließlich wie eine Lawine aus Stein. Als wäre der Drachenturm aus Glas gebaut, stürzte er mit röhrendem Gedonner ein, daß die Erde bebte. Unter einer Staubwolke, die sich wie Bodennebel ausbreitete, lief das ganze Steinmaterial des Turms, als wäre es eine zähe Flüssigkeit, über das Feld – einem steinernen Teppich gleich, den man zu unserer Begrüßung ausgerollt hatte.

Hinter uns erklang ein Freudenschrei aus tausend Kehlen, auch wenn die Krieger der Armee des Roten Tigers wußten, daß mit dem Fall dieses einen Turmes noch nicht die ganze Schlacht entschieden war. Als wir unseren Pferden die Sporen zum Vorrücken gaben, tauchte hinter uns im Laufschritt eine ganze Abteilung Bogenschützen auf und ging in Schußposition. Mit ihren Langbogen schickten sie Pfeil über Pfeil über unsere Köpfe hinweg in die geschlagene Bresche. Wir glaubten zwar nicht, daß die Pfeile auf diese Entfernung genügend Durchlagskraft hatten, um Rüstungen zu durchbohren, aber es war klar, daß die Soldaten auf der andern Seite lieber in Deckung gehen würden, als unter Einsatz ihres Lebens die Probe aufs Exempel zu machen. Aus dem gleichen Grund waren auch ein paar unserer kleineren Belagerungsmaschinen mit Körben voller daumennagel- bis faustgroßer Steine geladen. Unsere Soldaten setzten sie ein, um die Bresche und die anschließenden Wälle zu bestreuen und die Verteidiger in Deckung zu zwingen.

Die Mauersteine, die man beim Bau der Stadtbefestigung verwendet hatte, waren von unterschiedlicher Größe. Je weiter oben sie vermauert worden waren, desto kleiner waren sie. Als der Turm einstürzte, rieben und stießen sich die Steine aneinander wie in einer riesigen Mühle. Am Boden unten füllten die Überreste der kleineren Steine von hoch oben die Löcher zwischen den großen Blöcken aus, so daß so etwas wie eine grobe Schotterstraße entstand. Natürlich war sie nicht ganz eben, und an vielen Stellen kam zwischen den Steinen öliger Rauch hervor, wo weiter unten in Hohlräumen noch irgend etwas brannte. Aber die Straße war wenigstens so gut, daß mein Pferd Schwarzstern sie ohne Zögern und nur etwas langsamer als üblich annahm.

Ich riß Schwarzstern zurück, als Shijef vorbeiraste. Er sprang von der Trümmerpiste hinüber zu der Stelle, wo der Turm aus der Mauer herausgebrochen war. Er hing an der Mauerbruchstelle, als wäre er ein riesiges tollwütiges Eichhörnchen. Mit wild zuckendem Schwanz tauchte er ab, gerade als ich die Böschung erklommen hatte. Ein blutrünstiger Triumphschrei erklang von der Mauer, gefolgt von wahnsinnigem Gebrüll, das in Stöhnen und Gurgeln endete.

An der Spitze des Stählernen Haufens ritt ich als erster nach Jarudin hinein. Schwarzstern rutschte auf der jenseitigen Seite der Mauerruine ab und machte einen Sprung nach vorn auf ebenen Boden. Er scheute ein wenig nach links und bewegte sich dabei weg von dem Driel, der vor lauter Entzücken jodelte. Shijef schälte einen reithischen Soldaten aus seiner stählernen Rüstung und riß dabei mehr weg als nur Metall. Schwarzsterns Bewegung hatte mich in Reichweite eines anderen reithischen Soldaten gebracht, der auf einem niedrigen Dach hockte. Er brüllte mir ein Schimpfwort zu und sprang. Blitzschnell riß ich Schwarzstern noch näher zu dem Haus herum und fing den von oben kommenden Soldaten mit der Spitze meiner Lanze auf. Er taumelte um den Schaft herum und fiel dann mit einem metallischen Klirren zu Boden.

Ich ließ die Lanze los und zog dafür Herzspalter aus der Scheide. Ich gab dem Pferd leicht die Sporen und ritt vorwärts in die Drachenstraße. Als ich endlich aus dem Staub und Rauch des eingestürzten Turms heraus war, kam mir ein reithischer Soldat in den Weg. Ich spaltete ihm mit einem einzigen Schwertstreich den Schädel. In meiner Nähe ritt Aarundel einen andern Mann nieder und erstach ihn dann mit dem Dorn seiner Axt, ehe er an meine Seite ritt.

Die Drachenstraße führte eine Meile kerzengerade bis zum Kaiserturm. Im Abstand von je einer Viertelmeile, jeweils dort, wo die drei Ringstraßen die Straße querten, weitete sie sich zu einem Platz, in dessen Mitte ein Brunnen oder ein Denkmal stand. Wenn wir auf Widerstand stoßen würden, dann würde dies mutmaßlich an einem dieser Plätze sein. Je schneller wir also ins Zentrum vorstießen, desto geringer war die Gefahr, aufgehalten zu werden. Soweit ich bis jetzt sehen konnte, hatte noch niemand Stellung bezogen, um uns zu stoppen. Aber die Reith hatten Kasernen und Kasematten auch tiefer in der Stadt, so daß ich nicht daran zweifelte, noch auf hartnäckigen Widerstand zu stoßen.

Aarundel zeigte mit seiner blutigen Axt nach Westen. »Auch der Greifenturm ist gefallen.«

Fursey schloß hinter uns auf und machte Meldung. »Die erste Kompanie ist durch.«

Ich nickte. »Laß ab jetzt Achterreihen bilden.«

Als ich aufblickte, sah ich Shijef über Dachfirste rennen und straßenbreite Lücken überspringen, als wären sie nichts weiter als Fugen im Straßenpflaster. Bei so viel Tod mußte er ganz aus dem Häuschen sein vor lauter Vergnügen. Ich wußte, daß ich jedenfalls dann in Schwierigkeiten wäre, sobald ich ihn wie einen Wasserspeier in Jammaq vom Dachsims hängen sähe. Und diese kleine Information konnte vielleicht ausreichen, um mich am Leben zu halten.

Aus dem Augenwinkel sah ich, daß sich weiter unten an der Straße etwas bewegte. Instinktiv hob ich meinen Schild, und schon fühlte ich, wie etwas mit großer Wucht auftraf. Ein kreuzförmig geschliffener Breitkopfpfeil durchschlug die Stahlhaut, blieb aber in den folgenden Schichten des Schildes stecken. Als ich den Schild wieder absenkte, machte der reithische Bogenschütze auf der Stelle kehrt und lief davon. Aarundel rief ihm gellend auf reithisch etwas nach, und der Soldat brüllte wie ein Echo zurück, als die Worte des Elfen an sein Ohr drangen.

Ich drehte den Schild um, um den Pfeil, der darin steckte, besser in Augenschein zu nehmen. »Ich hatte Glück, daß ich instinktiv meinen Schild hob.«

»Prophezeiungen werden nicht so leicht außer Kraft gesetzt.«

Ich verdrehte die Augen. »Nun, dann hätte dieser Reith eigentlich wissen müssen, daß er seinen Pfeil nur verschwendete.«

»Deswegen schalt ich ihn auch, als er floh.«

Fursey kehrte mit seinen Männern zurück. Ich ließ sie an uns vorbeimarschieren, damit sie die Spitze übernehmen konnten. Als die zweite und dritte Kompanie unter Senan und Ross ankamen, stellte ich sie hinter der ersten auf. Die Vierte und die Fünfte setzte ich für die kleinen Straßen westlich und östlich der Hauptstraße ein. Gathelus übernahm, weil er früher unter Drogo gedient hatte, die westliche Flanke, der neue Mann, Benedikt, die östliche.

Als ich an die Spitze des Bataillons vorgeritten war, sah ich in der Stadt immer noch keine Veränderung, seit wir vor fünf Minuten eingedrungen waren. Als die Spitze der Veirtu durch die Bresche kam, führte ich den Stählernen Haufen vorwärts. Was die erste Viertelmeile anging, hätten wir genausogut durch Polston paradieren können, denn wir stießen auf keinerlei Hindernisse, und in den Fenstern zeigten sich sogar Menschen, die uns mit Freudenrufen begrüßten. Ich verbot meinen Männern, zurückzurufen und Blumen oder Weinkrüge anzunehmen, und beschleunigte unser Marschtempo.

Als wir in den zweiten Ring der Stadt kamen, sahen

wir einen charakteristischen Wandel in der Architektur und in der Einwohnerschaft. In dem Viertel hinter uns lagen die sehr unterschiedlichen und oft baufälligen Behausungen der Menschen. Jetzt kamen wir in die Viertel, in denen die unteren Schichten der Reith und ihre menschlichen Verbündeten wohnten.

Die Gebäude waren im wesentlichen Häuserblocks. Sie hatten im Stil etwas Strenges, zeigten aber keine Kunstfertigkeit. Die Hauswände waren bunt bemalt, und leicht protzige Vorhänge verhüllten die Fenster, und trotzdem wirkte alles irgendwie leblos.

Die Kreuzung mit der zweiten Ringstraße war allerdings das genaue Gegenteil. Ein reithischer Offizier scharte eine Patrouille und zwei Dutzend Haladina um sich, um zwischen uns und der Kreuzung Stellung zu beziehen. Das war taktisch insofern sinnvoll, als Verstärkungen aus beiden Richtungen der Ringstraße und auf der Drachenstraße zugeführt werden konnten. Da ich nicht wußte, ob ihm überhaupt Truppen zur Verstärkung zur Verfügung standen, mußte ich seine Bereitschaft zur Pflichterfüllung bewundern.

Und außerdem mußte ich seine Stellung durchqueren.

Ich hob das Schwert und gab damit dem Stählernen Haufen das Signal, das zu tun, was er am besten konnte – das Signal zum Angriff. Weniger als vierhundert Meter trennten uns von den Verteidigern. Also legten wir, wie tausendmal eingeübt, erst einmal in kurzem, leichtem Galopp die halbe Strecke zurück. Ich nahm an, daß die Verteidiger allein bei unserem Anblick aufgeben würden. Aber in ihrer Arroganz – oder war es Dummheit – verharrten die Reith an Ort und Stelle; und die Bewunderung der Haladina für ihre juwelengrinsenden Herren war auch stärker als ihre bessere Einsicht.

Dreihundert Meter, dann nur noch zweihundertfünfzig. Wir kamen immer näher, und ich fühlte, wie mir das Blut in den Schläfen pochte. Schwarzstern ruckte ungeduldig mit dem Kopf, und auch ich ertappte mich bei einem höchst eigenartigen meckernden Lachen. Aarundel hob seine Streitaxt hoch über den Kopf und brüllte einen alles andere als menschlichen Schlachtruf. Ich spähte angestrengt, ob ich bei den Gegnern den einen oder anderen Zauberer erkennen konnte. Ich entdeckte keinen; und als wir die Zweihundert-Meter-Marke passierten, war mir auch klar, daß es belanglos war.

Ich ließ Herzspalter niedersausen, gab Schwarzstern die Sporen und trieb ihn zu schnellem Galopp an. Die erste Kompanie des Bataillons folgte und nahm Aarundel und mich auf. Die Hufe donnerten, und die Eisen erzeugten auf den Pflastersteinen ein wahres Funkengestöber. Der Pfeilregen der haladinischen Schützen glitt wirkungslos an unseren Rüstungen ab. Mit der Linken hielt ich die Zügel und meinen Schild dicht an die Brust, dabei heulte ich wie ein wahnsinniger Wolf und stürzte mich auf den Feind.

Ich hatte mir den reithischen Offizier vorgenommen, aber ich hatte keine Gelegenheit, mit dem Schwert zuzuschlagen, denn allein die Wucht des Aufpralls vernichtete ihn. Schwarzstern traf sein Pferd an der Schulter, hob es hoch und drehte es auf den Rumpf. Es fiel zur Seite und zerschmetterte das Bein des Offiziers unter sich. Ungebremst und mit aller Kraft jagte Schwarzstern vorwärts. Sein Einsatz hatte den Offizier ausgeschaltet. Als nächste kamen die Haladina an die Reihe.

Mit ihren viel kleineren Pferden und ihrer leichten Leder- oder Blechschindelrüstung waren die Wüstenmenschen unserem Angriff etwa so gewachsen wie einem harten Winter. Ihre Pferde schrien und schnaubten laut mit den Nüstern, als sie ebenso verzweifelt wie vergeblich versuchten, auf den Beinen zu bleiben. Einige schafften es, nach dem ersten Schock zu drehen, aber nur, um von einem anderen unserer Reiter in der

Flanke getroffen zu werden. Haladinische Reiter schrien Verwünschungen und schlugen auf unsere Pferde ein, während sie gleichzeitig Mühe hatten, ihre eigenen unter Kontrolle zu halten. Herzspalter fuhr silberglänzend nieder und kam rot wieder hoch, als ich einen Feind aus dem Sattel haute, um die Straßensperre endlich zu überwinden.

Mir war klar, daß ich weiterreiten mußte, denn anzuhalten oder umzudrehen wäre für mich genauso selbstmörderisch gewesen wie das Standhalten der Verteidiger. Denn mein Stählerner Haufen würde mich genauso niederreiten wie jene, und ich hatte wirklich nicht die Absicht, unter den Schwerthieben meiner eigenen Leute und den blitzenden Hufen ihrer Rösser zu sterben. Wir hatten noch unseren Auftrag zu erfüllen, und mit jedem klingenden Hufschlag kam ich diesem Ziel einen Schritt näher.

Ich kam genau in die Mitte der Kreuzung und sah, wie eine gemischte Einheit reithischer und menschlicher Pikenträger herbeilief, um nach Osten einen anderen Sperriegel zu bilden. Ich zog nicht einmal in Erwägung, meine Reiter abzudrehen, um sie anzugreifen. Ein Angriff gegen Pikenträger würde auch auf unserer Seite zu hohen Verlusten führen, denn sie konnten sich in der Zeit, die wir benötigten, die zweihundert Meter bis zu ihnen zurückzulegen, auf optimale Weise positionieren. Außerdem waren sie nicht zwischen uns und dem Kaiserturm, unserem Angriffsziel, und deswegen stellten sie für uns keine große Bedrohung dar.

Sie wurde noch geringer, als Benedikt mit der Fünften aus den Gassen und Straßen hervorbrach und sie im Rücken faßte und vernichtete. Während ich mit der Ersten immer weiter ritt, nahmen mir bald Häuser die Sicht auf dieses Gefecht. Zu meiner Linken, kaum hundert Meter entfernt, trat ein reithischer Langbogenschütze aus dem Schatten einer Gasse und legte auf mich an. Bevor er seinen Pfeil abschießen konnte, löste sich von dem Gebäude gegenüber ein schemenhafter Schatten und zog den Bogenschützen in einem Satz zurück in das Dunkel, aus dem er gekommen war. Ich hörte keinen Schrei, aber als ich vorbeiritt, sah ich das Blut, das beide Seiten der Gasse besudelt hatte.

Beim dritten Ring begannen die eleganteren, reizvolleren Bauten, wenn sie auch immer noch diese blockartigen Formen aufwiesen. Durchgänge mit Nischen und Alkoven, offene Balkone und Hinweise auf Innenhöfe deuteten darauf hin, daß es sich hier um ein wohlhabendes Stadtviertel handelte. Ich hätte darauf wetten können, daß wir seit dem Bau dieses Viertels die ersten freien Menschen waren, die diese Straßen entlangritten. Man hätte sogar von einer gewissen Schönheit sprechen können, wäre die Architektur nicht insgesamt allen menschlichen Traditionen so fremd gewesen. So blieb doch alles, was ich empfand, das Gefühl, als Eindringling in eine fremde, feindselige Welt vorzustoßen.

An der Kreuzung der letzten Ringstraße sah ich ein Knäuel Gestalten stehen, vielleicht ein Dutzend, deren Aussehen und Verhalten das Gefühl der Feindseligkeit noch verstärkten. Ganz in Schwarz gewandet, angetan mit Schärpen, Stulpen und Kapuzen in den verschiedensten Farben, standen sie da, wo die Drachenstraße in den letzten Platz einmündet. Einige berührten sich an den Händen, und als sie wieder losließen, verband ein bläulich schimmerndes Licht wie ein Seil ihre Hände, und das gleiche Licht glühte aus ihren Augen. Andere stellten sich hinter diese magische Linie, und zwei kletterten sogar mitten in die Fontäne des dort stehenden Brunnens. Das Wasser schloß sich um sie und hüllte jeden von ihnen in eine spitz zulaufende, sich schnell drehende und in allen Regenbogenfarben schillernde Rüstung.

Sogar aus hundert Metern Entfernung konnte ich die zwischen ihnen fließende Energie noch summen und knistern hören. Ich zweifelte nicht daran, daß ihr magisches Seil tödliche Schläge austeilen konnte. Aber so kurz davor, daß es jeden auslöschen würde, der es berührte, konnte ich einfach nicht mehr anhalten. Ich lenkte Schwarzstern direkt auf einen der Zauberer zu, in der unbestimmten Hoffnung, er könne ein schwaches Glied in der Kette sein. Ich faßte mein Schwert fester, und zum ersten Mal hoffte ich inständig, daß Aarundel mit seinem Gerede von den mich beschützenden Aspekten der Prophezeiung recht hatte.

Plötzlich wurde die Gruppe der reithischen Zauberer aus einer Position östlich des Platzes mit einem wahren Pfeilhagel zugedeckt. Der Zauberer genau in der Mitte fiel, durchbohrt von einem halben Dutzend Veirtu-Pfeilen. Die Energie, die ihn mit den anderen Zauberern verband, blitzte noch einmal auf und verlosch dann zu einem ozonstinkenden Wölkchen, gerade in dem Augenblick, als unser Angriff wie ein Wirbelwind über den Platz fegte.

Die Veirtu, die hinter Benedikts Männern aufgeschlossen hatten, als diese die Pikenträger vernichteten, hatten die Zauberer umgangen und damit die vordere Linie der Verteidigung des Platzes durchbrochen. Andere Pfeile waren auf die in Wasser gehüllten Zauberer gerichtet, prallten jedoch an der nassen Rüstung ab. Gegen Veirtu-Zauber war aber auch diese Art der Rüstung nicht gefeit. Ich sah, wie die Wasserhülle wie von mächtigen Klauen aufgerissen wurde und einer der beiden Zauberer mit aufgeschlitztem Bauch zu Boden ging.

Ein oder zwei Reith schafften es aber doch noch, Zauber gegen uns zu schleudern. Ich spürte die Hitze einer Flammenwand, die sich hinter mir aufbaute, und hörte die Schreie einiger meiner Reiter. Aber das Feuer erlosch, als Aarundel mit einem weitausholenden Schlag seiner Streitaxt den Kopf des Reith abschlug. Ein Feuerblitz verfehlte mich, traf jedoch einen anderen des Bataillons, und an anderer Stelle schleuderte ein Einschlag Roß und Reiter hoch in die Luft.

Wir ritten weiter – eine eiserne Flut, die sich ins Herz der Stadt ergoß. Als auf der letzten Viertelmeile jeglicher Widerstand ausblieb, überlegte ich, was uns am Kaiserturm erwarten würde. Mehrere Szenarien gingen mir durch den Kopf. Das schrecklichste drehte sich um einen magisch begabten Leibwächter des Kaisers, der einen dichten Zauberkäfig um den ganzen Turm wob. Aber ich glaubte selbst nicht ernsthaft daran, daß wir damit rechnen mußten. Vielmehr hatte ich die Vermutung, daß man weit mehr Soldaten, als wir zu hoffen gewagt hatten, aus Jarudin abgezogen und nach Reith verlegt hatte, um dessen vermeintlich drohende Eroberung zu verhindern. Die Zauberer, die wir niedergeritten hatten, hatten sich nicht als so machtvoll erwiesen, und allmählich glaubte ich, daß man sich mehr auf die starken Mauern und Türme und auf Verteidigungszauber verlassen hatte, als für den Kaiser gut war.

Je weiter wir ritten, desto größer erschien uns der Kaiserliche Turm. Er erinnerte mich insofern an Jammaq, als auch in seine Fassaden zahllose kleine Bildergeschichten eingraviert waren. Sie zeigten das Alltagsleben, Gesetze und ihre Auswirkungen, Geschichte und Sagen – in einem analphabetischen Monument des Reiches und seiner Völker. Wenn auch die ganz deftigen Bilder fehlten, die es in Jammaq gibt, erschien es mir nicht weniger feindselig. Die Darstellungen, die hier eingraviert waren, zeigten weniger das Leben, so wie es war, sondern wie es nach den Vorstellungen der Reith sein sollte. Die Tatsache, daß Menschen nur ganz unten am Fuß des Turmes vorkamen, die Reith aber nur die obersten Bereiche bevölkerten, war kein sehr feinfühliger Hinweis für das besiegte Volk von Ispar.

Überhaupt war es ein Hinweis, den ich als Lüge brandmarken wollte.

Wir kamen in die zentrale Anlage, die den Turm umgibt, und sahen, daß die Eiserne Jagd zur gleichen Zeit ankam. Unsere Soldaten zügelten ihre Pferde. Ich sah, wie der Rote Tiger selbst aus dem Sattel sprang und die Stufen hinauflief, bis zu den beiden Wachtposten, die dort standen. Größer als die beiden und mit seiner unverkennbaren wehenden roten Mähne drang der Mann, der Kaiser werden sollte, mit einem Breitschwert in jeder Hand und dröhnendem Gelächter auf die reithischen Soldaten ein.

Hinter den beiden Soldaten schlossen sich die riesigen Eisentüren ganz langsam.

Ohne nachzudenken, gab ich Schwarzstern rücksichtslos die Sporen. Er nahm die Stufen, als wären sie ebenes Terrain. Einer der beiden Posten wandte sich mir zu. Ich warf mit meinem Schild nach ihm. Er segelte durch die Luft, prallte von der Treppe ab und flog auf ihn zu. Er wich ihm aus, aber immerhin war er dadurch so abgelenkt, daß er mich nicht aufhalten konnte. Mit klappernden Hufen schaffte Schwarzstern die Stufen und zwängte sich noch durch die enger werdende Tür.

Ich löste mich aus dem Sattel und sprang zu Boden. Ich ging auf ein Knie, zog noch in voller Bewegung mein Schwert und vollführte damit von links nach rechts eine halbkreisförmige Drehung. Der Schwertstreich eines reithischen Soldaten ging gerade über meinem Kopf vorbei, als mein drehender Schlag sein linkes Bein in Kniehöhe durchtrennte. Mit Gebrüll stürzte er zu Boden, während ich schnell aufstand. Ich wehrte einen Schlag von rechts ab und schmetterte dann einem anderen Soldaten meine eisengepanzerte linke Faust ins Gesicht.

Er taumelte zurück, wobei er ein Vermögen an ausgeschlagenen Zähnen ausspuckte, und prallte schließlich in die beiden Menschensklaven, die sich an der Winde abmühten, die Tür zu schließen. Einer der beiden drehte sich um und sprang den Reith im Rücken an, während der andere ängstlich an Ort und Stelle kauerte. »Mach die Tür weit auf«, rief ich ihm zu, während ich auf den Reith einstach. »Du bist jetzt ein freier Mann. Sag mir, wo der Kaiser ist!«

Der Sklave, der den Reith angesprungen hatte, deutete auf eine Rundbogentür. »Er ist da drin. Er wartet.«

Ich rannte auf diese Tür zu, als Aarundel gerade durch das Tor ritt und der Driel hereinschlüpfte. »Der Kaiser soll hier drin sein.«

Ein Schauer lief mir über den Rücken, als ich den langgestreckten, schmalen Raum hinter der Tür betrat. Von den Flammen abgesehen, die am anderen Ende des Raums aus einem Feuerloch und aus den hoch oben in die Wände eingebauten runden Feuerbecken loderten, bewegte sich in diesem Raum nichts. Quadratische Gebetsteppiche waren an der türseitigen Wand ausgebreitet. Sie waren die einzigen Einrichtungsgegenstände im ganzen Raum. Sie halfen mir, ihn als reithische Kapelle zu identifizieren.

Die Gewölbedecke ruhte auf sechs schwarzen, menschlichen Oberschenkelknochen nachgebildeten Säulen. Als ich in das Gewölbe hinaufblickte, bemerkte ich, wie seltsam es gestaltet war. Bei den rötlich schimmernden Lichtkegeln, die in Schlangenlinien über die Decke geisterten, dauerte es eine Weile, bis ich die Formen über mir zusammensetzen konnte. So als stünde ich in einem riesigen Sarkophag, war die Decke über mir wie eine Gußform für ein Abbild ausgeformt. Wenn das Bild auch seitenverkehrt war, erkannte ich doch Tashayuls Gestalt – wobei freilich das Metallskelett, das ihn umgab, für mich ein riesengroßer Hinweis war.

Vor dem roten Hintergrund der aus der Feuergrube leuchtenden Flammen und ziemlich genau unter Tashayuls Augen stand, auf sein Schwert gestützt, der Kaiser und wartete. In seiner brünierten Rüstung wirkte er größer und schlanker als die gewöhnlichen reithischen Soldaten. Seine hängenden Schultern konnten einen glauben lassen, er habe schon resigniert, aber ich wußte nicht, ob sich die Resignation darauf bezog, kämpfen zu müssen, oder darauf, sterben zu müssen. Als er sich aufrichtete, glitzerte seine goldene Krone im Feuerschein.

»Du bist es also, Neal.« Er schüttelte nachdenklich den Kopf. »Du hast dir deinen Spitznamen wirklich verdient: *Sikkatura*.«

Ich lächelte geringschätzig. »Sikkatura?«

Aarundel war eben durch die Tür geschlüpft und hatte sich neben mich gestellt. »Das heißt ›Ärger‹.«

Der Kaiser lachte. »Der Elf hat das sehr höflich übersetzt.« Er straffte sich und winkte mich zu sich heran. »Komm her, Neal, laß uns kämpfen. Wenn du gewinnst, ist das Reich dein. Und wenn ich dich töte, gehört *Khlephnaft* mir, und das Reich wird neu errichtet.«

Ich schüttelte den Kopf und ging langsam durch den Gang zwischen den Säulen zu ihm. »Wenn du das Schwert gewinnst, dann solltest du in Zukunft deine Hauptstadt etwas angemessener bewachen.«

»Das wird nicht mehr nötig sein, sobald wir auch noch den letzten Menschen zur Göttin geschickt haben.« Er drehte mir den Rücken zu und ließ sich vor der Feuergrube auf ein Knie herab. Er beugte andächtig das Haupt, tauchte die Spitze seines Schwerts in die züngelnden Flammen und stimmte ein lautes Gebet an. »*Bierek dmir Tieghi, Alla falz mara minn Hajja ta'dejjem.*«

Er erhob sich wieder, drehte sich zu mir und hob das Schwert zu einem Gruß. Was vorher eine blauschwarze Klinge war, war jetzt nichts als der Kern eines Feuerschwerts, dessen Rand in bläuliche Flammen gefaßt war. Ich sah, wie Schriftzeichen auf der Klinge erglühten, und erkannte, daß sie reithischen Ursprungs waren, konnte aber nicht einmal ahnen, was sie bedeuteten. Als der Kaiser sein Schwert *en garde* brachte, leuchteten die Flammen auf, und rote Feuerzungen sandten die größten Funken aus.

Ich umfaßte mit der linken Faust die hintere Hälfte von Herzspalters Griff und hielt die Klinge zwischen mich und den Kaiser der Reith. Solange ich nicht wußte, was sein Schwert außer brennen sonst noch konnte, wollte ich nicht angreifen. Ebenso wichtig war aber auch, daß ich eine Einschätzung der Geschicklichkeit des Kaisers gewann. Hätte ich ihn genauso angegangen wie der Rote Tiger vorhin die beiden Wachposten, dann wäre ich mit einem einzigen Stoß aufgespießt und geröstet worden.

Der Kaiser kam meinem Sinn für Vorsicht entgegen und griff schneller an, als ich es von ihm erwartet hatte, aber auch wieder nicht so schnell, daß ich seinen Angriff nicht hätte parieren können. Er täuschte einen Schwertstreich in Kopfhöhe an, ließ dann die Klinge nach unten schnellen, um meine Parade herum. Ich renkte mir schier die Handgelenke aus, schaffte es jedoch, meine Klinge herumzudrehen und diesen Angriff zu beenden. Immerhin gelang es ihm, mit dem äußersten Rand seiner Klinge ein Stück am rechten Beinschutz herauszuhauen. Ich fühlte die Hitze an meinem Schienbein und hörte, wie das Metallstück am Boden klirrte. Durch einen schnellen Sprung aus der Reichweite seines Schwerts verhinderte ich, daß er mit einem anderen kleinen Schnitt meinen Knochen genau das gleiche antat wie meiner Rüstung.

Herzspalter hatte die Parade ohne die kleinste Scharte überstanden. Was für ein Zauber auch immer es also war, der das Schwert des Kaisers so leicht durch meine Rüstung schneiden ließ, bei meinem Schwert versagte er. Das war deswegen gut für mich, weil unser Kampf – wenn meine Rüstung wirklich wertlos war – auf einen Sieg der besseren Schwertkunst hinauslief. Der Kaiser war geschickt, daran gab es keinen Zweifel. Es stimmte, was Aarundel in Cygestolia bemerkt hatte, nämlich daß einem ein langes Leben erlaubt, besonders viel über eine Sache zu lernen.

Der Kaiser drang jetzt wieder auf mich ein, setzte den Stoß niedrig an, riß dann die Klinge hoch und herum und versuchte, mir eine Furche über die Brust zu ziehen. Ich wirbelte auf dem rechten Fuß herum und brachte mich aus der Reichweite dieses Angriffs. Mit zwei Händen umfaßte ich das Heft meines Schwertes, sprang vor und ließ es niederfahren. Für einen Augenblick fing ich seine Klinge auf dem Marmor des Fußbodens. Dann zog er zurück, und ich ließ Herzspalter hochschnellen, zu einem schnellen Stich in den Hals.

Er drehte und duckte sich und entkam damit Herzspalters scharfem Kuß um Daumenlänge. Die flache Seite seiner Schwertklinge klatschte mir in die Seite, und halbgeschmolzene Eisenringe klirrten, als sie zu Boden fielen. Ich sprang sofort zurück vor diesem höllischen Schwert, als ich den brennenden Schmerz in der Seite fühlte. Mein Rückzug gab ihm Zeit, wieder auf die Beine zu kommen und ebenfalls zurückzusetzen.

»Wie immer, Menschling, arbeitet die Zeit für mich.«

»Neal, überlasse ihn mir.« Der Rote Tiger zeigte sich in der Tür, die blutigen Klingen parat.

»Nein, der Kaiser gehört mir.« Ich reckte mich auf zu meiner ganzen Größe und unternahm einen Ausfallschritt. Meine Schwertspitze zielte genau auf des Kaisers Knie. Ich öffnete den Mund, als wolle ich sprechen, machte einen weiteren Schritt und stieß zu. Der Kaiser schlug meine Klinge zur Seite und schnellte mit seinem Schwert herum zum Gegenstoß, der genau auf mein Herz zielte. Ich packte mit der linken Hand zu und schlug die weißglühende Klinge mit meinem eisernen Stulpenhandschuh weg. Ich fühlte den brennenden Kuß des glühenden Metalls auf der Hand und schleuderte sie nach vorn, wie eine Katze, die Wassertropfen von der Pfote schüttelt, und schleuderte den Handschuh auf den Kaiser.

Er fuhr mit seiner glühenden Klinge durch den Luftraum zwischen uns und schnitt den Handschuh mittendurch. Die Stulpen flogen in hohem Bogen durch den Raum und klatschte grau wie ausgeglühtes Eisen gegen eine der schwarzen Säulen. Die übriggebliebene Hand, die glühte und deren Lederbänder lichterloh brannten, landete dem Kaiser genau auf der Brust und glitt vorn an seinem Ringpanzer herab. Das gesteppte Wams darunter fing an zu schwelen. Der Kaiser machte instinktiv einen Schritt zurück, weil er dem Rauch, der ihm ins Gesicht stieg, entkommen wollte. Aber die schnelle Bewegung setzte das Gewebe nur noch mehr in Brand.

Ein schneller Ausfallschritt nach links, und er war wieder in meiner Reichweite. Ich ließ Herzspalter in einem schweren Schlag niedersausen, der ihn an der linken Schulter traf. Die Ringe seiner Rüstung rissen auseinander, und er selbst schrie vor Schmerzen, als ihm die Klinge durch Fleisch und Knochen fuhr. Er versuchte noch einen halbherzigen Schlag in Richtung meines Rumpfes, aber ich hatte Herzspalter schon wieder aus seiner Wunde gezogen und parierte ihn mit einem mächtigen Abwehrschlag. Ich wechselt das Schwert in meine Linke, brachte die freie rechte Faust nach oben und traf ihn hart auf den Mund. Sein Gesicht und Kinn waren blutverschmiert.

Er taumelte zurück und brach dann zusammen. Er kam hart auf, so daß ihm die Krone vom Kopf fiel, doch sein Schwert hielt er noch fest. Tränen schossen ihm in die Augen, und er versuchte, sich wieder auf die Füße zu rollen. Aber der Schlag hatte ihn zu sehr mitgenommen, als daß er das noch geschafft hätte. Er rutschte aus und versuchte Halt zu finden, indem er die Spitze seines Schwertes in den Boden grub. Es ging durch den harten Stein, als wäre er Butter. Halt fand er so jedenfalls nicht.

Völlig aus dem Gleichgewicht geraten, ließ er das Schwert los. Dadurch erloschen die Flammen sogleich, und das Schwert kühlte auf der Stelle ab. Es lag aber so weit von ihm entfernt, daß er es nicht mehr erreichen konnte. Er fiel auf sein Gesäß zurück und rollte schließlich auf die schwerverletzte Schulter. Er schrie wieder und wurde schlaff und leblos. Sein brennendes Wams sandte noch eine dünne Rauchsäule an die Decke, wo sie zu einer kleinen Wolke wurde und das Gesicht Tashayuls verhüllte.

Ich beugte mich vor und hob mit der Spitze meines Schwerts die Krone auf. Ich drehte mich langsam um und war überrascht, daß der Rote Tiger von der Tür bis hierher gekommen war. Er sah die Krone an, dann mich, und dann wieder die Krone. Er streckte sich zu ganzer Größe, die beiden Schwerter kampfbereit, und sah mir forschend in die Augen. Er sagte nichts – und mit dem Hochziehen einer Augenbraue doch alles.

Hinten an der Tür stand Aarundel und hielt seine Streitaxt bereit, während der Driel schon hinter einer Säule fieberte. Zwischen ihnen standen Sture, die Hauptleute meiner Kompanien des Stählernen Haufens und Drogo von der Eisernen Jagd. Ich merkte, daß sie uns unverwandt im Auge behielten, und las ihre Gedanken. Obwohl ich, der Falbe Wolf, unter dem Banner des Roten Tigers gekämpft hatte, war ich ihm doch in Ruf und Geltung ebenbürtig. Ich nannte Herzspalter mein eigen, und wie jedermann wußte, war es dem Mann, der dieses Schwert besaß, vorausbestimmt, ein Reich zu gewinnen. Ich hatte diesen Kaiser getötet und war auch schon verantwortlich für Tashayuls Tod. Mochte auch der Rote Tiger den Aufstand gegen die Reith ausgelöst haben, so hatte doch kein Mensch, nicht einmal Beltran, einen legitimeren Anspruch auf die Krone als ich.

Alles, was ich zu tun hatte, war, sie von der Klinge meines Schwerts zu streifen und sie mir auf den Kopf zu setzen. Beltran konnte dann gegen mich kämpfen oder mich seiner Lehnstreue versichern. Dieser einfache Akt würde mich zum mächtigsten Menschen von ganz Skirren machen. Ich würde der Held der Helden sein. Ich würde als der Befreier der Menschheit gelten, und jeder, einschließlich der Elfen, würde mich respektieren müssen. Sogar sie müßten mich dann als ihresgleichen behandeln. Sie müßten mich zufriedenstellen, mich verwöhnen. Und das konnte schließlich bedeuten, daß sie mir auch Larissa geben müßten.

Der Gestank von Blut und brennendem Stoff drang durch die idyllische Phantasie, die sich in meinem Kopf um ihr Bild rankte. Ich sah den Roten Tiger an. »Es gibt eine Prophezeiung, die besagt, daß der, der Herzspalter sein eigen nennt, ein Reich gewinnen wird.«

Er nickte steif, wenn nicht betrübt.

»Und das habe ich auch getan.« Ich warf ihm die Krone zu. »Ich habe mich entschlossen, es für dich zu gewinnen.«

Kindheitserinnerungen

Frühling
A.R. 499
Die Gegenwart

Durrikens Tod machte Gena in vielerlei Hinsicht zu schaffen, über die sie sich in den langen Tagen, die sie jetzt schon unterwegs waren, klarzuwerden versuchte. Sie war sich sehr schnell der Unvernunft bewußt, die sie mit Rik hatte hadern lassen, nur weil er gestorben war und sie allein zurückgelassen hatte. Sein Tod hatte auch Träume platzen lassen, deren Vorhandensein ihr bis zu seinem Tod gar nicht bewußt gewesen war, und sie fühlte sich dadurch im Stich gelassen. Das Wissen darum, daß solche Gedanken unlogisch waren, beseitigte sie nicht, doch half es immerhin, sie unter Kontrolle zu halten, bevor sie die eigene Einstellung ganz und gar bestimmten. Der Schmerz über den Verlust Riks saß tief. Sie merkte, daß sie beim leisesten Unterton von Geringschätzung seiner Person gleich außer sich geriet.

Schon wenige Stunden nach Riks Tod erlitt die Familie Fischer einen weiteren Verlust: Waldo wurde tot aufgefunden, das Opfer eines verdorbenen Muschelgerichts, das er zu sich genommen hatte. Sein Körper war aufgedunsen, die Zunge war purpurrot verfärbt und so geschwollen, daß sie den Rachen verstopft und ihm die Luft abgeschnitten hatte. Er war in der Nacht buchstäblich an seiner eigenen Zunge erstickt. Gena fand diesen Tod schändlich und passend für diesen Mann, den sie stets verabscheut hatte.

Die Tränen, die von Klageweibern für Waldo vergossen wurden, ärgerten sie, denn sie fand, daß man viel mehr Trauer für Rik hätte zeigen sollen. Sie selbst war gar nicht imstande, in der Öffentlichkeit zu weinen, und sie wußte, daß ihr durch ihre Erziehung das öffentliche Zurschaustellen von Kummer und Gefühlen ebenso fremd war und bleiben würde wie der Brauch, wertvolle und liebgewordene Gegenstände mit den Toten zu begraben. Bei den Elfen wurden solche Dinge als Andenken verteilt. Sie mußte beinahe lachen, als einer der Fischers die Familiengruft als sicher vor Grabräubern bezeichnete. Denn für sie stand fest, daß kein Mensch versuchen würde, dort einzubrechen, wenn man endlich damit aufhören würde, den Toten Juwelen und andere wertvolle Gegenstände mitzugeben.

Sie schaute geradeaus auf die Straße und sah vor sich Berengar, der mit jedem Schritt seines Pferdes sein Gewicht etwas verlagerte. Sie war ihm zu Dank verpflichtet, denn er hatte darauf beharrt, daß Rik vor Waldo begraben wurde, und zwar an einer Stelle in der Gruft, die man als wertvoller ansah. Das hatte auch Diskussionen ausgelöst, aber Berengar ließ sich nicht umstimmen. Sie lächelte in sich hinein, als sie daran dachte, wie er eine aufgebrachte Verwandte abfertigte. »Widersprich mir noch einmal, falsche Schlange, dann werde *ich* anstelle von Neal Elfwart durch deine Alpträume geistern.«

Gena ließ Geist, ihr Pferd, ein wenig ihre Absätze spüren und brachte es an dem Rudel Ersatz- und Packpferde vorbei an Berengars Seite. »Graf Berengar, ich möchte mich bei Ihnen entschuldigen.«

Berengar fiel es nicht schwer, höfliche Überraschung vorzutäuschen. »Entschuldigen?«

Gena nickte. »Wir sind jetzt schon eine Woche unterwegs, und ich war Ihnen die ganze Zeit alles andere als gute Gesellschaft. Ich habe Ihnen für ihre Fürsorge mit Schweigen und Apathie gedankt und nur noch an mich gedacht.«

Er machte eine beredte Geste mit Armen und Schultern. »Sie hatten einen guten Grund, so still zu sein. Sie haben einen Verlust erlitten.«

»So wie Sie.«

»Waldo? Ja, er war ein Verlust, aber wir standen uns nicht so nahe wie etwa Sie und Rik.« Berengar zögerte einen Augenblick, dann zog er die Stirn in Falten. »Von einem Toten soll man nicht schlecht sprechen, aber Waldo war nun einmal kleinmütig und besserwisserisch. Er baute mehr auf unseren Familiennamen als auf eigene Leistung, und andere Menschen beurteilte er nicht nach ihrem Wert, sondern nach ihrer Stellung in der Gesellschaft. Ich glaube, daß ich in Wirklichkeit Rik mehr schätzte als Waldo, und wenn ich den Wunsch frei hätte, einen der beiden wieder aus der Gruft herauszurufen und mit uns reiten zu lassen, dann würde ich Ihren Freund wählen.«

»Es ist sehr freundlich von Ihnen, mein schlechtes Benehmen zu entschuldigen.«

»Tatsächlich kam ich durch Ihr langes Schweigen auch zum Nachdenken über unsere Mission und alles, was damit zusammenhängt, weit weg von den Zwängen Aurdons und seiner Politik.« Berengar blickte über die Schulter nach Süden, wo Aurdon lag, sieben Tagesreisen entfernt. »Weg von der Stadt und unterwegs in das Herz eines verfallenden Reiches, wird mir so richtig bewußt, wie kleingeistig und trivial unsere Streitigkeiten dort sind.«

»Wie meinen Sie das?«

»Würden wir hier in Ispar von Aurdon-Jägern begleitet werden, dann würde man unsere Reise als Invasion von jenseits der Grenze betrachten. Dort aber, in Aurdon, machen mein Name und meine Familie Dinge in kürzester Zeit möglich. Hier in Ispar würde mein Wappen gar nichts bedeuten, wäre nicht ein roter Tiger obenauf.« Seine blauen Augen blitzten vergnügt. »Festzustellen, daß etwas, was man schätzt, außerhalb eines kleinen, begrenzten Ortes ganz wertlos ist, ist niederschmetternd. Natürlich muß Ihnen unser ganzer Disput albern vorkommen, allein schon wegen des ganz anderen Zeitbegriffs, den Ihnen Ihre Langlebigkeit erlaubt.«

Gena wollte ihm schon widersprechen, aber die Art und Weise, wie seine Augen sich verengten, hielt sie davon ab. »Es gab einmal eine Zeit, da wäre das von Ihnen Gesagte bei den Elfen als der natürliche Lauf der Dinge bezeichnet worden. Die Auseinandersetzungen zwischen den Menschen hielt man für nichts anderes als Kämpfe zwischen Rudeln wilder Tiere. Sie waren interessant und sogar unterhaltsam, aber niemals sah man doch die Ursache für entscheidende Veränderungen in der Welt.«

»Bis Neal.«

»Ja. Neal *hat* unser Denken beeinflußt.« Mit dem Handrücken wischte sich Gena den Schweiß von der Stirn. »Einige Elfen, darunter auch mein Ururgroßvater, meinten, daß man es sich mit den Menschen zu leicht gemacht habe. Für ihn war Neal ein wahrer Segen. Das Verhalten der Elfen vor und nach Neal hat gezeigt, daß die Auffassung dieser Gruppe richtig war.«

»Trotzdem kann keiner erwarten, daß die verwirrenden Konflikte zwischen den Menschen den Elfen genauso wichtig erscheinen wie denen, die davon betroffen sind.«

»Das ist ein gültiger Punkt, aber er bedarf einer Ergänzung. Nehmen wir zum Beispiel die Situation, die zu bereinigen wir gerade unterwegs sind. Bei meinen Leuten gibt es viele, die der Auffassung sein werden, daß die Fischers und die Riverens vor fünfhundert Jahren gegeneinander gekämpft haben und daß sie heute immer noch gegeneinander kämpfen, daß also Neals Versuch, Frieden zu stiften, gescheitert ist. Daraus zu folgern, daß man deswegen den Versuch gar nicht erst hätte wagen sollen, wäre falsch und sogar gefährlich.«

Berengar nickte nachdenklich. »Bedeutet Ihr Begriff

von Zeit dann auch, daß alles, was zunimmt, auch wieder abnimmt, so wie die Gezeiten steigen und fallen?«

Gena lächelte. »Das ist ein sehr gutes Beispiel. Die Tatsache, daß der Wasserstand in der Nacht bis auf dieselbe Niedrigmarke zurückgeht, die er auch morgens schon einmal erreicht hatte, bedeutet nicht, daß der Strand mittags nicht geflutet war.«

»Was die Natur angeht, kann ich diese Überlegung nachvollziehen. Aber gilt sie auch für die Aktivitäten der Menschen?« Der Graf ließ den Blick über die sanft im Wind wogenden Wiesengräser schweifen, die den ganzen Abhang bedeckten, den sie entlangritten. »Wenn ja, dann könnte man sich auch vorstellen, daß das Reich des Roten Tigers wieder ersteht.«

Gena runzelte nachdenklich die Stirn. »Ich glaube, daß es so ist. Aber die Dinge entwickeln sich nicht unbedingt im Kreis, obwohl sie zyklisch verlaufen können. Wir wissen beispielsweise, daß es nie wieder ein reithisches Reich zu besiegen geben wird. Wenn das Reich wieder mächtig wird, dann allenfalls als Föderation starker Provinzen.«

»Es sei denn, ein neuer Führer ersteht, der es wieder mit starker Hand eint.« Berengar schüttelte den Kopf. »Was mir nicht gefallen hat, als ich in die kaiserliche Linie eingefügt worden bin, ist der starke Anteil an Politik, der damit verbunden ist. Unser Zweig hat sich vor vier Generationen von der Hauptlinie abgespalten: Mein Urgroßvater war der Kaiser. Meine Urgroßmutter war Spülmagd oder so was. Ein Onkel meiner Mutter konnte Hardelwick, den jetzigen Kaiser, dazu bewegen, unsere Linie zu legalisieren. Das hat uns bisher aber offenbar nur soviel gebracht, daß zwei meiner Vettern umgebracht worden sind. Ich kann nur hoffen, daß ich selbst weit genug von den entscheidenden Dingen entfernt bin, daß ich nicht auch noch drankomme.«

»Das hoffe ich auch. Dieser Onkel, der Ihre Linie legalisieren ließ, ist der jener Atholwin, den wir besuchen wollen?«

»Ja. Er ist der Onkel meiner Mutter. Mein Bruder Nilus und ich, wir pflegten die Sommer hier draußen zu verbringen, um in der schwülen Jahreszeit aus Aurdon wegzukommen. Sobald wir die Steigung überwunden haben, werden wir die Stadt Schwarzeiche mit der Burg am andern Ende des Tals sehen.« Er zögerte etwas. »Ich erinnere mich noch ganz genau, daß am jenseitigen Abhang eine große alte Eiche stand, in der sich mein Bruder und ich ein Baumhaus bauten. Von einem dicken Ast ließen wir ein Seil herunter, an dem wir schaukelten und uns vorstellten, wir seien Soldaten, die den Sturm auf die Burg vorbereiteten.«

Gena schnipste eine Bremse von Geists Nacken. »Sie reden so, als würden Sie diese Zeit hoch schätzen.«

»Das tue ich auch.« Er drehte sich zu ihr um, mit einem neugierigen Blick. »Es fällt mir leicht, mich an meine Kindheit zu erinnern, denn so sehr lange liegt sie ja nicht zurück. Ich erinnere mich an so vieles, an unbeschwerte Spiele, an den Duft des ersten Himbeerkuchens und daran, wie ich mich das erste Mal verliebte. Sie, Edle Genevera, beneide ich zwar ein bißchen um Ihr langes Leben, aber meinerseits würde ich es wohl als Verlust empfinden, wenn ich so weit von den Freuden der Kindheit entfernt wäre.«

»Solche Erinnerungen vergißt man nicht, wie viele Jahre auch dazwischen liegen mögen.« Gena dachte daran, wieviel sie ihm hätte erzählen können. Immer noch beunruhigt durch die Tatsache, daß Berengar schon Dinge von ihr wußte, die sie nicht einmal Durriken anvertraut hatte, zog sie es vor, mit weiteren Äußerungen einstweilen sparsam umzugehen. »Bei den Elfen sind Kinder ein seltenes und gesegnetes Ereignis, denn der Altersunterschied zwischen Eltern und Kindern wird meist in Jahrhunderten gemessen. Und gerade weil wir so alt werden, können wir uns viel Zeit lassen, Kinder zu bekommen und aufzuziehen. Ein Kind gehört bei uns der ganzen Familie, in die es hineingeboren wird. Als mein Bruder und seine Frau einen Sohn zeugten, hielten ihn bei seiner Geburt alle Familienmitglieder einmal in die Höhe, angefangen vom Urgroßvater und so weiter nach unten.«

Sie schenkte dem Grafen, wenn sie ihm schon nichts mehr weiter von sich erzählen wollte, wenigstens ein versöhnendes Lächeln. »Meine Großtante hat, bevor sie verschied, einen großen Teil ihrer Zeit mit mir verbracht, obwohl sie auch gegenüber der Familie ihres Gatten viele Pflichten hatte. Von ihr habe ich alles gelernt, was ich über Zauberei, aber auch alles, was ich über Neal Elfwart weiß. Von ihr und auch von meinem Großvater habe ich Berichte aus erster Hand bekommen, während all die Geschichten, die Sie kennen, nur auf Hörensagen und wieder Hörensagen beruhen, was mit dem wirklichen Geschehen nur noch entfernt zu tun hat.«

»Ja, das weiß ich. Und trotzdem haben die Geschichten einen gewissen Wert. Neals Liebe zur Elfenrasse zum Beispiel kenne ich aus diesen Geschichten. Ich habe sogar ein Lied gehört, das man in Najinda singt und worin es um Neals wahre Liebe zu einer Elfenmaid geht. Ist das wahr oder auch nur ein Beispiel für die Übertreibungen des Hörensagens?«

Gena vermied eine direkte Antwort. »Eine *Sylvanesti* anzurühren, hätte für Neal in jenen Tagen den Tod bedeutet und für sie die Schande.«

»Das ist heute anders, glaube ich.«

Gena errötete. »Ja, anders.«

»Entschuldigen Sie. Ich wollte Ihnen nicht zu nahe treten.« Berengar suchte nach den richtigen Worten. »Ihre Zuneigung zu Durriken war offensichtlich, wenn auch wohlüberlegt angedeutet. Ich wußte nicht ... nicht, daß es mich interessierte ... nein, natürlich hat es mich interessiert, aber ich habe nicht überlegt, ob ...« Jetzt wurde er rot. »Entschuldigen Sie. Das geht mich gar nichts an.«

»Ich entschuldige das, wenn Sie so darauf bestehen, aber ich meinerseits habe nichts bemerkt, was ich entschuldigen müßte.« In der Absicht, das Gespräch wieder von ihrem Privatleben wegzubringen, lächelte sie Berengar verbindlich an. »Wie lang ist es her, seit Sie Ihren Onkel zuletzt besucht haben?«

»Seit meiner Kindheit habe ich nie mehr eine längere Zeit bei ihm verbracht, aber kürzlich habe ich ihn besucht, als ich wegen der Investitur unserer Familie nach Jarudin unterwegs war.« Berengar schüttelte nachdenklich den Kopf. »Die Jahre sind nicht freundlich mit Atholwin umgegangen. Er ist gesundheitlich verfallen, und ich glaube nicht, daß der Tod seiner Söhne die Dinge besser gemacht hat. Ich bin gespannt, ihn wiederzusehen.«

Gena blickte auf, als sie die Höhe erreicht hatten. In der Hoffnung, den melancholischen Ton aus Berengars Stimme zu vertreiben, deutete sie auf eine riesige, schon voll ergrünte Eiche in halber Höhe des Abhangs. »Hier, ist das der Baum, von dem Sie erzählt haben?«

»Ja, ja. Er ist es.« Sein Gesicht hellte sich auf. Er gab seinem Pferd die Sporen und trabte los in Richtung des Baumes. »Hier, auf dieser Seite können Sie sogar noch ein paar Bretter zwischen den Ästen sehen. Die stammen sicher nicht mehr von unserer Festung, sondern von einer anderen. Onkel Atholwin muß schon Urenkel haben, die auch in diesen Ästen spielen.«

Gena lachte und ritt ihm nach, zügelte aber ihr Pferd, als Berengar ein Handzeichen gab. »Was ist das?«

»Etwas, das es in diesem Baum noch niemals gegeben hat.«

Aus der Nähe sah Gena einen Toten mit langgestrecktem Hals an einem Ast schwingen, der nach Norden wies. Sie ritt weiter nach vorn und dann herum in östlicher Richtung, um den Wind wieder im Rücken zu haben, damit sie die Leiche nicht roch. Allem Anschein nach hing sie hier schon mindestens vier Tage. Das Wetter war heiß und trocken gewesen; dementsprechend schien die Leiche von Wind und Sonne ausgedörrt.

Das hatte auch die Lippen schrumpfen lassen, die jetzt eine dürftige Ansammlung gelber, verrotteter Zähne im Mund des Mannes erkennen ließen. Seine Augen waren schon verschwunden; ein Rabe hockte auf dem Ast über ihm. Er hatte irgendwas im Schnabel und flog damit nordwärts weg, als sie ihm für seinen Geschmack zu nahe kam. »Es hängt ein Schild um seinen Hals.«

Berengar ritt neben sie und begutachtete die Leiche, als sie sich langsam in eine Richtung drehte und dann wieder zurück. »Die Wahrheit ist Leben. Im Leben wählte er die Lüge. Jetzt ist ihm die Wahrheit verwehrt.«

Gena schauderte. »Das ist nicht die Art von Eicheln, die ich an meinen Eichen gerne sähe.«

Berengar richtete den Blick hinunter ins Tal. »Der Ort ist nicht mehr derselbe, den ich vom letzten Jahr in Erinnerung habe … Das heißt, daß wir schon zu Atholwins Lehen gekommen sind, daß aber das Dorf anders aussieht, kleiner, und daß auch von einem der Türme der Burg das Dach verschwunden ist.«

»Ja, aber da unten sind doch Leute, und von den übrigen Türmen wehen die Fahnen.«

»Das stimmt.« Berengar holte tief Luft. »Wir wollen zur Burg reiten und nachsehen, wie die Dinge dort stehen. Wenn Atholwin lebt, werden wir eine Erklärung für das alles bekommen.«

»Und wenn er nicht lebt?«

»Das, Edle Frau Genevera, wäre auch eine Erklärung.«

Sie ritten nicht durch das Dorf, sondern außen herum, auf einem Jägerpfad, der teilweise schon wieder zugewachsen war. Die Brücke über den ausgetrockneten Burggraben wies schon ein paar verfaulte Balken auf, war aber gerade noch so stark, daß keines der Pferde mit einem Huf einbrach. Als sie den grauen Gebäuden näher kamen, bemerkte Gena, daß der kleinste der drei Türme baufällig geworden war, doch die Wälle machten einen unversehrten Eindruck und waren von Soldaten bemannt, die Berengar an der Livree als die des Onkels seiner Mutter erkannte.

Zwei junge Reitknechte übernahmen in dem kleinen Burghof die Zügel. Nachdem der wachhabende Sergeant nach jemandem gerufen hatte, erschien ein etwas ältlicher Diener, um ihnen behilflich zu sein. Er war vom Alter gebeugt, und sein ansonsten kahler Schädel war rundum mit einer Girlande dünner grauer Haarbüschel geschmückt. Der Diener lächelte, als er Berengar sah. »Bitte, kommen Sie, Graf Fischer. Mein Herr erwartet Sie schon.«

Berengar und Gena schauten sich überrascht an, folgten dem Mann aber nichtsdestoweniger in das modrige, dunkle Gebäude, das um den Fuß des größten Turmes herum errichtet worden war. In jedem vierten Wandleuchter steckte eine brennende Fackel. So war es gerade noch hell genug, daß Gena die offenbar in aller Eile angelegten Barrikaden und die in Nischen gestapelten Waffen erkennen konnte, an denen sie die Treppe vorbeiführte. Sie konnte sich keinen Reim darauf machen außer dem einen, daß der Burgherr sich darauf vorbereitete, in allernächster Zukunft seine Burg sogar auf den Fluren und in den Treppenhäusern verteidigen zu müssen.

Der Diener führte sie in einen kleinen Raum, dessen sämtliche Wände mit modrigen Teppichen behängt waren. Hinter einem schweren Eichentisch, auf dem ein Paar Leuchter mit flackernden Kerzen stand, kauerte in einem viel zu großen Stuhl ein verschrumpelter Greis. Seine bleiche Haut hatte schon fast die Farbe seines

Haares und seines langen Bartes angenommen, bis auf eine leicht bläuliche oder auch elfenbeinerne Färbung, die sie abwechselnd an einigen Stellen zeigte, je nachdem ob sie Fleisch bedeckte oder sich über Knochen spannte. Letzteres war häufiger der Fall, so daß es Gena vorkam, als stünde sie vor einem Skelett hinter Glas.

Wie ein arthritischer Puppenspieler, der einen Puppenarm bewegt, hob der Alte die Hand, zeigte mit einem zittrigen, dürren Finger auf sie und krächzte. »Du bist also Berengar Fischer. Meine Spione haben mir gemeldet, daß du kommst.«

Wie auf das Stichwort flatterte ein Rabe aus dem Dunkel des Raums herunter und ließ sich auf der Tischplatte nieder. Seine Krallen kratzten auf dem Holz, als er über die Platte trippelte, wobei sein Kopf auf und ab tanzte. Er reckte den Hals, um in den schweren Kelch, der auf dem Tisch stand, hineinzuschauen. Dann drehte er sich um und krächzte laut, und der alte Mann fuhr hoch, als wäre er nach seinen merkwürdigen Worten eingenickt.

Berengar machte einen Schritt nach vorn. »Ich bin Berengar Fischer und freue mich, wieder einmal beim Grafen von Schwarzeiche zu Besuch zu sein.«

»Wirklich?« Die umwölkten blauen Augen des Greises bewegten sich kaum, und Gena fragte sich, ob er sie in dem dämmrigen Licht überhaupt schon bemerkt hatte. »Dann wirst du nachsichtig mit mir sein, Neffe.«

»Wenn du meinst, Onkel.«

Gena hörte Lärm im Treppenhaus und drehte sich um. Auf dem Treppenabsatz hatten sich einige Burgsoldaten versammelt.

»Wenn du Berengar Fischer bist, dann bist du ein Mörder. Sage mir, auf welche Weise du mich umbringen willst.« Die Augen des Alten sprühten auf einmal vor Energie. »Und sag mir die Wahrheit, denn ich werde es wissen, wenn du lügst, und was dann mit dir geschieht, wird dir nicht gefallen.«

In Erwartung von Kindern

Herbst
Vor fünf Jahrhunderten
Im Jahr 3 der Herrschaft des Roten Tigers
Im Jahr 1 des Imperiums
Mein siebenunddreißigstes Jahr

Mir war eigenartig zumute, als ich jetzt wieder einmal
die reithische Kapelle im Erdgeschoß des Kaiserturms
von Jarudin betrat. Obwohl der eine Monat, seit ich hier
gekämpft hatte, der Stadt und der Welt draußen viele
Veränderungen beschert hatte, erinnerte mich die Brand-
narbe auf meinem linken Handrücken daran, daß ich hier
dem Tod sehr nahe gekommen war. Während ich mir
nicht so sicher war, daß auch der durchschnittliche Angehörige einer der älteren Rassen so viel leistungsfähiger
als ein Durchschnittsmensch war, war mir doch bewußt,
daß deren Elite große Macht besaß, und ich fragte mich,
wie lange ich solche Leute noch herausfordern konnte,
ohne für meine Kühnheit bezahlen zu müssen.

Xerstan verbeugte sich in meine Richtung, als er den
Raum betrat. Der Rote Tiger, der sich jetzt Kaiser Beltran
I. nannte, hatte dem fast glatzköpfigen, untersetzten Architekten den Auftrag erteilt, Neu- und Umbauten zu
entwerfen. Das gelbliche Licht, mit dem eine Menge
Talgkerzen den Raum erleuchteten, ließ ihn krank aussehen, aber ich zog dieses Licht dem blutroten Schein
vor, den die jetzt erloschenen Feuer im Raum verbreitet
hatten, als ich ihn zum ersten Mal sah. »Verzeihen Sie
meine Verspätung, Edler Herr, aber mein Lehrling hat
so lange gebraucht, um die Wachsabgüsse Ihres Dolches
zu machen.«

Er reichte mir Wespe, und ich steckte den Dolch in seine Scheide an meiner rechten Hüfte zurück. »Darf ich daraus schließen, daß der Kaiser dem Plan zugestimmt hat, den wir besprochen haben?«

Der kleine Mann nickte zuversichtlich. »Er ist zwar immer noch der Meinung, daß man diesen Raum zuschütten und für immer versiegeln sollte, aber Ihr Vorhaben hat seinen Sinn für Ironie gekitzelt. Die Vorbereitungen können ein Jahr dauern; wenn die Dinge aber genauso schnell gehen wie die Konsolidierung der Macht in diesem ersten Monat, dann können wir schon im Frühjahr fertig sein.« Er ging an mir vorbei und setzte sich linkisch hin, dicht neben dem Griff des Schwerts des Kaisers, das noch immer dort lag. »Ich bin nicht sicher, ob mir nicht unwohl ist mit diesem Schwert hier oder ob mir wohler wäre, wenn wir es wegschaffen würden. Es muß damals ja ziemlich übel gewesen sein, wie ich gehört habe.«

Ich kratzte an der Narbe auf meinem Handrücken. »Ich glaube, daß es richtig ist, es hier zu lassen.« Ich blickte hoch zu dem Abbild Tashayuls an der Gewölbedecke. »Ich hätte es für angemessen gehalten, wenn es ungefähr dort ausgebrannt wäre, wo Tashayuls Herz ist. Ich denke aber, daß es eines Gebetes an Reithra bedarf, um das zu erreichen, und wenn ich mir's recht überlege, könnte ich's doch nicht vertragen, wenn jemand diesen Wunsch ernsthaft vorbrächte.«

»Mögen die Götter in diesen Dingen jedermann ihre Weisheit verleihen. Glücklicherweise ist wohl kaum noch ein Reith in der Stadt geblieben, also stellt sich dieses Problem gar nicht.«

Er hatte recht. Der Rote Tiger hatte sofort das Standrecht ausgerufen und mit Plünderern und Vandalen kurzen Prozeß gemacht. Weil Jarudin eine im Norden gelegene Stadt ist, neigten die Reith ohnehin dazu, für das Winterhalbjahr heim nach Reith zu ziehen. Sehr viele hatten die Gelegenheit genutzt, ein Stück mit der

Armee zu ziehen, die durch das Elfengebiet marschiert war, um uns in den Bergen einzuschließen. Alles in allem war die reithische Bevölkerung, die in der Stadt geblieben war, schon vor unserem Angriff sehr klein. Die Witwe des Kaisers gab Beltran ihr Ehrenwort und führte die verbliebenen Reith zurück in ihre Heimat – alle zusammen mit nur soviel, wie sie auf Wagen laden konnten. Haladina ritten als Begleitschutz mit, und alle schieden in guter Ordnung.

Ich hatte nicht erwartet, daß die Dinge so einfach gehen würden. Sulane, die Witwe des Kaisers, nahm Beltrans Bedingungen sofort an, so als ob sie etwas Schlimmeres erwartet hätte. Aarundel behauptete, sie hätte läuten hören, ich wolle sie zu meiner Frau machen, und deswegen habe sie beschlossen, so schnell wie möglich zu verschwinden. Wenn auch dieses Gerücht dazu beigetragen haben mag, bin ich doch sicher, daß sie deswegen zustimmte, weil Beltran nur eine einzige Gegenleistung verlangte, nämlich Zeit. Im Tausch für das Versprechen von fünf Jahren Frieden ließ er sie ziehen.

Die Menschen, die in der Stadt lebten, zogen aus ihren Bruchbuden in die größeren Wohnungen ihrer verschwundenen reithischen Herren, und auch diese Umzugsbewegung lief nach einem System ab, das Beltran entworfen hatte. Daß der Umbruch so glatt und störungsfrei vor sich ging, machte mich wieder einmal dankbar dafür, daß ich der Versuchung widerstanden und daß ich ihm die Krone gegeben hatte. Er war nicht nur ein Führer, sondern er war auch umsichtig. Er erwog alle politischen und gesetzlichen Gesichtspunkte, ehe er eine Lösung anordnete.

Auch sein Handel um Zeit mit den Reith war ein glänzendes Beispiel dieser weisen Voraussicht. Er wußte, daß *ihnen* Zeit nicht viel bedeutete. Die fünf Jahre würden vergehen, bevor sie's überhaupt bemerkten, aber der Menschheit würden sie wie eine halbe

Ewigkeit vorkommen. Sie würden ihm Zeit geben, seine Herrschaft in Ispar zu festigen sowie Aufstände in Barkol und Esquihir anzuzetteln, und Sture konnte sich endlich aufmachen, Irtysch zu befreien. Tausende junger Menschen würden eine Welt erfahren, in der ein Reich der Menschen den Ton angab. Das würde ihren Stolz wecken, und wenn einmal die Zeit dafür käme, dann würden sie aufstehen und ihr Reich verteidigen.

Auch das von Beltran erdachte Verfahren zur Wohnungsvergabe sollte die Leute zusammenschweißen und ihnen zu Bewußtsein bringen, wie hart und opferreich der Weg bis zur Eroberung des Reiches gewesen war. Die größten Häuser wurden seinen Verbündeten und Kommandeuren als Lohn für ihre treuen Dienste zugewiesen. Ein ganzes Viertel am Inneren Ring wurde für die Menschen in den Bergen reserviert, und jeder freute sich schon darauf, daß der Frühling kam und sie aus ihrem eisigen Gefängnis entließ. Aarundel und mir wurden auch Wohnungen in dieser Gegend gegeben, doch ich erklärte meine gleich zur roclawzischen Botschaft. Meinem Bruder sandte ich eine Nachricht und bat ihn, ein oder zwei Botschafter zu entsenden.

Die restlichen Wohnungen wurden je nach der Anzahl der Jahre vergeben, die einzelne oder ganze Familien in reithischer Fron hatten verbringen müssen. Es wurde auch versucht, jene Menschen zu entschädigen, denen Tashayuls Besatzungsarmee die Häuser zerstört, die Verwandten erschlagen und die Ersparnisse gestohlen hatte. Natürlich gab es darüber auch Streit und auch den ein oder anderen Schwindler, aber Beltran und seine Richter untersuchten alles, verhalfen denen zu ihrem Recht, die es verdienten, und belohnten ehrenhaftes Verhalten, wo immer es ihnen begegnete.

In vielerlei Hinsicht glaube ich, daß Aarundel und ich die beiden schwierigsten Problemfälle waren, mit denen sich Beltran zu befassen hatte. Sture zum Beispiel war einfach zufriedenzustellen. Gerade erst befreite Männer aus Irtysch, die von ihren reithischen Herren in die Hauptstadt verschleppt worden waren, hatten die Truppenstärke seiner Legion der Verbannten nahezu verdoppelt. Mit Beltrans Segen und mit klingendem Spiel machte sich Sture auf, seine kalte Heimat zu befreien.

Aarundel gab sich alle Mühe, seine Verdienste um das Gelingen von Beltrans Freiheitskampf herunterzuspielen, aber eine Wohnung und einen Titel nahm er an. Beltran versuchte, ihn mit noch mehr zu belohnen, aber Aarundel lehnte hartnäckig ab. Schließlich bot ihm der Kaiser an, nach Cygestolia zu schreiben und seiner Sippe einen Bericht über seine kühnen Taten zu geben. Dazu ließ der Elf sich endlich erweichen, allerdings unter der Bedingung, daß ihn der Rote Tiger in Sachen Belohnungen nicht weiter bedrängen dürfe.

Der Rote Tiger konnte noch verstehen, daß Aarundel als Elf von Menschen angebotene Ehren lieber ablehnte. Ich brachte ihn viel mehr in Verwirrung, als ich ihm die Bitte abschlug, Oberbefehlshaber seines Heeres zu werden. Den Stählernen Haufen wollte er – als eines seiner zwei Bataillone von Leibgardisten – in kaiserliche Dienste nehmen. Diesem Vorschlag stimmte ich zu, nachdem ich meine Männer darüber abstimmen ließ und dabei feststellte, daß sie das auch selber nur zu gern wollten. Ich gestattete ihm also dieses Vergnügen und ernannte Fursey Neunfinger zu meinem Nachfolger. Statt dieser Stellung, erklärte ich dem Kaiser, wären warmes Essen, ein weiches Bett und hie und da ein kaltes Bier für mich als Belohnung mehr als genug.

Mit solchen Sprüchen gab sich Beltran jedoch nicht zufrieden. Er brachte immer wieder neue Gründe für seine Meinung vor, und für mich war es sehr schwierig, jeden einzelnen zu zerpflücken. Wenn ich nicht wenigstens irgendeine Position annähme, würde das so aussehen, als hätte ich ihm die Freundschaft gekündigt, und man würde das so auslegen, als hätte ich kein Vertrauen mehr in ihn. Darüber hinaus müsse ich doch bedenken, daß ich – genauso wie er – ein Symbol des Aufstands geworden sei, und außerdem sei jetzt die Zeit, alles zu regeln und die neue Ordnung zu festigen, sonst könne der Erfolg des Aufstands über die Reith auch wieder verspielt werden, wo wir uns doch alle vorbereiten müßten auf die Schlachten, die noch vor uns lägen.

Er erzählte mir, um nur ein Beispiel zu nennen, daß immer mehr überaus idealistisch gesinnte junge Männer dazu übergingen, sich mit glühenden Eisen ihre linken Handrücken zu verbrennen, um die Narbe nachzuahmen, die ich mir zugezogen hatte, als ich den Kaiser tötete. Der Rote Tiger und ich waren beide der gleichen Meinung, daß das Unfug war – und wir bedauerten auch jene Tölpel, die sich aus Versehen die ganze Hand verbrannten. Um diesen Unfug abzustellen, legten wir bei der Gelegenheit fest, daß die Soldaten des jetzt Kaiserlichen Leibgardebataillons ›Stählerner Haufen‹ an der linken Hand einen brandsignierten Lederhandschuh zu tragen hatten – zu Ehren des Edlen Neal, Reichsritter der Krone. Als Brandzeichen sollten sie die aus sechs Strichen bestehende roclawzische Rune benutzen, die zwar ganz anders aussah als meine Narbe, aber die Menschen wenigstens an mich erinnerte und so ihrem Wunsch entgegenkam.

So geehrt zu werden, löste bei mir ein zwiespältiges Gefühl aus. Ich war ebenso erfreut wie besorgt. Ich muß zugeben, daß ich mich darüber freute, wie bereitwillig die Männer des Bataillons das Tragen der Handschuhe akzeptierten. Was dem Roten Tiger und mir eingefallen war, um ein Problem zu lösen, das nahmen sie stolz und begeistert als neugeschenkte Tradition an. Bessere Soldaten als diese konnte ich mir nicht vorstellen, und ich gestehe, daß ich innerlich gerührt war, als ich erfuhr, daß man zu ihren Ehren schon Balladen sang.

Meinem Titel hatte ich nur zugestimmt, weil mich der Rote Tiger regelrecht überlistete. Wenn ich keinen Titel habe, so sagte er, dann könne man die Ehren, die mir der Stählerne Haufen erwies, für einen Schwindel halten. Es würde die Soldaten des Bataillons brüskieren, sollte ich einen Titel ablehnen. Ich verhandelte zäh, so daß schließlich mit dem Titel eines Edlen Reichsritters der Krone viele Freiheiten verbunden waren: Ich konnte dahin gehen und dort leben, wo ich wollte; ich konnte tun und lassen, was ich wollte; und ich war nur dem Kaiser selbst Rechenschaft schuldig, natürlich nur dann, wenn ich wollte. Der Titel war mit einem Ehrensold versehen, den ich nicht gewollte hatte, der sich aber dann doch als nützlich erwies, um Shijefs Ernährung mit Schafen zu sichern, so daß er endlich aufhören würde, Hunde und Katzen zu fressen.

Ein Bote fegte eben um die Ecke, rutschte aus und platzte mit jugendlichem Überschwang in die Kapelle. Atemlos schnappte er nach Luft, fing sich wieder und zog seinen Umhang zurecht. »Edler Reichsritter der Krone …«

»Neal genügt in diesem Fall.« Ich blickte schräg zu ihm hinüber. »Klarmund, stimmt's?«

Er schien überrascht. »Jawohl, Edler Herr, der Kaiser schickt mich, um Sie in die Kaiserliche Empfangshalle zu bitten. Eine Delegation ist angekommen, und es dünkt ihn wichtig, Sie dabeizuhaben.«

Ich lächelte. So sehr ich mich auch allem entzog, was nur im entferntesten offiziell sein konnte, wartete ich doch schon die ganze Zeit darauf, wen mein Bruder als Botschafter an den Kaiserlichen Hof entsenden würde. Da ich seit Tashayuls Tod nicht viel Zeit in den Roclaws verbracht hatte, konnte es zwar sehr gut sein, daß ich den Botschafter überhaupt nicht kannte und nicht wußte, welcher der zahlreichen roclawzischen Fraktionen er angehörte. Aber überhaupt einmal wieder einen Landsmann zu sehen, wäre mir nach all der Zeit eine große Freude.

Ich folgte Klarmund also aus der Kapelle auf die Treppe, die rund um den Turm bis ganz nach oben führte. Es gab zwar auf der anderen Seite noch eine Treppe, die parallel verlief und sich an keiner Stelle mit der ersten kreuzte. Diese Treppe hatte breitere Stufen und war mit Reliefbildern verziert, die die Reith als aufregend empfunden haben mußten. Der Rote Tiger hatte diese Bilder gnädig mit Teppichen verhängen lassen. Während diese Treppe bei offiziellen Anlässen dazu diente, Besucher in den zweiten Stock zu führen, zog ich die einfache Bedienstetentreppe vor, weil mir jeder Prunk zuwider war, und auch deswegen, weil Bedienstetenaufgänge einfach nicht zu schlagen sind, wenn man ein bißchen Hofklatsch mitbekommen will.

Die Empfangshalle war von einem reithischen Baumeister gestaltet worden, dessen Stil nicht ganz so düster war wie der des Architekten der Kapelle. Der Raum hatte die Anmutung einer Waldlandschaft. Die tragenden Säulen waren in Form von Bäumen gestaltet. Ihre oberen Äste waren zusammengefügt und als Gewölbe ausgebildet. Die Decke insgesamt war so hoch, daß sie weit ins nächste Stockwerk reichte. In den Ästen waren kleine Zuschauernischen eingerichtet, in die man aus dem Stockwerk darüber gelangte und von wo aus man das Geschehen darunter verfolgen konnte. Die Wände des Saals waren mit Landschafts- und Jagdszenen bemalt. Darin wurden vorwiegend Tiere gejagt, aber mehr als einmal waren auch Menschen als die Gejagten dargestellt.

Vielleicht gar nicht überraschend bei Leuten, die Edelsteine statt Zähne im Mund haben, war der Thron eine bemerkenswerte Arbeit. Ganz in Rauchquarz ausgeführt, erinnerte die Thronlehne an einen riesigen Schneidezahn. Sitz und Armlehnen sahen aus wie aus Schneidezähnen gearbeitet. Und zwei enorme Reißzähne ragten hoch auf und trafen sich über dem Kaiser als Bogen. Die Beschläge, die alle diese Zähne zusammenhielten, waren aus Gold und Edelsteinen, die – wie ich aus einer früheren Untersuchung wußte – reithische

Zähne gewesen waren. Einem Gerücht zufolge hatte man sie Tashayuls Rivalen im Kampf um die Macht ausgebrochen.

Was ich nicht wußte und auch gar nicht wissen *wollte*, war, ob die Riesenzähne von Künstlern gemeißelt worden waren oder ob sie das Maul eines für meinen Geschmack entschieden zu großen Unwesens geziert hatten.

Der Kammerherr wollte mich gerade ankündigen, aber ich gebot ihm durch eine Handbewegung Schweigen und ging durch den Steingarten dorthin, wo eine vierköpfige Delegation stand und sich mit dem Kaiser unterhielt. Ich erkannte zuerst Aarundel und fand seine Anwesenheit ganz erklärlich, weil er meine Familie in den Bergen besucht hatte. Erst als ich ihn mit der rechten Hand gestikulieren sah, bemerkte ich, daß er mit ihr die Hand der Frau neben ihm umschlossen hatte. Ich korrigierte mich sofort: nicht der Frau, sondern der *Sylvanesti* neben ihm, und mein Herz schlug schneller.

Beltran blickte auf und rückte die Krone auf seinem Kopf zurecht. »Ah, mein Reichsritter der Kaiserlichen Krone ist eingetroffen. Sie kennen ihn natürlich, Herr Botschafter.«

Der Elf, der gegenüber Aarundel auf der linken Seite des Thrones stand, drehte sich um und nickte in meine Richtung. »Er fungierte als *Vindicator* für Aarundel, als er und meine Enkelin Marta vermählt wurden.« Seine Stimme blieb ganz neutral, aber ich fühlte ein wenig Hochachtung, als er sich in meine Richtung verneigte. »Ich freue mich, dich zu sehen, und daß du den Reith noch nicht zum Opfer gefallen bist.«

»Auch ich freue mich, Sie wiederzusehen, Sidalric Consilliari.« Ich hielt inne und verneigte mich förmlich vor ihm. Ich richtete mich wieder auf und lächelte Marta an. »Und Sie, Edle Frau Marta.« Ich wandte mich wieder Sidalric zu und zermarterte mir das Hirn nach Martas Nachnamen, denn ich war mir sicher, daß sie die verschleierte Frau in der Begleitung des Botschafters war. *Grationa, das war's.*

Als ich anhub weiterzusprechen, ging die *Sylvanesti* ein paar Schritte von dem Botschafter weg. Mit ihren feinen, in ziegenledernen Handschuhen steckenden Händen hob sie den weißen Schleier vom Gesicht. Ich brachte keinen Ton mehr heraus, obwohl mir der Mund offenstand. Ich zwinkerte, dann noch mal und noch mal, und zwang mich zum Weiteratmen. »Hochedle Frau Larissa. Welch eine Ehre.«

»Ich fühle mich durch die Anwesenheit des Edlen Reichsritters der Kaiserlichen Krone hochgeehrt.« Sie schenkte mir ein Lächeln, das mein Herz stärker entflammte als es des alten Kaisers Schwert jemals vermocht hatte, und ich hoffte nur, daß dieses Feuer niemals wieder verlosch. »Berichte über Ihre Tapferkeit und Kühnheit haben uns sogar weit hinten in Cygestolia erreicht.«

Ich hüstelte hinter vorgehaltener Hand und schüttelte den Kopf. »Edle Frau, Sie sind viel zu klug, um auch nur einen Bruchteil dieser Gerüchte zu glauben, denn sie bestehen zu neun Teilen aus Lügen und zu einem Teil aus Hörensagen.«

Larissa lächelte nur vergnügt. »Aber selbst wenn in diesen Gerüchten neun Teile Übertreibung steckten, dann würde der eine Teil Wahrheit Sie dieser Lobgesänge mehr als würdig erweisen, die man auf Sie singt.«

»Sie sind zu freundlich, Edle Frau.«

Beltran klatschte in die Hände. »Sie sind tatsächlich etwas ganz Besonders, Edle Frau Larissa. Ich kämpfe jetzt seit einem Monat mit Neal darum, sich doch endlich zu seinem Anteil an unserem gemeinsamen Sieg zu bekennen, aber er windet sich immer wieder heraus, als wäre ein Lob so schlimm wie eine Auspeitschung. Und Sie, Sie zähmen ihn mit einem freundlichen Blick und einem kleinen Wortspiel.«

Ich warf ihm einen giftigen Blick zu. »Sie hat schon

eine jahrelange Erfahrung im Umgang mit dummen Tieren, Majestät.«

»Eine jahrhundertelange Erfahrung, um genau zu sein.«

Ich faßte mir mit der Linken dramatisch an die Brust. »Und in dieser ganzen Zeit haben Sie niemals so geschickt jemanden so tief verletzt.«

»Ich bin mir sicher, daß sie niemals mit jemandem zu tun hatte, der so eigensinnig war wie mein Reichsritter der Krone.«

Sie lächelte mich schelmisch an. »Ich denke, daß Sie sich wieder davon erholen werden, mein Edler Herr.«

»Ihre Worte sind Balsam für meine Wunden, Edle Frau.«

»Witz und Charme von Neal?« Der Rote Tiger kratzte sich am Bart. »Verehrte Frau Larissa, sie können Wunder bewirken. Obwohl ich unendlich bedaure, nicht länger in Ihrer Gesellschaft bleiben zu können, möchte ich doch vorschlagen, daß Sie meinen Reichsritter in das Steinerne Meer auf diesem Stockwerk begleiten. Und du, Aarundel, wenn du deiner reizenden Frau noch etwas anderes in diesem Turm zeigen möchtest … Der Botschafter und ich könnten dann unser Gespräch über Dinge von beiderseitigem Interesse beginnen.«

Ich verbeugte mich übertrieben tief vor dem Thron. »Dann, mein Lehnsherr, erbitte ich Urlaub, um die Edle Frau Larissa zu dem Meer zu begleiten.«

Beltran runzelte die Stirn. »Ich glaube, daß mir Störrigkeit noch lieber ist als Satire.«

»Ihr Wunsch ist mir Befehl, Majestät.«

»Jetzt aber raus, Neal!« brüllte er zum Spaß im Befehlston. »Edle Frau, gehen Sie mit ihm, kurieren Sie ihn, wenn Sie können, und geben Sie mir den Neal von früher wieder. Und wenn es Ihnen nicht gelingt, können Sie ihn auch mit meinen besten Wünschen behalten.«

Obwohl von den Reith gebaut, fand ich das Steinerne Meer interessant. Der Saal, in den es plaziert worden war, mutete an, als sei er mit groben Schlägen in einen Basaltblock gehauen worden. Der Boden war nahezu fußhoch mit reinweißen, knöchelgroßen Marmorsteinen bedeckt. Große gezackte Klötze aus Azurit und Türkis durchstießen das weiße Steinmeer, so wie Fangzähne das Fleisch aufreißen. Ich wußte, daß sie Inseln darstellen sollten, aber wegen des Throns hatte ich immer das Reißzahn-Bild im Kopf und konnte es nicht loswerden.

Eine Küstenlinie aus Mahagoni rahmte den Ozean ein und gab einen Laufsteg ab, auf dem Besucher das Meer umrunden und von allen Seiten betrachten konnten. Hausmeistergehilfen – einst Sklaven, jetzt frei und im kaiserlichen Haushalt angestellt – rechten die Marmorsteine in Muster, die bestimmten Sternbildern entsprachen oder mit irgend etwas anderem, das die Phantasie der Arbeiter gerade beschäftigte. Jedenfalls vermutete ich das. Die Muster waren nicht gleich jedermann deutlich, sondern zeigten Bilder wie etwa ein Wolkenspiel, wenn man sich einmal an einem faulen Nachmittag die Zeit nimmt, es zu beobachten. Je nach Blickwinkel und je nach Stimmungslage konnten die stillen Wellen des Ozeans alles mögliche darstellen.

Ich hatte mir angewöhnt, eine Menge Zeit hier zu verbringen. Ich schätzte die Ruhe, wollte andererseits aber auch bei der Hand sein, wenn ein Thema aufkam, bei dem der Kaiser meinen Rat einholen oder wenigstens meine Meinung hören wollte. Mir war auch klar, daß mich die weißen Steine sehr an die Leute im Gebirge, die im Süden immer noch eingeschlossen waren, und an meine Heimat erinnerten. Ich bemerkte, daß ich in diesem Raum viel nachdachte, was ja an und für sich nicht schlecht ist. Da ich aber die meiste Zeit meines Lebens der Tat vor dem Denken den Vorzug gab, markierte das doch einen leicht beunruhigenden Wandel.

Larissas Gesicht hellte sich auf, als sie über die Schwelle trat. »Oh, wie wunderbar!«

Ich verbarg meine Überraschung. »Gefällt es dir?«

»Es ist wunderschön. Natürlich gefällt es mir.«

»Aber es ist so leblos, daß ich dachte …«

Sie blieb stehen und sah mich an. »Du verbringst viel Zeit hier. Stimmt's, mein *Vitamora*?«

Ich nickte.

Sie lächelte und streckte die Arme aus. »Ich kann deine Gegenwart richtig spüren. Das hier mag einmal ein Ort der Reith gewesen sein, aber du hast ihn zu deinem eigenen gemacht. Und da du diesen Ort liebst, liebe ich ihn auch.«

Wir setzten uns schweigend hin und beobachteten den Fluß der Steine. Obwohl wir uns keinerlei Zeichen gaben, wußte ich doch, daß unsere Augen gemeinsam über die gleichen erstarrten Wellen und die Kräuselung des Musters glitten. Während wir unseren Weg durch die Fluten und Strudel des Ozeans suchten, verflüchtigten sich die zwei Jahre, die wir einander nicht mehr gesehen hatten, ins Nichts.

»Es ist schon so lange her, aber ich fühle mich so, als hätten wir erst gestern miteinander getanzt.« Ich wollte sie anfassen und streckte schon die Arme aus, zog sie aber wieder zurück. »Es ist so schön, dich wiederzusehen.«

Sie reckte das Kinn vor, und ihre Augen funkelten vor Übermut. »Wir haben uns seither schon oft gesehen, mein Liebster. Ich habe oft geträumt.«

Ich errötete. »Die Träume – ich erinnere mich an viele. Ich habe oft für mein Leben gefürchtet, falls ich im Schlaf geredet hätte. Denn dein Bruder und ich haben während des Feldzugs oft ein Zimmer oder ein Zelt geteilt. Ich habe nie gewagt, ihm von den Träumen zu erzählen.«

»Und ich habe meinem Mann nichts davon erzählt.«

Ich zog eine Augenbraue hoch. »Du sprichst so, als hätten wir dieselben Träume.«

»So ist es auch, Neal.« Sie kniete sich auf den Boden

nieder und schob vorsichtig einen Stein von einem Wellenkamm zum nächsten. »Das ist ein Aspekt, der zum *Vitamorii*-Sein gehört. Mein Bruder hätte dein mitternächtliches Flüstern bestimmt nicht bemerkt, denn höchstwahrscheinlich teilte er dieselben Träume mit Marta. Jedenfalls sagt sie, daß es so war.«

Ich lächelte, aber irgendwie fühlte ich mich auch um etwas betrogen. Hätte ich gewußt, daß jene Träume mehr waren als meine Phantasien, dann hätte ich mich an sie geklammert, hätte mehr darum gerungen, mich genau zu erinnern. »Ich hatte keine Ahnung.«

Sie legte einen behandschuhten Finger an die Lippen. »Den anderen geht es genauso. Wenn sie wüßten, daß wir Träume teilten, wer weiß, wie ihre Reaktion darauf wäre. Das ist unser Geheimnis.«

»Einverstanden.« Ich lehnte mich mit dem Rücken an die Wand. »Wie kommt es, daß du hier bist?«

»Als Beltrans Nachricht in Cygestolia ankam, beschlossen die Consilliarii, einen Botschafter zu entsenden, um Beziehungen zu diesem neuen Menschenreich zu beginnen.«

Ich verbarg meine Überraschung nicht. »Das ist ein Unterschied zum letzten Mal, als sie sich mit einem Menschenreich befaßten.«

»Und dieser Unterschied ist großenteils auf dich zurückzuführen, mein *Vitamora*.« Larissa nestelte an einer Falte ihres Kleides und glättete den Stoff über ihrem Schenkel. »Dein Beispiel hat dazu beigetragen, jenen Kräften, die auf einen neuen Kreuzzug aus waren, den Wind aus den Segeln zu nehmen.«

»Dafür bin ich dann dankbar. Das erklärt aber nur, warum Sidalric hier ist. Warum bist du gekommen?«

»Ich hatte keine Wahl. Als *Vindicatrix* mußte ich zugegen sein, als Marta den Consilliarii ihren Fruchtbarkeitsantrag vorlegte.«

»Ihren was?«

Larissa nickte. Ihre Augen verengten sich flüchtig,

dann lächelte sie. »Als Levicius und Alosia uns Elfen schufen, haben sie nur wenig über die Fortpflanzung nachgedacht. Für sie reichte es aus, daß es einen Mechanismus gab, mit dessen Hilfe wir uns vermehren konnten. Sie entschieden sich dafür, Elfenfrauen für den Zeitraum von ungefähr einem Monat nach dem Verzehr von Äpfeln fruchtbar zu machen.«

»Äpfeln?«

»Nicht die roten oder grünen Früchte, die ihr kennt, sondern ein ganz besonderer Apfel mit goldener Schale, der nur in einem einzigen Obstgarten in Cygestolia wächst. Weil wir ein so langes Leben besitzen, beschlossen wir, den Zugang zu dieser Frucht zu beschränken. Nur denjenigen, die bereits etwas Bemerkenswertes geleistet hatten, sollte gestattet werden, Nachwuchs in die Welt zu setzen. Deswegen sind Elfenkinder auch etwas Seltenes, und sie werden auch als großes Geschenk an die Eltern und an beide Familien betrachtet.«

Einesteils dachte ich: »Welche Bevormundung!« Aber ich erinnerte mich andererseits an ganze Horden von Kindern, die auf den Straßen herumlungerten und um die sich niemand kümmerte. »Marta hat also den Hohen Rat um die Erlaubnis gebeten, ein Kind bekommen zu dürfen?«

»Ja. Und die Consilliarii haben die Erlaubnis erteilt.« Larissa zuckte mit den Achseln. »So sehr sie das auch nicht wahrhaben mögen, waren Aarundels kühne Taten in der Menschenwelt durchaus bemerkenswert, und ein Kind zu haben würde für Aarundel auch bedeuten, daß er sich für das nächste halbe Jahrhundert nicht mehr von Cygestolia fortwagen wird.«

Für ein halbes Jahrhundert? Sie sagte es, als sei es das Selbstverständlichste auf der Welt, während ich wußte, daß ich nach dieser Zeit tot und vergessen sein würde. »Also hast du Marta hierher begleitet, damit sie ihrem Mann von der Fruchtbarkeitsgenehmigung berichten kann?«

»Ja. Und auch noch aus einem anderen Grund.«

Meine Stimmung hob sich. »Und der wäre?«

»Ich bin die *Vindicatrix*, und du bist der *Vindicator*. Da wir ihnen bei ihrer Hochzeit zur Seite standen, ist es unsere Pflicht, ihnen beizustehen, wenn sie den goldenen Apfel erhalten.«

Ich kreuzte die Arme vor der Brust. »Aber bei der Empfängnis müssen wir nicht mitmachen, stimmt's?«

Ein perlendes Elfenlachen füllte den ganzen Raum und verbannte daraus für immer den letzten Rest von Düsternis. »Nein, das müssen wir nicht, obwohl … Wenn ich mich an die Träume erinnere, dann muß ich sagen: Wenn mein Bruder irgendeinen Rat brauchte, wärst du ein ausgezeichneter Lehrer.«

Vergeblich kämpfte ich dagegen an, knallrot zu werden. »Ich neige dazu, weit über der Wirklichkeit zu träumen.«

»Was schadet Phantasie, wenn sie Vergnügen bereitet?«

»Überhaupt nicht.« Ich lachte in mich hinein und rieb mir mit der Hand übers Gesicht. »Also spricht der Botschafter jetzt mit dem Kaiser darüber, wo die Zeremonie stattfinden soll?«

»Das weiß ich nicht. Aber ich weiß auch nicht, was das den Kaiser angehen sollte.«

»Larissa, dem Kaiser gehört diese Stadt. Alles, was hier geschieht, geht ihn was an!«

»Ah«, lächelte sie, »ich sehe deine Verwirrung. Nun, er spricht mit dem Kaiser nicht über diesen Teil der Zeremonie.«

»Worüber dann?«

»Unter anderem überreicht der Botschafter eine Bitte der Consilliarii.« Unschuldig strich sie sich eine goldene Haarlocke hinter das linke Ohr. »Die Anwesenheit des Reichsritters der Kaiserlichen Krone ist in Cygestolia für eine Zeremonie erforderlich, und Sidalric bittet den Kaiser nun um die Erlaubnis, daß du unverzüglich mit uns abreisen darfst.«

KAPITEL 19

Die Gastfreundschaft eines seltsamen Hauses

Frühjahr
A.R. 499
Die Gegenwart

In betroffenem Schweigen beobachtete Gena, wie Berengar die verspannten Schultern bewegte, um sie zu lockern. »Als Mörder, der hierher gekommen ist, um dich umzubringen, Onkel, werde ich eine ganze Menge knackiger Mädchen kommen lassen, die unersättlich deine Manneskraft testen werden. Ich werde dir eine oder sagen wir zwei Wochen geben, bis du am Ende bist.«

Dem Alten fiel der Unterkiefer herunter. »Es zwei Wochen mit Mädchen zu treiben, bringt mich nicht um!«

Berengar schüttelte den Kopf. »Kann sein, Onkel, aber wenn du nach zwei Wochen erschöpft im Bett liegst, werde ich auftauchen, nur um dir zu sagen, daß deine Frau wieder am Leben ist.«

Atholwins Augen weiteten sich vor Schreck. Gena dachte schon, sein Herz hätte ausgesetzt. Aber dann lachte der Alte schallend. Sein Lachen erinnerte sie an das Krächzen eines Raben, und der schwarze Vogel schloß sich seinem Herrn tatsächlich in herzlosem Frohsinn an. »Hildegard! Schon zu Lebzeiten hat mich ihr Anblick fast umgebracht, also wäre sie nach vierzig Jahren in der Gruft mein sicherer Tod. Du hast gewonnen.«

Berengar verneigte sich. »Ich gewinne nur, weil mein Bruder nicht hier ist.«

»Es sind so viele, die nicht hier sind.« Die Stimme des Alten verlor ihre Fröhlichkeit, und er richtete den Blick wieder in einer Art und Weise auf Berengar, die Gena unheimlich war. »Und wer ist das, die mit dir gekommen ist? Hast du jetzt eine Frau, Berengar?«

»Nein Onkel, ich habe keine Frau, aber wenn ich heiraten würde, könnte ich mir eine schlechtere Wahl vorstellen.« Der Graf wandte sich um, faßte Gena zart am Ellbogen und geleitete sie nach vorn. »Darf ich dir die Edle Frau Genevera aus Cygestolia vorstellen.«

»Eine Elfe?«

Berengar runzelte bei der Verwendung dieses unbeholfenen Ausdrucks die Stirn. »Ja, Onkel, sie ist eine *Sylvanesti* und meine Gefährtin bei einer wichtigen Unternehmung. Wir sind unterwegs nach Jarudin.«

Der alte Mann nickte bedächtig. Dann auf einmal verharrte sein Kopf wie eingefroren, und seine Augen richteten sich in unendliche Ferne. Gena fühlte sich unwohl, weil er durch sie einfach hindurchsah, wie in eine Welt, von der sie keine Ahnung hatte. »Elfen waren seit langer Zeit nicht mehr hier im Land. Den letzten habe ich in Begleitung von Neal Elfwart gesehen.«

Sie zuckte zusammen, doch Berengar zwickte sie sogleich leicht in den Ellbogen. Gena sah ihn kaum merklich den Kopf schütteln. Seine Augen stellten eine spätere Erklärung in Aussicht. Also enthielt sie sich weiterer Reaktionen auf die Worte des alten Mannes.

»Onkel, wir waren sehr lange unterwegs. Wenn du uns Gastfreundschaft gewähren könntest ...«

»Ja, freilich.« Der Alte klatschte kaum hörbar in die Hände, aber der Diener, der sie schon hereingeführt hatte, erschien wie herbeigezaubert. »Tobert, zeige ihnen ihre Zimmer. Gib meinem Neffen Osberics Zimmer und der Elfe das von Mildred. Sie werden mir beim Abendessen Gesellschaft leisten, also laß das beste bringen, was wir im Haus haben.«

»Wie der Herr Graf wünschen.« Der Diener verbeugte

sich vor ihnen. »Wenn die Edlen Herrschaften mir folgen wollen.«

»Bis heute abend, Onkel.«

Der alte Mann nickte und verfiel dann wieder in ein seltsames Brüten. Er starrte den Kelch an, der auf dem Tisch stand. Der Rabe krächzte frech und hüpfte auf die Schulter des Alten. Gena überlief ein Schaudern. Sie war froh, daß sie den Raum verlassen konnte.

Das obere Stockwerk des Hauptgebäudes war zwar nicht mit Gerümpel und Waffenstellagen vollgestellt, aber es war nur wenig einladender als die darunterliegende Halle. In ihrem Zimmer war alles mit einer Staubschicht bedeckt, die dicker war als der Straßenstaub auf ihren Schuhen. Staubflusen flogen auf, wo immer sie auch hintrat, taumelten durch die Gegend und rollten dann unters Bett. Das Bett selber, mit muffigen Laken und einem sauer riechenden Strohsack bedeckt, quietschte und knarrte schrecklich, als sie sich draufsetzte. Im Geiste sah sie schon, wie das Bett zusammenkrachte und der Baldachin mitsamt den vier Pfosten, die ihn hielten, sie wie in einer Falle unter sich begraben würde.

Berengar klopfte sanft an ihre halboffene Tür. »Darf ich?«

Gena nickte. »Und Sie könnten auch gleich die Tür schließen.«

»Einverstanden.« Er wollte sich auf einen Stuhl setzen, kippte ihn dann aber erst und stieß ihn auf dem Boden auf, um wenigstens den gröbsten Staub zu beseitigen. »Ich hatte schon allerhand über Atholwin gehört, und ein bißchen davon habe ich Ihnen ja auch schon erzählt, aber ich hätte nicht gedacht, daß die Dinge so weit aus dem Ruder gelaufen waren. Der Tod seiner Söhne hat ihm offenkundig schwer zugesetzt. Aber ich glaube doch, daß er harmlos ist, da bin ich mir ziemlich sicher.«

Sie zog eine Augenbraue hoch. »Mit Verlaub. Ich

könnte nicht sagen, daß mich der Mann, der in Ihrer Eiche hängt, übermäßig beruhigt. Als der Alte Sie fragte, wie Sie ihn umbringen wollten, hielt ich insgeheim nach einem Fluchtweg Ausschau.«

»Ja, ich kann mir vorstellen, wie befremdlich das auf Sie gewirkt hat.« Berengar setzte sich jetzt doch und strich sich bedächtig über den Bart. »Onkel Atholwin war schon von jeher besessen von Erbschaft, Tod und Vorfahren. Ich weiß nicht warum, es war eben so. Er pflegte meinen Bruder und mich ständig mit seiner ›geheimen Kenntnis‹ unserer angeblichen Pläne aufzuziehen, wir würden nur an seine Beseitigung denken, um seinen Besitz zu erben. Ich weiß, daß er es mit seinen eigenen Söhnen und Enkelsöhnen genauso gemacht hat. Insofern wurden wir gar nicht anders behandelt als die andern.«

»Nichtsdestoweniger ist so etwas abartig.«

»Ja, obwohl ich es selbst immer nur als exzentrisch abgetan habe.« Er blickte geradeaus und stützte die Ellbogen auf die Knie. »Seine fixe Idee war auch der Grund dafür, daß er beim Kaiser die Legitimierung unserer Linie beantragte. Meines Erachtens machte er das nicht, um bei einem Sturz des Kaisers für sich oder seine Nachkommen eine gute Ausgangsbasis für einen eigenen Anspruch auf den Thron zu schaffen, sondern allein in der Aussicht darauf, durch unsere ewige Dankbarkeit für immer in den Annalen der Familie fortzuleben.«

Für Gena ergab diese verquere Überlegung wenig Sinn. »Aber Sie haben doch gesagt, daß seine Söhne gerade wegen der Machtintrigen um den Kaiserthron ermordet wurden.«

»Ja, so lautet das Gerücht. Ich weiß nicht, ob das wirklich stimmt. Es gibt immer noch eine Reihe Familien aus kaiserlicher Abstammung und mit kaiserlichen Lehen, die ernsthafte Ansprüche auf den Thron geltend machen. Die Legalisierung unserer Linie hat tatsächlich ältere Familien weiter vom Thron fortgerückt, da wir von einem der jüngeren Kaiser abstammen.«

Gena runzelte die Stirn. »Ihr Onkel scheint zu denken, daß er Neal und Aarundel getroffen hat.«

»Atholwin war in seiner Jugend ein eifriger Student von Volkssagen und Legenden. Von ihm habe ich in den Sommern, die ich hier verbrachte, alles gelernt, was ich über Neal weiß. Atholwin betrachtete es als seine Aufgabe, Neal unsterblich zu machen. Wie auch der Kaiser selbst, hat er eine Menge Einzelheiten über die Geschichte des Reiches und seiner führenden Schichten gesammelt. Weil der Onkel immer gern Informationen getauscht und weitergegeben hat und weil er darüber auch eine umfangreiche Korrespondenz mit dem Kaiser führte, hat der Kaiser seinen Antrag auf Legalisierung unserer Linie so freundlich beschieden.« Berengar zuckte die Schulter. »Jedenfalls glaube ich das.«

»Also meinen Sie, daß die Erinnerung Ihrem Onkel einen Streich spielt?«

»Ich glaube, daß er die Geschichten aus und über die Vergangenheit so sehr geliebt hat, daß er sich jetzt in sie zurückzieht. Das ist wirklich schade, denn er war recht witzig und auch charmant. Es war ursprünglich sein Witz, der das Mörderspiel, dessen Zeuge Sie geworden sind, ersonnen hat. Verlangt war, sich die allerunterhaltsamste Methode auszudenken, ihn umzubringen.« Berengar lachte glucksend in sich hinein. »Mein Bruder Nilus war darauf versessen, raffinierte Handlungsanweisungen und kunstvolle Vorrichtungen zu ersinnen. Ich hingegen dachte mehr an Atholwins Eitelkeit und hatte mehr Erfolg.«

Gena ging zu ihm hin und packte ihn sanft an der Schulter. »Es tut mir leid, daß Sie den Mann, an den Sie sich erinnern, in ihm nicht mehr finden. Wenn bei uns Elfen jemand in das Alter kommt, in dem er der Welt überdrüssig wird, dann reist er ins Jenseits und beginnt dort ein neues Leben. So bleibt es uns erspart, unsere Lieben so schrecklich altern zu sehen.«

Berengar tätschelte ihren Handrücken. »Was ist dieses *Jenseits*? Ich habe dieses Wort schon oft im Zusammenhang mit Elfen gehört, aber ich verstehe es nicht.«

Gena verschränkte die Arme und ging auf und ab, während sie überlegte, wieviel sie ihm sagen konnte. »In der Zeit der Götter, als die Kinder sich ihren Eltern widersetzten und sie verjagten, standen die Elfen treu zu ihren Eltern. Zur Belohnung wurde uns erlaubt, uns aus dieser Welt zu jenem anderen Ort zu begeben, an dem sich auch die Götter aufhalten. Das ist zwar auch eine Trennung von unseren Familien, aber es ist bei weitem kein solcher Anlaß zum Trauern, denn wir wissen, daß wir uns dann wiedersehen, wenn wir uns selbst ins Jenseits begeben.«

»Sofern man in dieser Welt nicht Opfer eines Mordes wird.«

»Stimmt!«

Berengar sah sie an. »Und Menschen ist dieser Ort versperrt?«

»Auch das stimmt. Und wie es mit Kindern mit einem menschlichen und einem elfischen Elternteil ist, kann ich noch nicht sagen, denn bislang ist noch keines dieser Kinder so alt, daß sich die Frage gestellt hat.«

Der Graf lehnte sich zurück und lächelte. »So haben also jene Elfen, die glauben, daß Neals Einfluß das wahre Elfentum zerstört hat, doch einen Ort, an den sie sich vor den Menschen zurückziehen können.«

»So ist es. Und ich glaube auch nicht, daß Neal ihnen dieses Asyl streitig gemacht hätte.« Gena lächelte, als sie daran dachte, was ihre Großtante immer über Neal zu sagen pflegte: ›Neal war in dieser Welt ein Held. Nicht ein Held für die Menschheit, sondern für die Welt als Ganzes. Er wäre nirgendwo anders glücklich geworden, und er würde keiner Gemeinschaft mißgönnen, was sie besaß, solange sie nur ihn und seine Welt in Ruhe ließen.‹

»Das klingt so, als hätte sich die Welt seither nicht viel verändert.« Berengar erhob sich und ging zur Tür. »Wollen wir hoffen, daß wir sie zum Besseren verändern können, bevor sein Traum völlig in Vergessenheit gerät.«

Gena nutzte die zwei Stunden, die sie – bis man zum Abendessen rief – allein war, um sich etwas hinzulegen. Traumfetzen geisterten durch ihren unruhigen Schlaf, Bilder von vermummten Männern in weißen Umhängen, die um eine Eiche herumtanzten, während ein Erhängter über ihnen am Seil baumelte. In kaltem Schweiß erwachte sie. Sie versuchte, die Symbolik des Traums zu deuten, denn sie glaubte nicht, daß er prophetisch oder hellseherisch war. Sie kam zu dem Schluß, daß sie sich die Ereignisse an Berengars Eichbaum nur in ihrer schlimmstmöglichen Form ausgemalt und daß sie sich die tanzenden Männer deswegen in gespenstischen weißen Umhängen vorgestellt hatte, weil es sich irgendwie um Vasallen von Atholwin handeln mußte, den sie schon als die Geistererscheinung eines Mannes betrachtete.

Sie machte sich an einem Waschbecken frisch und zog saubere Kleidung an. Mit der schmutzigen Bluse wischte sie noch ihre Schuhe sauber, dann ging sie die Treppe hinunter. Tobert nahm sie im Erdgeschoß in Empfang und führte sie in einen Speisesaal, der zwar um ein Vielfaches größer war als das Empfangszimmer, das sie schon kannte, der aber trotzdem nur von vier Kerzen mehr erleuchtet war.

Tobert plazierte sie an einer langen Tischseite genau in der Mitte. Der Tisch maß zwei Mannslängen und in der Breite eine halbe. Berengar saß bereits am Tischende zu ihrer Rechten, Atholwin und sein Vogel an dem zu ihrer Linken. Tobert trug das Essen in sieben Gängen auf, obwohl alles zusammengenommen für jeden sicher nicht mehr als zwei volle Teller ausmachte. Gena dachte zunächst, sie werde benachteiligt, vielleicht in der irrigen Annahme, sie esse kein Fleisch. Aber dann sah sie, daß Berengars Portionen genauso klein waren wie ihre und daß sie beide – im Vergleich zu dem, was dem Hausherrn serviert wurde – sogar noch großzügig bedacht wurden.

Obwohl sie zumeist einen gesunden Appetit hatte, war Gena über die kleinen Portionen alles andere als traurig. Die Gemüsesuppe war wäßrig und kam lauwarm auf den Tisch. Weil erst Frühjahr war, konnte sie sich vorstellen, daß frisches Gemüse noch knapp war, aber als beim Essen der Sand im Löffel knirschte, fragte sie sich doch, warum man das Gemüse nicht wenigstens gewaschen hatte.

Sie pickte in dem meisten, das aufgetragen wurde, nur herum, und stellte ihren Magen mit ein paar Kartoffeln zufrieden, die allerdings auch seltsam aussahen, klein und etwas glasig. Auch das Brot war zwar eßbar, aber geschmacklos. Das Streichfett ließ sie stehen, weil es ranzig war. Die kleine Portion schmierig aussehenden Fleisches, die Tobert als ›Felskaninchen‹ ankündigte, lehnte sie dankend ab, weil sie nicht unbedingt wissen wollte, wie Ratten- oder Eichhörnchenfleisch schmeckte.

Atholwin nahm nahezu gar nichts zu sich. Er redete fast ununterbrochen. Und wenn ihm zwischendrin wieder einfiel, daß es etwas zu essen gab, hatte meistens schon der Rabe weggepickt, was bei diesem Gang serviert worden war. Der alte Mann zeigte keinerlei Zuneigung zu dem Vogel, noch ließ er erkennen, ob er überhaupt Notiz von ihm nahm. Und doch nahm Gena an, daß zwischen beiden geheimnisvolle Bande existierten. Zwischendurch war der alte Mann wie entrückt. Er verstummte und bewegte sich auch nicht mehr, bis ihn der Vogel mit einem lauten Kreischen wieder in die Gegenwart zurückholte.

Sein Plappern ließ sich leicht überhören, vor allem weil Tobert aus dem Weinkeller des Grafen von Schwarzeiche die köstlichsten Gewächse servierte. Zu jedem Gang wurde ein eigener Wein kredenzt, und der entschädigte wahrlich für die Kargheit des Essens und die erbärmliche Leistung der Küche. Gena hielt sich beim Trinken trotzdem zurück, weil sie an diesem seltsamen Ort auch beim Schlafengehen einen klaren Kopf behalten wollte. Berengar und sein Onkel hingegen sprachen dem Wein mit Begeisterung zu. Je betrunkener Atholwin wurde, desto klarer und zusammenhängender wurde übrigens sein Gerede.

Mit ganz ungewohnter Kraft schlug er mit der Faust auf den Tisch und zeigte dann mit dem Finger auf Berengar. »Du *bist* hier, um mich umzubringen. Du willst es alles für dich. Stimmt's, Junge?«

Berengar lächelte erst, aber dann wurde ihm angst und bange, als der Zorn Atholwins weinselige Stimme überlagerte. »Nein Onkel, ich will deinen Tod nicht. Ich bin nur hier, weil mich der Weg nach Norden hier vorbeigeführt hat.«

»Du spionierst für Hardelwick, stimmt's? Er traut mir nicht, obwohl ich ihm Lehnstreue geschworen habe. Für diesen Verrat wirst du baumeln, Berengar!«

Die Heftigkeit und Entschlossenheit des Greises erschreckte Gena. »Herr Graf, Berengar spricht die Wahrheit. Natürlich ist er nicht gekommen, Sie zu töten.«

Jetzt wandte sich der alte Mann ihr zu. Seine Augen hatten einen beängstigend kaltblütigen Ausdruck. »Lügen, nichts als Lügen! Ich habe meine Quellen. Ich kenne seine Absichten, und auch Ihre. Ihr seid beide Verräter. Jetzt und immer.«

»Onkel!« Berengar sprang auf, schleuderte sein Mundtuch auf den Tisch und kam zu Gena herum. »Du hast zuviel getrunken!«

»Ich bin nicht wehrlos, Berengar.« Seine Augen wurden groß, und aus den Mundwinkeln lief ihm der Speichel. »Du wirst schon sehen, du und deine *Sylvanesti*-Hexe. Ihr habt euch gegen mich verschworen. Und dafür werdet ihr bezahlen!«

Tobert kam aus dem Dunkel nach vorn, half Atholwin aus dem Stuhl und vertraute ihn der Obhut von zwei Soldaten an. Der Rabe pickte einen letzten Krümel vom Teller und flatterte in eine dunkle Nische. Tobert zitterte und schob den Stuhl seines Herrn zurück.

»Ich muß mich für ihn entschuldigen, Edle Herrschaften.«

Berengar streckte sich und verschränkte die Arme. »Ist er neuerdings öfter so?«

»Es ist schlimmer geworden, Herr Graf. Dieser Ausbruch ist kein Einzelfall. Diesmal war er gegen Sie gerichtet, aber manchmal wettert er gegen die Schatten seiner toten Söhne Osberic und Analdric, von denen er auch behauptet, sie hätten sich gegen ihn verschworen. Bitte warten Sie hier noch einen Augenblick.«

Gena schaute Berengar fragend an, als der Diener gegangen war. »Was nun?«

»Ich weiß nicht. Aber jedenfalls gefällt mir nicht, daß meine Waffen in meinem Zimmer sind.«

Tobert kam mit einer alten verstaubten Flasche und zwei winzigen Gläschen zurück. »Ihr Onkel kann auch fürsorglich sein, wenn er nicht gerade einen seiner Anfälle hat. Er hat mir ausdrücklich aufgetragen, zum Abschluß noch diesen Weinbrand zu reichen. Er ist sehr alt und wird Ihre Nerven beruhigen.« Er richtete den Blick in die Richtung, die die beiden Soldaten mit dem Alten eingeschlagen hatten. »Ich werde ihm nachher auch noch einen geben und dann alle Vorbereitungen treffen, daß Sie morgen beim ersten Tageslicht abreisen können, damit es kein weiteres unerfreuliches Zusammentreffen mehr gibt.«

Gena nahm das Gläschen und zwang sich dazu, daran zu nippen. Der Weinbrand schmeckte wunderbar weich und wärmte Kehle und Magen. Sie sah, wie Berengar den seinen hinunterkippte. Also trank sie auch schnell aus. Tobert geleitete sie dann vom Speisesaal zurück und auf ihre Zimmer.

»Bitte denken Sie nicht zu schlecht über den Grafen von Schwarzeiche. Er erinnert sich an so viele Feinde, ohne sich auch daran zu erinnern, daß sie schon tot sind.«

»Wir verstehen das schon, Tobert. Die Edle Frau Genevera und ich, wir werden bei Tagesanbruch weiterreiten.«

Gena verneigte sich leicht vor Berengar und wünschte ihm eine gute Nacht, ehe sie sich in ihr Zimmer zurückzog. Kaum daß sie die Tür hinter sich zugezogen hatte, fühlte sie sich in dem modrigen, staubigen Zimmer wie in einer Gruft. Sie machte sich bettfertig und legte sich hin, aber viele Gedanken gingen ihr noch durch den Kopf und hielten den Schlaf fern. Jedes Knarren des Holzes und jeder Seufzer des Winds jagten ihr Schauder über den Rücken. Sie ärgerte sich über sich selbst, denn sie war wirklich viel zu alt, um sich wie ein ängstliches Kind im Bett zu verkriechen.

Sie stand noch einmal auf und mußte daran denken, wie Riks Gegenwart ihr immer ein Gefühl der Sicherheit vermittelt hatte, ganz gleich wie beunruhigend oder schwierig die Umstände auch waren. *Es könnte noch schlimmer sein, würde er sagen, solange wir es nicht besser machen.* Sie lächelte, als sie sich daran erinnerte, und beschloß, den guten Rat zu befolgen. Nach einigen Verrichtungen, zu denen auch gehörte, einen Stuhl unter die Türklinke zu klemmen, ging sie wieder ins Bett und ergab sich dem Schlaf.

»Steh auf, sylvanische Hexe, und schau dir an, was dir den Tod bringen wird!«

Gena schlug die Augen auf, und ihr stockte der Atem. Ein halbes Dutzend Männer in weißen Umhängen stand um ihr Bett. Drei von ihnen, je einer beiderseits ihres Kopfes und der dritte weiter weg an ihren Füßen, standen völlig regungslos – mit dicken schwarzen, mit seltsamen Zeichen verzierten Kerzen in der Hand. Die

Flammen flackerten und sprangen in perfektem Gleichklang. Mit jedem Zucken des Lichts fühlte sie das Zunehmen und Abebben von Kräften, was sie unfähig zu jener Konzentration machte, die Voraussetzung für jeden Zaubertrick war. Sie wußte, daß sie völlig machtlos war, solange diese drei Männer so magisch miteinander in Verbindung waren.

Innerhalb des Dreiecks stand Atholwin, flankiert von zwei Männern mit silbernen Schwertern in den Händen. Der alte Mann ließ nichts mehr von jener Schwäche oder Lähmung der Glieder erkennen, die sie vorher gesehen hatte, und hielt ihr einen in Wellen geschliffenen Dolch vor Augen. Der Rabe auf seiner Schulter machte keinerlei Geräusch, aber seine Augen glühten mit einem unheimlichen Licht, das blutrote Effekte auf die rasiermesserscharf geschliffene Klinge warf.

»Wir haben den Verrat in dir erkannt, Hexe, und das lassen wir nicht zu.« Der alte Mann schnatterte, und seine Lippen zitterten, als er den Dolch hob und sich vorbeugte. »Verrat heißt Lüge, und jetzt wirst du für immer von der Wahrheit getrennt.«

KAPITEL 20

Die Feindseligkeit eines vertrauten Waldes

Herbst
Vor fünf Jahrhunderten
Im Jahr 3 der Herrschaft des Roten Tigers
Im Jahr 1 des Imperiums
Mein siebenunddreißigstes Jahr

Trotz des Wunsches der Elfen, sofort aufzubrechen, überredete Kaiser Beltran Primus Aarundel, an einem Fest zu seinen Ehren teilzunehmen, ehe wir unseren Abschied nahmen. Während die offizielle Förmlichkeit des Fests und die Übertreibungen der Festreden mir gegen den Strich gingen, ließ ich es mir doch gut gehen. Und als am Tag der Abreise der Stählerne Haufen an der Straße nach Osten Spalier stand, so daß unsere ganze Reisegesellschaft unter ihren gekreuzten Lanzen durchreiten mußte, schwoll mir vor Stolz die Brust, daß ich dachte, sie würde bersten.

Und sogar der Kaiser trug einen Lederhandschuh mit Brandstempel an der Linken, als er uns verabschiedete.

Der Botschafter blieb mit seinen Dienern und einem Dutzend Lansorii in Jarudin. Ein weiteres Dutzend begleitete uns auf dem Weg. Sie schienen alles andere als erfreut, daß ich dabei war. Der Driel gehörte auch zu unserer Gesellschaft. Wir reisten mit leichtem Gepäck, denn unsere Reisezeit würde – da wir die magischen Elfenwege benutzten – bis zum Rand des Elfengebiets nur vier Tage und bis nach Cygestolia selbst nicht mehr als eine weitere Woche betragen.

Wir verließen Jarudin sehr früh am Morgen und ritten

ostwärts, obwohl Cygestolia genau im Westen der Hauptstadt lag. Aber der nächstgelegene Hain des Elfennetzwerks lag nicht mehr als fünfundzwanzig Meilen östlich, also zogen wir in aller Ruhe dorthin. Unsere Gruppe ritt weit auseinandergezogen auf der Straße. Ein halbes Dutzend Soldaten ritt an der Spitze und als Seitensicherung, und die anderen sechs bildeten die Nachhut. Daß Shijef weit und breit durch die Wälder links und rechts der Straße schweifte, schien ihre Aufmerksamkeit nicht auf sich zu ziehen, und auch nicht, daß Larissa und ich sehr langsam ritten und die ganze Kolonne aufhielten.

Wir beide sprachen während des Ritts nicht viel miteinander, aber nicht aus Furcht, belauscht zu werden, denn die Lansorii blieben soweit wie möglich von uns weg. Wir hatten einfach nicht den Drang, miteinander zu reden, während wir durch sonnengefleckte Wälder und neben rauschenden Bächen ritten. Das Erlebnis, so nah nebeneinander zu reiten, schien uns zu genügen. Ich nahm jede Einzelheit der romantischen Landschaft in mich auf und wäre gerne dort geblieben, um die Erinnerungen an all die Schlachten, die ich in meinem Leben schon geschlagen hatte, durch schönere Bilder zu ersetzen. Meine kriegerische Vergangenheit kam mir immer wie Einbildung vor, wenn Larissa und ich zusammen waren.

Als wir den Hain erreicht hatten, schlug ich mein Lager in gebührender Entfernung vom gemeinsamen Lagerplatz der Elfen auf. Während Aarundel, Marta und vor allem Larissa um mich besorgt waren, wollten die anderen Elfen offensichtlich so wenig wie möglich mit mir zu tun haben. Aarundel war so glücklich, wieder mit Marta vereint zu sein, daß ich nicht glaube, daß er die abweisende Haltung der Elfen überhaupt wahrnahm. Obwohl ich ihm deren feindselige Gefühle genausowenig übelnehmen konnte wie deren Nichtbeachtung durch ihn, fühlte ich mich doch ein wenig im Stich gelassen. Als ich so alleine dasaß und trockene Äste ins Feuer legte, hüllten mich langsam melancholische Gefühle ein, wie Wolken den Gipfel eines hohen Berges.

Der Driel ließ sich auf der anderen Seite des kleinen Feuers auf die Hinterbacken nieder und beobachtete mich mit funkelnden roten Augen. »Allein bist du jetzt. Allein bin ich, durch deine Schuld.«

Ich hob den Kopf. »Du bist allein, weil du einen Wettkampf angenommen und verloren hast.«

»Und verloren hast du jetzt hier, Drielherr Neal.«

Ich zog eine Braue hoch. »Verloren habe ich?«

Shijef nickte feierlich. »Im Krieg du lebst. Verdorren im Frieden wirst du. Aarundel geht, und du stirbst.«

»Ach, du bist wohl unter die Wahrsager gegangen, stimmt's?«

Ein Grummeln rumorte in seiner Kehle, und ich konnte sehen, daß seine scharfen Klauen blitzten. Aber er blieb sitzen, wo er war, und beobachtete mich. »Besiegt wurde ich, und treu erfüllt habe ich unsere Wette. Nicht noch mal. Mein Herr bist du.«

»Aber du könntest mich jetzt besiegen.«

»Könnte. Will nicht. Einmal verloren ich habe.« Shijef schüttelte den mächtigen Kopf. »Nicht noch mal. Ich werde überleben meinen Herrn.«

Ich sagte nichts, weil ich wußte, daß er recht hatte. Bestenfalls hatte ich noch ein oder zwei Jahrzehnte zu leben. Ich konnte es jetzt schon spüren, daß alles langsamer wurde. Ich ging mit den und jenen Wehwehchen schlafen und wachte mit anderen wieder auf. Als Aarundel und ich uns zusammentaten, waren wir beide flink, schlank und stark gewesen, und er war bis heute so geblieben. Aber ich war verschrammt und vernarbt und alt und langsam. Ich starb in Raten. Aarundel war nur zu höflich, mich auf diese Tatsache aufmerksam zu machen.

Der Driel fühlte sich nicht so verpflichtet, mich zu schonen, aber ich war sehr darüber verwundert, daß er meine Schwäche nicht ausnutzte. Er hätte mich jederzeit umbringen und sich aus dem Staub machen können, aber er hielt treu an der Rolle fest, die ihm durch die verlorene Wette zugefallen war. In der Tat hatte ich mehr Vertrauen darin, daß er seinen Dienst treu erfüllte, als darin, daß die Reith sich an die zwischen Beltran und Sulane getroffene Vereinbarung halten würden. Ich vertraute darauf, daß Shijef bei mir bleiben würde, bis mein Tod ihm die Freiheit zurückgab. Und ich war sicher, daß die Mehrheit meiner Reisegefährten das eher früher als später erwartete.

Larissa schien nicht dieser Meinung zu sein. In dieser Nacht kam sie im Traum zu mir, und wir tanzten wieder einmal so, wie wir es auf der Hochzeit getan hatten. Wir trugen dabei noch dieselbe Reitkleidung wie tagsüber und wirbelten tanzend auf der Straße von Jarudin bis hierher. Wir trugen zwar beide Handschuhe, und trotzdem berührten wir uns kein einziges Mal. Wir bewegten uns nur um uns herum und kreuzten unsere Wege in einem raffinierten Netz des Flirtens und der verführerischen Werbung. Ich fühlte mich in dieser Nacht weder alt, noch langsam, noch gar dem Tode nahe.

Am nächsten Morgen tauschten wir wissende Blicke und bereiteten uns dann auf die Reise durch den *Circus translatio* vor. Wir sprachen kaum miteinander, aber unser leises, glückliches Lächeln war für die Lansorii genauso unverständlich, wie es für uns vergnüglich war. Unsere wortlose Kommunikation ging weiter, sogar während des ganzen Ritts durch die Luft von Ispar bis zum Rand des Elfengebiets. Und obwohl wir kein Wort gewechselt hatten, lenkten wir beide – als wir den Hain am anderen Ende unserer Bahn erreicht hatten – unsere Pferde davon weg und noch ein Stück weiter, ehe wir anhielten.

Erschöpft fiel ich neben einem kleinen Bach auf die Knie und spritzte mir kaltes Wasser ins Gesicht. Sie kniete sich neben mich und hielt mit der Linken ihr Haar zurück, während sie den Kopf zum Wasser beugte. Larissa trank in langen Zügen und leckte sich schließlich einen letzten kristallenen Tropfen von der Unterlippe.

Etwas zurückgelehnt beobachtete ich sie. »Ich danke dir.«

Sie rieb sich mit der Hand übers Kinn. »Mit was habe ich diesen Dank verdient?«

»Damit, daß du das bist, was du bist.« Ich stand langsam auf, und meine Knie knackten leise. »Gestern noch hörte ich meine Gelenke laut quietschen und knarren, und ich fühlte mich alt. Heute, in deiner Gegenwart, fühle ich mich wieder jung. Ich weiß, daß das nur vorübergehend so ist, aber das genügt mir schon.«

Ich warf Schwarzsterns Zügel über einen Ast und tätschelte das Tier am Hals. »Ich denke, daß ich mein Lager dort drüben aufschlage, zwischen diesen Felsen. Das scheint mir ein geeigneter Platz zu sein.«

»Nein, Neal, laß uns noch etwas weiter bachabwärts gehen. Wo sich der Wasserlauf um den Hügelvorsprung windet, ist eine tiefe Stelle und eine kleine Lichtung. Dort gibt es Gras für die Pferde, und in dem Unterholz dahinter kannst du genug trockenes Zeug finden, um ein kleines Feuer zu unterhalten.«

Ich drehte mich um, warf ihr einen Blick zu und sah dann hinüber zum Hain, wo die anderen ihr Lager aufschlugen. »Ich hatte gehofft, nicht so weit von dir weg zu sein.«

»Die Lichtung ist groß genug für zwei.« Die dunkler werdenden Schatten der Dämmerung hüllten ihre haselnußbraunen Augen ein. »Wenn du gestattest, daß ich mich anschließe.«

Mein Herz schlug schneller, als sich eine kalte Natter in meinem Magen ringelte. »Aber was würden die anderen denken?«

»Sie werden das denken, was wir schon wissen.« Sie nahm ihr Pferd am Zügel und führte den Wallach weiter auf dem Pfad, der parallel zum Bach verlief. »Mein

Bruder vertraut uns beiden bedingungslos. Er kennt uns besser als wir uns selbst. Er weiß, daß wir – so sehr wir es auch gerne möchten – die Gesetze, die uns trennen, nicht brechen werden.«

Aarundels Worte vor dem Elfenrat kamen mir ins Gedächtnis, während ich ihr folgte. »Dein Bruder hat dem Hohen Rat versichert, daß ich meinen Platz kenne und daß ich nicht einmal davon träumen würde, eine *Sylvanesti* auf mein Niveau herunterzuziehen. Er sagte, mir sei klar, daß ich deiner nicht wert bin.« Als ich seine Worte wiederholte, spürte ich erneut den pochenden Schmerz, den sie mir damals verursacht hatten. Ich hatte versucht, mir den Schmerz nicht anhören zu lassen, aber ich wußte, daß es mir nicht gelungen war, denn ich sah, wie er sich in ihren Zügen widerspiegelte, als sie sich zu mir umdrehte.

»Mein Bruder bedauert diese Worte.« Sie blickte zum Himmel hoch. »Er hat ihnen viel zu denken gegeben, aber er weiß, daß das, was er gesagt hat, falsch war. Er weiß das rein verstandesmäßig, und er glaubt es inbrünstig. Du weißt, daß er sein Leben für dich geben würde.«

Ich nickte. »Ja, das hat er schon bei zahllosen Gelegenheiten bewiesen.« Ich seufzte. »Deswegen ist es für mich auch so schwer, seine Taten mit seinen Worten in Einklang zu bringen.«

»Nimm bitte zur Kenntnis, daß unsere Familie wegen des strikten Glaubens an die Gleichwertigkeit der Menschen, den unser Großvater uns mitgegeben hat, bekannt ist und manchmal auch dafür geschmäht wird. Er gab diesen Glauben auch an unseren Vater weiter, weswegen Aarundel von meinem Vater niemals davon abgebracht wurde, seine Abenteuer mit dir fortzusetzen. Mein Vater widersetzt sich antimenschischen Vorurteilen sogar noch mehr als Lomthelgar, und er hat sein Bestes getan, um seine Überzeugung an uns Kinder weiterzugeben.«

Ich bückte mich und pflückte ein gelbes Gänseblümchen. Larissa nahm es mir aus der Hand und steckte es sich hinters linke Ohr, bevor sie fortfuhr. »Mein Vater hat nie begriffen, daß unsere ganze Kultur sich hinter antimenschischen Ressentiments eingegraben hat. Vor Lomthelgar war jeder ein Menschenfeind, also waren auch keine Gesetze nötig, um diese Haltung zu festigen. Als Lomthelgar die Elfen zum Nachdenken brachte, reagierte die Gesetzgebung sofort, um jede Entartung des Elfenerbes zu verhindern. Mein Vater wurde in seinen frühen Jahren nicht unbedingt als Ketzer betrachtet. Als Aarundel und ich heranwuchsen, wurden wir wegen unserer Ansichten allenfalls für etwas seltsam gehalten. Der Erlaß von Gesetzen zeigte, daß wir keine Bedrohung waren; deswegen standen wir auch nicht unter dem ständigen Druck, unsere Überzeugungen verteidigen zu müssen, so wie Thralan das noch mußte. Das bedeutete auch, daß wir sie nicht so tiefgründig durchdachten wie er.«

Jetzt begriff ich langsam, was sie mit dieser ausführlichen Erklärung bezweckte. »Du willst also sagen, daß dein Bruder mich als ebenbürtig akzeptierte, ohne genau zu begreifen, was das wirklich bedeutet?«

»Ja, mein Liebster. Er hat zum Beispiel nie darüber nachgedacht, was es bedeuten würde, wenn du dich in eine *Sylvanesti* verliebtest. Er hätte dich vielleicht verteidigt, aber deine Liebe zu seiner Schwester traf ihn wie ein Schlag.«

»Doppelt wahrscheinlich, weil du verheiratet bist und weil du seine Schwester bist.«

»Ja, als seine Schwester bin ich ein geschlechtsloses Wesen, und da ich verheiratet bin, wird angenommen, daß mein Bedürfnis nach Liebe befriedigt ist.« Sie zuckte die Schultern. »Das alles traf und betraf ihn zu sehr persönlich, und er reagierte ohne eigenes Nachdenken ganz im Rahmen der vorgegebenen Denkmuster unserer Kultur.«

Der Bach führte jetzt um einen Hügelausläufer und weitete sich zu einem sanften Becken. Wir führten unsere Pferde über den Bach auf eine Grasfläche, die im Frühling sicher überschwemmt sein würde. Die Samen der langen Gräser waren bereits gereift, und die Halme raschelten unter den Füßen. Einige Baumstämme waren von früheren Hochwassern angeschwemmt worden und dienten uns als gute Grundlage für unser Lager.

Mit einer Handvoll trockenen Grases rieb ich Schwarzstern ab. Dann pflockte ich ihn so an, daß er fressen und saufen konnte, soviel er wollte. Larissa machte es mit ihrem Pferd Valiant genauso. Dann half sie mir, Steine für eine Feuerstelle und Zweige und Äste für das Feuer selbst zu sammeln. Während wir arbeiteten, entfernte sich unsere Unterhaltung von den ernsthaften Dingen. Aber wir wußten beide, daß wir darauf zurückkommen würden.

Shijef tauchte gerade in dem Augenblick auf, als ich das Feuer anzündete. Lässig ließ er eine Wachtel vor meine Füße fallen, zog sich dann ins Dunkel zurück und knabberte an einem größeren Vogel herum. Ich sah nach, ob die Wachtel auch wirklich ein frischer Fang war und nicht etwa Aas, nahm sie aus, rupfte sie und legte sie – auf einen frischen Ast gespießt – zum Braten zwischen zwei Astgabeln.

Ich saß auf einem vom Wasser ausgebleichten Klotz und blickte über das Feuer hinweg zu Larissa hinüber. »Es geht mir im Kopf herum, Edle Frau Larissa, daß im kommenden Frühjahr nichts mehr daran erinnern wird, daß wir jemals hier waren. Ein ganz normales Hochwasser, dafür sorgt schon die Schneeschmelze in den Bergen, und das alles wird weggeschwemmt. Die Zeit wird es mit mir genauso machen.«

Sie lächelte. »Aus meiner Erinnerung wirst du niemals weichen, Neal. Ich könnte dich gar nicht vergessen, mein *Vitamora*, den Krieger, der sich der Heilkunst verweigert und der keine Niederlage hinnahm.« Sie lachte in sich hinein. »Du hast es auch meinem Volk nicht leicht gemacht, dich jemals zu vergessen. Der Hohe Rat war überrascht, als du Beltran die Krone gabst. Viele hatten geglaubt, daß du sie selbst behalten und dann nach Cygestolia kommen würdest, um uns zu vernichten.«

Ich schüttelte den Kopf. »Daran hätte ich nicht einmal entfernt gedacht.«

Ihre Augen funkelten im Feuerschein, und zwischendurch tropfte Saft aus der Wachtel und zischte auf den heißen Steinen. »Warum hast du dich der Krone verweigert? Du bist ein geborener Führer und hättest Kaiser werden können.«

»Ich mag ein Führer sein, aber ein Kaiser bin ich nicht.« Obwohl ich wußte, daß ich ihr von allem und jedem erzählen würde, wenn sie es wissen wollte, zögerte ich doch aus Angst, daß meine privatesten Geschichten sie geringer von mir denken lassen könnten. »In den Roclaws regiert mein Bruder, Jarlath. Er ist zwei Jahre älter als ich, aber rein körperlich nur halb so groß. Als ich sechs war, überragte ich ihn schon an Länge, überbot ihn in jedem sportlichen Wettkampf und konnte bei Strategiespielen und im Denken gut mithalten. Mit zehn Jahren konnte ich erwachsene Männer im Zweikampf besiegen, und im Winter jenes Jahres erlegte ich auch meinen ersten Schneewolf mit einem Speer und meinem Dolch Wespe. Als ich weiter heranwuchs, prophezeiten viele Wahrsager, daß aus mir ein großer Held und Führer werden würde.«

»Und sie hatten recht!«

Ich nickte. »Ja, hatten sie. Roclawzische Edle sahen in mir den Führer, der das Roclawzische Reich wiedererrichten würde, das dein Volk in der *Eldsaga* vernichtet hatte. Ich wurde für diese Rolle ausgebildet. Ich wurde in dem Glauben erzogen, daß mir bestimmt sei, im Namen der Menschheit Großes zu bewirken. Ich sollte das Werkzeug sein, mit dessen Hilfe die Menschen das zurückerobern würden, was ihnen gestohlen worden war. Natürlich war mein Bruder ein Hindernis in diesem Plan. Aber ich war jung und erkannte das nicht.« Ich schüttelte den Kopf. »Ich wollte all das glauben, was man über mich dachte und was man mir vorhergesagt hatte, und ich habe beinahe …«

Larissas dunkle Augen sahen durch mich hindurch. »Aber du liebst deinen Bruder.«

Ich lächelte. »Du wohnst in meinen Träumen und du kennst meine Gedanken.«

»Ich kenne dein Herz, Liebster, und deswegen glaube ich nicht, daß du deinem Bruder irgend etwas Böses antun könntest.«

»Aber du kennst meinen Bruder doch gar nicht.«

»Stimmt, aber ich habe beobachtet, wie du Aarundels Freund geworden bist. Er hätte dich nicht akzeptiert, wenn du falsch oder wankelmütig wärst. Und deine Treue zu ihm und zu Kaiser Beltran sagt mir genug über dich, um zu wissen, woran ich mit dir bin.«

»Mein Bruder ist ein Denker. Während andere auf die roclawzische Vergangenheit blickten und nach Wegen suchten, sie wiederherzustellen, sah er, daß unser Reich von starken fremden Mächten, von außen zerstört worden war. Er suchte nach neuen Wegen, die sicherstellen sollten, daß das roclawzische Volk in Wohlstand leben konnte, ohne noch einmal eine Invasion deines Volkes oder der Reith zu provozieren. Er kam zu dem Schluß, daß Handelsbeziehungen mit den Zwergen und anderen Völkern diesem Ziel nützen würde, während unser Adel das größtenteils als Verrat an unserer soldatischen Tradition verachtete.«

Ich sah wie gebannt ins Feuer, bis in das Innerste, wo die Flammen farblos waren und die Holzkohle darunter rot unter weißer Asche glühte. »Als ich sechzehn war, kam er zu mir und legte mir den Plan dar, den er sich für unser Volk ausgedacht hatte. Er wollte meine Meinung hören, und für den Fall, daß ich seinen Plan für falsch hielt, war er bereit, zu meinen Gunsten auf den Thron zu verzichten. Macht und Ehrgeiz spielten für ihn keine große Rolle. Er wollte nur das, was für unser Volk das beste war. Er legte seine und unseres Volkes Zukunft in meine Hände, aber ich sah, daß ich damit nicht umgehen konnte.«

Ich blickte auf, und meine Augen erholten sich langsam wieder vom blendenden Schein des Feuers. Ich schaute wieder Larissa an. »Ich sagte ihm, daß es mir bestimmt war, ein Held zu werden; ein Held, auf den man in den Roclaws stolz sein konnte. Es war seine Aufgabe, so erklärte ich ihm, dafür zu sorgen, daß die Roclawzi als Volk noch lange bestünden, um mein Lob zu singen. Er stimmte dieser Rollenverteilung zu. Und ich kehrte dem Land den Rücken, in dem mich die Politik beinahe mit meinem Bruder entzweit hätte.« Ich zuckte die Schultern. »Viele aus dem führenden roclawzischen Adel, die gewollt hatten, daß ich meinen Bruder ablöse, waren wütend auf mich. Um so zufriedener war ich, daß ich sie in ihre eigenen Fallstricke eingewickelt hatte. Nach dieser Erfahrung, meiner bisher engsten Berührung mit Politik, hatte ich kein Verlangen, Kaiser zu werden.«

Larissa lächelte mich an. »Ich hätte nicht gedacht, daß das die Erklärung ist. Sogar mit allem, das mein Bruder mir erzählt hat ...«

»Sogar dein Bruder weiß nichts darüber. Außer meinem Bruder und mir bist du jetzt die einzige, die das weiß.«

Shijef wählte diesen Augenblick, um mit seinen scharfen Zähnen laut hörbar einen Knochen zu knacken.

Ich lächelte. »Das ist es also. Neal Roclawzi verließ die Berge, um ein Held zu werden. Er verließ seine Heimat nicht, um für sich ein Reich zu gewinnen, sondern weil er vermeiden wollte, die Roclawzi in den Untergang zu führen.«

»Dann hat er sein Ziel ja erreicht.« Larissa brach einen Zweig in der Mitte durch und warf die Stücke ins Feuer. »Hat er noch andere Ziele?«

Ich schaute den hochfliegenden Funken nach, bis sie erloschen. »Ich hatte keine mehr, bis ich dich traf. Aber ich fürchte, daß mich die sylvanischen Gesetze daran hindern, diese Ziele zu erreichen.« Ich schüttelte den Kopf. »Lange Zeit habe ich darauf gewartet, jemanden zu treffen, mit dem ich eine Schar Kinder haben und eine lange Zeit meines Lebens verbringen konnte. Jetzt, da ich die Person gefunden habe, mit der ich das alles machen möchte, ist mir eben das verwehrt. Ich glaube, daß ich in die Berge zurückgehen muß, um meine Neffen all das zu lehren, was ich eigentlich meinen Söhnen beibringen wollte.«

Larissas zunächst fast heiterer Gesichtsausdruck wurde ernst. »Du hast keine Kinder?«

»Trotz allem, was du über das Treiben der Menschen gehört haben magst, habe ich keine, jedenfalls nicht daß ich wüßte.« Ich zuckte die Achseln. »In Anbetracht der Tatsache, daß Intriganten mich beinahe gegen meinen Bruder aufgehetzt hätten, zögerte ich, ihnen auch noch uneheliche Kinder zu liefern, die sie gegen ihn oder seine Erben ins Spiel hätten bringen können. Natürlich habe ich angenommen, daß ich eines Tages doch Vater eines Kindes sein würde, aber der Krieg gegen die Reith hat mich voll ausgelastet. Und dann lernte ich dich kennen, und seither ist für mich keine andere Frau mehr auch nur im geringsten interessant.«

»Ich dachte ... ich habe nicht gewußt ...« Sie fand keine Worte mehr und machte einen ziemlich unglücklichen Eindruck.

»Was hast du?«

Sorgenfalten furchten ihre Stirn. »Ich habe soeben erkannt, daß du meinetwegen vielleicht keine Kinder haben wirst, die deinen Stamm erhalten.«

Ich schüttelte den Kopf. »Kriegsglück!«

»Nein, sag so was nicht.« Ihre Besorgtheit wich ernster Entschiedenheit. »Bei den *Sylvanii* sind Kinder ein Privileg, das nur wenigen Auserwählten in Anerkennung ihrer Leistungen für das Große Ganze zuteil wird. Mein Bruder und Marta werden dafür ausgezeichnet, was er als Kämpfer an deiner Seite geleistet hat. Die Vorstellung, daß deine Linie mit dir enden wird ... daß ausgerechnet ich der Menschheit deine Nachkommen vorenthalte ... ich darf gar nicht daran denken.«

»Aber ich habe kein Interesse daran, von irgendeiner Frau Kinder zu bekommen. Wären du und ich in der Lage, ein Kind zu zeugen, dann wäre das eine Ehre, und das Kind wäre in so vielerlei Hinsicht gesegnet, daß sogar die Götter ihm gütig zulächeln würden. Ich verstehe auch die Bedeutung, die du Kindern zumißt. Aber wenn unsere beiden Linien nicht vereint werden können, dann bin ich nicht übermäßig traurig darüber, ohne Blutserben zu sterben.«

»Aber Neal, wenn auch du und ich nicht zusammenkommen sollten, dann kann es doch immer noch sein, daß dein Sohn und meine Tochter zusammenkommen.«

Ich fühlte, wie mir das Herz im Leib hüpfte. Die Vorstellung, daß ein Kind von mir und eines von ihr das erleben könnten, was uns versagt war, erfüllte mich mit einem Glücksgefühl. Und doch fiel ein Wermutstropfen in den Becher des Glücks. Denn das würde ja auch bedeuten, daß sie ein Kind von Finndali bekommen würde und daß ich eine andere als sie heiraten müßte. Nur einmal zuvor hatte ich in meinem Herzen einen ähnlichen Zwiespalt verspürt, als ich nämlich zum ersten Mal von zu Hause wegritt, meine Heimat verließ, damit sie für die Zukunft erhalten blieb.

Ich schluckte den Kloß hinunter, der mir in der Kehle steckte. »Ich verstehe, was du gesagt hast, und ich erkenne die Weisheit deiner Gedanken an.« Hilflos schaute ich auf meine Hände. »Ich habe nur einfach keinerlei Interesse daran, mir eine Frau zu suchen, die für mich Zuchtstute spielen muß. Ich ... ach, ich weiß es nicht.«

Sie schenkte mir ein Lächeln, das die Angst in meiner Brust entspannte. »Ich werde eine für dich finden. Ich werde eine Gefährtin finden, die dich so sehr liebt wie ich. Wenn du mit ihr zusammen bist, wird es so sein, als wärst du mit mir zusammen.«

»Das kannst du doch nicht tun!«

»Doch. Und ich will es auch, denn ich liebe dich zu sehr, um dich aus der Welt ganz verschwinden zu lassen. Vielleicht bin ich auch ein wenig selbstsüchtig, aber ich finde mich nicht damit ab, daß das, was andere sagen, zwangsläufig Gültigkeit hat.«

»So wie die Tatsache, daß ich vor deinen Augen altern und verdorren werde?«

Larissa nickte kurz. Ihr goldenes Haar fiel herab und verschleierte ihr Gesicht. »Ich wußte schon, als ich dich das erste Mal sah, daß das kommen würde. Aber da war es schon zu spät. Den Schmerz, den das mit sich bringt, nehme ich angesichts der Freude, dich zu kennen und zu lieben, in Kauf. Was uns verbindet, ist etwas zu Besonderes, als daß wir es von Gesetzen und Gewohnheiten, von Aberglauben und Ängsten zerstören lassen dürfen. Unsere Liebe wird alles überwinden, selbst wenn es Generationen dauert, bis es uns glückt.«

Die Leidenschaft in ihrer Stimme sprang auf mich über. Und wenn Shijef nicht gerade in diesem Moment an uns vorbei ins Wasser gesprungen wäre, um uns seine Gegenwart ins Gedächtnis zu rufen, dann wäre ich wahrscheinlich zu ihr hinübergekrochen und hätte den Tod in Kauf genommen. Doch dank seines Eingreifens blieb ich sitzen, wo ich war, und prüfte die gebratene Wachtel mit den Fingern. »Sie scheint gar zu sein. Bist du hungrig?«

Sie nickte. »Ja. Laß uns essen und dann, glaube ich, werde ich schlafen.«

Ich lächelte. »Ja, schlafen. Und vielleicht ein Traum?«

»*Ein* Traum?« Larissa zog einen Schmollmund. »Träume, mein Liebster. Allersüßeste Träume.«

Ich wachte jäh auf, als der Driel an meiner Schulter rüttelte. »Was ist los?«

»Lebensschwarze Fluten.« Er drückte mir den Griff meines Schwerts in die Hand. »Im Hain.«

Ich warf die Decke zurück und sprang. »Paß auf sie auf!«

Shijef knurrte, als ich loslief. »Das ist ein Befehl, Shijef!« rief ich ihm über die Schulter zu, während ich in die Nacht hineinrannte. Nur mit meiner Reithose bekleidet, stakste ich durch den Bach. Sein eiskaltes Wasser verwandelte meine Füße in Eisblöcke. Vom kalten Nachtwind bekam ich eine Gänsehaut, und meine Atemwege brannten, während ich vorwärtskeuchte. Ich horchte, ob vielleicht der Klang von Stahl auf Stahl oder Schreie irgendwo ertönten. Aber es war überhaupt nichts zu hören, und das beunruhigte mich.

Im Dunkeln einen Pfad entlangzurennen, der sich durch einen Wald schlängelt, ist nicht die leichteste Art der Fortbewegung. Ich stieß mit den Füßen und Knöcheln gegen dicke Wurzeln, und ich fiel ein ums andere Mal hin. Immer wieder sprang ich auf die Beine und lief in fast gleichem Tempo weiter. Wenn ich herunterhängende Äste überhaupt sah, duckte ich mich drunter weg, aber von kleineren Zweigen wurde ich ständig getroffen.

Ich keuchte eine Steigung hoch, und dann ging's buchstäblich kopfüber die andere Seite wieder hinunter in ein kleines Tal, das kaum zwanzig Meter von dem *Circus-translatio*-Hain entfernt war. Ich mußte mich darauf konzentrieren, Herzspalter in der Hand zu behalten, als ich durch Busch und Farn meine Purzelbäume schlug. Ich weiß nicht mehr, wie ich es schaffte, aber irgendwie manövrierte ich mich um die bemoosten Felsbrocken und dicken Bäume des Abhangs herum. Unten angelangt, kam ich wieder zu Atem und ging in die Hocke. Zum Sprung bereit, erwartete ich eine Reaktion auf meinen lärmenden Auftritt.

Aber wieder hörte ich nichts. Meine Gänsehaut wurde immer schlimmer, aber jetzt lag es nicht mehr an der Kälte. Ich erhob mich und ging langsam, Schritt für Schritt und so leise wie in der dunklen Nacht möglich, weiter in Richtung Hain. Während meine Ohren und Augen nichts wahrnahmen, reagierte meine Nase um so heftiger. Noch ehe ich in den magischen Ring aus Bäumen getreten war, wußte ich schon, was ich vorfinden würde. Gerade als ich eindrang, gab eine Wolke den Mond frei, und sein fahles Licht legte einen Alptraum aus der Dunkelheit frei.

Elfen lagen über- und durcheinander herum, in den verschiedensten Verrenkungen des Todes. Im Schlaf überfallen, waren die meisten nackt, und die übrigen hatten nicht mehr an als ich – bis auf einen. Er hatte es fertiggebracht, noch einen Stiefel anzuziehen, ehe ihn zwei Pfeile in die knochige Brust trafen. Vier oder fünf andere – nein, es waren vier, denn einer war in der Hüfte durchgehauen worden – ließen erkennen, daß sie mit dem Schwert niedergemacht worden waren. Es waren reichlich Hufabdrücke im weichen Gras vorhanden, und der Boden war so zertrampelt, daß ich nicht einwandfrei erkennen konnte, wie viele Reiter angegriffen hatten, aber ich wäre nicht überrascht gewesen, wenn ich erfahren hätte, daß es zwei Dutzend oder sogar noch mehr waren.

Als nächstes wandte ich mich einem der mit Pfeilen Getöteten zu. Schaft und Bearbeitung der Pfeile waren mir schon von zahllosen früheren Gefechten mit den Haladina bekannt. Ich rollte den Leichnam auf die Seite. Er fühlte sich unter meiner Berührung noch warm an. Eine der typischen Breitspitzen ragte aus dem Rücken des Elfen hervor, und die Machart der gezackten Spitze bestätigte die haladinische Herkunft. Ich legte den Körper wieder auf den Rücken und schritt dann die Lichtung ab und zählte.

Ich kam bis zwölf. Dann fand ich keine Leichen mehr. Ich ging noch einmal zurück und wiederholte meine Zählung. Die Lansorii waren alle tot, niedergemetzelt, während sie nach dem schweren Ritt durch den *Circus translatio* im Tiefschlaf lagen. Da sie sich schon jenseits der Grenze, auf elfischem Territorium, befanden, hatten sie wohl geglaubt, auf das Aufstellen von Wachen verzichten zu können. Und Aarundel war wohl zu sehr von seiner Frau abgelenkt, um etwas zu bemerken.

»Neal!« Larissa tauchte am Rand der Lichtung auf. Hinter ihr erhob sich wie ein Schatten der Driel. »Bei allen Göttern!«

Sie hielt vor Entsetzen die Hand vor den Mund, als sie voranschritt. Ich breitete meine Arme als sichere Zuflucht für sie aus. Ich brauchte sie in diesem Augenblick genauso dringend wie sie mich. Ich sah ihre Tränen im Mondlicht glitzern, und ich wollte sie ihr von den Wangen wischen. Ich wollte sie eben in die Arme nehmen, aber der Driel fegte sie aus meinem Zugriff.

»Shijef?«

»›Paß auf sie auf!‹ dein Befehl war.«

»Dann hättest du sie nicht hierherbringen dürfen.«

»In meiner Obhut, sicher sie ist.«

Ärger stieg in mir auf. »Dann halte sie vom Hain fern. Das ist mein neuer Befehl, *Sklave!*« Ein drittes Mal durchsuchte ich das Lager, durchstöberte auch die eingestürzten Zelte und zerwühlten Decken. Ich horchte forschend auf irgendein Lebenszeichen und hielt angestrengt Ausschau nach irgendeinem Hinweis darauf, wer über das Offensichtliche hinaus den Überfall wirklich verübt hatte. Und ich suchte meinen Freund und seine Frau.

Ich weiß nicht mehr, wie lange ich suchte. Als ich zu Larissa zurückkehrte, hatte der Driel in der Zwischenzeit eine Decke für sie gefunden. Sie saß mit dem

Rücken an einen Baumstamm gelehnt, die Knie bis an die Brust angezogen und von den Armen umfaßt. Ihre Wangen waren noch immer naß, und einige Strähnen ihres goldenen Haares klebten tränennaß im Gesicht.

Ich ließ Aarundels Axt vor ihre Füße fallen. »Dein Bruder und Marta sind nicht unter den Toten. Ich sah auch kein Blut an ihren Sachen, wenn auch ein paar Pfeile in ihrer Zeltwand steckten.«

»Sind sie weggelaufen?«

Ich kniete mich hin und strich über die Axt. »Wenn sie geflohen wären, hätte er das nicht zurückgelassen. Aarundel wäre vor den Haladina niemals weggerannt, ohne seine Waffe mitzunehmen. Er wäre sicher auch in unsere Richtung gelaufen, um uns zu warnen. Ich habe Spuren gefunden, die von hier wegführen. Ich werde ihnen folgen, sobald es hell ist. Die Angreifer haben anscheinend die Gegend ebenfalls durchstreift, aber schnell aufgegeben. Ich glaube aber nicht, daß ich deinen Bruder oder Marta da draußen finde.«

»Warum nicht?« Aus ihrer Frage hörte ich Hoffnung heraus.

»Aus vielen Gründen. Auf einige werde ich vielleicht erst in ein paar Tagen kommen, aber schon jetzt stelle ich fest, daß einiges nicht stimmt: Aus vielen Wunden floß kein Blut, was bedeutet, daß sie den Opfern erst nach dem Tod beigebracht worden sind. Die Haladina waren bis jetzt im Kampf niemals korrekt und ordentlich, aber sie schlagen in der Regel nicht auf Leichen ein. Noch bemerkenswerter ist, daß kein einziger Haladina unter den Leichen ist. Und ich glaube einfach nicht, daß eure Lansorii, selbst in einem Hinterhalt, nicht wenigstens für einen von ihnen gut wären.«

»Aber wer würde so etwas tun? Würden die Haladina ein neues Kapitel der *Eldsaga* riskieren, indem sie uns in unserem eigenen Land überfallen?«

Ich schüttelte den Kopf. Dann ballte ich die Hände zu Fäusten, um den übermächtigen Drang zu bezwingen, über ihr Haar zu streichen und ihre Tränen wegzuküssen. »Das war ein Akt äußerster Grausamkeit – genauso grausam wie die Gesetze, die uns auch gerade jetzt zwingen, uns nicht zu berühren – und ein Akt der Rache. Die Lansorii starben, weil dein Bruder an meiner Seite kämpfte, um das Reich Tashayuls zu stürzen. Er und Marta wurden als Geiseln genommen, damit man sie gegen etwas von unschätzbarem Wert austauschen kann.« Ich streckte Herzspalter in die Höhe und sah, wie das Mondlicht auf der makellos geschliffenen Klinge glitzerte. »Mit diesem Schwert läßt sich ein Reich gewinnen, und diejenigen, die diesen Überfall verübten, glauben es im Austausch für das Leben deines Bruders und seiner Frau zu bekommen.«

KAPITEL 21

Die reinigende Wirkung
des Feuers

Frühling
A.R. 499
Die Gegenwart

Der Rabe erhob sich von Atholwins Schulter in die Luft und veränderte sich, kaum daß er die Flügel ausgebreitet hatte. Federn schmolzen und wurden zu schwarzer Haut zwischen knochigen Fingern. Der Kopf wurde größer und fleischiger, während er eine andere Gestalt annahm. Die Augen verschwammen zu einem Punkt in Stirnmitte, ehe sie wieder auseinanderplatzten, jetzt zu drei Augen, die ein Dreieck formten, dessen Spitze auf den gezackten Schnabel zeigte. Die Füße des Vogels blieben unverändert, aber die Beine nahmen – wie der ganze Körper – eine annähernd menschliche Form an. Kinderarme sprossen aus dem Brustbein, verkümmerte Glieder, die nur klatschen und grapschen konnten und die manchmal so aussahen, als ob sie zu einem Säugling gehörten, der aus dem Innern des Dämons nach dem Weg in die Freiheit suchte.

Gena kannte solche Bilder von Beschreibungen, die es von den üblen Kreaturen gab, die einst der Göttin Reithra dienten. Was sie sah, war ein *Ferghun*, ein Dämon aus irgendeinem finsteren Loch ihrer Hölle, ein Dämon, wie er auch durch wahnsinnige Todesangst Menschen verführt hatte, indem er ihnen viel versprach und ihnen am Ende alles verweigerte. Solche Kreaturen hatte man ihres Wissens seit dem Untergang der Reith in Skirren nicht mehr gesehen. Daß es jetzt hier doch einen solchen

Dämon gab, bedeutete nur, daß Atholwin mit irgendwelchen alten Praktiken herumgepfuscht hatte, die besser vergessen geblieben wären.

Die Angst jagte ihr einen Schreck durch ihre Adern, der den lähmenden Zaubernebel zerriß, den die drei im Takt flackernden Kerzenflammen verursacht hatten. Blitzschnell kamen ihre Hände unter dem dicken Bettzeug hervor, rissen die Pulverdeckel weg und spannten mit den Daumen die Hähne von Durrikens Blitzdrachen. Sie richtete die erste der Handkanonen nach vorn auf ihr Ziel, zog ab und hielt ganz fest, als der Zündfunke in die Pulverpfanne schlug. Nach einem Herzschlag (oder nach zwei, denn ihres raste!) folgten dem ohrenbetäubenden Knall ein blendendheller Blitz und eine Rauchwolke.

Die erste Kugel traf Atholwin sauber in die Brust. Sie schlug ein kleines, rundes Loch genau über seinem Herzen. Darum herum war sein weißer Umhang von Resten unverbrannten Pulvers wie gepfeffert. Dem alten Mann entwich mit einem explosionsartigen Seufzer die Luft. Dann schien sein Körper sich um die Wunde herum zusammenzuziehen, während der Dolch ihm entglitt und zu Boden polterte. Sein ganzer Körper wurde auf einen der beiden Schwertträger geschleudert, und noch bevor sie beide mit dem Kerzenträger zusammenstießen, feuerte Gena den zweiten Blitzdrachen ab.

Die Kugel durchschlug den *Ferghun*, und das Mündungsfeuer brannte ein fransiges Loch in die Brust des Ungeheuers. Es schrie mit der krächzenden Stimme des Raben, durchsetzt mit Klängen der Qual und des Wahnsinns, um sich dann – ausgehend von der Wunde – zu zersetzen. Auch der Kerzenträger hinter ihm klappte vornüber, als die Kugel ihn im Magen traf. Seine Kerze fiel zu Boden, und die Flamme erstarb einige Sekunden vor ihm. Gena fühlte, wie ihre Kraft für einen Zauber zurückkehrte.

Sie ließ die Blitzdrachen in ihren Schoß fallen, packte

das schwere Oberbett und warf es dem am Fuß des Bettes stehenden Schwertträger als Hindernis vor die Füße. Ohne ihren Platz zu verlassen, öffnete sie die Fäuste in Richtung der beiden verbliebenen Kerzenträger zur flachen Hand. Noch waren deren starrende Augen auf sie gerichtet, aber die schwarzen Kerzen in ihren Händen erloschen schlagartig. Beide Männer verschwanden in einem feurigen Blitz, und nichts blieb von ihnen als der Gestank von verbranntem Haar und Fleisch und etwas weißer Stoff mit verkohlten Rändern.

Der gestrauchelte Schwertträger kam gerade wieder auf die Beine, als Gena vom Bett rollte. Aber er hatte keine Gelegenheit, ihr nahe zu kommen. Denn ihre Zimmertür zersplitterte im selben Augenblick unter einem Fußtritt mit gewaltigem Krachen. Berengar sprang mit lodernden Augen und gezogenem Schwert ins Zimmer, parierte den Angriff des sofort reagierenden Schwertkämpfers und spaltete ihm dann mit einem gewaltigen Streich die Brust. Er taumelte zurück, in die Arme einer menschlichen Fackel, so daß beide gegen die Wand prallten. Der dort hängende Teppich fing sofort Feuer, das schnell auf den Baldachin von Genas Bett übergriff.

»Schnell, dieses Zimmer ist eine Brandfalle.«

Gena stopfte die Blitzdrachen und ihre alten Kleider in ihre Reisetasche, hob ihre Schuhe vom Boden auf und rannte hinter dem Grafen hinaus. So groß wie ein Bär und mit einem dementsprechenden Knurren stapfte er durchs Haus, in Erwartung weiterer Angriffe. Sie ging hinter ihm her und überlegte, welche Kampfzauber sie noch beherrschte, sollten sich ihnen weitere Dämonen in den Weg stellen. Aber sie erreichten den Burghof ohne weitere Zwischenfälle.

»Warten Sie hier!« Berengar machte kehrt und wollte noch einmal ins Haus zurück. Aus dem Flur drang bereits dicker schwarzer Rauch. Er zog den Kopf ein und verschwand darin. Aber er kam sehr schnell zurückgerannt, laut hustend und mit tränenden Augen. »Es ist alles voll Flammen.«

»Das Haus war eine Zunderdose. Alles voll Gerümpel und trockenem Holz.«

Berengar wischte sich mit dem Handrücken durchs Gesicht und verschmierte es mit Ruß. »Als ich die Blitzdrachen krachen hörte, rannte ich sofort los. Jetzt verbrennen meine Stiefel und Kleider dort oben.« Mit finsterer Miene blickte er zwischen Gena und dem Gebäude hin und her. »Sie haben mir gesagt, daß man als Zauberer als erstes lernt, ein Feuer zu löschen. Schaffen Sie das hier?«

Gena schüttelte den Kopf. »Ich kann zaubern. Aber Wunder kann ich nicht bewirken.« Sie streckte den Arm aus und zog ihn weg von dem Gebäude, von dem in einem dichten Funkenregen andauernd brennende Schindeln herunterkrachten. »Lassen Sie's brennen, das Ganze. Danach kann man die Steine auf der Erde verstreuen.«

Berengar sah sie leicht verwirrt an. »Was ist eigentlich geschehen?«

»Ich erzähle es Ihnen, sobald wir unsere Pferde geholt und uns auf den Weg gemacht haben. Vielleicht können wir im Stall auch noch ein bißchen mehr als eine Reithose für Sie zum Anziehen finden.«

Der Graf nickte, doch schließlich fanden sie unter dem ganzen Zeug im Stall für ihn nicht mehr als ein altes, wachsverschmiertes Hemd. Sie zogen ihre beiden Pferde und auch die Packpferde heraus, ehe das Feuer auch noch auf dieses Gebäude übergreifen konnte. Während sie arbeiteten, erzählte Gena dem Grafen, was sich in ihrem Zimmer ereignet hatte und welche Schlüsse sie aus dem Erlebten zog.

»Wenn ich die Blitzdrachen nicht geladen und bei mir gehabt hätte, weil ich so große Angst hatte, dann wäre ich jetzt mausetot, denn sie wußten, wie meine magische Kraft zu neutralisieren war. Ich denke, daß der

Ferghun ihnen das beigebracht hat. Man sagt ja, daß diese Dämonen unglaublich viel wissen, darunter etliches, was in der Vergangenheit verborgen ist oder was schon in der nahen Zukunft schlummert.«

Berengar schüttelte zweifelnd den Kopf. »Ein *Ferghun*? Ich kann nicht glauben, ...«

»Glauben Sie es, Berengar, ich habe es mit eigenen Augen gesehen. Daß er mit Ihrem Onkel zusammen war, macht deutlich, daß dieser sich von seinem Studium alter Weisheiten und Legenden zu weit treiben ließ.« Gena merkte, wie ihr Ärger schneller anschwoll als das Feuer, das sich langsam durch die ganze Burg fraß. »Es ist bekannt, daß einige Haladina die Kalte Göttin verehren, aber ich war der Annahme, daß kultivierte Menschen sie als Herrin verabscheuen würden.«

»Es war bestimmt nicht seine Schuld, Gena.«

»Wie können Sie so etwas sagen. Er hätte uns beide ermordet!«

»Er war ein zu Tode geängstigter alter Mann, von Geistern verfolgt. Ist es so überraschend, daß er sich bei der Göttin des Todes hinsichtlich seines Schicksals und dem seiner Söhne rückversichern wollte?«

»Ausgerechnet der Kalten Göttin als Rückversicherung gegen den Tod den Hof zu machen, ist schon mehr als eigenartig. Sie und ihre Anhänger sind abscheulich!«

»Ja, aber nur *Sie* können sich daran erinnern. *Wir* können es nicht.« Berengar strich sich das Haar aus dem Gesicht. »Der Zahn der Zeit glättet die grausamen Ecken und Kanten der Geschichte. Ihr Großvater hat selbst gegen die Reith gekämpft, also kennen Sie Berichte aus erster Hand. *Sie* wissen, wie schrecklich die Reith waren, *wir* wissen es nicht. Wir Menschen hören nur die verführerischen Legenden der Macht, die uns auf die gleiche Höhe stellen wie die älteren Rassen. Für einen alten Mann, für jemanden, dessen Träume von Unsterblichkeit verflogen sind, kann die Göttin der

Reith sehr verführerisch sein. Ich bin sicher, daß er glaubte, *er* habe die Dinge im Griff.«

»Noch ein Mythos, der sich als falsch herausgestellt hat.«

»Ja, ja, Sie haben recht, Gena. Aber er war krank und konnte nicht mehr richtig denken. Wäre er noch der Atholwin meiner Jugendzeit gewesen, dann hätte er niemals mit reithischen Zaubertricks herumgepfuscht.« Berengar schüttelte immer noch den Kopf, als er die Pferde durch das Tor führte, endgültig weg von der brennenden Burg. »Es ist trotzdem seltsam, daß er in seinem wahnwitzigen Wüten wenigstens in einem Punkt recht hatte: Wir haben ihn getötet.«

»Aber das war nicht unsere Absicht.« Gena gab ihr Pferd vorübergehend Berengar in Obhut und ging hinter einen dicken Baum, um ihr Nachthemd gegen Reisekleider zu wechseln. »Wir haben ihn nicht verraten, wir haben ihn aber daran gehindert, uns zu ermorden. Uns also als Verräter zu beschuldigen, war schon ein starkes Stück.«

»Ich muß zugeben, daß Sie recht haben.« Berengar atmete tief durch und schien sich zu beruhigen. »Verzeihen Sie mir. Ich bin einfach überdreht.«

Gena lächelte ihn an, als sie nach dem Umziehen zurückkam. »Es war für uns beide eine schwere Feuerprobe.«

»Wollen wir hoffen, daß wir in Zukunft nicht allzuviel mehr bestehen müssen.« Er strich sich mit einer Hand übers Gesicht und rezitierte ein wenig affektiert: »Schöne Burg, du brennst hier ab, mit dir die Kleider, die ich hab.«

Gena mußte lachen über seine Reimkunst, und das heiterte auch ihn wieder etwas auf. »Also, Berengar, wollen wir uns jetzt weiter nach Jarudin durchschlagen, oder gehen wir zurück nach Aurdon, um unsere Verluste zu ersetzen?«

Er runzelte nachdenklich die Stirn und nickte dann.

»Wir reiten weiter, wenn es Ihnen recht ist. Wir sind schon halbwegs am Ziel. Eine Rückkehr nach Aurdon würde die Gefahr in sich bergen, daß mein Ältestenrat inzwischen seine Meinung über unser Unternehmen wieder geändert hat. Es wäre immer noch besser, in Jarudin zu scheitern und dann zurückzukehren, als hier zu scheitern und umzudrehen.«

»Einverstanden. Ich habe ein wenig Gold, und wenn wir sparsam sind, kann es bis Jarudin reichen. Und wenn nicht, dann werden Sie in Gasthöfen für Unterkunft und Verpflegung Reime schmieden.«

Berengar brummte etwas und schwang sich in den Sattel. »Ich würde mich eher noch als Straßenräuber mit der Justiz des Kaisers anlegen, als für mein Abendessen zu singen.«

Gena bestieg ihr Pferd Geist und brachte es dicht neben Berengars. »Das mag ja gut und schön sein, aber sobald wir in Jarudin sind, wird es für uns einfacher sein, mißglückte Reime wegzudiskutieren, als Gerüchte über kriminelle Handlungen, besonders wenn es darum geht, eine Audienz bei Hardelwick zu bekommen.«

»Wie stets, Edle Frau Genevera, wird Ihre Schönheit nur noch von Ihrer Klugheit übertroffen.« Berengar lachte und gab seinem Pferd die Sporen. »Dann wollen wir ein Plätzchen finden, wo man Speis und Trank gegen Gesang eintauscht, und beten, daß wir das bessere Geschäft machen.«

Die gefährliche Wirkung der Wahrheit

Herbst
Vor fünf Jahrhunderten
Im Jahr 3 der Herrschaft des Roten Tigers
Im Jahr 1 des Imperiums
Mein siebenunddreißigstes Jahr

Obwohl ich seit meiner Ankunft in Cygestolia fast eineinhalb Tage durchgeschlafen hatte, fühlte ich mich immer noch müde, als ich vor dem Hohen Elfenrat stand. Das Amphitheater war bis zum letzten Platz gefüllt, und auch an darüberragenden Ästen und Zweigen hingen neugierige Elfen. Die Nachricht von dem Massaker und unserer notgedrungen ohne Eskorte verlaufenden Heimreise bis in die Hauptstadt der Elfen hatte mit Windeseile die Runde durch die Stadt gemacht. Und jeder wollte dabei sein, als der Hohe Rat mich vorlud.

Wahrscheinlich hätte ich nicht überrascht sein sollen, daß der Rat mich unter der Beschuldigung des Fehlverhaltens vorlud und daß sogar die Todesstrafe über meinem Haupt schwebte. Ich hätte langsam daran gewöhnt sein müssen.

Ich atmete ruhig durch, zufrieden mit der Ruhe, die sich in mir ausbreitete. »Meine Antwort auf die Beschuldigung, ich hätte körperlichen Kontakt mit der Edlen Frau Larissa gehabt, ist die, daß diese Behauptung falsch ist.« Ich sah nach rechts hinüber, wo sie mit Lomthelgar und Shijef stand. »Ich betraute den Driel mit der Aufgabe, auf sie aufzupassen.«

Ich verlieh meiner Stimme einen etwas vorwurfsvollen Ton. »Selbst als sie das Gemetzel sah, in einem Augenblick des Schreckens, in dem jedes Geschöpf nach einem Gefährten Ausschau hält, an den es sich anlehnen und auf den es sich stützen kann, hielten wir uns voneinander getrennt. Wir befolgten Ihre Gesetze sogar noch unter Umständen, in denen eben dieses Gesetz uns all dessen beraubte, was uns zu lebenden, atmenden und fühlenden Lebewesen macht. Ihr Gesetz beraubte uns des allernatürlichsten Mitgefühls und Mitleids. Aber so ungerecht dieses Gesetz in dieser Situation auch war, befolgten wir es trotzdem. Darauf gebe ich Ihnen mein Wort, genauso wie die Edle Frau Larissa und der Driel.«

Die meisten Consilliarii reagierten auf meinen Ärger mit trotzigen Blicken. Aber als Larissa mir bestätigend zunickte und ihnen einen verachtungsvollen Blick zuwarf, veränderten sich bei vielen die Mienen. Von den Sitzreihen über mir hörte ich Tuscheln und Flüstern. Obwohl ich die Worte nicht verstehen konnte, entgingen mir doch nicht die Untertöne von Verwirrung und Aufregung. Ich wußte zwar nicht, ob die Aufregung dem Gesetz galt oder mir, aber es tat mir doch gut, bei einem Volk, das in mir nicht viel mehr als ein Tier sah, überhaupt eine Reaktion hervorzurufen.

Thralan erhob sich von seinem Platz im Rat. »Calarianne, auf meiner Tochter liegt also kein Makel. Ich verlange deswegen, daß diese Beschuldigungen in allgemeiner Übereinstimmung zurückgezogen werden.«

Lomthelgar schnellte nach vorn. »Ich schließe mich dem an!«

Die *Sylvanesti*, die das Verfahren leitete, nickte. »Wenn es keine Gegenstimmen gibt ... Ich sehe keine ... Dann ergeht der Beschluß: Die Klage wird einstimmig zurückgewiesen.«

Sie hob ihren Stab, um ihn herabsausen zu lassen und die Sitzung zu schließen. Aber ich hob die Hand und ergriff das Wort. »Wartet! Ich muß noch über eine andere Sache vor dem Rat sprechen.«

Calarianne war unschlüssig, aber ein anderer der Consilliarii erhob sich und machte ein Zeichen, man solle mich reden lassen. Thralan schloß sich der Aufforderung an. Also lief es auf eine Redeerlaubnis hinaus. »Der Rat wird dich anhören, Neal Roclawzi.«

Ich verneigte mich respektvoll in Richtung der Vorsitzenden und richtete den Blick auf die Elfen vor mir. »Soweit ich weiß, ist man allgemein der Auffassung, die Haladina hätten die Lansorii getötet und Aarundel und Marta verschleppt. Ich muß euch darüber informieren, auch damit der gute Ruf und das soldatische Können jener Lansorii und meines Freundes nicht ins schiefe Licht geraten, daß es sich bei den Tätern nicht um Haladina handelte. Die Reith haben diesen Überfall verübt.«

»Welche Beweise hast du dafür?« Ein schwarzhaariger Elf in der ersten Reihe war aufgestanden. »Nach allem, was man weiß, bist du zu spät am Tatort eingetroffen, um die Angreifer noch zu sehen.«

»Ich habe während der ganzen Reise hierher darüber nachgedacht.« Ich streckte die linke Hand vor und zählte die einzelnen Punkte an den Fingern ab. Ich begann mit dem kleinsten. »Erstens gab es keine Leichen von Haladina, und es ist unmöglich, daß es nicht wenigstens einen erwischt hätte. Zweifellos hätten die Haladina ihre Toten auch mitschleppen können, aber dazu neigen sie nun mal nicht, wenn es soviel Beute gibt.«

Der Elf nickte nachdenklich. »Aber die Leichen waren nicht geplündert.«

Ich faßte an den Ringfinger. »Das ist die zweite atypische Tatsache bei diesem Überfall. Ich habe noch nie ein Gefechtsfeld gesehen, das die Haladina nicht mit soviel Beute verlassen hätten, wie ihre Pferde schleppen konnten. Rüstungen und Waffen aus elfischen Werkstätten wurden zurückgelassen! Und ebenso der persönliche Besitz der getöteten Lansorii. Echte Haladina hätten diese Sachen aber über die Maßen geschätzt, denn sie hätten sowohl unter den Haladina als Attribute von

Reichtum und Macht gegolten als auch bei ihren reithischen Herren als Beweis für ihre kriegerischen Fähigkeiten.«

Dem Elf glitt ein verschlagenes Lächeln übers Gesicht. »Vielleicht hast du sie erschreckt, Neal Roclawzi.«

Ich schüttelte den Kopf und zeigte auf den Mittelfinger. »Kein Haladin, der es gerade geschafft hat, eine ganze Elfenpatrouille niederzumetzeln, würde vor einem halbnackten Mann mit einem Schwert erschrecken. Sie hatten Bogen und hätten mich schon mit Pfeilen durchbohrt, während ich durch die Nacht stolperte.«

Jetzt kam der Zeigefinger dran. »Das alles bringt mich zu der Überzeugung, daß die Reith den Überfall ausgeführt haben. Ich hörte nichts von dem Überfall, was bedeutet, daß er schon vorbei war, als der Driel mich weckte. Auch der Driel hat erst etwas bemerkt, als alle Opfer schon getötet waren. Daraus schließe ich, daß irgendein wirksamer Zauber angewandt worden sein muß, damit der Angriff lautlos verlief und unbemerkt blieb. Ein solcher Zauber erklärt auch, warum eure Lansorii so schnell überwältigt wurden. Ich habe auch Hinweise, daß die unmittelbare Umgebung des Lagerplatzes durchsucht wurde. Das bedeutet, daß sie Larissa und mich gesucht haben. Die Angreifer wußten offensichtlich, wer wir sind, und wenn sie mehr Zeit in euren Wäldern zugebracht hätten, dann wäre ich wahrscheinlich nicht hier.«

Als letztes tippte ich auf den Daumen. »Also, fünftens: Die Ereignisse dieser Nacht spielten sich folgendermaßen ab: Zwei Dutzend reithische Krieger arbeiteten sich im Schutz eines machtvollen Zaubers an ihr Ziel heran. Weil sie im Dunkeln genausogut sehen können wie ihr, brauchten sie keine Fackeln, was bedeutet, daß sie sich auch nicht durch Licht verraten konnten. Die Haladina hätten so viele Fackeln gebraucht, daß man den ganzen Wald damit in Brand hätte setzen können. Die Angreifer haben die meisten Lansorii mit Pfeilen getötet, die anderen trieben sie zusammen. Als sie merkten, daß ich nicht da war, und ihnen auch keiner sagte, wo ich war, metzelten die Reith alle Überlebenden nieder – außer Aarundel und Marta, die sie mitschleppten.«

»Deine Selbstüberschätzung kennt keine Grenzen, Neal, wenn du unterstellst, die Reith haßten dich so sehr, daß sie sogar Elfen niedermetzeln, nur um dich zu kriegen.«

»Du bist ein Narr, wenn du glaubst, daß ich es bin, hinter dem sie her sind.« Meine Hand fiel nieder auf Herzspalters Griff. »Sie wollen dieses Schwert, weil sie denken, daß sie es brauchen, um Tashayuls Reich wieder zu errichten. Wäre ich dort gewesen, hätten sie uns allesamt umgebracht, ihr hättet daraufhin eine Strafexpedition gegen die Haladina begonnen, und die Reith hätten euch freundlich angeboten, mit ihrer Hilfe gleich die ganze Menschheit zu vernichten.«

Ein weiterer der Consilliarii erhob sich. »Deine Geschichte ist gut ausgedacht, Neal, aber sie ist unwahr. Die Reith haben bereits eine Beileidsbotschaft wegen der Toten überreicht, und sie haben versprochen, alle Haladina auszuliefern, die daran beteiligt waren, sobald sie sie erst einmal ermittelt haben. Die Reith sind wirklich hilfsbereit.«

»Daran habe ich keinen Zweifel, Consilliari, denn jene Führer, mit denen ihr zu tun habt, wissen höchstwahrscheinlich nicht, wer das getan hat. Ohne Beweise oder wenigstens Druck von eurer Seite werden sie nichts tun – allein schon wegen der unbestimmten Hoffnung, daß es demjenigen, der diesen Überfall geplant hat, gelingt, das Schwert gegen die zwei Geiseln einzutauschen.«

»Unmöglich! Die Reith würden niemals über einen solchen Akt der Aggression gegen uns hinwegsehen.«

»Und warum nicht? Was sollte sie davon abhalten?« Ich verschränkte die Arme vor der Brust. »Sie denken in langen Zeiträumen, genauso wie ihr. Vor fünfhundert Jahren, zur Zeit der *Eldsaga*, war Lomthelgars Meinung über die Menschen Gotteslästerung. Aber ganz, ganz langsam, so glaube ich, haben sich bei genügend Elfen die Ansichten geändert, so daß sie sogar Gesetze erließen, um das zu regeln und unter Strafe zu stellen, was noch undenkbar gewesen wäre, als Lomthelgar seine Einsichten weitergab. In ähnlicher Weise mag die übergroße Mehrheit der Reith beim Gedanken an einen Krieg mit dem sylvanischen Volk vielleicht noch schaudern. Aber wenn dieser Akt der Aggression nicht bestraft wird, dann werden sie glauben, daß sie bei einem Angriff auf euch gar nicht so viel riskieren. Die Barriere zwischen euch und ihrem Machthunger und ihrer Habsucht wird so Stück für Stück niedergerissen.«

»Wie du sagst, Neal, denken wir in großen Zeiträumen. *Wenn* deine phantastische Geschichte wahr wäre, hätten wir viel Zeit, um die Konsequenzen daraus zu ziehen.«

Ich zeigte mit einem Finger auf den Sprecher. »Es ist wahr, daß *ihr* euch viel Zeit nehmen könnt, um irgendwie zu reagieren, aber *mein* Freund und seine Frau haben nicht soviel Zeit. Jede Sekunde, die sie in reithischer Gefangenschaft verbringen müssen, ist für sie wie eine Ewigkeit. Das ist das Problem mit euch langlebigen Wesen, und darin liegt der Vorzug von uns Eintagsfliegen. Ihr habt eine Perspektive, ich hingegen habe es eilig. Ja, ich bin ungeduldig. Ich lasse nicht zu, daß mein Freund, mein *Bruder* auch nur einen Augenblick länger als nötig in Gefangenschaft bleibt. Also breche ich noch heute nacht auf, um ihn zu befreien.«

Jetzt verschränkte der Elf die Arme und sah mich spöttisch an. »Du redest so, als wüßtest du, wo Aarundel gefangengehalten wird und wer ihn entführt hat.«

»Ja, das weiß ich.« Ich wies mit dem ausgestreckten Arm nach Südwesten. »Aarundel und Marta sind in Jammaq gefangen. Sie sind Takrakors Gefangene, und er möchte das Schwert im Tausch für ihr Leben. Deswegen sind bis jetzt auch noch keine Lösegeldforderungen dieser sagenhaften Bande von Haladina hier eingegangen. Takrakor weiß, daß ich weiß, was er will. Und ich werde dafür sorgen, daß er es bekommt, wenn auch auf eine etwas andere Art, als er erwartet.«

Lomthelgar lachte vergnügt. »Merkt ihn euch, das ist jetzt schon das zweite Mal – er spricht mit seiner Stimme für sich selbst!«

Die Vorsitzende des Hohen Rats stieß mit ihrem Stab einmal laut hörbar auf den Holzfußboden und beruhigte den Tumult, den Lomthelgars Bemerkung hervorgerufen hatte. »Was du gesagt hast, ist beunruhigend, Neal Roclawzi. Aber du irrst dich, wenn du glaubst, daß wir dir erlauben werden, in dieser Angelegenheit gegen die Reith vorzugehen.«

»Mit allem gebotenen Respekt, Consilliari Primus Calarianne, Ihr täuscht euch, wenn Ihr glaubt, daß ich hergekommen bin, um um Erlaubnis zu bitten. Ich teile euch nur mit, was ich vorhabe, weil ich die *Circii translatio* benutzen werde, um schnell nach Jammaq und zurück zu kommen. Meine Erklärung hier erfolgt aus Höflichkeit und ist nicht als Bitte mißzuverstehen.«

»Niemand wird dir zeigen, wie man den Reisezauber aktiviert.«

Ich schüttelte den Kopf. »Ich habe schon von der Edlen Frau Larissa gelernt, unsere Reise hierher zu ermöglichen. Sie wußte natürlich nicht, daß ich noch eine andere Verwendung für das, was sie mich lehrte, im Sinn hatte.«

Der Consilliari, der mich als erster befragt hatte, erhob sich wieder. »Wir *können* dich aufhalten.«

»Wie? Mich hinrichten? Auf Grund welchen Urteils?«

Er lächelte. »Ich beantrage, daß wir die Anklage wegen unstatthaften Benehmens gegen Neal Roclawzi wiederaufnehmen.«

Thralan schoß in die Höhe. »Unmöglich. Sie wurde

einstimmig verworfen und kann deswegen nicht wiederaufgenommen werden.«

Ich lächelte zu Lomthelgar hinüber, der mich über diese Bestimmung schon in einem Gespräch früher am Tag in Kenntnis gesetzt hatte. »Ihr könnt mich nicht aufhalten. Und das ist gut so, denn Takrakor ist nicht bekannt für seine Geduld.«

Diese Erklärung setzte eine hitzige Debatte in Gang. Von der Galerie waren laute Zwischenrufe zu hören. Ich beobachtete das Hin und Her. Da ich die Worte nicht verstand, bekam ich mehr durch Mimik und Gestik mit als durch die aufgeregten Stimmen. Inmitten des Rates tauschten betagte Elfen grimmige Blicke aus. Sie sahen zu mir herüber, dann schnell wieder weg, und schließlich nickte einer von ihnen bedächtig.

Dann stand er auf. Wenn ich ihn auch mit seinem weißen Haar und seinem ziemlich dicken Bauch im Kampf nicht als Bedrohung empfinden würde, bewegte er sich doch so geschmeidig wie eine sich windende Schlange. »Ich bin Disantale. Als erstes möchte ich dir meine Anerkennung dafür aussprechen, daß du mit unseren Gesetzen so vertraut bist, Neal. Ich lobe auch deine Achtung vor ihnen. Ich halte es für wertvoll, daß du unsere Aufmerksamkeit darauf gelenkt hast, daß schnelles Handeln nötig ist. Ich halte es sogar für sinnvoll, daß du uns auf die Ungerechtigkeit unserer Gesetze, soweit sie Menschen betreffen, hingewiesen hast.«

Als Disantale redete, spürte ich, wie sich eine eiskalte Furcht in meinem Magen zusammenklumpte. Im Rat war es still geworden, während er sprach, und die Spannung im Raum verdichtete sich. Am liebsten wäre ich davongelaufen, denn ich wußte genau, daß er mich ebenso verdammen würde, wie er mich gerade gelobt hatte. Und eine so eiskalt servierte Verdammung wollte ich am liebsten gar nicht anhören.

»Neal, dein Auftreten hier hat mich beeindruckt, genauso wie die Berichte meiner Söhne über deine Heldentaten. Wenn die Menschen so oder so ähnlich sind wie du, dann haben wir sie falsch beurteilt. Ich mache dir als Gegenleistung für deine Zusammenarbeit mit uns in der Angelegenheit der Entführten ein Angebot.«

Ich fühlte, wie der Druck auf mich schier unerträglich wurde. »Mich kann nichts von meinem Vorsatz abbringen, Disantale Consilliari.«

»Ich bin für meine Überzeugungskraft bekannt. Höre mich erst bis zu Ende an.« Er zeigte zu einer Gruppe von Soldaten hinüber, und ich erkannte Finndali unter ihnen. »Wenn du die Suche nach den Entführten aufgibst, dann wird sich mein Sohn von seiner Frau scheiden lassen, und wir werden das Gesetz aufheben, das dich von der Edlen Frau Larissa trennt.«

Seine Worte trafen mich härter als jeder Schlag, den ich in meinem Leben schon einstecken mußte, und ich hielt die Luft an. Mein Magen verkrampfte sich, und ich fühlte einen Stich im Herzen. Ich sackte zusammen und fiel auf ein Knie, konnte mich aber mit der linken Hand irgendwo festhalten und verhindern, daß ich vollends zusammenbrach. Verzweiflung und Freude stritten in meinem Kopf gegeneinander, als Träume zum Leben erwachten und versuchten, meine Erinnerung an Aarundel zu löschen.

Finndali trat ungelenk einen Schritt vor. »Ich verspreche gerne, mich der Entscheidung der Consilliarii zu fügen.«

Ich schlug mit der Faust auf den Boden. »Ihr Bastarde! Ihr scheinheiligen, überheblichen, intriganten Ungeheuer!« Der Gefühlssturm in meinem Kopf verwandelte sich auf der Stelle in Wut. Sie füllte die Leere in mir aus und gab mir neue Kraft. »Ich weiß schon lange, daß ihr mich verachtet, aber daß ihr mich für *so* dumm und für *so* leicht beeinflußbar haltet ... Wie konntet ihr nur? Ist es die Arroganz oder ist es die Lust an der Grausamkeit, die euch glauben läßt, ich würde auf dieses Angebot hereinfallen?«

Ich erhob mich langsam und streckte mich zu voller Größe. »Ich bin kein Hund, dem man einen Knochen zuwirft. Ihr entehrt die Edle Frau Larissa, wenn ihr sie die Rolle des Knochens spielen laßt. Ich bin es schon gewohnt, von euch als Objekt des Spotts und der Verachtung gebraucht zu werden, aber *ihr* ein so großes Maß an Verachtung zu zeigen, das ist sogar Leuten eures Schlages unwürdig. Hätte ich nicht eine dringende Aufgabe vor mir, würde ich Herzspalter jetzt und hier ziehen, um so viele wie möglich von euch zu töten.«

Ich schüttelte den Kopf, in dem immer noch der Klang von Disantales Worten nachhallte. »Einerseits bietet ihr mir an, mich nach eurem Gesetz der Edlen Frau Larissa ebenbürtig zu machen. Aber um dieser Wohltat teilhaftig zu werden, muß ich mich weigern, ihren Bruder zu retten. Aber jene unter euch, für die Menschen nichts anderes als Ochsen mit Daumen sind, würden obsiegen. Ich hätte ihnen vorgeführt, daß ich bereitwillig eine heilige Freundschaft gegen die Schenkel einer *Sylvanesti* hergegeben hätte. Danach hättet ihr uns das Glück verweigert, Kinder zu haben, so daß dieses geschmacklose Arrangement mit mir gestorben wäre.«

Ich lachte und wischte mir ein paar Tränen aus den Augen. »Ihr wißt genau, daß ich eure Verachtung verdient hätte, wenn ich euren Vorschlag annehmen würde. Tatsache ist aber, daß keiner von euch mich mehr hassen würde, als ich mich selbst. Ich bin kein Tier. Auch ich hege jene Werte, von denen ihr glaubt, daß sie nur euer Volk adeln. Ich lege besonderen Wert auf persönliche Freundschaft und auf Treue, jedenfalls mehr als ihr. Das ist keine Besonderheit zwischen Männern und auch nicht zwischen Menschen. Hätte man mich entführt, würde Aarundel genauso reden und handeln wie ich. Er würde es sogar riskieren, daß ihr ihm dann das Kind verweigert, dessentwegen er überhaupt in diese Falle geraten ist.«

Ich breitete die Arme aus, um sie alle einzubeziehen. »Hier ist also meine endgültige Antwort: Ich, Neal Roclawzi, Elfwart, Edler und Reichsritter des Menschenreichs, lehne euer Angebot ab. Ich bin verpflichtet, eine feindliche und gefährliche Stadt aufzusuchen, um meinen Freund und seine Frau zu befreien. Man mag das für einen ersten Vorboten des Wahnsinns halten. Viele von euch werden das so sehen. Aber ich bin lieber anderswo wahnsinnig, als bei klarem Verstand unter einem Volk, das einem ein so schändliches Tauschgeschäft anbietet, nur um die Rettung eines der seinen zu verhindern.«

Larissa traf mich in dem Zimmer, das man mir in Waldeshöhe gegeben hatte. Ich war so sehr damit beschäftigt, eine Decke in die Satteltasche zu packen, daß ich sie zunächst gar nicht bemerkte. Als ich aufblickte, sah ich ihre Unterlippe zittern, bis sie mit ihren weißen Zähnen daraufbiß und das Zittern beendete.

Ich konnte ihrem Blick nicht standhalten. »Ich möchte, daß du weißt, Larissa, daß dein Bruder heute beinah verloren hätte. Ich hätte beinahe dich statt seiner gewählt. Bitte glaube nicht, daß meine Entscheidung und mein Entschluß zum Aufbruch bedeuten könnten, daß ich dich nicht mehr über alles liebe.« Vor Verzweiflung ballte ich die Fäuste.

»Du hattest keine andere Wahl, Neal.« Ihre Worte kamen ruhig und bestimmt, und sie schaffte es vorbildlich, ihren eigenen Kummer zu verbergen. »Ich habe mir so sehr gewünscht, du würdest mich wählen, und ich haßte mich deswegen. Ich liebe dich um so mehr, weil du so stark warst, nicht vor ihnen zu kapitulieren.«

Ich schüttelte den Kopf. »Zügellose Arroganz sollte nicht auch noch belohnt werden.« Ich ließ den Blick auf ihr ruhen und merkte wieder einmal, daß ich mich in den dunklen Tiefen ihrer Augen hätte verlieren können. »Ich möchte mich niemals von dir trennen, aber ich werde nicht deinen Bruder auf dem Altar unseres Glücks opfern. Ich werde bald wieder da sein, zusammen mit ihm.«

»Ich dachte, daß ich dich vielleicht auf deiner Suche begleiten könnte. Es kann gut sein, daß eine Heilerin gebraucht wird ...«

»Da magst du recht haben, genauso wie die Consilliarii: Würde ich Elfen nach Jammaq führen, und sei es nur einen oder eine, dann könnte alles, was da unten geschehen wird, einen Krieg auslösen – einen Krieg, den euer Hoher Rat auf jeden Fall verhindern will.« Ich grinste verzerrt und ging in die Hocke. »Ich habe gerade erst einen Krieg überstanden, und ich kann ihnen ihre Vorsicht nicht vorwerfen. Wenn ich allein gehe, ohne ihre Genehmigung, können alle Vorwürfe wegen meiner Taten zurückgewiesen werden. Ob ich erfolgreich bin oder scheitere, ob ich bleibe oder gehe – die Consilliarii gewinnen immer, solange der Konflikt mit den Reith nicht eskaliert. Das beste für den Rat wäre mein Tod und die erfolgreiche Rettung der Entführten.«

»Aber dann fiele *Divisator* in die Hände der Reith, und sie würden damit das Reich wieder zerstören.«

Ich zuckte die Schultern. »Stimmt. Für die Menschen wäre das nicht gut. Deswegen sind der Rat und ich ganz unterschiedlicher Meinung.«

Larissa zitterte. »Ich kann den Gedanken nicht ertragen, dich allein in Jammaq zu wissen.«

Wieder grinste ich. »Oh, es werden eine Menge Reith da sein, die mir Gesellschaft leisten.«

»An diese Gesellschaft habe ich nicht gedacht.«

»Allein er wird nicht sein.« Der Driel drückte sich an Larissa vorbei durch die Tür und setzte sich genau in der Mitte auf den Boden. »Zusammen wir reisen.«

»Ich gehe allein, Shijef. Das ist *mein* Kampf.«

Der Driel atmete tief durch. »Sklave ich bin, Herr du bist. Lebensschwarze Fluten!«

Ich kniff die Augen zusammen. »Hör mir gut zu, Shijef, denn Herr ich bin. *Dein* Herr. Ich möchte nicht, daß die Reith einen Driel zu Tode hetzen, nur weil er mich bei einem Einsatz begleitet hat, der fehlschlug.«

Shijef hob beide Vordertatzen, um diese Vorstellung abzuwehren. »Mit Shijef fehlschlagen wird es nicht.«

Ich schnauzte ihn an. »Mit Shijef ich *nicht* bin. Ich verbiete dir ausdrücklich, mir zu folgen. *So* lautet der Befehl deines Herrn!«

Seine achatfarbenen Augen waren fast ganz geschlossen. »Auf Larissa aufpassen?«

»Ja. Paß auf sie auf. Mach das, Shijef, bitte! Auch das ist ein Befehl!«

Der Driel bellte ärgerlich und knurrte mich an, als er aus dem Raum tapste. Larissa sah mich an und zog eine Braue hoch. »Er ist nicht glücklich.«

»Nur weil er mitgehen und alle möglichen Lebewesen töten und auffressen wollte, und nicht weil er mich beschützen wollte.« Noch während ich das aussprach, wußte ich, daß es nicht stimmte. »Er wird sich deiner Sicherheit annehmen.«

»Es wäre wichtiger, sich der deinen anzunehmen.«

»Du brauchst dir um mich keine Sorgen zu machen, *Vitamoresti.*« Ich warf das Schwert in der Scheide auf das Bett und lächelte. »Ich habe deinen Vater eine Nachricht an den Roten Tiger schicken lassen, in der um die Entsendung des Stählernen Haufens zur Verwendung durch den Edlen Reichsritter gebeten wird. Ich denke schon, daß die reithischen Agenten, die noch in Jarudin sind, den Abmarsch des Bataillons zu meiner Verwendung wahrnehmen und nach Jammaq weitermelden werden. Takrakor wird deswegen erwarten, daß ich mit einer größeren Streitmacht komme, weil ja auch nur ein Idiot allein nach Jammaq ginge. Das alles bedeutet, daß ich die Überraschung auf meiner Seite habe.«

»Wirst du auf dich aufpassen?«

»So gut ich kann.« Ich setzte ein Lächeln auf, um sie

zu beruhigen. »Mach dir keine Sorgen. Ich komme zurück.«

Sie zitterte. »Wie kannst du das sagen?«

Ich zwinkerte ihr zu. »Erinnerst du dich, daß die Götter ein abartiges Vergnügen daran finden, mit uns minderwertigen Rassen zu spielen? Was wird mehr Schmerzen bereiten: Daß ich in Jammaq falle oder daß ich dich wiedersehe, wohl wissend, daß uns die Consilliarii niemals gestattet werden zusammenzusein?«

»Du setzt mehr Vertrauen in die Götter als ich, glaube ich.«

»Nein, nur deiner Liebe traue ich – und diesem Schwert.« Ich stand auf, schulterte meine Satteltaschen und nahm mein Schwert auf. »Von den Göttern erhoffe ich nur das eine, daß sie mich, *falls* sie überhaupt Notiz von mir nehmen, wenigstens unterhaltsam finden und mich deswegen ein bißchen länger leben lassen.«

KAPITEL 23

Das Reich der Träume

Frühling
A.R. 499
Die Gegenwart

Rückblickend, dachte Gena, war es gar nicht so schlimm, daß sie fast ihre ganzen Habseligkeiten bei dem Brand auf Burg Schwarzeiche verloren hatte. In ihrer Jugend hatten ihr Großvater und die Großtante mehrfach gesagt, die Götter seien oft boshaft und würden alles Erdenkliche anstellen, um den gewöhnlichen Sterblichen das Leben schwerzumachen. Was sie beide erlebt hatten, war eindeutig wieder ein Beweis für die Einmischung der Götter.

Gena machte es nicht viel aus, fast ohne Geld zu reisen, doch Berengar setzte es offensichtlich zu. Zwar war er auch in den langen Tagen vor dem Brand nicht empfindlich oder reizbar gewesen, aber er achtete doch stets auf kulturelle Rituale, denen er sich mit Freude widmete. Jeden Abend hatte er beispielsweise Tee gekocht und sich immer Mühe gegeben, das Feuer mit besonders wohlriechenden Hölzern zu nähren. Er suchte nie nach neuen Vergnügungen, sondern hielt sich streng an ein gewohntes Verhaltensmuster, weil es ihm offenbar half, er selbst zu sein.

Gena wußte, sowohl aus Berichten als auch aus eigener Beobachtung, daß Menschen sich viel Mühe gaben, ein Bild von sich zu schaffen und es zu pflegen. Elfen, die ein so langes Leben hatten, waren zufrieden, ganz einfach zu leben, während die Menschen meistens dazu neigten, einen unverwechselbaren Stil zu schaffen, eine Art Legende, die auch nach ihnen noch weiterleben würde. Berengar war keine Ausnahme von dieser Regel. Als er noch sein edles Gepäck und andere vornehme Attribute eines Adeligen aus Aurdon besaß, verhielt er sich weitgehend so, wie Gena sich das vorgestellt hatte.

Sie blickte nach vorn, wo der Graf ritt, kurz vor einem kleinen Wäldchen. Er saß immer noch aufrecht im Sattel, aber die gewohnte Haltung, so als wäre sein Rückgrat mit einer Stahlstange versteift, hatte sich mächtig gelockert. Sein Haar hatte er mit einem Streifen Stoff, den er von seinem Hemdschoß abgerissen hatte, zurückgebunden. Die Enden der Schleife flatterten im leichten Wind wie Wimpel über dem rechten Ohr. Nackte Haut zeigte sich zwischen dem Saum seiner Reithose und den ledernen Halbschuhen, die er bei einem Knöchelspiel gewonnen hatte. Er bewegte sich steif und hatte seit ihrem Aufenthalt in einem Dorf vor drei Tagen immer noch überall Prellungen, weil der Wirt für Reime und Lieder nichts zu geben bereit war. Doch er hatte Unterkunft und eine Mahlzeit versprochen, wenn Berengar den stärksten Mann des Ortes mit bloßen Fäusten bezwänge.

Als ob er merkte, daß sie ihn beobachtet hatte, drehte er sich langsam im Sattel und sah sie mit seinem immer noch blauen Auge von der Seite an. Die Schwellung hatte schon nachgelassen. Dafür hatte die Prellung eine schmutziggelbe Farbe angenommen, und das Auge war noch blutunterlaufen und hatte einen violetten Rand. »Ich habe eben gedacht, Gena, daß Sie einen schlechten Einfluß auf mich ausüben.«

»Ich?« Gena spielte die Überraschte und trieb Geist zu einem leichten Trab an, um aufzuholen. »Wie sind Sie zu diesem Schluß gekommen?«

Berengar zuckte die Schultern, hielt jedoch mittendrin inne, weil er ein Grinsen nicht mehr unterdrücken konnte. »Dieses ganze Gerede über Neal hat mich so weit gebracht, daß ich mich mit diesem Dorfmonster in

410

Elmglen prügelte. Nur um Sie mit meiner heroischen Haltung zu beeindrucken.«

»Das ist Ihnen auch gelungen, mein lieber Graf.« Sie blickte auf seine mit Schorf verkrusteten Fingerknöchel. »Ich hätte nicht gedacht, daß Sie noch einmal aufstehen würden, nachdem er Sie das zweite Mal niedergeschlagen hatte, und weder ich noch irgend jemand in dem ganzen Dorf hätte geglaubt, daß Sie ihn dann noch mit einem einzigen Schlag bezwingen würden.«

Jetzt grinste er übers ganze Gesicht und vollführte mit der rechten Faust einen kurzen Aufwärtshaken. »Es war ein guter Schlag, aber nur einer von vielen ... auf beiden Seiten. Ich habe mich noch nie so steif gefühlt, seit ich als Kind zwei Treppenabsätze auf einmal hinuntergefallen bin.«

Gena zuckte die Schultern. »Ich habe Ihnen angeboten, Sie wieder in Ordnung zu bringen.«

»Das haben Sie. Und ich habe abgelehnt.« Er lachte, hörte jedoch jäh damit auf und drückte den linken Arm gegen die Rippen. »Ich wollte zeigen, wie zäh ich bin, wie mein Körper alles noch natürlich heilt, ohne Magie und Zauberei.«

»Herr Graf, nicht einmal Neal war so töricht.« Sie lachte ihn an. »Wenn wir unser Tagesziel erreicht haben, kann ich wenigstens Ihre Schmerzen lindern.«

Der Graf schien das Angebot in Betracht zu ziehen, schüttelte dann aber den Kopf. »Nein, danke. Ich denke, daß das Schlimmste vorbei ist. Es wird schon werden. Leicht verletzt zu sein und trotzdem zu reisen und von der Hand in den Mund zu leben – das ist eine Erfahrung, die mir bislang unbekannt war. Nehmen wir als Beispiel nur den Bauerntreck, den Sie und Durriken vor den Haladina retteten. Als ich davon hörte und noch mehr als sie in Aurdon ankamen, habe ich die Leute bemitleidet. Jetzt, nach meiner eigenen Erfahrung, verstehe ich sie allmählich.«

»Es hat schon seinen Grund, daß mancher vom

Schicksal gezwungen wird, andere Erfahrungen durchzumachen, wenn er etwas oder jemanden beurteilt.« Gena ließ den Blick über die sanft gewellten Wiesen und Wälder schweifen. »In Cygestolia gibt es nichts mit dieser offenen Landschaft Vergleichbares. Deswegen ist es für fast alle von uns schwierig sich vorzustellen, daß überhaupt jemand außerhalb der dichten Wälder leben möchte. In der Tat kann ich mir nur ein paar Elfen vorstellen, die bereit wären, sich mit einem solchen Quartier abzufinden, wie wir es in der letzten Nacht hatten.«

»Ja, in einem Torfhaus zu übernachten, war ungewohnt. Ich bin überzeugt, daß ich – bevor ich meinen augenblicklichen Zustand erreicht hatte – geringschätzig auf diese Leute herabgeblickt hätte. Wenn sie auch etwas ungehobelte Manieren hatten, so hatten sie doch das Herz am rechten Fleck und gesunden Menschenverstand. Und ihre Fürsorge für zwei Reisende war beispielhaft.« Er schüttelte den Kopf. »Sie schmiedeten sogar Pläne für die Zukunft, wollten den Hof erweitern, sorgten sich um ihre Kinder und Kindeskinder.«

»Ich finde das bewundernswert.«

»Ich auch.«

»Woher kommt dann Ihr Kopfschütteln und Stirnrunzeln?«

Der Gesichtsausdruck des Grafen wurde sofort freundlicher. »Oh, ich habe nicht schlecht von diesen Leuten und ihren Plänen gedacht. Es war wieder einmal Neal, der mich durcheinandergebracht hat. Als er und der Rote Tiger vor fünf Jahrhunderten in Jarudin einrückten, hat Neal der Sage nach den reithischen Kaiser getötet und ihm die Krone abgenommen.«

»Ja, aber um sie dem Roten Tiger zu geben.«

»Warum?«

»Warum?«

»Er hätte ein Reich haben können. Er hätte es so umgestalten können, daß es für die Ewigkeit bestanden hätte. Er hätte sich zum Helden der ganzen Menschheit machen können, den wir niemals vergessen hätten.« Erneut zeigte sich Verwirrung auf seinem Gesicht. »Ich kann seine Entscheidung einfach nicht verstehen.«

»Weil es eine schlechte Entscheidung war, oder weil Sie die Entscheidung an seiner Stelle gar nicht getroffen hätten?«

Berengar lachte in sich hinein. »Ich würde die beiden Fragen gar nicht trennen. Vielleicht halte ich es schon für schlecht, daß *seine* Entscheidung nicht *meine* Entscheidung war, also schon an sich eine schlechte Entscheidung. Hätte er sich entschlossen, das Reich zu behalten, hätte ich meine Abstammung auf ihn zurückführen können, nicht auf den Roten Tiger. Er hatte die Chance zum ewigen Ruhm, und er ließ sie ungenutzt verstreichen.«

Gena nickte erst zustimmend, zögerte dann aber. »Ich kenne Neals Gedanken nicht, aber vielleicht hat er gedacht, der Rote Tiger sei zum Herrschen berufener als er.«

»Vielleicht. Aber die Chance zu bekommen, seine Zukunftsträume zu verwirklichen – und ich weiß, daß er solche Träume hatte, denn jeder Mann hat sie –, und die Fähigkeit zu besitzen, diese Chance dann vorbeigehen zu lassen: Ich glaube, auch das hat ihn zum Helden gemacht.«

»So kann es tatsächlich gewesen sein.« Gena duckte sich unter dem Ast eines Eichbaums weg, als sie gerade in einen Wald einritten. »Da Sie nicht dieselbe Entscheidung getroffen hätten wie Neal, was hätten Sie mit der Krone gemacht?«

»Eine gute Frage!«

»Sie haben selbst gesagt, daß jeder Mensch Zukunftsträume hat. Welche haben Sie?«

Berengar sah geradeaus und richtete den Blick in eine unbestimmte Ferne. »Wäre ich an Neals Stelle gewesen, hätte ich das Reich zügig konsolidiert und eine starke

Zentralverwaltung durchgesetzt. Der Rote Tiger hat es auch zusammengehalten, aber nur weil er die einzige Macht in einem Vakuum war. Er gab sich damit zufrieden, mit lokalen und regionalen Machtfiguren Abkommen zu treffen, statt seine Idee des Reiches von oben her durchzusetzen. Im Ergebnis war das Reich immer nur eine brüchige Konföderation unterschiedlichster Staaten. Und wie wir gesehen haben, ist es im Lauf des letzten Jahrhunderts auch in eine lose Interessengemeinschaft auseinandergebrochen.«

Er wies auf die Landschaft um sich herum. »Sogar hier in Ispar ist die Unbeständigkeit handgreiflich. Mein verblichener Onkel ist ja nur *ein* Beispiel dafür, wie gründlich die Dinge schiefgelaufen sind. Sie haben recht, wenn Sie sein Herumpfuschen mit verbotenen Künsten verdammen, aber Sie müssen auch verstehen, daß die Menschen dann, wenn die Dinge aus dem Ruder gelaufen sind, zu allen Mitteln greifen, um sie wieder unter Kontrolle zu bekommen. Mein Onkel hat sich in der Wahl seiner Mittel vergriffen, aber die Notwendigkeit für Beständigkeit und Ordnung kann doch niemand bezweifeln.«

»Beständigkeit und Ordnung, das wären meine Schlüsselwörter gewesen.« Er drehte sich zu ihr, und sie sah, wie in seinen Augen ein inneres Feuer leuchtete. »Innerhalb eines Jahres hätte ich Barkol, Ludhyna und Ysk meinem Reich einverleibt. Und das hätte mich stark genug gemacht, auch Kaudia zu nehmen. Anschließend wäre ich bis zur Wüste Haladin und bis Quom durchgestoßen, um Reith zu vernichten.«

»Mein Volk hätte vielleicht Einwände gegen ein so starkes Menschenreich gehabt.«

»Aber Ihr Volk ist nicht dumm. Wir hätten gegen die Reith Krieg geführt und – vielleicht noch wichtiger – wir hätten die menschlichen Siedlungen wieder aufgebaut und organisiert. Ihr Volk ist zu dem in der *Eldsaga* beschriebenen Feldzug aufgebrochen, weil die Menschen in Elfenland eingedrungen waren. Unter meiner Herrschaft wären die alten Grenzen und die Überbleibsel der reithischen politischen Herrschaft beseitigt worden. Ist es nicht nachgerade lächerlich, daß die Reichshauptstadt jetzt, fünf Jahrhunderte danach, immer noch den Namen trägt, den die Reith ihr gegeben haben? Der Rote Tiger hat uns zwar von den Reith befreit, aber kulturell ließ er uns für immer in ihrer Sklaverei.«

Gena lachte. »Einige Kartographen der Elfen glauben, daß man aus lauter Höflichkeit bei den alten Namen geblieben ist.«

»Soweit kommt's noch!« Berengar schüttelte den Kopf. »Vielleicht liegt es daran, daß ich in einer Kaufmannsfamilie aufgewachsen bin. Aber ich hätte das Reich so organisiert, daß wirtschaftliche Verflechtungen zwischen den Regionen entstanden wären, und hätte sowohl das wirtschaftliche als auch das kulturelle Wachstum gefördert. Ich hätte auch weiterhin ethnische und soziale Eigenarten zugelassen und Nationalismus in Reichstreue aufgehen lassen. Klare Gesetze und strenge Strafen für deren Übertretung hätten einen Rechtsstaat geschaffen, der seinerseits wieder zum inneren Frieden beigetragen und die Wirtschaftskraft gestärkt hätte.«

»Sobald aber ein Teil Ihres Reiches entschieden hätte, seine noch besseren wirtschaftlichen Interessen lägen in einer anderen Provinz oder – schlimmer noch – im Elfengebiet, hätten Sie ein schweres Problem gehabt.«

»Keineswegs. Wir sind jetzt schon den halben Tag geritten. Und von dem Kleinbauerngehöft abgesehen, von dem wir am Morgen aufgebrochen sind, haben wir kein einziges Anzeichen einer menschlichen Besiedlung gesehen.«

»Von dieser Straße abgesehen.«

»Natürlich. Und wenn ich Kaiser wäre, dann würde es viele davon geben. Sie wären breit und gut ausgebaut, denn das Wirtschaftsleben verlangt schnelle und sichere Transportwege. Jede Provinz hätte ihre eigenen Handelszentren. Mit Landzuweisungen und Steuererleichterungen würde ich die Besiedlung der neuen Reichsgebiete fördern, um das Wachstum zu beschleunigen. Ich würde ein Heer unterhalten, das die Haladina in ihren Wüsten hielte und innere Unruhen niederschlüge. Und wenn ich Neal gewesen wäre, dann hätten Ihr Volk und ich nur einen einzigen Streitpunkt miteinander.«

Fragend zog Gena eine Braue hoch. »Ja?«

Berengar grinste, trotz seiner aufgeplatzten Lippe. »Die *Sylvanesti*, die er liebte, wäre meine Kaiserin.«

Der Schreck fuhr ihr in die Glieder, weil sie mehr in seine Worte hineinlas, als sie besagten. Sie hatte ihn immer für sehr attraktiv gehalten, und wäre normalerweise einem Flirt nicht abgeneigt gewesen. Doch zuerst Durrikens Anwesenheit und dann die Erinnerung an ihn schlossen so etwas aus. Die jetzigen Umstände aber und das Eingehen aufeinander, das sie mit sich brachten, hatten größere Probleme auf die Seite geschoben und ein Zusammengehörigkeitsgefühl zwischen ihnen beiden geschaffen, aus dem sehr schnell mehr als Freundschaft werden konnte.

Gena wollte sich über ihre Gefühle für Berengar klarwerden, also unterzog sie sie einer verstandesmäßigen Prüfung, durchaus in der Hoffnung, sie abzuwürgen. Allein schon darüber nachzudenken, welche Reize sie auf Berengar ausübte, kam ihr wie ein Verrat an Durriken vor, sowohl was sie als auch Berengar betraf. Aber sie wußte auch, daß es ihr Leben zerstören würde, wenn sie ewig um einen toten Mann trauerte. Sie hatte das schon bei anderen beobachtet und daraus den Schluß gezogen, daß sie nicht in diese Falle gehen würde.

Ihre Zuneigung zu Berengar hielt der Prüfung stand, sie blühte aber auch nicht auf zu der verzehrenden Leidenschaft von *Vitamor*. Sie blieb eine Saat, die noch nicht gesprossen war, zufrieden damit, daß sie noch ruhte.

Gena war sich klar darüber, daß ihrer beider Lage zu außergewöhnlich war, um eine solide Basis für ein Verhältnis zu bieten. Und sie wagte auch nicht, die Freundschaft mit Berengar aufs Spiel zu setzen, indem sie seinem Charme in einer derartigen Ausnahmesituation nachgab.

Sie kam wieder zur Wirklichkeit zurück und lächelte verbindlich. »Das hätte zu einem schweren Konflikt mit meinem Volk geführt, Edler Graf. Sie müssen bedenken, daß es schon fünfhundert Jahre her ist, daß Neal und die *Sylvanesti* in Liebe zueinander entbrannten. Erst jetzt erlaubt unsere Kultur, was sie damals allerstrengstens verbot. Aber immer noch wird man nicht dazu ermutigt, und toleriert wird es kaum.«

Berengar nickte. »Das weiß ich. Aber ich darf doch davon träumen, daß meine Argumente Ihren Ältestenrat überzeugt hätten.«

»Vielleicht hätten sie das.« Sie lachte und zwinkerte ihm zu. »Aber wenn Sie davon träumen, überzeugend zu wirken, dann würde ich im Augenblick weniger an Elfen denken.«

Er runzelte die Stirn und mußte dann selbst lachen. »Und an wen sollte ich denken?«

»An Hardelwick, den Kaiser.« Gena kniff die Augen zusammen. »Schließlich muß er davon überzeugt werden, daß Sie wirklich der sind, der zu sein Sie vorgeben. Und Sie müssen ihn überzeugen, Ihnen das Schwert auszuhändigen. So wie wir beide jetzt aussehen, müssen Sie noch viel überzeugender sein, als es sich Neal jemals hätte träumen lassen.«

Der Kaiser der Alpträume

Herbst
Vor fünf Jahrhunderten
Im Jahr 3 der Herrschaft des Roten Tigers
Im Jahr 1 des Reiches
Mein siebenunddreißigstes Jahr

Ich hatte mich noch nie so einsam gefühlt wie jetzt, als ich von Cygestolia zu dem ersten *Circus translatio* ritt. Ich hatte mich in Waldeshöhe von allen verabschiedet. Am Fuß des Baums hatte ich fünf Pferde zusätzlich zu Schwarzstern erhalten. Drei von ihnen waren mit allerlei Vorräten bepackt und alle waren mit der gleichen Art von Silberketten ausgestattet, wie auch ich sie trug. Der Stallknecht, der mir die Pferde übergab, sagte mir noch, sie seien als Geschenk für den Kaiser der Menschen in Jarudin gedacht. Aber ich wußte natürlich, daß das nur die Legende war, die es Aarundels Familie leichtmachen würde zu leugnen, mich jemals bei meiner Suche nach den Entführten unterstützt zu haben.

Niemand begleitete mich zu dem Hain. Auf dem ganzen Weg dorthin waren keine Soldaten zu sehen. Auch Shijef, von dem ich eigentlich erwartet hatte, er würde so lange herumscharwenzeln und heulen, bis ich ihn doch mitnähme, war nicht zu sehen. Als ich aus der Stadt herausritt, die von den nahezu unsterblichen Wesen bewohnt war, von denen ich eines von ganzem Herzen liebte, fühlte ich mich unsäglich klein und unbedeutend. Genauso sahen sie mich auch, und die Reith dachten natürlich genauso. Und mit einem Teil meines Herzens glaubte ich sogar, daß sie recht hatten.

Aber es kann ein kleiner Kieselstein im Stiefel sein, der den stärksten Krieger zum Humpeln bringt. Ich mußte lächeln, als ich an diesen Satz dachte, den mein Bruder immer zitierte, wenn jemand an seiner geringen Körpergröße Kritik übte. Mein Vorteil, sofern ich überhaupt einen hatte, würde darin liegen, daß ich bereits in Jammaq sein würde, noch ehe die Reith das für möglich hielten. Noch größer wäre mein Vorteil, wenn sie den Köder mit dem Stählernen Haufen geschluckt hätten. Mit viel Glück konnte ich es schaffen, als kleiner Kieselstein ungesehen bei ihnen unterzutauchen und unentdeckt zu bleiben, bis es für sie zu spät war, etwas dagegen zu unternehmen.

Der mir inzwischen schon geläufige Schwindelanfall überkam mich, als ich in den Hain einritt. Ich führte die Pferde nacheinander herum. Dann zog ich Herzspalter. Wie ich bei der Reise mit Larissa gelernt hatte, brauchte man nicht unbedingt eine Fackel, um den Zauber zu aktivieren. Nur eine Berührung und die Wiederholung eines elfischen Satzes waren notwendig: *Translatio myterioso arcanum nunc.* Ich fing vor dem Baum an, der mich nach Süden schicken sollte, umrundete dann den Hain und berührte alle Bäume, außer diesem einen, mit dem Schwert.

Die Fackel, die man beim ersten Mal, als ich auf diese Weise reiste, benutzt hatte, hatte Funken versprüht, die im Hain herumwirbelten und schließlich eine Wand bildeten, die ich durchschritt. Herzspalter erzeugte natürlich keine Funken, aber er klang bei jeder Berührung laut und klar. Physikalisch gesehen bildeten die Noten Sphären unterschiedlichster Farben, die sich mit jedem Schlag vervielfachten. Die niedrigen Noten, dick und blau, schwebten nach unten, während die helleren, höheren Noten herumschwirrten wie gelbe und rote Hornissen. Alle zusammen ließen sie die Ketten klirren und verbanden mich und die Pferde mit dem Zauber.

Während ich den ganzen Baumkreis abritt, baute sich

der Klang immer lauter auf, als ob zehn, dann hundert und tausend Schwerter dröhnten. Bei meiner dritten Umrundung zügelte ich mein Pferd genau vor dem Baum, den ich bis dahin immer ausgelassen hatte. Als wir vorwärtsgaloppierten, wurde der Klang immer lauter und lauter, bis ich die Noten durch mich hindurchpurzeln fühlte. Die verschiedenfarbigen Sphären verschmolzen miteinander zu einer Wand aus allen Regenbogenfarben, die ich – beinahe am Punkt völliger Taubheit angelangt – durchbrach, hinein in das elfische Netzwerk, in dem ich immer weiterritt, wobei der Klang hinter mir immer leiser wurde.

Das Netzwerk setzte mich einer starken Belastung aus. Ich dachte darüber nach, ob mein Plan vielleicht zum Scheitern verurteilt sei. Ich wußte, daß Takrakor kein Dummkopf war. Obwohl ich den Stählernen Haufen angefordert hatte, mußte er damit rechnen, daß ich oder ein Stoßtrupp Elfen auch allein zu der Befreiungsaktion nach Jammaq aufgebrochen sein konnten. Während andere Reith mit der Führung in Cygestolia verhandelten, was ebenfalls eine Einschätzung ermöglichte, wieviel von meinem Verdacht die Elfen bereits glaubten, mußte er davon ausgehen, daß ich etwas Besonderes versuchen würde. Große Unterstützung von Seiten der Elfen konnte er ausschließen, da der einzige Elf, der bereit war, meinetwegen Ärger auf sich zu nehmen, sein Gefangener war. Jedenfalls machte Takrakor, wie schon der Überfall bewiesen hatte, nichts ohne sorgfältige Überlegung.

Das Netzwerk umfaßte drei Haine zwischen Cygestolia und Reith. Bei drei Tagen Rast auf einen Reisetag kam man bei jedem Befreiungsversuch auf einen Mindestzeitbedarf von eineinhalb Wochen. Es wäre sogar logisch, eine längere Zeit zu veranschlagen, denn der nächstgelegene Hain war von Jammaq immer noch 120 Meilen entfernt. Wenn Takrakor also annahm, daß wir etwa zwei Wochen brauchten, um nach Jammaq zu gelangen, würde man seine Schätzung noch nicht als übervorsichtig abtun.

Aus diesem Grund hatte ich beschlossen, eine Gewalttour zu versuchen. Mein Plan wurde von Lomthelgar als möglich, von Thralan als selbstmörderisch und von uns allen dreien als notwendig beurteilt. Sobald ich nach dem Aufbruch den ersten Hain erreicht hatte, würde ich von Schwarzstern absteigen, ihn hinten als letzten in der Reihe anbinden und das nächste Pferd besteigen. Beim nächsten Hain würde ich diese Prozedur wiederholen. In Reith würde ich deswegen bereits nach einem einzigen Tag auftauchen. Vom letzten Hain aus würde ich, wenn ich es schaffte, direkt nach Jammaq reiten, Aarundel und Marta befreien und mit ihnen wegreiten. Auch unsere Packpferde würden uns als Reitpferde dienen, was hieß, daß wir – wenn wir das Netzwerk und uns selbst bis zum äußersten strapazierten – den Rand des Elfengebiets erreichen konnten, ehe Takrakor überhaupt einen Befreiungsversuch erwartete.

So hoffte ich jedenfalls, meinen Plan zu verwirklichen. Die Entfernung zwischen Jammaq und dem nächstgelegenen Hain bereitete mir Kopfzerbrechen. Aber bevor ich mir um die Flucht aus Jammaq Sorgen machte, mußte zunächst die Befreiungsaktion gelingen. Wenn ich auch wußte, daß Takrakor ein verschlagener und mitleidloser Gegner war, so wußte ich doch auch, daß er nicht allmächtig war. Und darauf baute ich, wenn ich überhaupt an die Möglichkeit der Flucht glaubte.

Allein in Feindesland zu reiten, wenn auch entlang einer Zauberstraße, wird allgemein nicht als der sicherste Weg betrachtet, seine Alterspension genießen zu können. Aber als ich noch einmal darüber nachdachte, was ich da vorhatte, wurde mir deutlich, daß Takrakor doch nicht so mächtig war, wie ich ursprünglich angenommen hatte, und daß ja auch Tashayuls Macht beschränkt gewesen war. Bevor er Herzspalter bekam, hatte Tashayul eine Armee befehligt, die aber bei weitem nicht stark genug war, um damit sein Reich zu sichern. Solange er das Schwert nicht in Händen hatte, wurde ihm die uneingeschränkte Gefolgschaft verweigert. Erst als er es besaß und als er die Prophezeiung zu seinen Gunsten ausgelegt hatte, wuchs ihm aus ganz Reith Unterstützung zu. Und das war auch der Grund, warum er seinen Auftrag überhaupt erfüllen konnte.

Notwendige Rücksichtnahmen auf die innenpolitischen Verhältnisse in Reith setzten Takrakor bei seinem Tun und Lassen zweifellos auch Grenzen. Das war ja in der Politik Cygestolias auch nicht anders. Indem er Aarundel und Marta entführte, hatte der reithische Zauberer und Truppenführer im Kampf um die Macht hoch gereizt. Das konnte ihm aber auch schaden, wenn ihm dieses Unternehmen mißlang. Sollte es ihm jedoch gelingen, das Schwert in seinen Besitz zu bringen, konnte ihm das genausoviel Unterstützung in seinem Kampf um die ganze Macht bescheren, wie einst seinem Bruder. Wenn er aber zu hoch gereizt hatte, konnten ihn die maßgeblichen politischen Kräfte in Reith auch entmachten, ihn töten oder den Elfen zur Aburteilung ausliefern.

Ich hätte mein Leben darauf verwetten können, daß Takrakor ohne Auftrag und ohne Billigung aller oder doch der meisten Politiker in Reith gehandelt hatte. Ich wußte, daß er wenigstens zwei Dutzend Männer bei sich hatte, als er den Überfall unternahm. Vielleicht konnte er ohne Einverständnis der Mächtigen seines Landes gar nicht über viel mehr verfügen. Da Jammaq während der meisten Zeit des Jahres weitgehend verlassen war, war naheliegend, daß er seine Gefangenen dort versteckt hielt, und außerdem wußte ich, daß Takrakor sich dort wie zu Hause fühlte. Ich wußte auch, daß er jetzt dort sein würde, denn er wollte mich ja zwingen, dorthin zurückzukehren und das Schwert dort wieder herzugeben, wo ich es einst bekommen hatte.

Alles zusammengenommen, mußte ich mit folgendem Szenario rechnen: Ich würde bei meinem Versuch, meinen Freund und seine Frau zu befreien, in der Stadt des Todes vielleicht fünfzig Reith gegenüberstehen, einschließlich zumindest eines mächtigen Zauberers. Gleichgültig ob ich Erfolg hatte oder ob ich scheiterte, war das wahrscheinlichste Ergebnis das, daß die Elfen wie die Reith behaupten würden, daß meine Mission gar nicht stattgefunden hatte, und daß das, was ich im Falle des Überlebens erzählte, nur die Hirngespinste eines Verrückten waren.

Der erste Transfer im *Circus* verlief glatt. Ich war schon abgestiegen, noch ehe das letzte Packpferd ankam. Obwohl sich meine Glieder wie Blei anfühlten, machte ich Schwarzstern los und band ihn am Ende der Reihe wieder fest, um mich gleich darauf in den Sattel des nächsten Pferdes zu schwingen. Da es bisher nicht mehr als den Sattel zu tragen hatte, war es auch noch nicht so erschöpft, wenn es auch etwas wehleidig zu mir zurückblickte, als ich ihm die Sporen gab. Ich berührte mit dem Schwert wieder in der vorgeschriebenen Reihenfolge die Bäume, und zwei Minuten später waren wir wieder im Netzwerk.

Die zweite Teilstrecke zog sich langsamer hin, so wie die Kriegserzählungen eines alten betrunkenen Veteranen. Meine Eile hinsichtlich der Befreiungsaktion hatte mir erlaubt, ohne Aufenthalt die Pferde zu wechseln, aber die ganze Strecke, die mir wie eine Ewigkeit vorkam, untätig sitzen zu bleiben, erschöpfte mich. Immer wieder fielen mir die Augen zu. Als mir das Kinn auf die Brust fiel, wurde ich wieder wach. Ich schüttelte kräftig den Kopf, um die Müdigkeit zu vertreiben, und trotzdem wurde ich von Sekunde zu Sekunde immer schlapper.

Als ich den dritten Hain ganz dunkel und in der Schwarz-für-Weiß-Negativwelt, durch die ich ritt, herumwirbeln sah, schreckte ich auf. Auf einen Schlag war die Müdigkeit verjagt. Ich blickte angestrengt in die pechschwarze Tiefe. Ich konnte zwar nichts und niemanden erkennen, aber ich stellte mich dennoch auf Ärger ein. Irgend etwas stimmte ganz und gar nicht.

Als wir durch einen Baum hindurch an der Nordseite des Hains landen wollten und sich die normale Sicht wieder einstellte, erkannte ich schlagartig, was passiert war. Ein Wirbelsturm aus roten, braunen, schwarzen und grauen Farbtönen toste in dem magischen Hain. Aus irgendeinem Grund, auf den ich in meinem übermüdeten Zustand einfach nicht kam, war der *Circus* aktiv. Aber wenigstens erfaßte ich, daß der hinausführende Baum just der war, den ich gerade benutzen wollte.

Ich riß sofort die Zügel zurück und brachte mein Pferd neben das nächste in der Reihe. Ohne den Boden zu berühren, wechselte ich das Pferd und trieb es vorwärts in den richtigen Baum. So schnell wie ein Augenaufschlag waren wir wieder weg, da uns die warme, moderige Wand aus matten, erdfarbenen Tönen durchließ.

Mit meinem Gürtel band ich mich am Sattel fest. Ich sinnierte der Frage nach, wie die Elfen es fertiggebracht hatten, eine *Circus-translatio*-Endstation in Reith zu verbergen. Ich konnte mich nicht daran erinnern, hier bei meiner ersten Reise sehr viele Bäume gesehen zu haben. Die meisten von ihnen waren einzelnstehende, windzerzauste, verkrüppelte Bäume, die sich trotzig an Felsen festkrallten, die sich keine Flechte freiwillig als Standort ausgesucht hätte. Ich versuchte, durch Nachdenken über diesen Umstand so beunruhigt zu sein, daß ich wach blieb. Aber ehe wir am Ziel ankamen, war ich wieder eingeschlafen.

Wenn es schon dumm ist, allein in feindliches Territorium einzudringen, dann ist es noch viel dümmer, völlig erschöpft dort anzukommen. Als ich an Ort und Stelle

424

eintraf, war ich anscheinend noch dazu imstande, die Pferde abzusatteln, sie zu tränken und einen Sack Hafer für sie aufzureißen, ehe ich ohnmächtig zusammenbrach. Ich sage ›anscheinend‹, weil ich keinerlei Erinnerung mehr daran habe. Ich merkte nur, als ich aufwachte, daß es getan worden war.

Beim Aufwachen wurde mir auch klar, wie und warum die Elfen eine *Circus-translatio*-Endstation in Reith selbst unterhalten konnten. Ich wachte nämlich in einer unterirdischen Höhle beträchtlichen Ausmaßes auf, die in ihrer Decke einen riesigen Spalt zur Außenwelt aufwies. Grelles, kaltes Licht fiel dadurch ein, und die Regentropfen, die von den Rändern fielen, erzeugten genügend Sprühnebel, so daß über mir sogar ein Regenbogen zu sehen war. Genau unter dem Spalt – sorgfältig plaziert, um möglichst viel Sonnenlicht abzubekommen – war ein Hain mit Miniaturbäumen angelegt. Ich konnte jeden einzelnen von ihnen vollständig sehen, und für den Bruchteil einer Sekunde überlegte ich sogar, ob ich durch mein Mißgeschick nicht zum Riesen geworden war.

Ich begriff aber natürlich schnell genug, daß die Miniaturbäume ein Produkt der Künste von Waldfrauen waren. Sie waren speziell für diesen Zweck gezüchtet und wahrscheinlich ganz besonders gepflegt worden, um die Verbindungsstation zu schaffen, die den Elfen den Zugang ins Landesinnere von Reith ermöglichte. Die Höhle selbst hatte in ihrem hinteren Ende auch einen Teich mit klarem Wasser, und in ihr ließen sich mindestens hundert Krieger mitsamt ihren Pferden verbergen.

Ich begutachtete die Pferde und stellte fest, daß alle bei guter Gesundheit waren. In der Höhle hatte ich zwar keine Möglichkeit, die genaue Zeit festzustellen, aber ich schätzte, daß ich wenigstens zwölf Stunden geschlafen hatte, wahrscheinlich sogar mehr. Ich beschloß, den Sonnenuntergang abzuwarten, und mich erst dann nach Jammaq aufzumachen. In der Zwischenzeit legte ich den Pferden noch mehr Futter vor und erkundete den Tunnel, der nach außen führte. Überzeugt davon, daß ich die Pferde auch im Dunkeln hindurchführen konnte, ging ich zurück und schlief noch ein wenig.

Das Netteste, was sich über die Schönheit der Landschaft in Reith überhaupt sagen läßt, ist, daß sie nachts genauso schön ist wie am Tag. Vielleicht sogar noch ein wenig schöner, denn nachts geben die nackten schwarzen Felsen noch genügend gespeicherte Wärme ab, um die Nachtkühle zu mildern. In der Gluthitze des Tages wäre ich bestimmt verdorrt. Meile um Meile beklemmender, zu Staub pulverisierter Landschaft würde tagsüber jedermanns Entschlossenheit, den Ritt fortzusetzen, zermürben. Nachts aber war das Gesichtsfeld stark eingeschränkt, und so blieb mir der bedrückende Anblick erspart.

In Reith gab es eine Menge Höhlen. So hatte ich keine Schwierigkeiten, für mich und meine Pferde ausreichend Unterschlupf zu finden. In der einen fand ich Knochen, in einer anderen Federn, aber davon abgesehen keine einzige Spur von Leben. In Anbetracht meiner Lage war ich damit sehr zufrieden.

Reith ist ein Land, das nur aus Bergen und noch mehr Bergen besteht. Und trotzdem ist es ganz anders als meine Heimat. Die Roclaws sind ein altes Gebirge und überall bewachsen, während Reith ein junges Land vulkanischen Ursprungs ist, dessen Vulkane noch sehr lebendig sind. In der Nacht sah man von vielen Gipfeln die Glut aus Kraterschlünden leuchten. Das Zischen von Dampf und das brodelnde Blubbern stinkender Schlammlöcher erfüllte die Nacht mit ungemütlichen Geräuschen. Immer wieder ließ Schwefeldampf meine Augen tränen. Es war ein so abstoßendes Gebiet, daß ich sehr gut verstehen konnte, warum die Reith auf die Eroberung eines Reiches aus waren, das ihnen die Möglichkeit bieten würde, in einer anderen Umgebung zu wohnen.

Ich brauchte drei Tage, um die Außenbezirke Jammaqs zu erreichen. Ich ließ meine Vorräte und drei Pferde in einer Höhle vor den Toren der Stadt zurück und zog dann mit Schwarzstern und zwei weiteren Pferden in die eigentliche Stadt. Ich befestigte schon jetzt je einen Satz Silberketten an jedem Sattel, so daß wir sie, wann immer sich auf unserer Flucht die Chance dazu bot, nur noch überzustreifen brauchten, obwohl ich damit rechnete, daß wir drei Tage benötigen würden, um die Höhle zu erreichen – falls wir sie überhaupt erreichten. Ich stellte die Pferde in einem Mietstall in einer Seitenstraße unter und machte mich zu Fuß zur letzten Etappe meines Weges auf.

Als Waffen hatte ich vor allem mein Schwert Herzspalter und meinen Dolch Wespe dabei. Letzterer steckte im rechten Stiefel. Zusätzlich hängte ich mir noch Aarundels Streitaxt über den Rücken. Die Klinge ruhte auf meiner linken Hüfte. Die Wahl einer eisenbeschlagenen Lederrüstung hatte ich nicht bereut. Sie bewährte sich in zweifacher Hinsicht: Während des beschwerlichen Ritts lernte ich das relativ geringe Gewicht der Rüstung richtig zu schätzen. Und, was noch wichtiger war, mit einer ständig klirrenden Ganzeisenrüstung wäre ich auf meinem heimlichen Gang durch die Stadt der Toten bestimmt nicht unbemerkt geblieben.

Der Herbst hatte diesmal eine noch größere Kälte nach Jammaq mitgebracht, als ich sie schon bei meinem ersten Besuch empfunden hatte. Aber das machte mir nichts aus. Ich erinnerte mich an meinen jugendlichen Leichtsinn und Übermut, mit dem ich mich seinerzeit in die Höhle des Löwen gewagt hatte. Ich glaubte damals felsenfest, daß mich die Prophezeiungen zuverlässig vor Unheil bewahrten. Es konnte mir ja gar nicht mißlingen, das Schwert Herzspalter davonzutragen, daran glaubte ich in meinem Gefühl von Unsterblichkeit unerschütterlich.

Jetzt, im Herbst meines Lebens, empfand ich sogar

eine gewisse Zuneigung zu der Stadt der Toten, und in ihrer Grabeskälte war mir nicht unwohl. In jedem Wasserspeier, der von den Gebäuden herunterschielte, erkannte ich einen Feind, den ich niedergeritten oder mit dem Schwert, das ich jetzt trug, getötet hatte. So viele Leute getötet zu haben, machte mich nicht zwangsläufig zu einem Bürger Jammaqs, aber es verlieh mir die Privilegien eines Besuchers, und ich hatte vor, diese Privilegien kräftig zu mißbrauchen, noch ehe die Sonne wieder aufging. In dieser Nacht sollten noch ein paar mehr Reith in Jammaq ihre letzte Ruhe finden, und die am Leben Gebliebenen würden abreisen.

Ein kalter Windstoß blies mir ins Gesicht, und mir wurde schlagartig eine subtile Nuance eines größeren Zusammenhangs bewußt. Wie ich schon Larissa dargelegt hatte, hatten die Götter meiner Meinung nach abartige Launen. Und während ich mich jetzt mit jedem Schritt Takrakor näherte, kam ich dahinter, daß Reithra, die Todesgöttin, die abartigste von allen war. Sie wußte natürlich, daß ich in der Stadt war, und hätte leicht jene warnen können, die mich erwarteten. Wenn sie jene aber verriet und mir ermöglichte, die Verratenen zu ihr zu schicken, dann ließ sie sich von mir füttern. Das war so gut wie ein Akt religiöser Verehrung. Und das war das letzte, was ich wollte: den Meßdiener für Reithra zu spielen.

Nachdem sich meine Hoffnung jetzt sogar schon auf die Launen einer perversen Göttin gründete, hätte ich nicht darüber überrascht sein sollen, was mich in dem Mausoleum erwartete, in dem ich mir einst Herzspalter angeeignet hatte. In den zwölfeinhalb Jahren, seit ich das Mausoleum zuletzt gesehen hatte, war ein Säulenvorbau angebaut worden. Breite, halbkreisförmige Stufen führten hinauf zu einem Absatz, von dem aus man Zugang zu dem Gebäude hatte. Ein Vordach ruhte auf vier Säulen, die als ineinander verschlungene Paare menschlicher und elfischer Zombies gearbeitet waren, teils männlich und weiblich, teils gleichgeschlechtlich – eine offenkundige Verhöhnung elfischer Gesetze, ein grober Affront gegen den Anstand.

Die Brüstung sah aus wie ein riesiger Kieferknochen, bestückt mit massigen Diamantzähnen von unschätzbarem Wert. Auf den Schneidezähnen stand in seiner ganzen Größe Takrakor. Er machte eine Handbewegung, und schon entflammte auf allen Gebäuden rundum eine Unzahl von Fackeln. »Willkommen in Jammaq, Neal Elfwart«, rief er, als die Fackeln den kleinen Hof vor dem Mausoleum erleuchteten. »Du bist viel früher gekommen als erwartet. Meine Gefolgsleute, die ich eingeladen habe, deiner Unterwerfung unter meinen Willen zuzuschauen, werden enttäuscht sein.«

»Ich bitte um Entschuldigung, Takrakor. Wenn ich gewußt hätte, daß du zu meinen Ehren eine Feier planst, hätte ich nicht so unüberlegt gehandelt.«

»Der Wohlüberlegende, ja, ich glaube sogar, ich selbst bezeichne dich oft so.« Der reithische Magier fletschte die diamantenen Zähne zu einem lautlosen Grinsen. Dann wurde er wieder ernst und nickte mit dem Kopf. »Du hast etwas, das ich gern hätte.«

Ich hob Herzspalter hoch und präsentierte es. »Komm her, ich gebe es dir.«

»Immer witzig, Neal, und zu großen Gesten aufgelegt.« Takrakor griff hinter der Brüstung nach unten und zog Marta an den Haaren auf die Füße. Sie gab keinen Laut von sich und machte auch keinerlei Anstalten, sich zu wehren. In dem flackernden Licht, das die Zähne reflektierten, konnte ich sie nicht gut sehen. Aber ich stellte fest, daß das durchsichtige Hemd, das sie trug, eine Menge Haut enthüllte, die genauso bleich und pilzfarben war wie die des Zauberers. »Du erkennst Marta, nehme ich an.«

Ich antwortete nicht.

Takrakor packte sie jetzt im Nacken und zog ihr Gesicht zu seinem heran. Er küßte sie roh. Ihr Unterkiefer wurde nach unten geschoben, als er ihr die Zunge brutal in den Mund stieß. Und trotzdem machte sie keinen Versuch, ihn wegzustoßen oder irgend etwas gegen ihn zu unternehmen. Erst als ein mitleiderregendes animalisches Wimmern den Hof erfüllte, dachte ich, sie habe das Bewußtsein wiedererlangt.

Dann erst erkannte ich, daß der Laut nicht von ihr kam, sondern von der schwarzen Eingangstür des Mausoleums. Eine große, schlanke Gestalt stapfte und stolperte durch die Tür und durch den Vorbau bis zum Treppenabsatz. Arundel stand groß und zitternd da, während zwanzig Fuß über ihm Takrakor seine Frau mißbrauchte. Ich sah, daß er zum Zerreißen gespannt war und verzweifelt versuchte, von dort wegzukommen, wo seine Füße wie auf dem Stein festgewachsen waren, aber seine Anstrengung blieb erfolglos.

»Versuch zu fliehen, Neal. Es ist alles verloren.«

Aarundels dringende Aufforderung kam kaum zwischen den zusammengebissenen Zähnen hervor. Den reithischen Zauberer veranlaßte sie zu einem höhnischen Gelächter. Er ließ Marta los, und sie blieb stehen. Sein Speichel lief ihr noch vom Kinn. Takrakor leckte sich die Lippen, dann schenkte er mir sein diamantenes Lächeln. »Er möchte, daß du fliehst, weil ich ihn vor eine Wahl gestellt habe, die ihm nicht gefällt. Wenn er seine Frau retten will, muß er dich töten und mir dein Schwert übergeben. Wenn du Marta retten willst, muß du ihn töten und mir dann *Khlephnaft* aushändigen.«

Ich schüttelte den Kopf. »Hier wird nicht gehandelt. Ich will sie beide. Lebend. Und ich will sie mitnehmen.«

Der Reith lachte laut, aber irgendwie gezwungen. »Denkst du, daß die Elfen, wenn du die beiden rettest, dir dann freundlich gesonnen sind?« Er langte nach hinten und betatschte Martas Brüste. »Glaubst du, daß sie dich jemals eine *Sylvanesti* so berühren lassen, wie ich das mache? Ist es das, was du dir erhoffst?«

»Ich hoffe lediglich, daß du deinen Nachlaß geordnet

hast, denn es sieht so aus, daß ich dich töten werde, um meine Freunde nach Hause zu bringen.«

»Du übernimmst dich, Neal. Wenn du Aarundel nicht tötest oder er dich, dann werde *ich* die Edle Frau Marta hier umbringen.« Er streckte die linke Hand vor, und ein Dolch glitt aus dem Ärmel in seinen Griff. »Es wird schneller gehen, als sie es verdient, aber es wird geschehen.«

»Es kann sein, daß du das hoffst«, spottete ich.

»Nein, das weiß ich. Ich werde dafür sorgen, daß es geschieht, selbst wenn ich sterbe.« Sein Gesicht wurde dunkler vor Aufregung, und seine Stimme bekam einen schneidenden Klang. »Ich habe einigen meiner Brüder schon eine Nachricht nach Reith geschickt, des Inhalts, daß ich *Khlephnaft* bereits besitze. Sie sind schon hierher unterwegs, jetzt! Sogar wenn du mich töten *würdest*, gibt es für dich keine Aussicht, deine Freunde aus Reith herauszubringen. Dein Spiel ist aus, Neal Roclawzi.«

»Es kommt mir so vor, als wären das die Worte gewesen, die ich zu benutzen pflegte, wenn von deinem Bruder die Rede war, der in den Roclaws umgekommen ist.«

Takrakor stieß ein Knurren hervor und zeigte mit der rechten Hand in meine Richtung. Wie eine Marionette an unsichtbaren Fäden sprang Aarundel den Vorbau herunter und griff mich mit blanker Waffe an. Er trug eine reithische Kettenrüstung, aber ohne jeden Kopfschutz. Der gezackte reithische Krummsäbel in seiner Rechten schwirrte, als er ihn durch die Luft sausen ließ. Haß glühte in Aarundels Augen, doch seine Brauen waren schräg hochgezogen, so als heische er um Vergebung für das, was der Zauberer ihn zu tun zwang.

Ich merkte sofort, daß mit Aarundel irgend etwas nicht stimmte. Aber sein erster ungestümer Angriff ließ mir keine Zeit dahinterzukommen, was es war. Er zog den Säbel in einem Überhandschlag nach unten durch. Ich parierte und hätte normalerweise mit einer halben

Drehung reagiert, um mich aus seiner Schlagrichtung zu bringen, aber Takrakors Fernsteuerung nahm im letzten Augenblick die Wucht aus Aarundels Schlag. Ich drehte mich schnell um die eigene Achse nach rechts und setzte bei Aarundel einen Hüftwurf an.

Er kam mit dem Rücken hart am Boden auf. Er blieb, nach Luft japsend, eine Sekunde liegen, was mir die Gelegenheit gegeben hätte, seinen Schädel zu spalten. Aber ich verzichtete auf den Angriff. Ich ließ ihn sich auf den Bauch rollen und wieder auf die Beine kommen, denn die erste Runde hatte mir einiges verraten. Wenn ich das genau einschätzen könnte, dann würde es mir vielleicht gelingen, den Tod Aarundels zu vermeiden.

Aarundel war nie ein besonders guter Schwertkämpfer gewesen. Seine Lieblingswaffe war die Streitaxt, die jetzt ich auf dem Rücken trug. Ich war im Schwertfechten schon immer besser gewesen als er. Und ich besaß noch dazu ein magisches Schwert. Herzspalter hatte bereits eine Scharte in seinen Säbel gehauen, als ich seinen Schlag parierte. Ich konnte mit ihm leicht genauso verfahren, wie das Tashayul bei unserem Kampf mit mir gemacht hatte. Aarundel würde dann unbewaffnet und verletzbar dastehen.

Jetzt griff er mich wieder an, aber ich parierte seinen Hieb zur Seite und täuschte einen Gegenschlag vor. Ich stieß mit der Klinge hoch, ließ sie eine ausholende Drehung vollführen und zielte mit drei schnellen Schlägen auf Aarundels Kopf und Schultern. Er konnte die drei Schläge leicht abwehren, aber jeder einzelne hackte Stücke aus seinem Säbel. Wie ein Holzfäller einen Baum einkerbt, bevor er ihn fällt, bearbeitete ich Aarundels Säbel mit zwei weiteren Angriffen. Dann kam ich nah, fixierte seinen Säbel mit meinem Schwert und stieß ihn weg.

Ich wußte nicht viel mehr über magische Künste als das, was in einen Fingerhut paßte. Aber ich erinnerte mich natürlich an die kleinen Steinchen, die bei der Erstürmung Jarudins eine so große Rolle gespielt hatten. Sie stammten aus den Türmen der Stadtmauer und hatten eine Verbindung mit ihnen, die es möglich gemacht hatte, einen vernichtenden Zauber anzusetzen. Auch Takrakors so offenkundige Kontrolle über Aarundel konnte nur bedeuten, daß er irgendeine Verbindung mit dem Elfen hatte. Wenn sie jetzt beide beispielsweise eine Krone getragen oder irgend etwas anderes an sich gehabt hätten, das ihre Gehirne miteinander hätte verbinden können, dann wäre die Ursache dieser Fernsteuerung Aarundels mit Händen zu greifen. Soweit ich Takrakor überhaupt gut sehen konnte, fiel mir an ihm nichts Außergewöhnliches auf. Aber als ich Aarundel Auge in Auge gegenüberstand, ehe ich ihn wegstieß, bemerkte ich eine kleine Veränderung.

Zwischen den Augenbrauen sah ich einen kaum ein Zoll langen, frischen Grind auf der Stirn und genau an dieser Stelle eine kleine Schwellung unter der Haut. Ich wußte sofort, daß hier der Ansatzpunkt für Takrakors geheimnisvolle Verbindung mit meinem Freund liegen mußte. Und deswegen machte ich, als er wieder auf mich eindrang, meine Deckung weit auf und lud ihn geradezu zum Zustoßen ein.

Seine Klinge zielte mit der Spitze auf mein Herz. Ich wich ihr durch eine Drehung nach links aus und hob meinen Schwertarm hoch über den seinen. Als sich Aarundel zu weit nach vorn beugte, landete ich mit einem linken Schwinger einen Faustschlag auf seiner rechten Wange. Das ließ ihn taumeln und zur Seite torkeln. Mein Schwert sauste herab und hackte seine Klinge mittendurch. Zum Schluß schlug ich ihm mit dem linken Fuß die Beine weg, und damit fiel er endgültig zu Boden.

Ich warf mich sofort auf ihn, setzte mich auf seine Brust und hielt seine Arme mit den Knien fest. Dann riß ich mit dem Schwertknauf den Wundschorf von der Stirn weg. Die Haut, die sich darunter gebildet hatte, platzte wieder auf, und ein Schwall von Blut schwemmte einen kleinen Splitter eines Diamantzahns heraus. Mit der Hand wischte ich den Splitter weg und verschmierte dabei das ganze Blut auf Aarundels Stirn. Dann stand ich auf.

Takrakor starrte mit wutverzerrtem Gesicht zu mir herunter. Als ich sah, daß er sich Marta zuwandte, wechselte ich Herzspalter sofort in meine Linke und ergriff mit der Rechten Wespe. Ich schleuderte den Dolch mit aller Kraft auf den reithischen Zauberer, traf ihn aber nicht, und Takrakor nahm nicht einmal Notiz davon. Ganz auf Marta konzentriert, hob er statt dessen den Arm mit seinem Dolch hoch und zielte auf Martas weichen Bauch.

Wespe prallte von einer Zinne ab, landete auf dem Schulterteil von Takrakors Umhang und fiel irgendwo hinter ihm klirrend zu Boden. Der Zauberer sah mich von oben herab mit Verachtung an und verhielt dabei einen Moment mit dem erhobenem Arm. »Du weißt, daß alles, was jetzt geschieht, von dir zu verantworten ist.«

Von der Seite rief Aarundel: »Neal, rette sie!«

»Ich schaffe es nicht!«

Als ich aufblickte, sah ich genau in diesem Moment die Gefahr auf Takrakor herunterkommen, noch ehe er selbst auch nur die geringste Ahnung hatte. Von einem Vorsprung weiter oben auf dem Mausoleumsturm sprang Shijef durch die Finsternis und landete genau zwischen Takrakor und Marta. Mit dem linken Vorderlauf schlug er machtvoll zu. Er traf Takrakor mitten ins Gesicht und schleuderte ihn weit in die Dunkelheit. Mit dem rechten hob er Marta auf, sprang mit ihr über die Balustrade und landete so leise und anmutig wie eine Katze im Hof.

Ich nahm die Axt vom Rücken und warf sie Aarundel

zu, während der Driel zu uns herüberlief. »Setze sie ab, Shijef.«

Der Driel tat, wie ihm geheißen. »Nur mit einer Kralle, Shijef, und vorsichtig!« Ich deutete auf den Wundschorf auf Martas Stirn, wie bei Aarundel genau zwischen den Augenbrauen. »Kratze das Geschwollene auf. Und vorsichtig, bitte!«

Der Driel fuhr eine rasiermesserscharfe Kralle aus und öffnete behutsam die Wunde. Genau wie bei Aarundel platzte die Haut leicht auf und gab ein Stückchen von einem anderen Diamantzahn Takrakors frei. Ich wollte dem Driel eben befehlen, es wegzuwischen. Aber Marta blinzelte ein paar Mal und hob die Hand, um den Splitter an sich zu nehmen. »Laß ihn mir!«

Wenn ich in der Stimmung gewesen wäre, mich mit ihr über das Andenkensammeln zu unterhalten, hätte ich vielleicht verlangt, den Splitter wegzuwerfen. Aber das Auftauchen von einem halben Dutzend reithischer Krieger, die aus dem Mausoleum herauskamen, fesselte meine ganze Aufmerksamkeit. Sie steckten in einer ähnlichen Rüstung wie Aarundel und trugen Schwerter und Buckelschilder. Sie sahen gefährlich aus, aber sie kamen aus einer Richtung auf uns zu, in die wir gar nicht wollten.

»Shijef, ich habe einen Befehl für dich. Wirst du auch gehorchen?«

»Gehorchen ich mache immer.«

»Du hast jedenfalls nicht gehorcht, als du mir hierher gefolgt bist.«

»Gefolgt nicht, *vorausgeeilt*.« Der Driel grinste frech. »Gehorchen ich mache.«

Jetzt wurde mir schlagartig klar, was in dem dritten *Circus translatio* geschehen war, der in die Farben seines Fells getaucht war. Auch sein Fehlen bei meiner Abreise aus Cygestolia war jetzt erklärt. Und es erklärte auch, warum ich bei der Ankunft in Jammaq so einfach absteigen und die Pferde versorgen konnte, wo ich mich doch an gar keines von ihnen erinnern konnte. »Riechst du die Pferde?«

»Ja, natürlich.«

»Dann bringe Marta und Aarundel zu ihnen.« Ich warf meinem elfischen Kameraden einen Blick zu. »Beeilt euch, ich werde mit diesen Clowns schon fertig.«

Blutgerinnsel zeichneten scharfe Linien um Aarundels Mundwinkel. »Die Reith sind mehr als ein ganz normaler Feind. Shijef, schaffe Marta fort von hier.«

»Beeile dich, Shijef. Geh!«

Die Reith kamen ganz lässig auf uns zu, so als hätten sie den Sieg schon in der Tasche. Ich schwang Herzspalter. »Dies ist das Schwert, das euch euer Reich gekostet hat. Seid ihr tapfer genug, es mir abzunehmen?«

Bevor einer von ihnen antworten konnte, schoß ich vor. Ich hatte den Schwertgriff mit beiden Händen umfaßt und führte in Hüfthöhe gegen den mir am nächsten stehenden Reith einen schweren Hieb. Er wollte ihn mit seinem Buckelschild abhalten, aber vergeblich. Er schrie auf, als Herzspalter den kleinen, runden Schild durchfuhr wie Butter. Die untere Hälfte fiel zu Boden, zusammen mit seinem Unterarm. Sein rechter Arm hatte schon zu einem Hieb auf mich in Brusthöhe ausgeholt. Dementsprechend drehte ich unter seinem Arm ein und lenkte mit der rechten Schulter seinen Angriff ab. Dann wechselte ich den Schwertgriff in die rechte Hand. Mit dem Rücken zu meinem Gegner wendete ich Herzspalter und stieß, an meiner rechten Hüfte vorbei, nach rückwärts zu, durch seinen weichen Bauch.

Dank der Schwerkraft rutschte mein toter Gegner im Fallen vom Schwert. Ich machte meine rechte Hand frei und bemächtigte mich zusätzlich des Schwerts meines Opfers. Ich vollendete jetzt meine Drehung, wenn auch spät und langsam, gerade rechtzeitig, um mit dem geborgten Schwert einen Stoß gegen meine Mitte zu parieren. Mit dem rechten Fuß trat ich den zweiten Gegner in

den Bauch, daß ihm die Luft wegblieb, als er zurück-
torkelte. Mit einem Rückhandschlag meines eigenen
Schwerts spaltete ich ihm den Schädel.

Sein Hirn spritzte noch auf das Pflaster, da griff auch
schon der dritte Reith an. Er setzte ganz auf seine große
Geschwindigkeit und machte mit seinem Dolch in der
freien Hand eine Finte. So wie ich's schon mit Aarundel
gemacht hatte, schlug ich auch ihm mit Herzspalter die
Waffe entzwei. Der Hieb ging weiter durch sein rechtes
Bein. Er schrie, als er stürzte, und rappelte sich noch mit
den Händen auf. Er bot mir seinen Nacken so einladend
dar, daß ich das mit ihm machte, was ich noch viel lieber mit Takrakor gemacht hätte.

Nachdem ich meine Gegner erledigt hatte, sah ich zu
Aarundel hinüber. Von seinen Feinden lagen zwei auf
einem Haufen, und das meiste eines dritten auf einem
andern. Dazwischen waren verschiedene Teile verstreut.
»Du hast gute Arbeit geleistet!«

»Und du erst!«

Ich deutete auf die toten Reith. »Ich nehme an, daß
Takrakor zwei Dutzend Männer zur Verfügung hatte,
als er die Lansorii umbrachte. Wo mögen die anderen
stecken?«

»Ich habe keine Ahnung. Es kann sein, daß er einige
als Kuriere weggeschickt hat. Aber die meisten werden
in der Stadt auf Streife sein, um Takrakors Feinde fernzuhalten.«

Ich hob kampfbereit das Schwert, als ich Hufgetrap-
pel hörte. »Berittene. Das wird schwierig werden.«

»Wir werden alles tun, damit Marta entkommen
kann.«

Aber Marta war nicht geflohen. Sie hatte sich die
Haare aus dem blutigen Gesicht gestrichen, als sie auf
dem Leitpferd auf den Hof ritt. Schwarzstern und ein
drittes Pferd liefen gleich dahinter. Auch Shijef sprang
von einem Dachfirst herunter, landete auf dem Pflaster und scharrte Dreck und Steine auf die toten Reith.

Aarundel lief zu seiner Frau hinüber und umarmte sie. Dann bestieg er sein Pferd.

Auch ich schwang mich in Schwarzsterns Sattel und tätschelte das Tier am Hals. »Ich habe noch mehr Pferde, ein Stück weiter im Norden.«

Shijef schnüffelte in diese Himmelsrichtung. »Lebenssaft in ganzen Tümpeln!«

»Wir müssen es wagen. In nördlicher Richtung kommen wir auch zu einem *Circus translatio*.«

Der Driel schüttelte energisch den Kopf. »Lebenssaft in tiefen Tümpeln.« Er zeigte auch nach Osten und beschrieb dann mit der Tatze einen Kreis. »Und hier. Und da. Und da …«

Aarundel runzelte die Stirn. »Eingeschlossen. Takrakors Verbündete müssen seine Verlautbarung ernst genommen haben.«

Ich reckte den rechten Arm mit Herzspalter in der Hand hoch. »Dieses Schwert gehört mir. Und es wird eine Menge Lebenssaft vergossen werden, ehe es mir jemand aus der Hand windet.«

Marta streckte eine Faust vor. »Wer immer sich auch nähern mag, ist von Angst erfüllt. Mit diesem Zahnsplitter kann ich deutlich spüren, daß mehr als eine Person versucht, mit Hilfe der Magie mit Takrakor in Verbindung zu treten.«

Ich schaute den Driel an. »Hast du ihn getötet?«

Shijef schaute niedergeschlagen drein. »Gebrochen, nicht tot.«

»Verdammt.« Ich blickte über die Stadt. »Es muß einen Weg hier heraus geben.«

Das Gesicht des Driels heiterte sich auf. »Der Elfenweg. Straßenschnell.«

»Dafür brauchen wir den Hain.« Als wir uns alle schon mal die Silberketten umlegten, die wir für den *Circus translatio* benötigten, drehte ich mich zu Aarundel um. »Hier in Jammaq gibt es doch keinen Hain?«

»In dieser Totenstadt? Nein.«

»Verwendet Straßenschnell, nicht Hain!«

Ich sah Shijef stirnrunzelnd an. »Ohne Hain kommen wir nicht auf den Elfenweg. Und der nächste ist drei ganze Tagesritte von hier weg.«

Der Driel richtete sich zu seiner ganzen Größe auf. »Benutzt Straßenschnell.«

»Wir können doch nicht.«

»Könnt.«

»Wie denn?« Ich schaute den Driel streng an, als könnte ich ihn allein mit Willenskraft zur Vernunft bringen. »Wir brauchen die magische Kraft der Bäume.«

»Zauberkraft die Bäume haben.« Shijef schlug sich mit beiden Vorderpfoten gegen die Brust. »Zauberkraft ich *bin*.«

Er lief allein um uns herum. Als er uns einmal ganz umrundet hatte, verschwammen die Farben seines Fells. Bei der zweiten Runde lief er so schnell, daß ich Mühe hatte, ihm mit den Augen zu folgen. Und bei der dritten Runde erlaubte mir nur noch die Verdichtung der Farben, sobald er vorbeikam, ihn zu sehen.

Als er zum Ausgangspunkt seiner Runden zurückkam, hielt er jäh an. Er umfing uns mit einer kreisförmigen Bewegung der vorderen Gliedmaßen und zog uns zu sich. Schwarzstern stemmte sich dagegen. Aber als ich in diesem Augenblick sah, wie sich von Norden her eine ganze Schar reithischer Reiter auf uns zubewegte, gab ich ihm die Sporen, so daß er einen Satz nach vorn machte, in den Driel hinein. Die Farbenwand teilte sich, und wieder einmal befand ich mich auf jenem rätselhaften Elfenweg, den der Driel Straßenschnell nannte.

Als die schon bekannte Erschöpfung mich überfiel, blickte ich noch einmal zurück und sah Aarundel und Marta eng hinter mir reiten. Und hinter ihnen konnte ich noch Shijefs Silhouette erkennen. Zu begreifen, wie er es fertigbrachte, sich mit uns auf einem Elfenweg fortzubewegen, für den er selbst der Zugang war, überstieg meinen Verstand. Ich drehte mich wieder nach vorn um und gab mich damit zufrieden, für den Augenblick sicher zu sein. Ich mußte lächeln, als ich mir Larissas Gesicht vorstellte, wenn wir wieder einmal sicher in Cygestolia eintreffen würden.

Über den richtigen Ort
in der Geschichte

Frühling
A.R. 499
Die Gegenwart

Trotz des grauen Dunstes, der über der Reichshauptstadt hing, und trotz der planlosen Ansammlung von
Erd-, Holz- und Steinhäusern außerhalb der Mauern,
konnte Genevera deren Schönheit schon jetzt erkennen.
Die hie und da noch erkennbaren Elemente reithischer
Architektur verliehen der ansonsten sichtbar von Menschen geschaffenen Stadt eine fremdländische Note. Sie
wußte, daß nach der verheerenden Feuersbrunst zur
Zeit ihrer Geburt große Teile der Stadt ganz neu im
alten Stil wiederaufgebaut worden waren. Aber in diesen jetzt doch schon zwei Jahrhunderten hatten Wind
und Wetter auch die neuen Teile mit der gleichen
schmutzigen Patina überzogen, die für die alten Viertel
so charakteristisch war.

Berengar und Gena ritten durch das südliche Tor in
die Stadt und schlugen sofort die Richtung des zweiten
Rings und des weitläufigen Basars ein. Dort gelang es
ihnen, etwas geschmackvollere Kleidung zu erstehen als
das, was sie unterwegs aufgetrieben hatten – obwohl
die neuen Sachen Gena noch immer nicht für eine
Audienz beim Kaiser auszureichen schienen. Nicht allzuweit vom Palast entfernt nahmen sie Zimmer im
Gasthof ›Zur Gebrandmarkten Hand‹. In dessen Bade-
stube wuschen sie sich erst einmal den Staub der Straße
vom Leib.

Eigentlich wollte sie erst am nächsten Morgen den Versuch unternehmen, eine Audienz beim Kaiser zu bekommen, aber Berengars Ungeduld wurde immer drängender, er wurde immer reizbarer und so unberechenbar wie ein verwundeter Bär. Also kleideten sie sich entsprechend, bespritzten sich mit Parfüm und mieteten sich eine offene Kalesche zum Palast. Daß nun doch die schnelle Tat über die Geduld gesiegt hatte, beruhigte Berengar wieder, und er wurde um so schweigsamer, je näher sie dem Palast kamen.

Dessen Hauptturm hatte seinerzeit nicht unter dem Feuer gelitten, aber der allgemeine Wiederaufbau hatte dem damals regierenden Kaiser Rudolf – welcher übrigens der Großvater jenes Kaisers war, auf den Berengars Familie ihre Herkunft zurückführte – erlaubt, den Palast zu vergrößern. Er fügte rund um den Turm eine Reihe rechteckiger Gebäude an, deren Zweck sich Gena allerdings nicht vorstellen konnte, denn der Turm aus reithischer Zeit bot mindestens soviel Wohnfläche wie Waldhöhe oder der Stammsitz der Fischers in Aurdon. In Anbetracht der Größe des Turms war noch seltsamer, daß an den Nebengebäuden immer noch weitergebaut wurde.

Der Kutscher ließ sie am Tor aussteigen und stellte dann sein Gefährt seitlich davon ab, um zu warten. Gena nahm das als schlechtes Omen, doch Berengar schien es gar nicht zu bemerken. Während sie ihren grünen Umhang und ihr wollenes Kopftuch zurechtzupfte, ging der Graf unerschrocken auf den dem Tor am nächsten stehenden Soldaten zu. »Ich bin Graf Berengar Fischer von Aurdon aus der Provinz Centisia. Dies ist die Edle Frau Genevera aus Cygestolia. Wir sind gekommen, um in einer wichtigen Angelegenheit bei unserer Allerhöchsten Majestät, dem Kaiser, vorzusprechen.«

Der Soldat sah von Berengar zu Gena und wieder zurück und schien wenig beeindruckt, drehte sich aber in Richtung des Tores um und ging darauf zu. Berengar wollte ihm folgen, doch der Soldat wies ihn mit erhobenem linken Arm an stehenzubleiben, während er mit der Rechten sein Schwert fester faßte. Der Graf blieb widerwillig stehen. Das Lächeln in seinem Gesicht fror ein, während der Soldat durch das Tor verschwand. Doch er kam schnell zurück, begleitet von einem älterer Soldaten, der nicht ganz so groß war wie Berengar, aber entschieden kräftiger.

Der Neuankömmling, seinem Ärmelstreifen nach ein Feldwebel, schenkte Berengar keine Beachtung und ging auf Gena zu. Seine Knoblauchfahne war noch vor ihm bei ihr, und mit einer behandschuhten Hand wischte er sich noch die letzten Essensreste vom Mund. »Nehmen Sie das Kopftuch ab, Fräuleinchen, und zeigen Sie Ihre Ohren.«

»So eine Unverschämtheit!« Berengar brüllte so laut über den Platz, daß – wenn er das in einem Wirtshaus gemacht hätte – sofort eine Schlägerei entstanden wäre.

Der Feldwebel schüttelte den Kopf und schnarrte: »Sagen Sie Ihrem Kerl, daß er den Mund halten soll, sonst lasse ich ihn in Eisen legen!«

Berengars Augen sprühten unbeherrschte Blitze, aber Gena hielt ihn mit einer Handbewegung zurück. Dann fuhr sie sich mit den Fingern durchs Haar und machte das linke Ohr frei. »Genügt das, Feldwebel, oder möchten Sie's auch anfassen?« Sie zupfte dann selbst so kräftig daran, daß der nach oben spitz zulaufende Teil der Ohrmuschel abgebrochen wäre, wäre er nicht echt gewesen. »Ja, ich bin eine *Sylvanesti*.«

»Wie auch Ihre Geduld und Ihr Eingreifen hier bestätigen, Edle Frau.« Er deutete mit dem Kopf auf Berengar. »Und Sie wollen sich für so einen wie ihn verbürgen?«

»Das will ich, und das tue ich.«

Er wandte sich jetzt wieder Berengar zu. »Anspruchsteller? Bittsteller? Kläger? Oder Angeber?«

Berengar zuckte. »Wie bitte?«

Der Feldwebel seufzte gelangweilt. »Haben Sie den Tiger im Wappen oder nicht?«

»Ich habe ihn.«

»Na, wenn das so ist.« Der Feldwebel gab ihnen das Zeichen, ihm zu folgen. Als sie das Tor passiert hatten, führte er sie an einem kleinen Wachhäuschen vorbei und zeigte auf eine Tür. »Gehen Sie da rein. Finden Sie sich zurecht, dann finden Sie auch den Kaiser.«

Gena sah, daß Berengar kurz vor einem Tobsuchtsanfall war, aber sie verhinderte das, indem sie ihn am Arm nahm. »Kommen Sie, Graf, lassen Sie uns erst mal sehen, ob wir den Schlüssel zu dem Rätsel, das man uns aufgegeben hat, nicht doch finden.«

Berengar ließ hörbar Dampf ab, sagte aber nichts und nickte nur, als er ihr durch die Tür folgte. Jenseits davon lag ein kleiner, recht unscheinbarer Raum. Sie waren durch die Tür in der südlichen Wand eingetreten. An den beiden Seitenwänden, nach Ost und West, waren ebenfalls Türen, die aus dem Raum wieder hinausführten. Auf einem gemauerten Podest in Raummitte stand ein maßstabsgetreues Modell der Burg, die um den Turm herumgebaut war. Siebenundzwanzig kleine goldene Kreise markierten bestimmte Punkte auf dem Modell, wobei in jeden Kreis noch eine Nummer eingraviert war.

Gena konnte sich nicht vorstellen, was die Zahlen bedeuten sollten. Sie bemerkte aber, daß die Ringe größer wurden, je weiter sie von dem Raum entfernt waren, in dem sie gerade standen. Sie sah auch, daß nur in der einen Hälfte der Neubauten Markierungen waren. »Das ist eigenartig.«

»Hmm«, brummte Berengar in seinen Bart. Er hatte kaum einen Blick auf den Grundriß des Modells verschwendet, sondern Inschriften studiert, die unter der Decke die Wände zierten. »Sehen Sie mal: Hier sind die Namen jedes einzelnen Kaisers eingemeißelt, zusammen mit einer Numerierung, die ihren Platz in unserer

Geschichte angibt. Sehen Sie, es beginnt mit Beltran Primus und endet mit Hardelwick.«

Gena blickte hoch und sah die Nummer siebenundzwanzig neben Hardelwicks Namen. »Ich denke, ich hab's. Wie hieß der Kaiser wieder, auf den Sie Ihre Abstammung zurückführen?«

»Aufrey. Er ist die Nummer vierundzwanzig.«

Gena wandte sich wieder dem Modell der Burg zu. »Vierundzwanzig. Hier ist es. Wir gehen in östlicher Richtung weiter.« Ohne weitere Erklärung ergriff sie Berengars Hand und führte ihn durch die entsprechende Tür aus dem Raum. Sie spürte sein anfängliches Sträuben, doch dann ging er willig mit. Sie kamen durch mehrere numerierte Zimmer mit Türen nach Norden und Süden und wurden dabei immer schneller. Es fehlte nicht mehr viel, und sie wären gerannt.

In dem Raum, in dessen Fußboden eine große ›24‹ eingraviert war, blieben sie stehen. In eine Wand waren die Namen aller legitimen Kinder Aufreys eingraviert, mit Ausnahme seines ältesten Sohnes und Nachfolgers Caselmund. Dessen Name jedoch stand über dem Türsturz zum nächsten Raum. Unter dem Namen jedes der anderen drei Kinder stand ebenfalls eine Tür offen. Die mittlere führte in ein anderes Zimmer, die beiden anderen in ein Treppenhaus.

An der Südwand gab es vier Türen, und über der zweiten stand ein Name, auf den Berengar mit dem Finger deutete. »Loreena. Von dieser Frau stammt unsere Linie ab.«

Die Tür unter ihrem Namen stand offen. Gena bemerkte auch, daß von den vier Türen in dieser Wand nur noch eine andere über dem Sturz einen Namen eingraviert hatte, die beiden anderen Namen waren nur provisorisch aufgemalt. Gena nahm an, daß diese Vorläufigkeit mit der Glaubwürdigkeit eines Anspruchs auf kaiserliche Abstammung zu tun hatte und daß somit auch der Unterschied zwischen den Nachkömmlingen angezeigt war, der darüber befand, ob man berechtigt war, den Tiger im Wappen zu führen oder nicht.

»Finden Sie sich zurecht, hat uns der Feldwebel gesagt. Also bitte.« Gena winkte Berengar zur richtigen Tür.

Berengar ging ihr voran, führte sie um eine scharfe Kurve und einige Treppen hinauf in ein zweites Stockwerk. Hier mußten sie beide sich bücken, weil die Decke nicht höher war als eineinhalb Meter. An den Wänden sahen sie noch mehr eingravierte Namen, sogar über noch niedrigeren Türen. Berengar führte sie durch eine dieser Türen hindurch. Es ging noch zwei Treppen hoch, durch weitere Räume hindurch und dann noch eine Treppe hinauf. Bei Gena dämmerte es langsam, welches System in den Windungen, Ecken und Treppen lag: Direkte Erben blieben mit ihren Vorfahren auf einer Ebene, entfernte Verwandte und Kinder von Nebenfrauen und Geliebten kamen ein Stockwerk höher. An einigen Stellen waren Türen sogar zugemauert, die Namen aus der Wand herausgeschliffen.

Eine schmale Wendeltreppe brachte sie schließlich in das bislang kleinste Zimmer. Eine am Boden abgestellte Laterne warf ein wenig Licht auf Berengars Namen und, daneben, den seines toten Bruders. Neben der Laterne hockte, wie ein vom Licht geworfener Schatten, ein alter Mann in einem Umhang. Er klatschte in die knochigen, langgliedrigen Hände. »Schneller als die meisten.« Er lachte, mit einem sarkastischen Unterton. »Aber nicht ganz so schnell wie die Allerhungrigsten.«

Die Bewegung sah aus wie die eines Weberknechts, als der Mann sich in der Hocke irgendwie watschelnd dorthin bewegte, wo sich Berengar und Gena in gebückter Haltung mit ihrem Rückgrat an der niedrigen Decke abstützten. »Du bist Berengar Fischer, und Sie sind Genevera aus Waldhöhe, die Enkelin von Aarundel und Marta.«

Gena versuchte gar nicht erst, ihre Überraschung zu

verbergen. »Sie wissen genau Bescheid, Majestät.« Sie fiel auf ein Knie und verneigte sich vor dem spindeldürren Mann.

Berengar tat es ihr gleich. »Es ist uns eine große Ehre, Hoheit.«

»Laß es gut sein, Berengar.« Hardelwick wandte sich wieder an Gena. Er hockte sich hin, stützte seine knochigen Ellbogen auf die Knie und verschränkte die Hände ineinander. »Ich bin so froh, daß Sie hier sind. Ich habe so viele Fragen an Sie und soviel mit Ihnen zu besprechen. In der Feuersbrunst wurden wichtige Unterlagen vernichtet. Auch deswegen bauen wir immer noch an diesem Monument unserer Nachkommenschaft. Sie könnten vielleicht einige Lücken in unserem Wissen schließen.« Er lächelte flüchtig, und in seinen dunklen Augen tanzten einige Lichtreflexe von der Laterne. »Mit Ihrer Hilfe kann ich sicherlich einige Fragen zur Frühgeschichte des Reiches beantworten und vor allem Einzelheiten über Neal Roclawzi nachtragen.«

»Ich würde mich glücklich schätzen, wenn ich Ihnen wenigstens ein bißchen von Nutzen sein könnte, Hoheit.«

Berengar räusperte sich vernehmlich. »Kaiserliche Majestät, wir sind in einer Angelegenheit zu Ihnen gekommen, die äußerst dringend und von größter Bedeutung für Centisia ist, ja sogar für das Reich selbst.«

»Ja, ja, bestimmt ist es das. Interessant, daß du *mit* etwas kommst, statt um etwas zu betteln. Es ist wirklich lästig, Nachforschungen für all jene zu veranstalten, die in Stein graviert haben wollen, was wir hier nur in Farbe haben.« Hardelwick kämmte mit den Fingern die wenigen Haare, die er noch hatte, über den weitgehend kahlen Schädel. »Bei Elfen ist es schwer zu sagen, aber ich würde Sie keinen Tag älter schätzen als zweihundert Jahre. Ist das richtig?«

Gena nickte, beeindruckt von der Schätzung. »Ein wenig älter als das bin ich schon. Aber ich habe ein Jahrhundert mit dem Studium der Magie verbracht, was mich doch weitgehend vom Geschehen in der Welt draußen isoliert hat. Ich kenne natürlich trotzdem unsere Geschichte, und ich bin ganz besonders an Neal Roclawzi interessiert.«

»Inspiriert von Ihrem Großvater?«

»Von der Großtante eigentlich. Mein Großvater erzählte oft von seinem Freund, aber bestimmte Erinnerungen teilte er mit niemandem.«

»Diese Großtante wird Larissa gewesen sein, Aarundels Schwester?«

Gena nickte. »So ist es.«

Der Kaiser streckte den Arm aus und nahm Genas Hand. »Sie werden eines der Dinge sehen, die das Feuer überlebten. Es ist ein kleines Bild aus jener Zeit, in der Beltran, der Rote Tiger, Neal feierte, hier in Jarudin, als auch Ihre Großeltern und Ihre Großtante hier waren. Ich bin allerdings sicher, daß das kleine Kunstwerk ihr nicht gerecht wird – den anderen wahrscheinlich auch nicht: Der Kaiser zum Beispiel erscheint so, als hätte er eine Kartoffel als Nase, wo er doch aussehen müßte wie Berengar hier. Aber ich bin sicher, daß es Ihnen trotzdem gefallen wird.«

»Ich würde es wirklich sehr gerne sehen, Hoheit.«

»Mein hoher Lehensherr, erlauben Sie bitte!« Berengar hatte die Stirn in Falten gelegt und auch noch das zweite Knie gebeugt. »Unsere Aufgabe hier ist sehr dringend. Sobald wir sie erledigt haben, können wir über Geschichte diskutieren, und über alles mögliche andere, das Sie interessiert.«

Der Kaiser wies mit einem unwirschen Kopfschütteln Berengars Einwurf zurück. »Du bist, wie alle aus Aufreys Brut, immer ungeduldig, und das hat dir noch nie gutgetan. Ungeduld hat Atholwins Söhne umgebracht und ihn veranlaßt, mit den Künsten der Reith herumzupfuschen.«

Berengar blieb der Mund offen. »Die üblen Praktiken meines Onkels waren Ihnen bekannt?«

»Bekannt? Selbstverständlich. Er versuchte zwar, das zu verbergen, aber nur halbherzig, denn er prahlte auch gerne damit, Kenntnisse zu besitzen, die ich nicht hatte. Er hatte einige nützliche Informationen, zweifellos, aber nichts, was ich nicht genauso hätte haben können, hätte ich mich ebenfalls einem *Ferghun* ausgeliefert.«

»Sie haben auch *das* gewußt und nichts dagegen unternommen?«

»Warum sollte ich? Dein Onkel hatte immer noch historisches Material für mich. Und er hat es noch.«

Gena schüttelte den Kopf. »Nun nicht mehr.«

Der Kaiser zog eine Braue hoch. »Tot?«

Sie nickte. »Durch Feuer. Es brach aus, als er versuchte, mich zu ermorden.«

»Ach, du liebe Zeit!« Den Kaiser überlief ein Zittern. »Es wurde nichts gerettet, oder?«

»Nein, verdammt noch mal! Um ein Haar wären wir ums Leben gekommen.« Berengars Augen blitzten wütend. »Wie haben Sie ein solches Sicherheitsrisiko für das Reich, wie mein Onkel eines war, bestehen lassen können? Die Göttin Reithra zu verehren, ist seit der Gründung des Reiches verboten! Wie konnten Sie Ihre Pflicht gegen das Reich in solchem Ausmaß vernachlässigen?«

Der Kaiser seufzte tief. »Diese Ungeduld! Immer diese Ungeduld! Als Beltran das Reich gewann und als seine Nachfolger es gegen innere und äußere Bedrohungen absicherten, brauchten sie die unmittelbare Herrschaft über alle wichtigen Einrichtungen. Deswegen wurde eine straffe Verwaltung aufgebaut, die bis heute besteht und sich ständig erneuert. Mich braucht man nur noch, um Steuergesetze zu unterschreiben und um streitlustigen Adligen den Urlaub zu verweigern, den sie ja doch nur brauchen, um daheim gegen ihre Nachbarn Krieg zu führen. Das alles mache ich, und ich mache es auch gerne. Sonst aber gehört meine Zeit meiner Leidenschaft, historische Einzelheiten zu klären, die uns verlorengegangen sind. Ich betrachte es als meine vornehmste Pflicht, unsere stolze Tradition und Geschichte so vollständig und genau wie möglich zu bewahren.«

Berengar rieb sich mit den Händen übers Gesicht. »Aber Sie sollten auch wissen, wie korrupt und fehlentwickelt vieles draußen im Land ist. Bei uns in Centisia gehen die Haladina auf Raubzüge aus.«

»Aber ihr habt doch die Aurdon-Jäger, um sie zu bekämpfen.«

»Aber wir, die Fischers, zahlen dafür, wo sie doch vor allem die Sicherheit der *kaiserlichen* Herrschaft aufrechterhalten.«

Der Kaiser zuckte die Schultern. »Die Kosten dafür sind nicht mehr als ein Zehntel der Summe, die dein Ältestenrat und die Riverens an Steuern hinterziehen. Oh, schau nicht so beleidigt, Berengar. Du weißt, daß sie ihre Umsätze und Gewinne aus Handel und Produktion viel zu niedrig angeben. Und wenn du's nicht weißt, bist du noch dümmer, als sogar ich annahm.«

Er ließ Genas Hand los und rutschte herum, um Berengar direkt ins Gesicht zu sehen. »Ich weiß, daß du, seit du den Tiger über dem Wappen trägst, alle möglichen Ideen über das Reich und die kaiserlichen Traditionen im Kopf hast, aber das sind lediglich Ausgeburten deiner Phantasie. Wenn ich Euren Rat zwingen würde, die Gewinne ganz korrekt anzumelden und abzuführen, was mir zusteht, dann würden sie unter meiner Herrschaft stöhnen. So wie die Dinge liegen, habe ich die Steuern doppelt bis dreimal höher angesetzt als das, was ich zur Finanzierung meiner Armee und für andere kaiserliche Aufgaben benötige. Denn ich weiß ja, daß mich nur die Hälfte bis zwei Drittel aller Gelder erreichen, die in meinem Namen eingetrieben werden. Im Gegenzug kümmert sich der örtliche Adel, der ein zu genaues Hinsehen des Kaisers scheut, um alle Probleme, mit Ausnahme der wirklich wichtigen. Ich will dir nicht alle Illusionen rauben, Berengar, aber der erste Kaiser war der letzte heroische Kaiser. Wir anderen nach ihm sind nicht viel mehr als Buchhalter, denn das Reich hat von uns nicht mehr verlangt.«

Berengar saß völlig reglos da, und Gena sah ihm an, wie niedergeschmettert er war. Sie erinnerte sich, mit welcher Begeisterung er ihr erzählt hatte, wie *er* das Reich aufgebaut hätte, wäre er an Beltrans Stelle gewesen. Und sie wußte, daß Hardelwicks Apathie in allen Angelegenheiten, die den Erhalt des Reiches betrafen, ein Schock für ihn sein mußte.

Der Graf zitterte leicht, als er den Kaiser anblickte und wieder zu sprechen begann. »Ich kann das alles verstehen, was Sie ausgeführt haben, zumindest oberflächlich, und ich bin sicher, daß ich es noch besser begreife, sobald ich darüber nachgedacht habe. Das alles hat jedoch keine Bedeutung für unsere Mission. Betrachten Sie doch bitte meine Bitte als die eines kleinen Edelmanns, der Seiner Kaiserlichen Majestät nicht imponieren will, sondern der einfach keine andere Wahl hat.«

Hardelwick nickte müde. »Um was also bittest du mich?«

»Ich bin, wir sind hierhergekommen, Sie darum zu bitten, uns das Schwert und den Dolch zugänglich zu machen, die vor fünf Jahrhunderten von Neal Roclawzi verwandt worden sind.« Berengar breitete die Hände aus. »Ganz gewiß wissen Sie, wo die Waffen sich befinden. Und wir brauchen sie äußerst dringend.«

»Eure Mission besteht darin, Herzspalter und Wespe zu finden?« Der Kaiser schien überrascht zu sein und jedenfalls amüsiert. »Vielleicht ist es eine Fügung des Schicksals, daß ihr mit dieser Bitte zu mir kommt, denn ich habe vor kurzem erst den Aufbewahrungsort des Schwerts erfahren. Dank Atholwin übrigens.«

»Ja? Ja? Können wir es bekommen?«

Hardelwick lachte in sich hinein, während er in Richtung Treppe rutschte. »Du kannst gerne einen Versuch wagen, aber ich glaube nicht, daß es einen lebenden Menschen oder Elfen gibt, der wirklich die Hand darauf legen kann.«

»Ich kann es!«

»Das werden wir sehen, Berengar.« Der Kaiser tätschelte Genas Bein. »Kommen Sie, meine Liebe, folgen Sie mir! Es wird Ihnen gefallen.«

»Gibt es einen besonderen Grund dafür, Hoheit?«

»Oh ja, ich glaube schon.« Der Mann nickte bestätigend, als er sich auf den Rand einer kreisförmigen Öffnung im Boden setzte und die Beine nach unten baumeln ließ. »Schließlich sind magische Ringe, die fünf Jahrhunderte vorhalten, nichts Alltägliches. Und diese wurden besonders sorgfältig gewebt. Sie können stolz sein auf Larissas Handwerk. Wir werden beide zugegen sein, dem Grafen Berengar Beifall zu spenden, wenn er die Zauber tatsächlich überwinden kann, die Larissa bewirkt hat.«

Eine Nische
in die Geschichte hauen

Herbst
Vor fünf Jahrhunderten
Im Jahr 3 der Herrschaft des Roten Tigers
Im Jahr 1 des Reiches
Mein siebenunddreißigstes Jahr

Die magische Kraft des Driels übertraf sogar noch die des üblichen *Circus-translatio*-Netzes und brachte uns ohne Zwischenstation zu dem Hain jenseits der cygestolischen Grenze. Bei der Ankunft fühlte ich mich bei weitem nicht so erschöpft wie bei der Herreise, dennoch war ich alles andere als ausgeruht und energiegeladen. Wir stiegen ab und führten unsere Pferde aus dem Hain. Bevor wir ganz draußen waren, nahm Aarundel die an seinen Sattel geschnallte Decke und bedeckte damit die nahezu völlige Blöße seiner Frau.

Während sie sich darin einhüllte, wandte mein Freund sich mir zu. »Wir werden niemandem sagen, was ihr Takrakor angetan hat und in welchem Zustand du sie gesehen hast. Bei meinen Leuten gibt es sicher welche, die das für genauso unziemlich halten könnten, als hättest du sie berührt. Sie würden in beispielloser Torheit deine Ritterlichkeit in Zweifel ziehen, um vorgeblich die Ehre jener Person zu schützen, für deren Rettung du beinahe gestorben wärst.«

Ich nickte. »Ich habe rein gar nichts gesehen. Und dich habe ich durch einen gemeinen Trick besiegt.«

»So sehr brauchst du nun auch wieder nicht zu übertreiben, mein Freund.« Aarundel richtete den Blick in die Ferne. »Als ich dich das erste Mal traf, damals, als du gegen Tashayul kämpftest, hielt ich alles, was du sagtest, für frech und überheblich. Du hast damit herumgeprahlt, daß du ein Held werden würdest. Und wie ein Held hast du auch unter dem Spott der Elfen und der Reith nicht klein beigegeben. Damals wußte ich schon, daß ich niemals Lust haben würde, gegen dich zu kämpfen, weil du mich besiegen würdest. Und ich wußte auch, daß du einmal ein Held werden würdest, so wie du es vorhergesagt hattest.«

»Ohne dich – niemals!«

Shijef umfing Marta mit den vorderen Gliedmaßen, und ich kümmerte mich – zusätzlich zu Schwarzstern – um ihr Pferd. Elfenkrieger tauchten aus den Wäldern auf, als wir uns der Stadt näherten. Aber ihre feindselige Haltung hörte sofort auf, als sie erkannten, wer wir waren. Aarundel und Marta hatten beide blutverschmierte Gesichter. Ich hatte noch den Dreck einer ganzen Woche an mir und war über und über bespritzt mit dem Blut der erschlagenen Reith. Zusammen sahen wir in den Augen der Elfen offenbar so aus, wie Leute aussehen müssen, die aus der Totenstadt der Reith zurückkommen.

Die Nachricht von unserer Rückkehr nach Cygestolia verbreitete sich mit Windeseile. Die Überraschung, die sich auf vielen Gesichtern zeigte, hatte ich so erwartet; aber in sehr vielen sah ich auch Angst. Die Überraschung betraf wohl in erster Linie mich, die Angst hingegen nicht. Ich dachte darüber nach, warum die Elfen über die Heimkehr zweier Leute, die von den Consilliarii schon für tot gehalten worden waren, so erschrocken sein sollten.

Wenn ich auch erwartet haben mochte, daß man unsere Heimkehr mit schiefen Blicken und mit Schweigen quittieren würde, muß ich doch feststellen, daß das überhaupt nicht der Fall war. Jedermann jubelte uns zu, sobald das erste Erstaunen überwunden war. Aarundel kam nicht mehr nach, all die Fragen und Zurufe zu übersetzen, die man an uns richtete. Gelächter, Pfiffe und Beifall begleiteten uns auf dem Weg von dem Hain bis nach Waldeshöhe. Dort nahm uns die Dienerschaft die Pferde ab und geleitete uns in unsere Räumlichkeiten.

Dort angekommen, wusch ich mich schnell und ließ mich ins Bett fallen. Ich hoffte noch vergeblich, Larissa zu sehen, ehe ich ganz einschlief, aber es war wohl besser so. In Anbetracht des zunehmenden Hochgefühls, das mich ergriff – ausgelöst durch das Husarenstück der Befreiung meiner Freunde aus Takrakors Hochburg – hätte ich sie vielleicht ganz selbstverständlich in den Arm genommen und sie nach Herzenslust begrüßt.

Wie ich in meinen Träumen herausfand, hatte sie ebenfalls gefürchtet, sich mir in die Arme zu werfen, so daß sie lieber wegblieb. Sie zwang sich statt dessen zu schlafen, so daß wir im Traum mitten in der Stadt, die uns getrennt halten wollte, zusammen sein konnten.

Von Thralan und Lomthelgar sah ich wenig, weil die Consilliarii seit unserer Ankunft unentwegt in Dauersitzungen tagten. Ich konnte nur raten, mit was sie sich so lange beschäftigten. Aber seit meiner letzten Begegnung mit ihnen hatte ich nicht die Absicht, hinzugehen und nachzuprüfen, ob meine Vermutungen zutrafen. Wichtiger noch: Ich wußte, daß ihre Vorstellungen und Wünsche wirklich keine Bedeutung dafür hatten, wie ich mir meinen weiteren Lebensweg vorstellte.

In der ersten Woche nach unserer Rückkehr verbrachte ich die meiste Zeit unabhängig von den meisten Elfen. Aarundel war ganz von der Tatsache in Beschlag genommen, daß Takrakor sowohl ihm als auch Marta den Hochzeitsschmuck abgenommen hatte. Er machte sich daran, neuen herzustellen. Ich begleitete ihn zu der Schmiede und arbeitete unter seiner fachkundigen Anleitung auch in eigener Sache an einem Stück. Keiner von uns beiden war besonders gesprächig, aber mich störte das nicht. Er dachte viel an seine Frau und an das, was sie mitgemacht hatte. Und ich dachte an meine Zukunft und an alle möglichen Ereignisse, die darin noch eine Rolle spielen konnten.

Mir war klar, daß die Reith und die Elfen durchaus zu irgendeiner tragfähigen Übereinkunft hinsichtlich der beiden Entführungsfälle kommen konnten. Und mir war genauso klar, daß ich selbst nicht so leicht der Vergeltung für meine Rolle bei der Entweihung Jammaqs entkommen konnte. Die Reith konnten Takrakor ungerührt als Abweichler und Einzelgänger brandmarken und seinen Kopf, auf eine Stange gespießt, nach Cygestolia schicken, um die Wogen bei den Elfen zu glätten. Mein Problem hingegen lag darin, daß genügend Elfen mich mit demselben Abscheu betrachteten wie die Reith. Während ich mich in Sicherheit wähnen durfte, solange ich in Cygestolia war, war ich doch außerhalb des Elfengebiets ganz sicher Freiwild.

Ich konnte aber nicht den Rest meines Lebens in Cygestolia verbringen. Ich war keiner, der sich verkroch, wenn er bedroht war. Darüber hinaus brauchten die Reith ja auch nur auf den Roten Tiger Druck auszuüben, um mich herauszulocken. Sie wußten das genauso wie ich es wußte. Und ganz sicher wußten das auch die Elfen. Ohne sich den geringsten Ärger einzuhandeln, konnten mich die Reith aus Cygestolia vertreiben und mich dann ungestraft vernichten.

Seltsamerweise fand ich die Vorstellung, noch einmal gegen die Reith kämpfen zu müssen, in keiner Weise beunruhigend. Auch wenn die Elfen das vielleicht anders sahen, war mir doch klar, daß die Reith niemals Frieden halten würden. Menschen hatten ihnen ihr Reich abgenommen. Wir hatten uns erdreistet, eine Höhere Rasse zu besiegen. Wir hatten ihre sich zurückziehenden Truppen verhöhnt, und sie hatten auf unsere Gnade hoffen müssen, um überhaupt zu entkommen. Wir hatten sie derart in ihrem Stolz verletzt, daß sie das einfach nicht ertragen konnten. So wie Menschen einen Hund nicht dulden können, der sie hintergeht und ihnen das Essen vom Teller stiehlt, so mußten die Reith die rebellischen Minderwertigen, die Menschen, bestrafen.

Ich hatte keinen Zweifel daran, daß sich das Schicksal in den nächsten zehn oder zwanzig Jahren zugunsten der Reith oder der Menschen entschied. Auf die eine oder andere Weise würden entweder wir alle ausgelöscht werden, oder aber die Reith würden von Skirren verschwinden. Ein friedliches Miteinander würde es niemals geben. Vielleicht hätte uns das bei Elfen übliche Denken in sehr langen Zeiträumen erlaubt, doch über einen Weg zur friedlichen Koexistenz nachzudenken. Aber bei Menschen gab es diese lange zeitliche Perspektive nicht, und die Reith nutzten sie nicht. Die Rebellion und die Machtübernahme im Reich waren nur der Auftakt zum vernichtenden Rassenkrieg.

So wie ich die Pflicht zur Befreiung Aarundels in mir gefühlt hatte, so fühlte ich die Verpflichtung, meinen menschlichen Artgenossen im Kampf gegen die Reith beizustehen. Ich hegte keinerlei Illusionen über ein langes Leben mit einem gesicherten Lebensabend. Ich hatte freiwillig den Weg der Helden gewählt, und dieser Weg war noch nicht zu Ende. Hätte ich die Freiheit, die Frau zu heiraten, die ich liebte, dann würde ich vielleicht wünschen, am Ende meines Weges angelangt zu sein, aber das hätte mir noch nicht die Folgerungen erspart, die sich aus meiner Wahl ergäben.

Freilich bestand rein theoretisch die Möglichkeit, daß sich die Consilliarii zur Beratung darüber zurückgezogen hatten, ob sie mir die Ausnahmegenehmigung erteilen sollten, Larissa heiraten zu dürfen, oder nicht; aber ich hatte daran die allergrößten Zweifel. Würden sie das tun, dann würden sie mich eng an sich binden, was auch die Chance in sich trüge, sie in den Konflikt zwischen Menschen und Reith mit hineinzuziehen. Viel wahrscheinlicher aber schien mir, daß sie sich damit beschäftigten, welche Strafe dafür angemessen sei, daß ich die drei für den Kaiser in Jammaq bestimmten Pferde einfach zurückgelassen hatte. Wahrscheinlich war das ein Verbrechen, für das man meinen Kopf fordern konnte.

Nach einer Woche war die Arbeit in der Schmiede beendet, und genau zu diesem Zeitpunkt luden mich auch die Consilliarii vor. Ich war dazu bereit. Aber statt mich in meine besten Gewänder zu kleiden, zog ich die Lederrüstung an, die ich auch in Jammaq getragen hatte. Ich gürtete mein Schwert und ließ auch Wespes leere Scheide im Schaft meines rechten Stiefels. Ganz gleichgültig, was sie mir zu sagen hatten, wollte ich sie meine Gedanken und Pläne einschließlich der Gründe dafür wissen lassen.

Calarianne, die *Sylvanesti*, die bei den Consilliarii den Vorsitz führte, verbarg ihre Überraschung nicht, als ich in Rüstung und mit Waffengeschirr vor dem Rat erschien. »Willkommen, Neal Roclawzi Elfwart. Ich hoffe doch, daß Sie nicht der Meinung sind, sich hier mit Waffen verteidigen zu müssen.«

»Das glaube ich nicht, Edle Frau Calarianne. Ich hielt es aber für richtig, wie für den Krieg gerüstet hier zu erscheinen, weil ich Cygestolia in Kürze schon wieder verlassen werde, um einen Krieg zu führen.« Ich verneigte mich vor ihr. »Ich nehme aber an, daß Sie mich nicht vorgeladen haben, um mit mir über die Kleiderordnung zu diskutieren.«

»Diese Annahme ist richtig, Elfwart.« Sie richtete den Blick jetzt auf einen der vor ihr stehenden Consilliarii. Ich erkannte ihn als denjenigen wieder, der mir vor kurzem am meisten widersprochen hatte, als ich angekündigt hatte, zu meiner Rettungsmission aufzubrechen. »Wir haben dich hierher gerufen, Elfwart, um dich für deine Tapferkeit zu belohnen.«

Er verbeugte sich erst vor Calarianne, dann etwas

förmlicher vor mir. »Es ist dir bewußt, Neal Roclawzi Elfwart, daß der Titel Custos Sylvanii eine Auszeichnung ist, die wir an Angehörige anderer Völker und Rassen verleihen, denen wir vertrauen und die wir bewundern. Aarundel von Waldhöhe hat dir – so wie es sein Recht als Imperator ist – diesen Titel gegeben und gleichzeitig an diesen Rat den Antrag gestellt, diese Verleihung zu ratifizieren. Seiner Bitte wurde jetzt entsprochen. Das macht dich zum ersten Menschen, der je diesen Titel erhalten hat. Hinfort wirst du bei uns als Elfwart bekannt sein. Und jeder von uns, der dir wegen deines Menschseins oder weil du in den Roclaws geboren bist, schaden möchte, der wird aufgefordert werden, seine feindselige Haltung aufzugeben oder aber unser Land zu verlassen.«

Trotz seiner offensichtlichen Vorbehalte gegen mich trug der Consilliarii diese Worte glaubwürdig vor. Ich fühlte einen Kloß im Hals, und das überraschte mich. So lange hatte ich von den Elfen nur Feindschaft erwartet und auch erfahren, daß mich sogar diese bescheidene Anerkennung meines Werts aus der Fassung brachte. Ganz unbeabsichtigt stahl sich ein Lächeln auf meine Lippen. Ich versuchte zwar, es zu unterdrücken, aber es gelang mir nicht, weil es sich in den Gesichtern von weit mehr Elfen spiegelte, als ich in meinen kühnsten Träumen für möglich gehalten hätte.

Calarianne nickte. »Danke sehr, Vorrin Consilliarii. Neal, uns ist zu Ohren gekommen, daß Ihnen bei Ihrem jüngsten Abenteuer ein Dolch abhanden gekommen ist, der Ihnen gute Dienste geleistet hat. Wir können denselben nicht wiederbeschaffen, aber wir bitten Sie, diesen minderwertigen Ersatz von uns anzunehmen, damit uns niemand nachsagen kann, wir wüßten nicht, wie man sich dankbar erweist.«

Jetzt trat Marta vor und ging quer durch den ganzen Raum zu mir herüber. Auf einem blauen Samtkissen trug sie einen Dolch, der nach Größe, Form und Gestaltung genau so aussah, wie ich Wespe in Erinnerung hatte. Allerdings hatte es sich bei Wespe um rostigen Stahl mit Bronzebeschlägen gehandelt, während dieser eine Klinge aus silberglänzendem Stahl sowie einen Fingerschutz aus Gold und einen goldenen Knauf mit einem Diamanten als Abschluß aufwies. Als ich nach dem Dolch griff, fühlte ich ein leichtes Kribbeln, und Marta nickte mir fast unmerklich zu.

Ihre Stimme war ein Flüstern. »Der Diamant ist der, den du aus meiner Stirn geklaubt hast. Ich habe in die Waffe einen Zauber gearbeitet. Ich weiß, daß es nichts gibt, was dich und Takrakor auseinanderhalten könnte. Also soll dieser Zauber dazu beitragen, euch zusammenzuführen.«

»Zu meinem Vorteil, sicherlich.« Ich wog den Dolch in der Hand und fand, daß er noch besser ausbalanciert war als Wespe. »Er ist noch besser zum Werfen geeignet.«

Marta lächelte. »Und noch besser zum Treffen.«

»Ich bedanke mich.« Ich packte den Dolch am Griff und ließ ihn in der Scheide im Stiefel verschwinden. Ich verbeugte mich vor Marta und danach vor sämtlichen Consilliarii. »Jetzt fühle ich mich nicht mehr so nackt.«

»Darüber sind wir hocherfreut, Elfwart.« Calarianne schenkte mir ein warmherziges Lächeln. »Als ein Custos Sylvanii steht dir Cygestolia offen. Thralan Consilliarii hat uns mitgeteilt, daß deine Gemächer in Waldhöhe dir stets zur Verfügung stehen, wann und wie lange auch immer du sie benötigst. Es wäre uns recht, wenn du Cygestolia zu deiner zweiten Heimat machen würdest.«

»Das ist ein großherziges Angebot. Und dennoch kann ich es nicht annehmen.« Aus einer Tasche an meinem Schwertgurt holte ich ein silbernes Armband hervor, das ich in der zurückliegenden Woche so mühevoll geschmiedet hatte. »Cygestolia ist das Land der Elfen. Ich bin kein Elf. Und deswegen gehöre ich nicht auf

Dauer hierher. Dieses Armband ist so, wie ich bin.« Mit dem Daumen strich ich über die Runen, die ich eingraviert hatte, die Symbole für Mann, Berg, Schwert, Glück und Freund. »Grob gearbeitet, genau wie ich, und nicht zu vergleichen mit elfischer Vollkommenheit. Es entspricht mir vollständig, sogar in den Mängeln seiner handwerklichen Herstellung. Das macht Ihnen vielleicht deutlich, daß ich meinen Wert, meine Rolle in der Welt draußen richtig einschätze.«

Ich ließ das Armband an einem Finger meiner narbenbedeckten Hand baumeln. »Wahrscheinlich kommt es Ihnen sogar armselig vor, aber es erfüllt seinen Zweck. Und dieser Zweck besteht darin, hier zu verbleiben, auf daß ich nicht in Vergessenheit gerate. Wenn ich Cygestolia diesmal verlasse, rechne ich nicht auf ein Wiedersehen.«

Ich atmete tief durch und fuhr dann fort. »Die Reith sind da draußen, weit weg von hier. Sie trachten danach, den Menschen so schreckliche Dinge anzutun, daß im Vergleich dazu selbst die *Eldsaga* verblassen wird. Ich sage das nicht, um Sie dazu anzustacheln, die Menschheit selbst zu vernichten, ehe sie es tun. Sie sollen nur wissen, daß Grausamkeit unter dem Deckmantel rassischer Überlegenheit nicht ausschließlich auf Ihr Volk beschränkt ist. Ich habe die Reith bei der Arbeit gesehen, ich habe viel Grausames gehört, und ich habe erlebt, wie Takrakor mit einer Gruppe Ihrer Lansorii umgegangen ist. Die Zukunft wird uns ganze Ozeane von Blut bescheren.«

Ich ließ den Blick in die Runde schweifen und versuchte, so viele Augenpaare wie möglich zu erfassen. »Sie und die Zwerge und die Reith, Sie alle halten sich für ältere, höherwertige Rassen; aber ich hasse Sie deswegen nicht. Haß ist eine zu starke Leidenschaft, um sie an harmlose Rassenunterschiede zu verschwenden.

Bösartigkeit jedoch verdient meinen Haß. Die Reith sind bösartig. Und deswegen hasse ich sie. Ich weiß, auch wenn ich jetzt hier vor Ihnen stehe, daß sie die Vernichtung der Menschheit vorbereiten – wenn nicht dieses Jahr, dann doch im nächsten, oder auch in zehn Jahren oder in hundert. Sie können und sie werden uns vernichten, weil sie uns wegen ganz einfacher Dinge hassen. Vielleicht ist das die richtige Definition von Bösartigkeit: Haß, der sich auf Willkür und kleinste Unterschiede gründet.«

Ich breitete die Arme aus. »An meinem Beispiel haben Sie auch die Menschheit kennengelernt. Menschen haben Hoffnungen und Träume, genau wie Sie. Wir können engstirnig sein und grausam, so wie Sie, aber auch edel, freundlich und weise. Wir sind keine Elfen, und wir werden auch niemals welche sein. Aber das heißt nicht, daß uns die Reith einfach abschlachten dürfen. Meine Ungeduld, meine Unruhe, die mich auch nach Jammaq getrieben hat, sagt mir, daß es für Kompromisse mit den Reith weder Zeit noch Gelegenheit gibt. Nachdem sie die Menschen unterworfen haben, wird sich ihr Argwohn gegen Sie und die Zwerge richten. Die Reith verstehen sich selbst als Diener des Todes. Es gibt kein harmonisches Zusammenleben mit ihnen. Es gibt immer nur die Furcht, wann sie zum endgültigen Schlag loslegen werden.«

Ich ließ die Arme wieder sinken. »Ich werde in den Krieg ziehen. In den Krieg gegen die Reith. Wenn Sie von meinen Taten hören, dann halten Sie mich bitte nicht für einen Wahnsinnigen, sondern erinnern Sie sich daran, daß ich als Mensch handle *und* als Freund des sylvanischen Volkes.«

Lomthelgar überragte alle andern Elfen im vorderen Teil des Saales. »Dies ist das letzte Mal! Mit seiner Stimme spricht er für alle andern!«

Ich begriff nicht, was der altehrwürdige Elf mit dieser Bemerkung sagen wollte, aber die Wirkung auf die Consilliarii war so, als hätte er ein Hornissennest mitten in den Raum geschleudert. Wütende Rufe und Bemerkungen gingen wild durcheinander. Calarianne hämmerte mit ihrem Stab ein paar Mal laut auf den Boden, aber das dämpfte allenfalls die Lautstärke, nicht die Erregung. Erst nach einiger Zeit wurde es wieder ruhiger. Zwei Elfen wurden bestimmt, um das vorzutragen, worum es ging. Der erste sprach weitschweifig und mit erstaunlicher Eloquenz, aber davon verstand ich kein einziges Wort. Der zweite jedoch gab eine schnelle Erklärung ab, deutete auf mich und nahm unter dem starken Beifall der meisten Consilliarii wieder Platz.

Calarianne ließ abstimmen, und die Partei des wortgewaltigen Redners unterlag haushoch. Sie gab eine Erklärung ab und wandte sich dann wieder mir zu. »Du bist ein erstaunlicher Mann, Neal Elfwart. Wir stellen dich gerne vor schwere Entscheidungen, und du nimmst alle Bürden ohne Klagen auf dich. Auch du stellst uns vor schwere Entscheidungen, und wir müssen uns immer mühsam auseinandersetzen, ehe wir ihre Bürde akzeptieren. Es macht uns manchmal verrückt, daß so mancher jahrhundertelanger Widerstreit vor deiner Ungeduld und Leidenschaft zu nichts zerrinnt.«

Ich wußte nicht, was ich auf diese Bemerkung entgegnen sollte, also sagte ich lieber nichts.

»Die Consilliarii haben folgendes beschlossen: Die Legionnairii Sylvanii werden mobilgemacht und gegen Reith marschieren, mit dem Ziel, die Todesverehrer zu vernichten. Weil du die Unsrigen vor ihnen beschützt und gerettet hast, halten wir uns im Gegenzug für verpflichtet, mit der Geißel der Reith ein für alle Mal Schluß zu machen.«

Für einen Moment war ich sprachlos; doch dann lächelte ich und verneigte mich tief vor den Elfen. »Ich betrachte Ihre Entscheidung als große Ehre. Wann brechen wir auf?«

Vorrin trat vor. »Das ist jetzt unser Krieg, Elfwart. Du hast deinen Anteil daran schon vollbracht. Du wirst nicht mit uns ziehen.«

Lomthelgar widersprach ihm. »Vorrin Consilliarii, Neal ist derjenige, der mit den Drei Stimmen gesprochen hat.«

»Ein Aberglaube. Das gilt hier nicht.«

Thralan schüttelte den Kopf. »Wenn das hier nicht gilt, Vorrin, warum hast du dann deine Meinung gegenüber deinen früheren Ansichten in dieser Sache geändert?« Er ging nicht auf die gestammelte Verteidigung des Elfen ein. »Du begreifst, ihr alle begreift die Bedeutung dieser Sache. Das ist der Grund, das letzte Signal. Seinetwegen unternehmen wir jetzt den Zweiten Großen Feldzug. Du leugnest das, vielleicht weil es ein neues Stadium unserer Metamorphose kennzeichnet, und weil du nicht einsehen willst, was sich daraus alles ergeben kann.«

»Aber er ist nun mal ein *Mensch*. Hier handelt es sich um einen Krieg der älteren, höheren Rassen.«

»Er ist Custos Sylvanii und darf deswegen nicht wegen seines Menschseins benachteiligt oder übergangen werden.« Thralan wies mit dem Finger auf mich. »Und Neal handhabt *Divisator*. Durch seine Hand soll die Schlange den Kopf verlieren.«

Vorrin zögerte mit seiner Antwort. Dann schüttelte er den Kopf. »Wir dürfen nicht riskieren, daß *Divisator* den Reith in die Hände fällt. Er könnte es verlieren.«

»Ich werde den Griff mit einer Leine an mein Handgelenk binden.«

Lomthelgar klatschte meinem Vorschlag Beifall, und ein paar andere Elfen lachten. Vorrin wurde wütend. »Und wenn dir einer den Arm abhaut? Was dann?«

Ich schaute ihn genauso wütend an. »Dann lege ich meine Hoffnung für die Zukunft der Welt vertrauensvoll in die Hände der elfischen Legionen. Wenn jeder eurer Soldaten nur ein Zehntel so gut kämpfen kann wie Aarundel Imperator, dann können tausend Schwerter wie Herzspalter die Vernichtung der Reith nicht mehr aufhalten. Hören Sie mir gut zu, Vorrin Consilliarii, alle Omina und Prophezeiungen, alle Zeichen und Ängste sollen verdammt sein. Ich werde dabei sein, wenn die Reith vernichtet werden. Die Frage für Sie ist nur: Wollen Sie hierbleiben und warten, bis Ihnen später jemand erzählt, wie die Sache ausging, oder wollen Sie an meiner Seite kämpfen – für den sicheren Sieg?«

KAPITEL 27

Ein falsches Ziel und ein
neuer Anfang

Herbst
A.R. 499
Die Gegenwart

Gena folgte dem Kaiser durch all die Generationen von Berengars Familie bis zum kaiserlichen Stamm und dann noch weiter bis in des Kaisers Privatgemächer. Sobald sie den Gang mit den Deckengewölben erreichten, richtete sich Gena auf, und Berengar tat es ihr gleich, während Hardelwick immer noch halb geduckt ging. Gena wußte zwar, daß er ein ganzes Stück älter als Berengar war, aber sie hielt ihn doch noch nicht für so alt, daß sein Skelett schon zu schrumpfen begonnen hatte. Sie nahm an, daß seine gebückte Haltung davon kam, daß er sich jahrelang über Manuskripte gebeugt und sich genauso lang in den niedrigen Gängen der steingewordenen Genealogie aufgehalten hatte.

Die Privaträume des Kaisers bestätigten ihre Einschätzung hinsichtlich der Ursache für seine Haltung. Von den zwei im Überfluß vorhandenen Dingen abgesehen, hätte man glauben können, der Raum gehöre einem Soldaten, der sich nur in der kargen, spartanischen Einrichtung eines Feldquartiers wohl fühlen konnte. Bett, Schrank, Schreibtisch und fast alle Stühle waren kaum mehr als hastig zusammengeschusterte Holzstücke. Funktionalität, nicht Form war das bestimmende Prinzip. Allein der Schreibtisch sah so stabil aus, als könne er das Gewicht des ganzen Palastes tragen.

Die zwei Dinge jedoch, die in dem hohen Raum im

Überfluß vorherrschten, waren Spiegel und Bücher. Regale waren in jede Wand eingelassen, und Bücherschränke standen in zwei Ecken in einem geradezu labyrinthischen Kreuz und Quer. Jede vorhandene Abstellfläche – außer einem einzigen Stuhl und der Mitte des Schreibtischs – war mit Stapeln von Büchern bedeckt. Der saure Geruch des Strohs in der Matratze vermischte sich mit dem intensiveren Moschusgeruch eines Mannes. Gena überlegte, ob der Kaiser den Raum jemals verließ, außer wenn er Besucher zu empfangen hatte.

Die Spiegel hingen im ganzen Raum an dünnen Schnüren von der Decke. Andere Schnüre verbanden sie miteinander und verankerten sie an den Regalen. Aber kein Spiegel hing tief genug, daß der Kaiser darin sein eigenes Bild hätte sehen können, und Gena hatte den Verdacht, daß es dem Mann ohnehin gleichgültig war, wie er aussah, wenn und falls er sich jemals für einen besonderen Anlaß ankleidete.

Sie spürte auch sofort, daß in den Raum ein Zauber gewoben war. Die feine Ausstrahlung dieses Zaubers war ihr beunruhigend vertraut, aber es bedurfte eines schnellen Ansatzes eines Diagnosezaubers ihrerseits, um dahinterzukommen, was es war. Als sie die Lösung des Geheimnisses fand, lächelte sie errötend. »Natürlich, ein Feuerlöschzauber. Sie wollen jedes Risiko ausschließen, diese Bücher zu verlieren.«

Der Kaiser nickte zerstreut. »Genau. Kein Feuer in diesem Raum.«

»Und die Spiegel, die sammeln das Licht vom Fenster und leiten es zu Ihrem Schreibtisch.«

»Ja, Genevera. Ich arbeite von Sonnenaufgang bis zur Dämmerung, solange eben Licht ist.« Der Kaiser richtete sich zu seiner vollen Größe auf. »Diese Bände umfassen alles, was ich über die Geschichte des Reiches zu rekonstruieren vermochte. Dieses Brett hier, dieses halbe Dutzend Bücher, enthält alles, was ich über Neal zusammentragen konnte. In diesem Zusammenhang hätte ich ein paar Fragen an Sie, wenn es Ihnen nichts ausmacht ...«

»Majestät, wollten Sie uns nicht etwas zeigen?« In Berengars Stimme lag ein Vorwurf. »Herzspalter.«

»Ja, ja, genau.« Der Kaiser, jetzt wieder in seiner gebückten Haltung, winkte sie durch eine Tür, die zum Innenhof und zum Reithischen Turm führte. »Ich hätte es nicht wiedergefunden, wenn mich nicht die vagen Hinweise deines Onkels auf den Reithrakult veranlaßt hätten, einige Berichte aus der Zeit der Reichsgründung zu vergleichen. Natürlich ist die Geschichte über Neal wohlbekannt, wie er genau hier die Kaiserliche Leibgarde ›Die Unsterblichen‹ im Kampf vernichtete, dann den Kaiser tötete und auf den Stufen des Palastes Beltran krönte. Aber ich habe schon immer vermutet, daß sie nicht ganz korrekt ist. Ein Architekt aus dieser Zeit – er hieß Xerstan – führte genau Tagebuch über seine Projekte, vor allem jene, die Umbauten an diesem Turm hier betrafen. Er ließ Kopien davon für seine Familie und für künftige Kunden herstellen, und so bin ich in den Besitz seines Berichtes gelangt, denn das Original ging mutmaßlich schon vor der Feuersbrunst verloren.«

Der Kaiser führte sie die Stufen hinauf zu den Eingangstüren des Turms, mußte aber Berengars Hilfe in Anspruch nehmen, um wenigstens eine so weit zu öffnen, daß sie eintreten konnten. Es war so dunkel, daß sie kaum wagten, einen Fuß vor den andern zu setzen. Doch Gena zauberte ein Irrlicht herbei, das ihnen mit seinem kalten blauen Licht vorausleuchtete, als sie durch die stillen Hallen schritten. Der Ort schien ihr wie ausgestorben, aber Splitt und Sand unter ihren Füßen und an der Wand lehnende Schaufeln, Pickel und Äxte ließen sie vermuten, daß in dem Turm doch von Zeit zu Zeit irgend etwas gearbeitet wurde.

»Xerstan erwähnt, daß er mit Neal zusammentraf und mit kaiserlicher Billigung für ihn einen ganz besonderen

Auftrag ausführte. Er berichtet aber leider keine näheren Einzelheiten, beruft sich auf Vertraulichkeit und Ehre. An anderer Stelle notiert er, der Edlen Frau Larissa aus Waldeshöhe bei der Vollendung eines Denkmals für Neal geholfen zu haben. Aber ich kann keinen einzigen Hinweis darauf finden, daß ein solches Denkmal geschaffen worden ist oder daß überhaupt eine öffentliche Veranstaltung zur Erinnerung an Neal stattgefunden hat, und schon gar keine, an der Larissa teilgenommen hat. Xerstan, der so etwas wie ein Moralist gewesen sein muß, widmet auch einige Seiten der üblen Praxis der Verehrung von Reithra, und es bereitete ihm besonderes Vergnügen, die Tricks und Eigenarten aufzulisten, die in die Reithrakapellen eingebaut waren. Eine davon hat jeder gute Reith zu ihrer Verehrung in seiner Wohnung.«

Beim Reden wurde das Gesicht des Kaisers richtig lebhaft, ganz anders als zuvor, und das trotz der verwaschenen, leichenblassen Farbe, die das Irrlicht auf der Haut hervorrief. Berengar hatte schon verkniffene Augen vor lauter Ungeduld, und Gena war sich sicher, daß er dem Kaiser ein paar Hiebe versetzt hätte, wenn der sie jetzt nicht tiefer in das Innere des dunklen Turms geführt hätte. Gena lächelte dem Kaiser zu, und sie mußte sich gar nicht dazu zwingen, denn sie fand seinen Bericht richtig packend.

»Laut Xerstan hatte jede Kapelle oder Hauskapelle eine Feuergrube. Seinem Bericht nach war das eine runde Grube von drei bis sechs Fuß Durchmesser. Das Feuer wurde dadurch genährt, daß die ganze Familie alles nur irgendwie Brennbare hineinwarf: Holz, Kohle, Abfall, Knochen und alles mögliche andere. Raffiniertere zapften natürliche Gasvorkommen an, und mehr als eine Feuergrube führte sogar zu unterirdischen Tunnels, die zu allen möglichen Zwecken benutzt wurden.«

Berengar konnte sich nicht mehr länger beherrschen. »Und was hat das alles mit Herzspalter zu tun?«

»Immer diese Ungeduld.« Der Kaiser blieb stehen und richtete sich auf, bis er Auge in Auge mit Berengar war. »Es fiel mir auf, Berengar, daß Xerstan davon sprach, *jede* reithische Wohnung habe über eine solche Kapelle und eine solche Feuergrube verfügt, aber in diesem Turm konnte ich weder das eine noch das andere finden. Da Xerstan aber auch berichtete, er habe alles, was er über reithische Kapellen wisse, bei ihrer Zerstörung gelernt, begann ich anzunehmen, es habe auch in diesem Turm eine gegeben und er habe sie zerstört. Ich begann, eifrig die Bauzeichnungen dieses Turms zu studieren, kontrollierte alles und maß alles nach – und ich habe herausgefunden, wo die Kapelle war. Hier in diesem Raum habe ich, wie ich glaube, Herzspalters Aufbewahrungsort gefunden.«

»Das hätten Sie doch auch gleich sagen können.«

»Wer immer nur Antworten will, wird niemals lernen, wie man Antworten findet.« Der Kaiser gähnte und hielt sich die linke Hand vor den Mund. »Ich habe Arbeiter die Kapelle ausgraben lassen. Magier, die ich herholte, sagten übereinstimmend, sie spürten zwei Manifestationen von Zaubern. Also gruben wir als erstes danach. Ich denke, daß Sie beide faszinierend finden werden. Kommen Sie.«

Der Kaiser schob einen riesigen Teppich zur Seite und gab den Blick frei auf eine Öffnung, die durch Herausschlagen von Backsteinen entstanden war. Gena sandte als erstes das Irrlicht durch, und es enthüllte einen langen, engen Tunnel, dessen Seiten von grob behauenen Baumstämmen begrenzt waren. Zwischenräume zwischen den Hölzern zeigten, daß der Architekt wahllos alles benutzt hatte, um die Kapelle zuzuschütten, zum Beispiel Bauschutt, Knochen, Dreck und Metall, das inzwischen zu rostigen Streifen geschrumpft war. Staub hing in der Luft, und Gena bedauerte, ihre Reisekleider überhaupt gewechselt zu haben.

Der Tunnel mündete auf eine freie Fläche, die man

vollständig von Füllschutt freigemacht und sauber hergerichtet hatte. Sie konnte sogar Details an den Wänden erkennen, und als sie das Irrlicht zur Decke hochschickte, erkannte sie schockiert ein Gesicht, das auf sie herunterstarrte. Sie hielt das Licht oben, bis der Kaiser aus dem Tunnel auftauchte. Berengar folgte ihm und wischte sich über die Stirn.

Der Kaiser sah nach oben. »Es ist, wie ich glaube, das Gesicht von Tashayul. Ein Reliefbild, ähnlich einer Stuckarbeit.« Er lachte zufrieden. »Ich glaube, daß es sich hier um den Raum handelt, in dem Neal den Kaiser tötete, und ich bin sicher, daß ihm die Ironie, die darin liegt, daß Tashayul auch noch zuschaute, nicht entgangen ist.«

Berengar verschränkte die Arme. »Warum glauben Sie, Majestät, daß der Kampf hier stattgefunden hat?«

Hardelwick äffte Berengar nach und verschränkte ebenfalls die Arme. »Wie die Edle Frau Genevera sicherlich schon bemerkt hat, sind hier zwei Ausgangspunkte starker Zauber. Einer ist *dieses* Schwert, das Schwert, das der letzte reithische Kaiser führte, um sein Reich zu verteidigen.« Hardelwick berührte mit der großen Zehe das Heft und die Klinge, die aus dem Boden herausragten. »Er hat es nicht geschafft.«

Berengar ging in die Hocke. »Schöne Klinge.«

Gena richtete das Irrlicht nach unten und lächelte. Als das Licht das Schwert kreisförmig ableuchtete, zog sich dessen Schatten vor ihm zurück, als wäre das Schwert der Zeiger einer Sonnenuhr in einer völlig verrückt gewordenen Welt. Berengar streckte den Arm nach dem Schwert aus, scheute aber im letzten Moment davor zurück, es zu ergreifen, noch ehe Gena oder der Kaiser ihn warnen konnten.

»Eine sehr schöne Klinge. Mein Onkel sagte mir, der Sage nach sei das Schwert zu einem Drachen geworden oder habe ein Totenlied geschrien oder aber ein loderndes Feuer entfacht.« Der Graf kratzte neben der Klinge mit dem Fingernagel in den Stein, und er hatte keine Mühe, ihn einzuritzen. »Ist Feuer nicht das Wahrscheinlichste?«

Der Kaiser nickte. »Sehr gut. Ich denke auch, daß es das Feuer war – das überwiegt übrigens auch in den Sagen, obwohl die Drachengeschichte meines Erachtens besser ist.«

Gena ließ das Licht jetzt hinüber und über das Objekt wandern, in dem sie ganz bestimmt einen mächtigen elfischen Zauber vermutete. Sechs Fuß im Durchmesser war das runde Stück weißen Marmors bündig in den Basalt eingearbeitet. Elfische, reithische und menschische Runen verliefen spiralfömig von der Mitte der Scheibe bis zum Rand. Sie beugte sich nieder, um die Worte zu berühren und sie abzutasten, aber noch bevor sie das tun konnte, schimmerte der Stein, als wäre er ein Lichtschimmer auf einer ruhigen Wasserfläche, die von einem hineingeworfenen Stein bewegt worden war.

»Was war das?«

Gena sah Berengar an. »Es ist eine einfache Schutzmaßnahme. Ich nehme an, daß sie unerfahrene und Gelegenheitszauberer von jedem Versuch abhalten soll, den Zauberstein durcheinanderzubringen. Dieses Kräuseln, das wir hier sahen, ist nicht mehr als ein Glanzüberzug, eine Vorspiegelung. Was wir sehen, ist nichts als die Oberfläche des Steins darunter. Ein solcher Glanzüberzug wird oft in Elfenzauber hineingewebt, die sehr lange Zeit halten sollen. Er zeigt ein Bild, das nicht älter wird und das sich nicht ändert, was für einen Gedenkstein natürlich ganz wichtig ist.«

Der Kaiser kniete nieder und kreiste vorsichtig mit dem Zeigefinger über den in Runen geschriebenen, spiralförmig verlaufenden Zaubersprüchen. »Leider kann ich Elfisch oder Reith nicht lesen, wenn ich es auch als solches erkenne. Und die menschischen Runen erscheinen in sehr altertümlicher Schreibweise. Ich glaube, daß sie von den Roclaws herkommen. In der roclawzischen

Botschaft gibt es keine Linguisten, aber der Botschafter hat einen aus den Bergen angefordert. Bis dahin kann ich nur wenig davon lesen, und diese Fragmente geben keinen Sinn.«

»Auch das Elfisch ist eine ältere Form, aber ich kann sie noch lesen.« Gena konzentrierte sich und neigte den Kopf so, daß sie dem Schriftverlauf folgen konnte. »Nachruhm liegt hier nicht drin, nur das Schwert, das brachte Gewinn / Ein Reich in Blut getaucht, im Namen des Guten gebraucht / Der, der will's fassen, von heilger Pflicht kann er nicht lassen / Ein Reich gewonnen kann doch fallen, wenn nicht regiert vom Frömmsten von allen.«

»Und ich hatte weniger als ein Drittel davon entziffert.«

»Ein bedeutendes Gedicht ist es nicht.«

Gena sah Berengar an. »Das ist vielleicht weniger die Schuld des Dichters, sondern eher meine Rückübersetzung eines in Menschensprache geschriebenen und ins Elfische übersetzten Textes. Für einen schützenden Grabspruch halte ich das Gedicht für recht gewöhnlich.«

»Ja, aber wie viele Begräbnisstätten werden denn überhaupt von Elfenzaubern geschützt?« Der Kaiser schmunzelte, als er die Platte mit dem Finger antippte und das Bild sich verzog. »Sehr wirksam, dieser Zauber.«

Gena nickte. »Da stimme ich Ihnen zu. Es bedeutet, daß er verschlüsselt ist.«

»Verschlüsselt?« Berengar runzelte die Stirn. »Ist das ganz etwas anderes, nämlich als eine Art Brennstoff zu verwenden, um dem Zauber mehr Macht zu verleihen, wie du mir das nach dem Hinterhalt erklärt hast?«

»Hinterhalt?«

»Haladina, Majestät. Die sind ja auch der Grund für unsere Mission bei Ihnen.«

»Ah ja.«

»Um deine Frage zu beantworten, Berengar: Ja und nein. Wie du dich vielleicht erinnerst, erklärte ich dir einen Zauber, der auf Pfeile wirkt, um deren Geschwindigkeit und Wucht zu erhöhen.«

»Der, den du auf Sand angewandt hast?«

»Ja. Dieser Zauber war in einer Fassung auf Pfeile ausgerichtet, aber er funktionierte auch mit Sand und konnte für Steine, Speere oder andere Projektile variiert werden.« Gena zeigte auf die Marmorscheibe. »Weil dieser Zauber etwas beschützen soll, ist er magisch verschlüsselt. Es handelt sich sozusagen um ein Schloß, für das man einen ganz besonderen Schlüssel braucht, oder mehrere Schlüssel, um es aufzuschließen.«

»Ich brauche Herzspalter. Kannst du das Schloß öffnen?«

Gena dachte einen Augenblick nach und nickte dann. Ich weiß, daß ich es kann, aber es ohne den Schlüssel zu versuchen, das ist so gut wie unmöglich. Wenn Larissa diesen Zauber geworfen hat – und ich empfinde genug für sie, um zu glauben, daß Seine Majestät recht hatte, als er meinte, sie sei der Autor des Ganzen – müßte ich auch in der Lage sein, den Schlüssel in Erfahrung zu bringen. Damit kann ich dann die Zauber aufbrechen, und wir werden das Schwert herausholen.«

Sie zuckte bedauernd die Achseln. »Diese Information zu bekommen, ist allerdings nicht einfach.«

Berengar erhob sich. »Keine Mühe ist zu groß, keine Kosten sind zu hoch, Edle Frau Genevera, das wissen Sie.«

»Ich mache mir keine Sorgen wegen der Kosten.« Sie seufzte, als sie einen Anflug von Kopfschmerz und Angst spürte. »Es wird schwierig werden, und diejenigen, die über diese Information verfügen, wollen sie mir vielleicht nicht geben.«

»Ich werde sie überzeugen.«

Gena mußte beinahe lachen. »Sie sind überzeugend,

Edler Graf, aber sogar der Kaiser könnte nicht garantieren, daß wir die erforderliche Hilfe bekommen.«

»Ich verstehe das nicht«. Berengar runzelte die Stirn. »Warum soll das denn so schwierig sein?«

»Um den Schlüssel zu bekommen, werden wir eine Reise machen müssen.« Gena blickte zu Boden, und ein Schauer überlief sie. »Nach Cygestolia, und dort müssen wir jene, die Neal und seine Wünsche kannten, davon überzeugen, uns ihre Geheimnisse zu verraten.«

KAPITEL 28

Das wahre Ziel und das Ende von allem

Früher Winter
Im Jahr 3 der Herrschaft des Roten Tigers
Im Jahr 1 des Reiches
Mein Siebenunddreißigstes Jahr
Vor fünf Jahrhunderten

Die Elfen machten unverzüglich ihr Heer mobil. Die Einberufungen für den Feldzug gegen die Reith gingen sowohl mündlich als auch durch magische Übermittlung an die Krieger, Bogenschützen, Offiziere und Kampfzauberer hinaus. In den Rüstungsschmieden Cygestolias stoben die Funken, so daß die entsprechenden Stadtviertel in einen Gluthauch getaucht waren, als hätten die Reith einen Vulkan ausbrechen lassen.

Es wurde mir mitgeteilt, daß der Aufmarsch im Grenzgebiet zu Batangas und Kutchtan stattfinden würde. In strategischer Hinsicht war das sehr sinnvoll, denn das würde uns so weit wie möglich an Reith heranbringen, uns aber so lange wie möglich in Elfengebiet lassen. Von da aus würden wir zügig durch die weiten Steppen Batangas marschieren, die auch unseren Pferden genügend Grünfutter böten. Das hieße, daß wir uns weniger mit Futternachschub belasten müßten. Dazu käme, daß die Menschen Batangas vorwiegend Nomaden wären und uns deswegen leicht aus dem Weg gehen könnten.

Die Benutzung des *circus translatio* für Truppenbewegungen war ausgeschlossen worden. Es gab keinen Anlaß für besondere Eile oder Tarnung. Denn die Elfen wollten den Reith alle Möglichkeiten lassen, sämtliche Kräfte zur Verteidigung ihres Landes zusammenzuziehen, denn sie hatten sie gerne alle zusammen an einem Ort. Außerdem ist ein Ausrottungskrieg nichts, das man übers Knie brechen sollte. Ich hatte keinen Zweifel mehr daran, daß wir den Krieg durchstehen würden. Aber ich glaube doch, daß die meisten von uns einen sich länger hinziehenden Aufmarsch schätzten, der es jedem möglich machte, sich über die ganze Tragweite des Feldzugs klar zu werden.

Das Heer würde in drei Säulen vorrücken. Die Hauptgruppe würde direkt auf Alatun zu marschieren und die Stadt belagern. Die beiden anderen würden unsere Flanken sichern und dann ganz nach Süden stoßen, die Grenzen abriegeln und alle Reith, die zu fliehen versuchten, vernichten. Kein einziger Reith sollte am Leben bleiben. So war unser Plan, der mir schlaflose Nächte bereitete, wenn ich daran dachte, daß auch Mütter und Kinder unter das Schwert fielen.

Ich fühlte mich nicht wohl bei dieser Vorstellung, aber ich lernte während des langen Vormarsches damit umzugehen. Wenn auch zum Beispiel die Politik meines Bruders für die Roclaws darauf abzielte, uns von unserer soldatischen Tradition abzubringen und uns zu einem stärkeren Eingehen auf Wirtschaft und Handel umzuerziehen, würde das die Reith nie davon abhalten, uns wie eh und je zu überfallen und uns zu schaden. Und jene Reith, die etwa diesen beginnenden Feldzug überlebten, würden einen solchen Haß auf Elfen und Menschen haben, daß ihr ganzes weiteres Leben nur noch um den Gedanken der Vergeltung kreisen würde, so verständlich das auch sein mochte. Und wenn auch die Überlebenden, sofern es überhaupt welche gab, nur sehr gering an Zahl sein mochten, so durfte man doch die regenerative Kraft der Reith nicht unterschätzen.

Meine Schlaflosigkeit wegen dieser Gedanken hielt

mich von Larissa fern. Als Finndalis Frau verbrachte sie ihre Wachstunden mit Vorbereitungen für seinen Aufbruch in den Krieg. Ich mißgönnte ihm ihre Dienste nicht, doch beneidete ich ihn dafür. Ich meinerseits hatte Shijef und Lomthelgar, die mir dienten, aber natürlich konnte mir keiner von beiden ein solches Wohlbehagen bieten wie sie, obwohl sich beide als unterhaltsam erwiesen.

Schließlich, in den paar Stunden nach Mitternacht, die unserem Aufbruch vorangingen, führten mich meine ruhelosen nächtlichen Wanderungen zu dem Amphitheater der Consilliarii, und dort traf ich sie. Das Mondlicht, das durch die Äste drang, lag auf ihrem Gesicht. Sie trug ein an Mieder und Bündchen mit Spitze eingefaßtes silbernes Kleid, das ihre bloßen Schultern freiließ. Und auch ihr langes blondes Haar blieb nicht verborgen.

Nicht einmal während unseres Tanzes und auch nicht in meinen Träumen hatte sie jemals so schön ausgesehen. Als sie mich sah, entspannte sich der starre Ausdruck ihres Gesichtes. Es machte nicht den Eindruck unbeschwerter Freude; aber daß sie ein grimmiges Stirnrunzeln so ohne weiteres in den Ausdruck freundlichen Nachdenkens verwandeln konnte, ließ mich lächeln, und das hellte ihre Züge noch weiter auf. Hätte ich in diesem Moment meine Augen für immer geschlossen, ich glaube nicht, daß ich jemals glücklicher hätte sterben können.

Ich begrüßte sie durch eine leichte Verbeugung. »Ich kann dir gar nicht sagen, wie glücklich ich darüber bin, dich heute nacht noch einmal zu sehen.« Ich ließ den Blick über diese Stadt in den Bäumen hinüberschweifen. »Heute nacht ist jeder noch, wie zu erwarten war, mit Familienangelegenheiten beschäftigt. Deine Familie war sehr freundlich zu mir, aber jetzt wollen sie natürlich mit Aarundel und Marta alleine sein. Ich hätte auch erwartet, daß du mit deinem Mann zusammen wärst.«

Sie senkte den Blick. »Das war ich auch.«

Ich nickte und versuchte, die Enttäuschung zu verbergen, die diese einsilbige Antwort mir im Herzen bereitete.

»Es tut mir leid, Neal, wenn dir das weh tut. Ich möchte dir jeden Kummer ersparen, aber ich möchte keine Geheimnisse zwischen uns, kein Mißtrauen.«

Ich ging zu ihr hin. »Ich vertraue dir uneingeschränkt, sowohl in dem, was du mir sagst, als auch in dem, was du für dich behältst. Daß zwischen uns keine Geheimnisse *nötig* sind, muß nicht bedeuten, daß es keine *gibt*, seien es Geheimnisse aus Absicht oder aus Vergeßlichkeit. Ich liebe dich, und deswegen kann mich nichts, was du tust, verletzen.« Ich lachte laut auf und blickte auf die leeren Sitze rundum. »Kannst du dir ausmalen, was mit mir geschähe, wenn die Consilliarii dagewesen wären, als ich das sagte?«

»Könnte irgend etwas, das sie sich zu tun entschlossen, schlimmer sein als die Wahl, vor die sie dich vor drei Wochen stellten?«

Ich schüttelte den Kopf. »Nichts hätte schlimmer sein können.«

Larissa schritt langsam um mich herum, und ich wollte mich mitdrehen, um sie weiter anzuschauen. Aber sie hob eine Hand. »Bleib stehen. Ich möchte dich in Erinnerung behalten, so wie du bist, groß und stark und gerüstet für den Krieg.«

»Soll ich lächeln, oder möchtest du das Gesicht sehen, das ich den Reith zeigen werde?«

»In meiner Erinnerung wirst du immer lächeln, Neal aus den Roclaws.«

Ich kramte in meiner Gürteltasche und holte das Armband hervor, das ich geschmiedet hatte. »Das habe ich für dich gemacht, weil es wirklich alles darstellt, was ich bin. Es ist nicht viel – und das gilt ja auch für mich –, aber das Armband und ich gehören ganz dir.« Ich hielt es ihr hin.

Sie vollendete ihren Rundgang und faßte das Armband vorsichtig mit ihren Fingern. Nur zwei Zoll oder vielleicht nur einer trennten uns, aber sie stellten doch eine Kluft dar, so breit wie alle Ozeane zusammen. Mein Herz schlug, und in meinem Innersten spürte ich den Drang, die Arme auszustrecken und sie an mich zu ziehen. Ich wollte sie so eng an mir spüren, um das Drängen ihres Körpers an meinem niemals zu vergessen. Ich wollte die Nachtluft in ihrem Haar riechen und ihre Lippen auf meinen schmecken. Als ich meinen Blick in ihren tauchte, sah ich, daß sie in diesem Augenblick das gleiche wollte. Aber beide hielten wir uns zurück, geknebelt von jenen Gesetzen, die just an jenem Ort entstanden waren, an dem wir jetzt ganz allein und unbeobachtet standen.

Ich ließ das Armband los und senkte den Blick. »Ich werde im Feld sterben. Du weißt das bereits, oder?«

»Sag so etwas nicht. Du kannst es überleben.«

»Lügen gehören nicht zu unseren Phantasien, Larissa. Wir wissen beide, daß ich nicht mehr hierher zurückkommen werde.«

Schweigend streifte sie das Armband über die rechte Hand, legte sie auf ihren Busen und hielt sie mit der linken Hand dort fest. »Das ist … es ist der Alptraum, mit dem ich leben muß, seit der Beschluß gefaßt wurde, in den Krieg zu ziehen.«

Ich mußte schlucken. »Ich fürchte den Tod nicht, wirklich nicht. Aber es schmerzt mich, weil er mich von deiner Seite reißen wird. Doch ich weiß, daß es keine Chance gibt, diesen Feldzug zu überleben. Auch wenn sonst keiner fallen sollte, werde ich doch sterben, weil die Reith mich gar nicht am Leben lassen können. Und ich bin bereit, mein Leben dafür zu geben, um sicherzustellen, daß die Reith vernichtet werden.«

»Es schmerzt mich ebenfalls, Neal.« Sie lächelte einfältig. »Ich habe sogar schon daran gedacht, mich mit einem Nachschubtroß davonzustehlen. Ich wäre dann an Ort und Stelle, um meine magische Heilkunst zu versuchen, wenn du fällst.«

Ich schaute meine verbrannte linke Hand an. »Um eine Narbe zu vermeiden, die ich deinem Gatten in neunundzwanzig Jahren erklären müßte? Auf diese Narbensammlung bin ich nicht unbedingt stolz. Wenn ich deine heilkräftigen Finger schon am Anfang meiner Laufbahn hätte spüren dürfen, hätte ich mir nie eine solche Sammlung erlaubt. Aber jetzt? Ich glaube, daß die Zeit für unerbittliche alte Kämpfer wie mich zu Ende geht.«

»Und wenn ich meine Kunst anwendete, dich berührte, um dich zu retten, das würde dich auch zum Untergang verdammen.« Sie nickte mir traurig zu. »Ich würde das Exil gern auf mich nehmen, aber ich möchte nicht das Werkzeug sein für deinen Tod.«

»Und ich würde im Grab keine Ruhe finden, wenn ich die Ursache dafür gewesen wäre, daß man dich aus deiner Heimat verjagte.« Ich schlug die Augen nieder. »Obwohl es mir das Herz zerreißt, daß ich dich verlassen muß, wird mir in der Erinnerung die Zeit heilig sein, die wir zusammen waren, unsere Träume und das Glück, das wir erlebten.«

Sie lächelte. »Ich liebe dich, Neal, und ich werde dich immer lieben.«

»Und ich liebe dich, Larissa, für immer und ewig.«

Ohne Worte, aber in völliger Übereinstimmung der Gefühle legten wir uns in diesem Amphitheater nieder, schliefen ein und träumten zusammen von immer und ewig.

Der Wald war voller Elfen, als wir uns am Morgen zum Aufbruch sammelten. Der Anteil der Stadt Cygestolia an unserer Gesamtstärke sollte bei zwanzig Prozent liegen. Aarundel schätzte ihn eher zurückhaltend auf fünfundzwanzigtausend Mann. Fünf Legionen umfaßte das cygestolische Kontingent insgesamt, jede mit fünfzig

Kompanien zu je hundert Mann. Zwei Legionen waren Lansorii, je eine leichte und schwere Infanterie, und die letzte eine Mischung aus Bogenschützen, Pionieren und Kampfzauberern. Jede Kompanie hatte ihre eigene leuchtende Standarte. So versammelten sich die Elfen in Senken und auf Hügeln, in Tälern und auf Wiesen zur Verabschiedung.

Ich hatte mich darauf eingerichtet, im Rahmen von Aarundels Kompanie zu kämpfen, die zu der Legion unter Führung Finndalis gehörte. So hatte auch ich die Ehre, von Calarianne, Thralan, Lomthelgar und anderen wichtigen Repräsentanten des Elfentums verabschiedet zu werden. Fast alle Reden und Gespräche fanden auf elfisch statt, aber sowohl die Abschiedstränen als auch die hehren Worte der Redner waren für mich dennoch zu verstehen. Ich hatte solche Szenen in meinem Leben schon oft erlebt, und *diese* Abschiedsszene erinnerte mich an meinen Aufbruch aus den Roclaws, als ich beschlossen hatte, das Abenteuer zu suchen.

»Wenn ich für einen Augenblick um Aufmerksamkeit bitten darf«, sagte ich höflich. Ich sah dabei hinüber zu Shijef, der mit Lomthelgar ins Gespräch vertieft war. »Ich habe etwas zu sagen, und ich kann mir kein besseres Publikum als Zeugen denken.«

Alles verstummte und sah mich erwartungsvoll an. »Shijef! Ich war vielleicht kein perfekter Herr, und du warst bestimmt kein perfekter Sklave. Du hast mir genausooft nicht gehorcht, wie ich Befehle gegeben habe, denen man nicht gehorchen sollte. Obwohl du meinen Tod wünschen mußtest, der für dich die Freiheit bedeutet hätte, hast du mich in der größten Gefahr immer beschützt. Und bei unserem letzten Abenteuer hast du Marta gerettet, weil ich versagte.«

Der Driel starrte mich an, und seine granatroten Augen blitzten.

»Shijef! Wir brechen hier zu einem Krieg auf, der für

alle Zeiten die Vorherrschaft der einen über eine andere Rasse sichern soll. In einen solchen Krieg, mit diesem Kriegsziel, möchte ich keinen Sklaven mitnehmen. Ich gebe dich deswegen jetzt frei von allen Pflichten, die du mir gegenüber hast. Du kannst gehen, du bist frei.«

Shijef scharrte aufgeregt mit einer Kralle auf dem Boden, aber er sagte nichts.

Ich lächelte ihn aufmunternd an. »Geh! Beeile dich, geh fort von hier! Geh nach Hause!«

Der Driel zog die Augenbrauen hoch. »Nicht mehr mein Herr bist du?«

»Genau. Ich bin nicht mehr dein Herr. Geh nach Hause!«

»Wenn nicht mehr mein Herr, warum du mir gibst dann Befehle?«

Amüsiertes Lachen war von den Umstehenden zu hören. Aarundel, der in seiner schwarzen, scharfkantigen Rüstung zum Fürchten aussah, zeigte mit dem Arm nach Osten in Richtung des Hügellandes von Irtysch, wo ich den Driel getroffen hatte. »Du kannst jetzt wirklich gehen. Du bist jetzt frei.«

»Frei ich bin, frei ich bin gewesen.« Das Untier trommelte mit den Pranken auf seine Brust. »Dumm ich nicht bin, Euch ich verstehe. Versteht Ihr auch mich. Ich nicht die Reith liebe. Was sie mit Menschen machen, sie machen mit Driel. Sklave ich bin gewesen, und Sklave nicht mehr will sein, niemals. Wenn Elfen einen Menschen haben in ihrer Armee, einen Driel sie werden auch haben.«

Die Elfen waren, genau wie ich, sprachlos.

Shijef klopfte an seine Brust, dann kam er zu mir herüber und schlug auf die Brustplatte über meinem Herzen. »Haben das gleiche Herz wir, du und ich. Freiwillig geloben ich dir tue, was erzwungen war zuvor: Mein Geschlecht und dein Geschlecht, Freunde und Verbündete für immer.«

Ich nahm seine Pfote und drückte sie an meine Brust.

»Wir haben dasselbe Herz, du und ich. Ich nehme deine Dienste an im Austausch für meine und die meines Geschlechts.«

Der Driel lachte so dröhnend, daß Schwarzstern scheute. Dann trollte sich Shijef, um sich wieder zu Lomthelgar zu setzen. Neben Aarundel sah ich seine Eltern und Marta. Und auch die anderen Familien sagten ihren Soldaten Lebewohl. Ich fühlte mich einen Augenblick lang allein und verlassen. Doch dann hörte ich ihre Stimme und drehte mich um.

»Neal.« Larissa lächelte mich an. »Ich habe etwas für dich. Geschenk um Geschenk.«

Als sie mir die Arme entgegenstreckte, bemerkte ich, daß sie mein Armband trug. Sie reichte mir einen aus goldenem Haar geflochtenen Reif. Ich zog meinen gepanzerten Stulpenhandschuh von meiner Rechten und hielt ihr die Hand entgegen. Sie streifte mir den Reif über und knotete ihn mit dem blauen Band fest, das sie eingeflochten hatte.

Ich hob die Hand und erhaschte, ausgehend von dem Haar und dem Band ihren Duft. »Vielen Dank, Edle Frau. Ich spüre schon die medizinische Wirkung dieses Reifs.«

Sie zog eine Braue hoch. »Medizinische Wirkung?«

»Ganz offensichtlich hast du etwas heilende Magie hineingeflochten, denn meine Kopfschmerzen sind wie fortgeblasen.« Nach einigem Zögern barg ich meine Hand wieder in ihrem Gefängnis aus Leder und Stahl. »Nur zur Erinnerung: Wir hatten doch schon unser ›für immer und ewig‹.«

Larissa nickte nachdenklich. »Wenn du zu mir zurückkommst, werden wir es wieder und immer wieder haben.«

»Es wäre uns nicht genug.«

»Nein, aber es wäre besser als alles andere.« Sie trat einen Schritt zurück und sah zu Finndali hinüber. »Ich sollte ihm jetzt Lebewohl sagen.«

Ich nickte und sah ihr zu, wie sie zu ihm ging. Ich bemerkte, daß sie immer langsamer und steifer ging, je näher sie ihm kam, und dann schienen sie sehr förmlich miteinander umzugehen. Aber am Schluß ihrer Unterhaltung beugte er sich zu ihr – um sie zu küssen, wie ich vermute. Ich weiß es nicht genau, denn ich drehte mich um, in Gedanken schon ganz bei der grausamen Wirklichkeit des kommenden Krieges.

Tausend Meilen lagen zwischen Cygestolia und Alatun, und wir legten sie – wie man sagen könnte – geradezu gemächlich zurück. Elfische Fußtruppen kommen, ganz einfach ihrer längeren Beine wegen, schneller vorwärts als Menschen; aber trotzdem hatten wir zwei Monate eingeplant, um die Strecke zu bewältigen. Mit jedem Schritt, dem wir Reith näher kamen, wußten wir, daß der Feind sich auf uns vorbereitete. Aber genauso wollten wir es ja auch.

Unser Heer schwoll gewaltig an, als wir den Aufmarschraum im südwestlichen Grenzbogen des Elfengebiets erreichten. Unsere Kampfstärke wuchs auf über fünfundzwanzig Legionen an und betrug somit das Dreifache dessen, womit die Menschen gegen die Reith rebelliert hatten. Auf je drei Soldaten der Kampftruppe kamen noch einmal zwei Elfen der Unterstützungstruppen. Dazu gehörten beispielsweise die Feldküchen, die Wundversorger, Waffenwarte und Hufschmiede.

Nach fünf Wochen hatten wir halb Batangas durchquert. Ich nutzte die Zeit, um passabel Elfisch und Driel zu lernen – das eine aus purer Notwendigkeit, und das andere, um Shijef und mir die Langeweile zu vertreiben, wenn die Elfen uns wieder einmal ignorierten. Um diese Zeit kehrten elfische Fernaufklärer zurück und berichteten, daß sich uns von Nordwesten eine berittene Menschentruppe nähere, deren Banner einen linken Handschuh und eine Rune aus dem Gebirge zeige. Finndali gestattete Aarundel und mir, der Menschentruppe entgegenzureiten. Und so konnten wir in unserer Armee das Kaiserliche Leibregiment ›Stählerner Haufen‹ einreihen.

Dessen Ankunft löste auch ein Problem, das *ich* in den Augen Finndalis und der anderen Elfenführer darstellte. Wenn sie auch verpflichtet waren, mich mitzunehmen, hatten sie doch starke Vorbehalte, mich in der Schlacht, wenn es hart auf hart ging, unter ihnen zu haben. Sogar die Einführung eines unzerreißbaren Bandes, das mein Schwert Herzspalter und mich untrennbar miteinander verband, schien ihre Bedenken nicht zu zerstreuen. Als nun der Stählerne Haufen eintraf, setzten sie mich als Kommandeur ein und bestimmten meine Einheit als Reserve.

In meinem Regiment wurde darüber viel gemurrt. Aber das Murren erstarb, je mehr wir uns Reith näherten. Das Wetter verschlechterte sich. Es wurde kalt, aber in der Ebene fiel sehr wenig Schnee. Vor uns, genau im Süden, sahen wir die Berge von Reith, wenn auch nicht sehr deutlich, denn tiefhängende Wolken hüllten sie ein. Daß sie deswegen tagsüber noch so fern schienen, entspannte uns. Nachts aber wirkte Reith, wenn auch noch hundert Meilen entfernt, zum Greifen nah und sehr bedrohlich.

In den tiefsten Nachtstunden verwandelten lodernde Lichtblitze die Wolken in bedrohlich leuchtende Tiere mit wedelnden Tentakeln. Es sah aus, als warteten sie nur darauf, uns damit aus dem Sattel zu holen. Alle möglichen Blitze, rote und grüne und einige in andern unnatürlichen, ungewöhnlichen Farben, durchzuckten den Himmel. Weit entferntes Donnern rumpelte uns grollend entgegen und ließ so manche von uns glauben, Reith verwandle sich in ein Land, in dem sogar die Steine sich anschickten, uns zu zermalmen.

Aarundel informierte uns darüber, daß Licht und Lärm nach Einschätzung elfischer Zauberer nur dazu dienen sollten, die wirklich mächtigen Zauber zu tarnen, die reithische Magier vorbereiteten. Als ich die Licht-und-Donner-Schau mit dem magischen Gegenstück goldglänzender Paraderüstungen verglich, gingen meine Männer dazu über, das Spektakel der Reith wie ein Theaterstück auf einer entfernten Bühne zu betrachten. Jede Nacht erfanden sie eine neue Geschichte über das, was sie sahen, und sie empfanden keinerlei Furcht mehr vor dem Getöse. Als wir schon so nahe gekommen waren, daß die Donnerschläge unmittelbar auf die Blitze folgten, schienen sogar die Elfen Respekt vor der Unerschrockenheit meiner Männer der menschlichen Rasse zu empfinden.

Über einen Gebirgspaß, den die Reith hätten verteidigen sollen, stießen wir direkt auf rheithisches Territorium vor. Sie hatten nur ein paar Aufklärer in den nebelverhangenen Felsen und Schluchten stationiert, aber sie griffen uns kein einziges Mal an. Ich weiß nicht, ob sie glaubten, wir seien unangreifbar, oder ob irgendein verschrobener Ehrbegriff ihnen nahelegte, uns erst einmal auf dem Schlachtfeld vor Alatun versammeln zu lassen. Auf jeden Fall beraubten sie sich einer Chance, uns lange aufzuhalten und unsere Zahl zu verringern. Erst als wir später die letzte, entscheidende Schlacht schlugen, wurde mir klar, warum sie uns nicht im Gebirge stellten, und warum sie meinten, das auch gar nicht zu müssen.

Obwohl uns jetzt nur noch fünfzig Meilen von Alatun trennten, verhinderten die Wolken, daß wir schon irgend etwas davon sahen. Wir ließen vor unserem Heer kleinere Vorausabteilungen marschieren, um rechtzeitig vor jedem reithischen Angriff gewarnt zu werden. Den Soldaten dieser Einheiten war klar, daß sie im Fall einer energischen Attacke wohl fallen würden, wenn größere Einheiten ihnen nicht rechtzeitig zu Hilfe eilen konnten. Die Elfen, die zu einem solchen Auftrag befohlen wurden, schienen ihn ohne Kommentar zu akzeptieren. Ich glaube, daß es so etwas wie Ehrensache war, daß Finndali mein Angebot ablehnte, bei unserem weiteren Vormarsch auch einmal diese undankbare Aufgabe zu übernehmen.

Zwei Tage lang rückten wir vorsichtig vor. Nebel hüllte den ganzen Weg Meter für Meter ein. Da er gelblich eingefärbt war und nach faulen Eiern stank, war mir sofort klar, daß es sich nicht um natürlichen, jedenfalls nicht ganz um natürlichen Nebel handeln konnte, und die neugierige Untersuchung durch einen elfischen Zauberer bestätigte meine Vermutung. In der letzten Nacht kampierten wir zehn Meilen vor Alatun, und noch immer gab es außer dem Gedonner und einem roten Glimmen, das unheimlich die Nacht durchpulste, keinen Hinweis darauf, wo die Stadt nun wirklich lag.

Ich blickte auf, als Aarundel in mein Zelt trat. Und ich hielt ihm zwei Briefe hin. »Wir wollen es bei dieser Schlacht genauso halten wie immer. Wirst du dafür sorgen, daß die Briefe befördert werden?«

»Wie immer, aber ich bin sicher, daß du sie wieder von mir in Empfang nehmen und dich dann selbst darum kümmern kannst.« Aarundel zog sich einen Feldstuhl heran und setzte sich. »Ich möchte dir sagen, daß ich mit Finndali darum gerungen habe, dein Regiment neben meinem in der ersten Angriffswelle stürmen zu lassen. Ich habe alles versucht, aber er hat sich nicht umstimmen lassen.«

Ich zuckte mit den Schultern. »Er könnte ein Huhn aufschneiden und in den Gedärmen lesen, daß meine Führung bei dem Angriff alle Reith vor Lachen tot umfallen ließe, dann würde er mich trotzdem nicht in der ersten Welle kämpfen lassen. Er hat seine Gründe dafür.«

»Ich weiß. Ich wollte nur nicht, daß du glauben könntest, es sei vielleicht *ich*, der dich nicht an seiner Seite haben wollte.« Er legte seine Handflächen aneinander und schaute sie wie gebannt an. »Es hat Gelegenheiten gegeben, mein Freund, da entsprachen meine Worte nicht dem, was ich in meinem Herzen für dich fühle. Es ist nicht immer einfach, ganze Jahrhunderte mit Gedanken, Ideen und Worten zu überbrücken. Ich weiß, daß meine Worte auch manchmal verletzend waren. Und dafür möchte ich mich entschuldigen.«

»Das brauchst du nicht, denn es kam öfter vor, daß deine Worte dem Gefühl in deinem Herzen ganz genau entsprachen. In Jammaq zum Beispiel, als du mir sagtest, ich solle fliehen, und auch als du mich batest, Marta zu retten. Da habe ich gespürt, was du wirklich von mir hältst.« Ich streckte den Arm aus und faßte ihn um den Nacken und näherte meine Stirn der seinen, bis sie sich berührten. »Unter unserer Haut sind wir Brüder. Vollkommen sind wir nicht, aber wir sind Brüder. Und das bedeutet, wie ich glaube, daß wir uns immer verstehen.«

Aarundel lächelte. Dann lehnte er sich zurück, und meine Hand ließ ihn los. »Also wirst du auch verstehen, wenn ich dir sage, daß ich nach unserer Rückkehr alles nur Erdenkliche dafür unternehmen werde, daß du und meine Schwester endlich zusammensein könnt.«

Mir steckte ein Kloß im Hals, und ich konnte nicht sprechen. Also nickte ich ihm nur zu und lächelte ebenfalls und nestelte die ganze Zeit an dem geflochtenen Reif um mein rechtes Handgelenk.

Am nächsten Morgen war es so kalt, daß es den Atem verschlug, und ich dankte welchen Göttern auch immer, die die Wolle geschaffen hatten, daß ich wollene Kleidungsstücke unter meiner Rüstung trug. Über den Steppjacken und -hosen lag die Vollrüstung. Sie war eigens für mich in Cygestolia angefertigt worden, hatte also eine Menge jener Piken und Sporne, die die Elfen so lieben. Darüber hinaus war meine Gesichtsmaske innen ganz genau meinem Gesicht angepaßt, aber nach außen hatte sie die Form eines zähnefletschenden Wolfes. Ich hatte grinsen müssen, als ich sie das erste Mal sah, und sogar jetzt brachte sie mich zum Schmunzeln, denn mit diesem bronzierten Stahlanzug wurde ich wirklich der Falbe Wolf.

Das Elfenheer stellte sich in einer Frontbreite von mehr als einer Meile auf. Das Schlachtfeld mit seinem groben Untergrund stieg leicht in Richtung Alatun an. Der von der Sonne des vergangenen Sommers hartgebackene Boden entwickelte wegen des dichten, feuchten Nebels einen dünnen Film schlüpfrigen roten Lehms.

Der Pflanzenbewuchs bestand im wesentlichen aus Nadelbäumen und Dornbüschen, von denen einige gelbe und weiße Blütenknospen zeigten. Riesige Felsblöcke sprenkelten das Gefechtsfeld. Sie taugten zwar nicht als Brustwehr, aber um sie herum würde die Schlacht toben und tosen, und in ihrem Schatten würden die Leiber der Toten zuhauf liegen.

Ein Block elfischer Pikenträger bildete das Zentrum. Auf den Flügeln standen die Kavallerie und hinter ihr als Feuerschutz die Bogenschützen. Die Trosse wurden nicht allzuweit nach hinten geschickt. Hätte die Sonne geschienen, dann hätten beinahe hunderttausend Helme aufgeblitzt. So aber waberte bloß der Nebel, der abwechselnd Teile unseres Aufmarschs enthüllte und wieder verbarg.

Von irgendwo im Nebelmeer hörte ich von der anderen Seite der Front ein Trompetensignal. So als würde sich im Theater der Vorhang heben, stieg der weiße Nebel auf, obwohl sich an seiner Stelle blutrote Schwaden dicht über dem Boden ausbreiteten. Durch den weichenden Nebel sah ich schemenhafte Figuren auf uns zukommen. Ohne Vergleichsmaßstäbe konnte ich ihre tatsächliche Größe nicht genau bestimmen, aber die war im Vergleich zu den aberwitzigen Gestalten und ihrer seltsamen Gangart gar nicht so wichtig.

Denn durch unsere Reihen pflanzte sich schnell ein Geraune fort, als jene, die die reithische Armee schon sehen konnten, diejenigen weiter hinten informierten.

Soweit hinten, wie ich war, konnte ich nicht viel verstehen, und bis ich die vielen Bruchstücke zusammengesetzt hatte, sah ich selber, was los war.

Was den Reith vielleicht zahlenmäßig fehlte, machten sie durch eine großartige Kraftentfaltung wieder wett. Kreaturen von unvorstellbarer Größe stakten zwischen den Einheiten herum. Ich sah gigantische, aus massivem Fels gehauene Figuren mitten zwischen gewöhnlichen reithischen Soldaten in die Front marschieren. Eine ganze Kompanie säbelschwingender Reiterskelette brachte seine ausgemergelten Mähren hinter einer Einheit normaler reithischer Dragoner in Stellung. Ganze Horden kleiner, menschenähnlicher Dinger, zusammengenagelt aus Abfallholz und mittels Zauberkraft zum Leben erweckt, hielten ihre Speere kampfbereit.

Das war aber bei weitem noch nicht alles, was man gegen uns ins Feld führte. Als der Nebel ganz verschwunden war, machte ich riesige Figuren mit acht oder zehn Beinen aus, gebaut aus Knochen, bestehend aus Hunderten und Tausenden Stücken Bein, von Zauberkraft zusammengehalten. Hunderte reithischer Bogenschützen – so wie es aussah, waren viele von ihnen schon einmal gestorben – ritten auf den Rücken dieser Behemothe, dieser Titanenwesen aus vergangener Zeit. Ähnliche, aber wesentlich kleinere Konstruktionen aus Rüstungsresten und -abfällen gingen aufrecht wie Menschen, waren aber gebaut wie Stachelschweine, wobei Schwerter und Sensenblätter ihre Stacheln und Klauen bildeten. Schon ein einziger dieser zum Leben erweckten metallischen Giganten würde eine Infanterieeinheit, in die er einbräche, schrecklich dezimieren. Die Reith würde dies allenfalls das Leben des Zauberers kosten, der im Brustkasten des Ungetüms saß und es mit Magie dirigierte.

Wenn ich es auch noch so sehr versuchte, konnte ich Takrakor zwischen all den Einheiten, die man gegen uns ansetzte, nicht erkennen. Ich wußte, daß er hier sein mußte und daß ich ihn töten würde, aber ich wußte auch, daß es nicht einfach sein würde, ihn unter Fünfzigtausenden seiner Landsleute herauszufinden. Ich konnte mir vorstellen, daß er eines der Knochenungetüme oder eines der stählernen Stachelschweine kommandierte, aber um das festzustellen, mußten sie erst einmal zerstört werden.

Trompeten schmetterten laut und blechern im Elfenheer, und die Infanterie rückte langsam vor. Ihre ganze Front bewegte sich wie *ein* Mann. Grüne und goldene Standarten rührten sich im Wind, bestickt mit elfischen Kampfrufen und Runen. In der ersten Reihe fällten die Pikenträger ihre Spieße zur Abwehr jedweden reithischen Angriffs, aber die Kavallerie des Gegners schien unentschlossen, sich mit Infanterie einzulassen. Doch hinter der Infanterie und an ihren Flanken rückte schon die Kavallerie der Elfen vor.

Mein Stählerner Haufen blieb stehen, wo er war. Fünfundzwanzig Meter vor uns bezog Shijef Position, so als wolle er sämtliche reithischen Angreifer, sollten sie die elfische Front durchbrechen, alleine abwehren. Ich allerdings erwartete auch von einem so starken und trickreichen Feind nicht, daß er siegreich bis zu unserer Position durchbrechen konnte. Mich beunruhigte mehr ein unbestimmtes Gefühl, daß die Elfen in einen tückischen Hinterhalt tappten, und daß ich nicht in der Lage war, sie davor zu bewahren.

Noch hundert Meter trennten die Elfeninfanterie von den hölzernen Puppenmenschen. Reithische Kavallerie bewegte sich rastlos auf der Stelle. Ihre leuchtenden Wimpel hingen schlaff an den Lanzen. Die elfischen Pikenträger drückten weiter nach vorn, aber ihre Formation veränderte sich leicht. Der mittlere Block blieb ein wenig zurück und wurde immer dichter. Die Reith argwöhnten, was die Elfen vorhatten, und schickten mit einem Trompetenstoß Reiter nach vorn. Auch ihre Skelettkameraden galoppierten ins Gefecht, und ihre Kleinholzmänner griffen die Infanterie an.

Die Holzkerle richteten zwar wenig Schaden an, verschlissen aber viele Piken, die viel dringender benötigt wurden, um lebendige Feinde – vor allem Reiter – im Zaum zu halten. Von links ritt die reithische Kavallerie einen Angriff mitten in die Infanterie. Die Hufe donnerten über die Ebene, und der rote Schlamm bespritzte die Beine und Bäuche der Pferde wie Blut. Beim Gegenangriff der elfischen Lansorii übertönten ihre im Gleichtakt skandierten Schlachtrufe leicht die reithische Kakophonie.

Die erste Welle der reithischen Kavallerie brach den ersten Widerstand der Infanterie, schlug eine Bresche und drang tief in die Formation ein. Pferde schrien und bäumten sich auf, Blut floß aus den Nüstern und Mäulern, als wären sie Figuren eines grausigen Brunnens. Manche Spieße durchbohrten Pferd und Reiter auf einmal, manche trafen überhaupt nichts. Die Reith drängten mit aller Gewalt vorwärts und jagten ihre Pferde vor, als müßten sie eine schäumende Flut aufhalten. Hätten sie Kraft und Bewegung des ersten Treffens durchhalten können, dann wären sie wohl bis dorthin vorgedrungen, wohin sie wollten, und sie hätten uns schwerste Verluste zugefügt.

Aber die reithische Kavallerie schaffte es nicht, weil der elfische Gegenangriff sie in der Flanke traf und sie auseinanderriß. Die Lansorii, die sich mit ihrer unmenschlichen Rüstung in stählerne Dämonen verwandelt hatten, gingen durch die reithische Brigade wie ein Zeltpflock durch sandigen Boden. Die Wucht ihres Angriffs machte die reithischen Absichten zunichte. Elfen und Reith waren wie ein Knäuel ineinander verkeilt. Der Blutnebel stieg, und wo er am dicksten war, sah ich Aarundel, der sich mit seiner Streitaxt Luft schaffte.

Jetzt näherten sich die Skelettreiter der Infanterie. Der Wind pfiff unheimlich durch die blanken Gerippe, und ihre Unterkiefer klappten rauf und runter, als wollten sie genauso laut brüllen wie die Elfen; aber wo keine

Lungen waren, konnte es auch keine Schlachtrufe geben. Statt dessen kündigten sie sich durch das Klipperklapper ihrer Knochen an, das sich anhörte wie ein beunruhigendes Klirren.

Das dichte Knäuel Elfen im Zentrum der Infanterie begann zu leuchten und zu glühen. Eine goldene Wolke hüllte die Elfen ein und wurde immer heller. Ein Nova-Blitz schoß aus der Wolke hervor. Der feurige Blitz brannte eine Schneise durch die Skelette, acht Mann breit und hundert Meter tief. Nur zwei Reihen blieben auf jeder Seite und ganz hinten unbeeinträchtigt, als der große Rest der Horde in Sekundenschnelle von Knochen in Rauch verwandelt wurde. Ein zweiter Strahl magischer Energie – diesmal blau und in Form eines Lakens – beseitigte, was von der untoten Kavallerie noch übrig geblieben war. Als hätte es sich um Wasser gehandelt, verschwand einfach, was auch immer die Skelette zusammengehalten hatte.

Als sich die Stachelschweine vorwärts bewegten, und als immer mehr Zauberer mit ihrem Begleitschutz vorrückten, wuchs in mir die Angst. Ich ließ den Blick über das Schlachtfeld und darüber hinaus bis nach Alatun selbst schweifen. Eine innere Stimme sagte mir, daß der Schlüssel zum Sieg dort lag. Schlagartig war mir klar, daß ich nach Alatun reiten und den Tag zu unseren Gunsten entscheiden konnte. Es brauchten keine weiteren Elfen mehr zu sterben, keine elfischen Frauen ihre Liebsten beweinen. Und die Dankbarkeit der Elfen mir gegenüber würde grenzenlos sein.

All das wurde mir in diesen Minuten klar, und ich nahm es genauso hin wie die Tatsache, daß auch am nächsten Tag wieder die Sonne aufgehen würde. Ganz beiläufig zog ich Herzspalter aus der Scheide, so als wolle ich die Klinge auf Scharten untersuchen, obwohl ich doch genau wußte, daß ich keine finden würde. Ich wußte, daß ich mich unbemerkt von meinem Stählernen Haufen entfernen, die reithischen Truppen umgehen und direkt nach Alatun reiten konnte. Nichts und niemand würde mich daran hindern, dorthin zu gelangen und meinen vom Schicksal gegebenen Auftrag zu erfüllen. *Mit Herzspalter und dem Dolch, den Marta mir gegeben hat,* dachte ich, während ich danach griff, *kann ich nicht scheitern.*

Ich fühlte einen stechenden Schmerz in der Schädeldecke, als ich den Dolch berührte, und überlegte einen Augenblick, ob sie mich nicht trickreich dazu gebracht hatte, eine Waffe zu tragen, die mir schaden würde. Doch schnell genug verwarf ich diesen aufkeimenden Gedanken an Verrat und machte mir klar, daß sie mir etwas geschenkt hatte, das noch viel wertvoller war, als sie vermuten konnte. Der Dolch, in dessen Griff ein Splitter von Takrakors Zahn eingearbeitet war, hatte soeben mein Leben und das der ganzen Armee gerettet.

Der Zauber nämlich, den sie mit Hilfe des Zahns in den Dolch eingearbeitet hatte, verschaffte mir sofort und intuitiv Kenntnis über Takrakors Aufenthaltsort. Zwar nicht übertrieben genau, wußte ich doch zumindest, daß er seinen Schlupfwinkel in Alatun hatte, und ich konnte es ganz deutlich fühlen, daß er mich dort erwartete. Mir wurde klar, daß die Überlegungen darüber, wie ich die ganze Schlacht entscheiden konnte, aus seinem Gehirn stammten. Wie die Spinne im Netz hatte er seine Zauberkünste nur entfaltet, um mich anzulocken. Hätten der Zahn und der damit verbundene Zauber mich nicht darauf gebracht, *wo* Takrakor mich erwartete, wäre ich ihm sicherlich in die Falle geritten und hätte ihm, und dann tatsächlich ohne großen Kampf, Herzspalter ausgeliefert.

So aber *wußte* ich es, und das bedeutete, daß ich seinen Plan vereiteln konnte.

Ich hob einen Arm und nickte meinem Trompeter zu. Er blies ein Signal, das mein Regiment alarmierte und aller Aufmerksamkeit auf mich richtete. Ich zeigte mit dem ausgestreckten Arm in Richtung Stadt und ließ Schwarzstern die Sporen fühlen: »Mir nach nach Alatun und zum Sieg!«

»Nach Alatun und zum Sieg!« riefen die Männer, als sie antrabten und mir folgten. Shijef sprintete uns voraus, und sein laut zischendes Gelächter begleitete uns die ganze Zeit auf unserem Höllenritt zu der reithischen Stadt.

Als wir uns aus der Schlachtaufstellung der Elfen lösten, war mir klar, was Finndali und die andern von uns denken mußten. Zunächst würden sie mich sicher verfluchen, weil ich einen Teil ihrer Reserven in einem Spiel von zweifelhaftem Wert und fraglicher Wirkung aufs Spiel gesetzt hatte. Das Kriegsziel unserer Armee war die Vernichtung der Reith, nicht die Inbesitznahme irgendwelcher Gebiete oder Städte. Für dieses Ziel war die Wegnahme der Stadt Alatun bedeutungslos. Der Verlust hätte vielleicht ihre Moral ankratzen können; doch welche Rolle sollte die Moral für die Kampfkraft magisch definierter Gefechtsautomaten und steinerner Kampfgiganten spielen?

Unten auf dem Schlachtfeld waren die Armeen jetzt in engster Kampfberührung. Goldene Blitze trafen auf schwarze Schilde, als die Zauberer darin wetteiferten, Truppenteile zu vernichten oder zu schützen. Die stählernen Stachelschweine schnitten und schlugen sich ihren Weg durch elfische Infanterieeinheiten. Hagelstürme aus elfischen Pfeilen prasselten auf die gigantischen Knochenkonstruktionen nieder und lichteten die Masse reithischer Bogenschützen auf ihren Rücken. Mammutfiguren aus Stein und Elfenbein strauchelten, Attacken brachen zusammen, ganze Einheiten lösten sich auf. Aber beide Seiten trieben die Angriffe rücksichtslos voran, warfen Reserven in die Schlacht, um die Verluste zu ersetzen.

»Wenn wir zur Stadt kommen«, rief ich Fursey, dem Regimentskommandeur zu, »dann schließt die Tore und haltet sie gegen die Reith. Schneidet ihnen den Rückzug ab.«

Er nickte, und wir stürmten weiter. Bei jedem Schritt fühlte ich, wie ich Takrakor näher und immer näher kam. Jede Erschütterung, die ich durch den Sattel hindurch spürte, verkürzte die Zeit, bis ich ihn vernichten würde. Sein Zauber wurde stärker, je näher ich ihm kam, und trieb mich noch mehr an. Und Martas Zauber dirigierte mich zu ihm, als wäre ich ein Pfeil, den man auf ein bestimmtes Ziel abgeschossen hatte. Ich würde ihn nicht verfehlen, das wußte ich genau, und ich konnte es gar nicht mehr erwarten, bis mein Ziel und ich eins wurden.

Die Stadttore lagen offen vor uns, wie eine Karawansereihure, die auf Kunden wartet. Ich drehte mich im Sattel um. Durch den Staub und den Nebel hinter dem Regiment konnte ich beobachten, wie sich das erste der gigantischen, zehnfüßigen Mammutuntiere unter einem anhaltenden Angriff elfischer Zauberer mit grünen und blauen magischen Speeren auflöste. Der Schädel explodierte, als die zauberische Energie ihn umgab, und ich sah, wie ein Etwas, das aussah wie der brennende Körper eines reithischen Magus, vom Explosionsdruck fortgeschleudert wurde.

Das Echo der Explosion wurde von den Mauern Alatuns zurückgeworfen, eingerahmt von einem Durcheinander von Hörnern und Trompeten, die zu beiden Seiten der Front irgendwelchen Soldaten irgendwelche Kommandos zubliesen. Sich über den niedrigen grauen Himmel wie die Morgenröte ausbreitend, schwebte ein riesiges, pupurnes Energiesegel von der elfischen Seite des Schlachtfelds aus zwischen den Positionen der Reith und der Stadt. Es tauchte zahlreiche Kraftlinien, die aus dem Stadtturm von Alatun herauskamen, in farbiges Licht und ließ sie erglühen. Doch als das Segel die Turmspitze zudeckte, sah ich, wie das Glühen erlosch und die Linien schließlich ganz verschwanden. In diesem Augenblick galoppierte Schwarzstern zum Stadttor hinauf.

Zu meiner Rechten sprang der Driel vom Boden auf und kletterte über die hochragenden Zinnen, während mein Pferd mit mir das Kopfsteinpflaster der Hauptstraße unter die Hufe nahm. Während ich weiter drauflos galoppierte, dirigierte hinter mir ein Trompetenstoß den Stählernen Haufen in die Stadt, um Tor und Mauern zu sichern. Ich fühlte geradezu, wie Takrakors Spott über ihre Anstrengungen unter einer Woge habgieriger Freude ertrank, als er mich erblickte, wie ich auf den Turm zuraste. Starke Emotionen jagten in seinem Kopf herum, doch zu schnell für mich, um sie einigermaßen bewußt auszumachen. Aber sie ließen mir die Nackenhaare zu Berge stehen, als ich den Vorplatz des Schwarzen Turms mitten im Stadtzentrum hinaufritt.

Herzspalter in meiner rechten Hand und den Dolch in meiner linken, sprang ich vom Pferd und rannte, so schnell ich nur konnte, die Stufen zum offenen Eingang hoch. Wenn auch der Turm schon verwittert und geradezu verwirrend verziert war, erinnerte er mich doch an den Kaiserlichen Turm in Jarudin. Ich bemerkte sofort, daß der neuere Turm diesem alten hier nachgebaut war. Wahrscheinlich würde Takrakor auch den Kampf gegen mich hier nach dem Muster gestalten, nach dem der Kaiser dort um seinen Titel gekämpft hatte. Nicht etwa, daß der Zauberer mit dem Schwert gegen mich kämpfen wollte. Vielmehr wollte er die Stätte meines größten Sieges in den Ort meiner ärgsten Niederlage verwandeln.

Im Turm eilte ich sofort dorthin, wo sich im Kaiserlichen Turm die Kapelle befand, und ich sah noch, wie ein in allen Regenbogenfarben schillernder Umhang an den Türpfosten schlug, als Takrakor kurz vor mir hineinschlüpfte. Ich erreichte die Schwelle ganz ungehindert und war schon auf den ersten Blick verblüfft über die nahezu identische Struktur der Kapelle hier und der in Jarudin. Von den wie Oberschenkelknochen geformten Säulen bis zur Feuergrube und den Glutpfannen glichen sich die Räume wie Zwillinge. Erst als ich zur Decke aufblickte, sah ich den einzigen Unterschied.

Takrakor, dessen Schattenriß sich gegen die Flammen aus der Feuergrube abzeichnete, winkte mich herein. Sein diamantenes Grinsen glitzerte im blutroten Licht der Glutpfannen. »Tritt ein. Ich habe diesen Raum dir zu Ehren etwas umgestaltet.«

Während das Bild seines Bruders als Deckenrelief die Kapelle in Jarudin geschmückt hatte, sah ich an der Decke dieses Raums mein Ebenbild. Es zeigte mich verletzt, aufgerissen und aus vielen Wunden blutend. Gebrochene Knochen ragten aus nackter Haut, und ein Teil meines Schädels fehlte. Ich sah aus, als hätte man mich gestreckt und geviertelt, hätte dann noch auf mich eingehackt und auf mir herumgetrampelt. Auch entmannt hatte man mich.

In meiner Helmmaske klang meine Stimme wie ein Echo. »Wenn du das unter besonderen Ehren für mich verstehst, dann sollte ich dich ohne viel Federlesens gleich auf der Stelle umbringen.« Ich machte einen Schritt auf ihn zu. »Du wolltest ja unbedingt das Schwert Herzspalter. Hier bekommst du es.«

Der Zauberer hob seine Hände in Brusthöhe. Von einem Halsriemen herunterhängend, steckte mein Dolch Wespe in einer Scheide, die gleich an Takrakors Brustbein lag. Von einem schwarzen, mit Goldborte eingefaßten Hüftrock, von Ledersandalen und seinem Regenbogenumhang abgesehen, war der Reith nackt und kam mir ganz wehrlos vor. Seine dünnen Arme und seine knochige Brust erweckten den Eindruck, als könne er für mich keinerlei körperliche Bedrohung sein. Doch in dem Augenblick, in dem er meinen alten Dolch berührte, spürte ich, wie sich ein Kraftfeld um mich aufbaute.

»Oh, ich werde Herzspalter bekommen, aber erst

dann, wenn du einen Beweis meiner Kunstfertigkeit als Zauberer am eigenen Leib erlebt haben wirst.« Er hob seine linke Hand und streckte sie mit gespreizten Fingern vor. Sein Körper schüttelte sich in konvulsivischen Zuckungen, dann schloß er die Faust, und ich spürte, wie mich eine unsichtbare Titanenhand packte. Sie hob mich hoch in die Luft und hielt mich dort, als wöge ich nicht mehr als ein neugeborener Welpe. Meine Rüstung ächzte und die Brust wurde mir eng. Jeder Atemzug erzeugte ein höllisches Stechen in der Brust, jeder einzelne Muskel schmerzte, und ich zog alle Glieder an meinen Rumpf, ohne daß ich es wollte.

Takrakor sah hoch zu mir und schüttelte den Kopf. »Überhaupt kein ebenbürtiger Gegner.« Er ließ die linke Hand sinken, berührte Wespe und streckte dann den kleinen Finger der rechten Hand aus. Als er das tat, wurde mein linkes Bein gestreckt, so schmerzhaft wie auf einer Streckbank, bis es fast den Boden berührte. Als er den Daumen ausstreckte, ging es mit dem andern Bein genauso, Ring- und Zeigefinger streckten meine Arme waagrecht, und mit dem Mittelfinger zog er den Kopf nach oben.

Er schlug mit der rechten Handkante ganz leicht auf den linken Mittelfinger, und schon knallte mein Kopf nach hinten, als hätte ihn jemand weggeschlagen. Der Helm flog weg, und die Maske fiel, doch ich hörte weder ein Rasseln noch einen Aufprall am Boden. Ich versuchte, den Kopf zu drehen, um zu sehen, ob sie irgendwo hinter mir hingen, aber ich konnte mich überhaupt nicht mehr bewegen. Ich hing einfach da, wie gekreuzigt, es klang mir noch in den Ohren von dem hingezauberten Schlag.

Jetzt hielt Takrakor beide Arme vor sich ausgestreckt, die Handflächen einander zugewandt. Er hielt sie soweit auseinander, als lägen sie zu beiden Seiten fest an meiner Brust, und als er die Finger wie zur Faust krümmte, spürte ich, wie sich seine Fingernägel in meinen Rücken gruben. Er lachte und zog seine Hände langsam weiter auseinander.

Meine stählerne Brustplatte aus elfischer Wertarbeit riß der Länge nach, als bestünde sie aus einem billigen Stoff. Er machte immer weiter, bis der Riß drei Finger breit war, schnippte zwei-, dreimal mit den Fingern, und die in Stücke gerissene Rüstung flog weg.

Bei jedem Schnippen schmerzte es mehr in den Schultergelenken. Denn es dehnte sich zwar mein Brustkorb, aber die Arme waren durch seinen Zauber unbeweglich und wie festgenagelt. Ich hörte es knirschen und knacken und noch einmal knacken, als mein linker Arm geräuschvoll in das Schultergelenk zurückschnappte. Ich wollte schreien, aber der Schmerz in meiner Brust verhinderte, daß ich tief genug einatmete, um überhaupt schreien zu können. Nicht einmal zu einem schwachen Winseln war ich imstande.

Er muß gesehen haben, wie mein Kiefer arbeitete, denn der Druck, der mich am Atmen hinderte, ließ plötzlich etwas nach. »Schrei, wenn du willst, Neal. Ich werde dich *auf jeden Fall* schreien hören. Ich werde es genießen, und ich sehe nicht ein, warum ich solange auf mein Vergnügen warten soll.«

Ich brachte wieder ein Husten zustande. »Keinen einzigen Schrei.«

»Doch. Du wirst schreien.«

Ich wollte irgend etwas Törichtes sagen, etwas Tapferes, Zähes, Heldisches, so wie es all die Helden in den Balladen und Sagen taten, aber es fiel mir nichts ein. Ich konnte nicht einmal eine stoische Miene aufsetzen, was ihn bestimmt mehr geärgert hätte als jedes unverschämte oder gehässige Wort. Ich gestand mir ein, daß ich seine Begabung als Zauberer schwer unterschätzt hatte und ich zahlte jetzt einen hohen Preis für meine Dummheit. Aber trotzdem hatte ich nicht die Absicht, das ihm gegenüber zuzugeben und ihm allein dadurch eine gewisse Befriedigung zu verschaffen. Ich gab also keinen Schmerzenslaut von mir.

Durch den Dolch in meiner linken Hand konnte ich seine Verblüffung spüren, und das stärkte noch meinen Durchhaltewillen. Jede Minute, die er darauf verschwendete, mich so zuzurichten, daß ich dem Deckenrelief hoch über mir immer mehr entsprach, war eine weitere Minute, in der seine erstaunliche Zauberkraft der reithischen Armee nicht zur Verfügung stand.

Jetzt krümmte Takrakor seine Finger wie zu Krallen und fuhr dann mit beiden Händen nach unten. Fingerbreite Risse zeigten sich daraufhin in meinen Beinschienen, und ihre Teile flogen verdreht und verbogen weg. Dann kamen die Armschienen an die Reihe. Sie zerschnitt er durch seinen Zauber zu Spiralen, die mir – als sie wegflogen – die Haut aufrissen. Das Blut tropfte aus zahllosen Schnitten in meinen Armen und vermischte sich mit meinem Schweiß.

Mit einem Augenzwinkern ließ er meine Stulpenhandschuhe verschwinden. Meine Waffen allerdings hielt ich noch in den Händen. Abgesehen von meinen zerfetzten Schuhen, einigen Fetzen meines Wamses und meiner Hosen und des Armbands aus Larissas Haar an meinem Handgelenk, hing ich nackt und mit geronnenem Blut verschmiert vor ihm. Mein Magen drehte sich mit jedem schmerzhaften Atemzug, den ich wagte, noch mehr nach außen.

Ich sah ihn an. »Warum nimmst du nicht einfach das Schwert und machst ein Ende?« Ich möchte glauben, daß ich ihm diese Frage in der Hoffnung stellte, er käme dann nah an mich heran und ich könne ihn angreifen. Doch ich bin nicht sicher, ob es sich so verhielt. Festgehalten und völlig entblößt und unfähig, ihn aufzuhalten, fühlte ich mich erschöpft und todmüde. Ich hatte Larissa vorhergesagt, daß ich nicht heimkehren, daß ich in diesem Feldzug sterben würde. Das war es also, und ich war kurz davor, aufzugeben. Dieser reithische Zauberer hatte mich geschlagen, und ich wußte, daß meine Zeit abgelaufen war.

»Es einfach nehmen?« Er schüttelte langsam den Kopf. »Nein, nein, nein, Neal Elfwart, Neal aus den Bergen, Besitzer von Herzspalter, Geißel der Reith, Mörder von Tashayul und Schlächter von Jarudin, nein. Ich werde es nicht nehmen. Du wirst es mir geben. Du wirst dir wünschen, es mir geben zu dürfen.«

Er legte Daumen und kleinen Finger der linken Hand zusammen, und sofort sackten meine Beine durch, so daß ich in knieender Stellung kauerte. Er nickte kurz, und sein Zauber stauchte mich auf den Boden. Ich spürte, wie am linken Knöchel das Sehnenband riß, als er einknickte. Ein rasender Schmerz schoß mir das Bein hoch und ich griff mit der linken Hand nach hinten, um den Knöchel zu fassen. Und dann spürte ich, wie sich vom Steißbein aus das Gefühl der Taubheit ausbreitete. Mir dämmerte, daß er mich aus dem Griff des einen Zaubers entlassen, aber schon den nächsten angewandt hatte, um meine Beine gefühllos und leblos zu machen.

»Jetzt weißt du auch, wie sich mein Bruder am Ende seines Lebens fühlte.« Er setzte zu einem lauten Gelächter an, aber das Fauchen des Feuers in der Grube hinter ihm übertönte es schnell. »Ich hätte es vorgezogen, dich oben zu halten wie vorher, aber ich muß immer zwischen einem aufwendigen Zauber und einem leichteren abwechseln. Doch sei versichert: Obwohl deine Beine im Augenblick taub und nutzlos sind, werde ich sie am Todeskampf deines Körpers noch teilhaben lassen.«

Er schaute auf mich herunter, als er die Arme hob. Er machte mit beiden Händen eine Faust und streckte dann nur die Zeigefinger geradeaus. Dann legte er sie rechts über links über Kreuz. »Du wirst das als äußerst schmerzvoll empfinden, und die einzige Möglichkeit zur Beendigung dieser Schmerzen wird sein, mir ganz höflich Herzspalter anzubieten.« Er hob die Hände mit den gekreuzten Zeigefingern an die Stirn, genau an die

Stelle, wo er damals in Jammaq die Zahnsplitter von Aarundel und Marta eingepflanzt hatte. Dann sah er mich wieder an und nahm mit einem Ruck die Zeigefinger auseinander.

Ein Schlag wie vom Tritt eines Maulesels traf mich genau unter dem Brustbein. Er drückte mir die Luft aus den Lungen, und dann begann der Schmerz. Ich fühlte, wie in mir die Panik des Nicht-mehr-atmen-Könnens aufstieg. Doch der Schlag hatte auch bewirkt, daß sich meine Brust weitete, so daß ich ganz unfreiwillig etwas Luft einsog. Als ich mich ganz bewußt etwas zurücklehnte, um noch mehr Luft zu bekommen, schoß mir so schlagartig wie ein Blitzschlag der Schmerz durch die Brust und brachte mich wieder nach vorn.

Ich sah an mir herunter und bemerkte, wie sich zwischen und unter meinen Brustwarzen ein kreuzförmiger blauer Fleck gebildet hatte. Die zwei Linien maßen in beiden Richtungen nur je ein Zoll, und genau in ihrer Mitte lag des Zentrum des Schmerzes. Ich legte meine Hände auf die Stelle, aber die Berührung verstärkte den Schmerz nur noch.

»Es wird dir noch mehr weh tun, wenn du daran reibst.« Takrakor starrte mich an, seine Stimme verfärbte sich vor Aufregung. »Dieser Zauber wird dich, wenn ich ihn nicht beende, vierteilen.« Er rollte die Augen hoch zur Decke. »Ich werde deine Schmerzen lindern, sobald du mir das Schwert gibst.«

Während er sprach, sagte mir der Dolch in meiner Hand aber auch, daß in Takrakors Innerstem Gefühle wie Ärger, Angst und Verzweiflung miteinander rangen. Trotz der Schmerzen und meiner Erschöpfung war ich vom Widerstreit seiner Gefühle fasziniert. Wie konnte ich ihn nur beunruhigen, da er über mich doch in einer so eindeutig unterlegenen Lage verfügte? Ich konnte verstehen, daß er mich neben dem körperlichen Schmerz auch noch der gefühlsmäßigen Folter unterwarf, ihm das Schwert sogar freiwillig auszuhändigen.

Wie er Marta behandelt hatte, hatte seine sadistische Ader ja zur Genüge offenbart. Aber irgendwie schien er auch darauf *angewiesen* zu sein, daß ich mich ihm unterwarf.

Seine Verwirrung und seine Not entflammten in mir genau das, was er gar nicht brauchen konnte. Ich war mir sicher, daß ich *seine* Schwäche erkannt hatte, und das gab mir einen Funken Hoffnung. Aus dieser Hoffnung, beschleunigt durch Schmerz und Bitterkeit, wurde Trotz. Wenn er mich quälte, so mußte ich auch ihn quälen, und das konnte ich nur, indem ich seine Forderung immer und immer wieder ablehnte, solange, bis ich starb.

»Ich werde dir … niemals … dieses Schwert … aushändigen.« Ich zwang mich dazu, meinem Atem so einzuteilen, daß ich diese Worte hervorstoßen konnte.

»Du bist zu dreist für deine Lage!« Er ließ seine rechte Faust niedersausen, und eine unsichtbare Keule schmetterte mich auf den Boden. Mir wurde schwarz vor Augen, und ich sah die Sterne, als meine Stirn auf den Steinboden knallte, und Blut schoß mir aus der Nase. »Du wirst einen langsamen Tod sterben, Neal.«

Ich schnaubte, und Blut spritzte mir auf die Brust. »Und du bekommst … nie und … nimmer … mein Schwert.«

Der Dolch bedeutete mir unbeherrschte Wut, und Takrakor drosch von der anderen Seite des Raums aus auf mich ein. Ich konnte die Schläge nicht mehr auseinanderhalten und ihnen auch nicht ausweichen, aber die wenigsten trafen mich schwer. Nachdem seine Wut verraucht war, fühlte ich mich so, als sei ich in einem schweren Sturm im Laderaum eines Schiffes hin und her geschleudert worden. Aber von einem stechenden Schmerz in einer Rippe abgesehen, die gleich zweimal getroffen worden war, war ich nicht schlechter dran als vorher.

Takrakor verschränkte die Arme vor der Brust, um

nachzudenken. Dabei berührte er Wespe noch einmal, und ich sah ihn grausam lächeln. Meine körperlichen Schmerzen nahmen noch einmal zu, und ein neuer, unheilvoller Einfluß brachte sich zur Geltung. War er bisher fast subtil vorgegangen, indem er sich Dinge ausdachte, die ich vielleicht hätte glauben können, so wollte er jetzt mein klares Denken verwirren, damit ich meinen Widerstand endlich aufgab.

Er baute auf meine Verzweiflung und Hoffnungslosigkeit, aber ich spürte trotz allem, wie sich durch den Dolch in meiner Hand eine selbstzufriedene Überlegenheit meiner bemächtigte. Er hatte kurz die Kontrolle verloren. Aber als er sie wiedergewonnen hatte, war ich für ihn erneut ein tief unter ihm stehendes Subjekt. Er konnte mich zwar zwingen, ihm das Schwert zu geben, doch das würde ihm nicht genügen. Wenn er mein klares Denken schälte wie eine Zwiebel, würde bald nichts mehr übrig sein, um ihm zu trotzen. Und im selben Augenblick, als ihm das klar wurde, sprang er auf diese Erkenntnis und baute darauf weiter auf. Meine Verzweiflung über mein Unvermögen zurückzuschlagen, wurde von ihm gegen mich verwandt. Er benutzte sie, um alle meine Pläne schon in dem Moment wieder zu stören, in dem sie entstanden. So wollte er mir schon im Denken jede andere Möglichkeit als die völlige Unterwerfung unter seinen Willen nehmen.

Takrakor trat näher. Unsere größere Nähe erhöhte sowohl die Kraft der magischen Verbindung, in der wir zueinander standen, als auch meine Verzweiflung. Die Arme frei bewegen und ihn trotzdem auf der andern Seite des Raumes nicht treffen zu können, war das eine. Aber immer noch machtlos zu sein, als er schon immer näher kam, das war etwas ganz anderes. Mit jedem weiteren Schritt auf mich zu zermalmte er meinen Kampfgeist mit seinen Füßen. Und ich konnte nichts anderes tun, als zu beobachten, wie mein Leben aus den Wunden rann, die er meinem Denken geschlagen hatte.

Er machte sich meine Verzweiflung gegen mich zunutze und verdrehte jede meiner Erinnerungen an frühere Siege ins Gegenteil. Für *mich* waren diese Erinnerungen Munition für meine Hoffnung, aber *er* drehte eine nach der anderen um: Mein Sieg über seinen Bruder bei unserer ersten Begegnung war jetzt nichts anderes als ein Zufallstreffer, wie er nur einmal alle paar Millionen Jahre vorkommt. Und der Kaiser war nicht durch *mein* Zutun ums Leben gekommen, sondern durch seine *eigene* Dummheit, in Jarudin zu bleiben, da doch die klügeren Reith die Stadt schon längst verlassen hatten.

Takrakor benutzte seine eigene intime Kenntnis der Ereignisse, um mir zu ›zeigen‹, wie hohl und nutzlos mein Leben gewesen war. Ich sah mich jetzt mit *seinen* Augen zum Beispiel bei Aarundels Hochzeit und fühlte *seine* spöttische Verachtung einer an diesem Tag zur Schau getragenen Arroganz. Mit jedem Schritt, der uns noch näher verband, schaffte er es, mein Leben auseinanderzunehmen, indem er jeden meiner Erfolge und Siege zur Ruhe machte vor dem nächsten reithischen Sturm, der die Menschheit vernichten würde. Er verdrehte jeden Gedanken ins Gegenteil, vernichtete jede stolze Erinnerung, schlug meine Fähigkeit in Stücke, mich seinem Willen zu widersetzen. Und während er immer näher kam, um mich zu quälen, wußte ich doch, daß er nicht in Herzspalters Reichweite kommen würde.

Ich erlitt höchste Qualen, als er meine letzte Verteidigungslinie angriff. Er brach in alle meine Erinnerungen an Larissa ein. Er griff nach ihnen, betatschte und beschmutzte sie. Er zeigte mir aus verschiedenen Träumen zusammengebaute Bilder, wobei er aus mir einen geilen Bock machte, und er führte mir dann Bild für Bild aus Larissas Sicht vor Augen. Er stellte alles so gründlich auf den Kopf, bis er den Punkt erreicht hatte, an dem ich anfing zu glauben, daß Larissa mich für einen Perversling hielt.

Ich presste die Hände an meine Schläfen, und es floß soviel Ärger und Haß durch mich, daß ich fast die Griffe meiner Waffen hätte zerquetschen können. Takrakor, der meinte, er sei dem Sieg nahe, bedrängte mich immer mehr. Er würfelte die Tatsachen noch einmal durcheinander, um mich denken zu lassen, Larissa fühle sich so sehr entwürdigt und beschmutzt, daß sie sich das Leben nehmen wolle – ja, es sich vor Scham schon genommen hätte, als ich ihr das von mir selbstgemachte Armband schenkte.

Das gab den Ausschlag. Er stand gerade noch fünf Fuß von mir entfernt, als er seinen Zauber ein letztes Mal verstärkte und auf das letzte traf, das mir verblieben war. Es war der eine Funke Hoffnung – und da handelte ich.

Ich schmetterte den Knauf des Dolches auf den harten Boden und zertrümmerte dabei den Splitter seines Zahns. Takrakor schrie vor wahnsinnigen Schmerzen. Mit beiden Händen griff er sich reflexartig an den Kiefer, als er schon in Agonie rückwärts taumelte. Er strauchelte und brüllte noch einmal vor Schmerzen auf, als ich über den Boden strich und die kleinen Zahnsplitter zu Staub zerrieb.

Es kribbelte wie von tausend Nadeln, als mir das Blut mit stechendem Schmerz wieder in die Beine schoß. Und ich spürte noch einen weiteren stechenden Schmerz, diesmal im linken Knöchel, als ich wieder aufstand. Ich stakte und taumelte wie ein Betrunkener oder Sterbender. Um den Schmerz zu unterdrücken, biß ich die Zähne zusammen, daß die Kiefer knirschten. Jetzt, da der Diamant im Dolchknauf zerbrochen war, konnte ich seine Gefühle nicht mehr spüren. Doch seinen Gesichtsausdruck, als er sich wieder aufrappelte, konnte man leicht auch ohne magische Hilfe deuten. In seinen Augen sah ich die nackte Angst.

Und einen Lichtreflex von Herzspalters glänzender Klinge.

Ich hieb ihm die Klinge quer über die Brust, mit aller Kraft, über die ich noch verfügte, und so schnell ich nur konnte. Ich traf ihn voll und hätte ihn wohl entzwei gehauen, aber in Höhe seines Brustbeins wurde meine Klinge von Wespe aufgehalten. Takrakor landete etwas weiter weg von mir, mehr durch die Wucht meines Hiebes als kraft eigenen Willens. Blutiger Schaum mit großen Blasen zeigte an, wo ich die Rippen durchtrennt und die Lunge getroffen hatte. Blut lief ihm auch aus Mund und Nase und spritzte eine makabre Spirale, als er sich ein paar Mal um die eigene Achse drehte.

Auch ich fiel vor Schwäche wieder auf die Knie und fing mich mit den Händen am Boden ab. Ich sah sein Blut auf den Boden spritzen und vernahm das Rauschen seines Umhangs, als er nach hinten fiel. Dann ein dumpfer Fall und das Klirren von Metall auf Stein. Indem ich wieder aufsah, konnte ich gerade noch seine Füße und die Sohlen seiner Sandalen sehen, als er kopfüber in die Feuergrube stürzte. Für einen Moment wurde es dunkel im Raum, dann stoben Funken aus der Grube. Ich sah ihnen nach, wie sie bis zur Decke hinaufflogen und dort an meinem verstümmelten Gesicht verloschen.

Der Steinboden fühlte sich kalt an, aber das Blut auf meiner Klinge und das auf meiner Brust dampfte und brannte. Ich sah auf die kreuzförmige Wunde in meiner Brust und bemerkte, daß sie in allen vier Richtungen einen halben Zoll größer geworden war. Ich legte mich auf den Boden. Jetzt sah ich senkrecht hoch zu dem Bild, das Takrakor von mir entworfen hatte und fand Gefallen an der Tatsache, daß ich – auch wenn ich jetzt sicher sterben würde – nicht als Besiegter sterben mußte. Als sich schon das Dunkel des Vergessens über mich senkte, brachte ich trotz aller Schmerzen noch ein Lachen zustande, von dem ich mir wünschte, es klänge mir auch noch in der Ewigkeit in den Ohren.

Und wieder daheim

Spätherbst
A.R. 499
Die Gegenwart

Mit jeder Meile, die sie Cygestolia näher kamen, fühlte Gena, wie sich in ihr ein Gefühl der Dringlichkeit einstellte. Sie hatte es das erste Mal gespürt, als sie kaum eine Woche der monatelangen Reise hinter sich hatten. Und da hatte sie es als Reaktion auf Berengars zunehmende Nervosität abgetan. Auf sein Drängen hin hatten sie vom Kaiser vier Pferde und genügend Geld geborgt, damit es für die Reise nach Cygestolia und zurück reichte. Seit er den verschlüsselten Hinweis auf Herzspalters Aufbewahrungsort gesehen hatte, konnte Berengar an nichts anderes mehr denken, als das Schwert endlich in Besitz zu nehmen. Ihr war klar, daß seine innere Unruhe vor allem daher rührte, daß er nicht wußte, was zu Hause in Aurdon geschah.

Als das Gefühl in ihr immer stärker wurde, kam sie auch endlich dahinter, was es war, nämlich Heimweh. Vor zwölf Jahren hatte sie Cygestolia verlassen, und seither war sie ziellos über Skirren gewandert. Für einen Elfen waren zwölf Jahre nicht mehr als ein Augenaufschlag, und trotzdem spürte sie den dringenden Wunsch, die Wälder und Täler ihrer Heimat wiederzusehen. Wenn sie auch vor dieser Reise in die Heimat Cygestolia immer als unwichtig für sie abgetan hatte, fragte sie sich jetzt, je näher sie der Heimat kam, warum sie sie damals eigentlich verlassen hatte.

Nun, wieder wohlbehalten innerhalb des Territoriums, das die Elfen als das Ihre reklamierten, wünschte sie sich, sie hätte alles Nötige bei sich, um den *Circus translatio* zu benutzen. Sie hatte aber nichts davon mitgenommen, als sie damals nach Skirren aufbrach, denn sie war sich nicht sicher, ob sie jemals zurückkehren wollte. Allmählich wurde ihr klar, daß ihre Zeit bei den Menschen sie seltsam erschöpft hatte, vielleicht weil sie immer so behandelt worden war, als sei sie etwas Bedrohliches oder aber ein Preis, den man gewinnen konnte. Niemals war ihr die Möglichkeit geblieben, ganz sie selbst zu sein, und so wurde Cygestolia in ihrem Denken und Fühlen wieder eine Art Freistätte, wo ihr genau das möglich war.

Nein, *niemals* war auch nicht richtig. *Bei Durriken fand ich diesen Freiraum.* Sie nickte bei dem Gedanken an die vielen Stunden, die sie erschöpft in den Armen ihres menschischen Geliebten verbrachte. Wann immer sie zusammen waren, benahm er sich ehrerbietig und rücksichtsvoll. Sie wußte, daß er sich gegenüber jeder Frau so verhalten hätte, sei sie nun *Sylvanesti* oder ein Mensch. Rik hatte eine besondere Art, den Leuten ins Herz zu schauen. Er sah immer *hinter* das, was sie zu sein schienen oder was sie sein sollten, und darum sah er sie so, wie sie wirklich waren. In seinen Armen hatte Gena sie selbst sein können, und – das fiel ihr jetzt auf – sie hatte, solange sie zusammen waren, nirgendwo anders einen Freiraum gesucht.

Berengar war höflich und um sie besorgt geblieben. Kleine Freundlichkeiten zeigten, wie er sich um sie bemühte – wenn er ihr zum Beispiel Komplimente über ihre Kochkunst machte, sofern sie mit dem Kochen dran war, oder wenn er beim Heben und Schleppen schwerer Lasten mehr als seinen Anteil schulterte. Ihre Gespräche wurden während der ganzen Zeit, die sie gemeinsam unterwegs waren, immer ernsthafter und fast philosophisch, wenn sie auch gefühlsmäßig unterschiedlich reagierten. Sie sprachen sogar darüber, wie es wäre, wenn sie als Liebende zusammen oder wenn sie gar verheiratet wären. Aber diese Gespräche betrafen mehr Sitten und Gebräuche als die Anziehung, die sie aufeinander ausübten.

Und eine solche Anziehung gab es durchaus. Gena errötete, als sie daran dachte, weniger aus Prüderie, als wegen des Gefühls, sie würde irgendwie Durriken verraten. Sie gab Berengar genug Gelegenheiten, sich ihr zu nähern, und das ein oder andere Zeichen, daß sie seinen Annäherungsversuchen erliegen würde, aber er reagierte einfach nicht. Es interessierte sie, wie er sie nachts manchmal beobachtete – Menschen vergessen ja so leicht, wie gut Elfen im Dunkeln sehen können! –, aber er hielt sich zurück. Sie nahm an, das sei vielleicht auf ein Pflichtgefühl gegenüber seiner Familie zurückzuführen, daß er bereit war, mehr aus einem Nützlichkeitskalkül heraus zu heiraten, statt aus Liebe, und sie hatte sich dafür entschieden, das zu respektieren.

Sie war sich auch darüber im klaren, daß sein Fixiertsein auf ihre Mission ihr manchmal auf die Nerven ging. Durriken war, was die Zeit betraf, eindeutig elfisch: Sein Gefühl für Dringlichkeit war nicht unbedingt in Stunden zu messen. Rik erwartete die Korrektur von Fehlern der Vergangenheit – so wie bei der Rückgabe von Martas und Aarundels Hochzeitsschmuck – und war bereit, sich die Zeit zu lassen, die er brauchte, um seine Ziele sicher zu erreichen.

In seiner zielstrebigen Unbedingtheit Herzspalter betreffend, verkörperte Berengar das, was Elfen an den Menschen am wenigsten schätzen. Trotzdem zweifelte sie nicht daran, daß er in der Lage war, sich zu beherrschen, sobald sie Cygestolia erreichten. Sie mußte lächeln. *Berengar wird jeden für sich einnehmen, den er dort trifft.* Und dennoch: Viele Elfen würden davor zurückscheuen, Herzspalter einem Menschen auszuliefern. Mit dieser Möglichkeit mußte man rechnen, und wie Berengar dann reagieren würde, war schwer vorauszusagen.

Cygestolia hatte sich nicht viel verändert, seit sie fortgegangen war. Die Wohnhaine kamen ihr stattlicher und größer vor als jede menschliche Behausung, die sie gesehen hatte. Das Gefühl ängstlicher Unsicherheit, das sie gespürt hatte, fiel von ihr ab, als sie die Insel mit dem riesigen Thingbaum wiedersah. Sie lächelte glücklich und deutete mit dem Finger darauf.

»Siehst du das steinerne Bauwerk dort, am Fuß des Baums?«

Berengar nickte. »Sicherlich leben nicht alle Elfen Cygestolias in diesem einen kleinen Haus.«

»Nein«, lachte sie. »Wir leben in Bäumen. Du wirst bei meiner Familie wohnen, in Waldeshöhe. Du wirst das Zimmer bekommen, das Neal bewohnte, wenn er bei uns war.«

»Danke. Aber was ist das dann für ein Gebäude?«

»Das ist Neals Grabmal.«

Er richtete sich im Sattel auf und beschattete die Augen mit der Hand. »Ja? Könnte Herzspalter da drin sein?«

Gena schüttelte den Kopf. »Nein. Ich war schon einmal dort und ich habe keinerlei Waffen gesehen. Wir kamen hierher, weil mein Großvater und meine Großtante nach Neals Tod verreisten. Ich glaube, daß ihre Reise dazu diente, Herzspalter zu verstecken.«

»Du sagtest mir, daß deine Großtante inzwischen in dieses ›Jenseits‹ gegangen ist.« Berengar runzelte die Stirn. »Kannst du da auch hingehen und mit der Information zurückkommen? Geht das?«

»Nein, aber mein Großvater lebt noch, und er könnte wissen, was der Schlüssel zu Larissas Zauber ist.«

Gena führte Berengar durch die Stadt ins Sieben-Föhren-Viertel und bis nach Waldeshöhe. Elfen nahmen ihnen am Fuß des Baums die Pferde und das Gepäck ab. Dann betraten sie den Baumadern-Lift und fuhren nach oben. Schweigend führte sie Berengar durch den Baum und lächelte nur, als sie in den Raum kamen, der einst Neal Elfwarts Wohnung gewesen war.

»Großvater!« Gena flog durch das Zimmer zu ihrem Großvater. Er stand langsam von der Bettkante, auf der er gesessen hatte auf – von Neals früherem Bett. Es kam ihr so vor, als seien seine Bewegungen langsamer geworden als vor zwölf Jahren. Aber da lag sie schon in seinen Armen und genoß, daß er sie an sich drückte. »Ich war einfach viel zu lang weg.«

»Ja, viel zu lang, Genevera.« Der greise Elf strich ihr übers Haar. »Du bist wie ein Elixier für einen alten, einäugigen Elfen.«

Sie fühlte, daß ihn ein Zittern durchlief. »Was ist?«

»Du hast uns einen Gast mitgebracht.«

Sie befreite sich langsam aus Aarundels Umarmung und nickte in Richtung Berengar. »Großvater, das ist Graf Berengar Fischer von Aurdon in Centisia.«

Aarundel nickte bedächtig. »Sie haben eine gewisse Ähnlichkeit mit dem Roten Tiger. Sie hier zu sehen, läßt mich schon aufblicken, ob nicht auch noch Neal um die Ecke kommt.«

Berengar verneigte sich ehrfürchtig und ließ dann sein offenes Lächeln sehen. »Es ist eine große Ehre für mich, Sie kennenzulernen, Aarundel Consilliari. Ich habe immer ganz aufgeregt den Erzählungen über Ihre gemeinsamen Abenteuer mit Neal gelauscht. Ihre Enkeltochter glaubt, daß Sie uns bei der Lösung eines Problems helfen können, und das hat uns über zweitausend Meilen zu Ihnen geführt.«

Gena unterdrückte ein ärgerliches Stirnrunzeln, denn sie hätte es bei weitem vorgezogen, auf das Thema erst im Lauf einer längeren Unterhaltung zu kommen und nicht damit herauszuplatzen. Sie versuchte, ihren Ärger über Berengar vor dem Großvater zu verbergen, aber der drückte ihr schon verständnisvoll die Hand.

»Erinnere dich, meine Liebe, ich war Neals Gefährte. Ich verstehe das.« Aarundel bot Berengar einen Stuhl an, und er selbst nahm wieder auf der Bettkante Platz. »Was ist das für ein Problem?«

Gena hielt ihren Großvater immer noch an der Hand und kniete sich zu seinen Füßen. »Du erinnerst dich doch an Aurium und an die Nacht, in der du mit Neal dort ankamst?«

Der weise, weißhaarige Elf lächelte bedächtig. »Neal zwang dort zwei Familien einen Frieden auf. Die Riveravens waren die eine und die Fischers die andere. Hat der Friede vielleicht nicht gehalten, Herr Graf?«

Berengar schüttelte verneinend den Kopf. »Nicht ganz, Consilliari. Die ganzen Jahre lang hat die Drohung des Fluchs, den Neal aussprach, unsere beiden Familien davon abgehalten, sich gegenseitig zu vernichten. Aber es wird immer wieder aufs Neue versucht. Nur das Eingreifen seines Geistes, so sagt man, kann noch durchsetzen, was uns vor fünf Jahrhunderten auferlegt worden ist. Die Riverens – die Sie noch als Riveravens kennen – haben sich kürzlich mit den Haladina verbündet, und das bedroht meine Familie im Mark. Wir würden ja zurückschlagen, aber Neal verbietet es uns.«

Gena sah Aarundel an. »Neal sagt, die beiden Familien seien solange aneinander gekettet, bis jemand mit Herzspalter und mit Wespe den Knoten durchschneidet, mit dem Neal damals die Ärmel zweier Leute zusammengebunden hat. Es ist an der Zeit, den Knoten zu lösen, und deswegen sind wir unterwegs, um die beiden Waffen wiederzufinden.«

Aarundel schüttelte heftig den Kopf. »Euer Versuch ist zum Scheitern verdammt. Die beiden Klingen können nicht wieder beschafft werden.«

»Aber wir haben gesehen, wo Herzspalter verborgen ist.« Berengar legte die Stirn in tiefe Falten. »Die Edle Frau Genevera sagt, Sie können den Zauber lösen, wenn Sie ihr den Schlüssel dazu liefern. Es ist für uns lebenswichtig, daß Sie das tun.«

»Edler Herr, wenn sie mich fragen würde und wenn ich in der Lage wäre, ihrer Bitte zu entsprechen, dann würde ich es tun. Aber ich kann es nicht.« Aarundel machte einen tiefen Atemzug und seufzte erschöpft. »Ehe Neal nämlich zum letzten Mal Jarudin verließ, hatte er alle Vorkehrungen getroffen, um Herzspalter zu verbergen. Er wollte den Architekten Xer ... oder so ähnlich ...«

»Xerstan«, warf Berengar ein.

»Xerstan sollte eine Schatzkammer schaffen, die nur mit Wespe zu öffnen war. Zu diesem Zweck wurde eine Gießform von Wespe gefertigt, und Wespe wurde auch benutzt, um den Zauber zu sperren, den Larissa zum Schutz der Kammer geschaffen hatte.« Der Elf schüttelte den Kopf. »Die Model wurde nach Gebrauch vernichtet.«

»Und was geschah mit Wespe?«

»Der Dolch ging in Jammaq an die Reith verloren, obwohl Neal später sagte, Takrakor habe ihn in Alatun gehabt.«

Berengar blickte verständnislos. »Jammaq? Alatun?«

»Das sind Orte, die vor Jahrhunderten zerstört wurden. Denken Sie bloß, wieviel Zeit seit ihrer Vernichtung vergangen ist. Wir haben jetzt das vierhundertneunundneunzigste Jahr seit der Auslöschung der Reith. Wespe hat man seither nicht wieder gesehen, was bedeutet, daß es keinen Weg zur Wiedererlangung Herzspalters gibt.«

»Es *muß* einen anderen Weg geben.« Berengar hämmerte seine rechte Faust in die linke Handfläche. »Wenn nicht, ist alles verloren.«

Aarundel machte eine bedauernde Geste. »Larissa, die den Zauber geworfen hat, ist nicht mehr hier. Den Zauber zu lösen, ist sicher möglich, aber es würde Gena mindestens ein Jahrhundert intensivsten Studiums kosten, um das zu schaffen. Ich vermute allerdings, daß Sie nicht soviel Zeit haben, um darauf zu warten.«

»Nein, die habe ich nicht.« Berengar sah finster drein. »Ich kann nicht glauben, daß Neal so dumm war, die

Kammer für Herzspalter mit einem ganz gewöhnlichen Dolch zu verschließen, dessen Klinge doch im Kampf oder bei einer Mahlzeit jederzeit abbrechen konnte.«

»Vielleicht war es nicht Dummheit, Edler Herr Graf, sondern Vorsicht.«

Gena streichelte ihres Großvaters Hand. »Und vielleicht verfügte er noch über eine andere Möglichkeit, um an das Schwert zu gelangen.«

»Das kann gut sein, Genevera, aber ich weiß es nicht. Nur Neal könnte das wissen.«

Gena stand langsam auf. »Das leuchtet mir ein, und das bedeutet auch, daß ich keine große Wahl habe, wenn ich Berengar helfen will, seine Familie zu retten.«

»Ich sehe überhaupt keine Chancen mehr, meine Familie zu retten.«

Gena sah Berengar an und schüttelte den Kopf. »Aber es gibt nur eine einzige Möglichkeit, Berengar, und diese eine werden wir nutzen, denn es gibt keine andere.« Sie blickte nach unten und sah ihrem Großvater ins Auge. »Morgen beabsichtige ich, Neals Gruft zu öffnen und ihn von den Toten zurückzuholen.«

Den Tod
fern der Heimat finden

Herbst
Im Jahr 3 der Regierungszeit des Roten Tigers
Im Jahr 1 des Reiches
Vor fünf Jahrhunderten
Mein letztes Jahr

Daß ein Rad des Wagens in eine ausgefahrene Fahrspur plumpste, jagte mir einen stechenden Schmerz durch die Brust, der mich ins Bewußtsein zurückrief. Ich hustete und verteilte damit den Schmerz nur gleichmäßig über den ganzen Körper. Ich schlug die Augen auf und überlegte, ob ich auch noch erblindet war. Aber bei genauerem Hinsehen schimmerten Sterne und Monde durch das Dunkel über mir. Entweder lebte ich noch, oder das von den jistanischen Propheten versprochene Paradies fiel für meinen Geschmack recht bescheiden aus.

»Neal, bist du wach?«

Ich drehte den Kopf nach rechts und sah Aarundel zusammengekauert sitzen, den Rücken gegen eine Seite des offenen Wagens gelehnt. Ein Ende der Decke, mit der ich zugedeckt war, bedeckte seine Füße. Er hatte einen dicken Kopfverband, durch den das Blut sickerte, vor allem dort, wo er das rechte Auge bedeckte.

»Wach auf, mein Freund.«

Meine Zunge fühlte sich geschwollen an. »Wasser bitte. Haben wir den Tag überstanden?«

Aarundel schnipste mit den Fingern und deutete auf mich. »Heiler hierher! Wasser!«

Ein Elf wandte sich von einem anderen Verwundeten ab und kniete zwischen Aarundel und mir. Mit einer Hand hob er meinen Kopf etwas an, mit der andern schob er mir den Sauger eines Weinschlauchs zwischen die Lippen. Ich trank erst vorsichtig, ganz verkrampft wegen der Schmerzen beim Schlucken, dann in tiefen Zügen. Schließlich nickte ich, und der Elf nahm den Schlauch fort.

Aarundel lächelte mich müde an. »Wir haben gesiegt. Kaum daß du die Stadttore geschlossen hattest, hörte auch die Unterstützung der Reith durch die Magier aus der Stadt auf. Wir vernichteten ihre Truppen, als ihre magisch zusammengehaltenen Verbündeten auseinanderfielen. Dich haben wir in der Kapelle gefunden, und ein ganzes Schock toter reithischer Zauberer weiter oben im Turm. Ich habe gehört, daß sie regelrecht zerrissen waren.«

Trotz der Schmerzen brachte ich ein hustendes Lachen zustande. »Shijef ...«

»Ich habe ihn nicht gesehen, aber wahrscheinlich war es der Driel.«

Ich nickte. »Er wußte, daß ich Takrakor töten konnte.«

»Und hast du?«

»Ich habe ihm die Gunst gewährt, die er mir auch erwiesen hat.« Ich wollte die Decke zurückziehen, damit ich einen Blick auf meine Brust werfen konnte, aber meine Hände gehorchten mir nicht. »Er setzte einen Zauber an, der mich langsam strecken und vierteilen wird.«

Aarundel legte dem Heiler eine Hand auf die Schulter. »Cletin, kannst du etwas dagegen tun?«

Der rothaarige Elf zuckte die Schultern. »Ich weiß, wie man Wunden behandelt und heilt. Doch fremde Zauber aufzulösen ist nicht meine Stärke. Ich kann es versuchen, aber das Studium dieses Falles könnte zu lang dauern, ehe ich überhaupt eine Chance hätte.«

»Sorge dich nicht, Freund Cletin.« Ein weiterer Hustenanfall schüttelte mich. »Ich will gar keinen Zauber, um geheilt zu werden.«

»Aber diese Wunden sind schlimmer als alle früheren, Neal.«

»Laß nur, Aarundel. Die Reith sind tot, und ich werde auch tot sein. Wenn ich jetzt durch Zauberei überlebte, das wäre doch fast wie Betrug, oder?« Ich zwang mich zu lächeln. »Zauberei für die Heilung meiner Wunden? Nein. Früher nicht, und jetzt erst recht nicht.«

»Nicht einmal, wenn es dich in die Lage versetzen würde, meine Schwester noch einmal zu sehen?«

»Das wäre es vielleicht wert.« Ich dachte einen Augenblick darüber nach und schüttelte dann den Kopf. »Aber ich fürchte, ich bin zur Zeit nicht korrekt gekleidet, um ihr den Hof zu machen. Und außerdem: Cletins Heilkunst wäre vielleicht sinnvoller eingesetzt, dich für Marta ein bißchen hübscher zu machen.«

Aarundel hob die rechte Hand bis vor sein fehlendes Auge. »Nein, mein Freund, dieses eine Mal will ich deinem Beispiel folgen.«

»Sei nicht so dumm, Aarundel.«

Er lächelte tapfer. »Das ist keineswegs dumm, Neal. *Dieses* Auge war dumm, war mein blindes Auge. Ohne es werde ich manche Dinge klarer sehen, viele Ungerechtigkeiten, die ich geschehen ließ und denen ich nicht widersprach. Nach meiner Frau liebe ich dich und meine Schwester mehr als alles, und ich habe euch auseinandergehalten. Laß uns ein Abkommen schließen, Neal, dich und mich. Diesmal verzichte ich auf einen Heilzauber, und für dich versuchen wir einen zu finden.«

»Ich würde annehmen, mein Freund, aber ich glaube, daß ich's nicht mehr lange mache.« Ich hustete und wand mich in Krämpfen, ließ aber keinen Schrei aus meiner Brust. »Hast du die Briefe?«

Er schlug mit der Hand auf eine Tasche in seinem Wams. »Ich kann sie dir wieder geben.«

»Diesmal nicht.« Ich sah zu dem Heiler auf. »Darf

ich dich darum bitten, mir ein Mittel zur Linderung der Schmerzen zu geben? Keine Zauberei, etwas zum Schlucken oder so.«

Cletin nickte und zog ein Blatt aus seiner Gürteltasche. Er zerdrückte es, und ein leichter Geruch nach Minze vertrieb noch einmal den Tod aus meiner Nase. Er öffnete mir den Mund und legte mir das Blatt hinter die Unterlippe vor die Zähne. »Sauge daran. Es wird dir guttun. Bald wirst du schlafen.«

»Danke.« Ich drehte den Kopf wieder zu Aarundel hin. »Hast du Herzspalter?«

Er nickte.

»Gut. Ich vertraue es dir an. Bring es nach Jarudin. Spreche mit Xerstan. Er weiß, was geschehen muß.«

»Xerstan.« Aarundel nickte. »Du weißt, daß du mehr geleistet hast, als nur die Reith zu vernichten, oder?«

»Mehr?« Das Lächeln fiel mir jetzt leichter, da der Schmerz in meiner Brust nachgelassen hatte. »Meinst du nicht, daß ein Mann genug geleistet hat, wenn er die Bedrohung durch die Reith ein für alle Mal beseitigt hat?«

»Das allein schon ist eines Helden würdig, Custos Sylvanii, und es ist von einem Helden vollbracht worden.«

»Von vielen Helden, Aarundel. Die meisten von ihnen waren Elfen.« Die Augen wollten mir zufallen. »Danke, daß du mein Freund warst.«

»Diese Ehre ist auf meiner Seite.«

»Diese Ehre teilen wir uns.« Ich schloß die Augen und beschwor ein Bild von Larissa herauf. »Sage ihr, daß ich mit ihr im Kopf und im Herzen gestorben bin.«

»Ruhe in Frieden, mein Freund.«

Ich spürte, wie er mich an der Schulter faßte, und versuchte zu lächeln. Ich weiß nicht, ob es mir gelang, denn mit dem Schmerz schwanden auch alle anderen Sinne. Aber ich hoffe es, denn er sollte sich mehr an mein Lächeln als an mein Sterben erinnern können. Das war ich meinem besten Freund schuldig.

KAPITEL 31

Für einen größeren Gott

Spätherbst
A.R. 499
Die Gegenwart

Mit leichtem Druck des Poliertuches beseitigte Genevera den letzten matten Fleck auf dem silbernen Armreif. Sie erinnerte sich daran, wie es ihre Großtante vom rechten Handgelenk abgenommen und ihr übergestreift hatte. »Ich mache es dir zum Geschenk, denn du bist auch der Verantwortung gewachsen, die damit verbunden ist.« Sie hatte das damals, als ihre Großtante *excedere* ging, nicht verstanden, aber jetzt bewunderte sie Larissas Vorahnung.

Sie drehte sich zu Berengar um. »Was sagtest du?«

»Ich kann es einfach nicht glauben, daß du das schaffst – den Tod besiegen.« Seine Stimmung war wegen ihres Vorhabens etwas gedämpft, und sein Gesicht wirkte blaß. »Neal ist seit fünf Jahrhunderten tot!«

Sie schüttelte den Kopf. »Neal liegt seit fünf Jahrhunderten in einer Gruft. Der Tod ist ein Prozess mit großem Spielraum.«

»Ich verstehe nicht.«

»Ich bin nicht einmal sicher, ob ich es ganz verstehe. Aber Larissa, meine Großtante, versuchte mir immer an Beispielen zu verdeutlichen, was sie mich lehrte. Wenn du jetzt zum Beispiel hinausgehst und für mich eine Blume pflückst, lebt sie dann oder ist sie tot?«

»Doch wohl tot.«

»Wenn man sie aber ins Wasser stellt, gehen die Blüten ganz normal auf und abends wieder zu.« Gena lächelte ihn an und streifte sich das Armband über das rechte

Handgelenk. »Wenn du einen Zweig abschneidest und ihn mit der Schnittstelle in feuchte Erde steckst, dann wird er Wurzeln ziehen, und trotzdem würden manche einen Schößling für einen toten Zweig halten.«

Berengar nickte. »Das stimmt ja alles, aber Pflanzen sind nicht mit Menschen vergleichbar.«

»Ja, aber auch Menschen sterben nicht so schnell. Du weißt sicher, daß Haare und Fingernägel auch nach dem Tod weiter wachsen. Du hast auf den Schlachtfeldern sicher auch Soldaten gesehen, die schwer am Kopf getroffen wurden, die tot sind und trotzdem noch einige Zeit weiter atmen.«

»Das stimmt. Aber keiner von ihnen verharrte fünfhundert Jahre lang in diesem Zustand.«

»Es verfügte aber auch keiner von ihnen über elfische Zauberkunst, die ihm half, zu überleben.« Sie winkte Berengar zu der Tür, die auf den Fußweg hinausging, der zum Thingbaum und zur Insel mit Neals Gruft führte. »Die Truppenheiler, zumindest jene, die mit den Verwundeten zurückgeschickt wurden, konnten gegen die reithischen Zauber nichts ausrichten, die man angewandt hatte, um Neal zu töten. Erinnerst du dich daran, wie ich dir einmal erklärte, daß Magie sich mit der Manipulation von Glück und Zeit befaßt?«

»Ja.«

»Der Heiler, der Neal versorgte, wob einen Zauber, der den Fortgang der Zeit für Neil verlangsamte. Er hoffte, daß, sobald Neal in Cygestolia eingetroffen war, jemand in der Lage sein würde, den Zauber umzuleiten, der auf ihn einwirkte.«

Berengar fuhr sich mit den Fingern durch sein windzerzaustes rotes Haar. »Willst du damit sagen, daß er nicht wirklich tot ist, sondern nur gerade noch rechtzeitig, bevor er starb, eingefroren?«

Gena schüttelte den Kopf. »Nein, er *ist* tatsächlich tot. Nur wurde der Tod in diesem Prozeß unterwegs angehalten, aber wiederbelebt wurde er nicht. Denn keiner konnte sich sicher sein, daß gerade *seine* Zauberkraft den reithischen Zauber überwinden konnte. Eine Menge Zauberer arbeitete jahrhundertelang an der Lösung des Problems, den reithischen Zauber unwirksam zu machen. Sie hatten alle gewisse Erfolge, und sie stellten ihre Ergebnisse meiner Großtante zur Verfügung. Ich bin sicher, daß sie Neal zurückgeholt hätte. Aber weil es auch die Möglichkeit des Scheiterns gab, wollte sie das Risiko nicht eingehen, ihn für immer zu verlieren.«

»Das hat sie dir erzählt?«

»Nein«, antwortete Gena unwirsch. »Sie sprach nicht gern über Neals Tod. Aber ich holte geduldig Stück für Stück aus ihr heraus, und so bin ich zu dieser Einschätzung gekommen. Sie sprach gerne über ihn und seine Taten, aber niemals über die Gefühle, die sie füreinander empfanden. Trotzdem weiß ich genau, daß sie ihn innig liebte.« Sie sah auf die Gruft hinunter, die tief unter uns lag. »Einmal im Monat stieg sie hinunter in die Gruft und sah ihn an. Ich glaube, daß sie das Wagnis gerne eingegangen wäre, ihn zurückzuholen, aber sie wollte in keiner Weise selbstsüchtig sein.«

Sie zuckte die Achseln und fuhr fort. »Ich *bin* bereit, das Wagnis einzugehen, denn wenn ich es nicht tue, müßte deine Familie sterben und Riks Tod bliebe ungerächt.«

Sie überquerten die Baumbrücke ohne ein weiteres Wort. Als Gena ihren Großvater allein mitten im Beratungszimmer der Consilliarii stehen sah, verhielt sie den Schritt. Am rechten Arm trug er sein *Insigne nuptialis* – jenes, das Rik wiedergefunden hatte – und sie wußte ja, daß er es nur zu besonders wichtigen Anlässen und Zeremonien anlegte. »Großvater, willst du mich aufhalten?«

Der einäugige Elf schaute von ihr zu Berengar und wieder zurück. »Und wenn ich's wollte, du würdest nicht auf mich hören.«

»Nein, ich würde auf dich hören.«

»Mag sein, daß du mir zuhören würdest, Genevera.« Er sah sie eindringlich an. »Bist du dem gewachsen? Es wird nicht einfach sein.«

»Ich weiß. Ich habe Larissas Notizen genau studiert, und ich habe mich ausgeruht. Ich kann und werde erfolgreich sein, Großvater.«

»Dann glaube ich auch daran. Bitte, laß dir von mir noch eines sagen: Vergiß nicht, daß trotz aller Heldengeschichten und Legenden Neal auch nur ein Mensch ist. Und daß er einmal mein Freund war.« Aarundel verschränkte die Arme vor der Brust, und Gena dachte, daß seine Worte eher für Berengar bestimmt waren als für sie. »Wenn er euer Problem nicht lösen kann, dann ist es nicht seine Schuld. Aber wenn er es kann, dann seid nicht verwundert. Meine Erfahrung war, daß es für ihn nicht viel Unmögliches gab.«

Berengar kniff die Augen zusammen. »Sie heißen also gut, was wir tun wollen?«

»Ich werde jedenfalls nicht widersprechen.« Aarundel trat zur Seite und folgte ihnen dann durch den Raum auf die Wendeltreppe, die um den Baumstamm lief.

Als sie zur Gruft hinunterstiegen, dachte Gena an die vielen Pilgergänge, die sie gemeinsam mit Larissa zu diesem Ort unternommen hatte. Es wurde ihr allerdings erst jetzt bewußt, daß sie das wirklich als Pilgergänge empfunden hatte. Ihre Großtante hatte während dieser Besuche nicht viel gesprochen. Danach aber saßen sie jedesmal im Schatten des Bauwerks, und Larissa hatte Genas Fragen über Neal und sein Leben geduldig beantwortet.

Es wurde ihr jetzt bewußt, daß sie die Gruft seit dem letzten gemeinsamen Besuch mit Larissa nicht mehr betreten hatte. Nach dem letzten Pilgergang hatte ihr Larissa das Armband gegeben und ihr mitgeteilt, daß sie sich anschicke, hinüber ins Jenseits zu gehen. *Als ich sie fragte, warum sie uns verlassen wolle, antwortete sie nur, ihre Arbeit sei jetzt getan.* Gena fühlte einen Schauer über den Rücken rieseln. *Sie ging ins Jenseits, und ich verließ Cygestolia.*

Jeder weitere Schritt nach unten versetzte sie wieder zurück in die Zeiten der früheren Besuche. Sie trug die gleiche Art Leinenkleid, wie sie Larissa bei jedem ihrer Besuche verlangt hatte, und sie hatte – genauso wie es ihre Großtante immer getan hatte – ihr Haar zu einem dicken Zopf geflochten. Sie fühlte sich jetzt so, als würde sie den Platz ihrer Großtante einnehmen, und das ließ sie einerseits frösteln, auf der anderen Seite verschaffte es ihr ein Gefühl der Zufriedenheit. Larissa schien immer so viel verantwortungsbewußter als Gena, und es machte sie glücklich, jetzt in ihre Fußstapfen zu treten, auch wenn sich ein nagendes Gefühl von Furcht in ihr regte.

Sie rieb mit den Fingern über das Armband und fühlte die menschischen Runen. Sie wußte, daß sie auf Neal hinwiesen und daß er das Schmuckstück gemacht hatte. Aber es war ihr Wissen um Neals Verbindung zu ihrer Großtante, das ihr das Armband soviel bedeutungsvoller machte. Es war auch ein Stück Geschichte, eingefroren in die Zeit, genauso wie der Mann, der es aus einem formlosen Klumpen Metall geschmiedet hatte.

Der kleine Steinbau wurde deutlicher, als sie durch das hohe Gras der Wiese auf ihn zuging. Das Gras fühlte sich an ihren bloßen Füßen kalt an, und die Erde feucht. Alles um dieses steinerne Monument des Todes herum roch intensiv nach Leben. Von oben tauchten sie die Sonnenstrahlen in Licht, aber ihre Wärme reichte nicht bis so weit hinunter. Die Kälte des Zweifels kroch an ihr hoch, als sie die Tür aus massivem Stein erreichte.

Würde Neal das wollen? Diese Frage hatte sie sich vorher nicht gestellt, und jetzt ließ sie sie zweifeln. Aber genauso schnell, wie die Frage aufgetaucht war, folgte eine Antwort, und sie lächelte. Alles, was Larissa über Neal erzählte, hatte seine tiefe Liebe zur Menschheit hervorgehoben, und seine Entschlossenheit, sie zu beschützen. Wenn er den Ärger vorhergesehen hätte, den seine lang zurückliegenden Taten erregt hatten, dann hätte er sie lieber ungeschehen sein lassen. Und wenn er hätte handeln müssen, um den Schaden zu beseitigen, dann würde er es tun. Daran hatte sie keinen Zweifel, und die aurdonischen Geistergeschichten nahm sie vorerst als Bestätigung von Neals Wünschen.

Sie wandte sich ab von dem aus grobbehauenen Granitsteinen gemauerten Bauwerk und drehte sich zu den beiden Männern hinter sich um. »Nur ich allein darf die Gruft betreten, denn Larissa hat Zauber hineingewirkt, die Neal beschützen sollen, und ohne dieses Armband könntet ihr verletzt werden. Ihr könnt von der Tür aus zusehen – ich habe das immer so gemacht – aber verhaltet Euch ruhig. Ich bin mir nicht sicher, was ich vorfinden werde, und ich werde meine volle Konzentration benötigen.«

Aarundel nickte und trat ein paar Schritte zurück. »Ich werde mit Graf Berengar hier warten.«

Sie konnte es Berengar am Gesicht ablesen, daß ihm diese Lösung nicht gut gefiel, aber auch er trat zurück und stellte sich neben Aarundel. »Viel Glück.«

Sie nickte und drehte sich wieder zur Gruft um. Der Eingang war fugenlos mit einem einzigen hochglanzpolierten Steinblock verschlossen, in dem sie sich spiegeln konnte. Sie zwang sich zu einem Lächeln, aber in ihrem Magen kribbelte es. Sie spürte, wie ihr Schweiß auf die Oberlippe trat, und deswegen schüttelte sie einmal die Glieder aus, um nervöse Energie loszuwerden. Dann konzentrierte sie sich auf ihre Aufgabe.

Gena blickte auf zu dem Schlußstein des Rundbogens, in den in Goldbuchstaben gemeißelt stand: »Neal Roclawzi / Custos Sylvanii. Ein großer Held und größerer Freund.« Als sie die Worte aussprach, spürte sie wieder die Aufregung, die Larissas und ihres Großvaters Erzählungen immer in ihr hervorriefen. *Mit dem, was ich jetzt vorhabe, werde ich auch zur Legende beitragen und ich werde selbst zu ihr gehören.*

Sie streckte den rechten Arm hoch und drückte das Armband gegen den Schlußstein. Da veränderte der polierte Türblock seine Farbe von Grau mit schwarzen Flecken zu einem milchigen Weiß. Auch das veränderte sich. Der Türblock wurde erst matt durchscheinend, dann klar durchsichtig, und verflüchtigte sich schließlich völlig. Ein modriger, trockener Geruch kam aus der Gruft, als warme Luft nach außen drang.

Sie blieb einen Augenblick in der Tür stehen und sah Neal wieder, genauso wie sie ihn früher schon so viele Male gesehen hatte. Er lag da auf einer Steinplatte, die Füße zeigten zur Tür und sein Kopf ruhte auf einem marmornen Kissen am andern Ende. Er lag da wie schlafend, nicht wie tot. Sie wußte, daß die Kleidungsstücke an seinem Körper magisch behandelt waren, so daß der Umhang aus gelber Seide und die grünseidenen Hosen niemals alterten oder sich gar auflösten. Sie war sich sicher, daß Larissa sie selbst für ihn genäht hatte.

Gena trat über die Schwelle, so andächtig, wie es sich beim Betreten eines heiligen Raums gehörte. Als sie um die Füße herum an seine linke Seite trat – genau dorthin, wo Larissa immer gestanden hatte –, beeindruckte sie Neals körperliche Größe. Er war nicht nur der Länge nach groß, sondern auch robust und stattlich. Narben bedeckten kreuz und quer seine auf der Brust gefalteten Hände. Die Brandwunde auf dem linken Handrücken stach aus ihnen heraus. Seine hervortretenden Wangenknochen, seine lange, gerade Nase und sein energisches Kinn ließen ihn so lebendig aussehen, als wolle er den Tod verspotten.

Sie stellte fest, als sie so auf ihn heruntersah, daß sein

Kinn und die Wangenknochen sie an Rik erinnerten. Seine Hände hatten, wenn auch größer als die von Rik, die gleichen Proportionen. Sein Haar, eine Schattierung heller als das von Durriken, hatte den gleichen, bei einfachen Leuten üblichen Schnitt, den Männer bevorzugten, die selber gut sehen, aber nicht unbedingt gesehen werden wollten. Wegen all dieser Ähnlichkeiten gefiel ihr dieser Mann, der da vor ihr lag, noch ehe das Leben in ihn zurückgekehrt war.

Sie riß sich zusammen. *Sehe ich Rik in ihm oder sah ich schon ihn in Rik?* Diese Frage wühlte sie im Innersten auf. Gena dachte darüber nach, ob sie damals, als ihre Großtante beschloß, ins Jenseits zu gehen, das nicht so verstanden hatte, als habe sie Neal im Stich gelassen? Hatte das in ihr den Entschluß ausgelöst, in die Welt der Menschen hinauszuziehen, um ihren eigenen Neal zu finden, und hatte sie ihn in Rik gefunden? Sie dachte daran, daß sie Berengar an ihrer Vorstellung von Neal gemessen hatte, und sie fürchtete, daß sie auch Durriken mit derselben Elle gemessen hatte.

Sie zitterte. *Dafür ist später genügend Zeit. Jetzt muß ich hier die Zauber herauskriegen.* Schon beim Betreten des Raums war ihr klar, daß sie es mit einigen Mehrfachsätzen von Zaubern zu tun hatte. Die ersten lagen auf Neals Kleidern und, wie sie argwöhnte, auf einem Glanz, der das Rot auf seinen Wangen und die Farbe in seinem Haar erhielt. Larissa hatte sie vor Schutzzaubern gewarnt. Einige davon konnte sie im Hintergrund bereits ausmachen, aber sie war nicht imstande, alle klar zu definieren. Sie spürte, daß es ihr leichter fallen würde, in einem Orchesterkonzert in Jarudin ein Instrument nach dem andern ausfallen zu lassen, als hier jeden einzelnen Zauber zu erkennen.

Und doch machten ihr alle die befürchteten Schwierigkeiten keine große Angst, denn sie wußte, daß das Armband, das sie trug, wie ein Schlüssel zu all diesen Zaubern fungieren würde. Larissa hatte all ihre Zauber sehr kompliziert gewoben, um Neal zu beschützen. Aber indem sie Gena das Armband gab, übertrug sie auch die Beherrschung dieser Kunst auf sie. Gena konnte also davon ausgehen, daß sie in einer sicheren Umgebung operierte. Sie hatte alle Notizen ihrer Großtante über alle Maßnahmen und Hoffnungen, Neal vom Tod zu retten, noch einmal ganz genau durchgelesen, und sie war überzeugt, daß sie die erforderlichen Zauber beherrschte. Vorsicht und Sorgfalt ließen sie immer nur einen Schritt nach dem andern tun. So würde es richtig sein.

Gena rieb ihre Hände gegeneinander und machte kreisende Bewegungen mit dem Kopf, um ihren Nacken zu entspannen. Sie ignorierte den Schweiß, der ihr von der Stirn rann, und kontrollierte ihren Atem. »Richtig. Als erstes werde ich diesen schimmernden Glanz entfernen. Sobald ich sehen kann, womit ich arbeite, werde ich erkennen, welcher Zauber wann kommt.«

In der hohen Schule der Magie lernte man eine ganze Reihe von Möglichkeiten, gegen Zauber vorzugehen. Gegenzauber zum Beispiel konnten einen bereits vorhandenen Zauber zertrümmern, zerschneiden oder gar auflösen. Aber jede dieser Möglichkeiten verlangte eine größere Anstrengung, einen größeren Aufwand an Energie, als für den ursprünglichen Zauber eingesetzt worden war. Gena entschied sich deswegen dafür, den vorhandenen Zauber vorsichtig zu entflechten. Zu diesem Zweck setzte sie einen kleinen diagnostischen Zauber an, der es ihr ermöglichte, die Natur dieses schimmernden Glanzes auszumachen. Nachdem ihr das gelungen war, hatte sie eine klare Vorstellung davon, wie dieser Zauber begonnen und wie er vollendet worden war. Sie konzentrierte sich nun auf das Ende des Fadens. Sie fand es, indem sie ganz einfach mit Zeit und Glück manipulierte, und so konnte sie den ganzen Zauber aufribbeln wie die Wolle eines gestrickten Schals.

Als dieser glänzende Überzug nun langsam verschwand, sah Gena den wirklichen Neal Roclawzi und prallte entsetzt vor ihm zurück. Blut bedeckte sein bleiches, graues Gesicht – altes, eingetrocknetes Blut, das in lauter Krümel zersplittert war wie getrockneter Schlamm in der prallen Sonne. Aus den Seidengewändern waren schmutzige Lumpen geworden, steif vor Blut und Dreck. Die Lumpen bedeckten gerade noch seine Lenden und sonst wenig. Offene, verkrustete Wunden formten ein Kreuz auf seiner Brust – vom Hals bis zum Nabel, und von einer Seite zur anderen. Sein Körper war von zahllosen purpurn verfärbten Prellungen, Schwellungen und Beulen bedeckt, und an einer Stelle war ein eigenartig geschwollener Klumpen, der sie auf mindestens eine gebrochene Rippe schließen ließ. Eine Schwellung an seinem linken Knöchel wirkte so groß wie eine Melone, und der linke Fuß war in einem unnatürlichen Winkel eingeknickt.

Sie wurde fast um den Verstand gebracht, als sie Neals geschundenen, mißhandelten Körper so liegen sah. Das Atmen wurde ihr schwer, und sie spürte, daß sie kurz davor war, durchzudrehen. Sie kämpfte dagegen an, mit aller Kraft, aber irgend etwas in dieser Gruft hinderte sie daran. So sehr sie sich auch dagegen stemmte, sie konnte sich nicht mehr konzentrieren. Aber immerhin wurde ihr trotz ihres benebelten Zustands noch klar, daß sie einen Schutzzauber ausgelöst haben mußte, eine magische Falle, und daß sie nichts dagegen tun konnte.

Die Zauber, die im Hintergrund lauerten, wurden mächtiger, denn aus *ihrer* Panik holten sie sich Energie. Das Armband benutzten sie dabei als eine Art Leitung. Ein roter Dunstschleier kam aus einer Ecke der Gruft und strich über den Körper wie eine Staubwolke. Wo sie konnte, drang sie durch Neals Haut, verflüssigte das eingetrocknete Blut und saugte es durch die Poren wieder in den Körper. Auch die von Prellungen verfärbt gewesene Haut veränderte sich zu einem gesunden Rosa.

Winzige silberne Blitze kamen aus einem schwarzen Wölkchen hernieder, das sich im Dunkel der Gruft zusammengebraut hatte. Herunter und wieder hochzuckend wie die federleichten Küsse eines Schlangenzüngchens, prickelte dieses Gewitter über Neals Körper. Über offenen Wunden verharrte es länger, und schließlich konzentrierte es sich über der Brust. Am Ende zogen sich all diese kleinen Blitze in die Wolke zurück, um in Gestalt eines einzigen dicken Silberspeers zurückzukehren und bei Neals Nabel in die kreuzförmige Wunde einzutauchen. Mit der Geduld einer Raupe, die einen Zweig hochkriecht, arbeitete sich der speerförmige Strahl immer weiter nach oben. Fleisch zischte, wo er traf, und der fettige Rauch stieg auf in die Wolke, aber danach schien die Haut wieder glatt, genäht, ohne eine sichtbare Naht zu hinterlassen.

Längere Zeit verweilte der Strahl über dem Schnittpunkt der kreuzförmigen Brustwunde. Der ganze Raum war jetzt erfüllt von dem süßlichen Rauch verbrannten Fleisches. Gena mußte sich beinahe übergeben. Sie hustete, und auch der Strahl flackerte für einen Moment, ehe er weiter sein Werk verrichtete. Er teilte sich jetzt in drei Strahlen auf. Zwei gingen im Zickzack über die Wunde, der dritte wanderte zum Hals hoch. Und dann bis zu den Nasenlöchern. Kaum hatte er dort hineingeleuchtet, als Gena ein leichtes Flackern der Augenlider bemerkte. Gleich darauf fiel die Wolke in sich zusammen und der energiereiche Lichtstrahl erlosch, so daß sie einen Augenblick lang gar nichts mehr sah.

Sie spürte, wie ein Schwächeanfall sie überkam, dem ein Moment vollkommener geistiger Klarheit folgte. Sie war sich dessen bewußt, daß sie keineswegs so erschöpft war, wie nach dem hastig geworfenen Kampfzauber in dem Lager der Haladina. Aber dennoch hatten die zwei Zauber, die sie benutzt hatte, sie erkennbar ausgelaugt. Mehr noch: Sie hatten ihre Energie teilweise aus ihrer Panik und Angst bezogen, das eherne Gesetz aller elfischen Magier zu verletzen, beim Zaubern Gefühle ganz auszuschließen. Gefühle konnten Zauber zwar verstärken, aber sie auch unberechenbar machen, und davor fürchtete sich Gena am allermeisten.

Bei einem dritten Zauber versuchte sie entschlossen, sich nicht von ihm aussaugen zu lassen, aber das kostete sie mehr Kraft als sie geben konnte. Gena klammerte sich zäh an den kleinen Rest Lebenskraft, unterstützt von dem Wissen, daß die Zauber, wenn sie verlor, das Leben ganz aus ihr herauspressen und sie dann wie eine ausgepreßte Frucht wegwerfen konnten.

Ein bläuliches Licht durchdrang von unten die steinerne Bahre, auf der Neal lag, und wurde so hell, daß sie nichts anderes mehr sehen konnte als die Silhouette seines Skeletts. Das Licht flackerte einmal auf und dann erlosch es. Und jetzt sah Neals Haut so aus, als sei sie aus Stahl. Die Stelle über seinen gebrochenen Rippen glühte rot auf, die Funken stoben, als metallische Hammerschläge in der Gruft widerklangen und auch ihr durch Mark und Bein gingen. Genauso geschah es mit seinem linken Knöchel. Schließlich flackerte das Licht noch einmal auf, und Neal kehrte in einen normalen Zustand zurück, nur daß jetzt Knöchel und Rippen keinerlei Anzeichen einer Verletzung mehr erkennen ließen.

Ein Schwindelgefühl erfaßte Gena, als der vierte Zauber an ihren Kräften zu zehren begann. Intuitiv wußte sie, daß dies der letzte Zauber war. Er würde die Aufgabe erfüllen, deretwegen sie hierher gekommen war. Sie hatte die Beherrscherin dieses Zaubers sein, ihn dirigieren und benutzen wollen, dabei fand sie sich als Komponente dieses Zaubers wieder. Larissa hatte sie hintergangen. Sie wollte sich empören, aber dieser letzte Zauber saugte auch ihre Empörung auf wie ein Schwamm.

Eine Hitze stieg in ihr auf, so daß sie schon glaubte, sie werde jetzt ohnmächtig. Sie bäumte sich dagegen auf, und der Zauber schöpfte auch die Energie ihres Trotzes ab, um selbst kräftiger zu werden. Längst war ihr klar, daß sie manipuliert wurde, und daß auch jede ihrer emotionalen Reaktionen eingeplant war und vereinnahmt wurde.

Plötzlich blieb ihr fast der Atem weg. Ihre Lungen schienen ihr nutzlos und kamen ihr wie eingefroren vor. Sie spürte ein Brennen darin, gleich darauf verschwand dieses Gefühl aber wieder. Sie grübelte darüber nach, was da eigentlich mit ihr geschah, denn in Larissas Notizen stand von diesen Symptomen nichts, stand überhaupt von alldem nichts. War alles, was ihre Großtante sie gelehrt hatte, vielleicht nichts anderes als ein Köder für diese Falle?

Da sah sie, daß Neals Brust sich ganz aus eigener Kraft hob und senkte.

Gena beugte sich vor, und im selben Augenblick begann ihr Herz wie wild zu schlagen, nur um gleich darauf ganz auszusetzen. Als es wieder anfing, nach ein oder zwei Sekunden, krampfte sich ihr Magen zusammen. Ihre Därme vibrierten und ihre inneren Organe meldeten sich. Ihre Hände verkrampften sich und ihre Zehen krümmten sich nach innen. Jeder einzelne Muskel ihres Körpers spannte sich, um gleich darauf wieder zu erschlaffen. Ihr erster Gedanke war, daß der Zauber sich jetzt Sekunden ihres Lebens holte, um sie Neal einzugeben, aber sie verwarf den Gedanken gleich wieder, denn für einen regelrechten Transfer waren sie der Rasse und dem Geschlecht nach zu verschieden.

Nein, stellte sie fest, *ich werde nur wie eine Art Straßenkarte benutzt, so daß der Zauber Neals Körper klarmachen kann, was zur Verfügung steht und wie es bewerkstelligt wird.*

Ihr Kopf schnellte zurück und legte den Hals frei, als sie spürte, wie eine magische Kraft ihr Rückgrat hoch und in ihr Gehirn wanderte. Dort wurde nun herumgekramt, so wie Durriken in den Trödelschubladen kaudischer Antiquitätenhändler herumgekramt hatte, um ihrer Erinnerung auf die Sprünge zu helfen. Sie sah alles mögliche an ihrem inneren Auge vorbeiflitzen, doch der Zauber verharrte nur bei jenen ihrer Erinnerungen, Gedanken und Impressionen etwas länger, die in einem Zusammenhang mit Neal standen. So als würde er die Scherben einer zerbrochenen Vase zusammensuchen, nahm er jedes bißchen, das mit Neal zu tun hatte und transferierte es in sein Gehirn.

Gena nahm an, daß das nicht dazu diente, sein Denken zu rekonstruieren, sondern um ihm klarzumachen, wer er gewesen war. Wenn er wieder leben sollte, mußte seine Seele aus Reithras Griff befreit und seinem Körper wieder eingepflanzt werden. Die Geschichten und Erinnerungen machten es nicht nur leichter zurückzukehren – sondern seinen Körper auch wieder aufnahmebereit für seine Seele.

Der Zauber traf auf das letzte bißchen Energie, das Gena noch besaß. Sie widerstand, wurde aber weiter bedrängt. Ohne Worte wurde ihr die Notwendigkeit verdeutlicht, sich selbst zu geben, nicht als etwas, was Neal schon besessen hatte, sondern was für ihn ein Grund sein konnte, zurückzukommen. Dieses Motiv mußte mächtig sein, ein tiefes Gefühl und ewig. Es war nicht ohne Bereitschaft zum Opfer möglich. *Und es muß von mir kommen. Ich muß es sein.*

Gena gab ihr Sträuben auf, öffnete sich, und sie ließ den Zauber die Liebe zu Neal nehmen, die sie in Larissas Augen immer gesehen hatte. Zwar hatte ihre Großtante nie über ihre Gefühle für Neal gesprochen, aber das war auch nicht nötig. Genevera hatte diese

Liebe schon von Anfang an bemerkt und niemals gesehen, daß sie abgenommen hätte. Sie dachte einen Augenblick darüber nach, wie Larissa das alles so liebevoll vorbereitet hatte und dann ins Jenseits gegangen war, ohne es selbst anzuwenden. Sie fand keine logische Antwort auf diese Frage, also gab sie auch dieses Geheimnis in den Fluß der magischen Kraft und spürte, daß sie einer Ohnmacht nahe war.

Ihr Kopf fiel ihr auf die Brust, und sie taumelte rückwärts bis an die Außenmauer der Gruft, als der Zauber sie losließ. Sie sah, daß Neals Körper zuckte, und sie schrie sofort auf, als sein Kopf auf das Marmorkissen der steinernen Bahre schlug. Sie brach zusammen, zu erschöpft, um noch stehen zu können, und zu schwach, der Schwerkraft zu widerstehen. Noch im Fallen sah sie Neals Augenlid flattern. Wenn sie auch fürchtete, jetzt zu sterben, wußte sie doch, daß er leben würde. Da wußte sie, daß alles gut war, und sie ergab sich der Schwärze, die sich über sie senkte.

Die Minderheit
muß leiden

Spätherbst
A.R. 499
Die Gegenwart
Mein 536. Jahr

Ein stechender Schmerz jagte mir durch die Brust, und
dann kam eine Schwärze, die ich für den Tod hielt. Die
Zeit verfloß nicht mehr, sie stagnierte. Schattenhafte
Fetzen der Erinnerung – waren es Träume oder Visio-
nen? – senkten sich in mein Bewußtsein, genauso wie
Laub auf einem toten Weiher schwimmt, bevor es langsam zu Boden sinkt. Sie lagen da, um mit meinem
ganzen anderen Rest zu vermodern.

Blendend helles Licht, Hitze und kribbelndes Kitzeln
schüttelten mich. Mein Hinterkopf schlug auf etwas
Hartes, aber ich erschrak mehr, als daß ich Schmerz
empfand. Die Schmerzen, die mich durch das Dunkel
verfolgt hatten, hatten auch nachgelassen. Zum ersten
Mal in der Ewigkeit brachte ich die Kraft auf, die
Augen aufzumachen, und ich stellte fest, daß sie meinem Willen sogar gehorchten. Das erste, was sie sahen,
war eine weiße Gestalt, die links von mir zu Boden fiel.

Ich setzte mich soweit auf, daß ich mich auf meinen
linken Ellbogen stützen konnte, und nahm sie näher in
Augenschein. Das Sonnenlicht, das durch die Tür einfiel, ließ mich das goldene Haar erkennen, das ich niemals vergessen konnte, und es blitzte auf einem Armband, das ich kannte. Daß sie so zusammengekauert in
der Ecke saß, mit dem Kinn auf der Brust, beunruhigte

mich, aber ich sah kein Blut. Doch ich wußte, daß ich uns beiden mehr Schaden zufügen als Gutes tun konnte, wenn ich sie berührte.

Ein wahrer Hüne verdunkelte die Sonne, als er mit eingezogenem Kopf durch die Tür trat. Ich erkannte ihn mehr an seiner Größe und seiner Statur als an dem Kupferton in seinem Haar, aber ich konnte mir überhaupt nicht vorstellen, was er in Cygestolia zu tun hatte. Er blickte in die Ecke, in der Larissa zusammengesackt war und rief »Gena!« – ein Fluch, den ich aus dem Munde des Roten Tigers noch nie zuvor gehört hatte. Dann sah ich ihn den Arm nach Larissa ausstrecken, und da wußte ich, daß ich handeln mußte.

Ich setzte mich ganz auf, drehte mich auf dem Hinterteil um, bekam die Füße auf den Boden und sprang Beltran an. »Nicht anfassen! Du darfst sie nicht anfassen!«

Beltran war offenbar völlig überrascht, als er meine Stimme hörte. Ich rammte ihn mit der Schulter in den Bauch, und er klappte ein. Ich hörte ein zufriedenstellendes *Wuuufff*, als ihn die Wucht meines Angriffs wieder aus der Gruft hinauskatapultierte, und mich gleich mit. Wir fanden uns beide auf der Grasfläche vor dem Bauwerk wieder. Ich flog über ihn hinaus, schlug einen Purzelbaum, und als ich wieder auf den Beinen stand und ihm gegenübertreten wollte, wurde mir schwindlig. Vor meinen Augen verschwamm alles, und bevor ich mich erholt hatte, knallte schon seine schwere Linke auf mein rechtes Ohr.

Der Aufprall am Boden traf mich schwerer als seine Faust, aber groß war der Unterschied nicht. Ich kam, noch etwas wacklig, wieder auf die Füße, da packte mich jemand an der rechten Schulter. »Neal, hör auf! Berengar, halt!«

Ich drehte mich um und entzog dem alten Elfen meine Schulter. »Er hätte sie beinahe berührt, das Verhängnis über sie gebracht.«

»Neal, mein Freund, er wird ihr bestimmt nichts antun.«

Ich runzelte die Stirn. »Kenn ich dich? Die einzigen Elfen, die ich als Freunde bezeichne, sind Larissa und ihr Bruder, Aarundel. Sie ist da drin, und ihr Bruder wird Beltran umbringen, wenn er sie berührt.«

»In früheren Zeiten hätte ich das tatsächlich getan.«

Ich blinzelte ungläubig und starrte den Elfen, der da vor mir stand, lange an. Langes, weißes Haar fiel ihm bis auf die Schultern. Er trug eine schwarze Augenklappe und war genauso groß wie mein bester Freund, nur die Muskeln waren geschrumpft. Seine Haut schien fast durchsichtig, so als sei er mehr Geist als Fleisch und Blut. »Aarundel? Was haben die Reith mit dir gemacht?«

Aarundel schüttelte den Kopf. »Das Auge haben sie mir genommen, Custos Sylvanii, sonst nichts.«

Ich zog die Augenbrauen hoch. »Aber du siehst so alt aus. Dein Großvater, Lomthelgar, wirkt jünger. Was ist passiert?«

Er machte eine hilflose Geste. »Ich bin alt geworden. Fünf Jahrhunderte sind vergangen, seit du mich zum letzten Mal gesehen hast.«

Da bekam ich weiche Knie und setzte mich auf den Boden. »Fünfhundert Jahre? Aber …« Ich drehte mich um zu dem kleinen steinernen Bauwerk. »Aber deine Schwester, die ist nicht älter geworden.«

»Es ist meine Enkeltochter, Neal, von meinem Sohn Niall.« Aarundel ging in die Hocke und setzte sich neben mich. »Vieles hat sich geändert, mein Freund.«

Der Mann, den ich angesprungen hatte, kam aus dem Bauwerk, einen Elfen in den Armen. Ich erwartete jeden Augenblick, daß ihn ein Pfeilhagel elfischer Schützen träfe, aber nichts geschah. Ich sah nach oben und vergewisserte mich, daß wir wirklich unter dem Consilliarii-Baum saßen. Und ausgerechnet da wurde ich Augenzeuge einer eklatanten Verletzung eines strengen elfischen Gesetzes. Und Aarundel schenkte dem Mann, der seine Enkelin soeben für immer ins Exil verdammte, gar keine große Aufmerksamkeit! Und dieser Mann machte sich offenbar auch mehr Sorgen um sie als um sein eigenes Schicksal!

»Wie kann er sie in seinen Armen halten?«

»Ich kann das, alter Mann, weil ich stark und fürsorglich bin.« Er legte sie in den Schatten und fühlte eines ihrer Handgelenke. Er ignorierte mich jetzt und wandte sich an Aarundel. »Sie atmet, und ich spüre auch ihren Puls. Sie muß wegen etwas, das da drin vorging, ohnmächtig geworden sein.«

Ich langte zu Aarundel hinüber und ergriff ihn am linken Arm. »Was war denn los? Warum ist Beltran hier? Oder warte – kann das überhaupt Beltran sein? Fünf Jahrhunderte?« Ich machte den Mund zu, als in meinem Kopf die Gedanken aufeinander einstürmten, so daß ich schon Angst hatte, ihrer nicht mehr Herr zu werden.

Aarundel tätschelte beruhigend meine Hand. »Ich habe dir eine Menge zu erklären, mein Freund, und ich mache das nur zu gern. Ich weiß, daß das jetzt alles etwas plötzlich kommt, und daß du ganz durcheinander bist.« Er deutete auf den Mann, der neben seiner Enkelin kniete. »Das ist Graf Berengar Fischer aus Aurdon in Centisia.«

Ich zog fragend eine Braue hoch. »Aurdon? Ich kenne nur Fischers in Aurium. Sind sie verwandt?«

Berengar sah auf, während er das Handgelenk der *Sylvanesti* weiter massierte. »Es handelt sich um die selben, Neal. Was du als Aurium kennst, ist jetzt Aurdon. Es ist größer geworden und hat sich mächtig verändert, seit du das letzte Mal dort warst.«

Fünf Jahrhunderte! Ich starrte zu Boden und zupfte an den Grashalmen herum. Sie fühlten sich immer noch genauso an wie bei früheren Berührungen. Ich riß einen Halm aus und schob ihn zwischen die Lippen. Auch Geschmack und Geruch hatten sich nicht verändert.

Das war doch etwas, etwas Gewöhnliches, und daran hielt ich mich. Wenn das alles nur ein Traum war, würde ich am nächsten Morgen darüber lachen, und wenn nicht, na ja, dann hatte ich jetzt eine neue Definition für das Wort Alptraum.

Aarundels Arme fühlten sich unter meinem Griff so leicht an wie ein Vogelflügel. »Und Larissa?«

Mein Freund schüttelte den Kopf. »Sie ist ins Jenseits gegangen, Neal. Genauso wie Lomthelgar und meine Eltern.«

»Und Marta?«

»Sie weilt noch hier, mit mir.«

Die *Sylvanesti* reagierte auf Berengars Wiederbelebungsversuche mit einem Stöhnen. Sie versuchte, sich aufzusetzen, aber es wäre ihr nicht gelungen, hätte Berengar sie nicht unter den Schultern gefaßt und sie gestützt. Als sie den Kopf hob, sah ich zum ersten Mal ihr Gesicht, und mir war zumute, als würde mir jeden Augenblick das Herz zerspringen. Es war nicht ganz genauso wie damals, als ich Larissa zum ersten Mal sah, aber doch wie ein nicht ganz vollkommenes Echo. Sie sah ihrer Großtante so sehr ähnlich, daß sie mich an die Person erinnerte, die ich nun verloren hatte.

Es war allein Aarundels Lächeln zu verdanken, daß ich bei Sinnen blieb. »Das, Neal Elfwart, ist meine Enkeltochter Genevera. Gena, das ist Neal Roclawzi.«

Sie neigte ihren Kopf in meine Richtung, und dabei glitt ihr dicker Zopf über ihre Schulter und Berengars Hand. »Durch die Begegnung mit dir ist ein Traum für mich wahr geworden.«

Ich nickte, unfähig irgend etwas Vernünftiges zu sagen. Ich hob die Hände und betastete meinen Oberkörper. Ich sah keine Prellungen, spürte nichts, so als hätte mein Kampf mit Takrakor niemals stattgefunden. Nur Aarundels fehlendes Auge bewies mir, daß es anders war. »Meine Wunden.« Ich faßte Aarundel an den Schultern. »Ich lag im Sterben. Was ist geschehen?«

Aarundel sah mich an. »Du bist gestorben.«

Genevera lächelte mir zu. »Ich habe dich gerettet. Ich habe dich geflickt und ins Leben zurückgeholt.«

Ich stand da mit offenem Mund. »Ich war tot?«

»Ja, aber ich habe dich wieder hingekriegt.« Sie sah meinen ungläubigen Blick. »Die Magie, die Zauber, die in die Gruft gewoben waren ...«

»Gruft?«

Sie blickte hinüber zu dem steinernen Bauwerk, aber meine Aufmerksamkeit war weniger von dem Gebäude, sondern vielmehr von der Tatsache gefesselt, daß sie sich genauso bewegte wie Larissa. »Das war deine Gruft. Ich habe die Zauber dort drin ausgelöst und dich zurückgeholt. Und ich habe dich geheilt.«

»Du hast mich geheilt und hast mich in eine Welt zurückgebracht, die ich nicht kenne.«

Gena nickte emphatisch. »Ja, das habe ich getan.«

Ich starrte sie mit aufgerissenen Augen an. »Aber ich wollte nicht geheilt werden.«

»Wie bitte?«

»Ich wollte nie und nimmer zurückkehren. Aber du hast es getan, obwohl Larissa schon ins Jenseits gegangen ist?« Ich wandte mich Aarundel zu. »Wie konnte das geschehen? Warum hast du das zugelassen?«

Aarundel druckste mit der Antwort herum. »Ich muß ..., ich muß dir so vieles erklären.«

Ich wollte nichts davon wissen und ließ vor lauter Verwirrung meinem Ärger freien Lauf. »Warum hast du mich nicht einfach tot sein lassen? Ich mag zwar zu keiner Herrenrasse gehören, aber das macht mich noch lange nicht zu Eurem Spielzeug. Wie konntest du so gering von mir denken?«

Aarundel stand plötzlich auf, packte mich am Arm und zog mich mit hoch. Er schob mich an den Consilliarii-Baum, und ich sah das alte Feuer in seinen Augen lodern. »Verdammt, Neal, du weißt, daß das nicht stimmt! Du und ich, wir waren Brüder. Das hast du einmal selbst gesagt.«

»Ich hätte dich sterben lassen, Bruder.«

»Und ich habe zugesehen, wie du starbst, *Bruder*, wie Takrakors Zauber dich Zoll um Zoll auseinanderriß.« Er schlug mit der Faust an seine Brust. »Ich war an deiner Seite, als du Herzspalter aus Jammaq herausgeholt hast, und ich habe mich jeden einzelnen Tag dankbar erinnert, daß du so tapfer warst, allein nach Jammaq zu kommen, um Marta und mich den Reith aus den Fängen zu reißen. Kannst du mir den Wunsch verweigern, daß ich dich vor der letzten ihrer Perfidien retten wollte? Willst du mich für meine Hoffnung tadeln, eines Tages noch einmal mit dir zusammen durch die schattigen Täler Cygestolias zu wandern?«

Er streckte sich und ließ mich nicht aus den Augen. »Wenn du das glauben kannst, dann wisse, *Bruder*, daß der gleiche Fehler auch in deiner Brust schlummert, denn ich habe hier nichts anderes für dich getan, das du nicht auch für mich getan hättest. Also, wenn du mußt, dann sag mir, daß ich etwas falsch gemacht habe. Und wenn du das tust, dann werde ich mich bei dir entschuldigen, aber bedauern werde ich das, was ich getan habe, nie.«

KAPITEL 33

Die Marionettenfäden sind gerechtfertigt

Spätherbst
A.R. 499
Die Gegenwart

Der Mann, den Gena von den Toten zurückgeholt hatte, bedeckte sein Gesicht mit beiden Händen. An den Consilliarii-Baum gelehnt, hing er irgendwo zwischen aufrecht und zusammengesackt. Fast erwartete sie, daß er anfangen würde zu weinen. Aber die Vorstellung, die sie von Neal, dem Helden, hatte, ließ sie diesen Gedanken schnell wieder verwerfen. Sie konnte nicht glauben, daß er dazu fähig war, einem solchen Gefühl überhaupt nachzugeben.

Sie spürte ein leichtes Zittern, so viel verwirrte sie. Sie hatte überhaupt nicht darüber nachgedacht, wie er darauf reagieren würde, wieder zum Leben erweckt zu werden. Oder vielleicht doch? Sie war einfach davon ausgegangen, daß er dafür dankbar wäre. Alle Menschen, die sie kennengelernt hatte, hatten sich vor dem Tod gefürchtet. Bei Rik war diese Furcht gering, bei anderen beherrschte sie alles. Sie hatte gedacht, daß jeder Mensch, dem man die Chance bot, den Tod zu besiegen, sie dankbar angenommen hätte, und daß er mehr als froh sein würde, ins Leben zurückzukehren.

Neal schien zu bedauern, was sie für ihn getan hatte, und zwar zutiefst. Und noch überraschender war für sie, daß ihr Großvater dieses Bedauern offenbar vorhergesehen hatte. Er wußte ganz einfach, was von Neal zu erwarten war, aber er hatte es vorgezogen, ihr nichts davon zu sagen. Diesen Zug an ihrem Großvater hatte sie vorher nicht gekannt, und das erschreckte sie.

»Großvater, was geht hier vor?«

Auch Neal ergriff das Wort. »Erklär's, Aarundel, wenn du kannst.«

Aarundel hob den Kopf. Er machte den Eindruck, als wolle er ihren Fragen trotzen. »Unterwegs auf dem Verwundetenkarren, nachdem du das Schlafmittel bekommen hattest, wurde klar, daß du sterben würdest. Du hattest vorher deine Meinung über die Verwendung der Magie in der Heilkunst unmißverständlich geäußert. Der Heiler Cletin war auch nicht imstande, den zerstörerischen Zauber, den Takrakor auf dich geworfen hatte, umzukehren. Insofern war es gar nicht so entscheidend, daß wir unterschiedlicher Meinung waren. Cletin konnte aber einen Zauber ansetzen, der dich aus der Zeit riß. Insofern konnte Takrakors Zauber in seinem Fortschreiten verlangsamt werden. Als ich Cletin diesen einen, diesen Isolierzauber erlaubte, war meine Absicht, dir und Larissa noch einmal ein Wiedersehen zu ermöglichen. Das war, wie ich meinte, das mindeste, was ich für euch tun konnte.«

Neal nickte kurz. »*Dafür* danke ich dir auch.«

»Aber *diese* Entscheidung führte schnell zu Konsequenzen.« Aarundel breitete die Arme aus, so als wollte er ganz Cygestolia umfassen. »Nach dem Vernichtungskrieg gegen die Reith gab es unter den *Sylvanii* ebensoviel Trauer wie Freude. Und es wurde viel nachgedacht. Du warst in der Halle der Consilliarii einen Monat lang aufgebahrt. Meine Schwester wich nicht von deiner Seite. Deine Verdienste um die Ausrottung der Reith und die tiefe Liebe meiner Schwester zu dir rief das größte Nachdenken hervor. Und beschleunigte den Wandel, der ohnehin einmal kommen mußte.«

Er sah hinüber zu Gena, die jetzt vollends des Drucks gewahr wurde, den Berengars Hände auf ihre Schultern ausübten. »Das Gesetz, das dich von Larissa getrennt gehalten hatte, wurde nahezu einstimmig hinweggefegt.«

Neal blickte auf. »Und Finndali?«

»Er war in Alatun gefallen. Die Gegenstimmen kamen von Vorrin und ein paar anderen Reaktionären. Die Erniedrigung, die der Ausgang der Abstimmung für sie darstellte, machte ihnen so zu schaffen, daß sie kurz danach ins Jenseits gingen.« Aarundels Auge richtete sich auf eine unbekannte Ferne, seine Gesichtszüge lockerten sich und nahmen jenen Ausdruck an, den Gena schon von den vielen Gelegenheiten kannte, bei denen er ihr von seiner Zeit mit Neal erzählt hatte. »Und außerdem entwickelte sich unter unseren Zauberern der fieberhafte Wettstreit, ein Gegenmittel zu Takrakors Zauber zu entwickeln. Deine Wünsche in dieser Sache waren zwar bekannt, aber die Magier sagten, der an dir fressende Zauber sei das letzte Überbleibsel der Reith in der ganzen Welt und müsse allein schon deswegen ausgelöscht werden. Sie machten es zu einer Sache der nationalen Sicherheit, wie auch ihres Stolzes.«

Gena runzelte die Stirn. »Was genau meinst du mit Neals Wünschen in dieser Sache?«

Neal hob erschöpft die linke Hand und hielt ihr deren Rücken vor die Augen. »Ich habe die magische Heilbehandlung immer abgelehnt. Deswegen habe ich so viele Narben. Dein Großvater bat mich, meine Meinung zu ändern, als ich im Sterben lag. Und ich lehnte ab.«

Gena spürte, wie sich ihr Magen verkrampfte. »Das habe ich nicht gewußt.«

»Es stimmt, Neal. Sie hat nichts davon gewußt.« Aarundel sah seinem Freund gerade in die Augen. »Wir haben ihr alles über dich erzählt, aber deine Einstellung zu magischer Heilbehandlung haben wir nicht erwähnt.«

»Was?« Gena sprang auf die Füße. »Warum nicht?«

»Das mußte sein.« Aarundel schnitt ihr mit einer kategorischen Armbewegung das Wort ab. »Unsere Magier arbeiteten zweihundert Jahre daran, um zu entdecken, wie sie Takrakors Zauber ausschalten konnten. Sie schufen eine Art Therapie von Zaubern, die – zusammengenommen – erfolgreich sein konnten. Ihr gesamtes Arbeitsergebnis machten sie meiner Schwester zum Geschenk. Sie waren der Auffassung – die *Sylvanii* alle zusammen waren der Auffassung –, daß Larissa entscheiden mußte, ob man die Gegenzauber anwenden sollte oder nicht. Sie errichteten diese Gruft und brachten dich dort unter, und sie gestatteten meiner Schwester mittels des Armbands, das du für sie gefertigt hattest, als einziger den Zugang.«

Gena beobachtete das Muskelspiel in Neals Gesicht. »Also nahm Larissa dieses Geschenk an, obwohl sie doch wissen mußte, daß ich das nicht gewollt hätte? Wie konnte sie nur?«

In Aarundels Auge blitzte es auf. »*Du* wußtest, was *du* wolltest. *Ich* wußte, was *du* wolltest. *Sie* wußte, was *du* wolltest. Hast du wenigstens einmal gefragt, was *sie* wollte? Das ist die Bürde von *Vitamor*, Neal. Es sind nicht deine Wünsche, und nicht ihre Wünsche, sondern eure gemeinsamen Wünsche, die zählen!«

Der weißhaarige Elf richtete den Blick zum Himmel und ließ seinen Ärger verrauchen. »Du wirst niemals begreifen, wie sehr dein Tod Larissa verletzte, Neal. Sie gab sich immer beherrscht, aber es gab doch Zeiten, da ich es sehen konnte. Eine Träne. Die Art und Weise, in der ihr die Stimme brach. Die Tatsache, daß ihr Lachen nach deinem Tod nie wieder ein unbeschwertes war. Sie liebte dich so heftig, daß sie alles getan hätte, um dich zurückzubringen – alles, außer deine Wünsche zu mißachten.«

Neal schlang seinen rechten Arm um seine Brust und bedeckte sein Gesicht mit der linken Hand. »Was habe ich dir angetan, Geliebte ...« Gena sah, wie seine Kiefer mahlten, aber er brachte kein Wort mehr über die Lippen. Plötzlich hämmerte er die rechte Faust auf die Rinde des Consilliarii-Baums. »Wie konnte ich nur so grausam sein?«

Die Frage hing in der Luft, ließ die Möglichkeit für weitere Vorwürfe offen. Aber Aarundel gab leise die Antwort. »Wir wollten dich beide wieder bei uns haben, aber wir respektierten deine Wünsche – ganz gleich, wie sehr es uns schmerzte. Ihre Liebe zu dir hielt sie die ersten hundert Jahre davon ab zu handeln, dann gewann die Furcht die Oberhand.«

»Furcht? Vor mir?« Neal nahm die Hand vom Gesicht. »Ich hätte sie niemals absichtlich verletzt.«

»Das wußte sie, mein Freund.« Aarundel machte einen Schritt auf Neal zu und legte ihm die Hände auf die Schultern. »Sie fürchtete sich vor deiner Reaktion, wenn sie dich zurückgeholt hätte. Du wärst ungefähr dreihundert Jahre lang weg gewesen. Sie hatte Angst, du würdest sie für selbstsüchtig halten und sie hassen, wenn sie dich in eine Welt zurückholte, in der die Welt, die du kanntest, verschwunden war. Ich versuchte immer, ihr klarzumachen, daß sie sich täuschte, aber es half nichts.«

»Und jetzt reagiere ich genauso, wie sie befürchtet hatte, und bestätige damit ihre Ängste.«

»Dein Ärger ist doch verständlich.«

Neal schüttelte den Kopf. »Nicht ganz. Aber sie hätte auch nicht denken dürfen, daß mein Ärger gleich in Haß umschlagen würde. Wir wären dann doch zusammen gewesen. Tausend Jahre hätten vergangen sein können, und dann wäre ich immer noch sehr glücklich gewesen, zu ihr zurückzukehren.«

Aarundel verschränkte die Arme. »Ich denke, daß sie das wußte. Aber genau das löste eine andere, noch weit größere Furcht aus. Was sie letzten Endes davon abhielt, die Zauber selbst auszulösen, war, daß sie es nicht überlebt hätte, dich ein weiteres Mal zu verlieren. Dieser Schmerz, diese Trauer ...« Aarundel hob die Hände und ließ sie wortlos wieder fallen.

Neal ballte vor Verzweiflung die Fäuste. »Ich kenne ihren Schmerz. Ich bin hier, und sie ist für immer außerhalb meiner Reichweite.«

»Vergiß nie, daß sie dich aufrichtig und innigst liebte. Für dich tat sie Dinge, an die keiner von uns sonst auch nur gedacht hätte.« Aarundel sah Gena an und gleich wieder weg. »Wir heckten einen Plan aus, meine Schwester und ich. Mein Sohn Niall ließ keine Begabung für die Kunst der Magie erkennen. Also mußten wir weiter warten. Seine Tochter Genevera hatte dieses Talent. Larissa unterrichtete sie in Magie und erzählte ihr von dir, und ich lehrte sie alles über die Menschen und über dich. Durch uns bekam sie ein sehr beeindruckendes, recht genaues, aber doch nicht vollständiges Porträt von dir. Wir wollten, wir erwarteten, daß sie es eines Tages vervollständigen würde. Sie mochte die Zauber, vor deren Anwendung Larissa sich scheute, vielleicht doch benutzen, um dich zurückzubringen. Als meine Schwester sie für gut genug unterrichtet hielt, ging sie ins Jenseits, und sie hoffte, daß du sie verstehen würdest.«

Gena fiel der Unterkiefer herunter. »Ihr habt mich benutzt, um ihn entgegen seinen Wünschen zurückzubringen?«

Aarundel sah sie ehrlich an. »Du warst nicht übermäßig besorgt wegen seiner Wünsche, als du dich entschlossen hast, zu handeln.«

»Ich habe gehandelt, weil mir das auch ein gangbarer Weg zur Lösung unseres aktuellen Problems zu sein schien! Hätte ich gewußt, daß er Heilzauber immer abgelehnt hat, hätte ich nie so gehandelt.«

Neal starrte seinen Freund an. »Ich kann es einfach nicht glauben, daß du das gemacht hast, Aarundel. Du hast deine eigene Enkeltochter manipuliert, um mich zurückzuholen?«

»Was ist daran nicht zu glauben, Neal? Hast du vergessen, wie dir die Consilliarii meine Schwester angeboten haben, um den Krieg mit den Reith zu vermeiden? Bin ich nicht von gleichem Blut, von gleicher Kultur wie jene, die dich vor diese teuflische Wahl gestellt haben?«

»Ich dachte schon, daß du anders wärst.«

»Ich *bin* auch anders!« Aarundels Stimme klang zornig. »Larissa wollte dich nicht zurückbringen, ich *konnte* dich nicht zurückbringen. Aber ich wußte doch, daß dein Tod meine Schuld war und die meines Volkes. Wir wußten und hatten es schon seit Ewigkeiten gewußt, daß wir eines Tages doch in den Krieg gegen die Reith ziehen mußten, und trotzdem unternahmen wir alles mögliche, um dies hinauszuschieben. Wir ließen zu, daß sie die Menschen abschlachteten, um ihr Reich zu bauen, und wir dachten, das würde sie von uns ablenken. Es warst *du*, der uns zu der Erkenntnis gezwungen hat, daß die Reith sich mit dem Tod verbündet hatten, und daß es deswegen keine Möglichkeit gab, dem Konflikt weiter auszuweichen. Du hast uns auch gezwungen, unsere Vorurteile gegen die Menschen aufzugeben. Du hast uns gezeigt, daß all diese noblen und tapferen Ideen und Traditionen, die wir uns selbst zuschrieben, auch auf die Menschen zutrafen. Als du meine Schwester ausschlugst, um mich und meine Frau zu retten, hast du eine Nation beschämt. Du hast uns erkennen lassen, daß unsere Politik, die Menschen zu opfern, nur um uns Ruhe zu verschaffen, unglaublich arrogant war und der Gipfel der Hybris. Du starbst in einem Krieg, den wir selbst schon Jahrhunderte früher hätten führen sollen. Du starbst irrtümlicherweise. Und ich entschloß mich, alles nur Denkbare zu tun, um diesen Irrtum zu korrigieren.«

Ihr Großvater blickte sie an, und Gena sah den tiefen Kummer in seinem einen Auge. »Hätte ich die Wahl gehabt, Genevera, hätte ich das getan, was du tun mußtest. Dann hätte ich den Zorn dafür geerntet, den jetzt du gespürt hast. Du warst ein Werkzeug in meinen Händen, so daß jeder Tadel mich treffen sollte. Ich kann nicht erwarten, daß du mir verzeihst, aber ich hoffe, daß du mich verstehst.«

Gena wollte ihn anschreien und hätte es auch beinahe getan, aber eine innere Stimme ließ sie einhalten. Ja, man hatte sie benutzt. Ihr Großvater und ihre Großtante hatten sie getäuscht. Sie hatten sie veranlaßt, etwas zu tun, was sie selbst nicht schafften. Dafür hätten sie jeden Zornausbruch verdient.

Auf der anderen Seite, sie hatten sie nicht dazu *gezwungen*, Neal von den Toten auferstehen zu lassen. Sie selbst hatte diese Chance beim Schopf ergriffen, aus Gründen, die ihr nur ganz langsam dämmerten. Sie wußte schon, daß ihre Bereitschaft zum Handeln jedenfalls zum Teil dem Umstand zuzuschreiben war, daß sie, sofern sie erfolgreich war, etwas geschafft hatte, was ihre Großtante, ihr Mentor, nicht gewagt und nicht zustande gebracht hatte. Neal zurückzuholen, war für sie die einzigartige Gelegenheit, zu zeigen, wieviel sie gelernt hatte und was sie alles konnte. Die Erkenntnis, daß man sie hintergangen hatte, machte aus ihrem Stolz jetzt allerdings einen scharfen Stachel, der schmerzhaft in ihrem Ego und ihrem Selbstbewußtsein steckte. Aber als Elfe war ihr klar, daß sie auch erblich nicht frei von jener Hybris war, die ihr Großvater eben gegeißelt hatte.

»Ich verstehe dich, Großvater.« Riks Bild stand ihr vor Augen. »Ich verstehe, daß du deinen Freund wiederhaben wolltest, und ich verstehe, daß du die Fehler wiedergutmachen wolltest, die man ihm gegenüber begangen hatte. Und ich kann dir auch verzeihen, denn meine Mitwirkung an dem Ganzen war von ähnlichen Motiven bestimmt.«

Sie streifte das Armband von ihrem Handgelenk und

ging die paar Schritte zu Neal hinüber. »Du hast diesen Schmuck für meine Großtante gemacht, und sie hütete ihn die ganzen fünf Jahrhunderte, die sie dich und dein Schicksal betrauerte. Sie liebte dich mehr, als du jemals verstehen wirst, und es war auch ihre Liebe, widergespiegelt durch mich, die diesen Prozess zum Abschluß brachte, durch den du ins Leben zurückgeholt worden bist. Wenn ihre Liebe zu dir nicht so groß gewesen wäre, würdest du jetzt nicht unter den Lebenden weilen.«

Um Neals Mundwinkel zuckte es verräterisch. »Ich lebte für ihre Liebe, und ich begreife jetzt auch, daß ich deswegen wieder lebe.«

Gena hielt ihm das Armband hin und merkte, wie er sich vor ihr zurückziehen wollte. »Ich bin nicht würdig, das Armband zu tragen. Nimm du es, trage es als Andenken an sie. Du hast es geschmiedet, damit sie stets an dich denke. Jetzt nimm du es, um an sie zu denken.«

Neal nahm es und drückte es mit aller Kraft über seine breite Hand. Er lächelte Gena an, und dann wieder das silberne Armband. »Ich danke dir.« Er schüttelte den Kopf. »Und vergib mir meine ungehaltene Reaktion. Es scheint, daß Totsein den guten Manieren nicht besonders zuträglich ist.«

Gena lächelte zurück. »Ist schon gut. Das muß auch für dich ein Schock gewesen sein.«

»So ist es. Es hat sich soviel verändert.«

»Nicht soviel, wie du vielleicht denkst, Neal.«

Neal wandte sich Berengar zu. »Wie war der Name doch gleich … Berengar, stimmt's?«

»Berengar Fischer. Vor fünf Jahrhunderten hast du haladinische Banditen durch halb Centisia gejagt. Sie sind jetzt wie Heuschrecken wieder da.«

Neal streckte sich und hörte auf, sich an den Baum zu lehnen. »Wenn du als Soldat nur halb so gut bist wie der Mann, dem du ähnlich siehst, dann werden diese Banditen bald keine große Gefahr mehr sein.«

Berengar nickte Gena zu. »Wie die Edle Frau Genevera bestätigen kann, teilen wir mehr aus als wir einstecken, aber wir können sie in Centisia nicht mit der Wurzel ausrotten, weil manche von ihnen den Schutz der Familie Riveren, äh, Riveraven genießen. Wegen dieser seltsamen Allianz können die Riverens damit drohen, meine Familie, die Fischers, zu überwältigen. Das Verbot der Gewalt zwischen unseren Familien, das du erlassen hast, beraubt uns der Möglichkeit zurückzuschlagen.«

Gena nickte. »Wir haben schon nach Herzspalter und Wespe gesucht, damit wir das ungeschehen machen können, was du in Aurdon getan hast. Wir glauben, daß wir Herzspalters Aufbewahrungsort schon gefunden haben, in Jarudin, aber der offensichtliche Weg, an das Schwert heranzukommen, ist mit dem Dolch Wespe verschlossen. Und Wespe ging in Jammaq verloren und tauchte nie wieder auf. Deswegen müssen wir wissen, ob es einen anderen Weg gibt, an das Schwert heranzukommen. Und auch damit diese Frage beantwortet werde, mußte ich dich ins Leben zurückrufen.«

»Ich verstehe die Frage natürlich, und ich denke, daß Ihr eine positive Antwort erwartet, sonst hättet Ihr Euch nicht diese ganze Mühe gemacht.« Neals grüne Augen waren ganz zugekniffen, so stark runzelte er die Stirn. »Aber ich fürchte, daß ich nicht praktisch genug gedacht habe, eine zweite Möglichkeit zur Öffnung der Kammer vorzusehen. Ich hatte eben nur daran gedacht, Herzspalter für immer wegzuschließen. ›Für immer‹ hätte ich wahrscheinlich auf etwa fünfhundert Jahre festgesetzt, so wie ich damals gedacht habe.«

»Verdammt, verdammt!« Berengar ballte die Hände zu Fäusten. »Ohne das Schwert ist meine Familie verloren.«

Neal zwinkerte ihm zu. »Und das wollen wir doch nicht.«

»Aber wir können's auch nicht verhindern, denn nur

Wespe kann die Kammer öffnen, und Wespe ist verschwunden.«

»Keineswegs.« Neal zeigte mit der Hand in nordöstlicher Richtung. »Der Dolch ist dort zu finden.«

Aarundel sah ihn schockiert an. »Wie bitte? Wie willst du das wissen?«

Neal betrachtete seinen Zeigefinger, als wäre er ein ganz fremdes Teil. »Ich weiß nicht, warum ich das weiß, mein Freund, aber dort muß er sein. Ich weiß es genauso sicher, wie ich wußte, wo Takrakor war, als wir vor Alatun lagen.«

Die beiden sahen sich wie elektrisiert an. »Neal, du denkst doch nicht …?«

»Denken, das ist unwahrscheinlich. Fürchten, andrerseits …« Neal haute ihren Großvater mit der flachen Hand auf die Schulter, und sie sah, wie Aarundel stolz lächelte. »Laß dir sagen, mein Freund, ich wäre dankbar, wenn ich Waffen und Vorräte geliehen bekäme. Wenn wir recht haben, dann habe ich noch ein bißchen unerledigte Arbeit vor mir. Und sie fünf Jahrhunderte lang liegen zu lassen, ist viel zu lang.«

KAPITEL 34

Bande, die auch der Tod nicht scheidet

Spätherbst
A.R. 499
Die Gegenwart
Mein 536. Jahr

Wenn auch Berengar das Gegenteil behauptet hatte, fand ich nur weniges genauso vor, wie ich es aus der Zeit vor Alatun in Erinnerung hatte. Daß Aarundel ein Greis geworden war und daß es auf der Consilliarii-Insel ein Bauwerk aus Stein gab, das waren nur zwei der vielen Veränderungen, die der Fortgang der Zeit in Cygestolia bewirkt hatte. Die Unterschiede lagen weniger im Großen und Ganzen – ich konnte mich zum Beispiel immer noch ganz gut zurechtfinden –, aber die Bäume schienen mir nicht mehr so saftig grün, und einige der kleineren wagten sich sogar mit roten und goldenen Blättern hervor. Wenn ich den Wechsel der Jahreszeiten in Cygestolia und im ganzen Elfengebiet auch vor dem Feldzug gegen die Reith beobachten konnte, erschienen mir diese jetzigen Farbenwechsel kaum jahreszeitlich bedingt.

Waldhöhe hingegen war noch höher, größer und dichter gewachsen. Ich bemerkte auch mehr Einzelheiten, die Menschen vertraut vorkommen würden. Mich im Innenleben zurechtzufinden, machte mir keine Schwierigkeiten. Als ich aber um eine Ecke biegen wollte, um zu dem Zimmer zu gelangen, das einmal meines gewesen war, schickte mich Aarundel statt dessen geradeaus und ein paar Treppen hoch zu einer prächtigen Zimmerflucht.

»Diese Räume wurden für dich hergerichtet, für den Fall deiner Rückkehr.« Er lächelte mir zu. »Larissa führte hier Regie.«

Auch ich konnte mich eines Lächelns nicht erwehren. Die riesige Suite hatte als zentralen Mittelpunkt einen Steingarten, der dem im Kaiserturm von Jarudin sehr ähnlich war. Eine Wand zierte eine Landkarte, die aus verschiedenfarbigen Hölzern gestaltet war. Bildhaft zeigte sie Details wie Städte, Berge, Täler, Flüsse und Seen. Sofort war mir die geographische Lage dieser Gegend klar, wenn mich auch einige der politischen Grenzen sehr überraschten. Der Raum war mit Stühlen und Schränken möbliert, wie auch ich selbst sie ausgewählt hätte. Ich spürte, wie mein Herz klopfte, als ich der liebevollen Sorgfalt gewahr wurde, die Larissa auf die Gestaltung dieses Raums verwandt hatte.

»Ich bin tief gerührt.«

»Dann sind wir sehr glücklich.« Eine *Sylvanesti* mit silbrigem Haar huschte hinter Berengar in den Raum und schmiegte sich an Aarundels rechte Schulter. »Ich habe lange darauf gewartet, dich wiederzusehen, Neal Elfwart.«

»Marta?« Ich verbeugte mich vor ihr.

Als ich mich wieder aufrichtete, überraschte sie mich, indem sie auf mich zuging, um mich zu umarmen. Ich überlegte, wie ich sie zurückhalten konnte, immer noch in der Angst vor dem, was geschehen könnte, wenn wir uns berührten. Aber weder sie noch Aarundel waren im geringsten besorgt über die Folgen ihres Handelns. Sie schlang ihre Arme um mich und drückte mich. »Das habe ich schon lange tun wollen, um dir dafür zu danken, daß du in Jammaq unser Leben gerettet hast.«

Als Aarundel schmunzelte und mir zunickte, umarmte ich Marta ebenfalls. Ihr Haar roch nach Flieder, und ihre langen, silbrigen Locken kitzelten an meiner Brust. Sie war so zart und zerbrechlich in meinen Armen, daß ich die Kraft spürte, die von ihr ausstrahlte. Vor lauter Angst, sie zu zerbrechen, ließ ich sie wieder los und befreite mich aus ihren Armen.

Für einen Augenblick schien sie verletzt, dann verfärbte sich ihre Alabasterhaut glühend rosa. »Entschuldige, Neal, das muß dir ja alles seltsam vorkommen.«

Ich nickte. »Ja, ein bißchen schon. Ich kann mich an Zeiten erinnern, da ich Larissa in die Arme schließen wollte und nicht konnte, obwohl ich sie nur hatte trösten wollen, nicht verführen. An die Vorstellung werde ich mich erst gewöhnen müssen, daß ich dich umarmen kann, ohne daß Aarundel deinen Verlust und meinen Tod befürchten muß – wobei ersteres für ihn schlimmer wäre als letzteres.«

»Deinetwegen ist das jetzt möglich.« Marta zog sich an Aarundels Schulter zurück, lächelte mir aber noch immer zu. »Das Gesetz, das Berührungen verbot, war töricht, und ich kann nur hoffen, daß es im Grabe bleibt, mindestens zehn Mal länger als du.«

Ich lächelte und blickte verwundert auf meine Hände, die sie gehalten hatten. Ich spürte sie immer noch in meinen Armen und an meiner Brust. »Wenn es auch schon fünfhundert Jahre her ist, Marta, will ich mich doch noch dafür bedanken, daß du in Alatun *mein* Leben gerettet hast.«

»Ich war doch gar nicht dort.«

Ich lachte laut. »Körperlich nicht, aber geistig, zu Takrakors Bedauern. Der Zauber, den du mit dem Zahnsplitter im Griff jenes Dolches – den du mir schenktest – verbunden hast, der sagte mir, daß Takrakor in Alatun auf mich wartete. Dort brachte er es zwar fertig, mir allerhand anzutun, das …, naja, das mich in keinen schönen Zustand versetzte. Er kam immer näher an mich heran, um noch mehr Kontrolle über mich zu haben. Aber dadurch wurde gleichzeitig auch der Zauber, den du geschaffen hattest, stärker. Und dann schmetterte ich den Griff mit seinem Zahnsplitter auf den Steinboden.«

Martas Hand flog hoch an ihr Kinn. »O jemine!«

»Das, glaube ich, war noch das netteste Wort, das ihm dazu einfiel.« Ich bewegte meine verspannten Schultern ein wenig. »Er war abgelenkt, und da hieb ich mit Herzspalter auf ihn ein. Ich war fest davon überzeugt, ihn getötet zu haben. Aber die Verbindung mit Wespe scheint immer noch zu bestehen, was bedeutet, daß Takrakor vielleicht noch am Leben ist.«

Mein rechter Zeigefinger wollte schon wieder nach Nordosten zeigen, aber ich hielt ihn im Zaum. »Wir brauchen Wespe, wenn wir Herzspalter wieder hervorholen und Berengars Problem lösen wollen.«

Aarundel nickte. »Den Dolch zu finden, das Schwert zu holen und nach Aurium/Aurdon zurückzukommen, bedarf einiger Planung. Je früher wir damit anfangen, desto früher werden wir damit fertig sein.«

Für mich war es sehr lohnenswert zu beobachten, wie die lange Zeit Aarundel verändert hatte. Er war schon immer ein fähiger Führer und ein sorgfältiger Planer gewesen. Aber als wir gemeinsam im Stählernen Haufen kämpften, hatte er sich aus freien Stücken darauf beschränkt, mir als Berater zu dienen. In der langen Zeit seit Alatun hatte er sich zu jenem Führertum entwickelt, das sein Vater und Großvater so gut repräsentiert hatten. Von Anfang an wußte ich, daß er mich bei dem Versuch, Herzspalter wieder zu erlangen, nicht nur begleiten und unterstützen würde, sondern daß er alles, was in seinen Kräften stand, tun würde, um den Erfolg zu *garantieren*.

Zunächst einmal bestellte er Schneider, Ausrüster

und Schwertschmiede zu mir, damit sie beginnen konnten, mir geeignete Kleidungs- und Ausrüstungsstücke für die Reise anzufertigen. Ich merkte schnell, daß sich Stil und Moden in jeder Hinsicht geändert hatten, angefangen bei Stiefeln und Mänteln bis zu Rüstungen und Schwertern. Meine Wünsche und Vorstellungen wurden natürlich als archaisch bezeichnet, und so machte ich der Konvention Zugeständnisse. Beim Thema Schwert aber bestand ich darauf, daß es größer sein mußte als dieses Rapierzeug, das Berengar zu bevorzugen schien. Also ließ Aarundel ein Schwert gemäß meinen Vorgaben anfertigen – und ein Rapier bestellte er obendrein für mich.

Sobald ich die ersten Sachen hatte, die für eine kurze Reise ausreichten, organisierte Aarundel für uns beide eine Reise mittels des *Circus translatio* zu einem Flecken, rund hundert Meilen nördlich von Cygestolia. Bevor wir aufbrachen – ich selbst auf dem Rücken von Scurra, einem vielfach größeren Enkel von Schwarzstern – zeigten Aarundel und einige Astronomen mit dem ausgestreckten Arm dorthin, wo sich Wespe befinden mußte. Parallel zu meinem Arm steckten sie Pfähle in den Boden, und auf einer Landkarte zeichneten sie Koordinaten ein, die mit der von mir aufgezeigten Linie korrespondierten.

Nachdem wir in dem *circus*-Hain im Norden angelangt waren, ließ mich Aarundel noch einmal die Richtung von Wespe zeigen. Ich bemerkte, daß mein Zeigefinger diesmal mehr nach Osten als nach Nordosten wies, was Aarundel zufriedenzustellen schien. Er blickte zu den Sternen auf und machte ein paar Notizen. Dann ließen wir uns nieder, nur wir beide, um uns drei Tage auszuruhen, ehe wir uns wieder heim nach Cygestolia aufmachten.

Als wir so in der Dunkelheit lagerten, beide gegen die Kälte der Nacht in Decken eingewickelt, fühlten wir uns so, als seien wir niemals getrennt gewesen. Wir erinnerten uns auch der kleinsten Einzelheiten vergangener Schlachten, als wären sie erst gestern gewesen. Als auch noch leichter Schneefall einsetzte, kam ich mir so vor, als seien wir wieder dort im Hirisgebirge, wo wir die Reith so erfolgreich getäuscht hatten, daß sie glaubten, die ganze Armee des Roten Tigers hier in der Falle zu haben.

Von Aarundel hörte ich in dieser Nacht zum ersten Mal, wie die Schlacht von Alatun im einzelnen abgelaufen war. Mein Herz schwoll vor Stolz, als er die Tapferkeit des Stählernen Haufens beschrieb, der das Stadttor trotz heftigster Angriffe von innen und von außen hielt. Als die magischen Komponenten des reithischen Heeres zerfielen, wurde es vom Elfenheer überwältigt. Einige reithische Einheiten schafften den geordneten Rückzug, wurden von den Unsrigen aber gegen die Stadtmauern gedrückt, hinter denen sie noch Schutz suchen wollten, und vernichtet.

»Unsere Verwundeten wurden herausgezogen, aber ansonsten wurde das ganze Heer zur Säuberung des Landes eingesetzt. Unsere Soldaten töteten jeden, den sie in Reith vorfanden und der reithisches Blut in sich hatte. Wir schaufelten Massengräber und verbrannten ihre Leichen. Wir zerstörten ihre Städte und verwüsteten ihr Land mit Feuer. Dann salzten wir die Erde und machten sie unfruchtbar. Wir löschten jeden Hinweis darauf aus, daß es sie jemals gegeben hatte – jedenfalls jede Spur in Reith selbst. Als Volk sind die Reith ausgelöscht und vergessen, von einigen Entarteten und den Haladina abgesehen, die sich Löcher in die Zähne bohren, um dort Diamanten zu befestigen, in Erinnerung an ihre früheren Herren.«

Ich nickte. »Klingt so, als hättet ihr gründliche Arbeit geleistet.«

Aarundel starrte in das kleine Feuer, das wir an unseren Füßen unterhielten. »Mir wäre wohler gewesen, wenn man einen vollständigen Bericht über den Untergang der Reith gemacht hätte, einschließlich einer vollständigen Liste ihrer Toten. Aber es gab ja Tausende und Abertausende davon. Vielleicht wäre es gar nicht möglich gewesen, sie alle listenmäßig zu erfassen. Zum Beispiel hätte ich gerne Takrakors Leiche gefunden. Wenn er nämlich noch lebt ...«

Ich zuckte die Achseln. »Er war das Haupt der Schlange. Sobald es abgehauen war, starb der Körper. Wir müssen uns deswegen doppelt sicher sein, daß der Kopf tot ist und bleibt. Glaubst du nicht auch, daß – wenn er am Leben wäre – eine Gruppe reithischer Überlebender nicht schon längst versucht haben würde, sich an den Elfen und Menschen zu rächen?«

»Da ist was dran, und ich bin vielleicht töricht genug, mich damit zu beruhigen.« Er lehnte sich an einen mächtigen Wurzelstock und begann, mir sein Leben zu erzählen, wie es sich nach meinem Ableben entwickelt hatte. Wie sich zeigte, war er ein stolzer Vater und noch stolzerer Großvater, und er schilderte mir in glühenden Farben einige Begebenheiten aus dem Leben von Niall, Gena und ihrem Bruder Finnwick. Er erzählte auch von Genas Liebhaber, Durriken, und dessen Aktion, aus der Schatzkammer eines Sammlers die *Insignii nuptialis* zu beschaffen.

»Es ist dir gut gegangen während meiner Abwesenheit, und darauf bin ich stolz, mein Freund.«

»Aber es war dein Opfer, das alles andere ermöglichte.« Aarundel hob abwehrend die Hand, um mir jede Antwort abzuschneiden, und zeigte nach Osten.

Vom Knistern des Feuers und von meinem eigenen Herzschlag abgesehen, hörte ich ein paar Augenblicke lang gar nichts. Doch dann vernahm ich leise Geräusche, die sich unserem Lagerplatz näherten. Ich zog mir mein Schwert heran, verzichtete aber darauf, es zu ziehen, als mit einem riesigen Sprung ein massiger Schatten am Rand des von unserem Feuer ausgeleuchteten Kreises landete.

Das Wesen streckte sein Maul in die Luft und schnüffelte. »Neal Roclawzi du bist.«

Nach Größe und Form hatte der Ankömmling eine starke Ähnlichkeit mit Shijef, aber der Farbe nach schien er ganz anders. Der halbe Kopf, von der Schnauze bis ins linke Ohr, war schwarz. Die andere Seite war am Maul weiß und verlief um das Auge herum bis zum Ohr blaugrau. Am Rumpf tendierte das Fell zu schwarz, hatte einen grauen Flecken am Hals und weiße Pfoten. Es war kein Zweifel möglich, daß es sich um einen Driel handelte, aber seine Anwesenheit, soweit vom angestammten Lebensraum entfernt, überraschte mich.

»Ich bin Neal Roclawzi.«

»Besiegen Shijef im Zweikampf du hast?« Er hockte sich auf die Hinterbeine und machte eine auffordernde Kopfbewegung. »Zeig's mir!«

Ich machte meinen Deckenkokon auf und hob meine warme, wollene Tunika. Der Driel schaute sich die Bißnarben, die Shijef auf mir hinterlassen hatte, genau an. »Ich war damals sehr viel jünger. Wenn du also auf einen gleichen Wettbewerb aus bist, muß ich ablehnen.«

Er schüttelte den Kopf, reckte dann die Schnauze gen Himmel und ließ ein Geheul hören, das mich mehr frösteln ließ als die Nachtluft. »Stulklirn ich bin. Shijef-Abkömmling durch Bactha, Sorrla, Skactin, Borna und Byorii. Von siebter Generation ich bin, und der erste, der geehrt durch deine Anwesenheit.« Das Tier ließ den Kopf sinken, bis das Kinn am Boden auflag. »Der Handel gilt, und Erfüllung ich bin. Das gleiche Herz haben wir.«

Stulklirns unbeholfene Worte waren wie ein fernes Echo jener seines Ur-, Ur- Ur-, Urgroßvaters. Sie riefen mir sein Bild wieder vor Augen und ließen mich lächeln. »Wir haben das gleiche Herz.«

Sein Kopf kam wieder nach oben, und er heulte zufrieden auf. Sein buschiger Schwanz wirbelte hinter ihm die Blätter auf. »Welche Aufgaben du hast für mich?«

»Setz dich einen Moment.« Ich zeigte auf einen Fleck ein bißchen näher bei uns, und doch noch leicht unter dem Wind. »Ist Shijef noch am Leben?«

»Leben in seinen Kindern er tut. Viele Verwandte, viele Leben.« Stulklirn streckte eine Pfote zum Feuer hin, zog sie wieder zurück und schnüffelte daran. »Warten, wir taten, auf dich. Als du kamst, ich wurde gewählt.«

»Wie habt Ihr das erfahren?«

Der Driel zog die Stirn kraus. »Wissen tat ich.« Seine achatfarbenen Augen sprühten vor Aufregung. »Gewählt ich wurde, weil zu dir schnell ich konnte. Das Bacthas Geschenk ist.«

Ich wandte mich Aarundel zu. »Zu meinen Lebzeiten waren Drielherden klein und nicht weit verbreitet. Gibt es jetzt mehr davon?«

»Ich muß gestehen, daß ich es nicht weiß. Bei der jetzigen Ausbreitung der Menschen vermute ich, daß ihre Lebensräume kleiner geworden sind, aber seit dem Untergang der Reith habe ich wenig oder nichts über Driele gehört.«

»Versteckt wir waren, und warten. Shijef und Menschen-Neal Verbündete. Im Dienst des Falben Wolfes wir sind.« Der Driel schaute mich auffordernd an, das Gesagte zu bestätigen. Also nickte ich und lächelte ihn freundlich an. »In Drielland Shijef Kaiser. Alle Driele ihn verehren.«

Aarundel sagte: »Sobald wir wieder in Cygestolia sind, kannst du Gena fragen, was sie über Driele weiß. Ich bin sicher, daß sie dir etwas sagen kann.«

Stulklirn spitzte die Ohren. »Nach Cygestolia ihr geht? Hin ich euch bringe.«

Er wollte schon aufstehen, aber ich gab ihm durch Handzeichen zu verstehen, daß wir's nicht so eilig hatten. »Sobald wir genügend ausgeruht sind, gehen wir zum Hain.«

Der Driel schüttelte den Kopf. »Bäume langsam sind. Stulklirn viel schneller wegen Bacthas Gabe ist.«

Ich schaute Aarundel an und merkte, daß auch er nicht ganz begriff, was Stulklirn uns sagen wollte. »Bacthas Gabe macht es dir möglich, schnell die Aufenthaltsorte zu wechseln?«

Der schlug sich mit einer Pfote auf die Brust. »Meisterschaft von Straßenschnell ich habe. Weitspringer ich bin.«

»Also gut, Stulklirn Weitspringer, morgen oder übermorgen werden wir uns von dir nach Cygestolia bringen lassen.«

»Dann erst?«

»Ja. Und bis dahin werden wir schlafen, uns unterhalten und warten.«

»Warten ich habe gemacht.« Der Driel verdrehte den Kopf zu einem ergebenen Seitenblick. »Warten mit Verbündeten besser ist.«

Die nächsten beiden Tage ließ mich Aarundel immer wieder dorthin zeigen, wo ich Wespe zu fühlen vermeinte, und die Messungen, die er dabei durchführte, waren mehr oder weniger immer die gleichen. Er erklärte mir, daß er die Linie, die er durch die Messungen ermittelte, in die gleiche Landkarte eintragen würde, die auch schon die Linie für den ersten Punkt enthielt. Wo diese beiden Linien sich schnitten, würde das Gebiet liegen, in dem wir Wespe finden konnten.

Der Driel war äußerst interessiert an allem, was Aarundel machte, und von Zeit zu Zeit fand ich die beiden ganz genauso tief in Gespräche versunken wie einst Lomthelgar und Shijef. Auch in Anbetracht der Tatsache, daß Shijef einen guten Grund gehabt hatte, mir gegenüber mürrisch und still feindselig zu sein, war Stulklirn auch vom Naturell her netter als sein Vorfahr. Er hatte eine schnelle Auffassungsgabe und beschäftigte sich auch mit unseren Pferden, damit sie seinen Geruch leichter ertrugen.

So wie schon Shijef vor ihm, benutzte Stulklirn die Driel-Version des *Circus translatio*, um uns nach Cygestolia zurückzubringen. Als wir in dem dortigen Hain ankamen, waren wir bei weitem nicht so erschöpft wie üblich. Stulklirn trollte sich gleich nach der Ankunft in die Wälder – nicht ohne uns zu versichern, daß er uns jederzeit wiederfinden würde – und Aarundel und ich ritten zurück nach Waldhöhe.

Wir trafen Berengar und Genevera im mittleren Raum meiner Suite. Beide studierten gerade die Landkarte, in die die erste Linie schon eingezeichnet worden war. Aarundel fügte jetzt die Linie hinzu, die er durch die neuen Messungen bestimmt hatte. Als er sah, wo die beiden Linien sich kreuzten, nämlich in den Eiswüsten oberhalb von Mannkito, seufzte er unglücklich.

»Das bedeutet, daß wir mit einer Expedition in die Frostfelder rechnen müssen.« Er schielte auf die Karte. »Unser Weg führt uns also mindestens zweitausend Meilen weit, ein Zehntel davon durch die Eiswüste.«

Ich zog eine Augenbraue hoch. »Zu meinen Lebzeiten pflegten dort Menschen zu wohnen.«

»Sie leben noch immer dort, im ständigen Kampf ums Überleben. Wenn wir dort ankommen, wird tiefster Winter herrschen. Wir werden Schneestürme überstehen müssen, und ich halte es für unmöglich, für die Reise hin und zurück genügend Vorräte mitzuführen.« Er starrte mich an, als wäre es meine Schuld, daß es Wespe dorthin verschlagen hatte. »Wenn alles gut geht, werden wir nächstes Jahr um diese Zeit in Aurdon sein.«

Mit dem Finger tippte ich auf der Landkarte genau ins Zentrum von Irtysch. »Wenn wir von hier aus aufbrechen würden, hätten wir ungefähr fünfhundert Meilen vor uns. Wir wären dann dorthin schlimmstenfalls zwei Monate unterwegs und zwei Monate zurück, und wir müßten auch nur für diese Zeit Vorräte mitschleppen.«

Berengar verschränkte die Arme. »Das *würde* stimmen, wenn wir von Irtysch aus aufbrechen *könnten*. Aber wir sind hier auf der ganz anderen Seite, in Cygestolia. Wie sollten wir dort hinkommen?«

Aarundel lächelte, also konnte ich mir's sparen. »Ein Driel mit ganz außergewöhnlichen Fähigkeiten hat sich Neal zur Verfügung gestellt.«

»Ein Driel?« Das Entzücken in Genas Stimme zauberte jenes Lächeln auf meine Lippen, das ich Berengar verweigert hatte. »Ein Driel wie Shijef?«

Ich nickte. »Sein Ur-Ur-sonstwas-Enkel.«

Berengar sah uns der Reihe nach an, als hätten wir alle einen Dachschaden. »Driele sind nichts als Mythen.«

»Ich glaube, daß auch ich bis vor einer Woche ein Mythos war.«

Gena trat vor und schaute sich die Karte genau an. »Neal, hast du jemals dort oben in den Frostfeldern gegen etwas gekämpft, eine … Kreatur? Gegen ein menschenfressendes Monster?«

Ich schüttelte verneinend den Kopf und schaute Aarundel an. »Ich kann mich an nichts dergleichen erinnern.«

Auch Aarundel schüttelte den Kopf. »Wir sind nie bis in die Frostfelder vorgedrungen. Das nächstgelegene Ereignis, an das ich mich erinneren kann, war dein Zweikampf mit Shijef in Irtysch.«

»Schon wieder Driele.« Berengar machte eine überlegene Geste. »Mythen.«

Gena tippte auf die Karte, unter das X, das die zwei Linien bildeten. »Ich habe einmal etwas über ein Eismonster sagen hören, das dort oben in einem rauchenden Eiskegel lebt. Man sagt, daß es Menschen frißt, und in einer Legende heißt es auch, daß du dagegen gekämpft hast, aber das wurde wahrscheinlich aus Heldenliedern aus rzyanischen Quellen kolportiert.«

»Also noch ein Mythos für Sie, Herr Graf.« Ich schenkte Berengar ein sparsames Lächeln. »Genevera, hat dieses angebliche Monster einen Namen?«

»Bacorzi, Pacorzi ... Tacorci, glaube ich.«

Aarundel und ich sahen uns an. »Takrakor? Streiche die Mittelsilbe und füge ›zi‹ für ›im Berg lebend‹ hinzu.«

Der weise Elf nickte. »Hätte ich vermutet, daß er doch noch lebt, hätte ich diese Kombination selbst angestellt und dementsprechend gehandelt.«

Ich schüttelte den Kopf. »Du hattest keine Möglichkeit, diesen Mythos und Takrakor in einen Zusammenhang zu bringen, und wir können uns ja übrigens immer noch täuschen. Wir werden es erst genau wissen, sobald wir dort sind.«

»Und wenn wir's wissen?«

»Dann werde ich ihn höflich bitten, mir meinen Dolch zurückzugeben. Und wenn er sich weigert, dann werde ich mit ihm genau das machen, was ich glaubte, schon vor fünfhundert Jahren getan zu haben.«

KAPITEL 35

Neue Finten
für einen alten Wolf

Früher Winter
A.R. 499
Die Gegenwart

Rückblickend erkannte Gena genau, wie es begonnen hatte. Hätte man sie aber zu Beginn der Expedition gefragt, hätte sie Ärger zwischen ihnen Vieren nicht für möglich gehalten. Keiner von ihnen war zum Leiter ihrer Expedition bestimmt worden, wenn sie auch Berengar immer noch in dieser Rolle sah, weil er alles angestoßen hatte. Neal fungierte als Führer und Berater, und sie war eigentlich sicher, daß er das auch selbst so sah, selbst wenn er sich wie selbstverständlich stets zur Geltung brachte und seine Meinung zu allen auftauchenden Fragen äußerte.

Der Driel hatte mit seiner unterwürfigen Haltung gegenüber Neal und seinem Mangel an Respekt vor Berengar dazu beigetragen, die Dinge sehr schnell zu polarisieren. Und Berengar, an sich ein kluger und fähiger Mann, hatte noch wenig Erfahrung mit Reisen in den Norden und noch gar keine mit dem *Circus translatio*. Die Anstrengung, die ihn die Route von Cygestolia bis zu dem Hain östlich Jarudins kostete, erschöpfte ihn. Dementsprechend war er leicht erregbar, ja jähzornig, und er schaffte es nicht, sich im Zaum zu halten.

Neal hingegen schien das Reisen per *Circus* sogar noch besser zu bekommen als ihr. Sie war richtig ärgerlich, als sie von dem Lärm wach wurde, den Neal und

Stulklirn machten, als sie ganze Armladungen Holz für das Feuer, an dem sie sich wärmte, abluden. »Wie könnt Ihr denn so voller Energie sein?«

Neal zuckte die Achseln. »Ich glaube, daß ich mich ganz gut ausgeruht habe, als ich tot war.«

Gena gähnte. »Entschuldige, daß ich dich aufgeweckt habe. Hätte ich geahnt ...«

Er schüttelte den Kopf. »Jetzt bin ich der, der sich entschuldigen müßte. Jemand läßt einen von den Toten auferstehen, und dann benimmt man sich ihm gegenüber schlecht. Ich glaube fast, daß ich zum Kaiser der Reith in Jarudin höflicher war als zu dir und Aarundel. Trotzdem: Es ist noch keiner himmelhoch jauchzend aufgewacht.«

Gena streckte sich und warf ihre Decke über Berengars Füße. Sie stand auf und ging zu Neal, der sich ans Feuer gesetzt hatte. Sie hielt ihre Hände ans Feuer. »Das tut gut.«

»Es geht nichts über ein Feuer. Es wärmt den Körper und bringt Gespräche in Gang, die die Seele wärmen. Viele Freundschaften sind an einem Lagerfeuer entstanden.«

Auch Gena setzte sich und stocherte mit einem Ast im Feuer. »Meine Großtante und du, seid ihr oft um ein Feuer gesessen und habt euch unterhalten?«

Neal dachte kurz nach, und Gena sah, wie ein Anflug von Trauer über sein Gesicht huschte. »Einmal, ein bißchen. Es dauerte nicht lang, denn es war in der Nacht, als Takrakor und seine Männer deinen Großvater verschleppten. Natürlich machten wir unterwegs öfter mal Feuer, aber viel unterhalten haben wir uns nicht.«

Die Trauer in seiner Stimme löste in ihr den Wunsch aus, ihn in die Arme zu nehmen, aber als sie das tun wollte, zuckte er zurück. »Neal, es gibt kein Berührungsverbot mehr.«

Er wollte ein Lächeln zeigen, doch es erstarb schnell. »Ich weiß. Aber ich habe so lange dagegen angekämpft,

Larissa zu umarmen, daß es mir zu einer Angewohnheit geworden ist, die ich nicht ablegen kann.«

»Du könntest, wenn du nur wolltest.«

»Das stimmt. Aber dann stünde ich vor der Tatsache, daß ich die Großnichte jener *Sylvanesti* in den Arm genommen hätte, die ich liebe. Kaum aus der Gruft aufgestiegen und schon etwas mit einem blutjungen Ding anfangen, das wäre ein bißchen viel auf einmal.«

»Neal, ich bin nur wenig jünger als Larissa zu dem Zeitpunkt war, als ihr euch kennenlerntet.«

»Was heißt, daß ich doppelt so alt bin wie du.«

»Ich glaube nicht, daß die fünfhundert Jahre, die du tot warst, gegen dich zählen. Willst du dir für alle Zeit den Charme einer Frau versagen, ihre Liebe, nur wegen ein paar Dutzend Jahren?«

Neal schien einen Moment darüber nachzudenken, schüttelte dann aber den Kopf. »Da wäre nur noch ein kleiner Unterschied.«

»Wieso?«

»Ein – was ich ja bin – alter Dackel zu sein, und dem Charme einer jungen Frau zu erliegen, das ist nichts Neues. Ich kann mir das gut vorstellen. Nur eine *Sylvanesti* berühren zu können, das ist etwas Neues.«

»Du könntest ja etwas Neues lernen, wenn du möchtest.« Gena legte ein großes Stück Holz nach. »Du könntest es von mir lernen.« Obwohl es ihr ganz unschuldig herausfuhr, blickte sie erschrocken auf, um zu sehen, wie er ihre Worte aufnahm. *Ich habe doch nicht gemeint, daß ich ihn lehren würde, eine Sylvanesti zu lieben – oder doch?*

Neal zog eine Braue hoch und lächelte. »Ich bin sicher, daß du mich zumindest eines lehren könntest, wenn es dir nichts ausmacht.«

»Ja?«

Er zeigte mit dem Kopf auf ihr Gepäck. »Ich habe dich etwas einpacken sehen, das Aarundel Blitzdrachen nannte. Ich denke, daß es sich dabei um Waffen handelt, aber ich kann mich an dergleichen nicht erinnern.«

»Die ersten wurden von Zwergen gemacht, und sie fertigen immer noch die besten an, aber sogar die Haladina fangen schon an, sie herzustellen. Es handelt sich tatsächlich um eine neue Waffe. Diese Blitzdrachen gehörten Durriken.« Gena zögerte. Instinktiv fürchtete sie Neals Reaktion auf das, was sie als nächstes sagen wollte. »Er war mein Liebhaber, ein Mensch wie du. Die Haladina ermordeten ihn in Aurdon.«

Neals Zurückhaltung wuchs, während sie sprach, aber trotzdem hörte er sehr gespannt zu. »Dein Großvater erzählte mir schon von Durriken, auch daß er die *Insignii nuptialis* gefunden hat. Ich glaube, daß ich ihn gemocht hätte.«

»Berichte und Legenden über dich interessierten Rik ganz besonders.« Gena starrte unbewegt ins Feuer. »Er und ich, wir waren drei Jahre zusammen, dann nahmen ihn mir die Haladina.«

»Dann ist es wohl so, daß Berengar durch unsere Expedition seine Familie retten, daß du aber Durrikens Tod rächen willst?«

»Ich denke schon. Es begann als Aktion, die einem Freund helfen sollte, Herzspalter und Wespe zu finden, aber der Mord an Rik hat es auch zu einer persönlichen Sache gemacht. Ich führe die Blitzdrachen mit mir, weil sie und dieser Ring hier alles sind, was mir an Andenken an ihn geblieben ist. Die Haladina brachten ihn mit dem ›Tod der acht Schnitte‹ um.«

Neal zuckte zusammen. »Das ist kein leichter Tod.« Er schüttelte den Kopf. »Die Zeiten mögen sich geändert haben, aber in den Armen eines Haladina könnte ich mir eine *Sylvanesti* niemals vorstellen.«

»Und ich noch weniger. Die Haladina sind dazu übergegangen, Diamanten in die Zähne einzusetzen, um sich in die Zeit der Reith zurückzuversetzen.«

Neal sah etwas verwirrt drein, dann schielte er wieder zu ihrem Gepäck. »Willst du mir zeigen, wie man diese Blitzdrachen bedient?«

Sie nickte. »Wir müssen ein Stück vom Lager weggehen, denn sie sind sehr laut.«

Neal stand auf und wischte sich die Hände an den Hosenbeinen ab. »Stulklirn, bewachst du bitte Berengars Schlaf und paßt auf, daß ihm nichts passiert?«

Der Driel nickte und kauerte sich an Berengars Kopfende nieder. »Wachen ich werde.« Das boshafte Grinsen des Viehs machte Gena klar, daß der Driel auch eine Ewigkeit sitzen geblieben wäre, nur um den Schrecken in Berengars Augen zu genießen, wenn er aufwachte und einen Driel über sich gebeugt sah.

Neal hob die Satteltaschen auf, die die Blitzdrachen enthielten, und führte sie einen Pfad entlang – weg von dem Hain. Sie gingen über ein paar baumbewachsene Hügel in ein kleines Tal mit steilen Hängen, das nach kurzer Zeit einen Knick nach Süden machte. »Das müßte den Lärm eigentlich von unserem Hain fernhalten, denke ich.«

Gena nickte und sah sich nach einem geeigneten Ziel um. Sie sah einen riesigen Pilz, riß ihm die Kappe ab und ging die Talsohle entlang bis zu einem umgefallenen, querliegenden Baum, an dessen Stamm sie die Pilzkappe lehnte. Dann ging sie zu Neal zurück. »Das genügt.«

Neal setzte die Satteltaschen ab und trat einen Schritt zurück. Gena ließ sich auf ein Knie nieder und öffnete die Tasche mit den Blitzdrachen. Sie gab ihm einen davon, lud dann sorgfältig und Schritt für Schritt die andere. Neal machte ihr alles nach, stellte aber keine Fragen.

Unter seinen prüfenden Augen wollte Gena alles besonders genau machen, ganz planmäßig. Dabei kam ihr der Gedanke, daß es gar keinen großen Unterschied zu den ritualisierten Vorgängen der Magie gab, die sie von Larissa erlernt hatte.

Sie empfand es als Widerspruch, daß sie hier in Ispar stand und einer Heldenlegende beibrachte, eine Waffe zu bedienen, die erst nach deren Tod in Gebrauch gekommen war. Auch schon, daß sie mit ihm sprechen konnte, den sie ihr ganzes Leben lang zu einem Idol verklärt hatte, war schwer zu fassen. Daß sie ihm überhaupt etwas zu bieten hatte – das war der Stoff, aus dem Phantasien und Legenden entstanden.

Schließlich spannte sie den Hahn des Blitzdrachens und richtete die Waffe auf den Pilz. »Es gibt zuerst einen kleinen Blitz und dann einen großen und natürlich den Knall. Nimm einen festen Stand ein.«

Neal nickte, und sie zog den Hahn. Der Hahn schickte einen Funken auf die Pfanne, und das Zündpulver flammte leuchtendrot auf und hinterließ eine Rauchwolke, die das Ziel vor ihren Augen verbarg. Sie hielt ihre Hand ruhig und fest, und der Schuß ging los. Der Knall des Blitzdrachens übertönte das Einschlagen der Bleikugel im Ziel. Aber als der Rauch sich verzogen hatte, war auch der Pilz verschwunden, zusammen mit einem Stück des Baums.

Neal grinste leicht schief und stand einen Meter weiter hinten als vorher. »Es *war* laut, oder?«

»Na klar. Komm, laß uns nachsehen, wie ich getroffen habe.«

Beide rannten dorthin, wo der Pilz vorher war. Sie lachten, als sie dort angekommen waren. Der Baum zeigte eine zersplitterte Furche, dort wo die Kugel ein wenig rechts von dem Pilz getroffen hatte. Das eigentliche Ziel war durch die Wucht des Einschlags vom Stamm gefallen und lag am Boden. Gena hob den Pilz auf und runzelte die Stirn. »Wir schießen auf große Distanz, und ich bin kein so guter Schütze.«

Neal befühlte das Einschlagsloch. »Wäre diese Kugel

ein Pfeil, und der Pilz die Brust eines Kriegers, hättest du seine Leber durchbohrt. Und so, wie es das Holz zersplittert hat, hätte ihm auch die Rüstung nichts genützt.«

Gena stellte die Pilzkappe wieder auf. »Jetzt bist du dran.«

Sie gingen zurück, und Neal spannte seinen Blitzdrachen. »Ich bin bereit, oder? Wie muß ich zielen?«

»Kneife das linke Auge zu.« Sie wollte hinfassen, um es zuzuhalten, aber er drehte den Kopf weg. »Entschuldige. Schau den Lauf entlang und richte ihn genau auf das Ziel. Auf diese Entfernung wird die Kugel ein bis zwei Zoll tiefer liegen. Das mußt du ausgleichen.«

»Gemacht.« Er lächelte glücklich wie ein Kind, das ein neues Spielzeug bekommen hat. »Aufgepaßt!«

Der Hahn schnappte vor, und in der Sekunde, ehe die Hauptladung explodierte, bemerkte Gena, daß Neals muskulöser Arm den schweren Blitzdrachen felsenfest und ruhig hielt. Dann spuckte der Blitzdrachen Feuer und Rauch, und ein ohrenbetäubender Knall widerhallte im Wald. Als der dicke weiße Rauch sich verzogen hatte, war keine Spur der Pilzkappe mehr zu sehen.

Neal blickte auf den noch rauchenden Blitzdrachen. »Es gibt einen ganz schönen Schlag.«

»Rik nannte das immer ›Rückstoß‹. Er variiert je nach Menge des verwendeten Pulvers. Zuviel Pulver kann die Waffe auch schon in der Hand explodieren lassen.« In ihren Ohren dröhnte es noch, als Gena zum Ziel vorlief. »Minderwertige Nachahmungen dieser original Zwergen-Handkanonen sollen sogar schon Schützen getötet haben.«

Neal lief neben ihr her. »Sie sind nicht so schnell anzuwenden wie ein Bogen, aber von durchschlagender Wirkung.« Sie blieben vor einem Halbkreis Pilzfetzen stehen. Mit der Waffe zeigte er auf einige der größeren

Stücke. »Sieht so aus, als hätte ich ein bißchen hoch und etwas zu weit links getroffen.«

»Aber du hast das Ziel mit dem ersten Schuß getroffen!« Gena klatschte in die Hände. »Du bist sehr gut.«

»Oder ich hatte sehr viel Glück.«

»Oder«, rief Berengar von ihrer Schußposition aus, »du hast dasselbe herausgefunden wie wir in Aurdon – um diese Waffen zu verwenden, braucht es überhaupt keine Geschicklichkeit. Deswegen haben wir sie den niedrigen Ständen verboten.«

Neal stand da und nickte Berengar zu. »Hätte der Stählerne Haufen schon über diese Waffen verfügt, hätten wir die Reith bereits ein paar Jahre vor dem Kreuzzug der Elfen vom Antlitz Skirrens gefegt.«

»Den Göttern sei Dank, daß es nicht viele von diesen Dingern gibt, und daß die meisten so schlecht sind, daß sie diejenigen umbringen, die sie benutzen.« Berengar ließ seine linke Hand auf dem Heft seines Rapiers ruhen. »Diese Blitzdrachen verlangen keine Kunst, und sie bringen denen, die sie benützen, keine Ehre.«

»Und trotzdem sind sie sehr wirkungsvoll.« Neal sah Gena an. »Dein Durriken muß mindestens zwei Haladina getötet haben, bevor sie ihn umbrachten.«

Gena schüttelte den Kopf, und sie dachte daran, wie klein Rik aussah, als sie ihn auf dem Tisch im Haus der Fischers tot liegen sah. »Er hat nicht auf seine Angreifer geschossen.«

Berengar hob den Kopf. »Als wir seine Leiche fanden, hatte er die Waffen nicht einmal aus den Halftern gezogen, die er angefertigt hatte.«

Neal zog eine Braue hoch. »Während der Zeit, in der ich schlief, müssen die Haladina sich sehr in Verstohlenheit geübt haben.«

»Sehr.« Berengar spuckte auf den Boden. »Und sie haben Verbündete bei den Riverens, die ihnen in Aurdon einen sicheren Hafen bieten.«

»Nun, darum werden wir uns ja kümmern, oder?«

Gena lächelte und versuchte, zwischen den beiden zu vermitteln. Sie lenkte von der Streiterei ab, indem sie Neal die Blitzdrachen überließ, um weiter damit zu üben, während sie zugleich Berengar dazu verpflichtete, ihr einige Kräuter zu suchen, mit denen sie den Haferbrei würzen konnte, den sie kochen wollte.

Wenn er nicht in Neals Nähe war, konnte Berengar gar nicht höflicher und unterhaltsamer sein. Er scheute nicht vor Berührungen zurück und neckte sie mit dem größten Vergnügen. Er bedachte immer im voraus, was auf sie zukommen konnte und nahm nur zu gerne die Führerrolle an, die sie von ihm erwartet hatte. Er war sich auch nicht zu schade für Arbeiten, die in Aurdon als standesunwürdig gegolten hätten, und ein bißchen was von der Kameradschaft, die Gena und er während der gemeinsamen Reise nach Cygestolia entwickelt hatte, war auch in ihrem Lager zu spüren.

Gena wußte sehr wohl, daß Neal einen guten Grund für seine Zurückhaltung hatte: Er war in einer Welt wieder lebendig geworden, die an ihm vorbeigegangen war. Und trotzdem konnte sie nicht anders, als ihn dafür streng zu verurteilen. Seine wißbegierige Art half ihm doch, sich anzupassen. Und der stark variierende Knall der Blitzdrachen und die unterschiedlich langen Pausen dazwischen, ließen sie gerade hören, daß er freudig mit neuem experimentierte. Daß diese Bereitschaft, zu lernen und sich auf die moderne Zeit umzustellen, in krassem Gegensatz dazu stand, seinen Widerstand und seine Zurückhaltung ihr gegenüber aufzugeben, verletzte sie.

Einen Augenblick lang spielte sie sogar mit dem Gedanken, mit Berengar zu schlafen, doch sie verwarf ihn gleich wieder, als ihr klar wurde, daß sie das nur täte, um Neal zu bestrafen. Sie stellte sich die Frage, ob sie Neal verführen wolle, um ihre Großtante zu übertrumpfen, so wie ihr schon seine Wiedererweckung das Gefühl gegeben hatte, sie sei Larissa auf dem Gebiet der Magie überlegen. In demselben Augenblick aber, in dem ihr diese Frage in den Sinn kam, stieg ihr die Schamröte ins Gesicht. So etwas würde sie entehren und das verspotten, was Neal und Larissa verbunden hatte. Wenn Neal auch fünfhundert Jahre lang tot war, war in seinem Bewußtsein kein einziger Tag vergangen, in dem er nicht in Liebe an Larissa gedacht hätte.

Neal kam zum Lager zurück, die Blitzdrachen in ihren Halftern am Hüftgurt. »Hat Durriken sie so getragen?«

Gena nickte. »So konnte er sie schnell ziehen und sie sogar beim Reiten benutzen.«

»Beim Reiten?« Neal schaute Berengar an. »Und du sagtest, man brauche dafür keine Geschicklichkeit.«

»Ich bleibe dabei. Waffen für alte Männer, die das Schwert nicht mehr führen können, oder in Durrikens Fall, für einen kleinen Mann, der eine Waffe brauchte, die seine Reichweite vergrößerte.«

Neal schälte sich aus dem Lederharnisch, behielt aber die Blitzdrachen umgeschnallt. »Ich glaube, daß ich nicht so klein bin, und ob ich zu alt bin, um noch das Schwert zu führen, weiß ich nicht.«

Berengar lächelte glatt. »Ich halte es für gut, daß du mit den Handkanonen geübt hast.«

Stulklirn ließ sich mit einem rasselnden Geräusch hören. »Stadtmensch eitel spricht.«

Berengar funkelte ihn an. »Ich habe zu Hause Hunde, denen ich deinen Gestank nicht zumuten könnte.«

Stulklirns Augen leuchteten und er schmatzte laut vor Vergnügen.

Neal runzelte die Stirn über ihn. »Stulklirn, sei still. Edler Herr Graf. Ich habe nachgedacht und bitte Sie, mir die Ehre zu erweisen, mich all das zu lehren, was ich im Schwertkampf noch lernen muß. So wie diese Blitzdrachen neu für mich sind, war auch das Rapier, das Sie führen, zu meiner Zeit noch nicht bekannt. Auch mit dem Rapier, das Aarundel für mich anfertigen ließ, bin ich noch nicht vertraut. Wenn Sie so freundlich wären.«

Berengar nickte erfreut.

Neal lächelte verbindlich. »Sollen wir die Klingen wattieren?«

Der Graf schüttelte den Kopf. »Ich werde dich nicht treffen, Neal, und ich werde auch nicht zulassen, daß du mich triffst.« Er zog mit Elan vom Leder und salutierte vor Gena. »Für Sie, Edle Frau.«

Haß erfüllt
ein Herz aus Eis

Früher Winter
A.R. 499
Mein 536. Jahr
Die Gegenwart

So lang tot gewesen zu sein, muß meinem Gehirn schwer mitgespielt haben, sonst hätte ich viel früher erkennen müssen, daß sich da ein Zusammenstoß mit Berengar anbahnte. Ich war ins Leben zurückgeholt worden, um ihm bei der Lösung eines Problems behilflich zu sein, das er als ungeheuer wichtig ansah. Ich konnte das verstehen, aber in Anbetracht des Umfanges dessen, was ich alles neu zu begreifen und zu verstehen hatte, mußten seine Probleme ganz einfach etwas zurückstehen.

Mir war jetzt auch klar, daß ich mit ihm genauso umging, wie ich es mit dem Roten Tiger getan hätte. Aber wenn sie sich auch sehr ähnlich sahen, handelte es sich doch nicht um die gleiche Persönlichkeit. Sie verfügten beide über die gleiche Tatkraft zur Erreichung ihrer Ziele, das war gewiß. Aber der Rote Tiger hatte sich aus Armut und Sklaverei zum Revolutionär gegen die Reith hochgearbeitet. Berengar hingegen war in eine adlige Familie hineingeboren und hatte scheinbar schon mit der Muttermilch eine Portion Hochmut aufgenommen, die er brauchte, um die ihm zugefallene Rolle durchzuhalten. Wie viele andere Leute auch, sah er sich als Held seines eigenen Epos, aber sein Hochmut ließ ihn erwarten, daß auch die anderen ihn für einen Helden hielten.

Seine Einstellung zu Blitzdrachen überraschte mich, denn ich hätte ihn doch für klug genug gehalten, zu begreifen, welch wirkungsvolle Waffe sie darstellten. Und er war es auch, aber offenbar wählte er, wenn er sich zwischen zwei Möglichkeiten des Handelns entscheiden mußte, immer die rückständigste. Indem er den Besitz von Handkanonen beschränkte, schloß er aus, daß seine Leute gut damit umgehen konnten. Er hätte die neue Waffe gutheißen, alles darüber lernen, ihre Anwendung, aber auch ihre Bekämpfung üben sollen. Eine mit Blitzdrachen ausgerüstete Truppe mußte über eine staunenswerte Feuerkraft verfügen, andererseits aber auch verwundbar sein, wenn man auch die Schwächen und Grenzen der Feuerdrachen kannte.

Mir war beispielsweise sofort klar, daß sie in einem Gefecht bei starkem Regen ganz und gar nutzlos waren. Nun ist zwar ein Kampf unter schlechten Wetterbedingungen nichts, was man sich wünscht, aber Soldaten können dafür ausgebildet werden, mit nahezu allem fertig zu werden. Eine Truppe wie den Stählernen Haufen aufzustellen, die Bewegung und Angriff bei jedem Wetter, auch bei Sturmregen, geübt hat, würde ihm erlauben, auch eine Einheit Blitzdrachenschützen zu vernichten und gegen alle widrigen Umstände zu siegen.

Hochmut führt oft zu Eitelkeit, und die führt oft zu einem übersteigerten Ehrbegriff. Ich hätte das wissen können, denn mein Ärger über Aarundel und Larissa – darüber, daß sie Genevera benutzt hatten, mich ins Leben zurückzubringen, hatte ihren Dreh- und Angelpunkt in meinem Stolz darauf, in meiner ganzen Laufbahn niemals magische Heilkunst in Anspruch genommen zu haben. Eitelkeit, schlicht und einfach. Zugegeben, daß ich noch eine Menge über die Welt zu lernen hatte, aber am Leben zu sein, war auf alle Fälle besser als die Ewigkeit in einem steinernen Bauwerk in Cygestolia.

Von den Toten auferstanden zu sein, konfrontierte mich mit einigen Fragen über mich selbst. Das war auch der Grund, warum ich Berengar fragte, ob er bereit sei, mit mir zu fechten. Beim Angriff in Alatun hatte ich mich selbst als zu langsam und einfach als zu alt empfunden. Der Zauber, der mir neues Leben eingehaucht hatte, hatte meine alten Narben nicht beseitigt, aber er konnte doch die schlimmsten Alterserscheinungen gemildert haben. Kurzum: Ich hatte keine Ahnung, wie gut ich – gemessen an der Welt von heute – war.

Berengar schien bereit, sofort zu beginnen, aber ich hob die Hand als Zeichen, noch einen Augenblick zu warten. Ich reckte und streckte meine Gliedmaßen. »Vom langen Liegen in der Gruft bin ich doch ein wenig steif geworden.« Meine Gelenke knackten, und nur langsam entspannten sich die Muskeln. Ich lachte, als meine rechte Schulter so laut knackte wie ein trockener Zweig unter dem Fuß. Berengar lächelte und Gena zuckte zusammen.

Wenn sie's nur nicht getan hätte! Denn sie sah damit so sehr ihrer Großtante ähnlich, daß ich unwillkürlich an die Zeit denken mußte, die ich mit Larissa verbracht hatte. Immer wieder versuchte ich mich zu erinnern, ob ich diesen oder jenen Gesichtsausdruck Genas schon an Larissa gesehen oder diese Worte schon von ihr gehört hatte. Ich hatte nichts dagegen, in Erinnerungen an Larissa hineingezogen zu werden, aber das Wiederherauskommen, das schmerzte. Meinen Groll darüber schrieb ich wieder Gena zu – und das hatte sie nun wirklich nicht verdient.

Genauso wie ich Berengar nicht am Roten Tiger messen durfte, war es auch ungerecht, Gena mit Larissa zu vergleichen. Genevera war sehr klug, witzig, freundlich, und sie war sehr schön. Sie hätte jeden Vergleich mit ihrer Großtante bestanden. Da Larissa jedoch sozusagen unberührbar war, behielt sie eine Aura des Geheimnisses um sich, die einen gewissen Abstand aufrecht erhielt. Sie blieb für mich ein Geschöpf der Phantasie. Und weil ich mit Larissa unter ähnlichen Umständen zusammen war, wie ich sie jetzt mit Genevera erlebte, die alles andere als unnahbar war, fiel es mir leicht, auch Gena gegenüber Distanz zu halten.

Die andere Tatsache, die eine unsichtbare Mauer zwischen uns errichtete, war die Art und Weise, in der Berengar sich Gena gegenüber benahm. Auch wenn *sie* es vielleicht gar nicht bemerkte, hatte *ich* doch in den Garnisonsstädten genügend Krieger mit verträumtem Blick gesehen, die hinter den Frauen her waren, um einen Verliebten zu erkennen. Seine Ehrerbietung ihr gegenüber, sein Respekt vor ihr und seine ärgerlichen Blicke, wenn sie etwas Zeit mit mir verbrachte, zeigten mir deutlich, wie sehr er meinte, sie zu lieben. So wie viele Männer von Ehre versuchte auch er, seine Gefühle nicht zu offen zu zeigen, um unsere Mission nicht zu komplizieren, aber ich vermutete, daß er nach der Rückkehr nach Aurium aus seinem Herzen keine Mördergrube machen würde.

Nachdem ich meine Glieder genügend gelockert hatte, holte ich mein Rapier aus dem Gepäck, salutierte damit wie Berengar vor Gena und ging in *engarde*. Den Griff in Hüfthöhe in der rechten Hand, hielt ich die Klingenspitze immer in Herzhöhe vor Berengars Brust. Balance und sich verjüngende Form der Klinge ließen mich vermuten, daß der gerade Stoß in der Fechtkunst von heute die wichtigste Taktik war, obwohl der rasiermesserscharfe Schliff der Klinge deutlich machte, daß auch er von Bedeutung war. Auf jeden Fall waren das Dreinschlagen und Rumpfspalten, das ich aus meiner Zeit gewohnt war und das ich beherrschte, offenkundig archaisch.

Ich trat einen Schritt vor, fiel aus und stieß zu, aber Berengar parierte schon weit außen und führte aus dem Handgelenk den Gegenstoß. Im letzten Augenblick riß er sein Rapier zurück, ehe es mich aufspießte. Er war schnell und sehr beherrscht. Seine Parade war kraftvoll gewesen, aber er schien schon längst wieder bereit, bevor ich mein Rapier wieder richtig führen konnte.

Ich nickte ihm respektvoll zu. »Sie sind sehr gut.«

»Dein Angriff war ohne Wucht vorgetragen.«

»Das tut Ihrem Können und Ihrer Schnelligkeit keinen Abbruch.« Ich hob mein Schwert und grüßte ihn. »Vielleicht könnte ich von Ihnen Unterricht in der modernen Fechtkunst bekommen?«

Meine Bitte überraschte ihn, aber nach kurzer Überlegung stimmte er zu. Der Unterricht begann sofort. Er begann mit einfachen Grundbegriffen und steigerte sich in den darauffolgenden drei Wochen bis zu komplizierten Techniken. Der Mangel an Rapieren bedeutete auch, daß wir Stöcke als zweites Schwert gebrauchen mußten, als wir bei dieser Technik angelangt waren. In ähnlicher Weise improvisierten wir auch Schilde aus Baumrinde. Berengar zeigte eine große Vorliebe für Schwert- und Dolchkämpfe, und das war offenbar auch die heutzutage in Städten gebräuchlichste Form des Fechtens.

Auch während wir fochten, behielt Berengar einen gewissen Hochmut bei, und er war sehr stolz, daß er mir bei unseren Übungen überlegen blieb. Dabei war es so, daß er mich alles lehrte, was ich ohnehin schon kannte, aber nicht alles, was *er* konnte. Auf der anderen Seite glaube ich, daß ich mehr begriff, als er mir zutraute. Mir war die ganze Zeit klar, daß er sich nicht ganz verausgabte, aber auch er hatte von mir noch nicht alles gesehen, und das sorgte dafür, daß unsere Übungsstunden spannend blieben.

Aus dem Hain nahe Jarudin brachte Stulklirn uns dann geradewegs nach Irtysch. Aarundel und ich waren uns, als sich Stulklirn anschloß, bald darüber klar, daß ein Driel entweder den elfischen *Circus translatio* benutzen oder aber an jedem andern Ort zu landen vermochte, den er in seinem Gedächtnis genau identifizieren konnte. Wir merkten auch, daß wir die sonst erforderlichen Silberketten nicht brauchten, wenn wir mit einem Driel arbeiteten. Genauso, wie uns Shijef damals von Jammaq nach Cygestolia gebracht hatte, war jetzt Stulklirn in der Lage, uns ohne Inanspruchnahme der *Circus*-Haine von Jarudin nach Irtysch zu transportieren.

Von dort aus arbeiteten wir uns fast exakt in nördlicher Richtung vor. Wir kauften mehr Pferde dazu und das wenige an Vorräten, das wir den Einheimischen abschwatzen konnten. Die Leute waren sehr besorgt darüber, daß wir um diese Jahreszeit in die Frostfelder vordringen wollten, aber offenbar weniger wegen des Wetters, sondern weil bekannt war, daß Tacorzi im Winter sein Jagdgebiet nach Süden vorschob. Sich also im Winter dorthin, nach Norden, zu begeben, grenzte an Selbstmord, wie uns viele Leute versicherten.

Sich von uns als Führer in den Norden anwerben zu lassen, dazu war leider keiner bereit. Sie erzählten uns lieber ihre endlosen Geschichten über Tacorzi. Man hatte ihn angeblich schon in allen möglichen Gestalten gesehen. Folgte man den einen, handelte es sich bei Tacorzi um ein blaßblaues tintenfischähnliches Wesen mit vielen Tentakeln, das in der Schneewüste auf Reisende wartete, um sie zu verschlingen. Glaubte man den anderen, dann war Tacorzi ein leichenschänderischer Unhold, dem eine Legion skelettgestaltiger Zombies zu Diensten war. Das letztere schien mir besser zu Takrakor zu passen als das erstere. Aber wir hörten die Version von dem Tintenfisch im ewigen Eis so oft, daß ich schon anfing, mich zu fragen, ob es sich hier nicht wieder um eine jener Erfindungen handelte, wie die Reith sie vor Alatun einsetzten.

Letztlich konnten wir auf einen Führer ganz verzichten, denn schließlich wußte ich genau, wohin wir zu gehen hatten. Ich hätte unser Ziel nicht auf einer Landkarte zeigen können, aber so nahe bei Tacorzi und Wespe, *wußte* ich ganz einfach die Richtung. Natürlich

half uns auch die Information, daß die Kreatur in einer
Eishöhle am Fuß eines rauchenden Berges lauerte. Als
wir die Vorberge erreicht und erklommen hatten, konnten wir den schneebedeckten Berg schon sehen, wie er
eine Wolke grauen Rauches ausstieß und damit den
blauen Himmel verschmierte.

Am späten Nachmittag entdeckten wir auch den Eingang zur Eishöhle, zogen uns aber gleich wieder davon
zurück, um in beträchtlicher Entfernung in einem
Gebirgstal unser Lager zu errichten. Ich konnte Takrakors Nähe schon spüren und auch schon etwas von seiner Bösartigkeit. Unsere letzte Begegnung stand mir die
ganze Zeit vor Augen, und in den fünfhundert Jahren, die inzwischen vergangen waren, hatte sich seine
Macht bestimmt nicht verringert.

»Ich fürchte fast, daß wir eine Unterlassungssünde
begangen haben, meine Freunde.« Ich wandte die
Augen von dem kleinen Feuer ab, das wir in unserer
Höhle entzündet hatten und blickte meinen Gefährten
der Reihe nach ins Gesicht. »Takrakor war das letzte
Mal, als wir uns trafen, ziemlich tödlich. Wir hätten die
Consilliarii bitten sollen, uns die besten elfischen
Kampfzauberer mitzugeben, um ihn endgültig auszu-
rotten.«

Berengar zog die Stirn kraus. »Ich glaube kaum, daß
ein mächtiger Zauberer wie Takrakor willfährig in
einem Eisloch wartet. Ich stimme zu, daß Vorsicht am
Platz ist, aber so schwach sind wir nun auch wieder
nicht. Du und ich, wir beide sind kampfkräftige Krieger, und der Driel hat Riesenkräfte. Die Edle Frau Genevera ist eine Könnerin auf dem Gebiet der Magie,
wie ich sonst noch keine erlebt habe. Könnte diese Bösartigkeit, die du fühlst, nicht nur der verbliebene Haß
darüber sein, daß du ihn getötet hast – oder beinahe
getötet hast?«

»Berengar hat vielleicht recht, Neal.«

»Richtig, Gena. Wir müssen aber erst noch dahinter

kommen, wer oder was dieser Tacorzi ist, und wie Takrakor hierhergekommen ist.«

Berengar nickte. »Ich sehe das genauso, Neal, diese Fragen müssen noch beantwortet werden. Laßt uns doch morgen diese Eishöhle untersuchen. Wenn wir diese Kreatur, die wir dort finden – falls überhaupt eine dort ist – nicht vernichten können, dann werden wir uns zurückziehen und Verstärkung anfordern. Mit Hilfe des Driels können wir bereits in ein oder zwei Tagen mehr Leute hier haben.«

Ich überlegte einen Augenblick. Aber Berengar hatte, was zu tun war, sehr logisch dargelegt – wenn nichts bislang Unbekanntes dazwischen kam, natürlich. »Einverstanden.« Ich lehnte mich hintüber und zog die Satteltasche mit den Blitzdrachen auf meinen Schoß. »Wenn du nichts dagegen hast, Gena, werde ich sie morgen mitnehmen.«

»Und ich hatte schon geglaubt, du hättest jetzt mehr Vertrauen in die Beherrschung des Rapiers.« Berengar schüttelte den Kopf. »Du brauchst dieses Zeug gar nicht.«

»Das ist kein Mißtrauen in deine Künste als Fechtlehrer, Berengar, aber ich werde die Blitzdrachen aus einem ganz einfachen Grund mitnehmen.«

»Und der wäre?«

Ich lächelte. »Als ich sie zum ersten Mal sah, hatte ich keine Ahnung, was sie bedeuteten. Wenn nun Takrakor hinter der Tacorzi-Legende steckt, wird er sie hier draußen auch noch nicht gesehen haben. Und das bedeutet, ehrenhaft hin und ehrenhaft her, daß sie gerade ausreichen könnten, ihn so zu überraschen oder abzulenken, daß wir eine Chance gegen ihn haben.«

Der nächste Morgen dämmerte bitterkalt herauf, und der Himmel spannte sich über unseren Köpfen so blau wie der Ozean. In der Nacht war kein Schnee gefallen, und der Wind hatte die Schneelandschaft bis auf die harte Firnkruste leergefegt. Diese dünne gefrorene Schicht trug uns bei jedem Schritt eine Sekunde, brach dann ein und ließ uns knietief in den lockeren Schnee darunter einsinken. Beim jeweils nächsten Schritt schürften wir uns dann die Schienbeine auf, und in diesem monotonen, unangenehmen Rhythmus ging es weiter.

Das Knirschen des Schnees unter meinen Füßen und der kalte Kuß des Windes an allen Stellen des Gesichts, die nicht von Hut und Schal geschützt waren, erinnerte mich an die Winter meiner Jugend in den Roclaws. Als Kind hatte ich mich über den Schnee jedesmal gefreut, weil man daraus so gut Festungen bauen und Schneeballschlachten damit austragen konnte. Als ich erwachsener wurde, erkannte ich auch die andere Seite des Winters. An die Rettungseinsätze zu Pferde, als es darum ging, Überlebende in den von Lawinen verschütteten Bergdörfern zu finden, erinnere ich mich weniger gern. Die Bilder steifgefrorener und vollständig konservierter Leichen traten vor mein geistiges Auge, und viel zu viele davon trugen meine Gesichtszüge.

Der runde Eingangstunnel zur Höhle führte ziemlich steil durch das Eis nach unten, aber kleine Bodenwellen und Risse im Eis machten den Abstieg leichter als ich zunächst dachte. Mit den Blitzdrachenhalftern über dem schweren Mantel stieß ich öfter an die Wand des engen Ganges, doch er wurde bald höher und breiter. Gut zweihundert Meter führte er geradeaus durch blauschattiertes Eismassiv. So weit unten, wo wenig Sonnenlicht hinkam, glänzten die Wände azurblau, und unser dampfiger Atem sah aus wie hellblauer Nebel.

Hier unten im Tunnel war kein Luftzug mehr zu spüren, aber trotzdem war es noch sehr kalt; die Atemluft, die aus meinem Gesichtsschal nach oben stieg, fror sofort an der Locke fest, die aus meiner Kappe hervorschaute. Man mußte sich sogar davor hüten, mit den Augen zu zwinkern, damit nicht auch sie zufroren. Sogar meine Finger fühlten sich in den dicken Handschuhen wie taub an. Ich hielt sie ständig in Bewegung, damit sie geschmeidig blieben. An Händen, Füßen und am Hintern fror ich erbärmlich, und so stießen wir noch tiefer in diese blaue Hölle vor.

Kurz bevor der Tunnel in eine riesige, saalartige Eishöhle mündete, blieb ich stehen. Wenn auch aus Eis gehauen, waren die meisten Verzierungen und viele Details der Architektur identisch mit denen in Jammaq. Die Eissäulen hatten die Form von Oberschenkelknochen, und durch glasige Wände blickten uns zahllose verzerrte Fratzen an. Was ich zunächst für Kies hielt, als es unter den Füßen knirschte, stellte sich bei näherem Zusehen als elfenbeinfarbener Split aus Knochenstücken heraus.

Meine Gefährten betraten den Saal, waren aber so klug, sich auf beide Seiten zu verteilen – Gena und Berengar links von mir, und Stulklirn rechts. Alle vier starrten wir auf das Wesen, das genau in der Mitte auf dem Höhlenboden lauerte. Es kauerte auf einem kleinen, aus Knochen aufgeschütteten Hügel und hatte um sich herum eine Menge Leichname in mehr oder weniger vollständigem Zustand liegen. Von der Verwesung infolge der Kälte nicht in Mitleidenschaft gezogen, sahen die Leichen weniger wie einst lebendig gewesene Kreaturen aus, sondern mehr wie Puppen, die von grausamen Kindern verstümmelt worden waren.

Das Ding in der Mitte – Tacorzi schien tatsächlich besser dazu zu passen als Takrakor – hob seinen nur halb mit Fleisch und Haut bedeckten Kopf und schenkte mir ein diamantbeschlagenes Grinsen. »Ich wußte, daß du kommen würdest, Neal.« Eine skelettierte Hand klickte auf die Scheide des Dolches, die immer noch an dem Harnisch auf seiner Brust befestigt war. »Ich weiß, daß du zu einem gleichlangen Aufenthalt in einer Art Vorhölle verurteilt gewesen bist. Aber jetzt werden wir *beide* frei sein.«

Das Ding hob den linken Arm seines Skeletts. Muskelfetzen hingen wie Fransen von den Knochen. Mit der knochigen Hand stocherte er in der klaffenden Wunde, der alten, ausgefransten Wunde in seiner Brust herum. »Du hast mich getötet, genauso wie ich dich, Neal. Deine elfischen Freunde haben dich errettet, und meine Herrin mich. Auf diesen Augenblick habe ich sehr lang gewartet, sehr, sehr lang ...«

Ich sah mich in diesem Beinhaus noch einmal aufmerksam um. »Ich denke doch, daß ich den besseren Platz zum Ausruhen hatte.«

»Praktisch geht vor gemütlich!« Das Skelettwesen starrte mich an, als wolle es sich alle Unterschiede zwischen uns einprägen. »Hier habe ich mein Zuhause, nahe am Busen meiner Göttin, deren ergebener Diener ich trotz ihres harten Urteils über mich immer noch bin.«

»Dein Volk ist ausgetilgt, und dein Reich ist im Gedächtnis der Menschen gelöscht. Du hättest schon vor langer Zeit aufgeben sollen.«

Das Ungeheuer hörte nicht auf, mich anzustarren. »Die Erinnerung an deine Verzweiflung und deine Schmerzen bereitet mir immer noch Freude.«

Ich schauderte, aber nicht der Kälte wegen. »Warum hast du mich so gequält? Warum hast du meinem Gehirn Gewalt angetan? Warum hast du das Schwert nicht einfach genommen – und aus und vorbei?«

Tacorzis Kiefer fiel herunter und wackelte in einem widernatürlich imitierten Gelächter. »Das weißt du nicht? *Khlephnaft* muß im Kampf gewonnen oder aus freien Stücken einem anderen übergeben werden. Damals habe ich es dir nicht mit Waffengewalt abnehmen können, aber jetzt wäre das kein Problem mehr.«

Während Tacorzi sprach, streifte er die Lethargie ab, die ihm zuvor so eigen war. Er richtete sich auf, stand aber nicht auf Beinen. Statt eines Beckens hatte er einen skelettartigen Körper, der aus Becken- und Beinknochen zusammengebaut war. Mit lautem Knarzen der lederartigen Haut erhob sich das Wesen. Da konnte ich sehen, daß der Hügel, auf dem es geruht hatte, in Wirklichkeit ein riesiges Schlangenskelett war.

Schlimmer noch: Um die Schultern kurvten knochige Tentakel vor und zurück, Kobras ganz ähnlich, die auf die Melodie einer Flöte tanzten. Vier von insgesamt acht Tentakeln endeten in Tierschädeln, die nach uns schnappten und ihre Reißzähne fletschten. Zwei von ihnen, ein Wolf und ein Eisbär, hatten teilweise noch ihren ursprünglichen Pelz. Die andern beiden besaßen weder Fleisch, noch Haut, noch Pelz. Einer war ganz gewiß der eines Wolfes, der andere konnte – gemessen an Stulklirns aufgeregtem Knurren – von einem Driel stammen.

Die anderen vier Tentakel stießen in den Leichenhaufen hinein, der sich um Tacorzis Schlangenwindungen angesammelt hatte. Mit einem aufdringlich schnappenden Geräusch bohrten sie sich in den Rücken einiger Leichen und ließen deren Körper auf die Beine taumeln. Und schon torkelte ein Zombie-Quartett auf Berengar und Gena zu, während die schnappenden Köpfe an den vier andern Tentakeln sich Stulklirn zuwandten.

Ich streifte meine Handschuhe ab, die mit Schnüren an meinen Handgelenken befestigt waren, und zog mein Schwert. »Laß die andern gehen. Ich bin es, nach dem du verlangst, und mein Dolch ist es, den ich zurückhaben will.«

Das halbtote Ungeheuer schüttelte den Kopf. »Wie ich *dich* töte, weiß ich schon.« Er führte beide Hände an sein Gesicht und schleuderte sie, so kraftvoll er nur konnte, in meine Richtung aus. »Ich habe viel Zeit darauf verwandt, diesen Zaubertrick zu verbessern. *Jetzt* wirst du sterben!«

Beginnend als hellglühender Funke, schoß der Zauber, den er schon einmal gegen mich benutzt hatte, auf mich zu. Ich wußte, daß ich mich sofort bewegen, daß ich ihm entrinnen mußte. Aber gerade als ich mich nach rechts werfen wollte, änderte auch schon der Funke entsprechend seine Richtung. Während die Entfernung zu mir immer geringer wurde, entstand aus dem Funken ein brennendes Kreuz. Ich hörte es durch die Luft zischen und fühlte mich schon um meinen zweiten Anlauf ins Leben betrogen.

Aber plötzlich tauchte Stulklirn vor mir auf, und der Zauber traf ihn mit voller Wucht in die Brust. Der Driel heulte auf vor Schmerz, und Pelz verwandelte sich blitzartig in beißenden, widerwärtig stinkenden Rauch. Als er zusammengekrümmt zu Boden ging, sprang ich über ihn hinweg und hieb mit dem Rapier auf das Tentakel mit dem Bärenkopf ein. Der Schädel flog weg und knallte auf den Boden.

Gena wies mit der Handfläche auf den zerlumpten Körper, der ihr am nächsten war, und seine fadenscheinigen Kleider standen sofort in Flammen. Schlagartig sackte der Körper des Humanoiden zusammen, und das Tentakel zog sich zurück wie eine Viper, die sich einrollt. Der Körper schmolz und lief zu einem Klecks auseinander, eine brennende Masse aus fauligem Dreck und alten Knochen. Immer wieder drückte Tacorzi das brennende Ende des Tentakels in den Höhlenboden, um das Feuer zu ersticken.

Der Gestank verkohlten Fleisches und verbrannten Drielpelzes war mir zuwider, aber er versah dieses Beinhaus genau mit dem Geruch, der dazu paßte. Gena bereitete sich gerade auf einen anderen Zauber vor und richtete ihn auf Tacorzi, während Berengar einen anderen Zombie von seiner knochigen Führungsleine abschlug. Ich enthauptete das Tentakel mit dem Drielkopf, aber die zwei Wölfe erwischten mich an meiner linken Seite an Hüfte und Schulter. Sie hielten nur einen Augenblick in ihrem Angriff inne, als ein von

Tacorzi geschleuderter Zauber Genas Kampfzauber traf und ihn explodieren ließ. Hätte ich nicht die dicken Wintersachen getragen, hätten mich die beiden Wölfe bestimmt zerrissen.

Als ich mit dem linken Arm das Tentakel packte, dessen Kopf sich in meiner Schulter festgebissen hatte, und rechts mit dem Rapier auf Tacorzi einhieb, sah ich, wie sich Stulklirn wieder auf seine Füße rollte. Gemischt mit Schmerzenslauten, bellte er einen Schlachtruf, hob seine Pfoten hoch, legte sie über Kreuz, wie er es bei Tacorzi gesehen hatte, und schüttelte sie mit einer energischen Bewegung in dessen Richtung aus. Ein rötlichgelber Blitz schoß aus seiner bepelzten Pranke hervor und zog seine Bahn auf Tacorzi zu. Mit einem Funkenregen schlug er mitten in das Monster ein. Eine Sekunde später hatte ich das Tentakel abgetrennt, und es fiel in Stücken zu Boden.

»Ich kann zaubern und ich kann Zauber auch rückgängig machen!« gackerte Tacorzi. Mit seinen Händen machte er noch geheimnisvolle Bewegungen, als ein kreuzförmiges Mal sich schon in seine Brust einbrannte und sein Fleisch verschmorte. Das Tentakel, das Gena kurz vorher verbrannt hatte, schmetterte sie gegen die Höhlenwand. Als sie zu Boden sank, schaffte es einer der Zombies, Berengar anzuspringen und ihn zu Boden zu werfen, während das Tentakel mit dem Wolfskopf, der sich in meine Hüfte verbissen hatte, mich zu Boden zu ziehen vermochte.

Aber Stulklirn zerschmetterte den Wolfsschädel mit einem einzigen Prankenhieb und kauerte sich dann schützend über mich. »Mein Zauber töten wird.«

»Nicht, wenn er ihn rückgängig macht.« Ich klopfte dem Driel auf die Schulter. »Lauf im Kreis um ihn herum! Denk an Jarudin!«

Ich legte mein Schwert nieder, stand auf und begann, auf Tacorzi zuzurennen. Ich baute darauf, daß es ihn verwirren würde, mich ohne mein Schwert auf ihn zukommen zu sehen, daß es ihn in seiner Konzentration stören würde, die er benötigte, den Vierteilungszauber rückgängig zu machen. Und tatsächlich fiel ihm der Kiefer herunter, und seine Handbewegungen wurden ein wenig fahriger, aber trotz seiner Neugier über den Sinn meines Tuns hörte er nicht damit auf.

Ich zog beide Blitzdrachen, spannte die Hähne und zielte auf ihn. In der fleischigen Hälfte seines Gesichtes zog er die Augenbraue hoch, aber er konnte keine Bedrohung erkennen. Wahrscheinlich, weil er nicht wußte, um was es sich handelte.

Ich zog an beiden Handkanonen den Abzug durch.

Eine Bleikugel ließ seine linke Hand explodieren und Finger und Handknöchelchen herumspritzen, ehe sie den Brustkorb durchschlug und ein Schulterblatt zertrümmerte. Die andere Kugel zerschmetterte den Kiefer. Glitzernd wie Tautropfen im Licht der Sonne, flogen Diamantenzähne durch die Luft. Ich wußte ja, daß Kopfschmerzen schon einmal seine Konzentration gestört hatten und konnte deswegen hoffen, daß ihm das Erschrecken darüber, einen Teil seines Todes noch einmal zu erleben, unlösbare Probleme bereiten würde.

Um uns beide herum zeichnete sich ein schwarzes, weißes und scheckiges Lichtmuster ab, das allmählich die Form eines Driels annahm. Da ließ ich die Blitzdrachen fallen, packte eines der zuckenden Tentakel und zog daran. Tacorzi rutschte von seinem Ringelsockel. Trotz meiner Schmerzen in Schulter und Hüfte, setzte ich meine ganze Kraft ein und zog Tacorzi hinter mir her, als ich in den Driel und die Welt des elfischen *Circus translatio* eintauchte.

Ich kann wirklich nicht sagen, wie lange wir unterwegs waren, um den Hain östlich von Jarudin zu erreichen. Wir passierten Hügel und Berge, Seen, Städte und Täler, als wir durch diese seiten- und farbverkehrte Landschaft flogen. Anders als bei früheren solcher Reisen sah ich niemanden, aber meine Aufmerksamkeit war natürlich immer von Tacorzi gefesselt. Ich weiß auch nicht, ob uns jemand gesehen und für einen Geist gehalten hat. Hätte uns jemand gesehen, dessen bin ich sicher, dann würde das bald von einem Barden besungen werden.

Irgendwann unterwegs kam mir der Gedanke, daß die Prämisse, auf der mein Plan basierte, falsch sein könnte. Vor meinem Tod wäre ich immer bereit gewesen, mich auf meine Ahnungen zu verlassen, aber einmal schon hatte das zu meinem Tod geführt. Wenn diese Reise jetzt Tacorzi nicht endgültig töten würde, dann hatte ich ihn aus dem eisigen Norden in die bewohnte Welt transportiert, nur einen Tagesritt von Jarudin entfernt. Ich hatte keine Vorstellung, wie lange er dafür brauchte, so wie er jetzt zugerichtet war. Aber die Nachkommen der Menschen, die ich vor Generationen kennengelernt hatte, einer solchen Gefahr auszusetzen, schien mir nicht die angemessene Manier zu sein, meine Rückkehr ins Reich der Lebenden bekanntzumachen.

Als wir in dem Hain ankamen, erkannte ich schlagartig den einen großen Fehler, den ich gemacht hatte. Da ich in der Eishöhle in den Driel eingetaucht war, mußte ich am Ziel heraustauchen. Ich landete auf meiner rechten Schulter, was mir einen stechenden Schmerz durch den ganzen Körper jagte, drehte mich und drehte mich immer weiter. Ich rollte weiter, bis ich aus dem Hain heraus war, und das rettete mir das Leben.

Tacorzi landete keineswegs vorteilhafter als ich, aber ich war viel kleiner, leichter und wendiger als er. Als sein Körper im Hain aufschlug, wurde er vom Boden wieder hoch und in die Bäume auf der anderen Seite des Hains geschleudert. Der Aufprall riß Äste und Körperteile von Tacorzi von den Bäumen. Alle möglichen Knochenstücke streiften mich, als sie zwischen den Bäumen wegflogen. Diejenigen, die mich trafen, hinterließen weiße Flecken auf meinem Mantel und purzelten weiter. Ein Wirbelwind weißen Knochenmehls erfüllte den ganzen Hain.

Ich ließ mir etwas Zeit, wieder zu mir zu kommen, und vergewisserte mich, daß mir weiter nichts passiert war. Weil es kein Anzeichen mehr dafür gab, daß Tacorzi noch am Leben war, stand ich auf und ging zurück in den Hain. Eine dunkle Pfütze, die etwa so aussah wie ein faules Eidotter, lag am Rand des Baumkreises. Stulklirn lief herum und schüttelte weißen Staub aus seinem Fell. Er trug ein weißes Kreuz auf der Brust, aber er schien die Veränderung noch nicht bemerkt zu haben.

Ich warf meinen Umhang ab und rieb meine Schulter. »Bist du verletzt, Stulklirn?«

Der Driel schüttelte den Kopf. »Verletzt ich nicht bin.«

»Bist du sicher?« Ich rieb nachdenklich meine Brust. »Ich weiß, was dieser Zauber mir vor langer Zeit angetan hat.«

»Drielfreund du bist, so dies wissen du darfst.« Er deutete auf die Pfütze, die einmal Takrakor gewesen war. »Götter machten Menschen zu töten Menschen. Für Driel als Beute Bok gab Zauberer.« Er fletschte seine Zähne zu einem tückischen Grinsen. »Magie sie *haben*, Magie wir *sind*. Darum Lebenssaft in Pfütze.«

Der Held als Mann

Früher Winter
A.R. 499
Die Gegenwart

Mehr als den Stich in der Seite und den pochenden Schmerz in der Wange spürte Gena die beißende Kälte, als sie erwachte. Sie lag immer noch so da, wie sie gestürzt war, in die Ecke zwischen Eiswand und Höhlenboden gepreßt. Die Flamme, in die ihr Zauber einen Zombie getaucht hatte, glomm immer noch ein wenig und hellte die azurblauen Schatten ein bißchen auf, ohne aber noch Wärme abzugeben. Sie steckte ihre Hände wieder in die Fäustlinge, fand ihren Hut und vergewisserte sich, daß ihre vor Kälte tauben Ohrläppchen ganz von dem wollenen Band bedeckt waren, als sie ihn wieder aufsetzte.

Obwohl ihr die Zehen und teilweise sogar die Beine eingeschlafen waren, konnte sie sich doch wenigstens bewegen. Ihre Rippen taten ihr weh, und ihr rechtes Auge war geschwollen und halb geschlossen, aber sie verwarf ihren spontanen Gedanken, einen Diagnosezauber an sich selbst anzuwenden. Sie wußte auch so, daß ihre Verletzungen nicht schwer waren, und daß die schlimmste gesundheitliche Bedrohung von der Kälte kam. Ihr magisches Vermögen würde durchaus ausreichen, etwas gegen die Kälte zu tun, aber wenn sie zuviel Energie dafür verbrauchte, konnte es sein, daß sie anschließend gar keine Kraft mehr hatten.

Sie wankte auf die Füße und war ganz überrascht, daß der kleine Schmerzensschrei, der ihr entfuhr, als einziger Laut zurückhallte. *Bin ich allein?* Sie kämpfte eine aufkommende Panik nieder. *Daraus kann ich doch noch gar keine Schlüsse ziehen!*

Als erstes schaute Gena dorthin, wo das Ding gewesen war. Sie fröstelte, aber jetzt weniger wegen der Kälte, sondern in Erinnerung daran, was aus Takrakor geworden war. Der Name Takrakor war für sie schon immer gleichbedeutend mit dem Bösen an sich gewesen, aber Tacorzi übertraf das bei weitem. Takrakor war, wie sie vielen Geschichten entnahm, vom Ehrgeiz zerfressen, und das konnte sie sogar verstehen. Tacorzi aber lebte und war gleichzeitig tot, zusammengehalten vom Haß auf einen einzigen Menschen, den er selbst fünf Jahrhunderte früher niedergemetzelt hatte. Tacorzi war bösartig und wahnsinnig in einem.

Doch weder das Ding war zu sehen, noch Neal, und das beunruhigte sie. Auch der Driel schien verschwunden zu sein. Als sie sich der linken Seite zuwandte, fiel ihr Blick auf eine niedrige Erdaufschüttung, umgeben von einem Haufen verstreut liegender Knochen. Der Gestank faulen Fleisches kam aus dieser Richtung, aber ihre Aufmerksamkeit wurde von einem verzweifelten Keuchen angezogen, das ein am Boden liegender verschlungener Klumpen von sich gab.

Berengar lag inmitten dessen, was von ein oder zwei Zombies übriggeblieben war. Seine Kleidungsstücke waren mit einer klebrigen, schwarzen Flüssigkeit durchtränkt. Darunter, wo große Risse in den Kleidern Haut und rohes Fleisch sehen ließen, wurde sichtbar, daß in hellroten Wunden sein Blut gefroren war. Am linken Bein hatte ein zersplitterter Knochen das dicke Leder seiner Hose durchbohrt und lag frei. Ein Stück eines Ohres hing halb abgebissen herunter, seine rechte Schulter schien ausgerenkt und in seinem linken Auge war mehr rot als weiß zu sehen.

Ohne Zögern setzte Gena einen Diagnosezauber auf ihn an und bekam dadurch noch ein besseres Bild:

Seine Nase war gebrochen, Rippen geprellt und eine Niere gerissen. Sie wagte nicht, ihn zu bewegen, weil sein Blut an vielen Stellen noch nicht geronnen, sondern nur gefroren war. Das war wahrscheinlich auch der einzige Grund dafür, daß er an den Wunden, die ihm die Zombies zugefügt hatten, noch nicht verblutet war.

Sie kniete sich hin und sammelte sich. Im Geiste ging sie noch einmal alle Verletzungen durch und sortierte sie nach ›wichtig‹ und ›unwichtig‹. Als sie eine praktikable Reihenfolge festgelegt hatte, bereitete sie sich darauf vor, jene Zauber anzusetzen, die ihn wieder auf die Beine brachten, ohne ihre Fähigkeit zu gefährden, ihnen auch noch das Überleben in dieser Kälte zu garantieren.

Der erste Zauber hob Berengars Körper vorsichtig vom Boden hoch und spann ihn in einen Kokon aus immergrünen Pflanzen ein. Helle Stücke Grün arbeiteten sich den Körper entlang wie Spannerraupen und verschlossen die Schnitte und Stiche. In kurzen Abständen, um ihre Kräfte zu schonen, waren alle Wunden in Berengars Haut geheilt. Sie verzichtete darauf, Glühwürmchen das Blut aus den Prellungen saugen zu lassen, denn darum würde sich der Körper auf natürlichem Weg in ein paar Tagen selbst kümmern. Einer ihrer Zauber hätte das bewirken können, aber es hätte sie zuviel Kraft gekostet.

Sie hatte zwar dafür gesorgt, daß sie nicht weiter auslief, aber dennoch machte ihr die Verletzung der Niere am meisten Sorge. Soweit sie erkennen konnte, handelte es sich um eine Stichwunde von einer Zombiewaffe. Sie beunruhigte Gena weniger wegen einer möglichen Blutvergiftung, sondern wegen der Ungewißheit darüber, ob alle kleinen Blutgefäße des Organs geheilt waren. Der Zauber, den sie darauf anwandte, brauchte mehr Zeit als die Glühwürmchen und kostete sie viel mehr Kraft.

Nachdem das erledigt war, benutzte sie einen Zauber, der das Blut reinigte und die Blutbildung beschleunigte. Dann brachte sie sein Bein in Ordnung, damit er sich wieder bewegen konnte, ließ sein Ohr wieder zusammenwachsen und renkte sein Schultergelenk ein. Jetzt hatte er immer noch die Prellungen, die gebrochene Nase, die gestoßenen Rippen und das blutunterlaufene Auge, aber sie konnte einfach nicht noch mehr Kraft aufwenden, und er begann gerade wieder, zu sich zu kommen.

Berengar zuckte zusammen, als er sich mühsam aufsetzte. »Gena, dein Gesicht. Du hast eine Schnitt- und eine Quetschwunde.«

Sie nickte. »Und deine Nase hat eine neue Beule, und dein linkes Auge wird gleich ganz zugeschwollen sein.«

Er wollte lachen, hielt sich aber schnell die Rippen. »Oh, ich habe auch noch andere Wunden.«

Gena lächelte schwach. »Ich habe vieles wieder hinkriegen können, anderes muß von selbst heilen.«

»Wo ist Neal?«

»Ich weiß es nicht.«

»Hat er uns im Stich gelassen?«

Die Verachtung in seiner Stimme überraschte Gena. »Ich weiß nicht, ob er's tat oder nicht, aber ich habe festgestellt, daß auch Tacorzi nicht mehr hier ist.«

»Und der Dolch?«

»Auch verschwunden.« Gena sah sich in dem Halbdunkel der Höhle um. »Neals Schwert und die Blitzdrachen liegen am Boden. Ich kann nicht erkennen, ob die Handkanonen verwendet worden sind oder nicht.«

Der Graf richtete den Blick auf die jetzt leere Mitte der Eishöhle. »Dieses Ding also war ein Reith?«

Sie zuckte die Achseln. »Es mag einmal einer gewesen sein. Jedenfalls schien es Neal zu kennen.«

»Und jetzt ist er davongelaufen und es jagt ihm hinterher.« Berengar stand vorsichtig auf.

»Ich glaube nicht, daß Neal vor dem Ding davongelaufen ist.« Sie deutete auf die Stelle, an der Tacorzi gesessen hatte. »Die Blitzdrachen liegen näher zur Mitte als zum Ausgang. Neal und Stulklirn und Tacorzi sind einfach weg.«

»Vielleicht hast du recht. Wir sollten jetzt unsere Sachen zusammensuchen, diesen Ort verlassen und wieder dorthin zurückgehen, wo wir unser Gepäck gelassen haben. Wir brauchen Feuer, Essen und eine Unterkunft, denn von alledem haben wir hier nichts.« Er stöhnte und wankte ein wenig, hielt sich aber auf den Beinen. »So wie ich mich jetzt schon fühle, will ich lieber nicht wissen, was du alles in Ordnung zu bringen hattest.«

»Einverstanden.«

Sie halfen einander, die Strecke von Tacorzis Schlupfwinkel bis zu der kleinen Höhle zu schaffen, in der sie die vorige Nacht verbracht hatten. Gena machte Feuer und begann, Schnee für Teewasser zu schmelzen, während Berengar sich aus seinen Kleidern schälte und in Decken hüllte. Nase und Rippen bereiteten ihm offensichtlich starke Schmerzen, und die Beulen an seinem Körper zeigten alle möglichen Farben und Formen, doch er ertrug alles mit stoischer Gelassenheit. Daß er darauf bestand, daß sie als erste aß und trank, zeigte wieder einmal seine Fürsorglichkeit für sie, aber er legte nur schwachen Protest gegen ihr Angebot ein, die erste Wache zu übernehmen.

»Gut, ein paar Stunden, und dann wirst du schlafen. Versprich es.«

Gena tat's und warf noch etwas Holz ins Feuer. Sie schätzte, daß ihr magerer Vorrat die Nacht durch und bis in den nächsten Tag hinein ausreichte. Bis dahin mußten sie eigentlich wieder so weit sein, zu gastlicheren Gefilden aufzubrechen. Sie lächelte, als sie schönere Orte vor ihr geistiges Auge beschwor, teils um sich wach zu halten und teils, um nicht darüber zu grübeln, ob Neal sie tatsächlich im Stich gelassen hatte. Beides gelang ihr nicht. Erschöpft, wie sie war, übermannte sie der Schlaf, noch ehe sie Berengar für die nächste Wache wecken konnte.

Gena war sofort hellwach, als sie merkte, daß sie schwitzte. Sofort fiel ihr ein, daß es ihre Aufgabe gewesen wäre, das Feuer zu unterhalten. Sie fürchtete, daß es ausgegangen war, während sie döste, aber als sie den Kopf drehte, sah sie, daß es lustig brannte. Diese Tatsache und dazu das Schwitzen kamen in ihrem schlaftrunkenen Kopf erst allmählich zur Deckung. Aber es war erst der Anblick von Neal, der auf der andern Seite des Feuers hockte, der die beiden Tatsachen zu einem einzigen zusammenhängenden Gedanken verschmolz.

»Wie geht es dir, Gena?«

»Mir ist heiß und es tut mir alles weh.« Sie ließ den Blick von ihm über Berengar bis zu Stulklirn schweifen, der sich um einen riesigen Holzstoß gekauert hatte. »Wo kommt denn das her?«

»Aus der Nähe von Jarudin.«

Sie schüttelte ungläubig den Kopf. »Es würde doch Monate dauern, um hin und zurück zu kommen.« Sie blickte noch mal auf den wie bewußtlos daliegenden Driel. »Ach so.«

»Wir wären sogar noch früher wieder da gewesen, aber Stulklirn wollte nach der Hinreise erst ein Nickerchen machen. So hatte ich Zeit, das Holz zu sammeln.«

»Was ist geschehen? Wo ist Tacorzi?«

Neal antwortete mit einem Achselzucken und rieb sich die Hände. »Tacorzi ist tot.«

»Wie?«

Er zog eine Braue hoch. »Eigentlich war er ja schon tot, ich ließ ihn nur verwesen und verschwinden. Als wir durch die Kälte hierher zogen, erinnerte ich mich an Tote, die von Lawinen verschüttet und in Schnee und Eis eingeschlossen waren. Da sie gefroren waren, verwesten sie nicht. Aus einer Bemerkung Tacorzis schloß ich, daß er eigens deswegen hierher kam, seinen Körper vor dem Verfall zu bewahren.«

Gena lachte, bis ein stechender Schmerz in der Seite ihr Einhalt gebot. »Sein Plan ist nicht ganz aufgegangen.«

Neal nickte ihr ermutigend zu, und der Schmerz schien tatsächlich nachzulassen. »In der Tat, jetzt ist er doch in Stücke gegangen. Er baute sich selbst einen anderen Körper, genauso wie er es für seinen Bruder schon einmal getan hatte, aber er hatte nur Knochen und ein paar Körperfetzen zur Verfügung. Jedenfalls haben Stulklirn und ich ihn nach Süden gezogen, und da haben fünfhundert Jahre Verwesung schnell mit ihm Schluß gemacht.«

»Der Driel ist unverletzt?« Gena deutete auf das weiße Kreuz auf seiner Brust. »Er ist von einem sehr starken Zauber getroffen worden.«

»Den hatte Tacorzi mir zugedacht. Ich glaube, daß er dem Driel nicht allzuviel getan hat.«

Gena spürte, daß Neal irgendwie unaufrichtig war, aber sie war noch zu durcheinander, um rauszubekommen, was er vor ihr verbarg. Ihre Feststellung kam ihr jetzt wie ein Echo auf Berengars früheren Verdacht vor, daß man sie im Stich gelassen hatte. Sie wollte ihr Unbehagen sofort verdrängen – denn seine Rückkehr und seine Umsicht, Brennholz mitzubringen, sprachen andererseits deutlich für seine Loyalität zu seinen Gefährten –, aber irgend etwas hielt sie davon ab.

Neal warf noch einen Scheit ins Feuer, so daß ihn ein Funkenregen einen Moment lang verdeckte. »Schlaf noch etwas, Gena. Morgen, wenn wir alle wieder auf dem Damm sind, werden wir nach Jarudin aufbrechen. Ich habe Wespe, und damit wird Herzspalter bald wieder mein sein.«

Als sie wieder aufwachte, fühlte Gena sich besser. Berengar war schon früher aufgestanden. Zusammen mit Neal hatte er all ihre Vorräte gepackt und die Pferde beladen. Während Neal noch Genas Deckenrolle hinter Geists Sattel schnallte, behandelte sie mit Hilfe ihrer magischen Heilkunst Berengars letzte verbliebene Wunden. Zufrieden nahmen sie dann noch ein Frühstück aus Tee, Hartbrot und Johannisbeeren ein, die Neal aus dem Wald bei Jarudin mitgebracht hatte.

Die Reise – mittels Stulklirn – nach Jarudin ging einfach zu schnell vorbei, so daß sie schon argwöhnte, sie sei eingeschlafen. Doch das war nicht so; nur ihre Gedanken hatten sich so langsam bewegt, ganz im Gegensatz zum Körper. Doch das war ihr ganz recht, denn es hatte ihr erlaubt, über Neal nachzudenken – und über die Angst, die seine plötzliche Abwesenheit in ihr geweckt hatte.

Schon seit sie überhaupt zurückdenken konnte, hatten ihr Großvater und ihre Großtante Neals Lob gesungen. Sie erinnerte sich an den Tag, an dem ihr zum ersten Mal bewußt wurde, daß Neal kein Elf war, sondern ein Mensch, und daß ihn diese Tatsache in ihrer Phantasie zu einer noch viel exotischeren und romantischeren Figur gemacht hatte. Es ließ ihn einzigartig werden, anders als alle andern, und weckte in ihr das Begehren, alles, aber auch alles über ihn wissen zu wollen. Fast zweihundertfünfzig Jahre lang, soweit ihre Studien und Reisen es ihr erlaubten, hatte sie Neal und selbst die allerkleinste Spur, die er hinterlassen hatte, studiert.

Die Wahrheit über sie selbst und Neal, die Beziehung, in der sie zueinander standen, begann ihr langsam zu dämmern. Es wurde ihr klar, daß sie ihn in erster Linie als Helden und erst dann als Menschen gesehen hatte, was ja in Anbetracht dessen, wie ihre Familie ihn ihr immer präsentiert hatte, keineswegs überraschend war. Da sie in ihm den Helden sah, füllte sie alle weißen Flecken in seiner Lebensgeschichte, alle Details, die sie nicht ergründen konnte, mit heldenmäßigen Legenden aus. Sein Menschsein, das allem, was er tat, zugrunde lag, wurde über der Legende, die er geworden war, völlig vergessen.

Und noch etwas anderes wurde ihr klar: Sie hatte viel mehr von ihm erwartet, als sich dann erfüllt hatte, und das hatte auf ihrer Seite zu einer gewissen Verstimmung, zu Folgerungen und Schlüssen geführt. In ihrer Phantasie hatte sie Abenteuer ausgelebt, die sie auf gemeinsamen Reisen erlebten. Sie hatte sogar schon eine feste Vorstellung davon, wie er auf sie reagieren würde, und hatte in ihren Träumereien eine richtige Beziehung aufgebaut, bei der Neal jedenfalls gegenwärtig gar nicht mitspielte.

Die Erkenntnis, daß Neal von ihrer eingebildeten Beziehung mit ihm gar nichts wußte und daß er deswegen auch gar nicht erwartungsgemäß reagieren konnte, kam ihr erst jetzt. In ihrer Traumwelt würde Neal sie niemals verlassen haben. Er würde Tacorzi notfalls mit bloßen Händen in Stücke gerissen haben, um sich gleich anschließend mit derselben Selbstverständlichkeit des Erfolgs um ihre Verletzungen zu kümmern. In Wirklichkeit hatte Neal sie ja auch nicht im Stich gelassen, sondern hatte Tacorzi vernichtet und war gleich anschließend zurückgekehrt. Die Tatsache aber, daß er das alles nicht genauso gemacht hatte, wie sie das in ihrer Traumwelt erwartete, hatte bei ihr Zweifel hinterlassen und Mißtrauen geweckt.

Andererseits bereitete es ihr Unbehagen, bei sich selbst auch nur das geringste Mißtrauen gegen Neal zu entdecken, aber sie mußte einräumen, daß sie nicht die leiseste Ahnung hatte, was in seinem Kopf vorging. Seinen anfänglichen Ärger über sie konnte sie verstehen. Inzwischen hatte er sich aber beruhigt, und er schien seine Rolle auf ihrer Suche zu akzeptieren. So jedenfalls sah *sie* es, aber eigentlich wollte sie wissen, wie *er* es sah. Sah er sich nur als Helfer bei Berengars Suchaktion, der ihnen die Erfüllung ihrer Aufgabe erleichterte, oder verfolgte er seine eigenen Ziele? Und wenn es so war, was waren das dann für Ziele, die fünf Jahrhunderte in einer Gruft überdauert hatten?

Ihre Gedankenspiele endeten, als sie in jenem Hain nahe Jarudin anlangten. Ihr Pferd wirbelte mit den Hufen eine Menge Knochenstaub auf, als es in dem Baumkreis weiterlief. Sie erinnerte sich an Neals Erklärung über das, was mit Tacorzi geschehen war und lenkte vorsorglich ihr Pferd um den schwarzen Fleck herum, in dem alles Gras abgestorben war. Sie ritt ganz aus dem Baumkreis heraus und schwang sich aus dem Sattel. Sie hielt sich an einem Steigbügel fest und schaffte es so, auf den Beinen zu bleiben, die unter ihr einknicken wollten.

Berengar ritt an ihrer Seite und sah sie überrascht an. »Na los doch, wir haben noch ein paar Stunden Tageslicht. Wir können noch ein gutes Stück in Richtung Hauptstadt vorwärtskommen.«

Jetzt kam auch Neal auf Scurra dazu und stellte sich Berengar in den Weg. »Wir können morgen aufbrechen.«

»Nein, je früher wir hinkommen, desto früher können wir mit Herzspalter in Aurdon sein und allem ein Ende machen. Wenn wir trödeln, müssen vielleicht noch mehr Menschen sterben.«

Neal hatte beide Hände auf dem Sattelknauf liegen und beugte sich vor. »Junger Mann, wenn wir heute noch weiterreiten, dann werde *ich* sterben. Ich bin sehr erschöpft. Ich muß einen Halt einlegen.« Er zeigte mit der Hand nach Westen. »Wenn du unbedingt jetzt nach Jarudin weiterreiten willst, dann treffen wir uns dort.«

»Gut. Dann gib mir den Dolch.«

»Ich denk doch nicht dran.«

»Wie bitte?«

Neal richtete sich im Sattel gerade auf, und Gena

hatte den Eindruck, daß er so erschöpft nun auch nicht war. »Für dich ist dieser Dolch nichts anderes als ein Gegenstand, der zufällig der Schlüssel zu einem Rätsel ist, das du lösen willst. Für mich bedeutet er mehr. Er ist eine persönliche Waffe, die ich viele Jahre lang führte. Sie gehört mir, und ich händige sie dir nicht aus, nur weil du schnell in die Hauptstadt reiten willst.«

Berengar ließ eine Hand an den Griff seines Schwertes fallen. »Ich würde dir raten, deine Entscheidung noch einmal zu überdenken.«

»Wohl kaum.« Neal nickte kurz, und der Driel patschte Berengar aus dem Sattel. Sein Pferd ging nach vorn durch, als Berengar auf den Boden krachte. Er wollte sich wieder hochrappeln, aber Stulklirn drückte ihn mit einer Pranke fest auf den Boden.

»Du mieser Feigling!«

Neal lachte. »Sie sind übermüdet, mein sehr verehrter Herr Graf, und deswegen zu klarem Denken nicht mehr fähig. Ruhen Sie sich mit uns hier aus, dann werden Sie morgen die Dinge wieder mit der nötigen Klarheit sehen.«

Gena freute sich, daß Berengar am nächsten Morgen wieder besser gelaunt schien. Er stand langsam auf und bewegte sich, als habe er Schmerzen. Aber schließlich reckte er sich zu seiner ganzen Größe auf und ging wieder ganz wie immer, besonders als er merkte, daß der Driel mit Argusaugen jede seiner Bewegungen beobachtete. Er verbeugte sich vor Gena und Neal und sprach sie mit ernster Miene an.

»Bitte, ich bitte um Vergebung dafür, wie ich mich gestern abend benommen habe. Ich ...« Er zögerte, als falle es ihm nicht leicht, die richtigen Worte zu finden. »Meine Familie ist in größter Gefahr. Mir ist klar geworden, daß ich immer nach einer eindeutigen, einfachen Lösung des ganzen Schlamassels gesucht habe, aber alles ist immer komplizierter geworden – von Durrikens Tod bis zu deiner Auferstehung und zu unserer Expedition in den Norden. Wir haben im Frühjahr begonnen, und jetzt ist schon Winter. Ich will und muß zu meiner Familie zurück, um sie davon in Kenntnis zu setzen, daß ich – daß wir – Erfolg hatten bei dem Versuch, sie zu retten. Das alles hat höchste Dringlichkeit für mich, aber ich kann nicht erkennen, wie es weitergeht.«

Neal nickte. »Die Entschuldigung ist angenommen. Ich kann verstehen, daß du bald alles hinter dir haben willst. Glaube mir, wenn ich sage, daß ich – weil ich den ganzen Ärger irgendwie begonnen habe – die Sache zu Ende bringen will, genau wie du.«

Während des Frühstücks wurde überwiegend geschwiegen, dann stiegen sie in den Sattel und ritten los. Gena hätte gut noch einen weiteren Ruhetag vertragen, aber Berengars Unruhe steckte sie an, so daß auch sie ungeduldig den Aufbruch erwartet hatte. Stulklirn übernahm die Spitze, und Berengar folgte hinter ihm. Gena und Neal hingen ein bißchen zurück, und hie und da verloren sie ihre Reisegefährten aus dem Blick.

Neal studierte aufmerksam die Landschaft und kam immer wieder ins Kopfschütteln. »Hier sieht alles fast noch so aus wie vor fünf Jahrhunderten, als ich mit deinem Großvater zum ersten Mal hier lang ritt. Nur die Waldränder kommen mir etwas angeknabbert vor. Damals verlief die halbe Strecke übrigens mitten im Wald.« Er zeigte auf die verstreut liegenden Bauernhöfe und die frei laufenden Herden, die im saftigen Gras weideten. »Damals durften Menschen in Ispar keine Bauernhöfe besitzen, sie waren nichts als Sklaven auf den Gütern der Reith.«

»Die Haladina ausgenommen.«

»Richtig, sie waren Söldner und den Reith treu ergeben.«

Als sie auf die breite Straße kamen, die zur Hauptstadt führte, war Neal beeindruckt. Je näher sie der

Stadt kamen, desto belebter war auch die Straße. Sie passierten mehrere kleine Ansiedlungen, die offenbar nur als Versorgungspunkte für den durchziehenden Verkehr entstanden waren. Am frühen Nachmittag nahmen sie in einem dieser Dörfer eine Mahlzeit ein, legten danach noch einmal richtig los und trafen zur Abenddämmerung in der Hauptstadt ein.

Auf Berengars Drängen hin ritten sie gleich zum Palast und forderten eine Audienz beim Kaiser. Die Wache wollte sie nicht vorlassen, entsandte aber doch einen Läufer, der sehr bald mit dem Befehl wieder zurückkam, sie durchzulassen und zum reithischen Turm zu führen.

Während andere Soldaten sich um ihre Pferde kümmerten, begleitete sie ein volles Dutzend Gardesoldaten im Gleichschritt zum Turm. Gena kam der Turm gegenüber ihrem früheren Besuch unverändert vor. Als Neal ihn sah, wurde er ganz still, und als er über die Schwelle trat, zog er seinen Umhang eng um sich.

Gena faßte ihn sanft an der Schulter. »Stimmt etwas nicht?«

Er schüttelte den Kopf. »Ein angenehmer Ort war das schon zu meinen Lebzeiten nicht, aber jetzt kommt mir alles so … tot vor. Erst so langsam wird mir einiges klar, was das Fortschreiten der Zeit betrifft. Bevor ich diesen Turm jetzt sah, konnte ich *dieses* Jarudin für ein anderes halten als *jenes* Jarudin, das ich kannte. Jetzt …«

»Aber du hast doch schon gesehen, wie meine Großeltern sich verändert hatten.«

»Ja, aber da war ich schnell darüber weg und konnte mit meinen alten Freunden reden, die in den Körpern steckten. Im Wesen hatten sie sich nicht viel verändert. Ich kann es kaum erklären.«

»Du mußt doch nichts erklären.«

»Danke, Gena.«

Die Soldaten führten sie in den Raum, der einmal die Kapelle gewesen war. Der ganze Schutt und Dreck, den

Gena beim letzten Mal gesehen hatte, war weggeräumt. Fackeln brannten in tragbaren Standleuchtern, und der Kaiser selbst stand vor dem magischen Schrein. Er sah Gena müde in die Augen, aber seine Verbeugung war makellos. »Willkommen, meine Gäste.«

Berengar verbeugte sich ebenfalls höflich. »Wir haben Neal Roclawzi mitgebracht, Majestät. Er ist gekommen, um sein Schwert Herzspalter wiederzubekommen.«

»Ach, ist er das?« Der Kaiser sah von Berengar zu Neal und wieder zurück. »Ihr wollt behaupten, daß das Neal ist, der Edle Reichsritter der Krone?«

Neal zog eine Braue hoch. »Und ich hätte gedacht, mein Turnus in diesem Amt sei inzwischen abgelaufen.«

»Das wäre er längst, aber Beltran der Große hat aus Sentimentalität Neal nie ersetzt.«

Berengars Nasenflügel zitterten. »Er *ist* Neal. Er vernichtete Tacorzi, um seinen Dolch wieder zu bekommen, der der Schlüssel zu dieser Schatzkammer ist.«

»*Wenn* dieses Ungeheuer tot ist, dann bin ich in deiner Schuld.« Hardelwick lächelte verschmitzt. »Unsere Dankbarkeit geht allerdings nicht so weit, euch Herzspalter auszuhändigen.«

»Was?« Berengar sah aus, als würde er gleich explodieren. Nur der Umstand, daß Neal ihn von hinten am Umhang festhielt, brachte ihn davon ab, dem Kaiser an die Gurgel zu springen. »Wie können Sie Neal sein eigenes Schwert versagen?«

Der Kaiser verschränkte die Arme vor der Brust. »Neal würde ich sein Schwert nicht versagen, aber welche Gewähr habe ich denn dafür, daß dieser Mann hier ein Held ist, der vor fünf Jahrhunderten unterging? Es könnte sich genausogut um irgendeinen diebischen Zauberer handeln, den ihr aufgelesen habt und der das Handwerkszeug dafür besitzt, dieses Verschlüsselungsrätsel zu knacken. Wenn wir das Schwert Herzspalter überhaupt hier drin finden, verlangt ihr von mir nicht mehr und nicht weniger, als euch ein entscheidendes Stück der kaiserlichen Geschichte auszuhändigen. Und danach steht mir wirklich nicht der Sinn.«

»Das können Sie doch nicht machen!«

»Doch, Neal. Das kann ich wohl. Schließlich und endlich bin *ich* der Kaiser.«

Neal nickte. »Da hat er recht.«

»Nur gut, daß wenigstens einer von euch vernünftig ist.«

Gena runzelte die Stirn. »Ich bitte um Vergebung, Kaiserliche Hoheit, Sie haben vorhin gesagt, daß Sie *Neal* das Schwert aushändigen würden, und wir haben Ihnen gesagt, daß dies hier Neal ist. Was würde Sie davon überzeugen, daß dieser Mann tatsächlich Neal Roclawzi ist?«

Der Kaiser rieb sich mit der rechten Hand das Kinn. »Ein gute Frage.«

Neal streckte die linke Hand vor und hielt dem Kaiser den Handrücken hin. »Diese Narbe habe ich in genau diesem Raum bekommen.« Er deutete auf das Schwert, das zu ihren Füßen in den Boden eingegossen war. »Der letzte Kaiser der Reith brannte mir mit diesem Schwert meinen Stulpenhandschuh weg. Daher rührt die Wunde, deren Narbe Sie hier sehen, und deswegen mußte er auch sterben.«

Hardelwick wischte Neals Worte mit einer Handbewegung weg. »Das ist eine altbekannte, überall erzählte Geschichte, mein Herr.«

Gena trat einen Schritt vor. »Sie kennen alle Geschichten über Neal. Fragen Sie ihn irgend etwas, das sonst niemand wissen kann. Stellen Sie ihm eine Frage, auf die nur Neal die Antwort weiß!«

»Sie könnten ihn instruiert haben.«

»Ich hätte länger als vier Monate gebraucht, um ihm das ganze Wissen, das Sie über Neal haben, zu vermitteln.« Gena lächelte besorgt. »Und außerdem gebe ich

Ihnen mein Wort darauf, daß dieser Mann weder von mir noch von jemand anderem über Neals Lebensgeschichte in Kenntnis gesetzt worden ist.«

»Das Wort eines Elfen. Ihre Bereitschaft zu einem Schwur wie diesem wiegt viel.« Der Kaiser legte die Stirn in Falten und dachte nach. »Also gut, ich werde dieses kleine Spiel mitspielen.«

Neal zeigte seine offenen Handflächen. »Ich werde antworten, wenn ich es kann.«

»Daran habe ich keinen Zweifel.« Hardelwicks Augen glitzerten im flackernden Licht der Fackeln. »Du hast Tashayul in den Roclaws getötet, aber aus keiner einzigen Geschichte über dich geht hervor, wie du das angestellt hast. Es gibt keinen glaubwürdigen Bericht über deinen Kampf mit ihm.«

Neal nickte. »Das wäre auch keinen wert gewesen.«

»Wie? Tashayul stirbt, sein Reich beginnt zu wanken, und du sagst, die Umstände seines Todes seien keine Geschichte wert?« Der Kaiser zog die Brauen hoch. »Das kann ich nicht glauben, denn ich habe immerhin Gerüchte über seinen Tod gehört. Meine Frage lautet also: Was hast du verwendet, um ihn zu töten?«

Neal lachte laut. »*Das* ist ihre Frage?«

»Genau das.«

Berengar faßte Neal am linken Ärmel. »Weißt du's? Kannst du die Frage beantworten?«

Neal nickte.

Der Kaiser beugte den Kopf vor. »Deine Antwort lautet also wie?«

Neal lachte wieder. »Wie Sie wollen. Um Tashayul zu töten, setzte ich Biber ein.«

Bittersüß,
des Helden Lohn

Winter
A.R. 499
Die Gegenwart
Mein 536. Jahr

Berengar ließ meinen Ärmel los. »Biber! Bist du nicht
bei Verstand? Biber?«

Er sah aus wie vom Schlag gerührt. Auch Gena
schien zu denken, daß ich verrückt geworden war. Nur
der Gesichtsausdruck des Kaisers blieb unverändert.
»Bitte erkläre uns deine Antwort.«

Ich nickte. »Ich hatte gegen Tashayul gekämpft, als
ich sechzehn war. Ich konnte ihn nicht töten, verwundete ihn aber. Jahrelang wußte ich nicht, wie schwer,
aber verwundet hatte ich ihn. Er ließ seine Truppen im
Feld, doch er selbst zog sich zur Behandlung nach Reith
zurück. Aarundel und ich versuchten gar nicht, ihm zu
folgen, sondern wandten uns statt dessen nach Osten.
In den drei darauffolgenden Jahren verfolgten wir,
wie seine reithische Armee Centisia, Ispar, Barkol und
Irtysch eroberte. Das führte ihn schließlich auch in die
Roclaws.«

Ich blickte ganz zufällig zur Decke auf und sah Tashayuls Bild über mir. »Als er wieder ins Feld zurückkehrte, trug er eine riesige, schwere Rüstung und er
wirkte fast doppelt so groß als zu der Zeit, als ich gegen
ihn gekämpft hatte. Ich sah ihn nie wieder ohne diese
Rüstung – was nicht ungewöhnlich ist, denn ich sah ihn
immer nur auf dem Schlachtfeld – und er wirkte noch

genauso tödlich wie bei meinem Kampf gegen ihn. Er gewann sein Reich ziemlich leicht und er hatte sogar schon mit dem Umbau Jarudins begonnen, das seine Hauptstadt werden sollte.«

»So ziemlich das einzig Bemerkenswerte, das Aarundel und ich – die wir ständig vor oder hinter seiner Armee herzogen – notierten, war der Umstand, daß er seine besten Ingenieure und Baumeister im Troß hatte, statt sie den Umbau Jarudins vorantreiben zu lassen. Sie stellten Bautruppen auf, die wundervolle Holzbrücken schufen. Sie wurden so bald wie möglich durch Steinbrücken ersetzt. Das leuchtete uns auch ein, denn die Brücken erlaubten ihm, Truppenteile schnell über Flüsse zu verlegen. Wir nahmen an, das sei der Grund für all diese Brückenbauten, bis wir zu einer Brücke kamen, die genau neben einer Furt, die höchstens knöcheltief war, stand.«

Ich runzelte die Stirn. »In den Roclaws eilten wir seiner Armee weit voraus und suchten meinen Bruder auf. Er begann, den Widerstand zu organisieren, und ich überlegte alle Möglichkeiten, den reithischen Vormarsch zu verlangsamen. Weil unsere Berge von tiefeingeschnittenen Tälern durchzogen sind, die von Gebirgsflüssen weiter aufgerieben worden waren, war mir klar, daß seine Pioniere viel zu tun haben würden. In Anbetracht dessen, daß Tashayul eine Frühjahrsoffensive zu planen schien, blieben mir Spätherbst und Winter zur Vorbereitung. Aarundel, einige Fallensteller und ich, wir beschafften uns ein paar Biberfamilien und verpflanzten sie höher hinauf ins Gebirge. Es gelang uns, sie auch dort oben Dämme bauen zu lassen, die das Wasser der Schneeschmelze weit oben aufstauten. Das mußte dazu führen, daß unsere Flüsse Niedrigwasser führten, und auch dazu, daß Tashayuls Pioniere Brücken bauten, die für den niedrigen Wasserstand ausgelegt waren. Beide, die Biber und die Pioniere, verhielten sich genauso, wie wir es erwartet hatten. Das hielt für die Reith eine schöne Überraschung bereit.«

Ich ging die paar Schritte bis zur Marmorscheibe, die in den Boden eingelassen war, und kauerte mich daneben hin. »Als es soweit war, öffneten wir den höchsten Damm, und das Wasser lief in den nächsttieferen darunter, und so weiter. Das Schmelzwasser, das wir zwei Monate lang gesammelt hatten, brauchte zwei Tage, um unten in den Schluchten anzukommen. Tashayul wurde in einer tiefen Schlucht genau zu dem Zeitpunkt erwischt, als die Wasserwand einstürzte. Mit seiner übergroßen Rüstung sank er wie ein Stein. Seine Leiche wurde weit flußabwärts gefunden.«

Berengar setzte wieder seine hochmütige Maske auf. »Dann hast in Wirklichkeit gar nicht du ihn getötet, wie es in den Legenden heißt.«

»Doch, das war schon ich. Bei unserem ersten Kampf traf ich sein Rückgrat, so daß sein Körper von der Hüfte abwärts gelähmt war. Immer nur dann, wenn ein Zauber angewandt wurde, konnte er die Beine bewegen. Das ist auch der Grund, warum er so groß wirkte, als er wieder ins Feld zog. Sein Bruder, Takrakor, hatte ein Metallskelett gebaut, das er Tashayul anpaßte. Sobald ein Zauber angesetzt wurde, konnte er sich gut darin bewegen. Sein Unglück war, daß er nicht selbst die Magie beherrschte, und so zog ihn sein Metallskelett nach unten und er ertrank. Zunächst hatte ich ihm bei unserem Zweikampf diese Wunde zugefügt, und vier Jahre später ist er dann daran gestorben. Übrigens genau in Übereinstimmung mit der Prophezeiung, er werde von der Hand eines Zwanzigjährigen sterben. Und das tat er auch.«

Hardelwick starrte mich unverwandt an, und ich hielt dem Blick seiner dunklen Augen ohne zu zwinkern stand. Dann kniff er die Augen halb zu und nickte. »Ich akzeptiere diese Erklärung als die Wahrheit.«

Gena sah ihn an. »Paßt das zu den Gerüchten, die sie über Tashayuls Tod gehört hatten?«

Ich lächelte. »Es gab keine Gerüchte über Tashayuls Tod. Die einzigen, die etwas wußten, waren Reith, und die waren nicht daran interessiert, überall hinauszuposaunen, daß ihr Führer ertrunken war. Und die Leute aus den Roclaws bewahrten auch Stillschweigen, denn für sie war das auch nicht die große heroische Tat, die sie von mir erwartet hatten. Die Reith zogen sich über die Grenze ihres bisher eroberten Reichs zurück und warteten ab, bis Tashayuls Nachfolger gewählt worden war.«

Der Kaiser nickte mir zu. »Es stimmt, ich habe nur geblufft. Wäre jemand, sagen wir, jemand wie Berengar Fischer hier, ein Held alten Schlages gewesen, hätte die Geschichte, die man sich danach erzählt hätte, erhaben und heroisch geklungen und hätte für immer als Sage weitergelebt – so wie dein Duell mit dem reithischen Kaiser hier in diesem Raum.«

Ich lächelte ihm zu. »Und wenn ich eine solche Heldengeschichte erzählt hätte, würden Sie mir dann das Schwert verweigern?«

Er zuckte die Achseln. »Das kann immer noch passieren. Im übrigen: Wir haben es ja auch noch gar nicht wieder. Erst wenn diese Klause geöffnet ist, und wenn das Schwert auch wirklich drin ist, erst dann muß ich mich endgültig entscheiden.«

Ich nickte und zog Wespe aus der Scheide. Auf den Knien beugte ich mich vor und streckte den Arm aus, damit ich mit der Klinge die Marmorscheibe berühren konnte. Deren Oberfläche flimmerte einen Augenblick lang. Und gleich darauf war ein Durcheinander von Stimmen zu hören. Eine davon sprach elfisch, eine reithisch, und eine dritte menschisch. Nur diese konnte ich verstehen. »Nachruhm liegt hier nicht drin, nur das Schwert, das brachte Gewinn / Ein Reich in Blut getaucht, im Namen des Guten gebraucht. / Der, der

will's fassen, von heilger Pflicht kann er nicht lassen /
Ein Reich gewonnen, kann doch fallen, wenn nicht regiert zum Frommen von allen.«

Ich hatte keinen Augenblick Zeit darüber nachzudenken, was das bedeuten könnte, als ich mich plötzlich,
mit heißem Sand unter meinen Füßen, aufrecht stehend
wiederfand. Mir gegenüber sah ich einen haladinischen
Krieger stehen, der mit der linken Hand eine *Sylvanesti*
am langen Haarschopf gepackt hatte. Mit der rechten
Hand hatte er einen gezackten Dolch gezückt, aber ehe
er die geringste Chance hatte zuzustoßen, hatte ich mit
Wespe zum Wurf angesetzt. Fünfhundert Jahre hatten meiner Geschicklichkeit im Messerwerfen und auch
Wespes Eignung zum Geworfenwerden keinen Abbruch getan. Ich traf den Haladina im Gesicht. Gleichzeitig sprang ich ihn an und schützte die *Sylvanesti* mit
meinem Körper, als seine Hand mit dem Messer noch
niederfuhr.

Ich spürte den Schmerz, als es meinen Rücken ritzte.
Ich packte ihn an Kragen und Hüfte, hob ihn hoch,
schmetterte ihn nach unten über mein rechtes Knie und
brach ihm das Rückgrat.

Sein Körper rann mir wie geschmolzenes Wachs
durch die Finger und bildete unter mir eine immer
größer werdende Pfütze. Soweit sie reichte, verwandelte sich der Wüstenboden auf einmal in ein Stück
Wald. Als ich hinter mir einen unterdrückten Schrei
hörte, wirbelte ich herum. Aus der *Sylvanesti* war ein
Menschenkind geworden, außer Atem und blutend,
das einen staubigen Wildpfad entlanggelaufen kam.
Gejagt wurde es von einem Elfenkrieger mit einem
scharfgeschliffenen Speer. Die Stacheln und Widerhaken auf seiner Rüstung blitzten im Licht der Sonne auf.
Kreischend kam der Jäger näher und setzte gerade zu
dem Stoß an, der das Kind töten würde.

Ich hatte Wespe wieder in der Hand, als ich gegen
den Elfen einschritt, um ihn vom Töten des Kindes ab-

zuhalten. Sofort richtete er seinen Speer gegen mich. Ich wich nach rechts aus, aber er erwischte mich noch an der linken Seite, wie ich an dem stechenden Schmerz der Fleischwunde, die er mir zufügte, merkte. Mit meiner Linken umfaßte ich das Heft des Speers und zog daran den Elfen nach vorn, während meine Rechte mit Wespe nach oben fuhr. Der Dolch durchstieß seinen Kiefer und bohrte sich in und durch seinen Mund. Sein letzter Fluch bespritzte mich mit einer Menge Blut, doch dann schmolz auch der Elf, und sein Blut bedeckte den Boden mit einem roten Firnis. Und ich selbst fand mich plötzlich in der Ebene vor Alatun.

Ich drehte mich wieder um, um nach dem Kind zu sehen, aber es hatte schon wieder eine andere Gestalt angenommen. Statt des Kindes sah ich eine Reith vorwärtsstolpern und hinfallen. Sie war dunkelhaarig, schlank und nackt, und ihre weiße Haut war mit rotem Schlamm bespritzt. Ihre Rubinzähne knirschten vor Angst und Schmerz aufeinander. Jetzt rappelte sie sich wieder auf die Füße, rutschte im Schlamm wieder aus, und lag nun da – nackt, wehrlos und zu Tode erschöpft.

»Auf Alatun und den Sieg!« hörte ich es hinter mir brüllen. Als ich mich umdrehte, um mich dieser neuen Bedrohung zu stellen, ließen mich Überraschung und Erschrecken erzittern. Der da diese reithische Frau jagte, das war ich selbst, Herzspalter in der erhobenen Hand. Ich wußte, daß ich bei Alatun nicht so aussah – jedenfalls hoffte ich das –, denn dieser Mann, der Herzspalter schwang, machte ein Gesicht, als wolle er tatsächlich diese wehrlose Kreatur abschlachten, der er nachjagte.

Reith oder nicht, hier mußte ich eingreifen. Ich sprang vor und griff meinen Zwilling an. Er stürzte zu Boden, hielt aber Herzspalter fest im Griff. Ich rollte aus seiner Reichweite und entkam nur knapp einem

Schwerthieb, der statt meiner die Erde aufschlitzte. Blut spritzte wie ein Geysir in die Luft und ergoß sich über mich, ganz heiß und stickig. Es war abstoßend, und ich prallte vor dieser Dusche zurück. Dann sah ich, wie mein Ebenbild sich kriechend weiter auf die Reith zubewegte.

Knurrend und prustend stürzte ich mich durch den Vorhang aus Blut auf ihn und landete auf seinen Beinen. Er versuchte, sich umzudrehen und mich mit dem Schwert zu treffen, aber ich parierte seinen Schlag und hockte mich dann, als er sich gerade wieder aufrappeln wollte, mit meinem ganzen Gewicht auf seinen Rücken. Der blutige Springbrunnen ließ die eklige Flüssigkeit weiter auf uns niederregnen, und das nützte ich zu meinem Vorteil aus. Mit meinen Knien hielt ich seine Arme fest und mit beiden Händen drückte ich sein Gesicht in die Pfütze mit Blut. Ich ließ nicht locker, obwohl er mit aller Kraft versuchte, mich abzuschütteln, und drückte ihn solange in die Pfütze, bis keine Blasen mehr aufstiegen und sein Körper schlaff wurde.

Dann schmolz auch sein Körper weg, und ich kniete da in einem Meer aus Blut. Der Gestank des Todes hing an mir, und trocknendes Blut drohte mir die Augen zu verkleben. Ich schaute dorthin, wo die reithische Frau gewesen war, aber es war schon wieder eine *Sylvanesti* aus ihr geworden. Sie trug ein blütenweißes Kleid und drehte sich zu mir um, und da erkannte ich sie. »Larissa?«

Ein Lächeln glitt langsam über ihr Gesicht. »Ich wußte, daß du es sein würdest, Neal. Du mußtest es sein. Ich wünschte, ich wäre so tapfer gewesen, daß wir beide jetzt zusammen wären.«

»Wie meinst du das? Du bist doch jetzt hier.«

»Ich werde meine Versprechen halten, Neal, und zwar alle, gleichgültig wie sehr sie mir weh tun, weil ich nicht will, daß dir ein Leid geschieht.« Während sie noch sprach, wurde mir klar, daß ich nur ein magisch erzeugtes Abbild von ihr sah. Das konnte mich nicht hören, nicht streiten und – was das allerschlimmste war – es konnte nichts erklären. Es konnte überhaupt nichts anderes tun als das, was Larissa programmiert hatte, als sie nach meinem Tod mein Schwert weggeschlossen hatte.

Ihr Abbild kam auf mich zu, mit jedem Schritt über dem Blut schwebend. »Denk daran, daß ich dich liebe und immer lieben werde, Neal«, sagte sie und streckte ihre Hand nach mir aus. »Vergiß mich nie, und bitte vergib mir.«

Auch ich reichte ihr meine Hand, um die ihre zu fassen, doch kaum, daß sich unsere Finger berührt hatten, flammte ein heller Blitz auf, und ich fühlte das kühle Leder und das Gewicht von Herzspalter endlich wieder in meiner Hand. Sobald ich deutlich sehen konnte, fiel mein Blick auf dieses Schwert, mit dem ich ein Reich gewonnen hatte. Ein altvertrauter Freund, so lag es in meiner Hand, als hätte ich es niemals losgelassen. Ich lächelte glücklich und fühlte mich einen Augenblick lang genauso wie vor meinem Tod.

Dann lief aus dem Schwert heraus ein Kitzeln meinen Arm hoch, und sein ihm innewohnender Zauber begann zu wirken.

Genauso, wie Herzspalter eher wie eine reithische Waffe aussah, als Tashayul es noch führte, dann die Form eines stolzen Breitschwerts angenommen hatte, als es meines geworden war, veränderte es jetzt erneut seine Gestalt. Aus der Parierstange kamen Ranken aus Metall hervor, die sich zu einem raffiniert geflochtenen Handkorb verwoben. Die Klinge selbst streckte sich und verjüngte sich zur Spitze hin. Beide Ränder waren rasiermesserscharf geschliffen, die Spitze so dünn wie eine Nadel, und der Griff paßte sich meiner Handform an. Das würde mir die bessere Kontrolle der Waffen erlauben, die ich benötigte, um all die neuen Techniken anzuwenden, die ich von Berengar gelernt hatte.

Jetzt weitete sich mein Blick über das Schwert hinaus, und da bemerkte ich, daß ich mich wieder in der alten reithischen Kapelle in Jarudin befand. Meine Gefährten, der Kaiser und das Dutzend Leibgardisten hinter ihm – sie alle starrten mich regungslos an. Ich lächelte sie an, stand auf und beschrieb mit dem Schwert einen einfachen Salut. »Darf ich vorstellen: Herzspalter.«

Berengar schüttelte den Kopf. »Das kann nicht Herzspalter sein. Denn Herzspalter war ein Breitschwert, das hier ist ein Rapier.« Er sah den Kaiser zornig an. »Welches Spielchen spielen Sie hier mit uns?«

In Hardelwicks Gesicht mischte sich Überraschung mit Entzücken – jene Art von Lächeln mit offenem Mund, die man bei Gauklern sehen kann. »Hier liegt keine Täuschung vor, Graf Berengar. Das ist für mich eine genauso große Überraschung wie für Sie. Kannst du das erklären, Möchtegern-Neal?«

Nun hatte ich zwar die Verwandlung beobachtet, hatte aber keine Ahnung, was sie gesehen hatten. Also fragte ich.

Gena deutete auf die Marmorscheibe. »Kaum daß du mit dem Dolch die Scheibe berührt hattest, schoß eine klar umgrenzte Lichtsäule von da bis zu Tashayuls Stirn an die Decke hoch und zog dich hinein. Wir sahen schattenhafte Bewegungen, hörten aber nichts und konnten uns auch keinen Reim auf das machen, was wir sahen. Dann verschwand die Lichtsäule wieder, und du knietest dort mit dem Schwert in der Hand.«

Ich nickte. »Dieses Schwert hat heute nicht zum ersten Mal seine Form geändert. Diesmal konnte ich die Umwandlung beobachten, doch ich denke, daß dies nur Teil eines Zaubers war, der mir die veränderte Form nahebringen sollte. Beim letzten Mal konnte ich die Verwandlung nicht beobachten, weil sie in dem Jahr zwischen Tashayuls Tod und der Inbesitznahme des Schwerts durch mich in Jammaq erfolgte. Dieses

Schwert ist mit Schicksalen und Reichen verbunden, und scheint sich selbst immer so zu verändern, daß es für die Umgebung, in der es benutzt wird, am besten geeignet ist.«

Berengar lächelte. »Das ist faszinierend. Vielleicht solltest du es, da es sich jetzt genau in jene Art Schwert verwandelt hat, die ich bevorzuge, gleich mir zur Aufbewahrung anvertrauen.«

»Wenn ich eine Frau hätte, mit der du besser tanzen kannst als ich, dann würdest du doch auch nicht darum bitten, sie behalten zu dürfen, oder?« Ich lachte, als er den Kopf schüttelte, und die andern fielen ein. »Ich werde Herzspalter einstweilen behalten, aber wenn du meinen Fechtunterricht fortsetzen könntest, wäre ich sehr zu Dank verbunden.«

»Und ich würde mich geehrt fühlen.«

»Und so würde ich mich auch fühlen, wenn ihr alle jetzt zustimmen würdet, meine Gäste zu sein.« Der Kaiser verbeugte sich vor mir, und ich erwiderte diese höfliche Geste. »Und du bist dir doch sicherlich im Klaren darüber, daß du noch immer Reichsritter der Krone bist.« Er streckte den Arm aus und nahm einem seiner Leibwächter einen Stulpenhandschuh weg, den der im Gürtel stecken hatte, und zeigte ihn mir. »Wie du an diesem Brandzeichen sehen kannst, pflegen wir hier noch stets alte Traditionen.«

»Dann wissen Sie auch, Majestät, daß es mir eine besondere Ehre ist, ihr Gast zu sein, und das gleiche gilt für meine Gefährten.«

Berengar und Gena nickten beide zustimmend. »Majestät, ist Ihnen bekannt, daß auch ein Driel zu unserer Gruppe gehört?«

Hardelwicks Gesicht hellte sich auf. »Shijef?«

»Sein Ur-Ur-Sonstwas-Enkel Stulklirn.«

»Er ist genauso willkommen.« Der Kaiser klatschte in die Hände. »In einem alten Tagebuch habe ich von einem Fest gelesen, das Beltran ausrichten wollte, sobald du aus dem reithischen Feldzug heimgekehrt warst. Nachdem du beschlossen hast, erst nach fünfhundert Jahren zurückzukommen, finde ich es nicht mehr als recht und billig, seine Absicht jetzt in die Tat umzusetzen – wenn es euch recht ist, natürlich.«

»Es ist, Majestät, allerdings unter einer Bedingung.«

»Ja?«

Ich lächelte. »Ich kann zustimmen, solange Sie nicht das Essen auftragen lassen, das – als ich abserviert wurde – nicht serviert worden ist.«

Noch einmal in die Stadt des Goldes

Winter
A.R. 499
Die Gegenwart

Hätte man sie gefragt, welcher ihrer Gefährten über die Ankündigung eines kaiserlichen Empfangs am allerwenigsten begeistert sei, hätte sie gesagt, daß Berengar diese Idee rundweg ablehne. Doch das Gegenteil war der Fall. Der Vorschlag löste in ihm eine vergnügte Stimmung aus, die selten geworden war, nachdem sie vor einigen Monaten Jarudin auf dem Weg nach Cygestolia verlassen hatten. Es war, als sei mit der Wiederbeschaffung Herzspalters der erfolgreiche Höhepunkt ihrer Mission erreicht worden, und als sei die Rückkehr nach Aurdon mitsamt dem Schwert nur noch nebensächlich.

Trotz des kleinen Scherzes, den er sich mit Hardelwick erlaubt hatte, schien Neal an dem angekündigten Fest am wenigsten Gefallen zu finden. Er stimmte nur deswegen zu, weil es einfach nicht möglich war, diese Ehrung abzulehnen – soweit war ihr alles klar –, aber es kam ihr so vor, als habe Neal die Hauptstadt am liebsten so schnell wie möglich verlassen wollen. Als er sein Schwert dort wieder herausgeholt hatte, wo es nach seinem Tod versteckt worden war, schien er rundum glücklich zu sein. Doch jetzt hatte Melancholie sein sonst so zuversichtliches Wesen überschattet.

Der Driel, der in der Zimmerflucht, die der Kaiser

ihnen hatte zuweisen lassen, auf sie wartete, schien die Hauptstadt zu mögen und nahm die Nachricht, daß man einen Tag länger bleibe, mit Vergnügen auf. »Hauptstadtkatzen fett sind«, kommentierte er schmatzend.

Gena brauchte lange, um sich über ihre eigenen Gefühle im Hinblick auf ein solches Fest klar zu werden. Sie war sogar noch unschlüssig, nachdem sie bereits einen Tag damit verbracht hatte, für sich selbst passende Festkleidung zu kaufen und Berengar bei seinen Vorbereitungen zu beobachten. Sie hatte zwar schon alles getan, was sie für ähnliche Anlässe in der Vergangenheit auch getan hatte, aber irgend etwas stimmte trotzdem nicht. Sie stellte fest, daß sie sich für das Fest mit einer Art ängstlichen Zögerns fertigmachte, mit dem sie auch über eine Eisschicht unbekannter Dicke laufen würde. Gut hinüberzukommen schien durchaus möglich, aber jeder Schritt war mit der Angst verbunden, vielleicht doch einzubrechen, und führte zu der Erkenntnis, daß für sicher gehaltene Fundamente sich als so dünn wie eine Eierschale erweisen konnten.

Der Ballsaal des Palastes war so groß, daß im Vergleich dazu der Saal der Fischers in Aurdon winzig wirkte, und er war für die Gala frisch geputzt worden und hell erleuchtet. In dem Raum brannten so viele Kerzen, daß sie schon ihren eigenen Luftzug erzeugten. Das Licht spiegelte sich in frischpolierten goldenen und silbernen Einrichtungsstücken, in Marmorstatuen und dem farbigen Fußboden. Seidene Vorhänge und zur Dekoration aufgehängte Stoffbahnen tauchten alles in Rot und Blau, und Essen und Trinken gab es im Überfluß.

Trotz all dieser vollendeten Vorbereitungen schienen der Saal und die Leute nicht zueinander zu passen. Der Saal hatte kein eigenes Leben, und die Leute wirkten darin in ihren Bewegungen linkisch. Sie machten einen nervösen Eindruck und studierten sämtliche Einzelheiten und sogar sich selbst untereinander, so als sähen sie sich alle zum ersten Mal. Daraus schloß Gena natürlich, daß dieser Saal sehr selten benutzt wurde. Hätte man sie aus festlichem Anlaß öfter hierher eingeladen, wären sie damit vertraut gewesen und hätten vielleicht die exquisiten Kunstwerke an den Wänden für selbstverständlicher gehalten, so schade das vielleicht auch gewesen wäre.

Auch die gesellschaftliche Mischung der verschiedenen Gästegruppen war geradezu dafür prädestiniert, linkisch und peinlich miteinander umzugehen. Die Gäste aus den besten Kreisen – sie schienen in der nordwestlichen Ecke des Saals unter sich zu bleiben – waren Angehörige des Reichsadels unterschiedlichen Standes, Alters und Geschlechts. Ihre Festkleidung war nicht neu und erhielt ihre besondere Note – immer im Rahmen des roten und blauen Farbschemas bleibend – durch die Verwendung solcher Accessoires wie Seidentücher, Spitzen und Bänder, die sich leicht austauschen ließen.

Das schien allerdings die einzige leichte Note an ihnen zu sein. Als Gena beobachtete, wie sie miteinander umgingen, mußte sie sofort an eine Meute Hunde denken, die sich erst einmal ausgiebig beschnüffelten, um ihren korrekten Rang untereinander festzustellen. Sichtlich beim Kampf um einen der ersten Plätze, bewegte sich Berengar mit einem Selbstbewußtsein und einer Lässigkeit, die keinen Zweifel daran ließ, wohin er gehörte. Er benahm sich ehrerbietig gegenüber denen, die in ihrem sozialen Rang, sei es durch Alter, sei es durch Reichtum, eindeutig über ihm standen, und er blieb leutselig mit denen, die offenkundig niedriger gestellt waren als er. Und wenn er doch jemanden anschnauzte, dann handelte es sich ohne Zweifel um jemanden, den auch die anderen brüskierten, und er bekräftigte damit nur sein Recht, zu den richtigen Leuten zu gehören, indem er mithalf, jene auszuschließen, die nicht dazugehörten.

Die zweite und dritte Gruppe von Gästen war vom Kaiser eingeladen worden, weil sie in irgendeinem Bezug zu Neal oder seiner Zeit stand. Immer schneidig und zackig, schienen sich die Offiziere des Kaiserlichen Leibregiments ›Stählerner Haufen‹ darin zu gefallen, ihren militärischen Prunk zur Schau zu stellen. Jeder von ihnen trug einen mit dem Brandzeichen des Regiments versehenen Lederhandschuh an der Linken, und jeder von ihnen knallte die Hacken zusammen und grüßte militärisch, wenn Neal oder der Kaiser vorbeikamen. Neal unterhielt sich einige Zeitlang mit ihnen, was ihnen zu gefallen schien. Was sie von den Gesprächen aufschnappte, legte den Schluß nahe, daß alten Geschichten aus dem Krieg zuzuhören, vollendet beherrscht wurde.

Die dritte Gästegruppe waren die Nachfahren jener Leute, die Neal und ihr Großvater immer als die ›Gebirgsleute‹ bezeichnet hatten. Sie wußte, daß die Überlebenden der Gruppe, die sich freiwillig in den Hirisbergen hatte einschließen lassen, nach dem Krieg mit Häusern in der Hauptstadt belohnt worden waren. Nach dem Aussehen ihrer Abkömmlinge zu urteilen, konnte der soziale Aufstieg aber nicht mehr als ein paar Generationen standgehalten haben. Alle aus dieser Gruppe zeigten zwar ein ordentliches Benehmen, bei diesem Fest wirkten sie aber reichlich fehl am Platz. Handwerker zumeist, wenn man nach den Händen gehen konnte, drängten sie sich zu kleinen Gruppen zusammen und unterhielten sich flüsternd.

Neal verbrachte unmäßig viel Zeit in diesen kleinen Bauerngrüppchen. Gena stand neben ihm, als schüchterne Leute sich ihm vorstellten, und ihm erzählten, welche ihrer Vorfahren zu den Gebirgsleuten gehört hatten. Neal hörte ihnen allen mit offenkundiger Sympathie zu und kramte immer noch eine weitere Anekdote aus dem Gedächtnis, die mit ihren Vorfahren zu tun hatte. Die Leute verabschiedeten sich dankbar, sobald er zu Ende war, und zogen mit zufriedenem Lächeln zu ihresgleichen weiter, um die gerade gehörten Geschichten zu verbreiten.

Endlich schaffte sie es, Neal ein bißchen zur Seite zu bugsieren und ihm einen Kelch Wein in die Hand zu drücken. »Das ganze Reden muß dich doch durstig machen.«

Er nickte erschöpft und nahm einen Schluck. »Hätte nicht gedacht, daß ich nach all der Zeit bei ihnen noch Gesichter sehe, die ich kannte.«

Gena lächelte und schaute dann tief in ihren eigenen Kelch. »Sind all die Geschichten denn wirklich wahr?«

Neal zog einen Augenblick die Brauen zusammen und nickte dann. »Ich glaube schon, daß ich mich richtig erinnere. Es kommt mir so vor, als sei es erst sechs Monate her, daß ich oben in den Bergen gewesen und zusammen mit ihren Vorfahren fast erfroren bin. Wenn sie mir ein paar Hinweise geben, kann ich mich fast an jeden einzelnen erinnern. Natürlich hat sich im Lauf der Jahre in den Geschichten vieles verändert. Die Bergleute waren alles gute Kerle, und ich denke, daß sie glücklich wären, wenn sie sehen könnten, daß auch auf Grund ihrer damaligen Taten ihre Nachkommen noch immer in Freiheit leben können. Das war ihr Opfer wert.«

Sie sah ihm ernst ins Gesicht. »Glaubst du, daß es das wert war?«

Überrascht runzelte er die Stirn. »Ich war immer der Meinung, daß es so sei. Die Geschichte allerdings, wie sie mir zumindest von den Männern des Stählernen Haufens und von diesen Leuten erzählt worden ist, hat aus dem Kampf gegen die Reith einen ruhmreichen Kreuzzug gemacht, in dem alle Leute auf der richtigen Seite mit Beute aus dem reithischen Reich belohnt worden sind. Sie haben einen Krieg um Beute daraus gemacht, aber das war es nicht, worum es uns ging. *Wir* kämpften gegen die Reith, weil sie uns unsere Freiheit verweigerten und uns als Sklaven hielten.«

»Aber das Wissen darum, daß ihr für euren Einsatz auch belohnt werden würdet, hat sicher nicht geschadet.«

Neal schüttelte nachdrücklich den Kopf. »Wir alle gingen davon aus, daß wir im Kampf fallen würden, und wir waren auch bereit dazu. Wenn du jeden beliebigen Menschen hier fragen würdest, welchen Preis er auf sein Leben setzen würde, dann wird herauskommen, daß keine noch so große Menge Gold oder Edelsteine ausreichen wird. Aber wenn du dieselben Leute fragen würdest, ob sie ihr Leben geben würden, damit keines ihrer Kinder und Kindeskinder jemals versklavt wird, dann würdest du hier kaum einen finden, der nicht dazu bereit wäre.«

Er trank von dem Wein, während die Entschiedenheit hinter seinen Worten langsam in Genas Bewußtsein drang. »Verstehst du, Genevera, die Reith eroberten ein Reich, um noch reicher zu werden. Wir aber befreiten ein Reich, um frei zu werden. Daß dann auch bei uns Leute reich und erfolgreich wurden, bedeutet noch lange nicht, daß wir unsere Schlachten des Geldes wegen schlugen. Es konnte gut sein, daß viele unserer besten und erfolgreichsten Kämpfer im Frieden als Bauern oder Händler eine weniger glückliche Hand hatten, daß sie also im Krieg weniger von ihrer Leistung profitierten als andere, die gar nicht dabei waren. Tatsache ist einfach, daß wir damals kämpften, um eine Zukunft zu sichern, nicht um andern ihre Zukunft zu nehmen und uns dadurch zu bereichern.«

Neal dachte nach, dann lächelte er. »Entschuldige Gena, ich habe dir keinen Vortrag halten wollen. Ich …

für mich ist es ein Schock, jetzt zu erfahren, welche Art von Geschichten überdauert. Jetzt sind wir von *meinem* Krieg zeitlich schon so weit entfernt, wie ich es von der *Eldsaga* war. Ich frage mich nun, ob einiges von dem, was ich als gesicherte Wahrheit über die Elfen betrachtete, vielleicht auch nur auf solche Entstellungen der Geschichte zurückzuführen ist.«

»Macht das noch was aus?«

Neal runzelte die Stirn. »Etwa nicht?«

Gena zuckte mit den Achseln. »Du warst doch in der Lage, hinter die *Eldsaga* zu blicken, und du und mein Großvater, ihr wurdet die besten Freunde. Du bist von meinem Volk besonders schlecht behandelt worden, und trotzdem hast du es nicht verworfen. Du bist niemals gegen meine Volksgenossen ausfällig geworden, im Gegenteil, du hast für sie und mit ihnen gekämpft. Was du *tatest*, nicht was du über sie *dachtest*, das machte den Unterschied aus.«

Sie deutete auf die Menschenmenge, die sich zu den Seiten hin bewegte, als die Musik in der nordwestlichen Ecke zu spielen begann. »Es spielt keine Rolle mehr, ob diese Menschen glauben, daß der Krieg für ihren Wohlstand oder ihre Freiheit geführt worden ist. Tatsache ist, daß sie frei sind und bleiben, und daß sie diese Freiheit auch eifrig hüten. Allein die Tatsache, daß Berengar so entschlossen und zielstrebig nach Herzspalter suchte, um deine Bevormundung über das Schicksal seiner Familie zu beenden, das ist nur ein kleines Beispiel dafür, welche Wertschätzung die Freiheit inzwischen genießt. Auch der Kaiser ist weniger ein Diktator als ein Archivar. Dafür habt ihr euer Leben lang gekämpft.«

»Du hast den Nagel auf den Kopf getroffen.«

Gena sah den Paaren zu, die sich auf die Tanzfläche wagten. »Möchtest du tanzen?«

Neals Augen nahmen einen schmerzlichen Ausdruck an, ehe er sich zu einem Lächeln zwang. »Leider ist der einzige elfische Tanz, den ich beherrsche, der *Torris*, und da bin ich mir nicht sicher, ob der außerhalb Cygestolias schicklich ist.«

»Ich komme mit den meisten Tänzen der Menschen gut zurecht.« Sie wollte ihm den Kelch abnehmen, um ihn auf einem Tischchen abzustellen, doch er hielt ihn weit von sich weg.

»Bitte, Genevera, fasse das nicht falsch auf. Aber das letzte Mal tanzte ich mit Larissa. Erst gestern, als ich das Schwert wiederbeschaffte, sah ich sie. Meine Vergangenheit und die Gegenwart kommen sich hier ins Gehege, und das führt dazu, daß ich, so gern ich mit dir auch tanzen möchte, doch kein gutes Gefühl dabei hätte.« Gena spürte, wie er sich wieder in sich selbst zurückzog, und wollte es ihm nicht durchgehen lassen. »Willst du damit sagen, Neal, daß mir meine Großtante diesen Tanz mißgönnt hätte? Und kannst du ernsthaft glauben, daß sie dir einen Tanz mit ihrer Großnichte verweigert hätte?«

»Nein, aber …«

Sie schnappte sich mit der linken Hand seinen Kelch, und ergriff dann mit ihrer Rechten seine Linke. »Du kannst dich genau an Larissa erinnern, Neal Roclawzi. Sie würde lächeln, wenn sie uns jetzt so sehen könnte. Und was mich angeht: Ich möchte jetzt wissen, ob du wirklich ein so guter Tänzer bist, wie sie immer sagte.«

Ein Tanz führte zum nächsten, und darum brachte die Erinnerung an diese Tanznacht ein Lächeln auf Genas Gesicht, das sogar noch anhielt, als sie auf ihrer Reise nach Süden schon bis auf Sichtweite an Aurdon herangekommen waren. Der Kaiser hatte sie ungern ziehen lassen und Neal vorher noch das Versprechen abgenommen, bald wieder einmal nach Jarudin zu kommen, um ihm dabei zu helfen, die letzten Löcher in der Geschichte der Entstehungszeit des Reiches zu stopfen. Neal versprach es und gestattete dem Kaiser sogar, ihn erneut als Reichsritter der Kaiserlichen Krone einzusetzen. Es gab zu diesem Zweck noch eine Zeremonie, in deren Verlauf ihm der Stählerne Haufen ein Paar Handschuhe überreichte, in dessen linken das Runenzeichen der Roclaws eingebrannt war.

Eine Kompanie des Regiments hatte sie bis an die Grenzen von Ispar begleitet und war dann wieder umgekehrt. Die drei Wochen in ihrer Gesellschaft hatten sich segensreich auf Neals Stimmung ausgewirkt. Die erfahrenen Fechter unter den Soldaten hatten das größte Vergnügen daran, mit Neal und Berengar zu üben. Wenn Hardelwicks Gardesoldaten auch gut waren und eine Reihe verschiedener Fechttechniken beherrschten, waren Neal und Berengar jedem einzelnen von ihnen doch noch eindeutig überlegen. Zahlreiche Versprechen auf Rückrunden wurden ausgetauscht, als sich der Stählerne Haufen zum Rückmarsch in die Hauptstadt abmeldete.

Die zehn Tage zwischen der Grenze und Aurdon fand sie äußerst unterhaltsam. Als sie durch dieses Gebiet ritten, das Berengar gut kannte, fühlte er sich verpflichtet, auf alle Sehenswürdigkeiten hinzuweisen. Sein Stolz auf Centisia wurde schon an seiner Stimme deutlich und an der Art und Weise, wie er bei allfälligen Pausen hin und her stolzierte. Neal störte sich nicht an dem dozierenden Gehabe, aber der Driel machte sich einen Jux daraus, Berengars Gang auf komische und wenig schmeichelhafte Weise nachzuäffen, was Berengar jedesmal auf die Palme brachte.

Bei ihren abendlichen Fechtpartien gingen Berengar und Neal allmählich zu ernsteren Zweikämpfen über. Berengar hatte Neal immer noch etwas voraus, aber der Vorsprung wurde zusehends geringer. Gena bemerkte, daß in Neals Repertoire immer mehr von den seltsamen und ungewohnten Fechttricks der Gardesoldaten auftauchten. Berengar konnte zwar die meisten Finten Neals kontern, aber er kam dabei mehr ins Schwitzen als je zuvor.

Kurz vor Aurdon trafen sie auf eine Patrouille der Aurdon-Jäger. Gena erkannte Hauptmann Floris sofort wieder. Er hatte zwar in den sechs Monaten, seit sie ihn zuletzt gesehen hatte, eine Menge Gewicht verloren und sich eine Narbe quer über den Kiefer zugezogen. Aber er war äußerst freundlich und begrüßte ihre kleine Gruppe herzlich.

»Willkommen daheim, Graf Berengar. Ich bin glücklich, daß Sie wieder da sind. War Ihre Suche erfolgreich?«

Berengar schaute zu Neal hinüber. »Wir haben es geschafft. Das ist Neal Roclawzi, und das Schwert, das er trägt, ist Herzspalter.«

Floris fiel der Kiefer nach unten. »Aber, aber Neal Roclawzi starb doch vor fünfhundert Jahren.« Er zitterte leicht. »Sein Geist hat …«

»Ja, ja, Floris, das stimmt schon. Aber es stimmt auch, daß er – dank der Edlen Frau Genevera – wieder lebt.« Berengar lächelte verbindlich. »Er weiß über unsere Notlage Bescheid und er ist mitgekommen, um nach dem Rechten zu sehen.«

Neal gab Scurra die Zügel und hielt Floris die ausgestreckte Hand hin. »Freue mich, Sie kennenzulernen, Hauptmann Floris, das ist doch richtig?«

»Jawoll!«

Neal schenkte dem Offizier und seinen Männern ein sympathisches Lächeln. »Ihre Truppe macht einen guten Eindruck, Hauptmann. Aus allem, was ich schon gehört habe sowie aus Ihrer Erleichterung, Graf Berengar wieder hier zu haben, schließe ich, daß die Haladina nach wie vor Karawanen behelligen und überfallen, die nach Aurdon ziehen.«

»Es ist noch schlimmer, Edler Herr. Jetzt haben

sie eine Anzahl Bauernhöfe niedergebrannt. Panik breitet sich aus. Der Getreidepreis ist schon gestiegen, und das wiederum verursacht Unruhen in der Stadt.« Er wandte sich Berengar zu. »Die Hälfte des Regiments wird schon zur Bewachung der Lagerhäuser eingesetzt, um die Leute vom Plündern abzuhalten.«

»Das ist mehr als bedrohlich, aber jetzt werden wir damit fertigwerden. Der Verrat, der zu diesen Ereignissen geführt hat, wird bald seinen gerechten Lohn finden.« Berengar deutete auf einen der Soldaten. »Reite in die Stadt und teile meiner Familie mit, daß ich erfolgreich heimgekehrt bin.«

Neal runzelte die Stirn. »Wir können doch gleich selbst in die Stadt reiten, genausogut wie er. Und außerdem nehme ich an, daß Hauptmann Floris seine Patrouille fortsetzen muß.«

Berengar wischte diesen Einwand mit einer lässigen Bewegung seiner rechten Hand vom Tisch. »Kaum. Er wird uns statt dessen in die Stadt begleiten. Es ist seine Pflicht und eine Ehre für ihn.«

»Es *ist* eine Ehre, Herr Graf.«

Neal schüttelte unwirsch den Kopf. »Ich hasse dieses Paradieren. Ich würde draußen lieber Haladina jagen und töten als jetzt mit uns in Aurium einreiten.«

»Aur*don*, Neal, auch das hat sich geändert, seit du zum letzten Mal hier warst.« Berengar lachte und ritt los in Richtung Stadt. »Du wirst merken, daß du bei meinen Leuten mehr als willkommen bist. Hör zu, wir werden für morgen abend eine Feierlichkeit organisieren, bei der du den Fluch, unter den du uns gestellt hast, aufheben kannst, und dann können Recht und Gerechtigkeit in Aurdon wieder ihren Lauf nehmen. Und dann werden wir diese neue Freiheit mit einem rauschenden Fest feiern, wie du noch keines erlebt hast.«

Unterwegs auf dem Weg in die Stadt ritt Gena neben

Neal. Floris und Berengar ritten voraus und die Jäger hinter ihnen. Doch sie beide waren von allen andern so weit entfernt, daß sie sich gut unterhalten konnten, ohne daß die anderen alles mithörten. Eine Welle von Müdigkeit schwappte über Gena hin, aber sie vertrieb sie mit einem fröhlichen Lachen, bis sie Neals starren Gesichtsausdruck sah.

»Was ist los? Wir haben es beinahe geschafft.«

Neal schüttelte den Kopf. »Es ist nichts, wirklich, aber ich hätte es irgendwie vorhersehen können. Berengar erinnert mich an deinen Großvater, wenn er mit andern Elfen zusammen war. Unterwegs waren wir gleich wichtig, jeder von uns. Jetzt, weil wir in seine Stadt kommen, will er uns in den Schatten stellen.«

Gena zog eine Braue hoch. »Ich hätte nicht für möglich gehalten, daß Neal Custos Sylvanii auf irgend jemanden eifersüchtig sein kann.«

»Eifersüchtig?« Neal mußte lachen. »Ich glaube nicht, daß man das eifersüchtig nennen kann. Ich habe mir niemals gewünscht, was Berengar besitzt.«

»Du findest seine Bekanntheit und sein Ansehen nicht ärgerlich?«

»Ist dieses Verhör ernsthaft?« Neal sah sie aufmerksam an, so daß sie schon annahm, sie habe etwas gefragt, was sie in seinen Augen herabsetzte. »Ich habe nie zu denen gehört, die lobende Worte für einen anderen als herabwürdigend für sich selbst betrachten. Wenn ich überhaupt etwas genießen kann, dann eine Unbekanntheit, die ich lang genug vermißt habe.«

»Verzeih mir, Custos Sylvanii, ich wollte wirklich nicht anmaßend sein.«

Er nickte. »Das weiß ich doch.« Er streckte den Arm aus und berührte sie sanft an der Schulter, zog aber schnell seine Hand wieder zurück. »Du hast viel von deiner Großtante an dir, und deswegen vergesse ich manchmal, daß du nicht alles das über mich weißt, was sie über mich wußte. Wie sie alles an mir verstehen konnte, weiß ich nicht, aber warum, das weiß ich.«

»*Vitamorii.*«

Neal schlug sich mit der rechten Faust an seine Brust. »Sie ist immer noch da drin, und ich habe auch nicht die Absicht, sie zu vertreiben. *Sie* wußte, daß es meines ganzen Ehrgeizes bedurft hätte, auf Berengar eifersüchtig zu sein.«

»Und du hast keinen Ehrgeiz?«

»Bestimmt nicht.« Das Lächeln kehrte zu Genas Beruhigung auf sein Gesicht zurück. »Mein Ehrgeiz besteht allenfalls darin, nicht ehrgeizig zu sein.«

Gena beobachtete Neal, als sie in die Stadt kamen und er sah, was aus Aurium geworden war. Die fassungslose Miene verschwand gar nicht mehr aus seinem Gesicht. Er saß hochaufgereckt im Sattel, als sie durch das haladinische Viertel ritten, aber sein strenger Blick wurde weicher, als er sah, wie auf der Straße Kinder mit den Hunden spielten. Er stellte sich in den Steigbügeln auf, um möglichst weit in den offenen Markt hineinzuschauen. Den Soldaten, die in Richtung ihrer Kaserne abbogen, winkte er zum Abschied freundlich zu.

Schließlich erreichten sie den prachtvollen Familiensitz der Fischers. Berengar stieg ab und half Gena aus dem Sattel. Dann sah er zu Neal auf. »Komm, sie wollen auch dich sehen.«

Neal schüttelte den Kopf. »Mit Verlaub, Herr Graf, möchte ich doch zuerst noch ein wenig durch die Stadt streifen. Es hat sich so viel geändert, seit ich das letzte Mal hier war.«

»Ich habe nichts dagegen, Neal, aber ich wäre fassungslos, wenn dein Schwert in falsche Hände fiele.«

Neal nickte und machte Scheide und Schwert von seinem Gürtel los. Er reichte es Gena. »Wenn du es genausogut behütest, wie es deine Großtante getan hat, bin ich dir sehr zu Dank verpflichtet.«

Gena nahm die Waffe entgegen, doch die steife Förmlichkeit, die in Neals Worten lag, beunruhigte sie. »Bist du sicher, daß du nicht bei uns bleiben willst?«

»Bitte, Gena, ich komme doch bald zurück und ruhe auch gerne hier aus. Aber das ist für mich die erste Gelegenheit, allein in einer Stadt zu sein. Das ist lange her, sogar länger als du denkst. Ich will einmal wieder in der groben Menge untertauchen.«

Berengar nickte zu Neals Worten. Er hakte von Floris Gürtel einen Beutel mit Münzen los und warf ihn Neal zu. »Hier, das müßte für die ersten Ausgaben reichen, ohne daß du irgendwo deine Identität preisgeben mußt.«

Neal fing den Beutel geschickt auf. »Vielen Dank, Graf Berengar. Wenn ihr mich dann entschuldigen wollt.«

Gena warf ihm noch einmal einen hoffnungsvollen Blick zu. »Und du willst wirklich ganz allein gehen?«

»Ja, wirklich, vielen Dank.« Er zwinkerte ihr zu, aber sie wußte nicht, wie sie das deuten sollte. Er ließ sein Pferd die Zügel spüren und ritt durch das Hoftor in die Stadt.

Gena sah ihm nach und wurde inwendig immer kleiner und kleiner. Vor einem Monat, beim Tanz auf dem kaiserlichen Fest, hatte sie zu fühlen vermeint, daß sie sich näher kamen. Sogar während der langen Reise nach Aurdon waren sie mit einer neuen Offenheit miteinander umgegangen. Erst ihr Eintreffen in Aurdon schien jetzt den Prozess, Neal näherzukommen und ihn besser kennenzulernen, wieder abzubrechen. Wenn sie alles, was er ihr gesagt hatte, für bare Münze nahm, dann fand sie sich in Konkurrenz mit ihrer Großtante – eine Vorstellung, die ihr ganz und gar nicht gefiel, weil sie wußte, daß sie diesen Vergleich nicht aushalten würde. Denn Neal vergötterte Larissa, genauso wie Larissa früher ihn vergöttert hatte.

Berengar legte den Arm um ihre Schulter. »Machen

Sie sich keine Sorgen, Edle Frau Genevera, er kommt bestimmt zurück.«

Gena sah zu ihm auf, als sie die Eingangstreppe hochgingen. »Was macht Sie da so sicher?«

»Ganz einfach.« Er nickte ihr zu. »Er kommt bestimmt zurück, denn wir haben sein Schwert.«

KAPITEL 40

Altes Kraut
trägt bittere Früchte

Winter
A.R. 499
Die Gegenwart
Mein 536. Jahr

Ich kam ziemlich spät zu dem Anwesen der Fischers zurück, oder ziemlich früh, je nachdem, wie man es betrachtet. Fünfhundert Jahre hatten Aurdon wirklich ganz verändert, und wie ich feststellte, betraf das auch die großen Fortschritte in der Braukunst. Alle Wirtschaften, die ich besuchte, brauten ihr eigenes Bier, und ich genoß es regelrecht, mir einen möglichst lückenlosen Überblick über das Angebot zu verschaffen. Ein fast bernsteinfarbenes, sehr frisches Gebräu, hatte überhaupt nichts mehr von dem Nachgeschmack, an den ich mich noch aus meinem letzten Leben erinnerte.

Mein Streifzug durch die Stadt förderte aber auch eine Menge Gründe zutage, die mich meine Wiederauferstehung hätten bedauern lassen können. Es fiel mir nicht schwer, mir eine ganze Litanei der Verbrechen erzählen zu lassen, die die Fischers angeblich den Riverens angetan hatten und umgekehrt. Ich bekam auch einen kompletten und detaillierten Bericht darüber, wie mein Geist in diesen Beziehungen dazwischengefunkt hatte. Natürlich stellte ich mich keinem als jener Neal vor, der die Familien so in Atem gehalten hatte. Aber trotz dieses Versäumnisses von meiner Seite bekam ich den unbedingten Eindruck, daß es in Aurdon eine Art

Gesellschaftsspiel war, die Schicksale der großen Familien zu beobachten – vor allem bei den Leuten, die zu keiner der beiden Familien in verwandtschaftlichen Beziehungen standen.

Aus vielen mir in dieser Nacht gemachten Andeutungen, die sich auf Vermutungen und Gerüchte bezogen, hätte man schließen können, daß das Intrigieren mit dem Handel um den Platz der wichtigsten Beschäftigung in Aurdon konkurrierte. Enttäuscht von den vielen ergebnislosen Versuchen, den anderen endgültig zu erledigen, hatten die Fischers und die Riverens es auch noch geschafft, jedes andere Handelshaus in der Stadt zu vernichten. Einfache Bürger sagten ihm, daß sie spüren konnten, wie die Spannungen, die über der Stadt lagen, sich zu einem explosiven Höhepunkt aufbauten. Es war gerüchtweise sogar schon bekannt, daß Berengar heimgekehrt war, und auch daran knüpften sich bereits Spekulationen. Sie reichten von einer angeblich bevorstehenden Elfeninvasion in die Stadt bis zu dem Gerücht, mit Blitzdrachen ausgerüstete Söldner wollten die verstädterten Haladina in den entsprechenden Vierteln *en gros* abschlachten.

Mein Zimmer, in das mich der Nachtwächter führte, wirkte so spartanisch eingerichtet, wie es klein schien. Aber das machte mir wirklich nichts aus. Vor meinem Tod hatte ich monatelang ausschließlich in Stoffzelten gelebt, und danach war ich ja auch nicht viel besser gefahren. Im Vergleich zu alldem schien der mir zugewiesene Raum geradezu opulent. Ich schloß die Tür und begann gerade, mich auszuziehen, als ich an der Verbindungstür zum Nachbarzimmer ein leichtes Klopfen hörte.

Mit nacktem Oberkörper und barfuß, machte ich die Tür auf. »Gena. Ich hoffe, ich habe dich nicht geweckt.«

Wie sie in ihrem langen Nachthemd dastand, ihr goldenes Haar zu einem dicken Knoten gesteckt, sah sie auf beängstigende Weise ihrer Großtante ähnlich – als ich Herzspalter zurückforderte. Nur Genas veilchenblaue Augen unterschieden sie von Larissa. In ihrem Gesicht konnte ich erkennen, daß sie schon geschlafen hatte, wenn auch nicht gut.

»Ich hörte deine Tür gehen, und deswegen wollte ich nachsehen, ob du deine Wanderungen heil überstanden hast.« Sie zwang sich zu einem Lächeln und fächelte mit der Hand vor meinem Gesicht. »Du hast getrunken.«

Ich nickte, als ich von der Tür zurücktrat. »Das habe ich tatsächlich, Gena.«

»Und mit den Huren getrieben hast du's auch?« Sie sagte das ganz beiläufig, aber ich hörte doch den verletzten Ton in ihrer Frage.

»Mit den Huren? Ich? Das ist nicht wahr.« Ich zuckte die Schultern. Das Bier machte allerdings die Bewegung schlapper als ich beabsichtigte. »Welche Frau könnte an einem Mann Interesse haben, der so alt ist, daß er schon wieder Mutterboden sein könnte?«

»Der Edle Herr unterschätzt, wie ausgezeichnet er konserviert worden ist.«

»Die Edle Frau vergißt, daß ich mich an ein Aurium erinnere, in dem die Fischers in einem Langhaus lebten mit einem Fußboden aus gestampftem Lehm und irgendeinem Mädchen, das wahrscheinlich Berengars Großgroßgroßgroßgroß« – ich versuchte, mit meinen Fingern mit den zahlreichen ›Groß‹ Schritt zu halten, aber es gelang mir nicht – »Großmutter war und hartnäckig die Bereitschaft ausdrückte, mit mir das Lager zu teilen. Und ich denke immer an Larissa.«

Ich fühlte, wie mir das Blut zu Kopf stieg und mein Ärger zunahm. Mir war nur nicht klar, warum ich mich so aufregte, und deswegen hielt ich meine Gefühle im Zaum. »In mehr als fünfhundert Jahren hatte ich kein einziges Mal die Gelegenheit, in einer Kneipe zu sitzen, die Leute zu beobachten und ihnen zuzuhören. Und auch jetzt, als ich mit dir und Berengar unterwegs war, hatte ich keinen Kontakt mit gewöhnlichen Leuten, wenn man mal von dem Fest des Kaisers und dem Kontakt mit den Soldaten des Stählernen Haufens absieht.«

Gena sah betrübt drein. »Ich hatte wirklich nicht die Absicht, dich zu ärgern.«

»Ich weiß, und das hast du auch in Wirklichkeit gar nicht getan.« Ich machte eine Pause, um meine Gedanken zu ordnen. »Es ist nur, weil du mich ins Leben zurückgeholt und daran erinnert hast, was es bedeutet, Neal Elfwart zu sein. Ich brauchte jetzt einfach die Berührung mit einfachen Menschen, um mich zu erinnern, wie es einmal war, bevor ich Neal Elfwart wurde.«

»Aber du warst immer etwas Besonderes.«

Ich lachte. »Sicher war ich anders. Aber es gab auch mal eine Zeit, zu der ich genau wußte, *warum* ich mir die ganze Verantwortung auflud. Ich hatte damals das Gespür für das, was die einfachen Leute wollten, was sie fühlten und was sie fürchteten. Und das wollte ich wiederentdecken.«

»Sind die Gefühle und Ängste dieser Menschen denn so verschieden von denen Berengars oder des Kaisers?«

Ein ganz bestimmter Unterton in ihrer Stimme ließ mich ahnen, daß sie eigentlich eine ganz andere Frage stellen wollte. Aber ich konnte nur Antwort geben auf das, was sie auch gefragt hatte. »Sie sind verschieden. Der Kaiser, die Fischers, die Riverens und all die Adligen, die wir in Jarudin trafen, sind weit abgehoben von den Schrecken des Alltags, vom täglichen Kampf ums Dasein. Die Sorgen der einfachen Leute drehen sich darum, ob sie genug zu essen haben oder ob sie das Geld für die Steuer zusammenkratzen können. Menschen wie Berengar lassen ihre Gedanken darum kreisen, ob ein Wein nach zehn Jahren Lagerung schon so weit ist, daß man ihn Leuten servieren kann, die man beeindrucken will. Und der Kaiser kann seine ganze Zeit damit zubringen, die Geschichte des Reichs detailgenau zu rekonstruieren – zugegeben ein nobles Anliegen, aber meilenweit vom Kampf um die nackte Existenz entfernt, den so viele führen müssen.«

Ich sah sie gespannt an. »Was sind denn nun eigentlich *deine* Sorgen und Ängste, Genevera?«

Sie setzte zu einer Antwort an, unterbrach sich aber selber. Sie verschränkte ihre Arme vor der Brust, und mit der rechten Hand spielte sie mit dem Ring an ihrer silbernen Halskette. »Ich habe manchmal Angst, Neal. Heute nacht fürchtete ich – weil dein Abschied so sehr dem von Durriken glich –, daß wir dich so finden würden wie wir ihn einst fanden.«

»Umgebracht mit den Acht Schnitten?«

»Ja«, flüsterte sie heiser.

Ich spürte in ihr die gleiche Sorge, die ich damals bei ihrer Großtante bemerkt hatte, als man Aarundel und Marta entführt hatte. Damals hielt uns das harte Gesetz der Elfen auseinander. Und obwohl ich sofort zu Gena hingehen und sie in meine Arme nehmen wollte, zögerte ich auch jetzt. Ich machte einen ersten Schritt zu ihr hin, blieb stehen und machte dann wieder einen unsicheren Schritt.

Sie hob den Kopf und streckte den linken Arm aus, um mich auf Abstand zu halten. »Nein, nein, laß nur. Ich verstehe deine Hemmungen, die Arme nach mir auszustrecken. Ich verstehe sie wirklich.« Der Ring glänzte und glitzerte, als sie ihn zwischen Daumen und Zeigefinger hin und her bewegte. »Das hier waren die Zimmer, die Berengar Rik und mir zugewiesen hatte, als … ehe Rik starb. Dieser Ring ist alles, was mir von ihm geblieben ist.«

»Das, die Blitzdrachen, und die Erinnerungen.«

»Ja, und die Erinnerungen.« Tränen stiegen ihr in die Augen, liefen ihr über die Wangen und ließen sie glänzen, so wie der Tau eine Rose glänzen läßt. »Und diese Erinnerungen machen mir deutlich, daß ich Durriken gerade jetzt vermisse – vielleicht ebensosehr wie du meine Großtante vermißt. So sehr ich jetzt Trost in deinen Armen finden möchte, in einer Umarmung, fürchte ich doch, daß das zu etwas führen könnte, auf das wir danach vielleicht nur mit gemischten Gefühlen zurückblicken würden.«

Ihre leisen Worte ernüchterten mich, und mir wurde klar, daß sie recht hatte. So wie ich für sie eine Verbindung zu ihrer Vergangenheit war, verband auch sie mich mit meiner. In ihr konnte ich jenen Frieden finden, den ich wegen der Gesetze, die Larissa und mich auseinander hielten, nie erfahren hatte. Und sie konnte in mir ein Zurück zu jenen Tagen vor Durrikens Tod finden, und vielleicht sogar zu den einfacheren Tagen, ehe sie Cygestolia verließ. Jeder von uns beiden war wie Balsam für die Wunden des anderen, aber jeder von uns beiden fürchtete sich auch davor, daß dann vielleicht sogar keine Narbe mehr bliebe. Das wäre uns wohl so wie Verrat vorgekommen, wie Verrat an den Menschen, die wir so innig geliebt hatten.

Gena zitterte. »Als Rik starb, fühlte ich mich so, als hätte ich ihn verraten, einfach nur weil ich nicht bei ihm war und seinen Tod vielleicht hätte verhindern können. Ich bin, immerhin, eine Zauberin, die es fertigbrachte, dich von den Toten zurückzuholen. Nur für ihn konnte ich nichts tun.« Sie warf mir einen Blick zu und lächelte traurig. »Rein verstandesmäßig weiß ich natürlich, daß du ein Sonderfall warst, daß bei dir Umstände zusammenkamen, die mit seinem Fall überhaupt nicht zu vergleichen sind. Und trotzdem nagt die Sache immer mehr an mir. Und wenn er jetzt auch in der Gruft der Fischers liegt, auf einem Ehrenplatz, muß er sich doch über mich ärgern, weil ich überhaupt nichts unternommen habe, ihn zu rächen.«

»Hätte er Rache wirklich gewollt?«

»Ja. Nein. Ich weiß es nicht.« Sie sah mich flehentlich an. »Rik war ein Mann, der lange Sklave gewesen war und sich seine Freiheit schwer erkämpft hatte. Wer immer ihn auch ermordete, der nahm ihm diese Freiheit wieder weg. Ich glaube schon, daß er gerächt werden möchte. Und vielleicht wird er das ja auch, wenn du heute abend den Knoten durchhaust und damit den Fischers die Freiheit gibst, gegen die Riverens und die Haladina vorzugehen.«

»Was du sagst, klingt einleuchtend.« Ich nickte ihr zu und streckte die Hand aus. »Darf ich mir den Ring einmal ansehen?«

Sie löste ihn und gab ihn mir. »Sei vorsichtig. Ein Stück der Fassung dreht sich und gibt eine Nadel frei. Er nannte ihn einen Schlagtot- oder Meuchelring.«

»Von solchen Ringen habe sogar ich schon gehört.« Ich folgte ihrem Hinweis und brachte diese kleine Nadel zum Vorschein, wobei sich sofort ein süßlicher, widerwärtiger Duft bemerkbar machte. »Dieser Ring gehörte Durriken?«

»Ursprünglich Lord Orvir. Er war Berengars Bruder. Er starb schon vor vielen Jahren – vermutlich als er von Haladina gejagt wurde oder von deinem Geist, je nachdem welcher Geschichte man Glauben schenkt.« Gena nahm den Ring wieder an sich. »Graf Berengar schenkte Rik diesen Ring und den Titel, so daß er seine Blitzdrachen ganz legal auch in Aurdon führen konnte. Ich denke lieber an jenen Rik zurück, der er in der Nacht gewesen ist, als Berengar ihm diesen Ring gab, und nicht an den, der er war, als man ihn fand.«

»Das kann ich gut verstehen.« Ich lächelte ihr – wie ich hoffte – beruhigend zu. »Und ich würde mir keine Gedanken mehr darüber machen, ob Durrikens Geist böse mit dir ist oder nicht. Laß dir das von einem Mann sagen, der tot gewesen ist: Zu wissen, daß ich im Herzen eines liebenden Menschen fortlebte, nur das machte mir die Ewigkeit erträglich.«

Diese Worte brachten tatsächlich wieder ein Lächeln auf ihr Gesicht. »Du bist sehr freundlich, Neal Custos Sylvanii.«

»Freundlich? Ich sage hier nichts als die Wahrheit, und du und ich, wir wissen es auch, daß das die Wahrheit ist.«

Sie nickte. »Ich kann nur hoffen, daß du recht hast.«

»Schlaf eine Nacht darüber, Gena, dann wirst du sicher sein, daß es so ist.«

Sie ging langsam in Richtung der Verbindungstür zu ihrem Zimmer. »Und wie werde ich es *wissen*, daß es so ist?«

Ich zwinkerte ihr zu. »Du wirst einen süßen Traum haben, und dann kannst du sicher sein.«

Meine Träume waren nicht ganz so süß, blieben aber gerade noch unterhalb der Schwelle von Alpträumen, denn sie spielten sich erst nach Sonnenaufgang ab. Ich träumte alles mögliche wild durcheinander, alles, das ich jemals erfahren, geargwöhnt oder gefürchtet hatte – und alles auf einem surrealen Schlachtfeld gemischt. Ich stand allein einer ganzen Armee gesichtsloser Individuen gegenüber. Die Hälfte von ihnen erkannte ich als jene wieder, die vor langer Zeit an meiner Seite gekämpft hatten und gefallen waren. Weder sie noch ihre Rüstungen hatten den Zahn der Zeit gut überstanden, und ihr ununterbrochenes, verzweifeltes Wehklagen schien mir etwas mitteilen zu wollen; ich kam nur nicht dahinter, was.

Bei der anderen Hälfte der Kombattanten meines Traums schien es sich um Krieger aus der Zeit zu handeln, in der ich jetzt lebte. Sie handhabten Rapiers, die meinen Paraden mit katzenhafter Beweglichkeit auswichen und mit der Unberechenbarkeit einer Viper trafen. Als sie sich zurückzogen, traten Reihen von Blitzdrachenschützen vor, die eine Salve nach der anderen auf mich abfeuerten. Mit jeder Kugel, die mich traf, durchlebte ich die Schmerzen noch einmal, die die eine oder andere Narbe an mir hinterlassen hatten. Mir wurde klar, daß der Krieg in den fünf Jahrhunderten seit meinem Tod nicht weniger grausam geworden war, sondern daß nur die Instrumente, mit denen man Schmerz und Tod zufügen konnte, an Raffinesse gewonnenen hatten.

Obwohl ich nur unstet und phasenweise schlief, wurde ich erst spät am Nachmittag richtig wach. Am Fußende meines Bettes lag ein Satz zusammenpassender Kleidungsstücke bereit. Zum Tragen über dem weißen Hemd war eine Jacke aus braunem Wildleder vorgesehen. Die Ärmel hatten Schlitze, unter denen das smaragdgrüne Unterfutter aus Satin zum Vorschein kam. Die Hosen, die mir nur bis zum Knie reichten, waren aus braunem Samt und farblich auf die Jacke abgestimmt. Die Strümpfe paßten zum Smaragdgrün der Ärmel. Und außerdem hatte man mir ein Paar brauner, dreieckiger Wildlederstiefel bereitgestellt. Ein ebenfalls dreieckiger Hut mit einer lächerlich langen Feder sollte meine Ausstattung vervollständigen – aber ich hätte noch eher einen der Schuhe auf dem Kopf getragen als so ein Ding mit dieser Feder.

Ich wusch mich schnell, zog mich an und war überrascht, wie gut mir die Kleider paßten. Ich fühlte mich darin beträchtlich jünger als ich tatsächlich war – und sogar jünger als ich aussah. Nur die Kopfbedeckung, das war mir von vornherein klar, tat meiner Männlichkeit Abbruch. Ich legte mir den Gürtel um und steckte Wespe in die Scheide. Während ich den Armreif überstreifte, den ich vor so langer Zeit gefertigt hatte, sah ich mich nach Herzspalter um. Ich konnte das Schwert nirgendwo sehen und geriet für einen Moment in Panik, bis mir wieder einfiel, daß ich es am Vorabend Gena anvertraut hatte.

Ich klopfte an ihrer Tür, und sie bat mich herein. Ich hatte kaum einen Schritt in ihr Zimmer getan, da war auch schon jeder Anflug von Eitelkeit, den ich gehabt haben mochte, wie weggeblasen. Zwei junge Frauen wandten sich von Gena ab und kicherten über meinen verdatterten Gesichtsausdruck, aber ich hatte keinen weiteren Blick mehr für sie übrig. Denn niemals zuvor hatte ich so etwas Schönes wie Gena gesehen.

Ihr goldenes Haar war so gebürstet worden, daß es wie Seide glänzte. Es fiel ihr über die Schultern und paßte wunderbar zum Veilchenblau ihres Kleides aus Atlasseide. Von ein paar Knöpfen zusammengehalten, umfloß es sie mit Rüschen und Falten. Es lag eng an ihrem flachen Bauch und entfaltete sich darunter in angekrausten Röcken. Das Kleid betonte prachtvoll ihre natürliche Würde, die während unserer langen Reise gar nicht so zum Ausdruck gekommen war. Es betonte ihren wohlgeformten Busen, und ihre zarten Hände steckten in lavendelfarbenen Spitzenhandschuhen. Vollendet aufgetragene Schminke verlieh ihrem Gesicht mit seinen interessanten unmenschischen Zügen eine betörend exotische und verführerische Note.

Völlig überrascht von dieser strahlenden Erscheinung, stellte ich mir die Frage, wie dieselbe Genevera, die ich unterwegs so ganz anders erlebt hatte, über Nacht zu einer so schönen Blume hatte erblühen können. Mir wurde klar, daß ihr diese Schönheit schon immer zu eigen war, und daß sie sich auch schon zum Empfang des Kaisers festlich gekleidet hatte, daß ich aber einfach unfähig gewesen war, diese Schönheit zu erkennen. Es mußte in meinem Kopf irgendeine Sperre gegeben haben, die mich daran hinderte, auch zu begreifen, was meine Augen mir zeigten.

Von Anfang an, gleich als ich mich entschlossen hatte, sie und Berengar auf der Suche nach dem Schwert zu begleiten, hatte ich in Gena nur Larissa gesehen, und diese Erinnerung an meine alte Liebe hatte mich verwirrt. Und dann, als Gena von Tacorzi arg mitgenommen worden war, konnte ich mir sie wirklich nicht so vorstellen, wie sie jetzt vor mir stand. Während der Reise von Jarudin nach Aurdon schließlich war ich ganz davon absorbiert, meine Beobachtungen über die Welt von heute zu machen und mit meinen Erinnerungen an die Welt von damals in Einklang zu bringen.

Ich breitete meine Arme aus, unfähig zu sprechen.

Sie lachte und schlug schüchtern die Augen nieder.

Auch ich blickte zu Boden. »Deine Schönheit rechtfertigt die Entscheidung der Consilliarii, deinen Eltern und Großeltern die Genehmigung für Kinder zu erteilen, aufs vortrefflichste.«

Sie deutete ein anmutiges Nicken an und sagte lächelnd: »Für einen Mann, der von sich sagt, er sei so alt, daß er nur noch als Mutterboden tauge, bist eigentlich auch du ganz ansehnlich. Ich kann gut verstehen, daß der Falbe Wolf nicht nur für seine Kühnheit im Kampf berühmt war.«

Ich mußte lachen. »Nach all diesen Worten zögere ich geradezu, jetzt noch um mein Schwert zu bitten.«

Gena zeigte auf den Tisch, auf dem das Schwert in seiner Scheide lag. Ich nahm es und gürtete es an meiner linken Hüfte. Dann verbeugte ich mich förmlich vor Gena. »Hochedle Frau, darf ich Sie um die Ehre bitten, Sie auf das Fest begleiten zu dürfen?«

»Es wäre mir ein Vergnügen.«

Die beiden Dienerinnen kicherten und glucksten, als Gena meinen rechten Arm ergriff. Ich versteifte mich einen Moment, weil das bedeutete, daß ich Herzspalter nicht schnell genug ziehen konnte, falls es einmal sein mußte. Gena aber auf der andern Seite zu haben, würde bedeuten, daß das Schwert zwischen uns war, und das wollte ich auch nicht. Die Dienerinnen machten die Tür für uns auf, und ich ließ Gena mir voran hinausgehen.

Weil sie das Gebäude natürlich besser kannte als ich, wußte sie, wie wir zu gehen hatten. Bald hatten wir die Treppe in der südwestlichen Ecke eines großen und

hohen rechteckigen Saals erreicht. Vor uns, an der West-
wand des Raums, saß die Kapelle und spielte einfache
und gesetzte Weisen. Die Treppe führte ostwärts hinunter, machte einen Knick in entgegengesetzter Richtung
und erlaubte so allen, die schon unten im Saal versammelt waren, unseren Auftritt zu beobachten.

Die wogende Menge unter uns kam mir genauso
merkwürdig zusammengewürfelt vor, wie es die Gäste-
schar des Kaisers gewesen war. Uns am nächsten erkannte ich Berengar und genug andere von ähnlichem
Wuchs und Gesicht, um daraus zu schließen, daß die
Saalfläche um den Fuß der Treppe die Domäne der Fischers war. Das konnte nur bedeuten, daß es sich bei
der nervös durcheinander wimmelnden Gruppe am
entgegengesetzten Ende des Saals um die Riverens
handelte. Und die Leute, die dazwischen standen,
kamen aus der wohlhabenden Schicht der Erfolgrei-
chen, was bedeutete, daß ich bei meinem nächtlichen
Streifzug durch Aurdon kein einziges dieser Gesichter gesehen haben konnte. Nur vier Männer stellten die
Ausnahme von der Regel dar, die man – hätten sie
nicht unglaublich vornehme Gewänder getragen – für
Räuber hätte halten können.

Noch ehe wir nach unten kamen, hatte in der Mitte
des Saals ein ungefähr rechteckiger, mit einem blau-
samtenen Tuch zugedeckter Klumpen auch unsere Aufmerksamkeit angezogen. Man hätte der Form nach, die
sich unter dem Tuch abzeichnete, an einen Schrank
oder ein ähnliches Möbelstück denken können. Aber
was hätte ein Schrank auf einer Tanzfläche zu suchen
gehabt?

Als wir den Raum betraten, war es zweifellos Genevera, die die Blicke der meisten Anwesenden auf sich
zog. Die Tatsache aber, daß ich der einzige war, der ein
Schwert an seiner Seite trug, war sicher das verbreitet-
ste Gesprächsthema. Man fand mich offenbar ebenso
bäuerisch, wie man Gena entzückend fand. Zu einem

gesellschaftlichen Anlaß von diesem Rang mehr als einen Dolch zu tragen, zeugte offenbar von fragwürdigem Geschmack. All die Frauen, die Gena durch einen Schleier der Eifersucht betrachteten, bemitleideten sie zugleich dafür, daß sie in einer Begleitung war, während die Männer witzeln mochten, ich trage das Schwert nur deswegen, um sie von der betörenden Frau an meiner Seite abzuwehren.

Berengar empfing uns am Fuß der Treppe und verneigte sich tief. Als er sich wieder aufrichtete, gab er der Kapelle ein Handzeichen, und die Musik erstarb. Sein schwarzsamtener Anzug war von ähnlichem Schnitt wie meiner. Doch ließen die Schlitze in seinen Ärmeln darunter die gleiche Farbe sehen wie Genas Kleid. Auch er hatte die kleine Mütze, die ich mit meinen Kleidungsstücken erhalten hatte, verschmäht. Und er trug – natürlich – kein Schwert.

Er erhob die Stimme – was gar nicht nötig gewesen wäre – und wandte sich an alle, die im Saal beisammen waren. »Freunde, Verwandte, Mitglieder des Ältestenrats und liebe, verehrte Gäste! Ich bin glücklich, euch alle hier begrüßen zu können. Dieser Abend wird für immer in die Geschichte Aurdons eingehen. Er ist nicht mehr und nicht weniger als das Echo auf einen Abend vor fünfhundert Jahren, an dem uns ein verpflichtender Schwur auferlegt wurde, ein Schwur, der diese Stadt und ihr inneres Gesetz bis heute bestimmt.«

Berengar geleitete uns durch die Menge zu dem mit Samt verhangenen Quader. »Wie ihr alle wißt – und wie euch wiederholt in Erinnerung gerufen wurde –, war unsere Stadt vor fünfhundert Jahren, also noch bevor das Reich entstanden ist, gespalten – wegen eines Konflikts zwischen zwei großen Familien. Söldner, die im Dienst des Roten Tigers standen, kamen nach Aurium und erzwangen durch die Schaffung der Familie Knott den Frieden zwischen den Fischers und den Riverens.«

Er streckte den Arm aus und zog das riesige Tuch von dem Gegenstand weg, den es bis dahin verhüllt hatte. Der Vorhang fiel zu Füßen eines Schranks mit gläsernen Wänden, dessen ebenfalls gläserne Türen sich zu uns hin öffneten. Darin hingen, über fächerförmig dekorierten Schwertern im untern Teil des Schranks, die Ärmel, die ich selbst vor so langer Zeit verknotet hatte. Ismeres blauer Ärmel war im Lauf der Zeit verblichen, während der grobgewebte, naturfarbene Ärmel von Rufus gelbstichig geworden war; aber insgesamt waren die Stoffe noch besser erhalten, als ich vermutet hätte. Vielleicht *hatte* der Fluch, den ich in dieser Nacht ausgesprochen hatte, daran seinen Anteil. Ohne daß ich es wollte, überkam mich beim Anblick der verknoteten Ärmel wieder die Aufregung, die ich in dieser lange zurückliegenden Nacht hinsichtlich Auriums und der beiden Familien gespürt hatte.

Berengar wartete, bis das Tuscheln, das sich in der Menge erhoben hatte, verstummt war, ehe er fortfuhr. »Ihr alle wißt, daß ich vor einiger Zeit wegen einer wichtigen Nachforschung von hier weggegangen und daß ich – erfolgreich – zurückgekommen bin. In der Nacht, in der diese Ärmel miteinander verknüpft wurden, verpflichtete Neal Roclawzi die Fischers und die Riverens zur Zusammenarbeit, jedenfalls solange, bis sein Dolch Wespe und sein Schwert Herzspalter den Knoten, den ihr vor euch seht, wieder durchschneiden würden. Meine Nachforschungen galten diesen beiden unverzichtbaren Klingen, auf daß diese erzwungene, falsche Allianz für immer beendet würde.«

Das führte zu einem Durcheinander wütender Proteste auf der Nordseite des Saals, aber Berengar ignorierte alle Zwischenrufe. Als die Menge dichter aufschloß, deutete er auf mich. »Diese Nachforschung führte mich und meine Gefährten von hier nach Jarudin, nach Cygestolia und sogar in die Frostfelder hoch oben im Norden. Wir beschafften nicht nur die Waffen, die wir brauchten, sondern der Edlen Frau Genevera von Waldeshöhe gelang es auch, Neal Roclawzi ins Leben zurückzuholen, auf daß er ungeschehen mache, was er einst getan.«

Ich wollte das Wort ergreifen, aber noch bevor ich anfangen konnte, wurde bei den Riverens gebrüllt: »Schwindel! Schiebung! Betrug!« Ich glaube nicht, daß sie mit diesen Rufen gezielt Verwirrung stiften wollten, sondern daß es sich dabei um den ehrlichen Ausdruck der Bestürzung, des Unglaubens und der Wut über das handelte, was Berengar gesagt hatte. Kein Wunder, denn schließlich hatten schon die Gerüchte über Berengars Heimkehr genügend Ängste bei ihnen ausgelöst. Und als sie ihn dann noch behaupten hörten, er habe Neal Roclawzi nach Aurdon zurückgebracht, nachdem dieser fünf Jahrhunderte im Grab gelegen hatte, mußten sie das doch für eine unverschämte Lüge halten.

Vermischt mit ihren Rufen hörte ich ganz in meiner Nähe ein Knurren und einen Schrei. Als ich mich umdrehte, um deren Herkunft auszumachen, waren ein wutverzerrtes Gesicht und ein blitzender Dolch, der auf mich niederfuhr, alles was ich sah.

Leuchtende Früchte, grausames Gift

Winter
A.R. 499
Die Gegenwart

Gena spürte, wie Neal sich plötzlich von ihr abwandte, noch ehe sie die geringste Ahnung hatte, daß etwas nicht stimmte. Sie drehte sich zu ihm hin und sah etwas Silbernes blitzen, das sich auf einen Schlag schaumig rot färbte, als Neal mit dem linken Unterarm einen Dolch parierte. Und dann klang es, als spalte eine Axt einen Holzblock, als seine Faust mit einem rechten Schwinger mitten im Gesicht des Angreifers landete. Dem Attentäter knickten die Beine ein, und das Blut spritzte aus seiner gebrochenen Nase. Er schlug hart am Boden auf, während Neal sich auf den Knien krümmte und einen Arm an den Leib drückte.

Sie fiel neben ihm auf die Knie. »Wie schwer bist du verletzt?«

Neal zischte und zeigte ihr den linken Arm. Der Dolch war durch den Jackenärmel gefahren und hatte an der Innenseite des Unterarms eine eklige Schnittwunde hinterlassen. Blut quoll heraus und rann in den Ärmel. »Ich habe schon Schlimmeres überlebt, aber manchmal verursachen die oberflächlichen Wunden die gräßlichsten Schmerzen.«

Gena raffte ihr Kleid hoch und riß von einem ihrer weißen Unterröcke einen Streifen ab. »Kein Heilzauber, stimmt's?«

Neal sah sie an und mußte lächeln. »Stimmt.« Er riß

den Rest seines Ärmels ab und ließ sie die Wunde verbinden. Der weiße Verband verfärbte sich schnell rot, weshalb sie einen weiteren Stoffstreifen abriß, den sie etwas strammer um die Wunde wickelte.

Berengar fiel über den Attentäter her und riß ihn am Kragen wieder auf die Beine. »Aha, Titus Riveren!« Er schüttelte ihn, und da sah Gena, daß das blutende Etwas nicht viel älter als ein Junge war. Hätte nicht das Blut aus der Nase sein Schnurrbärtchen dunkel gefärbt, hätte sie's wahrscheinlich gar nicht bemerkt, denn es hätte sich – genau wie seine blonden Augenbrauen – gegen die helle Haut nicht abgehoben. »Welche Schweinerei ist hier im Gange?«

Der verstörte Junge brachte keinen zusammenhängenden Satz zustande. Auf seinen Lippen bildeten sich rote Bläschen. Das Blut troff aus seiner Nase über Mund und Kinn und tropfte auf den Boden. Hätte Berengar ihn nicht wie ein Kaninchen am Nacken gehalten, wäre er sofort wieder zusammengesackt. Gena empfand Mitleid mit ihm.

Berengar hielt ihn hoch. »Hat es auch jeder gesehen? Dieses Mitglied der Familie der Riveren hat einen Anschlag auf den Mann versucht, der die Deckung zerreißen wollte, hinter der sie sich verstecken. Braucht es noch mehr Beweise für ihre unehrenhafte und niedrige Gesinnung? Schon als Säugling an der Mutterbrust lernen die Riverens, jemanden in den Rücken zu stechen. Um wieviel bösartiger müssen sie nicht als Erwachsene sein! Und welcher Erwachsene, der nur einen Funken Verantwortungsgefühl hat, würde schon ein Kind als Attentäter benutzen?«

Er ließ den Jungen los, und sofort sackte Titus wie ein knochiges Häufchen Elend zu Füßen des großen Berengar zusammen. Der Graf sah auf Neal herunter und streckte die Hand aus. »Gib mir Herzspalter, damit ich den Streich führen kann, der den Fischers die Freiheit gibt, den Anschlag auf dich zu rächen.«

Neal stand langsam auf und schüttelte den Kopf. »Ich denke doch, Berengar, daß ich auch früher niemanden brauchte, um mich zu rächen, ich will damit auch jetzt nicht anfangen.«

»Selbstverständlich, Neal.« Berengar ging zu dem gläsernen Schrank und öffnete die Türen. »Hier also, gebrauche dein Schwert, um den Knoten zu durchhauen. Dann werden wir Fischers dich bei der Vernichtung der Riverens unterstützen.«

Doch wieder schüttelte Neal den Kopf. »Wenn du glaubst, daß die unbedachte Handlung eines Kindes verlangt, daß man seine Familie umbringt, dann bin ich heilfroh, daß es den Knoten noch gibt. Und selbst wenn Titus mich tatsächlich *töten* wollte, dann glaube ich nicht – denn seine Klinge war nicht vergiftet! – daß ihn irgend jemand dazu angestiftet hat. Ich möchte vielmehr erst eine Antwort auf ein paar Fragen, ehe ich die Fischers und die Riverens gegeneinander antreten lasse.«

Berengar erstarrte. »Fragen kannst du später stellen. Gib mir das Schwert, damit *ich* den Knoten durchhauen kann.«

»Laß ihn erst ausreden!« rief jemand im Saal.

»Das Schwert, Neal, jetzt! Du weißt nicht, was auf dem Spiel steht!«

Gena spürte eine kompromißlose Entschlossenheit in Neal, die sich im Blitzen seiner grünen Augen widerspiegelte. Sie stand ebenfalls auf und zog sich zurück, machte den Platz zwischen ihm und Berengar frei.

Neals Stimme grollte wie die eines Wolfes, nachdem man ihm seinen Beinamen gegeben hatte. »Oh, ich glaube, daß ich sehr gut weiß, was gespielt wird. Ich habe mich gestern in eurer Stadt umgehört und dabei eine Menge erfahren.«

Berengar kniff die Augen zu Schlitzen zusammen. »Ich habe keine Ahnung, wovon du sprichst.«

»Nein? Ich denke doch. Aber ich glaube, daß nicht

mal deine Familie weiß, wie weit du gegangen bist.«
Neal sah zu den Fischers hinüber und sprach sie an.
»Ihr habt daran geglaubt, daß Berengar das Schwert
zurückbringen würde, um den Knoten zu durchhauen,
und Ihr wußtet, daß das Krieg bedeutete. Deswegen
habt Ihr Söldner nach Aurdon geholt. Vier Kompanien
mindestens und ihre Hauptleute sind schon hier in der
Stadt. Vielleicht war euch nicht mehr bewußt, daß ich
auch einmal eine Einheit Söldner kommandiert habe,
aber ich erkenne sie auf den ersten Blick und erkenne
den Jargon. Ihr mögt euch schlau vorgekommen sein,
daß ihr sie in die Stadt gebracht und ihre Ausrüstung in
einem eurer Lagerhäuser versteckt habt. Ihr habt aber
nicht bedacht, daß gutgebaute, kräftige Männer, die mit
dem Gold der Fischers in der Stadt nur so herum-
schmeißen, die Aufmerksamkeit der Wirte, Händler
und der armen Leute auf sich ziehen.«

Neal lächelte verbindlich. »Ist euch darüber hinaus
das schon lange kursierende Gerücht über eine Eisen-
gießerei am Orvirsee bekannt, in der angeblich Blitzdrachen hergestellt werden? Man sagt, daß dort schon um
die zehntausend dieser Waffen auf Lager sind, mehr als
genug, um die in eurem Sold stehenden Männer damit
auszurüsten. Was braucht ein ehrgeiziger, machthungri-
ger, aber aussichtsloser Erbe des Kaiserthrons mehr, um
seinen Anspruch durchzusetzen und Konkurrenten aus-
zuschalten? Und mit Herzspalter und der damit verbundenen Prophezeiung könnte er sich sogar ausmalen,
das ganze Reich an sich zu reißen.«

Berengar schüttelte den Kopf. »Haltlose Phantasien
eines Menschen, dessen Hirn verrottete, während er in
der Gruft lag.«

»Sicher, ich hätte mir das alles auch bloß ausdenken
können, wenn da nicht noch andere Tatsachen wären.«
Neal richtete den Blick auf Gena, und da spürte sie, wie
ihr kalt wurde. »Ich weiß, daß du Durriken ermorden
ließest.«

»Das ist ja grotesk.«

»Woher weißt du das, Neal?« Gena starrte die beiden Männer an, und jeder freundliche Gedanke, den sie jemals über Berengar hatte, verwandelte sich in einen Stachel in ihrer Seele. »Wie kannst du da so sicher sein?«

»Durrikens Blitzdrachen und Graf Orvirs Ring wurden dir übergeben, nachdem Durriken den Tod der Acht Schnitte gestorben war. Die Bräuche der Haladina mögen sich seit meiner Zeit ein wenig geändert haben, aber der Tod der Acht Schnitte war immer nur für *haladinische* Verräter bestimmt. Und Durriken war doch kein Haladina, oder?«

Gena schüttelte wie betäubt den Kopf.

»Und selbst wenn die Haladina sich in diesem Punkt geändert hätten, hätten sie nach Durrikens Tod doch niemals die wertvollen Blitzdrachen und den Ring an der Leiche gelassen. *Diesen* Fehler machten die Reith schon vor fünfhundert Jahren, und so machte ich das Schwert ausfindig. Berengar hat Takrakors Schnitzer hier und jetzt wiederholt.«

Berengar ließ ein gezwungenes Lachen hören. »Nichts als Spekulation! Du bietest keinen Beweis dafür an, daß ich mit Durrikens Tod etwas zu schaffen hatte. Genausogut hätten ihn die Riverens getötet haben können oder eben die Haladina, die nur verscheucht wurden, ehe sie seinen Leichnam ausplündern konnten.«

Neal schüttelte den Kopf und deutete auf den Ring, der an der Halskette hängend flach auf Genas Brustansatz lag. »Schon in meiner Jugend war ein Meuchelring nichts Unbekanntes. Durriken trug ihn auch an seinem Todestag, und er begriff erst zu spät, daß deine Leute, Berengar, gekommen waren, um ihn zu ermorden. Er konnte seine Blitzdrachen nicht mehr einsetzen, aber wenigstens einen erwischte er mit dem Ring. *Du* magst beliebt sein in Aurdon, Berengar, aber dein Vetter Waldo war es nicht. Nur zu gern haben mir die Leute die Geschichte von der angeblichen Lebensmittelvergiftung erzählt, an der Waldo ausgerechnet am Tag der Ermordung Durrikens gestorben sein soll.«

Neal ließ seinen Blick über die Menge schweifen und schüttelte den Kopf. »Ich glaube, Berengar, daß du entschlossen warst, dir mit Hilfe Herzspalters ein Reich zu erobern, und daß du deswegen aufgebrochen bist, es zu finden. Die Behauptung, du wolltest deine Familie von meinem Fluch befreien, war nur ein Winkelzug zur Ablenkung. Und da die Edle Frau Genevera auch nur noch mit dem Gedanken beschäftigt war, Durriken zu rächen, bemerkte sie die vielen Fingerzeige nicht.«

Der Graf blickte hochmütig auf Neal herab. »Aber du hast sie bemerkt?«

»Bürschchen, als du anfingst, lüsterne Blicke auf mein Schwert zu werfen statt auf diese schöne Frau, da mußte das doch sogar ein mit Blindheit Geschlagener bemerken.«

»Neal, du bist ein alter Mann. Deine Zeit ist vorbei. Gib mir das Schwert, dann lasse ich dich für den Rest deines unnatürlichen Lebens in Frieden.«

»So einfach geht das nicht, Berengar. Selbst wenn du mich in Ruhe ließest, würde sich doch mein Gewissen melden.« Neal deutete mit einer Kopfbewegung auf den Schrank. »Du hast doch gehört, was Tacorzi gesagt hat: Dieses Schwert muß entweder freiwillig übergeben oder im Kampf gewonnen werden. Geben werde ich es dir nicht!«

Berengar lächelte lässig, als er aus der Dekoration im Schrank ein Rapier herausnahm. »Dann muß ich es dir geben, oder?«

Gena sah, wie vier militärisch aussehende Männer sich nach vorn drängten und ebenfalls auf den Schrank zueilten. Ihren ganzen Zorn darüber, daß sie an der Nase herumgeführt worden war, verwandelte sie in magische Energie, indem sie mit einer Hand auf den

Schrank zeigte. Ein purpurner Blitz löste sich von ihrer Handfläche und schlug die Schranktüren mit einem lautem Knall zu. Der Rest der Energie verebbte in Zischen und Knistern, und die Luft stank nach Ozon.

Die vier Söldnerhauptleute starrten sie fassungslos an. »Ihr haltet euch raus! Das ist ihr Kampf, es sei denn, ihr wollt ihn törichterweise auch zu meinem machen.«

Berengar salutierte vor ihr. »Bravo und danke. Auch ich wollte keine Einmischung. Du hast meine Ehre gewahrt.«

»Ich mache nichts dergleichen, Berengar.« Ihre Augen schleuderten Blitze der Verachtung und des Zorns. »Du kannst nur noch darum beten, daß Neal dich tötet, denn wenn er's nicht tut, dann tu ich's. Und wenn ich an die Reihe komme, dann werden dir, während du stirbst, die Grausamkeiten der *Eldsaga* wie nette Begebenheiten vorkommen.«

KAPITEL 42

Hieb und Brand

Winter
A.R. 499
Die Gegenwart
Mein 536. Jahr

Ich ließ die kompromißlose Kälte von Genas Worten auf mich wirken und akzeptierte meine Verantwortung, Durriken für sie zu rächen. Und auch dafür, die Perversion all dessen, für das wir vor so langer Zeit gekämpft hatten, zu verhindern. Ich nahm es als meinen Auftrag an, jene zu schützen, die getötet und verstümmelt werden würden, sollten sich Berengars Machtträume erfüllen. Nie zuvor waren die Motive für einen Zweikampf so eindeutig vorgegeben. Irgendwie war ich davon überzeugt, daß dieser Kampf noch wichtiger war als jeder andere, den ich schon ausgetragen hatte.

Als wir Position bezogen, wußte ich, daß es für Herzspalter ein Kinderspiel sein würde, sein Rapier zu Spänen zu zerhacken. Allein auf diese Weise konnte ich ihn leicht besiegen, aber ich entschied mich dagegen. Das hier war ein Kampf zwischen ihm und mir, zwischen dem, was ich verkörperte, und dem, was er werden wollte. Nein, nicht sein Rapier sollte die Rechnung für seinen brennenden Ehrgeiz bezahlen, sondern er selbst.

Mit einem flüsterleisen Zischen fuhr Herzspalter hoch und verharrte in einem Salut vor meinem Gegner. Er war etwas größer als ich, um die Hüften und Oberschenkel aber etwas leichter. Technisch betrachtet, war er ein größeres Ziel, aber seine Größe gab ihm auch die größere Reichweite. Im Stählernen Haufen hatte ich beim Fechttraining mit kleineren Gegnern gelernt, daß Reichweite einen Kampf entscheiden konnte. Doch ich wußte auch, daß in Anbetracht unserer unterschiedlichen Erfahrung in der Praxis dieser Reichweitenvorteil von schätzungsweise einem Zoll nicht unbedingt viel bedeuten mußte.

Berengar salutierte. Die rasiermesserscharfen Schneiden seiner Klinge reflektierten das purpurne Licht, das den gläsernen Schrank umspielte. Er machte einen kurzen Ausfallschritt. Die Spitze seines Rapiers zeigte auf mein rechtes Auge. Herzspalter war auf seine Kehle gerichtet. Die Spitze meiner Klinge beschrieb einen kleinen Kreis, nicht größer als eine Münze. Ich stand auf meinen Fußballen und wartete, denn hier in diesem Saal mußte wohl er den ersten Angriff führen.

Er enttäuschte mich nicht. Als er auf mich eindrang, veränderte er die Haltung seines Rapiers, das nun auf meinen rechten Oberschenkel zufuhr. Ich ließ mein Schwert von links unten hochkommen und eine mächtige kreisförmige Parade beschreiben. So fügte er mir nur eine oberflächliche Schnittwunde zu, während ich seine Waffe ganz an mir vorbeilenkte und ihn dann meinerseits angriff, durch seine Deckung hindurch. Krachend fuhr ihm Herzspalters Griffkorb aus geflochtenem Eisen ins Gesicht. Der Schlag ließ ihn taumeln und in die Knie gehen.

Seiner schwachen Erwiderung wich ich aus, hieb noch einmal zu und traf ihn am Schlüsselbein, durch Samt und Fleisch der rechten Schulter hindurch. Ich wußte, daß er den gleichen stechenden Schmerz empfinden würde wie ich in meiner Wunde auch. Ich tänzelte rückwärts und brachte mein Schwert wieder *en garde*. »Das ist schon einmal *ein* Schnitt.«

Berengar wischte sich mit der linken Hand das Blut von seiner aufgeplatzten Lippe. »Dann steht es unentschieden.«

»Wart's nur ab.« Ich ließ ihn sich wieder aufrappeln und fiel dann gegen seinen Bauch aus. Er parierte hart, und ich folgte mit dem Schwert seiner Bewegung. Dann schwang ich es zurück und verfehlte um Haaresbreite sein Knie, als er zum Gegenstoß ansetzte und seine Klinge unter meinem rechten Arm ansetzte. Er ließ sie hochkommen und suchte unter der Achselhöhle offenbar nach meiner Arterie. Nach einer schnellen Drehung des Handgelenks stieß ich Herzspalters Spitze vor auf seine Augen und drehte gleichzeitig meinen Körper weg von seinem Schwert.

Sein Hieb ging fehl, weil er in einem schnellen Reflex seinen Schwertarm an sich zog, um sein Gesicht zu schützen. Ich setzte meine Drehung fort und präsentierte ihm für einen einzigen, quälenden Augenblick meinen Rücken. Ich wußte, daß er danach schlagen mußte. Also senkte ich mein Schwert und ließ es etwas vor mir ebenfalls einen Bogen beschreiben. Meine Klinge nahm seinen Vorhandschlag auf, aber die fehlende Wucht meiner Drehung erlaubte seiner Klinge gerade noch, meine rechte Flanke zu küssen und die Haut über meinen Rippen zu durchtrennen.

Der Schweiß, der in die Wunde lief, ließ sie sofort brennen, aber ich wich nicht zurück. Als er sein Schwert für einen weiteren, noch schwereren Schlag zurückzog, duckte ich mich und ließ meine Klinge hochkommen. Während sein Hieb über meinem Kopf ins Leere ging, traf ihn meiner schräg über dem Magen und schnitt ihm den Bauch bis zur rechten Hüfte auf. Er stieß einen gellenden Schrei aus. Da ich schon geduckt war, rollte ich mich rückwärts ab und brachte mich mit einem weiteren Salto rückwärts aus seiner Reichweite. Dann stand ich wieder auf.

»Das macht *zwei* Schnitte, Berengar.«

Er ließ ein Knurren hören. »Und wieder steht es unentschieden. Aber am Ende dieses Spiels wird's anders sein.«

Berengar nahm wieder *en garde*-Stellung ein. Mit der Spitze seines vibrierenden Rapiers beschrieb er die Form einer Acht. Ich ließ meine Schwertspitze nach wie vor einen Kreis beschreiben, hob aber den Schwertarm so weit, daß sich meine Hand in Schulterhöhe befand, und die Klinge auf sein rechtes Knie zeigte. Ich stampfte mit dem rechten Fuß auf und machte eine Finte auf sein Bein. Er senkte sein Schwert zu einer tiefen Rundumparade. Doch ich hatte mit einer schnellen Drehung des Handgelenks Herzspalter neu angesetzt, stieß vor und fügte ihm an seiner rechten Flanke eine Schnittwunde zu.

»*Drei* Schnitte.«

Berengar schlug schnell zurück. Er fiel aus und zog zurück, als ich parierte, stieß sofort wieder vor, und ich konnte durch eine schnelle Drehung nach links gerade noch verhindern, daß ich aufgespießt wurde. Aber ganz ohne kam ich doch nicht davon. Seine Spitze traf noch auf eine Rippe, prallte ab und hinterließ einen Schnitt knapp unter der linken Brustwarze, in dem der Schweiß brannte.

Als ich zurückging, setzte er seine Attacke mit kurzen, geraden Stößen auf Beine, Leisten und Bauch fort. Es gelang mir, sie abzuwehren, mehr durch Ausweichen als durch Parieren. Schließlich schaffte er es doch, mir an der linken Hüfte eine kleine Stichwunde zu verpassen. Ich hätte mit meiner freien Hand parieren können, wollte aber keine Finger verschenken.

»*Vier*, Neal, *vier*«, schnarrte er. Noch zwei Hiebe, und er verursachte eine Wunde an der linken Schulter, die ganz genau der glich, die er von mir geschlagen bekam. »Und das macht *fünf*.«

»Wir spielen nicht um fünf.« Ich attackierte ihn. Bei der Beschäftigung mit mir hatte er angefangen, mehr seitwärts als geradeaus zu fechten. Deswegen hatte ich, als ich auf ihn eindrang, seinen ganzen Körper als Ziel zur Verfügung. Ich stieß auf seine Augen, duckte unter seiner Parade durch und beschrieb mit der Klinge eine sichelförmige Bewegung. Der Hieb traf ihn in die linke Brust, zerfetzte seine Jacke, und Blut quoll aus einer Fleischwunde hervor.

Er zischte und vollführte mit seinem Rapier kunstvolle Paraden, die aber mehr Schau waren, als eine echte Bedrohung für mich. Das einzige, was er so treffen konnte, war meine rechte Schulter – und das tat er auch. Seine Klinge traf genau in die Narbe, die ich vor so langer Zeit in dem Kampf mit Tashayul erhalten hatte, und ich schrie vor Schmerz auf, als ich zurücksetzte.

»So, Neal, das ist Nummer sechs. Wer von uns wird jetzt wohl als Verräter sterben?«

»Ja, wer wohl, Berengar!« Ich stand im Rechteck zu ihm und ging in die Hocke. Der Schweiß lief mir in die Augen und ließ jede Schnittwunde an meinem Körper wie eine Fackel brennen. Ich richtete das Schwert so aus, daß es meinen Leib deckte, den Knauf auf dem Nabel und die blutige Spitze vor meinen Augen. Ich zog die Luft durch meine zusammengebissenen Zähne ein und verspürte eine gewisse Befriedigung, als ich sah, wie sein Brustkasten sich genauso schwer hob und senkte wie meiner.

»Du bist näher dran als ich.« Mit seiner Schwertspitze schien er das Muster einer Knüpfarbeit zu imitieren. »Hier kommt *sieben*.«

Mir war klar, daß er aus Gründen der Symmetrie auf Hals, Nabel oder rechte Hüfte zielen würde, denn er war darauf bedacht, das Muster des haladinischen Rituals zu kopieren. Die rechte Hüfte war am wahrscheinlichsten, und sein Schwert begann sich auch schon dorthin auszurichten. Ich bewegte mich nicht, fing noch nicht an zu parieren und wartete, bis Berengar in der vollen Bewegung war und seine Attacke nicht mehr bremsen konnte. So griff er an, auf ein unbewachtes Tor.

Unbewacht – und plötzlich auch unerreichbar. Ich ließ mich aus der Hocke nach vorn fallen und stieß mich mit dem linken Fuß ab, rutschte auf den Knien vorwärts, drehte mich unter seinem Stoß und blieb innerhalb seiner Deckung. Dann stieß ich das Schwert von unten hoch durch seinen Körper. Die Klinge perforierte ihn an der linken Hüfte und ging im schrägen Winkel nach oben, durch seine Brust, wurde an seinem rechten Schulterblatt abgelenkt und trat an seiner rechten Schulter wieder aus. Noch in der vollen Bewegung seiner mißlungenen Attacke, flog sein Körper weiter vor und blieb an mir hängen. Ich warf ihn von meiner Schulter ab, und er landete hart auf seiner rechten Seite.

Sein Rapier klapperte auf dem Marmorboden, als es ihm aus der Hand fiel. Mein Schwert Herzspalter, das ich hatte loslassen müssen, machte ein trockenes, dumpfes Geräusch, als der Knauf am Boden auftraf. Berengar blieb auf dem Rücken liegen. Seine Kiefer klapperten aufeinander, als hätte er Schüttelfrost. Statt Worten kam ein Schwall schaumigen Blutes aus seinem Mund und lief zu beiden Seiten seines Gesichts auf den Boden. Seinen Körper überlief ein einmaliges Zittern, sein Rückgrat bäumte sich noch einmal auf, und dann blieb er sehr ruhig liegen.

Seine Augen, die nun nichts mehr sahen, starrten hoch zu den verknoteten Ärmeln im Schrank.

Von Süden her hörte ich die Geräusche splitternden Holzes und klirrenden Glases, noch ehe die Menschen anfingen zu schreien. Die Menge teilte sich, und ich sah Stulklirn sich schütteln, daß die Splitter der Glastüren zum Garten nur so durch die Gegend regneten. Und hinter mir hörte ich das Rascheln von Genas Seidenkleid, aber ich hob abwehrend meine beiden leeren Hände, um zu verhindern, daß mir einer von beiden zu Hilfe kam.

Meine Geste ließ auch die Unterhaltung im Saal verstummen.

Ich stand bedächtig auf, entrollte mich wie ein Monster, das aus einem langen Schlaf erwachte, und genauso fühlte ich mich auch. Ich ließ meinen ganzen Ärger in die Stimme einfließen. »Aurdon ist eine Stadt, die im Bösen gezeugt worden ist, und sie ist dem Bösen bis heute noch nicht entronnen.«

»Das stimmt«, rief ein Riveren. »Die Fischers beschuldigen uns des Verrats, aber ihr Berengar war der Bösewicht.«

Ich spießte ihn mit den Augen auf. »Ach, du willst doch nicht etwa behaupten, daß die Riverens ihren Einfluß auf die Haladina niemals dazu benutzt haben, die Fischers aufs teuflischste zu molestieren? Du weißt ganz genau, daß ihr das getan habt, und das ist auch ziemlich bösartig.«

Ein Fischer drohte mir mit der Faust. »Wie willst du dir anmaßen, ein Urteil über Gut und Böse zu fällen, wenn du selbst in diesem Zweikampf betrogen hast?«

Ich ließ mir meine Überraschung anmerken. »Ich hätte betrogen?«

»Ja, du warst noch nicht beim achten Schnitt, als du ihn getötet hast.«

»Nur ein Vollidiot konnte annehmen, ich würde ein haladinisches Ritual auf jemanden anwenden, der selber kein Haladina ist.«

»Du hattest aber doch offensichtlich vor, genau das zu tun. Du hast die Regeln gebrochen.«

»Regeln? *Regeln!*« Ich streckte den Arm aus und riß Herzspalter aus Berengars Leiche. »Regeln sind gut für Spiele. Und dieser Kampf war alles andere als ein Spiel. Daß Berengar meine Bemerkungen als Regeln verstanden hat, bedeutet gar nichts.« Ich beschrieb mit dem Schwert einen weiten Bogen und brachte damit Bewegung in die Gruppen der Fischers und der Riverens. Auf den Glasscheiben des Schrankes hinterließ ich eine Spur blutroter Tröpfchen. »Aber das war ja gerade schon immer das Problem mit den Fischers und den Riverens. Ihr versteht immer alles auf *Eure* Weise, was ich unmißverständlich in *meiner* sagte. Das war kein Spiel, nichts davon, nicht heute und auch nicht vor fünfhundert Jahren. Ich bin kein Haladina, für den die Acht Schnitte eine Rolle spielten. Ich bin Neal. Und Ihr werdet es noch begreifen, was das bedeutet.«

Ich zeigte auf die verknoteten Ärmel. »Vor fünfhundert Jahren, als Aurium noch nicht viel mehr war als ein schmutziges Dorf, stand ich an dieser Stelle. Die Fischers und die Riverens waren damals bereit, übereinander herzufallen und sich gegenseitig abzumurksen, nur wegen einer Ansammlung von Langhäusern, die sich um ein einziges Steinhaus scharten. Keiner von Euch würde in dem, was ich damals sah, das wiedererkennen, was Ihr heute habt. Aber, bei allen Göttern, Eure Vorfahren, die würdet Ihr sofort erkennen, denn sie waren genauso engstirnig und kurzsichtig wie ihr es seid.«

Ich sah zu Gena hin, die mich nachdenklich beobachtete. Ich konnte ihre Gedanken nicht erraten und ich wußte nicht einmal, ob Aarundel ihr von der damaligen Nacht erzählt hatte. Ich konnte nur hoffen, daß sie hierbleiben und mir beistehen würde, wenn es nötig war. Ich wollte ihr mit den Augen diese Botschaft übermitteln, konnte aber nicht erkennen, ob sie mich verstanden hatte, also fuhr ich fort.

»In dieser Nacht vor so langer Zeit standen mir der Großvater der Edlen Frau Genevera und Stulklirns Ururgroßvater zur Seite. Also ist es nur recht und billig, daß diese beiden heute hier sind. Damals waren wir eigentlich entschlossen, alle Fischers und alle Riverens auszurotten, weil wir ja wußten, daß sie ohnehin nicht in Frieden zusammenleben konnten. Aber weil es unter ihnen auch Unschuldige gab, und weil wir einen Krieg gegen die Reith zu führen hatten, nahmen wir von unserem Plan Abstand und fanden einen Kompromiß.«

Ich raunzte sie an. »Dieser Kompromiß war offenkundig ein Fehler. Ich habe fünf lange Jahrhunderte in meiner Gruft gelegen, und die einzige Störung meiner Totenruhe kam von hier, aus Aurdon. Die einen verschworen sich, um die anderen umzubringen! Und das am laufenden Band! Also mußte ich eingreifen.«

Ich machte eine Pause, weil ich in Gedanken noch einmal die verschiedenen Berichte durchging, die ich am Vortag gehört hatte. »Victor Riveren beschließt, Harald Fischer wegen einer Schiffsladung Wolle umzubringen – also muß ich ihn die Treppe hinunterstoßen. Lucretia Fischer will Deryl Riveren vergiften – also muß ich ihr ihr eigenes Gebräu durch die Kehle schütten. Und diesmal, jetzt, benutzen die Riverens die Haladina, um die Fischers zu vernichten. Und die Fischers wollen ein ganzes Reich übernehmen und mit den Gebeinen der Riverens die Fundamente verstärken. Diese Kämpferei ist so weit verbreitet, daß mein Eingriff als Geist nicht mehr genügte. Nein. Dafür mußte ich noch einmal ins Leben zurückkehren. Und das gefällt mir ganz und gar nicht.«

Ich nickte Gena und Stulklirn zu. »Ich habe die Nachkommen meiner Helfer vom letzten Mal nicht ohne Grund hierher mitgebracht. Stulklirn, bitte verfahre wie Shijef beim letzten Mal verfuhr: Stelle sicher, daß niemand diesen Saal verlassen kann!«

Stulklirn richtete sich zu seiner ganzen Größe auf und blockierte höchstselbst den Ausgang zum Garten.

Ich wandte mich Gena zu. »Und du wirst mit deiner Zauberkunst in der Lage sein, die Alten schnell und schmerzlos zu töten. Ich fange mit den Jungen an.«

Ein hochbetagter Riveren zeigte mit seiner gelähmten Hand auf mich. »Das ist ja grotesk! Mit einem solchen Massenmord kommen Sie niemals davon!«

»Und warum nicht?« Ich ließ meinen Blick gleichgültig über sie schweifen. »Ich bin Neal Roclawzi! Ich bin oberster Reichsritter der kaiserlichen Krone. Ich kann jeden beliebigen von euch töten und dann dem Kaiser in einem kurzen Schreiben mitteilen, daß es erforderlich war. Er wird mir vergeben. Und außerdem: Beim letzten Mal hatte ich wichtigere Dinge zu tun, als meine Zeit mit dem Töten so törichter Leute wie euch zu vergeuden. Das ist jetzt ganz anders. Vergeßt nicht, daß ich schon fünf Jahrhunderte aus meiner Zeit bin. Ich habe keine Bindungen, keine Verpflichtungen, ich kenne niemanden und werde von niemandem erwartet. Ich kann euch alle umbringen und mir eure Reichtümer aneignen. Beim Barte von Herin, ich bin gestern in eurer Stadt herumspaziert. Aus vielen Gesprächen weiß ich, daß mich – wenn ich euch von der Spitze der Gesellschaft abschöpfe – die Leute mit Freuden als ihren Herrn proklamieren. Mit eurem Geld und mit den Söldnern, die ihr nach Aurdon geholt habt, könnte ich mich sogar entschließen, den Kaiser zu meinen Gunsten abdanken zu lassen.«

Ich kam richtig in Fahrt. Ich gestikulierte wie wild, während ich sprach. Ich schlachtete ihre Ängste und ihre Eitelkeiten aus. Ich ließ sie ihre eigenen Sünden entdecken und ließ sie denken, ich sei hier, um sie zu bestrafen. Ich ließ sie denken, daß das jüngste Gericht, das ihre Ahnen noch hinausschieben konnten, jetzt endgültig über sie hereinbrechen und sie verschlingen würde.

»Die Chance, die von den verknoteten Ärmeln symbolisiert wird, war die einzige Alternative zum Tod, die euren Ahnen angeboten worden ist. Einer nach dem anderen, stückchenweise, habt ihr die Übereinkunft dieser Nacht untergraben. Ihr wißt alle, daß ich recht habe, und Ihr habt euch alle vor meinem Schatten gefürchtet. Jetzt ist alles viel schlimmer, weil man mich aus dem Grab geholt hat und weil ich *jetzt* das Schwert bei mir habe, das schon vor Jahrhunderten euer Blut trinken wollte.«

»Aber die Knotts sind ausgestorben«, warf jemand ein.

»Ja, aber meine Vorschrift, nicht gegeneinander zu kämpfen, ist es nicht! Seid Ihr denn noch bei Trost? Habt ihr gedacht, der Tod eurer Verwandten sei nur Einbildung? Wenn ich jemandem einen Schwur auferlege, dann wird er nicht gebrochen! Wenn einzelne sich gegeneinander verschwören, dann kann ich mich mit ein oder zwei Leben zufriedengeben, da meine Ehre nicht verletzt worden ist. Aber jetzt, *jetzt* verschwört ihr euch gegen ganze Nationen. Das Ziel war höher, die Unehre größer, und die Strafe dafür muß unbeschreiblich schwerer sein.«

Genas Gesichtszüge verhärteten sich zu einer unmenschlichen Maske, wenn sie sich Mühe gab, finster dreinzublicken. »Ihr habt alle Neal Custos Sylvanii gehört. Wie er es gesagt hat, so wird es geschehen.« Wie beiläufig deutete sie mit der Hand hinter sich auf eines der Fenster in der Ostwand. Der hölzerne Rahmen, der das Glas in der Wand hielt, brannte explosionsartig ab, Flammen und Glas flogen hinaus in das Dunkel. Ein anderer Zauberblitz segelte mitten durch das Inferno, aber ich verlor ihn bald aus den Augen. Ich nickte ihr zu, und sie grinste so grausam wie möglich. »Wir brauchen etwas Durchzug, denn der Blutgeruch der Hinrichtungen wird sonst ganz unerträglich.«

»Solche Einzelheiten braucht man nur einer *Sylvanesti* zu überlassen.« Ich wandte mich wieder der Menge zu. »Wenn sich die Jüngsten jetzt hier zu meiner Linken in einer Reihe aufstellen würden und die Ältesten zu meiner Rechten, dann könnten wir beginnen.«

»Wir können sie davonjagen«, hörte ich jemanden mit verzweifelter Stimme rufen. Aber noch ehe ich zu einer passenden Antwort ansetzen konnte, ging im

Osten schlagartig, sehr hell und sehr früh die Sonne auf. Sie wurde schnell größer und schrumpfte genauso schnell wieder zusammen, aber bevor das deutlich wurde, war ein ohrenbetäubendes Donnern zu hören, das sich mit einem rollenden Echo über die ganze Landschaft fortpflanzte. Der Boden erzitterte, und die Kronleuchter schaukelten an der Decke.

Ich blickte von den Fenstern zu Gena und wieder zurück.

Sie schüttelte den Kopf und verkündete mit lauter Stimme: »Berengars Waffenfabrik am Orvir-See gibt es nicht mehr.«

Diese Demonstration roher Gewalt machte die Menge wieder gefügig. Sie begannen sich langsam nach links und rechts zu ordnen, wie ich befohlen hatte. Da trat Floris Fischer nach vorn. »Ich will verdammt sein, wenn ich dich meine Familie umbringen lasse. Um das zu verhindern, werde ich gegen dich kämpfen, wenn ich muß.«

Ich drehte mich zu ihm hin und schaute ihn aus den Augenwinkeln an. »Würdest du auch etwas tun, was schwerer ist, als mir mit dem Schwert gegenüberzutreten?«

Er nahm Haltung an. »Das Opfer meines Lebens gilt mir nichts, wenn ich damit meine Familie retten kann.«

»Nun gut.« Ich sah hinüber zu den Riverens und zeigte mit Herzspalter auf ein hübsches Mädchen. »Kannst du sie sehen?«

»Ja.«

»Sie gehört dir.«

Floris schüttelte den Kopf. »Ich werde niemanden umbringen, um damit mein Leben zu retten.«

Ich lächelte ihn aufrichtig an. »Gut. Denn noch ein Fischer, der einen Riveren umbringt, das würde mich noch ungnädiger stimmen als ich ohnehin schon bin. Sie gehört dir als deine Frau. Ihr werdet eure Familien aufs neue vereinen.«

Floris war überrascht. »Aber das ist ja das gleiche wie beim letzten Mal. Du sagtest doch, diesmal werde die Strafe umfassender sein.«

»So ist es auch.« Ich hob wieder das Schwert und deutete auf eine junge Frau aus der Familie der Fischers. Sie hatte rabenschwarzes Haar, und ich hatte schon gehört, daß man sich allerhand Gerüchte über sie erzählte. »Du heißt?«

»Martina, Herr.«

»Gut, Martina, Titus Riveren ist jetzt dein Mann!«

Sie schüttelte entschieden den Kopf. »Er ist doch noch ein Junge.«

»Dann wirst du ihn zum Mann machen.« Ich erwiderte ihren durchbohrenden Blick mit einem Grinsen. »Und vielleicht kann er aus dir ein bißchen mehr machen als ein in Eselsmilch badendes Gefäß der Eitelkeit.«

Sie errötete, brachte aber die Menge zum Lachen. Titus sah auf und wischte sich mit dem Ärmel übers Gesicht.

Ich warf Martina noch einen harten Blick zu. »Los, Frau, kümmere dich um deinen Mann. Jetzt!«

Während sie widerwillig über die Tanzfläche ging, wandte ich mich noch einmal an die anderen. »Und so wird von jetzt ab verfahren. Jeder heiratsfähige Fischer wird eine Riveren heiraten, und *vice versa*. Alle Familien, die so entstehen, heißen Knott. Die Vermögen der Familien werden zusammengelegt und geteilt. Alle Geschäftsvorgänge werden gemeinsam von den Fischers und den Riverens abgewickelt, solange bis es keine Fischers und Riverens mehr gibt, sondern nur noch Knotts. So wird es in Zukunft gehalten, denn ich habe keine Lust, in fünfhundert Jahren noch einmal hierher kommen zu müssen, oder in tausend Jahren, oder wann auch immer. Solltet Ihr mich dazu zwingen, werde ich meine Schwerthand nicht mehr unter Kontrolle halten können.«

Ich sprach leise, und die Hintergrundgeräusche im Saal verstummten. »Vorwärts jetzt. Holt die Priester und sanktioniert diese Verbindungen. Macht es *jetzt*! Diese zweite Chance im Leben gebe ich euch, weil auch ich ein zweites Leben bekommen habe. Daß mir nur keiner einen Grund gibt, ein drittes Mal zurückzukommen.«

Ein nächtliches Abenteuer
in Aurdon

Winter
A.R. 499
Die Gegenwart
Mein 536. Jahr

Die kalte Luft der Winternacht holte mir allmählich die
letzte Wärme aus den Knochen, als ich ganz allein im
dunklen Garten des Herrenhauses stand. Die Löcher
in meinen Kleidern trugen das ihre dazu bei; nur bei
den dicken Verbänden über meinen frischen Wunden
brauchte die Kälte ein bißchen länger, bis sie sich
durchgefressen hatte. Ich stützte die Ellbogen auf die
Balustrade, mit der der Garten eingefaßt war. Trotz der
flackernden Lichter in der Stadt unter mir, der sich bewegenden Schatten in den Straßen und den Fetzen der
Hochzeitsmusik, die von der Feier im Ballsaal bis zu
mir herüberwehten, kam mir alles nicht wirklich lebendig vor. Es schien mir so, als sei ich schon halbwegs
wieder in meiner Gruft, und als verdämmere meine
Wahrnehmung der Außenwelt wie ein zu Ende gehen-
der Tag.

Ein besonders zynischer Teil von mir wollte glauben,
ich sei in den vergangenen fünfhundert Jahren tatsächlich der rächende Geist gewesen, von dem die Leute in
Aurdon so oft redeten. Ich wollte einen rechtschaffenen
Anspruch auf den Ärger haben, den ich den Leuten im
Saal nur vorgespielt hatte. Ich wollte mein Herz aus-
schütten und mit all den Leuten reden, die mit mir für
die Freiheit gekämpft hatten. Und ich wollte mich dar-

über beklagen, daß unser Opfer umsonst war. Denn nichts ändert sich jemals, und die Leute sind heute nicht besser, als wir damals waren.

Aber das konnte ich nicht, denn mir war ja auch klar, daß das nicht stimmte. Ich wußte, daß die Riverens ein Bündnis mit den Haladina geschmiedet hatten, um die Fischers zu vernichten, ohne sich selbst zu beteiligen. Und ich wußte, daß sie nicht die geringste Absicht hatten, in den Haladina vollwertige Menschen zu sehen. Trotzdem hatten die Riverens – indem sie die Haladina in ihre Stadt einluden, mit ihnen Handel trieben, mit ihnen arbeiteten und ihre Lebensweise kennenlernten – die Haladina entmystifiziert. Ohne es ursprünglich zu wollen, trugen die Menschen in Aurdon dazu bei, das Bild der Haladina zu vermenschlichen. Im Lauf der Zeit, über Generationen hinweg, konnte das durchaus dazu führen, daß die Haladina mit ihren Raubzügen durch ganz Centisia aufhörten.

Nur ein Narr konnte glauben, daß ein solcher Wandel leicht zu bewerkstelligen sei. Aber der Wandel in der Einstellung der Elfen zu den Menschen hatte gezeigt, daß ein Wandel zumindest *möglich* war. Diese andere Einstellung, die der Elfen zu den Menschen und die der Bürger von Aurdon zu den Haladina, konnte bedeuten, daß die Welt ein friedlicherer Ort werden würde als der, den ich gekannt hatte und vielleicht noch einmal kennenlernen würde.

Ich hörte das leise Knirschen von Kies und lächelte, ohne mich umzudrehen. »Deine Vernichtung Orvirs war sehr überzeugend, gerade rechtzeitig, als wir Überzeugungskraft brauchten.«

Gena blieb neben mir stehen, die Arme vor der Brust verschränkt. »Ich freue mich, daß es dir gefallen hat.«

Ich drehte mich etwas zur Seite, damit ich sie sehen konnte. »Du hast sehr gut mitgespielt. Ich hatte schon Angst, du könntest meinen, ich sei verrückt geworden.«

Sie lächelte, und mir war so, als würde mir etwas wärmer werden. »Als mein Großvater mir von euren Abenteuern hier beim ersten Mal erzählte, erwähnte er auch so etwas wie den Codex Mercenarius. Ich wußte wirklich nicht, ob du die Absicht hattest, tatsächlich welche umzubringen – ich hoffte natürlich, daß nicht! –, und ich war mir gar nicht sicher, ob ich dich daran hindern sollte.«

»Nur Berengar mußte getötet werden. Er war der ehrgeizigste, aber nicht jeder stimmte mit ihm und seinen Absichten überein. Ich habe den Verdacht, daß er seinen Bruder, den Grafen Orvir, ermorden ließ, nachdem dieser die Gießerei, die Blitzdrachen und das Pulverlager auf seinem Grund und Boden entdeckt hatte.«

»So war es also nicht mehr als ein böser Scherz von Berengar, daß er Rik als Lizenz zum Tragen von Blitzdrachen den Ring seines Bruders schenkte?«

»Anzunehmen. Ich wundere mich übrigens noch immer, daß uns Berengar keine Vorträge darüber hielt, was er im Reich alles anders machen würde – denn ein Ego, das solche Pläne schmiedet, scheut sich auch nicht vor Prahlerei.«

Gena sah auf die Stadt hinunter, und der sanfte Nachtwind spielte mit ein paar Strähnen ihres Haars. »Doch. Einmal hat er das getan. Damals klang es so wie eine ganz gewöhnliche Konversation, nur um die Zeit auf dem langen Ritt nach Jarudin schneller verstreichen zu lassen. Er war an sich ein verschlossener Mensch. Ich hatte damals nicht die leiseste Ahnung, daß er Herzspalter haben wollte, um sich ein Reich zu gewinnen. Aber wenn ich jetzt so darüber nachdenke, dann fällt mir auf, daß es ihm immer nur um Herzspalter ging und kaum um Wespe.«

Ich zuckte die Achseln. »Ich hatte einen ersten Verdacht, als ich hörte, daß die Haladina Durrikens Leichnam nicht ausgeplündert hatten, und einen zweiten, als du mir sagtest, er habe abstammungsmäßig überhaupt keine Verbindung zu den Haladina, obwohl er trotzdem mit dem Tod der Acht Schnitte ermordet worden war.« Meine Hüftwunde schmerzte, und als ich mir eine vorteilhaftere Körperhaltung suchte, stieß ich auch noch mit der Wunde am linken Unterarm gegen die Balustrade. Ich drehte mich um und setzte mich mit dem Hintern auf den kalten Stein. »Selbst die Gerüchte in der Stadt erklärten nichts so richtig. Es lief nur alles darauf hinaus, daß Berengar unbedingt seine Hand auf das Schwert legen wollte.«

»Ich bin heilfroh, daß du ihm das Schwert nicht ausgeliefert hast.« Gena schüttelte den Kopf, als ich bei einer unbedachten Bewegung leicht aufstöhnte. »Ich könnte deine Schnittwunden heilen, wie du weißt.«

»Laß nur. So bringt es mir sechs weitere Narben ein. Wenn ich einmal alt bin ...«

Sie zog eine Braue hoch.

»... älter, meine ich, dann sind diese Narben in der ein oder anderen Kneipe viele Becher Wein und manche Mahlzeit wert.«

Sie schnaubte höflich und verbiß sich das Lachen. »Meinst du wirklich?«

»Ich habe nie ... ja, nie magische Heilkunst auf mich anwenden lassen. Und jetzt, mit immerhin fünfhundertsechsunddreißig Jahren auf dem Buckel, bin ich ein bißchen zu alt, um meine Gewohnheiten noch zu ändern.«

»Aha.« Sie sah mich nachdenklich an. Ihre veilchenblauen Augen funkelten. »Dann muß ich mich noch einmal dafür entschuldigen, daß ich dich dem Tod entriß, daß ich mein ganzes magisches Können einsetzte, um dich zu heilen. Aber leid tut es mir nicht.«

Ich zuckte etwas zu gleichgültig die Schultern und ließ deswegen ein Stöhnen hören. »Da hattest du ja keine Wahl.«

»Auch wenn ich deine Abneigung vor Heilzaubern gekannt hätte, hätte mich das doch nicht aufgehalten.«

Sie sah hinüber zu den erleuchteten Fenstern des Ball-
saals und schloß ihre Arme fester um ihre Brust. »Wenn
du nicht hier gewesen wärst, würde Berengar jetzt eine
Meute durch die Straßen Aurdons führen, und die Straßen wären naß vom Blut der Riverens und der Haladina.«

Ich spürte, wie ernst sie es meinte, fühlte mich aber
immer noch zum Widerspruch herausgefordert. »Dann
hätte ihn ein anderer aufgehalten.«

»Vielleicht, aber nicht so schnell. Als Elfin kann ich
immer offen mit meinem Großvater reden, und ich
kenne deswegen die Greuel der Schlachten, die vor
fünfhundert Jahren ausgetragen wurden. Ich bin in Cygestolia aufgewachsen und habe den Kummer gesehen,
der aus der Notwendigkeit erwuchs, die Reith zu vernichten. In den Gesichtern schlachtengestählter Soldaten habe ich gesehen, wie sie von der Erinnerung an
das, was sie taten, heimgesucht wurden. Ich weiß von
den Grausamkeiten und Massenmorden, und ich weiß,
wie schrecklich das alles war. Die Leute im Ballsaal wissen nur, daß vor siebzehn Generationen das Reich geschaffen worden ist. Wie du mir klar gemacht hast, ist
die Wahrheit dessen, wofür ihr gekämpft habt, in Vergessenheit geraten. Und weil das so ist, hätte Berengar
draußen auf der Bühne der Welt das Ganze noch einmal als Parodie gespielt.«

»Nun gut. Weil ich da war und weil ich mich an alles
erinnerte, ist es nicht geschehen.«

Sie sah hinunter auf das Schwert an meiner Seite. »Es
sei denn, du entschließt dich dazu, dir ein Reich zu gewinnen.«

Ich lachte. »Hab ich schon probiert. Hat auch nicht
viel Spaß gemacht.« Ich blinzelte ihr zu. »Weiß nicht,
wie ich dir das verzeihen kann, daß du Magie auf mich
verschwendet hast. Aber wenn es dir wirklich nicht
leid tut, wie du gesagt hast, dann hast du jedes Recht
darauf, auf deine Entscheidung stolz zu sein.«

»Das ist nicht der einzige Grund, warum es mir nicht leid tut.« Ihre Stimme verfing sich ein bißchen und sie hätte beinahe noch einmal angesetzt, aber sie besann sich und schaute wieder auf die Stadt zu unseren Füßen.

Sie brauchte es auch nicht zu sagen, denn ich glaube, daß ich schon wußte, was sie sagen wollte. »Es gibt auch andere Gründe dafür, daß es uns nicht leid tun muß, Gena. Ich bin beispielsweise froh darüber, deinen Groß-vater noch einmal gesehen zu haben, und deine Groß-mutter, und auch, daß ich dich kennengelernt habe.«

»Du brauchst das nicht zu sagen, Neal.«

»Doch. Du erinnerst mich so sehr an deine Großtante.«

Gena ließ die Arme sinken und ballte die Fäuste. »Ich weiß, und es tut mir leid.«

»Leid?«

»Weil du traurig darüber bist, daß ich nicht sie bin.«

Gedanken und Erinnerungen, die ich immer wieder zur Seite geschoben hatte, während ich Berengars Ge-heimnis auf die Spur kommen wollte, stürmten jetzt wieder auf mich ein. »Larissa und ich, wir … ich meine, was wir hatten, war … äh … als wir darüber spra-chen … als sie dich sah …« Ich brach ab und schüttelte den Kopf. »Ich stelle mich sehr dumm an.«

Sie sah zu mir auf und kämpfte gegen die Tränen. Aber sie sagte nichts.

Ich schob das Armband von meinem rechten Hand-gelenk und hielt es hoch. »Als dir Larissa das gab, was hat sie da gesagt?«

Gena schneuzte sich die Nase. »Sie sagte mir, sie gehe jetzt ins Jenseits, und dann überreichte sie mir das Armband. Ich wußte, was es war, und ich hätte nie ge-dacht, daß sie es jemals hergeben würde. Dann sagte sie: ›Vergiß nie, daß ich dich dafür ausgewählt habe. Du bist meine Wahl.‹« Sie hob den Kopf. »Sagt dir das etwas?«

Ich nickte eine Weile, bis ich wieder sprechen konnte. »Schon als wir von Jarudin nach Cygestolia ritten, zu der Zeremonie im Zusammenhang mit der Empfängnis deines Vaters, da war uns klar, daß wir niemals als Mann und Frau zusammen sein würden. Larissa konnte aber die Vorstellung nicht ertragen, daß ihr Blut und meines aussterben sollten. Sie nahm mir das Versprechen ab, daß ich, sollte sie jemand für mich finden ... Sie wollte, daß unsere Nachkommenschaft die Chance auf jenes Glück haben sollte, das uns versagt war.«

Ich nahm ihre linke Hand und streifte ihr das Armband über. »Sie wollte, daß du es trägst, und das will ich auch.«

Gena paßte es ihrem Arm an und sah mich an. »Und sie wählte mich für dich aus. Möchtest du mich auch?«

»Ich sehe, daß die *Sylvanesti* in den letzten fünfhundert Jahren noch viel offener geworden sind.«

Wir lachten beide, aber als wir aufhörten, lastete ein schweres Schweigen auf mir.

Ich lächelte Gena an. »Larissa war für mich etwas ganz Besonderes, wie du für sie. Ich respektiere ihre Wahl, aber ich respektiere genauso dich. Wenn wir uns auf unserer langen Reise, in Jarudin und auch hier nicht kennen und schätzen gelernt hätten, und wenn wir einander nicht anzögen, dann würden wir diese Unterhaltung nicht führen. Ich möchte dich noch besser kennenlernen, wenn auch du willst.«

Sie gab mir die Hand. »Ich will.«

Ich nickte heftig, und stöhnte.

»Schmerzen?«

»Gewissermaßen. Ich habe gerade daran gedacht, welch unerbittliche Beschützerrolle dein Großvater bei Larissa gespielt hat. Ich denke, daß er sich bei dir noch schlimmer anstellt.«

Gena spitzte die Lippen. »Ich denke, daß du mit ihm fertig wirst.«

680

»Genau. Ich habe ihn schon in Jammaq bezwungen, und da hatte er noch *zwei* Augen.«

Sie kam ganz nah an mich heran und küßte mich, und gleich nochmal. Ihre Lippen schmeckten süß. Und zu meiner Überraschung fragte ich mich nicht, ob Larissa auch so geküßt hätte. Statt dessen überlegte ich, wie noch ein weiterer Kuß von Gena schmecken würde.

Ich schlang die Arme um ihre schlanke Taille, zog sie an mich, und – was wäre das vorzeiten für ein Skandal gewesen! – küßte sie mit der ganzen Leidenschaft, die sich für einen Mann gehörte, der eine *Sylvanesti* küßte, die nur halb so alt war wie er.

Aarundel	Ein junger Elf, Freund von Neal Roclawzi.
Alatun	Reithische Stadt.
Barkol	Grassteppe, die sich im Westen an das Ostgebirge der Roclaws anschließt. Barkol grenzt im Westen an Ispar, im Norden an Irtysch.
Divisator	Siehe *Klephnaft*.
Eldsaga	Das Epos der Elfen, eine grausame Heldensaga.
Elfen	Eine langlebige Rasse, höher gewachsen als Menschen, spitz zulaufende Ohren, seidiges Haar. Die wichtigste Elfenwaffe neben den Hiebwaffen ist der große Elfenbogen, von dem aus Pfeile mit großer Wucht verschossen werden können. Elfen fühlen sich sämtlichen anderen Rassen und Völkern überlegen.
Finndali	Imperator der Elfen.
Harsian	Fürst von Irtysch, führt eine grüne Viper im Banner.
Irtysch	Landschaft im Nordosten von Skirren, das im Norden fast an die Frostfelder grenzt. Im Süden schließt sich die Grassteppe von Barkol, im Südosten das Roclaw-Gebirge an.
Ispar	Zentral gelegene Landschaft auf Skirren; in Ispar liegt auch Jarudin, die Hauptstadt der Reith. Im Osten von Ispar beginnt die Grassteppe von Barkol, im Westen grenzen die Elfengebiete daran. Im Süden Ispars beginnt das Hirisgebirge, das sich durch Esquihir wei-

	ter nach Süden bis in die Küstenlandschaft Kaudia hinabzieht.
Jammaq	Die Totenstadt der Reith, wo alle ihre Toten rituell bestattet werden.
Jarudin	Die Hauptstadt der Reith in Ispar.
Jistan	Lokale Gottheit in Esquihir. Die jistanische Religion wird in Klöstern überliefert und gepflegt.
Kaudia	Küstengebiet im Süden von Skirren. Kaudinische Dandys sind in ganz Skirren für ihre Eleganz berühmt.
Khlephnaft	Ein sagenhaftes Schwert, das auch Seelentöter heißt. Die Elfen nennen den Seelentöter *Divisator* oder *Entzweier*. Neal, der Held des Romans, nennt es auch *Herzspalter*.
Natari	Die Natari sind die Hüter der reithischen Religion. Sie tragen besondere Gewänder und eine *Quitawi*, eine Art Lederpeitsche. Die Natari gelten als grausam in der Ausübung ihres Amtes.
Neal Roclawzi	Der Held des Buchs, ein typischer Roclawzi, d. h. Roclaws-Bewohner. Er wurde im Sommer während eines Schneesturms geboren, der die besondere Konstellation eines Monddreiecks verhüllte. Diese Vorzeichen werden als Vorbestimmung Neals zu einem Heldenschicksal gedeutet.
Quitawi	Geflochtene Lederpeitsche der Natari.
Reith	Das Land Reith, das beherrscht wird von den Reith. Gedrungener Körperbau, lange Lebensdauer, magische Kräfte. Die Reith fühlen sich allen andersgearteten Rassen und Völkern überlegen. Der reithische Zentralkult dreht sich um Reithra, die Göttin der

	Unterwelt und des Todes. Die Hauptstadt der Reith ist Jarudin, ihre kultische Totenstadt heißt Jammaq.
Roclawzi	Die Roclawzi sind ein Gebirgsvolk, das in den Roclaws, einem Gebirge im Osten Skirrens, haust.
Schädelreiter	Die Schädelreiter sind eine reithische Kriegertruppe, die Garde Tashayuls.
Seelentöter	Siehe Khlephnaft.
Sylvanisch	Die Sprache der Elfen.
Takrakor	Edler von Reith, Bruder Tashayuls.
Tashayul	Führer der Reith. Tashayuls Garde sind die Schädelreiter.
Virsylvani	Anrede für einen Elfen.

*************** DANKSAGUNG **************

Dieses Buch hätte nicht fertiggestellt werden können
ohne die Hilfe oder den Einfluß folgender Persönlich-
keiten:

Janna Silverstein, Ricia Mainhardt, Jennifer Roberson
und Liz Danforth, die mir als die ›vier apokalyptischen
Reiterinnen‹ Verderben verhießen für den Fall, daß ich
dieses Buch nicht zu einem rechten Ende brächte. Alle
vier standen es durch, daß ich Ihnen immer wieder einzelne Brocken dieses Märchens vorkaute, während ich
daran gearbeitet habe. Ihnen gebührt großer Dank für
ihre Geduld.

Dennis L. McKiernan, Alis Rasmussen und Kate Elliot,
die mir zu einigen Einsichten in das Wesen der Fantasy-
geschichte und der Figurengestaltung verhalfen. Sie
gaben mir somit das Rüstzeug, um einzelne Schlüsselsze-
nen herausarbeiten und dadurch Akzente setzen zu können. Diese drei Autoren sind – wie auch Jennifer Roberson – großartige Erzähler; sollten Sie von diesen noch
nichts gelesen haben, ist Ihnen bisher einiges entgangen.

Ron Wolfley, Brian und Frances Gross sowie Bob und
Patty Vardeman, die mir immer wieder Fragen gestellt
und mich dadurch veranlaßt haben, bestimmte Punkte
zu verteidigen und auf diesem Wege die Entwicklungs-
richtung und den Inhalt des Buches festzulegen.

Chris Harvey, der mehr als nur dem Ruf der Pflicht
entsprochen hat, indem er mir ein Maltesisch/Englisch-,
Englisch/Maltesisch-Wörterbuch aufzutreiben wußte.

Sam Lewis und Brian Fargo, deren Geduld es zu verdanken ist, daß ich mir dieses Buch gönnen durfte.

Und – wie immer – meine Eltern Jim und Janet; mein
Bruder Patrick und seine Frau Joy; meine Schwester Kerin
und noch einmal Liz, die mir die nötige Unterstützung
und Ermutigung gab, diese Arbeit zu Ende zu bringen.

HEYNE BÜCHER

Das Schwarze Auge

Die Romane zum gleichnamigen Fantasy-Rollenspiel – Aventurien noch unmittelbarer und plastischer erleben.

06/6022

Eine Auswahl:

Ina Kramer
Im Farindelwald
06/6016

Ina Kramer
Die Suche
06/6017

Ulrich Kiesow
Die Gabe der Amazonen
06/6018

Hans Joachim Alpers
Flucht aus Ghurenia
06/6019

Karl-Heinz Witzko
Spuren im Schnee
06/6020

Lena Falkenhagen
Schlange und Schwert
06/6021

Christian Jentzsch
Der Spieler
06/6022

Hans Joachim Alpers
Das letzte Duell
06/6023

Bernhard Hennen
Das Gesicht am Fenster
06/6024

Ina Kramer (Hrsg.)
Steppenwind
06/6025

H e y n e - T a s c h e n b ü c h e r

HEYNE BÜCHER

Anne McCaffrey

*Der Drachenreiter
(von Pern)-Zyklus*

Eine Auswahl:

Drachengesang
Band 3
06/3791

Drachensinger
Band 4
06/3849

Der weiße Drache
Band 6
06/3918

Drachendämmerung
Band 9
06/4666

Die Renegaten von Pern
Band 10
06/5007

Die Weyr von Pern
Band 11
06/5135

Die Delphine von Pern
Band 12
06/5540

06/5540

Heyne-Taschenbücher

HEYNE
BÜCHER

Tom Holt

»Terry Pratchett
hat einen Rivalen
auf dem Gebiet
der humorvollen
Fantasy bekommen.«
Daily Telegraph

Snottys Gral
06/5499

Auch Götter sind nur
Menschen
06/5630

Richard Blockbuster
06/5679

Flaschengeister
06/5896

06/5896

Heyne-Taschenbücher